당신의 얼굴이 되어라

당신의 얼굴이 되어라

권희철 평론집

문학동네

책머리에

　문학은 결코 삶 그 자체로 환원되지 않습니다. 문학은 삶의 일부이면서도, 자신을 제외한 무엇과도 관계하지 않는 신기루이며, 삶을 구성하거나 삶을 둘러싸고 있는 모든 기호들의 완강함이 실상 얼마나 근거 없고 부서지기 쉬운 것인가를 암시하는 소음, 괴성, 비명입니다. 문학은 삶을 침식해 삶이 감추고 있는 무(無)의 풍요로움을 길어올리고 우리가 삶 너머로 여행하게 만듭니다.

　그러나 반대로 말하는 것 또한 가능합니다. 문학은 정확히 삶 그 자체를 겨냥합니다. 문학은 자신의 소음, 괴성, 비명 속에서도 희미한 리듬과 멜로디를 찾아내고 우리가 혼돈과 무의미의 바다로 침몰하기 전에 웅장한 교향곡의 첫 음을 연주해 삶이라고 부를 수 있는 무엇인가를 솟아오르게 만듭니다. 문학은 신기루의 사라짐 속에서도 끝내 남아 있는 피와 살과 뼈를 포착합니다. 문학은 풍요로운 무(無)의 샘물로 목을 축이지만 그 샘물은 삶이 자기 자신에게 진실해질 때에만 조금씩 흘러나옵니다.

　비평의 경우, 앞의 것을 놓치고 나면, 문학을 현실의 문법에 맞춰 번역하거나 문학이 그와 같이 번역 가능한 것이 되기를 요구하게 됩니다. 뒤의 것을 놓치고 나면, 미로 속에서 길을 잃어버린 휴일 오후의 달콤하지만 무의미한 피로에 도취됩니다. 두 경우 모두 비평 속에서 문학적인 것은 빠져나가고 없습니다. 그러므로 비평은 다음과 같은 불가능한 명제의 승인 위에 쓰여야 한다는 공식이 성립합니다. '문학은 절대로 삶 그 자체여야 하며 동시에 절대로 삶을 넘어서야 한다.'

저 불가능한 명제의 양극단 사이에서 떨면서 읽고 쓰려 했습니다. 그러한 떨림이 좋은 시와 소설을 읽을 때의 즐겁고 행복한 떨림과 일치할 때도 있었지만 좋은 작품을 앞에 두고 잘못된 장소에 가서 독백을 하는 것은 아닌가 하는 두려운 떨림과 일치할 때가 더 많았습니다.

어리숙한 내게, 그 두려운 떨림조차도 무가치한 것은 아닐지도 모른다고 격려해준 친구들이 있습니다. 그 친구들이 없었다면, 그렇게도 괴로운 글쓰기를 지금까지 계속할 수는 없었을 것입니다. 쓰는 것은 언제나 너무 괴로운 일이었지만, 아무것도 쓰지 않은 채로 있는 것도 불가능했을 거라고 말하고 싶습니다. 불가능한 일이 일어나지 않게 해준 신형철, 조연정, 최정아에게 고마운 마음을 전합니다.

이런 지루한 글들이 그만 책으로 묶여 출판돼버린 모든 책임은, 내게 글을 써보라고 권유하고 아직까지도 같이 놀자고 말해주시는 문학동네 선생님들께 있습니다. 나는 아직도, 그분들이 나를 오해하고 있는 것인지, 그저 특이한 취미를 갖고 있는 것인지 잘 모르겠습니다. 둘 다 아니라면, 혹시 뒤늦게 잘못된 선택을 후회하고 계신 걸까요. 어차피 엎질러진 물이라면 우리 좋은 쪽으로 생각하기로 해요. 我黨萬世!

이런 정도라도 공부라는 걸 조금 해본 것은, 모교의 은사님들 덕분입니다. 둔하고 게으른 제자를 오래 기다려주시는 신범순 선생님, 고맙습니다. 시를 읽는 섬세함에 대해서라면 선생님을 흉내내고 싶었지만 마음처럼 잘 되지 않았습니다. 당대 비평반 식구들의 우정도 잊지 않고 있습니다. 지난 봄과 여름 집필실을 내주신 토지문화관과 연희문화창작촌에도 감사드립니다. 보잘것없는 원고를 끝까지 기다리고 매만져주신 모든 편집자들께, 특히 이 책을 만들어준 강윤정씨, 김민정 누나에게 고마움을 전합니다.

내가 백 권의 책을 냈어도 나를 걱정하실 게 틀림없고, 내가 한 줄의 문장조차 쓰지 못해도 나를 자랑스러워하실 게 틀림없는, 부모님께 이 책이 작은 선물이 될 수 있기를 바랍니다.

세상에 많고 많은 예쁘고 다정한 것들 중에, 아내에게 준 것이 하나도 없습니다. 미안하고, 고맙고, 사랑합니다.

2013년 11월
권희철

차례

우글거리는 밤의 시간들

1

세계는 스스로를 세우고 또 확인하기 위해 무엇인가를 부인하고 물리치며 금지한다. 모세가 시나이 산에서 여호와로부터 받은 열 가지의 금지명령이 그런 종류의 것이다. '문학이란 무엇인가'를 다시 묻는 이 자리에서 이 가운데 두번째 금지명령을 음미해보면 어떨까.

> 너희는 너희가 섬기려고 위로 하늘에 있는 것이나, 아래로 땅에 있는 것이나, 땅 아래 물속에 있는 어떤 것이든지, 그 모양을 본떠서 새긴 이미지를 만들지 못한다.[1]

우리가 이 세계 안에서 사물들을 혹은 우리 자신을 이해하고 다스리며 그런 방식으로 이 세계를 건설하려고 할 때, 이미지는 부인되고 물리쳐져

---

1) 『출애굽기』 20장 4절(표준새번역). 이 글의 문맥을 고려하여 "우상을 만들지 못한다"를 "새긴 이미지를 만들지 못한다"로 바꿔 옮겼다. '우상'에 해당하는 KJV의 영어 번역은 "graven image"이다.

야 하며 금지되어야 한다. 이미지는 실체가 아니면서도 실체로부터 피어나 우리의 시선을 잡아채고 매혹시킨다. 이미지에 매혹되는 것은, 현실적 감각들을 빼앗기고 사물과 우리 자신을 다스리는 능력을 상실하는 것이며, 세계를 잊고 거기에서 물러나는 것이다. 그것이 여호와가 약속한 땅으로부터의 물러섬이며 우상숭배이다. 거꾸로 말해보자. 우상숭배가, 이미지에 대한 매혹 속에 자신을 내맡기며, 부인되고 물리쳐졌으며 금지된 그 무엇으로 되돌아가는 것, 약속의 땅 너머의 광야를 떠도는 것, 그것이 예술이다. 세계를 직조하는 의미의 그물망으로부터 언어를 회수함으로써, 그러한 회복을 언어 안에서 이루는 것이 문학이다.

문학은 세계와의 관련 속에 갇혀 있는 언어를 언어의 한계까지 몰아붙여서 언어가 관계하고 있는 그 세계의 바깥을 가리켜 보이게 만드는 것이다. 그러나 이런 방식으로 문학과 예술에 대한 블랑쇼의 관념들을 환기하는 가운데 '바깥'이라는 개념을 다룰 때에는 충분한 주의가 필요하다. 레비나스가 지적한 것처럼, 바깥은 세계와 동떨어진 어느 먼 곳을 의미하지 않는다.[2]

세계의 바깥은 세계 너머의 또다른 세계가 아니라, 모든 현실이 부정되었을 때 드러나는 비현실성이자 불가능성 그 자체이다. 혹은 그러한 비현실성과 불가능성의 드러남이 바깥이다. 세계 속에 자리할 수 없는 불가능성들이 우글거리는 황야가 바깥이다. '황야'라는 은유 속에서 우리가 또다시 바깥을 '또다른 공간' '또다른 세계'라고 상상하기 쉽기 때문에 우리는 이 '바깥'을 세계의 시간과 겹쳐져 세계의 시간에 달라붙은 채로 흘러가는 잠재된 불가능성의 '시간'과 같은 것으로 이해하고 싶은 유혹을 받게 된다.

그러므로 우리는 이렇게 바꿔 말할 수도 있다. 문학은 우리를 밤의 시

---

2) 에마뉘엘 레비나스, 『모리스 블랑쇼에 대하여』, 박규현 옮김, 동문선, 2003, 17~18쪽.

간으로 데려다주는 것이라고. 존재자들의 의미와 가치 그리고 활동으로 빼곡한 대낮, 그 이성과 노동의 시간의 사라짐의 현현이 밤이다. 밤은 존재자들이 세계에 자리잡기 전의 어떤 미결정 상태 속으로 존재자들을 되돌려보낸다. 밤의 시간 속에서 세계는, 이미지의 매혹 속에서 사물이 그런 것처럼, 더이상 존재하지 않고 아직 존재하지 않으며 불투명한 텅 빈 열림만이 존재한다.[3) 그것은 단지 아무것도 없는 공허함이 아니며, 미결정 상태의 존재의 웅성거림으로 가득한 열림이다. 밤의 시간 동안 비현실성과 불가능성이 우글거린다. 밤의 시간 동안 우리는 세계에서 쫓겨나고 이성과 노동의 시간이 제공한 익숙한 것들과 결별한다. 그때 우리는 어떤 사유도 다다를 수 없는 황야로 내던져진다. 그것은 뭔가 감춰진 것에 대한 이해에 우리를 도달시키는 것이 아니라 낯선 것을 낯선 것의 낯섦, 이해 불가능성, 계산 불가능성을 보존한 채로 우리와 접촉하게 하는 것이다. 세계 안에서, 그러니까 낮의 시간 속에서 우리는 낯선 것을, 결국 그것이 잘못된 방식이라고 하더라도, 어떤 식으로든 이해하고 다스리고 익숙한 것들과 동일화시키며 세계 안에서 제자리를 찾아준다. 그러나 밤의 시간, 낯선 것은 우리 앞에 주어져 있으면서도 세계 속에 자기 자리를 찾지 않고 자신의 낯섦을 잃지 않는다. 그것이 사유와는 다른 문학의 어법이며, 문학의 불가능한 어법이다.

　문학에 대한 이러한 관념들을, 현실의 고통으로부터 절망적으로 달아나려는 낭만주의적 환상에서 구해내야만 한다. 우리는 밤의 시간 동안, 혹은 세계의 바깥에서, 혹은 이미지의 매혹 안에서, 세계의 근본적인 결핍이 치유된다고 말하는 것이 아니다. 오히려 문학의 어법 안에서 현실의 시간은 상실되고, 우리에게 익숙한 세계를 상실한 채 우리는 우리 자신의 존재의 위험을 감지한다. 예술의 목표 안에서 진리는 묘사되지 않으며 무

---

3) 모리스 블랑쇼, 『문학의 공간』, 이달승 옮김, 그린비, 2010, 35쪽.

엇인가가 건설되지도 않는다. 예술은 우리가 세계와도 "우리 자신과도 우리의 죽음과도 아무런 가능한 관계를 가지지 못할 때 불쑥 드러나는, 내면 없고 휴식 없는 바깥의 깊이를 보여준다"[4].

2

자신의 친밀한 동료이자 문학적 스승이기도 한 비평가 외르그 드레프스가 사망하자 배수아는 「올빼미의 없음」을 썼다. 그녀는 외르그의 죽음, 그가 더이상 존재하지 않음, 그의 '없음'의 상태가 사망과 같은 중립적인 단어와는 연결될 수 없다는 듯, 그러한 말들이 실제로는 우리에게 아무것도 이해시킬 수 없다는 듯, 외르그의 없음이란 무엇인가고 맹렬하게 물었다. 이러한 물음 속에서 배수아 자신은 문학의 영역을 빠져나오고 있다고 느꼈던 것 같다. 그리고 문학을 어떤 몰이해의 상태와 같은 것으로 간주했다.

그때까지 그것은 나에게 철저하게 추상적인 것이었다. 그것은 죽음이라는 소리를 가진 하나의 문자에 불과했다. 그것은 어두웠으나, 지나가는 낯선 사람의 어두운 그림자였다. 더욱 심각하게 고백하자면, 사실 온전히 예술이며 문학적인 것이었다. 다른 모든 사람들이 그러하듯이 흔히 그것에 대해서 말하고 글로도 썼으나, 나는 그것이 무엇인지 몰랐고, 어떠할 것이라는 아무런 예감조차 갖지 못했다.[5] (이하 강조는 인용자)

여기에 약간의 변경을 가하는 것으로 우리는 문학에 대한 배수아의 진술을 완성할 수 있다. 그렇다. 문학은 어떤 사태에 대해 철저하게 추상적이며 그저 지나가는 낯선 사람의 어두운 그림자일 뿐이다. 문학은 우리의

---

4) 같은 책, 96쪽.
5) 배수아, 「올빼미의 없음」, 『올빼미의 없음』, 창비, 2010, 131쪽.

이해가 완전히 중단되는 순간, 예감조차 가질 수 없는 순간, 낯선 사람의 어두운 그림자 속으로 무너져내리는 순간을 발견하는 것일 뿐이다. 「올빼미의 없음」이 보여주는 것이 바로 그런 것이다.

이 소설이 외르그의 죽음에 대한 슬픈 애도인 것만은 아니다. 보다 정확하게는 애도의 실패 속에 「올빼미의 없음」의 문학적 공간이 열린다. 이 소설은 결코 죽음에 대한 새로운 이해를 가져다주지 않는다. 그런 식으로 '외르그 없음'의 공포를 진정시키고 우리를 다시 세계 속으로 돌려보내지 않는다. 만약 여기에 어떤 이해가 도착한다면 그것은 "지금에야 비로소, 내 생애 처음으로, 나는 죽음을 이해하지 못하겠다"(137쪽)는 것이다. 이것은 단지 몰이해인 것만은 아니다. 그것은 우리의 이해력을 넘어서는 곳, 세계의 바깥에 대한 고통스러운 감각, "실제로는 존재하지 않는, '없음'이란 무시무시한 환각의 체험"(138쪽) 속으로 우리를 던져넣는 것이다. 이해는 언제나 대상과의 거리를 포함하지만 이 고통스러운 감각은 거리의 폐지와 직접적인 접촉을 요구한다.

배수아는 이 '없음의 무시무시한 환각 체험'(다시 이미지!)을 통해 열린 공황상태, 그러니까 정신적 황야를 떠돌며 "예감이 배제된 암시들" "스스로 무지"한 암시들(115쪽)을 더듬는다. 그것은 세계가 우리에게 제시하는 진부한 이해들과는 다른 것이다. "이해에는 궁핍이 공포에는 풍요가 연결"[6]된다. 「올빼미의 없음」 안에서 배수아는 궁핍한 세계로 되돌아가지 않고, 세계 바깥에서, 공포의 풍요로운 그곳에서 떠돈다. "어두운 장막 저편에서 그림자들의 몸짓으로만 이루어진, 이름 없이 희미한 암시" 그것들과 "영원히 반복되는 포옹"을 나누면서(124쪽).(이 점을 놓치고 나면 배수아의 소설이 통상적인 이야기의 흐름을 갖고 있지 않다거나 꿈의 문법을 닮았다거나 하는 지적들은 공허해진다.)

---

6) 블랑쇼, 『문학의 공간』, 382쪽.

배수아가 종종 사용하는 실험적인 시제들 역시 이런 맥락에서 이해해야 한다.

> 너에게 말하지는 않았으나, 나는 나의 꿈, 우리의 숨겨진 꿈에 대해서 이미 불특정 다수에게 누설을 해버렸다. 이미 누설할 생각이었다. 그렇게 될 것임을 알고 있었다. 이미 그렇게 하고 있게 될 것이다.(122쪽)

단지, 과거에 이미 누설할 의도가 있었다는 것이 아니다. 그런 의도가 없었지만 어쩐지 그렇게 될 것 같다고 생각했다는 것만도 아니다. 우리가 인식할 수는 없지만 시간의 흐름 속에는 미래의 어떤 상태들이, "이미 그렇게 하고 있게 될" 다른 시간이 달라붙어 있다. 배수아의 문장들은 사물들을 '이미 그렇게 하고 있게 될' 밤의 시간으로 되돌려보낸다. "그 시간 속으로 걸어들어가고 싶다. 이 세상의 보편적인 시간이 아니라, 무의식으로부터 강탈당하지 않은 어떤 시간, 인위적인 세계로부터 분리된 시간, 미래에 자리잡은 과거의 시간을 말하는 것이다."(142쪽) 밤의 시간을 향한 이러한 걸음을 재현하는 것이 문학이라고 말하는 것이 아니다. 문학이 바로 그 걸음이다.

3

블랑쇼의 논의에 완전히 의지하고 있는 이 글은, 지나치게 추상적인 영역으로까지 비약한 것처럼 또 논리적 연관관계가 너무 빈약한 것처럼 보인다. 그것은 아마도 사실일 것이다. 우리는 세계로부터 물러선 어떤 불가능한 시간에 대해 생각하고 있기 때문에 이런 위험들을 감수할 수밖에 없다. 그런데 왜? 우리는 왜 이런 위태로움을 감수하면서까지 세계 바깥의 불가능한 시간을 떠도는가? 그것은 우리가 '문학이란 무엇인가?'를 그러한 위태로움의 자리에 올려놓기를 원하기 때문이다. 모세가 이끄는 낙원으로의 여정에서 이탈한 길 위에 문학을 놓기를 원하기 때문이다. 바로 그 위태로운 곳에 낯선 미래의 풍요로움이 있으리라고 예감하기 때문이다.

이러한 욕망이 거부될 수는 있겠지만, 이 욕망은 단지 '나쁜 취향'에 대한 경도는 아니며, 무엇보다 문학을 철학적 성찰이나 정치적, 윤리적 과제에 봉사하게끔 할 때 우리가 상실하는 무엇인가를 가리켜 보인다. 예컨대 '근대문학의 종언'과 같은 논의들.

(18세기 독일 정신사에서의 '미학'의 영향을 언급하면서) 그 결과, 그때까지만 해도 낮기만 했던 소설의 지위가 상승합니다. 그러나 그것에 대한 짐(負荷)도 큽니다. (……) 문학이 지적이고 도덕적인 것을 넘어선다는 것은 역으로 끊임없이 지적이고 도덕적이어야 하는 짐을 지는 것이기도 합니다. (……) '종교와 문학'이나 '정치와 문학'이라는 논의는 문학이 단순한 오락에서 승격했기 때문에 생겨난 것입니다. (……) 문학의 지위가 높아지는 것과 문학이 도덕적 과제를 짊어지는 것은 같은 것이기 때문입니다. 그 과제로부터 해방되어 자유롭게 된다면, 문학은 그저 오락이 되는 것입니다.[7]

여기서의 문학은 다만 윤리적이고 정치적인 과제를 짊어질 때만 가치 있는 것이 되고 그렇지 않을 때는 한낱 오락에 불과하다. 그런데 윤리적이고 정치적인 과제란 본래 문학의 고유한 것은 아니며, 문학 외부에서 부과된 짐이다. 그것은 이를테면 18세기 독일 미학이라는 특수한 배경 속에서 주어진 짐이며, 문학의 신분 상승을 위해 지불되어야 할 수고이지 문학 본래의 것은 아니다. 사정이 그렇다면 그러한 수고를 제외한, 문학 본래의 고유한 자리는 어디에 있는가? 가라타니는 윤리적이고 정치적인 과제의 바깥에 있는 문학의 자리, 문학의 시간을 알지 못한다. 가라타

---

7) 가라타니 고진, 『근대문학의 종언』, 조영일 옮김, 도서출판b, 2006, 51~53쪽. 괄호 안은 인용자.

니는 '문학이 지적, 도덕적인 것을 넘어선다'는 관념 속에서조차 그 넘어섬의 근거를 지적이고 도덕적인 영역에서 찾는다. 그러므로 고진은 아주 간단하게 문학이란 단지 오락일 뿐이라고 답한다. 본래 오락거리일 뿐인 문학 위에 이런저런 짐을 얹어두었다가 사정이 여의치 않게 되자 그 짐을 다시 다른 자리로 옮겨둔 것, 그것이 '근대문학사'라는 그리 길지 않은 인류의 소동이었다. 가라타니 고진의 논의는 겉으로는 오늘날의 역사적 상황에 비춰 근대문학의 시한 종료를 선언하는 것처럼 보이지만, 실제로는 다만 문학을 이미 죽어 있는 것(단순한 오락)으로 전제하고 있기 때문에, 문학이 문학 아닌 것(윤리적, 정치적 과제)을 수행하는 예외적인 순간들이 지나면, 언제든지 다시 죽은 것으로 판명되는 것은 자연스러운 일이다. 「근대문학의 종언」에 어떤 놀라움이 있다면, 그것은 고진이 이 시점에서 근대문학의 사망을 선고했다는 데에 있지 않고, 그가 문학을 본래 죽은 것으로 이해하고 있었다는 데 있다. 고진은 문학의 위험을, 세계의 바깥으로 물러서서 밤의 시간, 황야를 떠도는 위태로움을 감수하기를 거절하면서, 실상 문학에 대해서는 아무것도 말하고 있지 않거나, (오락 이상의) 문학이란 없다고 말하고 있다.

'근대문학의 종언'을 거부하는 문학비평가들조차도, 실제로는 '문학 없음'의 노선을 고수하는 것처럼 보일 때가 있다. 예컨대 "내 욕구를 위해 타인의 영토(육체)에 침범해들어가도 된다는 사고방식이 내면화되고 구조화된 사회, 음란의 소비가 일상화된 사회를 진심으로 통탄하고 비판하지 않고서는, 고상한 어휘로 윤리를 이야기하는 것에 과연 어떤 의미가 있겠는가"라고 묻고 "우리가 밀착해 있는 생의 조건과 우리 자신에 대한 뼈저린 반성의 시간 없이는 우리가 '세계문학'이라고 부르는 언어 예술의 반열에 오를 만한 작품들이 한국어로 쓰일 수 없다"고 단언할 때,[8] 문학

---

8) 허윤진, 「출사표」, 『문예중앙』 2010년 가을호, 327쪽.

은 어디에 있는 걸까? 이 문장들의 선한 의도와는 무관하게도 새로운 비평을 요구하는 이 글은 황야를 떠도는 문학의 언어를 세계 안쪽으로 다시 불러들이며 문학을 문학의 자리에서 내쫓는다. 여기서 제시된 '비판'과 '반성'이란 실상 철학적이고 윤리적이며 정치적인 과제가 아닌가. 이러한 과제의 의의를 우리는 온전히 지지할 수 있지만, 그것이 문학의 과제라는 주장에 대해서는 납득하기 어렵다.

문학이 철학적이고 윤리적이며 정치적인 과제에 참여할 수는 있겠지만, 그러한 참여가 곧 문학의 의무인 것처럼 말할 때 우리는 문학의 자리를 지워버리고 있는 것은 아닌지 돌아볼 일이다. 오늘날 매우 흔하게 볼 수 있는 하나의 관점, 문학을 하나의 '증상'으로 해석하면서 그 증상이 가리켜 보이는 현실의 어떤 단면을 포착하려는 시도들 또한 이러한 질문에서 자유롭지 못하다. 물론 우리가 하나의 작품을 증상으로 읽는 것은 가능하다. 그러나 문학을 문학이게끔 하는 바로 그것이, 작품을 '해석 불가능한' 증상으로 만든다면 어찌할 것인가? 그럼에도 우리의 비평적 욕망이 저 불가능성의 위치에 있는 것들을 세계의 안쪽으로, 가능성의 세계로, 대낮의 시간으로 난폭하게 끌고 들어오면서 낯선 것의 낯섦이 모두 상실되고 말았다면 어찌할 것인가? 그림자가 우리의 몸체를 떠나 홀로 일어서는 『百의 그림자』(황정은, 민음사, 2010)의 모티프를 두고 "현실의 삶에 좌절하고 차라리 죽음을 바라는 상태를 나타내는 하나의 비유적 장치"로 이해하는 독법에서,[9] 해석 불가능함 자체를 익숙한 현실의 어떤 상태로 환원시키려는 초조함을 읽어낸다면 그것은 지나친 것일까.

'문학이란 무엇인가?' 하는 질문과 함께 지금 나는 너무나 위태로운 영역에 서 있다. 이 자리는 자칫 조롱하는 의미에서의 '순수문학'과 혼동될 수 있고, 비윤리적이며 정치적 무지함의 증거로 비난받을 수 있다. 그러

---

9) 한기욱, 「문학의 새로움과 소설의 정치성」, 『창작과비평』 2010년 가을호, 404쪽.

나 문학을 문학으로 만드는 바로 그것은 그러한 세계 내의 다스림의 문제 바깥에 있다. 차라리 그 바깥으로 빠져나가는 위험을 감수하는 데에 문학은 있다고 말할 수 있다. 우리를 매혹시켜 세계를 망각하게 만드는, 그 이미지 만들기의 금기를 위반하는 데에 문학은 있는 것이니까. 십계명의 성실한 이행자들에게 문학은 아직 열리지 않는 것이니까.

(2011)

1부

/

밤, 바깥, 이미지

노아의 방주로부터 대홍수를 구출하기

1. 무엇을 여성적인 것이라 할 수 있을까?

섬세한, 아름다운 것에 민감한, 감정적인, 수줍어하는, 수동적인, 관계 지향적인, 모성적인 등등의 형용사를 '여성적인 것'에 귀속시킬 수 있을까. 어떤 의미에서는 그럴 수도 있으리라. 여성적인 것에 대한 이와 같은 이해에는 확실히 우리의 통념에 부합하는 측면이 있다. 하지만 이 형용사들의 계열체가 가부장제적 의미 체계 안에서 여성적인 것으로 배당된 점을 간과해서는 안 된다. 그것은 과감한, 힘있는 것에 민감한, 이성적인, 대담한, 능동적인, 성취 지향적인, 부성적인 등 가부장제적 의미 체계 안에서 중요한 것으로 승인된 계열체의 대립항이자 결여로 구성된 것이다. 이러한 대립 구도 안에는 남성들이 우월한 지위를 차지하는 것이 자연스럽고도 당연한 일이라는 암시가 포함되어 있다. 앞에서 제시한 일련의 형용사들과 여성적인 것을 연결시키는 사고작용 자체가 가부장제적 의미 체계를 이루고 있는 것이다. 그러므로 통념상의 '여성적인 것'을 여성다움으로 내세우고 가치부여하려는 시도는 알게 모르게 가부장제적 통념을 온존시키는 기능을 발휘한다고도 할 수 있다. 그렇다고 해서 남성들의 통제와 억압에 대항하는 투쟁적인 여성상을 떠올리는 것이 '여성적인 것'에 대한 사유의 출발점이 될 수 없는 것은 자명한 일이다. 그것은 여성들이 스스로에게 남성적인 것을 덧칠하면서 자기 자신을 이중으로 소외시키는 것일 뿐이다.[1]

'여성적인 것'을 사유하기 위해서는 남성들의 욕망에 의해 타자화된 (그리고 그런 방식으로 남성들의 지배를 허용하는) 여성적인 것과 그것을 신비화하는 방식으로부터 벗어나야 할 뿐만 아니라, 남성적인 것과의 투쟁 속에서 여성들이 남성적인 것으로 덧칠되는 방식 또한 피해야 한다. 그렇다면 여성적인 것에 대한 사유는 우선 전통적인 여성성/남성성의 이분법을 망각하는 데서 시작되는 것이 아닐까. 우리는 지금 이 작업을 신경숙, 한강, 배수아의 소설과 함께 시작해보려고 한다. 우리의 통념에서 지나치게 여성적이거나 혹은 성적 차이를 제거하려는 것처럼 보이는 작가들에게서 오히려 전통적인 여성성/남성성의 구분을 뛰어넘는 어떤 특질을 발견할 수 있을 것으로 우리는 기대해보는 것이다. 만일 거기에서부터 여성적인 것을 재구성할 수 있다면 그것은 어떤 것이 될 것인가. 그리고 다시 그것은 어떤 방식으로 문학적인 것에 연동하고 혹은 그것을 충격할 것인가.

2. 가시적인 것의 비가시화

신경숙의 『엄마를 부탁해』(창비, 2008)를 두고 벌어진 2009년의 논의들을 '여성적인 것'의 관점에서 다시 살피며 우리의 논의를 시작해보자. 한편에서는 『엄마를 부탁해』가 한 여성에게 부과된 모성적 역할을 미화 혹은 신화화하고 있으며 이 때문에 모성적 보살핌으로 충만한 가족관계 속에서 실제적 갈등을 상상적으로 해소시키고 손쉬운 화해와 위로를 제

---

1) 황종연, 「여성소설과 전설의 우물」, 『비루한 것의 카니발』, 문학동네, 2001, 64~65쪽 참조.

공한다는 비판이 제기되기도 했다.[2] 이런 비판적 논의들을 우리의 맥락에서 다시 써본다면, 『엄마를 부탁해』는 남성들(과 남성들의 어법에 순응하는 여성들)이 무반성적으로 여성적인 것(혹은 모성적인 것)이라고 간주하는 성격과 행동 양식들을 재승인하고 강조하면서 가부장제적 통념을 유지하고 또 활성화시키는 데 어느 정도 기여했다고 할 수 있겠다. 그런 점에서 본다면 『엄마를 부탁해』의 대중적 성공은, 이 작품이 독자들이 보고 싶어하는 바로 그 '여성적인 것'을 보여주고 확인시켜주며 안심시킬 뿐이라는 점에 대한 증거처럼 보일 수도 있겠다.

그런데 이런 비판적 견해들이 텍스트 자체에 얼마나 충실한 것인지에 대해서는 좀더 따져봐야 할 것 같다. 『엄마를 부탁해』는 모성의 역할을 신화화하고 있다기보다는 오히려 엄마 또한 엄마를 필요로 하는 불완전한 인간들 가운데 하나이고("엄마는 알고 있었을까. 나에게도 일평생 엄마가 필요했다는 것을.", 254쪽), 엄마에게도 모성 역할과 분열되는 자신만의 욕망이 있으며(특히 4장에서 박소녀의 동반자이자 연인처럼 등장하는 '이은규'의 존재), 그들이 엄마로 태어난 것은 아니었으되 마치 그들이 엄마로 태어났다는 듯이 모성 역할의 짐을 짊어졌고 그 무게가 그들의 삶을 짓눌렀으며 그렇다는 사실을 가족들에게조차 인정받지 못했다는 점을("너는 처음부터 엄마를 엄마로만 여겼다. 처음부터 엄마로 태어난 인간으로.", 36쪽) 환기시키고 있기 때문이다.[3]

---

2) 강유정, 「돌아온 탕아, 수상한 귀환」, 『세계의 문학』 2009년 봄호: 고봉준, 「감동의 문학과 영감의 문학」, 『문학수첩』, 2009년 봄호: 이도연, 「기억을 구성하는 두 가지 방식」, 『문학들』 2009년 봄호: 오길영, 「신경숙의 베스트셀러와 비평의 위기」, 프레시안, 2010.10.15.

3) 앞에서 제시한 비판적 논의들에 대한 반박이 될 수도 있을 이러한 독해방식은 다음의 글들이 이미 수행한 바 있다. 류보선, 「'엄마'라는 유령들」, 『문학동네』 2009년 봄호: 황종연, 「응석쟁이의 예술」, 『문학동네』 2009년 봄호: 유희석, 「'엄마'의 시대적 진실을 찾아서」, 『창작과비평』 2009년 여름호: 신형철, 「누구도 너무 많이 애도할 수는 없다」, 『문학동네』 2010년 가을호.

그러므로 『엄마를 부탁해』는 가부장제적 통념을 유지하고 활성화시킨다기보다는 차라리 가부장제 안에서 제 목소리를 낼 수 없었던 엄마들에게 말할 수 있는 기회를 부여하고 또한 그들의 목소리가 우리의 삶에 어떤 변화를 가져오기 바라는 욕망을 함축하고 있다고 말해야 한다. 이 소설은 우리에게 어떤 화해와 위로를 부여하지 않는다. 오히려 지금까지 우리의 삶을 지탱하는 데 가장 큰 기여를 했으나 무관심과 유기로만 보답받은 존재들에 대한 우리의 책임을 떠올린다는 점에서 오히려 어떤 불편함을 포함하고 있다. 이 소설의 제목이자 마지막 순간에서 흘러나오는 탄식, '엄마를 부탁해'가 강조하는 것이 그것이 아닌가.

　여기 이 자리에 서게 되면 네가 기도하려 한 간절한 소망은 이역만리 아시아 대륙 저 끝에 붙은 조그만 나라에서 살다 간 ①한 이름없는 여인을 한 번만 다시 보게 해달라는, 찾게 해달라는 것이었다. 아니다. 어쩌면 그게 아니었는지도. 엄마가 더이상 지상에 존재하지 않는다는 것을 너는 알고 있는지도. 너는 ②엄마를 잊지 말아달라고, 엄마를 가엾이 여겨달라고 말하고 싶어 여기에 온 것인지도. 그러나 막상 투명한 유리 저편 대좌에 앉아 창세기 이래 인류의 모든 슬픔을 연약한 두 팔로 끌어안고 있는 여인상을 보고 ③아무런 말을 할 수가 없었는지도. 너는 넋을 잃고 성모의 입술을 바라보았다. 눈물이 한 방울 너의 감은 눈 아래로 흘러내렸다. 너는 비틀거리며 뒷걸음치듯 그 자리에서 물러났다. 미사를 보려는지 사제들이 줄을 지어 네 곁을 지나갔다. 너는 성당 입구까지 걸어나와 긴 회랑과 눈부신 빛에 둘러싸인 광장을 망연히 내려다보았다. 그제야 여인상 앞에서 차마 하지 못한 한마디가 너의 입술 사이에서 흘러나왔다.
　④엄마를, 엄마를 부탁해―(282쪽)

문자 그대로 신성화된 어머니, 성모마리아 앞에서 박소녀의 큰딸은 무엇을 기도했는가. 실종된 어머니를 찾게 해달라고 빌었는가(①). 아니다. 그녀는 그런 생각을 회피하고 싶었겠지만 이미 어머니가 돌아가셨고 그래서 찾을 수 없으리라고 짐작하고 있었다. 그러므로 이제는 찾을 수 없는, 자기희생적 보살핌의 짐을 짊어져야만 했던 어머니의 삶을 기억해달라고(이것이 성모에 대한 탄원이므로 이 '기억'은 '구원'과 등가이다) 빌었는가(②). 그것도 아니다. 그러한 모든 기도들은 엄마에 대한 짐 지우기를 신성화된 어머니에게 다시 한번 반복하는 것뿐이다. 그 자신 엄마가 필요한 불완전한 인간이며 모성의 역할과 화해할 수 없는 자신만의 욕망을 가졌으나 결국 너무 무거운 모성의 역할을 떠맡아 스스로를 희생해야 했던 박소녀에 대한 짐 지우기의 반복. 그러나 신성화된 어머니 또한 죽은 아들을 끌어안은 슬픔으로 이미 벅차다. 그러므로 피에타 상 앞에서 그녀는 "아무런 말도 할 수가 없었"(③)다. 그녀는 피에타 상 앞에서 물러나와 광장을 바라보며, 인간들의 세계에 대고서야 참아왔던 말을 뱉을 수 있었다. "엄마를, 엄마를 부탁해—"(④) 엄마들에게 자신의 목소리를 되찾아주는 것, 그녀들의 희생을 뒤늦게나마 애도하는 것, 그녀들의 너무 많은 짐을 나눠지며 그녀들에게서 서로 보살핌의 윤리를 배우는 것, 그것이 살아 있는 우리들의 책임이라는 것을 '엄마를 부탁해', 이 마지막 한 문장이 요약하고 있는 셈이다.

　　이런 식의 독법은 『엄마를 부탁해』가 수행하는 것을 대략 다음과 같은 식으로 정리하고 있는 것처럼 보인다. 가부장제적 언어 체계 안에서는 포착할 수 없었던 것을 노출시키기, (설사 그것이 가부장제적 현실하에 순응하는 것이라 하더라도) 여성적인 경험에 밀착해서 어떤 숨겨진 진실(결국 가부장제적 현실에 균열을 가하는 진실)에 도달하기. 결국 비가시적인 것을 가시화하기. 뒤늦게 『엄마를 부탁해』를 둘러싼 논쟁에 가담해서 이 소설이 뛰어난 작품인지 그렇지 않은지를 논하는 것이 이 글의 관심사는 아니지만, 앞서 소개한 비판적 독해보다는 이쪽이 좀더 작품의 실상에 가까운 것으로 생각된다. 그리고 이런 독해들을 우리의 맥락에서 조금 더 밀고 나간다면, 비가시적인 것을 가시화하는 『엄마를 부탁해』의 형식이 '여성적인 것'을 함축할 수 있는 소설의 한 가지 전략이라고 평가할 수도 있을 것이다.

하지만 여기서 한번 더 비틀어 읽기를 시도해보면 어떨까. 비가시적 존재에게 제 목소리를 찾아주고 가시적 존재로 변모시키며 세계에 대한 참여권을 부여하는 것은, 결국 세계를 건설하고 다스리며 그 영토를 확장시키려는 '남성적인' 욕망에 대한 훌륭한 보조 장치가 아닐까. '비가시적인 것의 가시화'는 전통적인 의미에서의 남성적인 것과는 조금 다른 것처럼 보이기도 하지만, 존재자들의 존재함을 염려하고 존재자들의 자기 자신으로의 있음을 돌보고 가꾸기를 욕망한다는 점에서는 결국 같은 방향을 향하고 있는 것은 아닌가.[4] '여성적인 것'을 결정짓는 성적 차이가 그보다 근원적인 데, 세계인가 바깥인가에 있다면 어찌할 것인가. 『엄마를 부탁해』가 신경숙의 이전 작품들에 비해 무엇인가가 부족하다고 느꼈을 비판적 독해자들은 텍스트 자체에 대한 섬세한 읽기를 희생시키면서까지 이데올로기 비판을 시도할 것이 아니라, 신경숙의 이전 작품들이 보여줬던 근본적으로 여성적인 속성들이 『엄마를 부탁해』에서는 크게 위축된 점을 지적했더라면 보다 생산적인 논의의 틀을 마련할 수 있지 않았을까(그러나 이런 진술이 곧장 여성적인 것을 함축한 소설이 우월하다거나 세계의 다스림에 기여하는 문학이 비문학적이라는 주장으로 연결되지는 않는다). 내가 보기에 신경숙의 어떤 작품들 가운데서 빛나고 있지만 『엄마를 부탁해』에서는 거의 찾아볼 수 없는 것은, '가시적인 것을 비가시화'하면

---

4) 남성적인 것을 반드시 억압적이거나 파괴적인 것으로 평가할 이유는 별로 없는 것 같다. 우리가 비하된 여성적인 것으로부터 참된 여성적인 것을 구제하기 위해 애쓰는 것처럼, 조만간 비하된 남성적인 것으로부터 참된 남성적인 것을 구제하려는 시도가 요청될 것이다.

서 존재자들의 존재함으로부터 빠져나가 세계의 바깥을 더듬는 장면들이다. 혹시 우리가 이런 장면들에서 어떤 구체성을 확보할 수 있다면 거기에서부터 신경숙 소설의 '여성적인 것'을 재구성할 수도 있지 않을까. 또한 신경숙의 소설과 더불어 '여성적인 것'과 '문학적인 것'을 함께 사유할 수 있는 보다 생산적인 논의를 마련할 수도 있지 않겠는가. 예컨대 『바이올렛』(문학동네, 2001)과 같은 소설과 더불어.

비가시적인 것을 가시화한다고 했을 때, 소설의 문장들은 숨겨져 있는 어떤 진실을 노출시켜 거기에 어떤 의미를 부여하고 설명을 가하면서 세계의 안쪽으로 편입시키고자 한다. 그러나 『바이올렛』의 그녀 오산이는 현실세계 안에 있지도 않고 또 있을 수도 없는 것을 낯선 것인 채로 감각하고 거기에 어떤 의미 부여나 설명도 시도하지 않은 채로 그러한 감각들에 자기 자신을 노출시킨다. 여기에는 어떤 실체도 없기 때문에 그녀는 다만 불분명한 어떤 느낌들과 환영들, '무언가'라고밖에는 지칭할 수 없는 것들의 와글거림에 둘러싸인다. 낯익은, 현실적인, 실체적인 경험들을 물러나게 하고 움켜쥘 수 없는 이미지들의 피어남 속에 자신을 내맡기는 것, 가시적인 것의 비가시화, 예컨대 이런 장면들.

처음엔 그녀 혼자 창 쪽을 물끄러미 바라보며 거기 앉아 있었다. 그러다가 빗소리와 함께 차차 그 남자가 느껴졌다. 아니다. 그렇게 늦게는 아니다. (……) 눈이 떠졌을 때, 그때 그 남자의 얼굴이 바로 눈앞에서 그녀를 그윽이 내려다보는 것 같았다. (……) 왜 그 남자가? 허둥거리며 그녀가 의자로 몸을 옮겼을 때 그녀는 의자가 아닌 그 남자의 무릎에 앉는 듯한 기분이 들었다.(164~165쪽, 이하 강조는 인용자)

그녀는 자신의 살갗을 통과해 비까지도 함께 맞고 있는 그녀 속의 그를 다시 느낀다. 불안이 와와, 하고 솟아난다. 빗속을 찰박찰박 뛸 때마다 불안

도 자꾸만 와와 와와 와와, 솟아나서 잔 올챙이들처럼 와글거린다.(167쪽)

와아, 슬픔이 솟구치더니, 그 솟구침이 가라앉는 데 한참이 걸리더니 아아, 어쩌는가, 그때부터 계속 그녀 곁에 따라붙는 그의 환영.(172쪽)

그녀는 그녀 자신이 지금 그녀를 관찰하고 있음을 느낀다. 관찰하고 있는 그녀는 엎드려 있는 그녀를 어느 정도 알고 있다. 엎드려 있는 그녀가 지금 탁자 위에 눈물을 쏟고 있는 그녀가 어젯밤부터 무언가에 휩싸여 있다는 것을, 그 무엇에 휩싸인 그녀는 다른 모든 것에 무심해졌다는 것을. 그녀는 바보같이 군다.(179쪽)

이 인용문들을 그저 오산이가 한 남자에게 마음을 빼앗긴 것을 '비유적'으로 표현한 것이라고 축소해서 읽어서는 안 된다. 그녀는 사물과 공간 위에 유령처럼 달라붙은 이미지들과 접촉하면서 거기서 눈을 떼지 못하고 있다. 만일 이미지가 포착할 수 없는 낯선 것들을 세계의 중심에 재배치하며 우리에게서 의미 부여 능력과 함께 세계 자체를 빼앗아가는 계기라면, 그러면서도 동시에 객관적 현실세계의 사라짐 가운데 우리를 위협하는 무(無)의 파도를 씻고 조정하여 사랑스럽고 순수하게 만들어 우리를 매혹하는 것이라면,[5] 『바이올렛』의 오산이가 지금 이미지에 매혹되었다는 것 이외에 달리 무엇이라 말할 수 있을까. 이미지에 매혹된 그녀는 지금 가시적인 것(객관적 현실세계)을 비가시적인 것(포착할 수 없는 낯선 것들)으로 만들고 있는 중이며 바로 그런 과정 중에서만 이미지에의 매혹은 유지된다. 그것은 오산이의 마음속에 숨어 있던 무엇인가를 밝히고 설명하면서 어떤 이해에 도달하는 과정(비가시적인 것의 가시화)과는 반대

---

5) 모리스 블랑쇼, 『문학의 공간』, 이달승 옮김, 그린비, 2010, 32쪽, 370~371쪽 참조.

방향으로 작동한다. 그것은 차라리 이야기의 흐름을 방해하고 사건들의 합리적인 연관관계를 교란시키고 이해 불가능하게 만든다.

『바이올렛』에서 작가의 역량은 낯익은, 현실적인, 실체적인 경험들로 부터 움켜쥘 수 없는 이미지들이 피어나는 순간들을 창조하는 데 바쳐진 다. 독자들은 오산이의 마음을 이해하게 되는 것이 아니라 오산이의 마음 이 부딪혔을 매혹과 불안과 이해 불가능성을 함께 겪으며 그 이미지 속에 서 길을 잃게 된다. 길을 잃어버린 가운데 이미지들의 반짝임 속에 비가 시적인 것들을 체험할 수 있다. 이 이해 불가능성의 체험들이 가져다주는 불안에서 벗어나기 위해 너무 성급하게 어떤 설명을 도입해서는 오히려 『바이올렛』의 이미지의 풍성함을 빈약하게 만들게 된다. 예컨대 오산이 가 사진기자에게 주체할 수 없는 욕망을 느끼면서도 그에게 다가가기를 주저하고 스스로의 삶을 서서히 훼손하기 시작했던 것을 두고 오산이의 유년기 체험 탓으로 이해해서는 안 된다. 동성애적 분위기 속에서 친구 서남애에게 매혹됐다가 거절당한 상처가 너무 깊어 사진기자를 향한 그 녀의 욕망은 그녀도 모르는 사이에 불안에 가로막히는 것일까? 이런 식 의 손쉬운 설명은 『바이올렛』을 지나치게 단순화하는 면이 있다. 오히려 사진기자에게서 촉발된 어떤 매혹에 이미 근원을 알 수 없는 불안이 포함 되어 있고 이 이해 불가능한 비가시적인 동요를 감각한 오산이가 이 동요 를 복제하는 이미지들을 만들어내고 있다고, 그것이 미나리 군락지에서 의 매혹과 거절의 기억을 떠오르게 한 것이라고 읽어야 할 것이다.[6]

---

6) 갑작스럽게 오산이를 찾아온 이 기억을 실제로 있었던 일이라고 확정하기도 어렵다. 남 자에 대한 욕망에서 비롯된 어떤 혼란이 이 기억에 간섭하고 있기 때문이다. 오산이는 이미 그런 방식의 왜곡을 감지한 적이 있다. "어제(그 남자와 재회한 날-인용자), 나는 소매가 없는 자줏빛 실크 블라우스에 흰 물방울이 그려진 연둣빛 치마를 입고 있었다. 고 생각하다 가 그녀는 물속에서 고개를 젓는다. 아니야. 어제 나는 흔하디흔한 흰 셔츠와 청색 바지를 입고 있었어. (……) 자줏빛 실크 블라우스와 흰 물방울이 그려진 연둣빛 치마는 갖고 있지 도 않은데."(169쪽)

이 소설의 제목이자 중심 이미지이기도 한 바이올렛의 경우는 어떤가. 바이올렛을 촬영하러 오산이가 일하는 화원에 방문한 사진기자는 꽃이 아니라 풀처럼 보이는 수수한 바이올렛을 두고 불평을 하다 오산이의 얼굴을 찍어둔다. 나중에 우연히 어느 카페에서 재회했을 때 그는 자신을 알아보지 못하는 오산이에게 "바이올렛 말이요"(152쪽)라고 소개하고 갑자기 "지난번 그놈의 바이올렛 때문에 당신을 처음 봤을 때 내 가슴이 얼마나 뛰었는지 알아? 당신 내 카메라 바라보느라 눈 내리깔고 있을 때, 이 세상에 저렇게 아름다운 눈썹도 있구나, 내내 생각했지. 내 마음 몰랐지요?"(156쪽) 하고 고백한다. 이제 바이올렛 위에 오산이와 그의 마음이 부딪히기도 하고 빗겨가기도 하며 소용돌이친다. 소용돌이는 주변 사물들의 속성들을 끌어모으고 뒤섞어 비현실적이고 비가시적인 바이올렛으로 피어난다. 그녀의 바이올렛에는 다음과 같은 것들이 결합되고 중첩되며 드리워진다. 제우스에게 사랑받은 탓에 헤라에게 쫓기고 이집트에 도착할 때까지 암소로 살아야 했던 아름다운 여자 이오의 슬픈 운명(153~154쪽, '이오의 눈'은 바이올렛의 별칭이다), 영어사전의 violet 항목에 뒤이어 나오는 violence(격렬, 맹렬, 폭력, 난폭), violator(위배자, 방해자, 모독자, 능욕자)의 불길함(184~185쪽), 공사장의 인부들 앞에서 마치 그들을 유혹하듯 짧은 치마를 입고 배드민턴 치는 여자들의 싱그러움(176~177쪽, 오산이는 배드민턴 치는 여자들에게서 자신에게는 없는 명랑함과 과감함을 봤을까? 남자들의 시선 안에서 움직이는 그녀들에게서 동질감을 느꼈을까?)과 나방이를 먹어치우는 식충식물 '비너스 눈썹'이 암시하는 유혹과 파멸(180~181쪽, 그가 아름답다고 특정한 눈썹!). 오산이의 바이올렛은 저 슬픔과 불길함, 싱그러움, 유혹과 파멸의 향기로 장식된다기보다, 바로 그 슬픔과 불길함, 싱그러움, 유혹과 파멸 자체이며 그것들의 복합체이다. 사진기자가 무언가를 소유하고 있기 때문에 오산이가 그에게서 주체할 수 없는 욕망을 느꼈던 것이 아니라 이 비가시적 바이올렛에 매혹되어 있기 때문에 오산이의 운명은 그런 식으로 결정지어진 것이다. 오산이는 그것이 어떤 식으로든 아름다운 추억으로 꽃피우기를 바랐겠지만 그녀의 바이올렛은 이미 너무 어둡고 무겁다. 어렵게 찾아간 사진기자가 오산이를 알아보지도 못했을 때 그녀의 바이올렛은 무참히 뽑혀버린 것이지만 그전에 그녀의 바이올렛은 이미 불길하고 파멸을 예감하게 하는 것이었다. 그리고 그날 밤 미술관 앞 공터에서 그녀가 공들여 심고 가꿨던 바이올렛이 포클레인에 의해 파헤쳐진 것을 목격했을 때 그녀는 그러한 체험들을 또다시 반복한 것일 뿐이다. 그녀가 무모하게도 포클레인에 달려든 것은, 그러다 포클레인의 삽 쪽에 올라타 마치 자신이 바이올렛이라는 듯 삽 안에 담긴 흙에 자신을 심고서 안심한 듯한 표정까지 지은 것은, 자신을 뒤흔들어놓고 자신을 알아보지도 못한 남자(=바이올렛을 끝장내버린 포클레인)에 대한 항의이자 비가시적 바이올렛이 함축했던 독해되지 않은 기미들의 폭발이며 마지막으로 자신의 바이올렛을 다른 방식으로 꽃피워보려는 절망적인 시도이다.

지금까지의 검토에서 다음의 사항들이 어느 정도 분명해진 것은 아닐까. 『바이올렛』은 사건들이 합리적인 연관관계를 갖고 전개된다기보다 이미지에 의해 지배되고 있다는 것, 이미지는 객관적 현실세계로부터 피어나지만 곧 비현실적이고 낯선 것을 사물의 중심에 배치하면서 세계를 물러나게 하고 우리의 의미부여 능력과 이해의 능력을 회수해버린다는 것, 결국 가시적인 것을 비가시화함으로써 이 소설은 우리에게 독특한 체험을 하게 한다는 것, 그리고 그 독특한 체험을 아마도 '문학적인 것'이라고 부를 수도 있으리라는 것, 덧붙여 어쩌면 모성을 강조한다거나 비가시적인 것을 가시화하면서 세계를 확장하는 방식보다 이쪽이 보다 근본적으로 남성적인 것과 차이 나는 것, '여성적인 것'이 될 수 있으리라는 것.

3. 여성적인 죽음 혹은 자신의 존재로부터 빠져나가기

한강의 소설이 여성적이라고 말할 때, 상처 입은 존재들에 민감한 그녀의 문장을 근거로 제시한다면 우리는 또다시 진부한 통념 속으로 들어가게 될 뿐이다. 「채식주의자」(『채식주의자』, 창비, 2007)와 같은 작품에서 동물성에 대비되는 식물성을 강조하는 것 또한 마찬가지다(게다가 이런 식의 독해는 오독일 가능성이 크다). 우리가 한강 소설에서 발견할 수 있는 '여성적인 것'은 아마도, 2000년대에 들어 더욱 집요해진 그녀의 테마, '죽음의 극복'일 것이다.

죽음의 극복이라고 말할 때에는 약간의 주의를 기울여야 한다. 그것은 남성적인 죽음과도 다르고, 죽음을 이겨내고 초월하고 아무렇지도 않은 것으로 취급하는 태도와도 다르다. 여성적인 죽음의 극복을, 2000년대 최고의 중·단편소설로 꼽히기도 했던 김연수의 「다시 한 달을 가서 설산을 넘으면」(이하 「설산」, 『나는 유령작가입니다』, 창비, 2005)의 죽음과 비교해보면 어떨까.[7] 한 여자가 사랑하는 남자를 남겨두고 한강에서 투신했다. 그것만으로도 이 남자에게는 견딜 수 없는 일이었을 텐데 그녀의 유서에는 남자에 대한 어떤 언급도 없으며 유서의 문장들에는 의미를 확정하기 어려운 모호한 구석이 있다. 그가 그녀의 죽음을 전혀 감지할 수 없었고, 그녀 삶의 마지막 장면에 아무런 흔적도 남기지 못했으며, 이제 그녀가 남긴 문장들을 이해할 수조차 없다면, 그녀와 그 사이에 지속됐다고 믿었던 감정들은 대체 무엇이며 거기에 또 어떤 의미가 있겠는가. 그러므로 그녀의 유서는 절대로 이해할 수 없는 것이지만, 동시에 절대로 이해해야만 하는 문장들이다. 이제 남자는 온 힘을 기울여 네 문장으로 이루

---

7) 이것은 『한겨레21』이 지난 2010년 9월 평론가들을 대상으로 조사해 발표한 것이다. 「지난 10년, 문학은 이들 때문에 행복하였노라」, 『한겨레21』, 2010. 9. 3.; 이하 「다시 한 달을 가서 설산을 넘으면」에 대한 분석은 같은 잡지에 실린 졸고 「이해할 수 없는 뻥 뚫린 구멍」의 일부를 수정 보완한 것이다.

어진 짧은 유서를 이해하고자 한다. 그는 닥치는 대로 도서관의 책들을 읽어나갔으나 별 소득이 없었다. 그녀와 자신에 관한 기억을 토대로 소설을 썼는데도 마찬가지. 급기야 그는 그녀가 투신하기 얼마 전 읽었던 『왕오천축국전』의 기록을 쫓아 자살이나 마찬가지인 낭가파르바트행을 택하고, 결국 그곳에서 죽었다. 죽음조차도 그녀를 이해하려는 그의 의지를 머뭇거리게 할 수 없었고 그의 의지는 운명이 그의 삶을 몰이해의 절망 속에서 좌절하도록 내버려두지 않았다. 그녀를 이해하려는 의지 안에서, 그는 마지막 순간까지 자신의 주인이 되고자 처절하게 싸웠으며 삶의 마지막 순간에 자신의 형태와 한계를 스스로 결정했다. 죽음을 두려워하지 않고 삶을 불태워버리는 것과 죽음을 넘어서는 것이 일치하는 이 자리에서 어떤 장엄함이 펼쳐진다. 「설산」이 독자들에게 던져주는 전율의 근거 가운데 하나가 여기에 있다. 아마도 이것은 남성적인 죽음의 훌륭한 사례 가운데 하나가 될 것이다.

　「설산」을 전후해서 (2004년 여름부터 2005년 겨울에 걸쳐) 발표된 한강의 연작소설 『채식주의자』의 경우는 어떨까. 평범한 가정주부 영혜는 계속해서 이상한 꿈을 꾼다. "*처음 보는 얼굴 같은데, 분명 내 얼굴*"인 얼굴이자 "*수없이 봤던 얼굴 같은데, 내 얼굴이 아*"[8]닌 얼굴을 한 채 피가 흐르는 날고기를 씹어먹는 끔찍하고 이상한 꿈을(19쪽). 이 꿈을 피하기 위

---

8) 이탤릭체 표기는 원문. 이 이탤릭체 표기가 우리의 논의에서 중요한 것은 아니지만 우리가 곧이어 다룰 작품 『바람이 분다, 가라』(문학과지성사, 2010)에서도 빈번히 사용되고 이에 대해 작가 자신이 정밀한 설명을 내놓은 바 있어 여기에도 조금 소개하기로 한다. "원래 우리들의 생각, 기억, 예감, 후회, 고통 같은 것들은 이글거리고, 빙글빙글 제자리를 돌고, 부딪치고, 부서지고, 다잡고…… 그렇게 끊임없이 흔들리지 않나요. (……) 저는 꼭 이탤릭체여야만 한다고 생각했습니다. 기울어 있고 불안하잖아요. 들썩들썩 바람에 날리는 것처럼. (……) 소설 속 주인공의 상태가 잠도 못 자고 먹지도 못하고, 어떻게든 상황을 헤쳐 나가야 하는데 아무런 힘이 없고, 이탤릭체로 기울었다가, 똑바로 정신을 다잡았다가, 다시 기울었다가…… 그런 심리적인 정황을 담고 싶었습니다."(강계숙 · 한강, 「삶의 숨과 죽음의 숨 사이에서」, 『문학과사회』 2010년 봄호, 342쪽.)

해 그녀가 처음 시도한 것은 육식의 거부였으나 그것은 소용없는 일이었다. 그녀의 육식 거부가 아무리 엄격해도, 강제로 고기를 먹이려는 아버지 앞에서 자신의 손목을 칼로 그을 만큼 극단적이고 그 때문에 병원 치료까지 받았어도, 꿈은 계속됐다. 그럴 수밖에. 꿈의 그 끔찍함은 육식이라는 외적 행동에서 오는 것이 아니라 영혜의 내면으로부터 올라오는 것이기 때문.("그러니까…… 이제 알겠어요. 그게 내 뱃속 얼굴이라는 걸. 뱃속에서부터 올라온 얼굴이라는 걸.", 143쪽) 그 꿈에 어떤 메시지가 있다면 그것은 날고기를 씹어먹는 동물적인 것의 잔혹함을 거부해야 한다는 것이 아니라, 영혜의 내면에 어떤 견딜 수 없는 끔찍함이 이미 들어 있다는 것, 그러므로 영혜가 자기 자신으로부터 빠져나와야 한다는 것이다.

비디오 작업을 하는 영혜의 형부가 촬영을 위해 그녀의 몸에 꽃을 그렸을 때, 그녀가 예감한 것은 자기 자신으로부터의 빠져나옴이며 변신이었을 것이다. 그리고 꿈은 진정된다.

그는 이번에는 노랑과 흰빛으로 그녀의 쇄골부터 가슴까지 커다란 꽃송이를 그렸다. (……) 이 모든 것을 고요히 받아들이고 있는 그녀가 어떤 성스러운 것, 사람이라고도, 그렇다고 짐승이라고도 할 수 없는, 식물이며 동물이며 인간, 혹은 그 중간쯤의 낯선 존재처럼 느껴졌다.(107쪽)

"이렇게 하고 있으니까 꿈을 꾸지 않아요. 나중에 지워지더라도 다시 그려주면 좋겠어요."(118쪽)

그러나 이 길이 오래 지속될 수 없음은 자명한 일. 그것이 예술이든 무엇이든 간에, 자신의 남편과 동생(영혜)이 알몸에 꽃을 그리고 성교하는 것을 인혜가 참을 수 없었던 것. 남편은 어딘가로 떠나버리고 영혜는 정신병원에 수용된다. 정신병원에서 영혜가 마지막으로 시도한 것이 자신의 존재를 나무로 아예 바꿔버리는 것. 영혜는 말한다.

　나, 내장이 다 퇴화했다고 그러지, 그치. (……) 나는 이제 동물이 아니야 언니. (……) 밥 같은 거 안 먹어도 돼. 살 수 있어. 햇빛만 있으면.(186쪽)

나무가 되어가고 있다고 주장하는 영혜 앞에서 언니(인혜)는 말하고 또 생각한다.

　이렇게 죽으려는 거니? 그런 건 아니잖아. 그냥 나무가 되고 싶은 거라면, 먹어야지. 살아야지. 말하다 말고 그녀는 숨을 멈춘다. 인정하고 싶지 않은 의심이 고개를 쳐들었기 때문이다. 그녀는 잘못 생각한 것 아닐까. 처음부터 영혜는 바로 그것, 죽음을 원해온 것 아닐까.(189쪽)

이 대목에서 우리는 인혜를 따라 어렴풋하게 깨닫게 된다. 내장을 퇴화시켜 동물성을 씻어내고 나무가 된다는 것은, 자기 자신의 존재로부터 빠져나와 다른 무엇인가가 된다는 것이라는 점에서, 의외로 죽음과 통하는 면이 있다는 것을. 죽음은 결코 완전한 무에 이르는 것이 아니다. 우리는 죽음을 통해 다른 무엇인가가 된다. 윤회전생을 떠올릴 필요는 없다. 우리는 죽음에 이르러 하다못해 썩어가는 고깃덩어리라도 되는 것이니까. 자기 자신에서 벗어나는 것, 변신하는 것, 죽어가는 것의 미묘한 일치에 대해 인혜는 계속해서 생각한다.

　저 껍데기 같은 육체 너머, 영혜의 영혼은 어떤 시공간 안으로 들어가 있는 걸까. 그녀는 꼿꼿하게 물구나무서 있던 영혜의 모습을 떠올린다. (……) 영혜의 몸에서 검질긴 줄기가 돋고, 흰 뿌리가 손에서 뻗어나와 검은 흙을 움켜쥐었을까. 다리는 허공으로, 손은 땅속의 핵으로 뻗어나갔을까.

(……) 영혜가 거꾸로 서서 온몸을 활짝 펼쳤을 때, 그애의 영혼에서는 그런 일들이 일어나고 있었을까.

하지만 뭐야.

그녀는 소리내어 말한다.

넌 죽어가고 있잖아.

그녀의 목소리가 커진다.

그 침대에 누워서, 사실은 죽어가고 있잖아. 그것뿐이잖아. (206~207쪽)

그렇다. 영혜는 죽어가고 있는 것이다. 그러나 그것은 인혜가 잠시 머릿속에 떠올렸다가 금세 인정하기를 거부했던 것과는 달리 다른 시공간 안으로 들어가고 있는 것이기도 하다. 그것이 여성적인 죽음이며, 여성적인 죽음의 극복이다. 남성적인 죽음은 우리가 삶을 살아가는 것과 죽음을 죽어가고 있는 것이 동시적임을 모르며, 죽음이 우리 안에 있는 절대적으로 낯선 것인 한에서, 우리가 서서히 죽어갈수록 우리는 서서히 우리 자신으로부터 낯선 것들을 체험하며 낯선 존재 가까이로 변해가고 결국 자기 자신으로부터 완전히 빠져나오게 되는 것임을 모른다. 우리의 한계 바깥에 대한 체험, 그 절대적인 낯섦에 의한 우리 자신의 관통에 스스로를 내맡기는 데 남성적 죽음은 실패한다. 죽음을 두려워하지 않고 삶을 불태워버리는 것은 어떤 의미에서는 온 힘을 다하여 살기를 그만두는 것이고 동시에 죽음의 체험, 절대적인 낯섦과의 접촉 또한 너무 일찍 끝내버리려는 것이다. 남성적 죽음은 마지막 순간까지 자신의 주인이 되고자 처절하게 싸우고 삶의 마지막 순간에 자신의 형태와 한계를 스스로 결정하고자 하기 때문이다. 그러나 여성적인 죽음의 극복은 죽음이라는 절대적인 낯섦을 견뎌내고, 그것을 비껴가지 않으며, 다스리거나 정복하려 하지도 않는다. 여성적인 죽음의 극복은, 죽음에 의해 관통당하는 것으로부터, 자신의 존재와는 다르게 되는 것으로부터 도망치고 싶은 유혹을 극복하는 것이기도 하다.[9] 그러고 보면 남편의 비디오에서 인혜가 봤던 그 충격적인 영상에서 "꽃과 잎사귀, 푸른 줄기 들로 뒤덮인 그들의 몸은 마치 더이상 사람이 아닌 듯 낯설었다. 그들의 몸짓은 흡사 사람에서 벗어나오려는 몸부림처럼 보였다."(218쪽) 영혜는 이미 죽음에 충실하게 죽어가고 있었던 것이 아닌가.

『바람이 분다, 가라』의 이정희가 끝까지 거부하고 싶었지만 결국 어느 정도는 인정하지 않을 수 없었던 것 또한 죽음의 극복이다. 미시령에서 자동차 사고를 당한 화가 서인주의 죽음을 자살로 확정하려는 강석원의 시도 앞에서 이정희는 서인주의 죽음을 다른 방식으로 이해하기 위해 모든 노력을 기울인다. 자신의 모든 기억을 총동원해서, 서인주의 마지막과 관련된 모든 퍼즐 조각들을 끌어모아, 그녀가 자살한 것이 아니라고 그녀가 죽음 따위를 욕망했을 리 없다고 증명하고 싶어한다. 하지만 이정희가 찾아낸 증거들은 이정희가 듣고 싶지 않은 것을 말한다. 서인주는 미시령에서 죽음에 이르기 며칠 전 쓴 편지에서 가장 많이 또 간절하게 기도한 내용은 죽게 해달라는 것이었다고 말한다.(146쪽) 한때 서인주의 엄마 이동선을 사랑했으며 나중에는 서인주에게 이동선의 비극의 무대가 미시령이었음을 알려준, 정신과 의사 류인섭은 이렇게 단정한다. 서인주도 이동선처럼 서서히 죽어가고자 하는 충동에서 벗어날 수 없었다.(311~312쪽) 소설의 마지막에서 구급차 안에서 의식을 잃어가는 이정희의 귀에 들려온 서인주의 목소리는 서인주가 얼음 덮인 산, 미시령을 피하지 않으려 했다는 것이다.(386쪽) 이런 증거들이 서인주가 자살을 위해 미시령을 찾아가 얼음 덮인 산 아래로 차와 함께 뛰어내렸다고 확정해주는 것은 아니지만 이정희가 믿고 싶어했던 것처럼 서인주가 죽음과 어울리지 않는다거나 누구보다 삶을 사랑했던 것이 아님은 분명하다. 그녀의 마지막 순간이 자살이

---

9) 여성적인 죽음에 대해서는 블랑쇼, 같은 책 4부 3장 「릴케와 죽음의 요구」, 및 에마뉘엘 레비나스, 『시간과 타자』, 강영안 옮김, 문예출판사, 1996, 75~82쪽 참조.

었든 사고사였든, 그녀는 자신 안에서 이해할 수 없는 것의 박동을 느꼈고 또 그것에 이끌려왔다.

이만큼의 습기를 품은 바람이, 이만큼의 세기로 불면 말이야…… 혈관 속으로 바람이 밀고 들어오는 것처럼 느껴져. 모든 것이 커다란 전체로 느껴져. 언제고 내 다리를…… 단박에 목숨까지 꿰뚫을 수 있는 삶을 지금 살아내고 있다는 게, 무섭도록 분명하게 느껴져.(368~369쪽)

그러나 단지 서인주가 죽음을 가까이에서 느끼며 살아왔다는 것이 아니다. 그녀는 세계 안의 삶을 초과하는 무엇인가에 강하게 이끌린 것이다. 그녀는 이 세계가 '세계에 없는 것'의 껍데기일 뿐이라고 느꼈다. 그녀에게 세계는 '너덜너덜 찢어진 삶'일 뿐이었지만, 그것은 세계에 없는 무엇인가의 그림자이며 그 그림자의 가장자리를 더듬으며 세계에 없는 무엇, 곧 성스러움을 우리는 감각하게 되는 것이다.

성스러움이란 뭘까, 가끔 생각해.

이 세계에 없는 것…… 우묵하게 파이고 구멍 뚫린 윤곽으로만 가까스로 모습을 드러내는 어떤 것 아닐까. 장님처럼 우린 그 가장자릴 더듬으면서 걸어가는 것 아닐까.

그러니까, 인파에 떠밀려 지하철을 탈 때, 혼잡한 환승 구간을 어깨로 헤치며 나아갈 때, 매표구 앞에서 길고 무질서한 줄이 줄어들기를 기다릴 때 난 성스러움을 느껴. 인간을 믿을 수 없어질 때, 흉폭한 모서리가 가슴을 찢고 튀어나올 때 성스러움을 느껴. 차가운 장판 바닥에, 씻지도 않고 코트도 안 벗고 웅크리고 누워서 내 안의 마모된 부분을 들여다볼 때, 영원히 망

가졌거나 부서져버린 그것들을 들여다볼 때 성스러움을 느껴. 어떤 종교 서
적에서도 아니고, 신앙 회합의 자리에서도 아니고, 예배당도 고적한 기도
처도 아니고…… 너덜너덜 찢어진 이 삶 가운데서. (151쪽)

서인주는 삶의 마지막 1년간 외삼촌 이동주의 그림을 복원하는 데 모든 노력을 기울였다. 천체물리학을 공부하고 먹으로 그림을 그렸던 사람, 서인주와 이정희에게 우주가 시작되기 전의 시간에 대해서 물질이 탄생하기 전의 공간에 대해 사유하게 돕고 또 그것들에 대해 매혹을 느끼게 했던 사람, 우리 존재자들이 현재의 존재함 속에서 우리의 가능성을 모두 소진해버리기 전의 어떤 미결정의 우글거림을 물질 이전과 우주 이전에서 보고 또 자신의 그림 속에서 표현하려 했던 사람이 이동주다. 현재의 존재함 속에서 우리의 가능성을 모두 소진해버린 상태로부터 스스로를 회수해 미결정의 우글거림 속으로 돌아갈 수 있는 희미한 문을 여는 것, 서인주가 죽음의 주위를 배회하며 감지한 것, 이동주의 그림을 복원하면서 표현하고 싶어했던 것이 바로 이것이다. 이 소설의 상당 부분이 무한을 사유하는 천체물리학을 소개하는 데 바쳐진 이유 또한 이것이다.

영혜와 인주, 그녀들에게 죽음을 죽어간다는 것과 근원적인 낯섦과 접촉하는 것 혹은 자기 자신으로부터 빠져나가는 것 혹은 어떤 한계 안에 갇혀 있는 왜소한 지금의 존재로부터 자기 자신을 회수하는 것은 얼마나 구분하기 힘든 일인가. 그것은 죽음을 다스리고 이겨내면서 죽음의 낯섦을 회피해버리는 남성적인 죽음과는 얼마나 다른 것인가.

4. 우리는 더이상 이야기를 필요로 하지 않는다

배수아의 소설과 함께 여성적인 것을 사유하는 것은 썩 어울리지 않는 것처럼 보일 수도 있겠다. 그간 지적돼왔던 것처럼 배수아의 소설에는 관습적 성차를 해소하려는 시도가 뚜렷하고 등장인물들의 성별을 판별하기 곤란해질 때조차 있기 때문이다.[10] 작가 자신이 『동물원 킨트』(이가서, 2002)에서 이렇게 써놓고 있다.

드물게도, 이 글은 분명하게 미리 생각되어진 면이 있었다. 그것은 주인공의 성별을 규정하지 않겠다는 것이었다. 소극적인 면으로 본다면, 생각하기에 따라서 그(녀)는 남자도 또한 여자도 될 수 있는 것이다. 그러나 좀더 개입한다면, 성 정체성의 의도적인 거세이다. (……) 이 글의 그(녀)에게 성별을 규정하지 않은 이유는, 성적 정체성이 자연스럽게 부여하는 모든 정서의 상태를 부정하기를 원했기 때문이다.(5~6쪽)

하지만 그렇다고 해서 곧장 배수아의 소설이 중성적이라거나 성차를 초월해 있다고 말하기는 어려울 것 같다. 첫째, 『북쪽 거실』(문학과지성사, 2009)의 희태처럼 말한다면, 인간이란 자신의 성 정체성을 거세할 때도 자신의 성적 차이를 반영하는 법이다.[11] 둘째, 이 점이 우리에게는 보다 중요한데, 기존의 성 정체성으로부터 벗어나려는 배수아의 작업은 전통적인 여성성/남성성의 이분법을 망각하는 데서 여성적인 것에 대한 사유를 시작하려는 우리의 의도와 오히려 정확히 부합하지 않는가. 성 정체성의 의도적인 거세 이후에도 배수아의 소설에 남아 있는 여성적인 것이 있다면, 그것은 무엇인가. 논의의 편의상, 이 자리에서는 『에세이스트의 책상』(문학동네, 2003)과 『북쪽 거실』을 중심으로 검토하기로 하자.

『에세이스트의 책상』이 보여준 글쓰기 실험은 평론가들 사이에 논쟁[12]

---

10) 김형중, 『변장한 유토피아』, 랜덤하우스중앙, 2006, 35쪽.

11) 배수아는 이렇게 썼다. "인간이란 자기 국민성을 버릴 때도 각각 그 국민성이 나타나는 법이다, 라고(『la condition humaine』, André-Georges Malraux). 나는 이 말을 바꾼다. 인간이란 자기 계급을 배반할 때도 그 계급성이 반영되는 법이다, 라고."(『북쪽거실』, 46~47쪽)

12) 백낙청, 「소설가의 책상, 에세이스트의 책상」, 『창작과비평』 2004년 여름호. 「'창비적

을 불러일으킬 만큼의 충격을 준 것이었지만, 그 실험성이 무엇을 목표로 하는지 또 그 효과는 무엇인지에 대해서는 아직 논의할 부분이 남아 있는 것 같다. 이 작품의 실험성을 강조하는 논의들은 충분히 주목하지 못하고 있지만 『에세이스트의 책상』은 기본적으로 M과 '나'의 사랑, 그리고 그것의 실패를 회상하는 소설이며 『에세이스트의 책상』의 실험성 역시 여기서부터 출발한다.

독일에 체류하며 독일어 개인교습을 받던 '나'는 나의 첫번째 독일어 교사 M을 사랑하게 된다. 그러나 나는 개인적인 사정으로 한국으로 돌아와야 했고 그 문제 때문에 M은 깊이 상처받았다. 그것과 연관되는지 어떤지 불분명하지만, 그즈음 M은 나의 두번째 독일어 교사인 에리히와 예전에 '순전히 육체적 호기심'에서 동침한 적이 있다고 말한다. 그 때문에 나는 견딜 수 없었고 분노했으며 M을 떠났다. M은 나를 찾아와 만나주기를 애원했지만 나는 문을 열어주지 않았다. M은 현관문 앞에서 밤새도록 웅크리고 있었고 본래 병약했던 M은 그 때문에 병원에 입원해야 했고 한 달 동안 휠체어 신세를 져야 했다. 퇴원한 M이 한 번 나를 찾아온 적이 있지만 그것으로 둘의 관계를 회복할 수는 없었다. 두 사람의 사랑은 실패했다. 이제 나에게는 M이 없다.

사랑의 서사를 포함하는 대개의 소설이 그렇듯이 『에세이스트의 책상』에는 너무 쉽게 사그라지는 아름다운 순간에 대한 애틋함과 서글픔이, 그렇지만 그 짧은 순간 속에서도 모든 것이 충족되는 듯한 뜨거운 따스함과 격렬한 부드러움이 있다. 이 소설의 정신주의, 절대성에 대한 경도, 관념성 등을 예시하기 위해 자주 (그러나 조금씩 잘못) 인용되곤 하는 이 소설의 도입부에서, '더 많은 음악'이라는 표현의 불가해함에 대한 긴 설명 역시 이와 연관된다. 음악은 죽음처럼 절대적인 것이므로 더 많거나 더 적

독법'과 나의 소설읽기」, 『창작과비평』 2004년 겨울호; 김영찬, 「한국문학의 증상들 혹은 리얼리즘이라는 독법」, 『창작과비평』 2004년 가을호; 김형중, 같은 글.

은 것은 있을 수 없고, 그저 '음악'으로 충분하며 또 모든 것이 되기 때문에 '더 많은 음악'이라는 말은 있을 수 없다는 것에 대한 길고 긴 문장들. 그런데 이 모든 문장들은 다음의 문장에 도달하기 위해 쓰인 것이 아닐까. "더 많은 죽음이거나 더 많은 알몸(나체의 개체수를 나타내는 것이 아닌), 더 많은 (단 한 명인) 최초의 인간, 더 많은 우주, 더 많은 음악의 영혼, 더 많은 유일한 것, 더 많은 더 멀리 그쪽으로, 더 많은 멘델스존, 더 많은 M, 그리고 더 많은 그 겨울."(8쪽) 절대성, 단독성의 관념들은 실상 M, 그리고 그녀와 함께했던 그 겨울에 바쳐진 것이 아닌가. '더 많은'이 불가능한 그 모든 절대성과 단독성에 대한 사유는 오직 사랑하는 M에 대한 회상에서 촉발된 것일 뿐이다. 음악은 절대적인 것이므로 수를 셀 수 없고 따라서 '더 많은 음악'이라는 표현은 있을 수 없다. 그러나 나는 그 절대성조차도 초과하는 음악의 풍부함에 젖어들고 싶다. 그런 점에서 '더 많은 음악'이라고 말할 수 있다. 마찬가지로 M은 단 한 사람일 뿐이지만, 그 짧은 순간 속에서도 모든 것이 충족되는 듯한 뜨거운 따스함과 격렬한 부드러움 속에서 M과의 만남 그 자체를 더 깊고 풍부하게 하고 싶다. 절대로 불가능하지만 절대로 원하는 것. 더 많은 M! 이 점을 놓치고 나면 이 소설은 뭐가 뭔지 알 수 없는 이상한 관념들의 거창한 나열이 되기 쉽다.

그럼에도 이 소설의 초점은 어떤 순간들과 어떤 사건들이 M과 나의 감정을 고조시켜 사랑에 이르게 했는지 또 어떤 순간들과 어떤 사건들이 그 완벽함의 정원을 훼손하고 두 사람을 지옥으로 떨어뜨리고 말았는지 설명하는 데 있지 않다. 사랑의 서사가 아무리 인간의 감정에 집중한다고 하더라도 그것이 서사인 한에서 감정은 이야기의 흐름에 근거지어지고 그것에 의해서 설명되지만 『에세이스트의 책상』은 그런 방식으로 이야기를 짜는 것에 관심이 없다. 심지어 『에세이스트의 책상』은 M에 대해 말하기 꺼려진다는 듯, 그녀에 대해 말하더라도 그녀에 대한 사랑과 이별에 대해 말하기는 두렵다는 듯, M과의 사랑에 대한 이야기를 최대한 뒤로 미루며 그것에 대해 이야기해야만 할 때에도 다른 시간과 다른 공간의 이야기를 꺼내며 논점을 흐리고 소설의 후반부에 이르러서야 그 둘이 사랑하고 또 이별했음을 알아차릴 수 있게 만들어놓았다. 이것은 독자를 놀라게 하기 위해 이야기의 반전을 노린 잘 짜인 서사와는 다른 맥락에 놓여 있다. 다른 사람들이 나에게 M의 안부를 묻는 실제의 경험 속에서 그리고 반복되는 악몽 속에서, 나는 'M의 없음'이라는 쓰라림을 감각하고 그 쓰라림을 어느 정도는 두려워하면서도 나의 문장들은 그 안으로 걸어들어간다.

그것은 단지 과거를 추억하는 것도 아니고, 이제는 조금쯤 잊혀 잘 기억나지 않는 것들을 되살리는 것도 아니다. '에세이스트의 책상' 위에서 나는 "망각을 망각함으로써 위안을 얻"고 "슬픔을 잊기 위해서, 더이상 슬프지 않다는 그 사실을 잊었다."(166쪽) 마치 자신이 있는 그대로의 M과 그 겨울을 망각하지 않았다는 듯이 이제는 시간의 침식에 의해 슬프지 않은 상태가 아니라는 듯이 그 겨울 M과 나의 주위를 배회하던 해독되지 않은 수많은 기미들과 질문들을 그녀는 (재현이 아니라) 표현한 것이다. "그런 식으로 존재하든 존재하지 않든, M을 표현하는 것이 내가 궁극적으로 쓰고자 하는 의미가 되고 있었다."(165쪽) 중요한 것은 나와 M이 어떻게 만나고 헤어졌는가를 재구성하고 이해하는 것이 아니다. 어쩌면 그 당시에는 실제로 존재하지 않았을지도 모르는 감정의 조각들과 어떤 기미들과 그에 연관되는 질문들, 그것들의 풍요한 우글거림을 창조하면서 'M의 없음'이라는 쓰라림을 재창조해보는 것이다. M과의 수업에서 "나는 지금 내가 처음으로 읽은 그 책들이 무엇이었는지 전혀 기억할 수 없"(83쪽)으면서도 에세이스트의 책상 위에 펼쳐지는 표현과 창조 속에서 나는 그것이 베른트 알로이스 침머만의 『작곡가의 작업』이었다고 쓰고 있다(172~173쪽). 나의 표현 속에서 재창조된 M과의 첫 수업에서 내가 읽은 침머만의 문장은 이런 것이다.

과거와 현재 그리고 미래라는 시간의 순차적인 연속은 단지 그것이 눈에 보이는 형태로만 그렇게 존재할 뿐이다. 우리들의 정신세계에서는 그러한 연속은 실재하지 않는다. 우리에게 진실로 친근한 실재가 알려주는 것은 단지 엄격한 의미에서는 현재란 존재하지 않는다는 사실뿐이다. 시간의 고리는 구형으로 되어 있으며 서로 관통하고 작용한다. 그것은 다원적이고 다층적이다. 나의 음악적인 사고는 그곳에서 출발한다.(159쪽)

객관적인 사건들의 누적으로 구성된 과거, 그 과거가 산출한 현재, 현재에 의해 방향지어지고 목표되는 미래, 이와 같은 시간의 순차적인 연속은 우리의 관념 속에 존재하는 가상이다. 과거-현재-미래의 연속적인 지평을 가진 시간(우리의 의식 안에서 언제나 현재이기만 한 시간)이 실제로 존재하는 것은 아니다.[13]

침머만이 제시하는 '다른 시간'에서 각각의 시간들은 서로에게 불연속적이고 낯선 것인 채로 서로를 관통하고 또 작용한다. M과 나의 첫 만남에서 읽힌 문장이 그것이고, 다시 M을 생각하는 문장이 이 원리에 따라 쓰이고 있다. 이것이 『에세이스트의 책상』을 구성하고 있는 형식이자 원리이다.

『에세이스트의 책상』은 현재의 지평 속에서 정돈되는 이야기의 흐름들을 교란시키고 일그러뜨리며 그 안에서 존재하지 않았을지도 모를 어떤 기미들과 질문들, 관념들이 넘쳐나게 만든다. 간단히 말하자면 배수아의 소설은 이제 더이상 이야기를 필요로 하지 않는 것처럼 보인다. 독자들은 이 밀도 높은 관념의 숲에서 길을 잃는 체험을 한다. 이 길 잃기의 체험, 현재의 지평으로부터 멀어지는 체험, 그것이 『에세이스트의 책상』이 우리에게 제공하는 미감적 효과이다. 그럼에도 불구하고 『에세이스트의 책

---

13) 이 책의 1부, 「어떤 시적인 것은 시간의 바깥에서 온다」(68쪽) 참조.

상』에서 등장인물의 존재함은 뚜렷하고 우리는 그 등장인물을 거점으로 해서 약간의 주의를 기울인다면 이야기를 재구성해보는 것이 가능하다. 하지만『북쪽 거실』에 이르면 이조차도 거의 불가능해 보인다.『북쪽 거실』의 등장인물은 하나의 인격으로 고정되어 있지 않아 그들의 존재함 자체가 매우 불분명하고 그 때문에 아무리 주의를 기울이더라도 이 소설에서 어떤 단일한 스토리 라인을 끌어내는 것은 불가능하다. 이 소설은 (어떤 이야기와 그 이야기를 교란시키는 장치가 함께 있는 것이 아니라) 애초부터 미로로 설계되어 있기 때문이다.

『북쪽 거실』에서는 어떤 사건들이 실제 있었던 것인지 꿈이었을 뿐인지를 판정하기 모호한 가운데 그 사건들의 주체들의 존재함 자체가 불분명하다. 희태의 여자친구 린은 극작가 지망생인데 그녀는 자신의 희곡의 주인공의 이름을 희태와 수니로 정해놓고 있다. 그녀의 이름 '린'은 막스 프리쉬의 소설『몬타우크』의 여주인공에게서 따온 것인데,『북쪽 거실』의 주인공이라고 할 수 있고 희태의 '엑스'이기도 한 목소리 배우 수니는『몬타우크』를 오디오북으로 녹음한 적이 있으며 또다른 등장인물 순이는 이 오디오북을 통해 수니를 알게 된다. 이러한 연관관계는 그저 우연일 뿐인가. 이 여성 인물들이 서로를 반영하면서 특정한 요소들을 공유하는 가운데 과연 이들이 서로 다른 인물이기는 한 것인지, 혹은 텍스트 안에서 실존하는 인물인지 텍스트 속의 또다른 텍스트의 허구적 인물인지 점점 더 모호하게 만드는 정교한 장치들이 아닐까.『북쪽 거실』의 해설자가 지적했듯이 "수니는 순이고 수알란이며 a여인과 종종 동일시되거나 혼동된다. 그리고 그들 모두의 이름에서 익숙한 자모를 추출하면 '수아'로 응축 가능하다."[14]

게다가 이 소설에서 드물게 선명한 사건, 수니가 자발적으로 수용소에 들

---

14) 김형중, 「꿈」,『북쪽 거실』해설, 281쪽.

어갔다가 수용소의 사정에 의해 출소하게 된 뒤 사라져버린 사건 또한 그다지 선명한 것은 아니다. 수니는 수용소에 들어가기 전에 희태와 모자 상점의 진열대 앞에 서 있었던 적이 있는데 "그때 수니의 머릿속에는 종이에 잉크가 스며들 듯이 자연스럽게 수용소라는 단어가 떠올랐다."(148쪽) 그리고 무슨 이유에선지 진열대의 펠트 모자 하나가 사라진 듯한 느낌을 받는데(154~155쪽) 펠트 모자는 수니가 수용소에서 만난 남자의 중요한 지표이고 다시 펠트 모자 남자는 해변의 남자인데 희태는 어떤 편지에서 자신을 해변의 남자로 표현한 적이 있으며 해변에서의 에피소드는 다시 수니가 수용소의 방송국에서 낭독하는 「일요일의 세에라자드」의 에피소드와 연결된다.(138~139쪽, 162~163쪽, 176~177쪽) 게다가 이 소설의 등장인물들 모두 그리고 수용소 자체가 노인성 수면병 환자들의 꿈의 일부일 뿐이라는 주장까지 제기된다.(231쪽) 대체 어디까지가 상상 속의 인물이며 어디까지가 꿈의 내용인지를 판정하는 것은 거의 불가능하다. 그러니까 수니의 수용소에서의 삶이란 모자 진열대 앞에서의 짧은 꿈을 펼쳐보인 것뿐인 걸까? 혹은 낭독용 원고에서 촉발된 꿈? 소설 안에서 실제로 일어난 일이 아니라? 다음의 문장은 마치 배수아가 이해 불가능함 앞에서 어리둥절해하는 우리 독자들에게 건네는 말처럼 보인다. "그러나 수니는 잠들어 있는 것이 아니던가. 그렇다면 이해하는 게 아니라 꿈을 꾸어야지."(168쪽) "우리는 꿈을 해독할 필요가 없어요. 당신이 그 편지를 읽고 내 곁에 있었던 것처럼, 그렇게 읽고 그렇게 듣는 것으로 너무나 충분하겠죠."(194쪽)

『북쪽 거실』에서의 배수아의 기획은 "언어를 통해 살아난 꿈의 그것들을 현실로 투입하여, 마침내 현실을 꿈으로 채색하고 현실이 꿈을 통해 호흡하도록 (……) 그리하여 잠들지 않고도 꿈을 바라보고 만지고 느낄 수 있으며, 마침내 잠 없이도 꿈의 상태에 머무는 그런 단계"(117쪽)를 만들어 보이려는 것처럼 보인다. 왜? 계속해서 배수아의 문장들로 대답해보자.

만일 네가 네 환상을 기록한다면, (……) 너는 같은 세상을 살면서도, 동시에 다른 모든 사물들과 안과 겉처럼 다를 수가 있지. 네 환상은 네가 기록하는 만큼 성장하고 우거질 것이며, 그래서 너만이 산책할 수 있는 검은 숲을 이루게 될 거야. (……) 항상 이걸 생각해. 현실은 제짝을 잃어버린 쌍둥이 노인처럼 너를 붙잡아 자신과 똑같이 닮은 노예로 만들어버리려고 일생 동안 널 쫓아다닐 거라는 사실을. 그들이 얼마나 악의적이고 심술궂은지를 알아야 해. 그러니 네가 꿈꾸는 것을 기록하고, 그렇게 기록한 것을, 그것들만을 살아야 해. 언제까지나 꿈속에서 꿈꾸듯이, 그렇게만 깨어 있을 수 있도록!(119~120쪽)

우리가 '현실'이라고 부르는 것이 우리의 가능성의 전부는 아니다. 우리가 꿈을 꿀 때 환상을 기록할 때 우리는 현실의 존재 너머에서 그 존재와는 다른 방식으로 있을 수 있으며 그곳에 우리의 있음의 풍요로움이 있다. 우리가 그것들과의 연관관계를 포기한다면 우리의 삶은 대체 얼마나 보잘것없는 것인가?

우리는 이 도시에 있으면서 동시에 강 건너편 저 신기루의 도시에 발을 디딘 적이 있다. 우리는 이미 수없이 많은 나날을 그렇게 살아왔다. 우리는 이곳에 등을 구부리고 앉아 딱딱한 들소 가죽을 바느질하면서 동시에 강 저편에서는 천 송이의 장미가 피는 정원을 가꾸어왔다. 그렇지 않다면 이 초라하고 힘없는 삶의 어디에서 우리를 사로잡는 그토록 크나큰 매혹이 나온단 말인가.(212~213쪽)

피 묻은 황금 갑옷을 벗어던지고 막 잠들기 직전의 인간을 한번 생각해봐요. 최소화된 의지의 상태, 꿈속으로 걸어가려는 소망 이외의 다른 모든 것에 무관심한 상태. 우리는 본능적으로 알게 되는 거죠, 유일하게 꿈을 통해서, 우리의 쌍둥이 삶, 거울의 삶이면서 주인인 삶으로 들어가게 되는 것임을.(241쪽)

이 미로 속에서 길을 잃고 뭐가 뭔지 알 수 없게 되며 드디어는 꿈꾸는 상태와 비슷한 무엇인가를 체험할 때 그때서야 우리는 비로소 『북쪽 거실』에 동참하게 되는 것이다. 그것은, 배수아의 주장에 따르면, 빈약한 현실의 존재로부터 탈출하는 체험이다. 그나마 이 소설에서 비교적 현실감을 주는 에피소드, 수니의 수용소행, 그리고 출감한 이후의 실종 또한 모두 이 지점을 가리키고 있다. 자기 자신으로부터 빠져나오기 위해, 세계로부터 물러나기 위해, 자발적으로 수용소행을 택했으나 다시 현실로 내쫓겨날 위험에 처하자 이번에는 스스로 실종되기를 바란 것. "더 많은 삶, 더 많은 다른 자아로 변화하기를 바라는 것"(251쪽)이 좌절된 어떤 쓰라림과 재시도. 그러므로 이 안에서 정돈된 이야기란 불필요할 뿐 아니라 거절되어야 한다. 정돈된 이야기는, 현재의 지평 안에서 우리에게 고정된 자리를 배당하고 하나의 정체성 안으로 우리가 되돌아오게끔 유혹하는 이야기는, 꿈의 존재론과는 반대되기 때문이다. 그렇게 해서 다시 한번 배수아의 소설에는 이제 더이상 이야기가 필요 없는 것처럼 보인다.

신경숙, 한강, 배수아의 소설과 함께 우리는 '가시적인 것의 비가시화' '죽음의 극복' '우글거림의 표현과 꿈의 존재론'을 읽어내고자 했다. 이 세 가지 항목들은 서로 다른 방향에서 출발하고 있지만 그것이 결국 세계로부터의 물러남이라는 점에서, 자기 자신으로부터의 빠져나옴이라는 점에서 하나의 범주 아래 놓아볼 수도 있겠다. 실제로 우리는 각 작품을 읽을 때 이 표현들을 반복해서 사용했고 '길을 잃는 체험'이라는 말도 자주 쓸 수밖에 없었다. 우리의 모든 가능성 가운데 일부를 지배하고 거기서부터 얻는 것이 남성적인 힘이라면[15] 그리고 그것이 세계를 건설하고 다스리며 염려하고 돌보는 데 사용되는 것이라면, 우리가 이들 세 작가에게서 읽어낸 것은 그와 반대되는 것이라는 점에서 여성적인 것이라고 이름 붙여볼 수 있지 않을까. 현재의, 현실의, 세계 안의, 낯익은 것들로부터 멀어지고 미래의, 꿈의, 바깥의 낯선 것들이 낯선 것인 채로 드러나게 만들고 또 그것으로 우리의 존재와는 다른 무엇인가를 만들며 결국 우리에게 어떤 풍성함을 선물하는 것.

또다시 반복하는 것이 되겠지만 블랑쇼의 문장들을 조금 변형시키는 것으로 이 글을 마무리하기로 하자. 비유컨대 남자들의 사명은 모든 사물을 대홍수에서 구해내는 것이다. 하지만 그녀들의 사명은 정확히 그 반대다. 모든 사물들이 서둘러 극단적으로 사라지는 거기 더 한층 깊은 대홍수 속으로 빠져들어가게 하는 것, 꿈과 비현실 속으로 침몰하게 만드는 것, 그곳에서 세계의 바깥을, 현재의 존재와는 다른 있음을 감각하게 하는 것.[16]

(2011)

---

15) 에마뉘엘 레비나스, 같은 책, 51쪽.
16) 모리스 블랑쇼, 같은 책, 199~200쪽.

불면의 밤, 익명의 중얼거림
— 이장욱의 『고백의 제왕』

1. 고백, 근원적인 고백, 익명의 중얼거림

마음속에 감추어둔 생각을 사실대로 숨김없이 말하는 것을 고백이라고 한다면, 고백에는 한 가지 요소가 전제되어야만 한다. 마음속에 감추어야 하는 것과 그렇지 않은 것을 구분할 수 있는 주체, 그리고 숨겨둔 것을 언제든 다시 꺼내와 그것을 사실대로 말할 수 있는(즉, 그 의미를 장악하고 있는) 주체, 이러한 주체가 없다면 고백은 성립할 수 없다.

그러므로 근원적인 수준에서의 고백이란 검고 어두운 내면 속에 숨겨놓은 것들을 환하게 밝히고 은폐된 의미를 하얗게 드러내 보이는 주체의 능력과 동시적으로 드러난다. '고백의 제왕'이 있다면, 그는 누구도 떠올리고 싶어하지 않는 깊고 어두운 내면으로까지 내려가 모두가 잊어버린 무언가를 들춰내고야 마는 능력의 소유자일 것이다. 그는 누구도 대면하기를 꺼리는 외설적 진실에서 도망치지 않는 능력의 소유자일 것이다. 그러나 잠깐, 제왕의 능력이 발휘되기 전까지 우리는 우리의 고백이 어디까지 사실이며 얼마만큼 숨김이 없다고 어떻게 확신할 수 있는 것일까? 우리가 우리 자신도 모르게 무언가로부터 도망치고 있다면? 우리가 잊었다는 사실까지도 잊어버린 무언가가 있다면? 우리가 모든 것을 솔직하게 털어놓는 순간에도 실상 남겨진 무엇인가가 있기 때문에, 우리가 무언가를 고백한다고 생각하는 그 순간, 실제로는 무언가가 은폐되고 있는 것이 아닌가. 근원적인 수준에서의 고백을 상상하는 순간, 우리는 고백과 고백하는 주체의 성립 불가능성까지도 동시에 상상해야만 한다. 이상한 말처럼 들리겠지만, 고백이 있는 자리에서는 근원적인 고백이, 근원적인 고백이 있는 자리에서는 고백이 자신의 지위를 양보하고 물러나야만 한다.

"고백의 제왕을 부르자"로 시작하는 「고백의 제왕」은 고백의 불가능성이라는 지평을 열고 고백이 감지할 수 없는 비존재의 영역을 개시한다. 우리가 『고백의 제왕』에 실린 작품들을 펼칠 때마다 뭐가 뭔지 알 수 없는 혼란과 함께 기이한 전율을 느끼는 것은 저 불가능성의 지평과 비존재의 영역 때문이 아닐까. 그것은 감춰진 진실을 폭로하는 데서 오는 쾌감이나, 고백의 진정성에서 오는 울림과는 아무런 관련이 없다. 여기에 있는 것은 오로지 비존재들이 존재의 영역으로 불쑥 튀어나와버린 난처함, 그리고 그것을 지켜보는 악마적 미소뿐이다.

'곽'이 '고백의 제왕'이란 별명을 얻게 된 것은 그의 고백에 부착된 기이한 마력 때문이다. 그의 고백을 들은 사람들은 기이한 마력에 홀려 "좌중은 잠시 침묵에 빠져들"고 마치 곽의 이야기를 감당할 수 없다는 듯 "곽의 그 고백에 대해서는 아무도 언급하지 않"은 채로 '다른 것'에 대해서만 말할 수 있을 뿐이다(「고백의 제왕」, 『고백의 제왕』, 창비, 2010, 88쪽. 이하 이 책에서 인용할 경우 작품 제목과 쪽수만을 표기한다).

곽의 고백이란, 우리가 도저히 고백할 수 없는 고백, 근원적인 고백, 제왕의 고백이다. 그가 고백하는 것은, 우리가 고백할 수도 없는 것이고, 또한 그것이 고백될 수 없는 채로 남아 있는 한에서만 우리의 현실이 유지되는 바로 그것이다. 곽이 고백한 것, 환갑을 넘긴 식당 아주머니와 첫 경험을 치른 일이나 누이를 자살에 이르게 한 일은 단지 일상적인 현실보다 조금 더 강렬한 추억이 아니다. 그것은 순수한 사랑에 머물고자 하는 우리의 공식적인 연애관을, 무조건적인 이해 속에 서로의 존재를 인정하려는 우리의 공식적인 가족관계를 무너뜨린다. 그 때문에 고백의 뒤에는 곽의 악마적 미소와 청중들의 은밀한 쾌감이, 그리고 동시에 청중들의 격렬한 반발이 뒤따른다. "그래서…… 너는…… 진실을 꼭 말했어야 했니?"(99쪽) "근데…… 이, 씨, 씨발놈아…… 그 얘기를 왜 여기서…… 이런 술자리에서 하는데? 니가 걔 입장을 조금이라도 생각한다면, 이런 데서, 모두들 듣는 데서, 그런 얘기를 하면 안 되는 거 아니냐?"(102쪽)

곽의 고백에 부착된 마력은 진정성에서 오는 것이 아니다. 그가 고백하는 것들은 누구도 그 사실 여부를 검증할 수 없는 내용뿐이다. 곽의 고백은 사실관계 너머의 것을 가리킨다(곽이 자신의 누이를 자살로 몰고 간 것은 사실일까? 곽에게 누이가 있기는 한 것일까? 곽이 가짜 대학생으로 1년 동안 학교를 배회한 것은, 곽이 동아리의 뭇 남성들이 흠모한 J와 동침한 것은 실제로 있었던 일일까? 그의 고백은 청중들을 혼란에 빠뜨리고 화나게 하면서 은밀한 쾌감을 주지만 그것이 사실이라고는 결코 확정할 수 없다). 또 그의 고백은 곽 자신의 체험의 범위를 넘어선다. 그의 고백은 로베스피에르가 처형당한 파리의 광장으로, 히틀러와 그의 연인 에바 브라운이 자결하기 하루 전 결혼식을 올린 베를린의 지하 벙커로까지 이어진다. 곽의 고백은 비좁은 자아의 체험을 초과할 뿐 아니라 역사의 기록까지 초과한다. 제왕의 고백은 그러므로 자아의 내면 속에 숨겨진 진실이나 자기의식의 본질적 확실성과는 아무런 관련이 없다. 그것은 오히려 누구의 체험도 아니며 존재의 영역 어딘가에 위치한 사실도 아니다. 그것은 오히려 주체와 존재의 영역 바깥에 있는, 익명의 중얼거림에 가깝다(곽이 맨 마지막 말을 내뱉을 때의 목소리를 떠올려보자. "곽이 중얼거렸다. 희미한, 들릴 듯 말 듯한, 아주 먼 곳에서 들려오는 듯한, 그런 목소리였다.", 109~110쪽).

소설집 『고백의 제왕』에서 울려나오는 것은 물론 제왕의 고백이다. 그 근원적인 고백은 저 '검고 깊게 뚫린 동굴'에서 새어나온 익명의 중얼거림이며, 실체 없는 비존재, 환영, 이미지, 그림자와의 대화이다. 그것은 "'내 뒤'에 있는 것, 내가 나 자신의 것이기 위해 내가 숨기고 있는 것이다."[1] 제왕의 고백, 그것은 주체의 고백이 아니다.

2. 웰컴 투 카타콤, 밤은 언제나 불면의 밤

익명의 중얼거림, 실체 없는 비존재, 환영, 이미지, 그림자는 우리가 낮의 태양 아래 깨어 있는 한 좀처럼 우리를 찾아오지 않는다. 낮의 시간에는 (근원적인 고백과 양립할 수 없는) 주체의 고백만이 우리를 찾아온다.

익명의 중얼거림이 찾아오는 밤은 어디에 있는가? 그것은 적어도 우리가 잠을 자는 동안에는 전혀 없다. 잠은 우리의 깨어남을, 그렇게 해서 낮의 세계로 돌아가는 것을, 예비할 뿐이다. 잠은 결코 밤의 긍정이 아니며, 낮을 보장하는 것이다. 왜 그러한가? 잠이 도입하는 휴지(休止)는 이 세계의 무한함을 분절하고 모든 것으로부터 무언가를 삭제한다. 그렇게 무언가가 빠져나간 나머지의 유한하고 분절된 세계는 우리가 견딜 만하고 이해할 만한 세계이며, 그러한 세계에 입장하는 것이 깨어남이다. 잠을 통해서만 우리는 세계의 무한함과 여기에서 비롯되는 불안으로부터 후퇴할 수 있고, 그로 인해서만 다시 낮의 세계에 입장한다. 잠을 근거지로 해서 주체는 확고하게 경계지워진 제한된 공간 안에서 자신을 유지할 수 있다. 그렇다면 다시, 익명의 중얼거림이 찾아오는 밤은 어디에 있는가? 그것은 오직 불면의 시간에만 존재한다. 잠 못 드는 자는 무한한 세계를 제한된 공간으로 가공할 수 없고 그곳에서 자기 자신을 확고하게 세울 수도 없다. 그들은 잠자지 않기 때문에 깨어날 수도 없다. 그들은 밤을 현존하

---

1) 모리스 블랑쇼, 『문학의 공간』, 박혜영 옮김, 책세상, 1998, 391쪽.

게 만드는 자들이다. 익명의 중얼거림은 그들에게 찾아온다.[2]

깨어날 수 없는, 즉 낮의 세계 속에 자신을 세울 수 없는, 이 중얼거림에 붙들린 자들을 유령이라고 부를 수 있을까? 「밤을 잊은 그대에게」의 신경정신과 의사는 그렇다고 말한다. "만일 한 달 동안 정말 잠을 못 잔다면 환자분은 이미 살아 있는 사람이 아닐 텐데…… 잠 못 자서 죽은 귀신이라는 건……"(209쪽) 밤은, 잠 못 자서 죽은 귀신(유령)들에게 찾아온다.

불면증 환자를 치료하는, 그러나 정작 그 자신이 불면증 환자인 신경정신과 의사와 그의 가족, 그리고 의사를 찾아온 환자들의 에피소드가 교묘하게 중첩되어 있는 「밤을 잊은 그대에게」를 끝까지 읽고 나면, 하나의 단일한 이야기가 정리되는 것이 아니라 오히려 뭐가 뭔지 도무지 종잡을 수 없는 의문들만 여럿 남는다. 한 달 동안 잠을 자지 못했다는 여자에게 찾아온 남자는 3년 전에 죽었다는 여자의 남편이 틀림없을 것이다. 가만, 그런데 죽은 남편이라면 유령이 틀림없을 텐데, 그 유령은 자기 물건들을 가져다가 대체 어디에 치워놓는 것일까? 여자와 남편이 중국의 한 놀이공원에서 찍었다는 사진이 의사에게도 있는 것은 우연인가? 여자는 남편이 3년 전에 죽었다고 하고 의사는 아내와 3년 전에 이혼했다는데, 이 숫자의 일치도 우연일 뿐인가? 만일 그런 것이 아니라면, 의사 자신이 유령이면서 자신이 죽었다는 사실을 모르고 병원으로 찾아온 아내를 몰라보는 것인가? 이들은 모두 자신이 죽었다는 사실을 모르는 채로 살아가며 서로를 알아보지 못하는 유령들인가? 불면증에 시달리다가 죽었으면서도 자신이 죽었다는 사실을 모르고 아파트를 배회하는 경비원 유령의 존재가 마지막 두 개의 질문에 그렇다고 대답하는 것처럼 보인다.

더 많은 의문들이 있지만, 그 의문들을 나열하는 것은 여기서 멈추기로 하자. 이 작품의 결말에 이르러 이야기가 끝나는 대신 해결되지 않는 의

2) 모리스 블랑쇼, 「잠과 밤」, 같은 책 참조.

문들의 연쇄가 시작된다는 점을 지적하는 것으로 충분하다. 「밤을 잊은 그대에게」가 도입하는 것은 '유령이 나타난다는 신고를 받고 순찰을 돌고 있는, 그 자신이 유령이라는 사실을 모르는 경비원 유령'이라는 〈식스 센스〉풍의 놀라움이 아니다. 「밤을 잊은 그대에게」가 도입하는 것은, 그래서 여자가 잠이 들었다는 것인지 그렇지 않다는 것인지, 이들이 유령이라는 것인지 그렇지 않다는 것인지, 도무지 확정할 수 없는 저 열린 의문들이다. 어떤 확정도 끼어들기 어려워 보이는 이 처치 곤란한 시간들, 그것이 밤이다. 히스테리화된 이 불면증 환자들의 머리 위에 "넓고 깊은 밤하늘이, 그의 머리 위에 펼쳐져 천천히 움직이고 있었다"(238쪽, 강조는 인용자).

밤을 현존하게 만드는 저 불면증 환자들은, 낮과 잠 속에서 살아가는 사람들이 도망쳐온 무한과 불안의 세계를 경험한다. 이 경험은 한편으로 견디기 어려운 것이어서 여자는 "몸을 끌 수 있었으면 좋겠어" "스위치 내리듯이. 툭"(208쪽)이라고 말한다. 그녀가 요구하는 것은 죽음이 아니다. 그녀가 요구하는 것은 잠이다. 잠들고 싶다는 것, 그렇게 해서 깨어나고 싶다는 것, 그렇게 해서 밤 대신 낮과 잠의 세계에 입장하고 싶다는 것. 같은 이유로 의사는 잠자는 흉내를 내며 최대 70퍼센트의 잠의 효과라도 얻으려고 눈물겨운 노력을 계속한다.

낮의 태양 아래 안전하게 피신해 있는 우리들은 이 눈물겨운 노력에 충분히 공감할 수 있지만, 이장욱이 창조해낸 인물들 모두가 이와 같은 피신을 준비하는 것은 아니다. 오히려 그들은 더 많은 경우, 불면증의 도움 없이도, 어딘가에 숨겨져 있는 밤을 찾아낸다. "언제나 예민한 각도로 존재하기 때문에, 아무 길로나 지나와서는"(131쪽) 결코 다다를 수 없는 '아르마딜로 공간'에 찾아와 "모든 것을 볼 수 있"(116쪽)고, 그렇게 해서 "사건의 진상을 이해한"(124쪽) 유일한 사람이 된 사내는 불면증 없이도 밤에 도달한 사람이다(「아르마딜로 공간」). 그는 낮의 세계에 입장하면서 우리가 삭제하고 분절화한 무한의 세계, 그 비인칭적 세계에 남아 있는 사람이다. 이장욱이 창조해낸 아르마딜로 공간, 서로 다른 시간과 장소에서 벌어진 사건들이 서로를 간섭하는 순간을 장면화하는 이 가상의 공간을 보면서, 평행우주 같은 과학 이론을 떠올릴 필요는 없다. 우리는 다만 유령적 사건들이 출몰하며 주체로서는 도무지 감지할 수 없는, 비인칭적 공간을 보고 있는 것이다. 비인칭의 세계, 유령적 사건, 이것이 『고백의 제왕』 전체에서 꾸준히 반복되는 테마이다.

「기차 방귀 카타콤」의 남편이 찾아가는 카타콤 또한 작품의 끝에 이르러서는 아르마딜로 공간, 혹은 불면의 밤이 된다. 그가 온갖 주검들이 모여 있는 카타콤으로 향하며 반복하는 것은, 죽은 사람의 얼굴을 마주하는 세 번의 경험이다. 사고로 죽은 딸과 자살한 아내, 그리고 파리행 기차 안에서 목을 맨 낯선 여자. 이 반복되는 충격이, 그리고 이 충격의 최종 목적지가 카타콤이라는 점이 남자를 히스테리 상태로 몰아붙인다. 이 반복의 중심에 있는, 주검이란 무엇인가? 주검은 살아 있는 사람도 아니고 그어떤 현실도 아니며, 살아 있던 그 사람과 똑같은 사람도 아니다. 그렇다고 해서 그 사람과 다른 사람인 것도 아니고 다른 물건인 것도 아니다. 주검은 어떤 의미에서는 아무 의미도 없고 존재의 가치가 결핍된 것처럼 보이지만, 그러나 다른 한편으로는 어떤 것과도 바꿀 수 없는 유일무이한 것이다. 주검은 생명 없는 사물이 아니라 익명의 누군가가 되며, 아무것도 아닌 것, 즉 무와 닮아간다. 그러므로 주검의 현존은 여기 이곳과 그 어디도 아닌 곳 사이를 연결해주는 흔적이다.[3] 그렇게 해서 주검들의 집합소인 카타콤은 또하나의 아르마딜로 공간이 된다.

아르마딜로 공간-카타콤으로 떠나는 여행의 막바지, 남자가 히스테리 상태에서 자신도 이해할 수 없는 말들을 뱉어낼 때, 이 말들은 누가 하고

---

3) 모리스 블랑쇼, 같은 책, 402~407쪽 참조.

있는 것인가? 이것은 그의 말도 아니며, 그와 은밀히 동행하고 있는 아내의 유령이 하는 말도 아니다. 다시 한번, 이것은 익명의 중얼거림과 같은 것이다. 그가 "그런데 당신은 누구와 생각합니까?"(167쪽)라고 물었던 것처럼, 중얼거림의 주체는 하나의 유한한 주체가 아니다. 이제 익명의 중얼거림은 낮의 세계에 존재하는 것들이 아닌 것들을 지시하기 시작한다. "메마른 뼈와 두개골과 물고기들이 있습니다. 나의 여행은 가득합니다, 그것들로."(166쪽)(남자의 딸과 아내는 모두 익사했다. 물에 잠긴 채 오래된 그녀들의 몸(메마른 뼈와 두개골)이 물고기가 되어 남자의 주위를 헤엄쳐다닌다.) 그것들로 가득한, 카타콤의 밤이 『고백의 제왕』이 위치한 시간이며 공간이다.

3. 유령, 혹은 아무도 야구하지 않는 야구장에서 날아온 야구공

그렇게 해서, 『고백의 제왕』에는 유령적 (비)존재들이 득실거린다. 「동경소년」에서 눈 녹듯 사라지며 존재가 희미해져가는 '유키', 「기차 방귀 카타콤」에서 남편과 동행하는 아내의 유령, 「변희봉」에서 만기와 그의 아버지의 눈에만 보이는 변희봉, 「밤을 잊은 그대에게」에서 자신의 죽음을 알아차리지 못하고 세상을 배회하는 유령들, 「곡란」의 모텔 202호실에 출몰하는 유령들이 모두 유령적 (비)존재들이다.

그러나 이들을 '우리 눈에 보이지 않지만 실재하는 어떤 존재들'로 잘못 읽지 않는 것이 중요하다. 여기서 이장욱은 단순히 기담(奇談)을 늘어놓고 있는 것이 아니기 때문이다. 물론 이장욱은 '보이는 것을 재현하는 것이 아니라 보이지 않는 것을 보이게 하는' 파울 클레의 예술 공식에 충실하지만, 이장욱이 보여주려고 하는 것은 존재의 영역에는 없는 비존재이고 익명적 존재인 유령이며 그들이 출몰하는 불면의 시간과 카타콤, 아르마딜로 공간이다. 예컨대 「기차 방귀 카타콤」의 죽은 아내의 유령이 남편의 꿈과 생각 속에서 남편의 행동을 유인하는 동인으로 작용하면서 여러 에피소드들을 하나의 이야기로 엮는 화자의 역할을 담당할 때, 그때 아내의 유령은 마치 살아 있는 사람과 같은 존재처럼 보인다. 그렇게 보이는 한에서 아내의 유령은 유령적 (비)존재라기보다는 실체적 존재에, 고백하는 주체에 가까워진다. 아내의 유령이 진정한 유령적 (비)존재가 되는 때는, 남편을 히스테리 상태로 만들어 남편뿐 아니라 유령인 자신조차도 이해하지 못하는 중얼거림이 흘러나오게 할 때, 그래서 더이상 소설의 화자로서 유령이 하나의 이야기를 감당할 수 없을 때이다. 남편의 입에서 흘러나오는 익명의 중얼거림에 아내의 유령까지도 당황하는 순간에 누구의 입인지 알 수 없는 곳에서 흘러나오는 환영적 이미지들이야말로 이장욱이 『고백의 제왕』에 초대해놓은 유령적 (비)존재의 참다운 모습이라고 할 수 있다. 그것은 살아 있는 사람처럼 말하고 행동하는 존재가 아니라, 기관의 통제를 거슬러서 예기치 않은 장면에서 새어나오는 방귀(「기차 방귀 카타콤」)나, 오줌(「안달루시아의 개」)에 가깝다.

그러므로 「안달루시아의 개」와 같은 작품을 읽을 때, 무의미해 보이는 이미지들에 해석의 폭력을 가하며 그것을 하나의 상징으로 묶거나 하나의 의미에 귀속시키려는 모든 시도는 들이는 수고에 비해 얻는 바가 적다. 「안달루시아의 개」는 동명의 영화가 겨냥한 것처럼, 하나의 매끄러운 플롯으로 이어지는 흐름을 포기하면서 포착하는 어떤 것, 이야기의 흐름이 배제하는 이미지와 에피소드의 난처한 조합 그 자체이기 때문이다. 해석의 폭력은 비존재들을 펼쳐놓으려는 이장욱의 시도를 존재의 영역으로 끌어내리는 것이 되기 쉽다. 「안달루시아의 개」가 보여주려는 것은, '옹'이 삶과 죽음을 테마로 한 영화에 대해 강의하던 도중 하품하는 학생들의 입에서 목격하는 것, "죽음과 유한성을 잡아먹고 헌신과 영원한 가치를 지"(253쪽)우는 검은 안개와 같은 비존재이다. 「고백의 제왕」의 희극적 판본이라고 할 「변희봉」의 마지막을 장식하는 이미지, 아무도 야구하지 않는 야구장에서 날아온 야구공이란 무엇인가. 이것은 존재하는 것도 아니며 완전한 무도 아닌 (비)존재가 아닌가. 이것이 이장욱의 유령적 (비)존재들이다.

『감각의 논리』에서 들뢰즈는 이렇게 썼다. "현재함, 현재함, 이것이 베이컨의 그림 앞에서 나오는 첫마디이다." 들뢰즈는 베이컨의 회화에서, 일상적 존재의 영역에서 빠져나온 기괴한 이미지들, 넘치는 에너지, 뭐가 뭔지 모를 일그러진 형태들의 '현재함'을 강조했다. 그는 베이컨에게서 가시적인 영역이 은폐하는 히스테리적인 것, 과도한 현재함을 읽었다. 그런데 이것은 우리가 이장욱에게서 본 것과 동일하지 않은가. 익명의 중얼거림과 불면의 밤, 카타콤에서는 언제나 무엇인가가 지나치게 현재한다. 그러므로 이렇게 말하는 것도 가능할 것이다. 현재함, 현재함, 이것이 이장욱의 소설 앞에서 나오는 첫마디이다.

(2010)

죽음과 함께 있는 것은 여기까지
— 편혜영의 「저녁의 구애」

멀고도 낯선 도시의 어느 장례식장을 찾아가는 데서 이야기는 시작된다. 조문을 위한 출타이건만, 여기에 수반하는 슬픔과 애잔함은 일상적인 수준을 벗어나지 않는다. 화원 주인 '김'이 순전히 체면과 의무감으로 노인의 빈소를 찾아가고 있기 때문이다. 노인과 연락이 끊긴 지 10년이 넘었으며 한때 노인에게 졌던 신세도 김에게는 이미 청산된 채무처럼 느껴질 뿐이다. 그러므로 김은, 장례식이 시작되면 마치 배달원이라는 듯 화환만 내려두고 다시 돌아와 본래의 일상에 몰두할 것이다. 그런데 김이 친구로부터 받은 전언은 정확히 말하자면 부고가 아니다. 친구는 다만 노인이 오늘 오후를 넘기기 어려우리라는 의사의 말을 전했을 뿐이다. 그러므로 김은 살아 있는 사람의 죽음을 성급하게 찾아나서는 셈이다. 김이 장례식장에 도착했을 때, 노인은 '아직' 살아 있었고, 김은 "아직 죽지 않았다고?"(「저녁의 구애」, 『저녁의 구애』, 문학과지성사, 2011, 48쪽. 이하 이 책에서 인용할 경우 쪽수만을 표기한다), 물을 수밖에 없다. 그렇게 해서 진짜 이야기가 시작된다.

아직 도착하지 않은 죽음, 누군가가 죽기만을 기다리는 시간은 김을 초조하고 불안하게 만든다. 한편으로 김은 할 일을 해치워버리고 어서 일상으로 복귀하기를 소망하지만, 다른 한편으로 자신의 소망이 곧 타인의 죽음을 재촉하는 일이라는 점에서 죄책감을 느낀다. 동요하는 감정 속에서, 죽음의 기운이 점차 김을 사로잡는다. 장례식장이 위치한 이 낯선 도시가 커다란 지진의 위험을 안고 있다는 것이, 그래서 모두가 언제 터질지 모를 재앙과 그에 수반되는 죽음을 의식하며 살아가고 있다는 사실이, 죽음에 대한 김의 무의식적인 몰입을 더욱 부추긴다.

만일 김이 관습적인 장례절차를 기계적으로 수행할 수 있었다면 죽음에 대한 김의 몰입은 적당한 선에서 멈췄을 것이다. 관습적인 장례절차를 따르는 가운데, 타인의 죽음이 수반하는 불가해한 충격은 어느 정도 완화되기 때문이다. 일정한 기간 동안 상징적인 복장을 하고 상징적인 제스처를 취하는 것(예컨대 진정한 슬픔이 제거된 형식적인 곡소리)만으로도, 대타자는 적절한 감정을 지불한 것으로 인정하고 일상으로 복귀할 수 있는 권리 또한 부여한다. 그러므로 우리를 대신해서 애도와 슬픔의 표정을 지어주는 상징적인 복장이 김에게는 소매를 두 번 접어야 할 만큼 형편없이 들어맞지 않는 장면을, 단순히 옷이 너무 큰 것이라고 읽는 데 멈춰서는 안 된다. 몸에 맞지 않는 검은 옷은, 타인의 죽음에 대처하는 상징적 절차들에 김이 스며들지 못하고 있다는 점을 강하게 암시하고 있기 때문이다. 아마도 그것이 김의 기질일 것이다. 그리고 어쩌면 어린 시절에 겪은 아버지의 죽음이 김의 이러한 기질을 부추겼는지도 모른다. 김은 아버지의 죽음이 불러온 충격을 육체적인 것으로 전환시켰다고 믿으면서 자신의 작은 키를 합리화하려 했지만, 그것이 완전한 오해였음이 밝혀졌을 때 진정되지 못한 죽음의 충격은 아버지에 대한 맹렬한 비난으로 돌아왔다. 그는 이미 아버지의 죽음을 애도하는 데 한 번 실패한 바 있는 것이다. 표면적으로 김은 타인의 죽음에 무심한 사람처럼 보이지만, 상징적 절차의 도움을 받을 수 없기 때문에 오히려 죽음의 충격에 지나치게 민감해지는 것이다.

자신도 모르게 점차 죽음에 몰입하게 되는 김은 노인과 자신의 죽음을 혼동하게 된다. 노인의 죽음을 기다리며 장례식 지하 주차장에 대놓은 트럭 짐칸에 누웠을 때, 김은 차고 어두운 땅 밑에 누워 트럭에 실린 근조화환의 국화꽃 냄새를 맡고 있었던 것이다. 이때 김은 마치 노인의 죽음이 도착할 자리에 자신의 죽음을 대신해서 먼저 가져다놓은 것처럼 보이지 않는가. "어두운 곳에서 차고 딱딱한 곳에 누워 있자니 염을 기다리는 시신이 된 기분이었다."(53쪽) 이제 김은, 노인의 죽음을 바라도 좋은 것인지 그렇지 않은지를 혼동할 뿐 아니라 자신이 바라는 것이 노인의 죽음인지 자기 자신의 죽음인지까지도, 은밀하게, 혼동한다. 김이 명백히 '노인'의 죽음을 소망하는 장면에서 작가가 매번 "누군가(예컨대 50쪽)"의 죽음을 바란다고 쓰는 것은 바로 이 혼동의 여지를 강조하기 위해서일 것이다. 이러한 혼동의 한 축, 자신의 죽음에 대한 은밀한 소망은 모든 사건이 시작되기 전에 이미 암시된 바 있다. 김에게는 어떤 달콤한 향기도 불쾌감을 주며 오직 무취만이 편안함을 준다고 했을 때, 김이 소망하는 아무 냄새 없는 향기란, 생명이 빠져나간 삶, 곧 죽음과 같은 것이지 않은가.

한편 죽음을 생각할 때 가장 곤란한 점은, 죽음이 치명적이고도 필연적이라는 데에 있지 않다. 그보다 우리를 더욱 곤혹스럽게 만드는 것은 아무도 죽음을 예측할 수 없다는 것이다. 죽음이 도착하자마자 모든 것은 돌이킬 수 없이 끝장나고 그것이 꼭 한 번 반드시 찾아온다는 사실은 너무도 명확하다. 하지만 죽음이 언제 어떤 방식으로 찾아올지는 누구에게도 알려져 있지 않다. 그래서 죽음은 다만 공포스럽거나 혐오스러울 뿐아니라, 우리를 참을 수 없는 불안과 초조함 속으로 몰아넣는다. 이 참을 수 없는 '불안과 초조함'은 일상이라는 참을 수 없는 '지루함과 진부함'으로 대체될 때 견딜 만한 것이 된다. 이러한 대체가 오늘날 우리 삶의 일반적인 조건이다. 저 지루하고 진부한 일상의 기계적 리듬과 자신의 생의 리듬을 동일시할 수 있는 능력을 보유할수록, 우리는 성숙한 어른으로 인정받는다. 하지만 김은 일상이라는 대체물로부터 떨어져나와 낯선 도시를 헤매고 있다. 이 무방비의 공간을 작가는 이렇게 요약한다. "불분명한 재난의 위협 속에서 누군가는 단지 노환으로 죽을 듯 죽지 않으며 계속 목숨을 부지하고 있는 도시"(61쪽). 이 무방비의 공간에서 죽음의 긴장감을 고스란히 견딜 수는 없는 노릇이다. 차라리 죽음이 당장 도착해서 삶과 함께 이 긴장감이 끝나는 편이 낫다. 성가신 일을 어서 해치워버리고 싶다는 심정으로 (노인의 그리고 어쩌면 자신의) 죽음이 속히 도착하기를 바랄 때, 김은 죽음에서 비롯한 저 참을 수 없는 긴장에서 벗어나기를 바라는 것이다.

그렇기 때문에, 노인과 자신의 죽음을 혼동하면서 김은 자살에 가까운 제스처를 취한다. 김이 여자에게 전화를 걸어 이별을 요구하는 것을 우리는 그렇게 읽을 수 있다. 김은 모든 연인들 사이에서 벌어지는 사소한 오해와 다툼, 화해의 과정이 이제 완전히 지겨워졌고, 그러한 지겨움이 여자와의 관계가 사랑이 아니라는 증거라고 이해하기 시작한다. 그것이 사랑이 아니므로, 우리의 삶이 반드시 죽음으로 끝나게 되어 있는 것처럼, 김과 여자의 관계는 반드시 이별을 맞이하게 될 것이다. 이별이 언제 찾아올지는 알 수 없지만, 결국 이별하게 될 것을 알면서 이런 복잡하고 지겨운 절차들을 되풀이하고 있다는 것 자체가 진저리나는 일이다. 그러므로 차라리 서둘러 이별을 맞이하는 것이 낫다. 그 사실을 깨달았을 때, 김은 비로소(물론 한편으로는 허탈해하지만) 자살충동을 만족시켰다는 듯이 (혹은 무취 속에 있다는 듯이) 편안함을 느낀다.

그래서 김은 느닷없이 이별을 통보한다. 충분히 지속될 수 있는 관계를 서둘러서 파기하는 것으로 김은 자살을 대신하려는 것처럼 보인다. 그리고 곧이어 죽음을 가시화하는 사건들이 연달아 이어진다. 그리고 이 사건들이 이야기의 초반에 이미 흐릿하게 죽음을 암시하며 제시되었다는 점을 눈여겨보자. 시민들을 죽음으로 몰아넣을 대지진은 이야기의 중간까지 소문만 무성할 뿐 현실감을 주지 못했지만, 이별 통보 직후 덩치 큰 차가 지나가며 지표를 흔들면서 가시화된다. 김이 낯선 도시로 오는 길을 가로막았던 마라톤 경기에서 김은 통제되는 도로를 볼 뿐 실제로 달리는 마라토너는 볼 수 없었는데, 덩치 큰 차가 지나간 뒤 (마라톤 경기 구간으로부터 무려 280킬로미터나 떨어져 있는 이 도시에서, 마치 유령처럼!) 마라토너가 김을 지나쳐 달려간다(마라톤은 인생에 대한 가장 표준적인 비유라는 점에서 "김은 (……) 마라토너가 서서히 사라지는 걸 지켜보았다. (……) 그 완전한 소멸"(59쪽)이라고 할 때, 죽음을 떠올려도 좋지 않을까). 작품 초반에서 김은 트럭을 몰고 장례식장 근처에 왔을 때 실수로 가드레일에 부딪힐 뻔했었는데, 마라토너가 지나간 직후에 다른 트럭이 가드레일을 들이받고 불타기 시작한다(환상적으로 처리된 이 장면에서 사고 트럭 운전자는 김의 분신처럼 보인다. 그는 김이 겪을 뻔했던 그 사고를 당했고, 김과 같은 종류의 트럭을 몰고 있으며, 그가 길게 부는 휘파람은 계간지에 발표된 판본에서 김의 습관과 같은 것으로 되어 있다. 결국 불타는 트럭을 보고 있는 김은 자신의 죽음을 목격하고 있는 것이 아닌가).

그런데 김이 기대한 것처럼 죽음(혹은 이별)의 순간 우리는 편안한 휴식을 맛볼 수 있을까? 죽음의 순간, 그간의 긴장은 아늑한 이완으로 바뀔 수 있을까? 전혀 그렇지 않다. "홀가분해지리라고 생각했던 것과 달리 그의 마음은 무겁게 내려앉았다."(58쪽) 언제 찾아올지 알 수 없어 불안했던 그 파국이 실제로 찾아왔을 때, 우리는 그것을 견딜 수 없다. 그러므로 죽음을 가시화하는 사건들이 연달아 일어났을 때, 죽음이 너무 가까이 도착했다고 느껴졌을 때, 김은 여자에게 다시 전화를 건다. 이 통화가 (사고를 당한 트럭 운전사를 위해) 병원 응급센터에 거는 전화를 대신하고 있다는 점에서, 이것이 자살적 제스처를 취소하려는 시도라고 읽어도 좋을 것이다. 바로 그런 이유에서 김은 대뜸 사랑을 고백한다. 이별 통보 직후의 사랑 고백에서, 우리는 기적적으로 죽음에서 살아 돌아온 사내의 모습을 보고 있는 것이 아닌가.

그러나 여기서 고백하고 있는 사랑이 서로의 결핍을 보충해주는 충만함이 아니라는 점에 주의해야 한다. 김은 자신의 고백이 진심이 아닐 수도 있다고 생각하며 스스로의 감정을 확신하지 못한다. 오히려 자신의 고백 때문에 돌이킬 수 없이 지루하고 진부한 연인관계를 지속시켜야 한다는 점이 다시 짜증스러워지기까지 한다. 김의 사랑 고백은 다만 일상으로의 복귀를 요구하고 있을 뿐이다. 그러므로 '저녁의 구애'를 사랑 고백 그 자체가 아니라 삶과 죽음을 오가는 충동의 한 변곡점으로 읽어야 할 것이다. 그런데 삶과 죽음 어느 쪽도 아니며, 죽음에서 삶으로 돌아서는 이 순간, 우리는 그 어느 쪽도 아닌 무언가의 그림자를 슬쩍 보고 있는 것이 아닐까? 김이 나중에 그것이 무엇인지 궁금해하게 될 고백의 순간 "마음에 인 감정의 윤곽"(62쪽)의 정체가 그 그림자일지도 모른다. 다시 말해서 그것은 일상의 지루함과 진부함도 아니면서 모든 것이 끝나버린 죽음의 안식도 아닌, 그 둘 모두의 바깥에 있는 변곡점의 시야에 비친 파노라마일지도 모른다. 우리가 「저녁의 구애」를 읽고 난 뒤에 어떤 뚜렷한 의미도 확정하지 못한 채로 깊은 동요와 평온 사이에서 진동하게 되는 것은, 우리가 김을 따라 저 바깥쪽 어딘가를 슬쩍 엿보고 돌아왔기 때문일 것이다. 그런 점에서 작품의 맨 끝에서 빛나는 조등(弔燈)이 의미심장하다. 그것은 누구의 죽음을 표시하고 있는가. 김의 분신인 트럭 운전수의 죽음을? 노인의 죽음을? 이 모두가 아니라면, 죽음의 안식과 지루한 일상 중 어느 한 곳에 안착하려는 우리 삶의 형식 그 자체를?

(2010)

어떤 시적인 것은 시간의 바깥에서 온다
— 이준규의 근작시들

　시간은 존재함에 대한 염려와 깊이 연루되어 있다. 시간은 어떤 미세한 변화의 지속적인 집적이며 흐름 그 자체이기도 하지만, 그보다 먼저 그러한 변화의 파도 속에서 존재자들의 존재함을 염려하고 돌보며 지속시키는 손길이다. 새로운 생각들과 느낌들의 홍수 속에서도 우리는 시간 안에서 길을 잃지 않고 언제나 우리 자신에게로 되돌아오며 스스로를 알아보는 데 아무런 어려움을 겪지 않는다. 끊임없이 깜박이는 우리 눈이, 감았다가 다시 뜬 그 눈이, 시야의 순간적인 단절을 경험한 그 눈이, 시야의 단절 뒤에 세계의 소멸을 목격할 가능성은 시간 안에 전혀 없다. 우리가 잠든 사이에도 시간은 세계의 건재함을 염려하고 깨어난 우리에게 세계를 되돌려준다. 시간의 보살핌 안에서 세계와 세계의 모든 사물들은 자신의 보금자리에 안전하게 머문다.

　그런 점에서 시간은 언제나 현재의 시간이다. 시간은 지금의 있음을 위해 과거의 유산을 보존하고 현재와 이어주며 다시 현재가 끊임없이 앞으로 나아가 미래를 침식하고 정복하게끔 이끈다. 시간은 파편적 순간들을 의미의 실로 이어 점점 더 거대한 직물을 만들고, 우연과 낯선 모든 것들은 시간의 직물 속으로 짜여지며 해명되고 결국 소화된다. 그러므로 시간은 언제나 고독이다. 시간 안에서는 언제나 이해되고 설명되고 소화될 수 있는 사물들만이 주어지기 때문이다. 시간 안에서 변화와 단절은 현재의 의미 지평이 유지되는 정도까지만 허용되며 순수하게 낯선 사물은 존재할 수 없다. 그러므로 이렇게 단순화할 수도 있다. 우리들에게는 우리들 자신뿐이다. 시간을 찢는 사건의 출현 없이는, 시간 안에서 세계는 근본적으로 지루하다.

그러나 시간이 모든 것을 감싸고 있는 것은 아니다. 어떤 존재자가 제자리를 찾아 형태를 갖추고 세계 안에 존재하기 시작하는 순간 무엇인가가 사라지고 또 빠져나간다. 시인은 바로 그 잃어버린 것을, 존재함의 대가로 지불한 것을, 형태 없는 물질을, 시간의 바깥을, 명사적 존재 이전의 동사적 있음의 소란스러움을, 존재자들이 자기 자신 안에 머물지 못하게 만드는 힘을 본다. 그러므로 이런 정식화가 가능하다. 어떤 시적인 것은 시간의 바깥에서 온다.

이준규의 시는 시간을 찢고 시간 바깥에 자신을 던져넣는다. 이준규의 시는 시간의 돌봄을 상실하고 화자의 시선과 사물들은 모두 세계를 이루는 빛과 형태를 잃고 모든 것이 어둠 속에서 흘러내린다. 그것이 이준규 시의 목표인 것처럼 보인다.

그러나 우리가 인간 존재인 한에서, 또한 우리의 시와 사유가 말(흩어진 관념의 조각들을 하나의 의미 지평으로 통합하는 자동 기능을 수행하는 그것)에 의지하는 한에서, 우리는 결국 시간 안의 존재자로 남겨질 수밖에 없다. 이 때문에 이준규의 시는 결국 시간 안으로 되돌아오는 '실패'에 대해 고백하고 괴로워할 때가 더 많다. 예컨대 『토마토가 익어가는 계절』(문학과지성사, 2010)에 수록된 장시 「문」은 탈출을 향한 온갖 정신적 시도들과 상념들의 기록이며 동시에 좌절의 기록이다. 이준규 시의 화자들은 시간 밖으로 나가 자기 자신을 완전히 망각하고 싶어하지만, 결국에는

'나'로 되돌아오고 만다("그가 다른 방으로 이동하고 싶어할 때 불안이 다시 문을 열고 들어와 나가 되었다. 나는 그가 되고 싶은데 보통 나였다."). 그는 늘 시간의 문을 열고 밖으로 나갔다고 생각하지만 그러한 낭만적 탈출의 관념을 그대로 믿을 만큼 이준규는 순진하지 않다. 우리의 의식이 활동을 시작한 순간, 시인이 원고지 위에 무엇인가를 쓰기 시작한 순간, 시인의 상상이 아무리 극한까지 나아갔다고 하더라도 우리는 다시 시간 안으로 되돌아올 수밖에 없다. 그러므로 시간의 문을 열고 바깥으로 나가고 또 그 바깥으로 끝없이 전진하고자 하는 시인의 의지는 '회전문'이라는 이미지 속에서 쓴웃음을 짓게 된다. 우리는, 적어도 우리라는 존재함을 유지하는 한에서는, 시간의 문을 열고 나가자마자 회전문을 한 바퀴 돌아 다시 시간 안으로 되돌아온다("그의 나아감은 언제나 회전문 안에 갇힌 어떤 난처한 자의 형국이 된다. 아주 난처하지는 않다. 피가 흐르거나 살점이 떨어지거나 깃이 뽑히거나 하지는 않고 있기 때문이다.").

이준규의 시에는 시간 바깥의 불가능성에 대한 어리둥절함과 함께, 시간의 바깥에서 시간 안으로 되돌아올 수밖에 없었던 자의 씁쓸함이 있다. "그것의 끝에서 나는"으로 시작하는 「그것의 끝」(『삼척』, 문예중앙, 2011)의 도입부에는 그러한 씁쓸함이 숨겨져 있다. '그것'은 어떤 의미에서는 대명사가 아니다. 대명사가 명사적 존재를 가리켜 보이는 말인 한에서 '그것'은 대명사가 아니다. 이준규의 시에서 '그것'은 우리가 존재하기 위해 대가로 지불한 그것, 형태 없는 물질이자 명사적 존재 이전의 동사적 있음의 소란스러움, 시간의 바깥을 떠도는 어떤 힘에 가깝다. 그것은 이를테면 "이글거리는 불면의 밤"이고 "너의 출렁이는 싱싱한 육체의 밤"이자 "어슬렁 배회하는 느낌들"(「이글거리는」, 『흑백』, 문학과지성사, 2006)이다. 모든 명사적 존재자들을 삭제한 뒤에도 결코 삭제할 수 없는 순수한 있음 그 자체, 무(無)와 구분될 수 없는 '존재자 없는 존재' '익명적 존재'가 이준규의 '그것'이다. 이준규는 그것에 대고 묻는다. "너는 왜 정확을 모르는가, 너의 감각은 왜 그렇게 열리는가, 너의 감각은 왜 그렇게 질질 흐르는가," 혹은 "너는 누구인가, 너는 시 자체인가"? 물음 뒤에 이렇게 덧붙이다. "너는 끝까지 회색이다. 너는 어이없게도 문학이기 때문이다."(「너는 회색이다」, 『삼척』) 흑과 백의 구분, 원고지와 글씨의 구분, 무의미와 의미의 구분이 불능상태에 빠지는 회색의 존재가 '그것'이다('흑백'의 이러한 의미 연관에 대해서는 이준규의 시 「문」에서 시인 자신이 밝히고 있다). 그리고 무엇보다 이 점이 중요한데, 어떤 형태와 색으로도 굳어지지 않고 질질 흐르며 열리는 감각인 '그것'은 시 그 자체이며 문학이다.

이준규는 이 시에서 그것의 '끝'을 말한다. '그것'과 관계한 시인의 환각적 체험이 끝나는 자리에, '나'가 나타난다. '그것'이 멈추자마자 시간 안의 의식 활동 그 자체인 '나', 어떤 행동이나 상태의 주인이 되어 하나의 의미 지평을 직조할 '나'가 등장한다. 그러므로 「그것의 끝」의 첫 구절은 "그것의 끝에서 나는"이라고 말하고 마침표를 찍는 것으로 충분하다. '나'가 무슨 생각을 하고 어떤 행동을 하는가는 전혀 중요하지 않다. '나'가 등장하면 '그것'은 끝장이다. 일단 '나'가 생겨나고 나면 '그것'의 환각적 체험에 대해 아무것도 쓸 수 없다. "나는 아무것도 쓰지 못했다. 그것의 끝에서. 나는. 허기." '나'라고 쓰고 나면 일단 주어는, 인격은, 의미의 고정점은 서둘러 자신을 채워줄 서술어를 찾는다. 그러므로 '그것'의 끝에서 나는 서술어를 찾는 허기이다. 이 허기를 채우며 '나'는 의미의 조각들을 한데 모아 의미의 덩어리를 만들고 시간의 어느 구석에 안착한다. 시간 바깥의 이글거림이 지나간 뒤, 시간이 시작된 이후로, 그러니까 '그것의 끝'에서 존재자들은 다시 세계 안에서 제자리를 찾는다. "산토끼는 산토끼. 너는 너." '나'가 들어서고 나면 우리는 결코 '그것'에 대해 생각할 수 없고 쓸 수 없다. 그럼에도 불구하고 우리가 '그것'에 대해 쓰고자 한다면 썼다 지웠다의 반복밖에는 남지 않는다. "그것은 그것의 끝에서 쓰고 지운다. 처음부터 다시. 그것의 끝에서 그것은. 다시 쓰고 있는 나. 다시, 그것은 그것의 끝에서, 나는, 그런데, 쓸 수 있을까?"

그러나 이러한 쓸쓸함조차도 시간을 향한 완전한 굴복은 아니며 오히려 시간 안에서 시간의 질서를 동요시키기에 충분하다. 이준규처럼 말하자면 "좌절에는 여운이 있다/ 차를 마시겠는가/ 차를 마시겠다"(「아」, 『흑백』) 글자놀이로 되어 있는 이준규의 시를 읽을 때 우리는 좌절의 여운이 담긴 차를 함께 마시게 된다. 그리고 그것은 길을 잃는 미감적 효과를 체험하게 한다. 단문의 연속으로 되어 있는 「밤」「바람이 불었다」「비가 내리고」(『삼척』)와 같은 시에서 각각의 문장들은 모두 자연스럽고 이치에 맞는 것처럼 보이지만, 문장들 사이의 관계는 의미의 연관을 잃어버린다. 각각의 사건들은 사건 자체로 제각각이며 이들을 하나의 흐름 속에 보존해야 할 시간 지평의 종합과 의미화 작업은 정지된다. 시간 안에서 길을 잃어버린 듯한 이 낯선 느낌(예컨대 "그는 산책로를 떠났고 강에 가지 않았다. 그는 강을 떠났고 산책로에 가지 않았다. 그는 산책로를 떠나지 않았고 산책로에 가지 않았고 강을 떠나지 않았고 강에 가지 않았다.", 「밤」). 시간 안에서 명사적 음악이 소거되고 동사적 소음을 듣게 되는 이 어리둥절함(예컨대 "꽁치를 보았다. 홍어를 보았다. 상추를 보았다. (……) 나는 걷는다. 담배를 피운다. 담배 꽁초를 주머니에 넣었다가 길에다 버린다. 참새들이 갑자기 난다. 날아서 은행나무에 앉는다. 산수유 꽃이 피었다. 바람이 분다.", 「바람이 불었다」).

이준규의 시는 우리의 존재를 돌보는 시간을 찢거나 최소한 시간의 감각을 길 잃게 한다. 이 감각의 낯섦은 낯설다는 이유만으로도 예술의 조건을 충족시킨다. 그러나 좌절의 여운이 담긴 이준규의 차는 너무 쓰다. 이준규가 던진 질문은 그에게 되돌려져야 할지도 모른다. "너는 누구인가, 너는 궁극인가, 궁여지책인가."(「너는 회색이다」) 너는 궁극의 궁여지책인가?

(2011)

시인은 구멍을 쓴다
─ 김혜순의 『슬픔치약 거울크림』

    김혜순의 열번째 시집 『슬픔치약 거울크림』(문학과지성사, 2011)에는 구멍이 많기도 많다. 구멍이란 무엇인가? 그것은 시인의 경험이다.

    경험? 릴케는 『말테의 수기』에서 시인이 되려면 많은 경험을 쌓아야 한다고 말했지만, 그것은 다양한 사건들을 겪으며 그 안에서 어떤 깨달음을 얻어야 한다는 것을 의미하지 않는다. 이 미묘한 문제에 대해서는 약간의 음미가 필요하다. 우리는 언제나 우리의 이해의 범위 안에서 하나의 세계를 건설하고 이해하고 다스리지만, 그러한 행위들 속에는 언제나 빠져나가는 것들이 있다. 그것들이 세계의 바깥에 머물고 광야에서 우글거리며 우리 주위를 맴돈다. 시인의 경험이란 우리가 현실세계 안에서 좀처럼 보고 들을 수 없는 세계의 바깥으로부터 오는 것이다. 그러한 체험이 우리에게 왔을 때, 그것이 우리의 이해의 범위를 초과하기 때문에 우리는 그것이 무엇인지 알 수 없고 그것에 대해서 말할 수 없다. 세계의 시간과 공간을 중지시키며 우리를 사로잡는 이 체험은 세계 안에 살고 있는 우리에게는 어떤 결정적인 위기이기도 하다. 세계 안에서는 부재의 형식으로 유령처럼 떠도는 비존재의 형상, 우리의 한계 너머에 있는 것들이 갑작스럽게 들이닥치는 초월의 순간들, 그것이 바깥의 체험이며, 그것이 시인의 경험이다. 경험이 풍부한 시인들은 자신의 세계 안에서 편안하게 머무는 데 실패하고, 그 안에서 언제나 위기를 겪는다. 『슬픔치약 거울크림』에서 공격적으로 쏟아지는 빗방울들, 내면에서 솟아나는 바늘과 아우성들이 저 위기를 표시하고 있다. 우리가 우리의 존재를 매끈한 직물로 감싸려 할 때 느닷없이 바깥은 우리를 습격하고 우리의 존재의 보자기에 구멍을 뚫는다. 구멍은 불안의 심연이고 우리의 비존재의 심연이다.

『슬픔치약 거울크림』은 이러한 경험을 급진적으로 밀고 나간다. 구멍이 우리의 불안과 비존재의 심연이라고? 아니, 구멍은 바로 우리 자신이다. 우리가 우리 자신을 구멍으로 경험하게 하는 것. 그것이 2부의 끝에 실려 있는 장시 「맨홀 인류」가 기획하고 있는 것이다. 구멍으로 우리 자신을 경험하는 첫번째 단계는, 우리가 결코 매끈한 표면으로 마감된 존재가 아니라는 것을 인정하는 것이다. 우리 안에는 저마다 예상치 못한 어두운 것들이 꿈틀거리는 심연으로 연결된 무수한 구멍들, 통로들, 파이프들이 빼곡히 들어차 있다. 그 심연의 소리를 들어라! "세상의 구멍들이여, 뚜껑을 열고 짖어라!" 우리 안에 이미 있지만 그러나 그것이 우리 자신이라고 알아볼 수 없는 것들이 소리치고 있을 것이다. 그 작은 목소리들, 작지만 광기 어린 목소리들에 성대를 빌려주는 것이 시의 역할이기도 할 것이다.

하지만 「맨홀 인류」의 두번째 단계는 그 이상이다. 우리의 존재가 구멍이라는 부속물을 포함하고 있다는 것 이상이다. 우리 자신이 이미 구멍이며 우리가 보통 '나'라고 지칭하는 것은 구멍을 감싸고 있는 가면이다. 생물학적으로 그렇지 않은가. 우리는 입으로부터 항문으로 이어지는 길고 긴 구멍 위에 덧씌워진 가면일 뿐이지 않은가. 우리는 다른 구멍으로부터 나서 우리의 구멍을 통해 다른 생명들을 쏟아내고 또 기르지 않는가. 우리들 각자의 존재가 살아가고 있는가, 아니면 구멍을 둘러싼 많은 가면들을 우리가 인류라고 부르는 것인가.

그러나 세번째 단계가 남아 있다. 그렇게 해서 우리가 단지 가면일 뿐이라면, 가짜 얼굴일 뿐이라면, 오직 구멍만이 진짜인가? 그렇다고 말할 수 없다. 구멍을 둘러싼 가짜 얼굴들을 찢어버리고 나면 대체 구멍은 어떻게 존재할 수 있는가. 저 텅 빈 공간이야말로 존재의 강도를 결정하는 중핵이라고 하더라도, 그것이 구멍으로, 텅 빈 공간으로 존재할 수 있는 근거는 그것을 둘러싸고 있는 파이프의 물질성, 육체의 관(管)이 있기 때문이 아닌가. 그것이 없다면 구멍은 그저 아무것도 없는 순전한 무(無)로 흩어져버리고 말 것이다. 우리가 세계 안에서 만나는 우리의 얼굴(가면)은 구멍과 함께 서로에게 내속되어 있다. 가면에 내속된 구멍이 그리고 동시에 구멍을 형성하는 가면이 우리이다. 그러므로 시를 쓴다는 것은, 세계 안의 어떤 지혜나 아름다움보다 우선 (가면과 한통속이 될) 구멍을 쓴다는 것이다.

구멍을 위한 구멍에 의한 구멍에 대한 사랑. 나는 사랑을 말하는 척하면서 구멍을 쓴다. 나는 슬픔을 말하는 척하면서 구멍을 쓴다. 나는 당신을 말하는 척하면서 구멍을 쓴다. 나는 나를 말하는 척하면서 구멍을 쓴다. 나는 구멍에 의한 구멍을 위한 구멍의 글을 쓴다. 쓰다 말고 나는 내 몸을 들여다본다. 이것은 구멍을 둘러싸고 있는 가면이다. 이 가면에 무늬를 새기다 사라져가는 문명의 성쇠여. 이것을 찢으면 구멍은 없다.

—「맨홀 인류」 부분

김혜순이 무엇을 쓰든, 그것이 강렬한 시적 체험을 수반하는 한에서 그것은 구멍을 쓰는 것이며 동시에 시란 무엇인가에 대해서 쓰는 것이고, 바로 그것이 우리를 '경험' 속으로 끌어들인다. 그런데 앞에서 이미 강조했지만, 그 경험은 우리가 이해하고 간섭할 수 있는 것이 아니라는 점에서 '우리의' 경험이 아니다. 경험이 우리에게 오는 순간 우리를 대체하여 비인칭 '그'가 발생한다. "바로 앞에 서 있어도 멀리 있는 모습/ 가끔 끔찍하게 울부짖는 낙타 울음소리를 내는 (……) 냄새 고약한 애"가 발생한다. 혹시라도 그애에게서 어떤 말과 비슷한 무언가가 흘러나온다면 그것은 오직 "내가 들어본 적도 없는 땡볕같이 시끄러운 언어다"(「타조」) 아름답고 슬픈 이별의 시로 읽어야 할 「열쇠」의 경우에도 사랑의 체험과 바깥의 체험은 동시에 온다. 한 사람이 있어 그의 사랑으로 내가 지닌 자물쇠가 풀리면 그때부터 바깥의 체험이 밀려들어온다. 그때부터 '나'라는 것은 "그믐에 구멍을 내어 밤보다 더한 어둠 켜놓은 깜깜한 나체 하나"가 된다. 그때부터 '나'라는 것은 "결코 무엇을 보는 법도 없이" "눈을 감을 줄 모르"는 채로 "눈뜨고 그냥 있는 거다"(「안경」) 쏟아지는 체험들에 자신을 완전히 열어버리느라 그 체험들에 어떤 간섭할 정신과 육체도 잃어버리느라 드디어 렌즈까지 녹아 없어진("큰 얼음을 갈아 렌즈를 만든다./ 그 렌즈를 입속에 넣어본다."), 렌즈 없는 안경이 되는 것이다.

이제 요약을 해보자. 김혜순의 시는 시적 체험이 들어오는 통로서의 구멍/관(管)이며 우리 현실의 얼굴(가면)들과의 서로 내속되어 있는 구멍/관이다. 그러나 그 관 안에서 세계 안의 경험들이 쏠려나가버린다는 점에서("나는 작별의 전사/ (……) / 나는 마이너스 생산 기계/ (……) / 내 음악은 왜 빼기만 하고 더하기는 할 줄 모르는지", 「아침 인사」) 관은 또한 죽음을 향해 있지 않은가(우리가 앞에서 길게 말한 바깥이란, 삶의 바깥이란, 그러니까 결국 죽음이지 않은가). 이 죽음을 향해 있는 관(管)이란 다시 관(棺)이기도 하지 않은가. 관(管)의 관(棺), 그곳에서 시가 솟아오르고, 그곳으로 시가 나아간다.

(2012)

불안의 향기로 가득한 미로의 화원
— 조말선의 『재스민 향기는 어두운 두 개의 콧구멍을 지나서 탄생했다』

세계의 표면에는 언제나 유령적 분비물이 맺혀 있다. 만일 저 유령적 분비물들이 아무런 제한 없이 뿜어져나오기만 한다면 세계는 자기 자신의 분비물의 거대한 흐름에 휩쓸려 떠내려가게 될지도 모를 일이다. 하지만 세계의 무수한 꼭짓점들이 상징적 대지 위에 단단히 못박혀 있는 덕에 세계는 제자리에 안전하게 놓여 있을 수 있다. (유령적) 땀을 흘리는 세계의 익사에 대해서라면 걱정하지 않아도 좋다.

이 불안과 안심을 이해하기 위해, 유령적 분비물과 못에 대응하는, 약간은 단순한 경험적 사례를 생각해보자. 예컨대 매일 같은 시간에 편성돼 있는 서울발 부산행 10시 45분 기차는 우리에게 언제나 '부산행 10시 45분 기차'로 인식된다. 실제로는 정비나 운행상의 이유로 객차 또는 기관차가 며칠마다 바뀔 수도 있겠지만, 물질적으로 '동일하지 않은' 그 기차들은 언제나 '동일한' 부산행 10시 45분 기차로 간주된다. 심지어 기차가 연착해서 실제로는 11시 05분에 떠날 때조차도 그것은 여전히 동일한 '부산행 10시 45분 기차'이다.[1] 기차의 실제 내용과 그 기차가 표시되는 '부산행 10시 45분 기차'라는 기표의 자리가 완전히 일치하는 것은 아니지만, 어쨌든 실제 기차는 '부산행 10시 45분 기차'라는 기표에 못박혀 있다. 단지 객차 한 량이 바뀌었다고 해서, 그저 10분 연착했다고 해서, 사람들이 "저것은 '부산행 10시 45분 기차'가 아니다"라고 판단하고 기차표를 가지고서도 그 기차에 타지 않는다면 그때부터 세계는 엉망이 된다. 그러나 우리 중에 누구도 그런 식으로 행동하지는 않는다. 물질적으로는 동일하지 않은, 다시 말해서 수시로 변화하고 있는 무엇인가의 꼭짓점이 '부산행 10시 45분 기차'라는 기표에 못박혀 있기 때문이다. 그러나 그 못박힌 자리에 '부산행 10시 45분 기차'에 꼭 들어맞지는 않은 '나머지'가 들러붙어 있다는 것을 부정할 수는 없다. 그러한 '나머지'는 분명히 존재하면서도 존재하지 않는 것으로 간주된다는 점에서 유령적이다. 우리가 어떤 꼭짓점을 기표에 못박을 때, 즉 세계를 안정화시키려 할 때, 저 '나머지'가 반드시 분비될 수밖에 없다는 점에서 그것은 세계의 분비물이다.

궤변처럼 들릴지도 모를, 세계의 유령적 분비물에 대한 구조주의적 설명을 길게 늘어놓은 것은 조말선의 시가 이를테면 "저것은 '부산행 10시 45분 기차'가 아닐지도 모른다"는 불안에서 출발하기 때문이다. 예민한 시인의 눈에는 우리가 통상 가볍게 무시하는 유령적 분비물들이 너무 크게 들어오고 그렇기 때문에 실제로 '부산행 10시 45분 기차'에 꼭 들어맞지 않는 그것을 '부산행 10시 45분 기차'라고 부르기를 시인은 주저하고 있다. 어쩌면 '나머지'들이 흘러넘쳐서 기차를 삼켜버릴까 두려워하는 것처럼 보일 때도 있다. 그녀는 세계가 엉망이 될까 불안해한다. 그것이 조말선의 첫번째 시집 『매우 가벼운 담론』(문학세계사, 2002)에서의 시인의 표정이다.

내가 앞에서 제시한 '익사'라든가 '못'과 같은 은유는 구조주의 이론에

---

1) 이 기차의 사례는 단일특성(le trait unaire)과의 동일시를 설명하는 라캉의 『세미나』에서 가져와 조금 다른 맥락에 놓아본 것이다. 슬라보예 지젝, 『나눌 수 없는 잔여』(이재환 옮김, 도서출판 b, 1996/2010, 95~96쪽)에서 재인용.

서 빌어온 것이 아니다. 그것은 전적으로 조말선의 시에서 가져온 것이다.

그런데요 아버지 내 몸이 자꾸 기우뚱거려요 어딘가로 쏟아져요 아버지,
나를 쾅쾅 박아주세요

―「섬」 부분

세상으로 달아날 길이 없는데

내 생각을 뱉어버릴 방법이 없는데

오늘은 양수기가 퉁퉁 붇은 익사체들을 뽑아올린다

보지 마, 못 아래 상처,

못대가리에서 터져나오는 이 연분홍 핏물!

―「연, 못」 부분

시인은 아버지에게 요구한다. 농부인 아버지가 수많은 식물들을 대지
에 단단히 뿌리내리게 했듯이 자신 또한 그렇게 길러주기를. 기우뚱거리
고 쏟아지는 동요의 불안 속에 자신을 내버려두지 않기를. 대지의 한 지
점("섬")에 못박아주기를("쾅쾅 박아주세요"). 앞에서의 맥락으로 다시 말
하자면 그것은 안정된 세계에 대한 요구이기도 하다. 그러나 못 아래는
못의 자리(세계의 꼭지점)에 꼭 들어맞지 않는 "상처"와 "익사체"가 들
먹거리고 있다. 들먹거리다못해 "핏물"이 밖으로 쏟아져나오고 있다(그
렇게 해서 못(釘)은 못(池)이 되고 이 점을 강조하기 위해 이 시의 제목은
"연못"이 아니라 "연, 못"이 된다).

자신 안의 불안, 정확하게 말하자면 세계의 불안을 찬찬히 들여다보면서 불안의 이미지를 수신하고 있는 『매우 가벼운 담론』은 그러나 이미 그러한 불안 속에서 어떤 기쁨과 아름다움을 발견해내는 데까지 나가고 있다. 세계의 동요와 유령적 분비물의 홍수에 대한 불안은 동시에 어떤 꼭짓점으로 수축되어버린 세계가 잃어버린 풍부함에 대한 예감이기도 한 것이다. 예컨대 조말선의 첫번째 시집에서 가장 인상적인 시 「꽃병」에서 그녀는 이렇게 쓰고 있다. "꽃은 꽃병의 뚜껑이었다 어둠 속에 발을 담그고 새어나오는 불안을 틀어막았다 가냘픈 꽃대를 잡고 피어오르는 병색은 붉었다 (……) 막다른 골목을 서성이며 불안은 몸에 맞는 뚜껑을 갈아끼웠다". 세계를 고정시키면서 분비물을 틀어막는 '못'은 여기서 '꽃병의 뚜껑', 다시 말해 '꽃'으로 바뀐다. 그것은 아직 불안을 틀어막는 것처럼 보이기도 하지만 이미 병색이 완연하다(시인은 병색(甁色)과 병색(病色)으로 말놀이를 하고 있다). 불안으로 병든 꽃은 아름답게 붉다. 불안은 자신을 틀어막는 뚜껑을 자신의 몸에 맞는 뚜껑으로 바꿔버린다. 그것은 이제 '틀어막는 뚜껑'이 아니라 '피어나는 꽃'이자 '열리는 꽃잎들'이며 '내뿜어지는 향기 자체'이다. 말이 못을 박아 세계를 건설할 때, 시는 유령적 분비물을 어루만지며 꽃으로 피어나 향기로 퍼진다.(시는 말을 재료로 하는 예술이 아니다. 시가 언어의 특수한 형태처럼 보일 때조차도 그것은 말과 양립할 수 없는 말의 그림자가 말로부터 벗어나려고 애쓰는 흔적이다.)

『매우 가벼운 담론』이 함축하는 전환, '못'에서 '꽃'으로의 전환, '차단/수축'에서 '개방/팽창'으로의 전환, '불안'에 대한 예감으로부터 불안 속의 '기쁨과 아름다움'으로의 전환이 『둥근 발작』(창비, 2006)으로 이어진다. 이 시집에는 유령적 분비물의 풍부함을 자극하는 시적 기호들, 예컨대 병 속에 갇혀 있는 침묵을 폭발하게 만드는 '병따개'(「병따개들」), 세계의 마개 없는 구멍으로부터 무한히 퍼져나오는 '재스민 향기'(「낭비」), 세계의 마비 상태를 깨뜨려 흘러내리게 만드는 '꿈'(「마비」) 같은 기호들이 도처에 배치되어 있다. 이 시집에서 몸에서 떨어져나온 부분 신체의 이미지들이 자주 발견되는 것도, 세계를 고정시키는 꼭짓점이 무력화된 탓에 세계를 바라보는 장소인 '나' 또한 흩어지기 때문이리라. 개방과 팽창의 기쁨과 아름다움.

이런 맥락에서 보면 조말선의 시는『재스민 향기는 어두운 두 개의 콧구멍을 지나서 탄생했다』(문학동네, 2012. 이하『재스민 향기』)에 이르기까지 어떤 흐름을 이루면서 지속적인 작업을 해온 것으로 보인다. 여기서 지난 두 권의 시집과 구분되는 새 시집만의 독특한 점에 대해서 지적해야 한다면 그것은 아마도 '미로'의 생성이 될 것이다.

미로가 생성되는 구조는 이런 방식으로 설명될 수 있을 것이다. 조말선의 시적 대상들은 자기 자신에게 단단히 못박혀 있지 않다. 시적 대상들은 끊임없이 유령적 분비물들을 흘리고 있으며, 시적 대상이 여기에 익사하지도 흩어져 사라지지도 않으려면 어딘가로 떠내려가던 시적 대상이 자기 자신에게로 되돌아와야만 한다. 그래서 조말선의 시들은 자기 자신에게 되돌아오느라 무수한 자기 자신의 유령들과의 만남을 거친다. 그런데 시적 대상이 만나야 할 유령들이 무한히 많기 때문에 시적 대상들은 실상 자기 자신에게로 결코 도착하지 않는다. 그러한 탈건축적인 운동과 여기에 수반되는 방황과 어지러움의 기쁨을 하나의 구조로 이미지화한다면 그것이 바로 '미로'이다.

도착을 목표로 하지 않는, 방황 그 자체를 목표로 하는, 개방과 팽창의 구조물, 미로. "당신의 이쪽 귀와 저쪽 귀는 불과 한 뼘이지만 들리는 소음의 결말은 멀고 멉니다 (……) 저기, 빛에 가려 보이지 않는 쪽이 결말입니까 당신의 귀는 결말이 나지 않습니다"(「통로」) 말이 우리의 양쪽 귀를 재빠르게 관통하며 하나의 의미를 못박는 것과 대조적으로, 시는 한쪽 귀로 들어가 영원히 끝나지 않는 미로 속으로 헤매며 다른 쪽 귀로 나오는 여정의 끝을 무한히 연장한다. 고정된 의미는 흩어지고, 무한한 미궁의 벽면들을 따라 끊임없이 유령적 이미지의 파편들이 나타났다 사라진다. 조말선의 세번째 시집이 미로의 이미지를 반복할 때 시적 공간 그 자체를 보여주는 것처럼 보이기까지 한다.

식물들에 대한 시인의 편애는, 식물이 생성중인 미로형 통로 그 자체이기 때문이다. 양쪽 극단을 향해 끊임없이 갈라지며 성장하는 신체인 나무가 곧 시인의 잠의 형상이다. 나무의 미로형 통로를 따라가면 무수한 갈림길을 만날 수 있고 갈림길의 숫자만큼 증식되는 이미지들을 만나게 되지만, 잠에서 깨어나면 시인은 미로형 통로에서 쫓겨나고 "낙엽처럼" 버려진다("침대에 누우면 한 그루 나무의 형태로 돌아간다 (……) 잠이 떠날 때마나 나를 낙엽처럼 버린다", 「나의 잠」; "나는 까마득히 도주하는 삶을/ 살고 있다는 것을/ 도주하는 것이 이토록 아름답다는 것을/ 연장하는 것이 이토록 감동적이라는 것을/ 알기는 알았을 테지만/ 모르고도 나는 도주를 수단으로 살아왔다", 「나무」).

이제는 조말선의 시가 계절 중에서는 여름을, 감각 중에서는 청각과 후각을 편애하는 것 또한 이해할 수 있다. 차갑게 얼어붙는 대신에 무엇인가가 들끓고 증식하는 여름이, 물질적 실체의 위에 하나의 의미가 고정되는 대신에 "콧구멍"이나 '귓구멍'과 같은 어두운 통로를 따라 퍼져나가는 향기 혹은 음향이 미로의 계절이며 감각이기 때문이다. 여름에 유난히 들끓는 벌레들, 실체로부터 개방되어 흘러넘치는 속성들(수식어들), 그러한 속성들과의 영원한 만남이자 스쳐지나감, 그것이 이 시집의 표제작이 함축하는 바이다.

여름은 빽빽해졌다
여름은 벌레처럼 단어들이 창궐했다
명쾌한 명사는 점점 수식어가 많아졌다
당신의 아름다운 눈을 찾기 위해 수식어를 헤치고 나아갔다

당신의 눈은 점점 깊어졌다
　—「재스민 향기는 어두운 두 개의 콧구멍을 지나서 탄생했다」 부분

　당신의 눈은 어떻게 깊어질 수 있었는가? 당신의 아름다운 눈이 무수한 수식어들(실체없는 속성들)을 내뿜고 있는 탓에 당신의 눈에 이르는 길목 어귀에 너무 많은 이미지들이 창궐하고 있다. 이 이미지들을 하나하나 스쳐지나가느라 당신의 눈으로 가는 길은 점점 구부러지고 갈라지고 길어진다. 그렇게 해서 당신의 눈은 깊이를 확보한다. 끝이 없는 깊이, 심연, 그 안의 "빽빽"함.
　다시 한번 반복하자면, 시는 말의 그림자(유령적 분비물)가 말(못)로부터 벗어나려고 애쓰는 흔적이며 그러한 흔적의 기쁨이다. 명쾌한 명사들로부터 흘러나와 창궐하는 수식어들과의 영원한 만남이자 스쳐지나감, 그것을 가능하게 하는 구조물의 건축, 다시 말해서 탈건축적 운동을 위한 건축, 그것이 『재스민 향기』가 우리에게 보여주는 것이다. 그러므로 『재스민 향기』를 읽는 시간은 이런 것이다. "이 잉여물(유령적 분비물)의 잉여물이 알을 스는 밤/ 내 몸의 구멍이란 구멍마다/ 벌레가 우글거리고/ 구멍이란 구멍이/ 사각사각/ 넓혀질 때"(「기억」, 괄호 안은 인용자) 불안의 향기로 가득한 미로의 화원을 산책하는 기쁨의 시간.

(2013)

2부

보이지 않는 춤

거미의 줄, 실(絲), 끈, 현(絃), 길(道)
― 박판식의 『밤의 피치카토』

예술은 불명료하게 하는 사건 자체이며,
밤의 다가옴이며, 그림자의 범람이다.
―질 들뢰즈

우리들의 축제는 단 하나의 지붕, 단 하나의 말을 만들기 위해
지붕의 짚단 부분들을 엮는 데 사용되는 바늘의 움직임이다.
―뉴칼레도니아 원주민의 말

1. 예술작품, 고요히 운동하는 진리의 집

시를 존재의 보금자리라고 말할 수 있을까. 그러니까 이러저러한 우연한 형태를 띠고 있는 존재자가 아니라, 그러한 존재자가 결국 가리키게 되는 참다운 존재의 자리, 곧 진리가 거주하는 장소로 시를 비유할 수 있을까. 우리가 하이데거와 함께 시를 읽으려 한다면 이런 비유가 썩 자연스럽다. 하이데거에게 "언어는 존재의 집"이며 "시 짓기의 본질은 진리의 수립"[1]이기 때문이다. 이런 맥락에서 보면, 서동욱이 적절히 지적하고 있

---

1) 마르틴 하이데거, 『숲길』, 신상희 옮김, 나남, 2008, 110, 455쪽.

는 것처럼, 「무엇을 위한 시인인가」에서 분석되는 횔덜린의 '시'와 「예술작품의 기원」에서 예술작품의 중요한 사례로 거론되는 '신전'은 쌍둥이처럼 같은 의미와 중요성을 지닌다.[2] 전자는 존재의 진리가 거주하는 집이며, 후자는 그 안에서 신이 현존하는 장소이다.

그러나 우리가 이와 같은 비유로 시를 이해하려 할 때, 거기에는 늘 결정적인 오해가 끼어드는 것 같다. 시가 '집'이나 '신전'과 같은 것이라면, 시는 자신의 단단한 외벽 안쪽에 은밀하게 진리를 보존하고 있는 것일까? 그러니까 신전 안에 세워진 신상(神像)처럼 진리는 그렇게 시 안에 하나의 형태를 가지고 빛나고 있는 것일까? 우리가 이런 식으로 이해하려 들 때 진리는 고정된 실체처럼 생각되지만, 적어도 하이데거가 말하려고 한 것은 그런 것이 아니다. 하이데거가 집이나 신전의 비유를 들었을 때, 그는 시가 어떤 진리를 포착하고 소유한다는 식으로 말하려 했던 것이 전혀 아니다. 하이데거는 이렇게 썼다.

진리가 환한 밝힘과 은닉 사이의 근원적-투쟁으로서 일어나는 한에서만, 대지는 세계를 솟아오르게 하고, 세계는 대지 위에 스스로 지반을 놓는다. (……) 진리가 일어나는 방식들 가운데 하나가 작품의 작품존재이다. 세계를 건립하고 대지를 내세우는 작품은 투쟁의 격돌이며, 이러한 투쟁 속에서 존재자 전체의 비은폐성이—즉 진리가—쟁취된다.(『숲길』, 77쪽, 이하 강조는 인용자)

요점은 밝힘과 은닉, 세계와 대지 사이의 '투쟁', 그것으로서 일어나는 것이 진리라는 점이다. 하이데거를 따라 조금 풀어서 말해보자. 작품은 하나의 '세계'를 열어놓고, 그 세계가 작품 속에 편재하며 머무르게 한다. 세

---

2) 서동욱, 「시와 비진리—이미지의 논리」, 『세계의 문학』 2009년 여름호, 425쪽.

계란 단순히 사물들의 총합을 가리키는 것도 아니고, 그것 전체를 아우르는 상상적인 틀도 아니다. 사물을 사물 자체로 존재하게끔 허용하면서 펼쳐지는, 이 '펼쳐짐' 자체가 세계이다("세계는 세계화한다.", 『숲길』, 60쪽). 예술작품이 이렇게 하나의 열린 장을 마련할 때, 열린 장 속에서 "바위는 지탱함과 머무름에 이르게 되고, 이로써 비로소 바위가 된다. 금속은 번쩍이는 광채에 이르게 되고, 색채는 빛남에, 소리는 울림에, 그리고 낱말은 말함에 이르게 된다. 작품이 돌의 육중함과 무게 속으로, 나무의 딱딱함과 유연함 속으로, 청동의 단단함과 광채 속으로, 색채의 빛남과 어둠 속으로, 소리의 울림 속으로, 낱말의 명명력(Nennkraft) 속으로 되돌아가 거기에 자기를 세울 때, 이 모든 것이 나타나게 된다"(『숲길』, 62쪽). 그러나 이렇게 작품이 하나의 세계를 열어세울 때, 작품은 동시에 '대지' 또한 불러 내세운다. 세계의 열린 장 안으로 솟아나와 피어오른 것들이 존재의 은닉 속으로 되돌아가 다시 간직되는 터전, 그것이 대지이다. 피어오른 것들이 자신의 피어오름을 출발시켰던 은닉의 장소이자 세계의 열림이 시작되는 닫힌 장소, 그것이 대지이다. 그러므로 세계가 열릴 때, 필연적으로 대지 또한 불려 내세워진다.

진리는 이 세계와 대지 사이의 투쟁, 밝힘과 은닉 사이의 근원적인 투쟁이다. 하이데거가 진리를 '비은폐성'이라는 말로 설명할 때, 이미 거기에는 은폐성과 그것에 대한 반대투쟁이라는 '운동성'이 삽입되어 있다. 하이데거가 작품 속에서 진리가 일어난다고 했을 때, 그것은 무엇인가가 올바로 묘사되고 재현되고 있다는 점을 가리키는 것이 전혀 아니다. 그것은 다만 비은폐성의 운동이 일어나고 있음을 가리킬 따름이다. 하이데거는 작품의 통일성 속에서 고요함을 보았지만, 그 고요함이란 "자기로부터 운동을 배제하는 것이 아니라 운동을 포함하는 대립개념이다"(『숲길』, 66쪽). 세계와 대지, 밝힘과 은닉 사이의 투쟁 속에서 상대방을 지탱해주며 서로가 서로를 불러일으키는 그 운동이 진리에는 내속되어 있다.

그러므로 진리의 보금자리로서 '시'는 그 안에 정제되고 고정된, 빛나는 진리의 실체를 담고 있는 것이 전혀 아니다. 시는 그러한 진리를 보호하기 위해 그저 단단하게 웅크리고 있는 벽들의 조합이 결코 아니다. 오히려 시는 고요한 운동을 태동시키는 어떤 것이다. 그것은 완강하게 자신을 열어 보이기를 거부하는 은폐성과 모든 것이 완전히 열려 있는 개방성 사이에서 격렬히 진동하는, 완전히 밝혀져 있는 것은 아닌 비은폐성이다.

널리 알려진, 헤겔에 대한 표준적 이해방식에 대한 해석학적 폭력의 한 가지 사례를 떠올려보자. 헤겔의 정신적 모험은 최종적인 도착지에서 참다운 진리인 '절대지'에 이르는 것이 아니다. 헤겔적 의미에서의 진리는, 결코 자기 자신에 이를 수 없는 환원 불가능한 파열에 의해, 자기 자신을 향한 운동을 끝낼 수 없다. 진리를 향한 끝나지 않는 운동 자체만이 진리라고 불려질 수 있다.[3] 우리는 이와 같은 방식으로 하이데거의 건축술에 대한 표준적인 이해방식을 거부할 수도 있다. 세계와 대지, 밝힘과 은닉 사이에서 격렬하게 진동하는 고요한 운동, 오직 그것만이 진리라고 불릴 수 있다.

만일 시가 진리의 집과 같은 것으로 비유될 수 있다면, 그것은 단단한 구조물이기 때문이 아니라 오히려 밝힘과 은닉 사이의 투쟁적 운동을 태동시킬 수 있는 것이기 때문이다. 시는 무엇인가를 드러내 보이고 그것을 밝게 비춰주지만, 밤이 다가오고 그림자가 범람하는 것처럼 다시 그것을 불명료함 속으로, 대지의 품으로 몰아넣는다. 그러면서 동시에 그 대지의 품에서 다시 무엇인가를 꺼내서 우리 앞에 드러내 보이는 것이기도 하다. 이 이중의 운동, 그것이 시가 품고 있는 것이다.

---

3) 슬라보예 지젝, 『신체 없는 기관』, 이성민 외 옮김, 도서출판b, 2006, 118~119, 123쪽.

2. 그것은 다만, 거미집인 한에서

우리는 시와 진리의 관계를 설명하기 위해 동원된 그리스 신전의 사례를 수정하고 싶은 유혹을 느낀다. 육중한 대리석 기둥으로 둘러싸여 있으며, 그 안에 영광스러운 조각상들을 간직하고 있는 그리스 신전은 고정된 일의적 진리라는 착각을 불러일으키고, 세계와 대지 사이의 투쟁 혹은 운동을 상상하기 어렵게 만들기 때문이다. 그리스 신전의 사례를 수정하기 위해, 그리고 어떤 의미에서 하이데거를 보충하기 위해 박판식의 시를 참조할 수 있을까. 예컨대 이런 시.

> 거미집 안을 들여다볼 수는 없다
> 시간의 발이 분주하게 이때에서 저때로 옮겨다니기 때문이다
> 거미는 홀연히 운명의 실타래를 빠져나와 먼 천둥 소리를 짠다
> 미약한 신열과 다다를 수 없는 슬픔과
> 슬픔의 뿌리까지 박음질해넣는다
> 물살을 튕기며 수영을 즐기는 사람들과
> 실패 풀리듯 스르르 달아나는 꽃뱀의 아라베스크 무늬 위를
> 둥둥 떠다니며
> 거미는 근골을 한껏 부풀린 채 팽팽한 활시위를 당긴다
> 모든 곳에 도달하고 싶은 초여름
>
> ―「거미」 전문[4]

거미집은 그 안에 어떤 고정된 형태의 진리도 숨길 수 없다. 그것은 불투명한 벽이 우리의 시선을 차단하기 때문이 아니라, 벽에 의해 구분되면서 탄생하는 '안'이 없기 때문이다. 다시 말해서 다른 모든 집과 달리 거

---

4) 박판식, 『밤의 피치카토』, 천년의시작, 2004. 이하 이 시집에서 인용할 경우 본문에 제목만을 표기한다.

미집에는 벽이 없기 때문이다. 그 때문에 우리는 거미집 앞에서 그 안에 숨겨져 있는 어떤 은밀한 진리 같은 것을 기대할 수 없다. "거미집 안을 들여다볼 수는 없"는 것은 거미집이 벽이 없는 집이기 때문이다.

거미집에 있는 것은, 다만 두 방향의 운동뿐이다. 거미는 한편으로 "운명의 실타래"를 풀어내며 다른 한편으로 아라베스크 무늬의 '짜임'을 만들어낸다. 거미집은 운명의 실타래가 풀리는 때에만 거기서 뽑아져나온 거미줄로 짜여질 수 있으며, 짜여지는 한에서만 거미집은 아라베스크 무늬로 퍼져나가고 이러한 번짐은 마치 "실패 풀리듯 스르르 달아나는" 것이다. 그것은 풀리면서 짜이고 짜이면서 풀린다. 이 짜임과 풀림의 고요한 운동, "실패 풀리듯 스르르 달아나는" 이완과 팽팽하게 당겨진 활시위의 긴장(수축)이 거미집 안에 교차하고 있다. 아니, 그 교차 속에서 거미집이 건축되고 있다. 아니, 그 교차가 거미집이다. 거미집은 그러한 고요한 운동으로만 있다.

이 이완과 수축의 고요한 교차운동 속에서 거미의 발은 시간의 발이 되어 "분주하게 이때에서 저때로 옮겨다니"며 무엇인가를 짜 만들었다가 그것을 다시 풀어내고 그 풀어낸 거미줄로 또 무엇인가를 짜 만들어넣는다. "반인반수의 수수께끼는 너무도 자명하다 너의 육체를 짜고 또 푸는 잔인한 어머니"(「사육」)인 것이다. 만일 진리라는 것이 예술작품에 거주한다면, 그것은 예술작품 안에 고정된 형태로 존재하는 것이 아니라, 거미집의 고요한 운동으로만 있을 수 있다. 거미집의 고요한 운동으로 진리는 일어난다. 그러므로 다시 한번, "거미집 안을 들여다볼 수는 없다".

이 거미집의 운동 이미지는 프로이트가 「쾌락원리를 넘어서」에서 소개한 포르트-다(fort-da) 놀이를 떠올리게 하는 구석이 있다. 프로이트의 손자가 가지고 놀던 실패는 엄마가 사라졌다 다시 나타나는 상황을 재현하는 놀이였다. 이 놀이가 어떻게 엄마에게 버림받는 상황을 극복할 수 있게 만드는지에 대한 설명은 피하기로 하자. 우리의 논의에서 중요한 것은 반대 방향으로 움직이는 두 운동의 반복 형식이 이 놀이에 새겨져 있다는 것, 그리고 이 놀이로부터 출발한 프로이트의 사색이 생명충동과 죽음충동의 교차운동에 이르렀다는 점이다. 아이가 실패를 던졌다가 다시 실패를 나타나게 하면서 기뻐하기를 반복하는 이 놀이에서, 없음과 있음, 부정과 긍정, 죽음과 생명, (−)와 (+) 등의 다양한 짝패들이 번갈아 등장한다. 이 풀리는 끈운동과 묶고 조이는 끈운동에서 프로이트는 죽음충동과 생명충동이 반복되는 존재론적 유희를 발견했다. 프로이트에게서 모든 존재하는 것들은 결국 이 두 종류의 끈운동 속에서 생겨났다가 없어지고 없어졌다가 생겨나는 것이 아니었던가. 이것은 흡사 도(道)에 대한 가장 오래된 언명을 연상시키기까지 한다. '一陰一陽之謂道'(「계사전(繫辭傳)」, 『주역(周易)』), 그러니까 한 번 음하고 한 번 양하는 것을 일컬어 도라 한다. 실패를 던졌다가 다시 나타나게 하는 놀이, 그것이 도이며 진리이다.[5] 그러므로 초여름 어느 한낮의 고요한 풍경 스케치처럼 보이는 「거미」는 모든 것들을 자신의 끈운동 안으로 품었다가 솟아오르게 하려는 욕망을, "모든 곳에 도달하고 싶은" 욕망을 숨기지 않는다.

이런 맥락에서 보면, 들뢰즈의 예술과 뉴칼레도니아 원주민의 축제는 박판식의 거미집 위에서 만날 수 있을지도 모르겠다. 물론 예술은 고정된 어떤 진리를 정립하는 것도 아니고 실재의 특정한 유형을 인식하려는 것도 아니다. 오히려 예술은 인식을 불명료한 것으로 돌려놓고 사물의 뚜렷한 윤곽선 위에 밤의 어두움과 그림자를 범람하게 한다. 예술이 만들어내는 것은 실재하는 사물에 대해 적대적인 비존재이다.(들뢰즈) 그러나 예술

---

5) 포르트-다 놀이와 『주역』에 관한 논의는 김상환의 해석을 빌려왔다(『니체, 프로이트, 맑스 이후』, 창비, 2002, 7~8쪽). 김상환은 이러한 이해를 '계사(繫辭/繫絲) 존재론'이라고 부르며 이를 통해 서양 사상사를 정리하고 이를 다시 동아시아 존재론과 연결시킬 수 있는 가능성을 보여주었다.

에 대한 모든 이해가 반드시 이런 방향으로만 진행되는 것은 아니다. 인류학자 렌하르트의 질문에 뉴칼레도니아 원주민은 자신들의 축제가 우주의 혼란스러운 공백을 감쌀 단 하나의 지붕을 엮어내는 하나의 바느질 운동이라고 답했다. 그들처럼 우리 또한 예술작품 속에서 단단하게 구워진 하나의 상징을, 은닉된 존재의 영역에 빛을 던지는 아름다움을 기대하기도 한다. 그 가운데 무정형의 우주는 인식과 지성의 범주를 뛰어넘는 어떤 형상, 새로운 존재 이해(혹은 감각)를 순간적으로 내비치기 때문이다.[6]

박판식의 거미집이란, 이 두 개의 모델을 동시에 부정하면서 수렴하고 있는 것이 아닐까. 거미집은 풀리기만 해서는, 또 짜여지기만 해서는 성립 불가능하기 때문에, 오직 짜이면서 풀리고 풀리면서 짜이는 고요한 이중의 운동 위에서만 세워진다. 거미집에는 안이 없으므로 거기에는 일의적인 진리도 비밀스런 비존재도 있을 수 없으며 다만 거미줄의 이중운동만이 있을 뿐이다. 그것이 시라고 말할 수는 없는 것일까. 이 짜임과 풀림의 교차가, 우리가 시를 읽을 때 체험하는 독특한 감정의 원천이라고 말할 수 없는 것일까.

---

6) 지난 5년간 우리 시를 둘러싼 논쟁은 이 두 진영 사이의 진자운동에 해당했던 것이 아닐까? 한편에서는 관조의 시선과 완성된 깨달음에 대한 욕망이 지나치게 완고하다고 느끼면서 또 자아-자연-사랑의 삼각형이 협소하고 단단한 세계를 구축하고 그 안에서 만족해버렸다고 느끼면서, 관조와 깨달음을 감각과 운동하는 이미지로 대체하고, 자아-자연-사랑의 삼각형의 건축술을 무너뜨리려는 시도(를 읽어내려는 비평적 태도)를 보여주었다. 반대로 다른 한쪽 편에서는 시가 펼쳐 보이는 기호들의 체계가 따라잡기 어려울 만큼 어지럽게 헝클어져 있다고 느끼면서 이것들을 감싸고 새로운 세계를 세울 수 있는 상징과 확장된 동일시의 능력과 같은 것을 요구했다. '서정'의 개념을 둘러싼 논의나 2005년을 전후해서 등장한 시인들의 다양한 흐름을 둘러싼 논의가 이 두 진영 사이 어디쯤에 놓여 있었던 것 같다. 두 진영 사이의 복잡한 지형도를 그려내는 것은 이 글의 목표를 초과하는 것이겠지만, 그러나 이 점 하나만을 지적해보면 어떨까. 실상 이 두 진영 사이의 논쟁은 결국 풀리는 끈 운동과 조이는 끈운동의 반복 출현이었던 것이 아닐까. 그러니까 겉보기와 달리 이 두 진영은 은밀하게도 서로의 어떤 면에 기대고 있는 것인지도 모른다.

3. 줄, 실, 끈, 현, 길의 꿈

거미집이 조임과 풀림, 수축과 이완의 이중운동일 수 있는 것은, 그것이 풀렸다 묶였다를 반복하는 거미줄로 구성되어 있기 때문이다. 이 거미줄은 『밤의 피치카토』 전체에 아라베스크 무늬로 펴져 있다. 거미줄은 목적지에 도착하지 못하고 끊임없이 길어지다가 헝클어지고 뭉쳐지는 우회로 혹은 미로의 곡선으로(「집으로 돌아가는 길」 「비탈의 나무들」 「드라이브」 「柳湖」), 이 곡선을 닮은 머리카락이나 산양의 털로 등장하거나(「장마 속의 백일몽」 「샴쌍둥이」), 하나의 줄기로 다시 돌아올(그러나 다시 여러 갈래로 가지 쳐나갈) 나뭇가지나 실뿌리, 혈관으로(「심장의 실뿌리」 「한여름 밤의 꿈」 「잠만 자는 방」), 그리고 종종 실이 소유하는 최소한의 물질성마저 증발시켜버리고 한없이 풀어져버리는 (그러나 결국 다시 응결되어 비로 떨어질) 연기나 구름으로 등장한다(「만질 수 없는 구름」 「물의 가지」). 동어반복을 피하기 위해 이들 시의 일부만을 보이기로 하자.

성긴 옷감과 빠진 머리카락들과 뭉쳐서 나는 잠을 잔다
(……)
잠의 코뜨개바늘은 감정과 육체를 꿰매어 나를 보잘것없는 몸뚱이로 만들고
　　　　　　　　　　　　　　　　　　　　　　　　—「장마 속의 백일몽」 부분

잠들기 위해 실패처럼 둥글게 몸을 말면
꽃도 거미도 깃털도 모조리 흰 천에서 풀려나와 다시 내 숨결로 돌아왔다
수수깡 안경을 와작와작 맛있게 씹어먹던 염소의 눈망울을 떠올리면
미로를 빠져나오는 한 가닥 실처럼 마침내 잠이 내게로 이어졌다
　　　　　　　　　　　　　　　　　　　　　　　　—「잠만 자는 방」 부분

여름밤의 모닥불 속으로 날아든 나방들은 아름답다
선과 각을 실험하는 그들의 무모한 모험은 천공에 살고 있다
(……)
사랑하는 사람의 머리를 빗어주다 문득
명확하게 자각하는 기울어짐 없는 계절의 균형감각
빛과 영혼으로 짜여진 빗질되지 않은 연기가 구름 속으로 올라간다

—「한여름 밤의 꿈」 부분

　이들 시를 보면서 박판식의 시가 꿈과 환상 쪽으로 강하게 이끌리고 있다는 인상을 받는 것은 정당하지만, 그러한 인상만을 지적하는 것 자체에는 별다른 의미가 없다. (현실적인 대상을 감각적으로 묘사하려는 시까지를 포함해서) 모든 시는, 그것이 시인 한에서, 꿈이며 환상이기 때문이다. 그러므로 박판식이 보여주는 꿈과 환상은 언제나 거미의 줄, 실, 끈, 길에 의해 풀리고 묶이기를 반복한다고, 그렇기 때문에 그의 꿈과 환상은 어떤 의미에서 고요한 운동처럼 느껴진다고, 우리가 발견한 인상을 보충해야만 한다.
　이 거미의 줄은, 박판식이 자신의 시쓰기에 대해 쓴 시라고 할 만한 「밤의 피치카토」에 한 줄의 현(絃)으로 다시 등장한다. 이 점을 음미하면서 이 짧은 글을 서둘러 마치기로 하자.

절친한 점쟁이가 자신의 손가락 하나를 잘라 문지방에다 붙여주었다
장밋빛 손가락은 체온도 활기도 없는 내 소지품들 속에 섞여
자신의 존재를 주장하기 시작했다
친구가 찾아와 그 손가락을 가리켜 이르길
더러운 샘은 왜 파놓았느냐
그러나 내 더운 피를 다 빨아먹고 생긴 더러운 샘이니

지진 같은 굉음의 푸른 줄기 하나는 보아야지

— 「밤의 피치카토」 전문

    모든 사물의 윤곽선을 더럽히고 구체적인 인식을 불분명하게 만드는, 더운 피로 채워진 '샘'. 그것은 현실적이고 지성적인 인식의 차원을 넘어서거나 거기에 미치지 못한다는 점에서 "더러운 샘"이며 '밤의 다가옴'이고 "점쟁이"의 것이라 해도 좋겠다. 그런데 그것은 왜 '손가락'으로 불리는가. 시의 마지막에 가서야 이 수수께끼가 풀리며 앞서 제시된 이미지들이 운동하기 시작한다. "체온도 활기도 없는" 사물들의 세계에서 "푸른 줄기 하나"를 발견하고 그것을 퉁기기 위해서는, 눈이나 귀나 혀일 수는 없고, 오직 손가락이어야 했던 것. 이것이 시의 제목 '밤의 피치카토(활을 쓰지 않고 손가락으로 현(絃)을 퉁기는 주법)'가 가리키는 것이기도 하다. 존재와 비존재의 반복운동을 아우르는 우주적 끈("지진 같은 굉음의 푸른 줄기 하나"), 그것을 퉁겨 진동하게 하고 굉음과 함께 운동 이미지를 만들어내는 것, 그것이 '밤의 피치카토'이며, 그것이 박판식 시가 도달하고자 하는 높이이다.

(2009)

아름다운 그녀는 울지 않아요
— 김이강의 『당신 집에서 잘 수 있나요?』

1. 시와 일기

　김이강의 몇몇 시편들은 시와 일기 사이에서 머뭇거리는 것처럼 보일 때가 있다. 예컨대 이런 장면들. 익사하거나 교통사고로 죽은 어린 시절의 친구들에 대한 회상의 반복(「소독차가 사라진 거리」 「해변에서의 조우」 「해후」[1]). 혹은 파산한 어머니와 피아노 치는 딸이 등장하는 우울한 풍경 묘사의 반복(「폭우」 「well-tempered clavier」). 그리고 택시를 탄 어느 비 오는 일요일에 대한 스케치나(「일요일」) 군대에서 휴가 나온 친구와의 술자리에서 오고 간 말들과 말해지지 않은 단상들의 기록(「핀란드」) 등 소소한 일상의 단면에서 출발한 시의 산개(散開). 이런 장면들에서 김이강의 시는 그녀의 사적(私的) 체험의 기록이거나 그 기록의 시적 변형이라는 인상을 강하게 풍기고 그 때문에 우리는 시를 통해 시인의 실제 삶을 엿보고 있는 듯한 느낌을 받게 된다.

　어쩌면 시와 일기 사이에서 머뭇거리는 김이강의 시를 통해서 그녀의

---

1) 김이강, 『당신 집에서 잘 수 있나요?』, 문학동네, 2012. 이하 이 시집에서 인용할 경우 본문에 제목만을 표기한다.

맨얼굴을 훔쳐보려는 우리의 관음증적 욕망을 충족시키는 일이 가능할지도 모르겠다. 하지만 우리의 관심은 그녀의 시에서 실제 경험의 단면들을 발굴해내고 그것을 지렛대 삼아 그녀의 시적 환상을 현실적인 장면들로 옮겨놓는 데 있지 않다. 김이강의 시에서 그녀의 실제 경험의 단면들이 중요한 자리를 차지하는 것이 사실이라고 하더라도, 그것은 그 단면들이 현실적이고 일상적인 그녀의 삶 자체를 이루는 소중한 구성 성분이기 때문이 아니다. 바로 그 단면들은 자신의 뒤에 시적 환상의 그림자를 반향하고 있는 한에서만 그녀의 시에서 중요한 자리를 차지할 수 있다. 좀더 정확히 말하자면 바로 그 단면들이 일종의 입구가 되어 경험적이고 현실적인 차원 너머에 있는 시적 환상이 그녀의 언어로 침투하고, 동시에 일종의 문턱 혹은 방파제가 되어 시적 환상이 지나치게 범람하지 않도록 방지하는 복합적인 역할을 맡고 있기 때문에 일상의 어떤 단면들이 그녀의 시에서 중요한 자리를 차지할 수 있는 것이다. 김이강의 시편들은 경험적 일상을 기록하고 있다기보다, 그녀의 일상의 어떤 단면들을 통해 현실 너머에 있는 시적 환상을 침해하고 들춰내는 동시에 들춰진 약간의 시적 환상만을 허락하면서 너무 많은 시적 환상이 그녀의 일상 전체를 완전히 삼켜버리는 것을 간신히 저지하고 있다고 말해야 할지도 모른다.

김이강의 시편들이 시와 일기 사이에서 머뭇거리는 것처럼 보인다는 우리의 인상은 이런 맥락을 통해 이해해야만 한다. 시적 환상과 일상 사이의 잠정적 휴전 혹은 잠재적 전투 상황. 우리의 관심은 시와 일기 사이에 그어진 전선(戰線) 속에서 감춰지면서 드러나고, 드러나면서 감춰지는 저 시적 환상의 반향, 오로지 그 반향뿐이다.

2. 다락방에 숨은 아이, 황홀과 불안 사이의 동요

어린 시절 겪은 친구의 죽음에 대한 회상처럼 보이는 시 「소독차가 사라진 거리」에서도 실상 이 시의 떨림을 이루고 있는 것은 친구의 죽음 자

체보다 시적 환상의 범람에 대한 예감 혹은 황홀과 불안 사이의 동요인
것 같다.

      방과 후에는 곤충 채집을 나섰지만
      잡히는 건 언제나 투명하고 힘없는 잠자리였다

      우리는 강가에 모여 잠자리 날개를 하나씩 뜯어내며
      투명해지는 방법에 대해 생각했다
      익사한 아이들의 몸처럼 커다란 투명
      정환이네 아버지 몸처럼 노랗게 부풀어오르는
      투명 직전의 투명

      우리는 몇 번씩 실종되고 몇 번씩 채집되다가
      강가에 모여 저능아가 되기를 꿈꾸는 날도 있었지만
      우리들의 가족력이란 깊고 오랜 것이라서
      자정 넘어 나무들은 로켓처럼 암흑 속으로 사라졌다가
      아침이면 정확히 착지해 있곤 했다

      몇 번의 추모식과 몇 번의 장례식
      몇 개의 농담들이 오후를 통과해가고
      낮잠에서 깨어나면 가구 없는 방처럼 싸늘해졌다
      우리에게 알리바이가 필요했다

      방과 후면 우리는 소독차를 따라다니며 소문을 퍼뜨리고
      우체부를 따라다니며 편지들을 도둑질하고
      강가에 쌓인 죽은 잠자리들을 위해 기도하고

우리는 드디어 형식적 무죄에 도달할 것 같았고
우리는 끝내 자정이 되면 발에 흙을 묻힌 채 잠이 들었다

몇 번의 사랑과 몇 번의 침몰들도
암흑 속으로 사라졌다가 세상 끝 어딘가에서 착지하고
　　　　　　　　　　　　　　　　　　　　—「소독차가 사라진 거리」 전문

　학교가 끝나면 친구들과 함께 몰려다니며 물장구도 치고 잠자리도 잡
던 어린 시절, 친구 중 몇몇이 그만 물에 빠져 죽고 말았다. 불행하게도
그런 일들이 종종 있어 몇 번의 추모식과 장례식을 치러야만 했으나 아이
들은 아이들답게 소독차도 따라다니고 편지도 훔치고 잠자리를 잡는 일
을 계속 해왔다. 그러나 정작 이 시의 떨림은 그런 회상 속에 있지 않다.
회상되고 있는 사건들 뒤에 달라붙어 있는, 투명해지는 것에 대한 황홀과
불안 사이의 모호한 동요가 결정적이다.
　나무들은 밤이 되면 어둠 속으로 제 모습을 감춘다. 밤마다 사라져버
릴 준비를 하는 한에서, 나무는 대지에 뿌리박은 채 정지해 있는 식물이
아니라 대기를 향해 날아오를 준비를 마친 로켓이다. 하지만 경이로움은
나무가 로켓으로 변신한다는 것에서 그치지 않는다. 밤마다 대기권 밖으
로 날아간 나무들이 아침이면 매번 정확하게 어제의 그 자리로 돌아온다!
"실종"과 "채집", "침몰"(혹은 로켓의 비행)과 "착지"에 대한 어린 시절의
경이로움을 기억하고 있는 그녀의 욕망은 대기권 밖으로 날아가는 모험
쪽으로 기울어져 있는가 아니면 그런 위험한 일탈을 멈추고 다시 제자리
로 돌아오는 귀환 쪽으로 기울어져 있는가. 김이강의 시는 이 가운데 어
느 한쪽으로 자신의 노선을 확정하기를 거부한다. 그녀의 시는 양립할 수
없는 두 욕망 사이에서 동요하는 모호한 분위기를 지속시킨다. 그녀의 나
무들은 대지가 자신을 구속한다고 느끼고 탈출하고 싶어하지만 대기권

밖으로 나가는 로켓 운동은 너무나 위태로워 언제나 제자리로 돌아온다. 그녀의 나무들은 탈출을 꿈꾸면서도 동시에 포획되어 뿌리박히고 싶어한다. 나무들은 밤마다 날아오르고 아침마다 착지한다.

밤이 되면 검은 나무들이 암흑 속에서 제 모습을 감추듯이, 아이들은 잠자리의 투명한 날개를 뜯어내며 투명해지는 방법에 대해 생각한다(이 시에서 완전한 투명과 완전한 암흑은 구분되지 않는다. 암흑과 투명은 모두 시선으로부터 어떤 대상을 감추고 사라지게 하는 것이다). 아이들이 투명해지면 자신의 "실종"을 완성시킬 수 있을까. 그래서 어른들에게 발견("채집")되고 결국 현실세계로 돌아와야 하는 그 일을 끝낼 수 있을까. 결코 돌아오지 않는 익사한 아이들이야말로 투명해지는 데 성공한 걸까. 그러나 그런 식으로 친구의 죽음을 생각하는 것은 너무도 위험한 농담, 어쩌면 악마적인 농담이다. 세계의 바깥으로 빠져나가려는, 투명함에 대한 욕망은 죽음과 너무 가까운, 위험하고 악마적인 농담이다. 황홀하지만 불안한 농담이다. 그러므로 아이들은 자신들이 소망한 황홀한 범죄에 대해 알리바이가 필요하고, 그 때문에 세계 안의 소소한 범죄들(소독차를 쫓아다니며 소독 연기처럼 모호하게 피어오르는 거짓 소문을 만들어내고, 편지를 훔치며 소문을 불식시키는 사실의 문장들을 삭제하는, 아이들의 장난스러운 범죄들)이야말로 자신들의 쾌락인 체하면서 보다 근본적인 범죄에 대해 꿈꾼 적 없는 체한다. 그런 방식으로 일상을 즐기는 한에서 아이들은 황홀한 불안 속에 꿈꾸어진 근본적인 범죄(투명해지고 세계로부터 빠져나가며 죽음을 꿈꾸는 것)에 대해 "형식적 무죄"가 될 것도 같다. 하지만 자정이 지나면 나무들이 로켓이 되듯이 아이들 또한 꿈속에서 또다시 세계 바깥으로 빠져나가고, 그러나 놀라워라, 아침이 되면 나무가 그랬듯 아이들 또한 제자리로 돌아온다. 황홀과 불안을 반복해서 경유하는, 원환으로 닫힌 궤적운동이 지속된다.

아이들은 투명해지기를 소망한다. 그러나 아이들은 동시에 꿈속에서 자신도 모르게 투명해질까봐, 그들이 익사한 아이들과 같은 운명이 되어 자신들이 은밀하게 품어온 불순한 욕망에 유죄가 선고될까 불안해하며 어른들에게 채집되어 제자리에 돌아올 것을 소망한다. 이 양가적인 감정이 잠자리에 대한 아이들의 태도에도 반영되어 있다. 잠자리의 투명한 날개는 선망의 대상이자 증오의 대상이다. 잠자리를 잡는 아이들의 손길에는 양립할 수 없는 두 가지 명령어가 겹쳐져 있다. '잠자리처럼 투명한 날개를 가질 수만 있다면 우리도 이 보잘것없는 현실을, 어른들의 손아귀를 빠져나갈 수 있을 것이다. 그러니 찬탄 어린 손길로 잠자리의 투명한 날개를 모으고 그 투명함에 동화되어라!' '잠자리는 세계로부터 빠져나가려는 불순한 욕망을 자신의 날개에 버젓이 드러냈다. 세계를 부정하고 배신하는 그들의 날개에 복수를! 어른들이 숨어 있는 우리를 찾아내듯 우리는 잠자리를 채집하자. 그들을 파괴하고 그들의 시체를 강가에 쌓아두자!'

이 황홀과 불안 사이의 동요는 어린 시절을 벗어난 뒤에도 지속된다. 사랑이나 시련("침몰")을 겪으며 우리는 우리의 현실적 조건들로부터 이탈하는 체험을 할 수도 있지만 결국 세상 끝 어딘가로 되돌아온다("착지"). 사랑과 침몰을 통해서도 세계를 벗어날 수 없었다는 아쉬움이면서 동시에 세계에 무사히 착지할 수 있었다는 안도감. 이것은 어쩌면 다락방에 숨는 아이들의 동요와 흡사한 것인지도 모른다. 엄마의 지나친 보살핌으로부터 벗어나 혼자만의 환상의 왕국 속에서 황홀한 고독을 즐기는 아이가 "우리 아가는 어디로 갔을까?"하는 엄마의 목소리까지를 덤으로 즐기면서도 한편으로는 엄마가 자신을 영영 찾아내지 못할까봐 다락방에 영원히 혼자 남겨질까 불안해하는 황홀과 불안 사이의 동요.

황홀과 불안 사이에서 동요하는, 이 미결정된 정서는 우리에게 한 가지 사실을 뚜렷하게 제시한다. 그녀에게는 투명함에 대한, 빠져나감에 대한 욕망이 있다. 혹은 그녀를 투명하게 하고 빠져나가게 할 어떤 악몽이 매일 밤 그녀를 찾아온다. 그녀가 그것을 은밀히 기대하는지 두려워하는지에 대해서는 판별할 수 없지만, 그녀에게 어떤 황홀한/불안한 꿈이 접근하는 것만은 분명하다.

「미용사들」의 악몽 또한 황홀과 불안의 중첩으로 되어 있다.

　　슈퍼맨처럼 망토를 두르고 앉았다

　　귀 자르는 것을 주의하라는 말은 무슨 뜻일까

　　망토 위로 귀가 떨어지는 꿈을 꾸게 될 것이다
　　더 크게 비명을 질러야 할 것이다
　　당신이 깨워줄 때까지 귀가 떨어져 쌓일 것이다

　　거울 속에서 섬뜩하게 눈을 뜬다

　　모든 싹을 감추어두었는데도
　　내 인생은 나를 눈치챈 것만 같다

　　어쩌면 망토를 두르고 집에 가야 할 것 같다
　　　　　　　　　　　　　　　　　　　　　—「미용사들」 전문

　미용실에 앉아 졸고 있는 그녀의 꿈속에서 그녀의 귀는 미용사의 가위에 잘려나가고, 번성하는 넝쿨처럼 잘려나간 만큼 다시 자라서 꿈에서 깰 때까지 계속해서 잘려나가기를 반복한다. 귀가 잘리는 악몽에서 깨어난 그녀는 생각한다. '내 안에 숨겨져 있는 무엇인가를 들키고 싶지 않지만, 방금 내 꿈속에서 그것이 식물처럼 자라나서 '귀=싹'으로 피어나 제 모습을 드러내고 말았다. 내 인생이 그것을 눈치챈다면 세계를 배신하는 나의 내밀한 범죄적 욕망에 유죄를 선고하겠지? 인생은 세상의 이치에 따라야 하는 것이니까. 저 싹을 더 꼼꼼하게 숨겨두자. 망토 속에 나 자신을 감추자!'

그녀의 불안한 경계심에는 모호한 데가 있다. 그녀는 감춰도 감춰도 돋아나는 자신의 내밀한 범죄적인 꿈 자체를 두려워하는 것일까 아니면 꿈의 싹을 자르려는 미용사들의 가위를 두려워하는 것일까. 그녀의 망토는 그녀의 꿈으로부터 자신을 지키는 것일까 아니면 그녀의 인생(혹은 귀=꿈의 싹을 잘라내는 가위)으로부터 그녀의 꿈을 지키려는 것일까. 미용사들은 그녀의 귀=꿈의 싹을 거세하는 난폭한 아버지들일까, 그녀가 아버지들의 손아귀에 붙들리기 전에 그녀를 숨겨주려는 자상한 어머니일까. 어느 쪽으로도 확정될 수 없는, 황홀과 불안의 모호한 출렁거림. 그것이 김이강의 시에 고르게 번져 있는 감정의 물결이다.

3. 돌멩이 속 애벌레

가끔씩 김이강의 시는 모호한 출렁거림을 끝내고 싶어하는 것처럼 보일 때가 있다. 「폭설 내리고 겨울 저녁」과 같은 시에서 "모자를 뒤집어쓰면/ 한결 낫다네/ 모자를 뒤집어쓰면/ 왜 이렇게 모든 게 한결/ 나아질까"라고 묻고 "마주치고 싶지 않은 꿈을 피해/ 물끄러미 서 있네/ 모자 뒤집어쓰고"라고 답할 때를 보면, 김이강은 자신의 모호한 감정들을 불안 쪽으로 정리하는 듯하다. 그녀를 찾아오는 꿈 혹은 시적 환상은 한편으로 황홀한 것이지만 다른 한편으로는 일상적이고 경험적인 세계를 무너뜨리는 악몽이다. 고통스러운 악몽으로부터 물러나 자신을 어떤 껍질이나 덮개로 보호하며("모자를 뒤집어쓰고") 자기 안으로 숨어들고 싶어하는 마음을 상상하는 것은 그리 어려운 일이 아니다. 그럴 때 김이강은 고통스러운 꿈의 침입으로부터 벗어나 세계 안에 착지해 일상의 편안함을 맛보고 싶은 것일까.

김이강의 시에 종종 등장하는 '돌멩이'는 물러섬, 은닉, 휴식에 대한 상징이다. 더이상 물러설 곳이 없을 때까지 자신 안으로 단단하게 감기면서 자기 자신을 견고한 은신의 성곽으로 만들기, 자신 안에서 어떤 내밀한 무엇인가가 자라날 수 없게 스스로를 단단하게 얼려버리고 비밀을 원하는 어떤 시선도 자신 안으로 침투할 수 없게끔 하는 거절하기. 강화된 "망토"이자 "모자"이며, 단단한 껍질이자 덮개 그 자체로 이루어진 존재, 돌멩이.

　안녕? 돌멩이
　안녕 안녕?
　돌멩이

　우린 서로 말이 없구나

　안녕 돌멩이
　안녕 안녕?
　안녕? 돌멩이

　우린 모두 공개되지 않았어

　그러니 안심하렴

　우린 계속 말이 없어도 된단다

　안녕 돌멩이
　안녕 안녕?

안녕? 돌멩이

우린 모두 가마니를 뒤집어쓰고
가만히 앉아 있구나

안녕? 돌멩이
내 이름은 애벌레야

—「안녕, 돌멩이」 전문

이 시는 마지막 행이 등장하기 전까지 확실히 돌멩이의 단단한 방어 속에서 편안한 휴식을 취하는 것처럼 보인다. 돌멩이는 안심해도 좋다. 계속해서 아무 말 없이 가만히 앉아 있어도 좋다. 황홀과 불안 사이에서 동요하는 심연이 없는, 그저 단단하게 뭉쳐져 있는 껍질 그 자체인 돌멩이는 편안하다.

그러나 이 방심이 허락되는 휴식은 마지막 행에서 부서지고 있는 것 같다. 지금 돌멩이에게 아무 말 없이 있어도 좋다고 '말 걸고 있는' 것은 애벌레다. 단단한 알을 깨고 나온 꿈틀거리는 벌레, 완성된 형태에 도달하기까지의 변신 자체를 자신의 형상으로 삼는 존재, 번데기를 짓고 들어가 다시 한번 번데기를 부수고 나오는 꿈틀거리는 힘 그 자체인 애벌레. 그것은 어떤 의미에서 개방된 내밀함이고 껍질 혹은 덮개를 열어젖히며 분출하는 내밀함이다. 그러므로 휴식을 취하고 있는 돌멩이에게 그 휴식을 긍정하는 인사를 건네는 것처럼 보였던 이 시는 마지막 행 때문에 의미가 뒤집힌다. 애벌레의 인사는 돌멩이를 동요시키고 돌멩이의 휴식 안으로 들어가 돌멩이의 내밀함을 발생시키고 팽창시키며 무엇인가를 대답하게 한다.

약간의 비약을 감수한다면 우리는 여기서 고뇌에 찬 시적 탐구를 이끌어낼 수도 있을 것이다. 세계로부터 빠져나가는 황홀한 위험 속에서 죽음

을 경험할 것인가, 비가시적 영역의 환상적인 풍부함을 포기하고 세계에
안착할 것인가. 양갈래길 앞에서 선택을 미루는 머뭇거림 혹은 동요 자체
를 시적 동력으로 삼는 대신, 바깥으로부터 뻗어오는 이미지의 꽃을 일상
의 정원 안에서 어떻게 가꿀 수 있겠는가 혹은 그 이미지의 범람 속에서
도 현실적이고 경험적인 차원들의 무너져내림을 어떻게 막아낼 수 있을
것인가 하는 문제에 대한 고뇌에 찬 탐구가 이 순진하고 귀여운 동시(童
詩)처럼 보이는 「안녕, 돌멩이」에는 숨겨져 있는 것이다. 저 단단한 돌멩
이의 심부(深部)에 애벌레의 꿈틀거림을 부여할 수 있을까. 애벌레의 개
방된 내밀함이 대기 속에서 녹아 없어지기 전에 그것을 보존하는 껍질을
형성할 수 있을까. 돌멩이와 애벌레 둘 가운데 어느 하나가 다른 하나를
제압할 수 없는 교착상태가 아니라, 양립 불가능한 두 요소의 정밀한 짜
임. 이것은 시적 환상을 일상적이고 경험적인 언어 안에서 가까스로 수신
하려는 김이강의 시적 실험이 아닐까.

이렇게 말할 수도 있겠다. 김이강에게 시란 돌멩이를 쓰다듬는 하나의
기술이라고. 그렇게 해서 돌멩이 속에 애벌레의 꿈틀거림을 유도하면서
세계 내의 안착과 바깥으로의 빠져나감의 불가능한 결합을 꿈꾸는 기술
이라고.

김이강의 시에 조금 갑작스럽게 돌멩이들이 등장하는 것을 이런 배경
속에서 음미해볼 수도 있겠다. 예컨대 「Undo」의 마지막 연이 "(……) 돌
멩이를 껴안고 이 글을 씁니다/ 바람이 머리칼을 하도 곱게 밀길래"로 끝
나는 것은 다음과 같은 사항들과 호응하고 있지 않은가. 친구에게 받은
선물을 쓰레기통에 버림으로써 선물받은 사실 자체를 취소한 일(undo)
을 시로 옮겨적는 일은 선물을 버릴 수밖에 없었던 어떤 마음의 형편을
비밀로 남게끔 보호하고 있던 덮개를 벗겨내는 일(undo)과 같고, 그것은
바람이 나의 머리칼을 곱게 쓰다듬듯 내 마음에 맺힌 어떤 돌멩이를 쓰
다듬어 그 안의 어떤 내밀함을 풀어내는 일과 같다. 혹은 개들의 산책에

서 "도처에서 몰려다니고 있"는 "말하고 걷는 물질성"의 "어떤 불길한 꿈들"을 읽어내는 「개들의 산책」은 실체가 불분명한 모호한 기척들을 묘사하려는 불가능한 시도를 시작하기 위해 그 첫 행을 "돌들이 밀려오고 있었지"로 시작해야만 했다. 돌멩이들의 더미 속에서 어떤 꿈틀거리는 내밀함이 피어나게 하고 그것을 포착하려는 시도들.

키울 수 있어요
밥 주고 물 주며 안아줄 수 있어요
노력할게요
해질녘엔 휘파람도 불어줄 수 있어요
엊그제 우리는 시청을 걸었어요
사슴처럼 앞발을 모으고
덕수궁 지나 영화관 지나 주차장 지나
선글라스를 끼고 걸었어요

등에는 파스를 붙이고 걸었어요
손 닿지 않는 곳에서 구겨져 있는
피로나 그리움 같은 것들도
미술관 앞에 하나씩 시청 앞에 하나씩
남겨두었었나요?

아무도 쓸어가지 못하면
돌멩이가 되고 낙엽이 되고
부드러운 털을 쓰다듬을 수 있어요
더는 아무것도 없어요
그렇지만 노력할게요

검은 앞치마를 두르고

우리의 밤을 통째로 휘젓고 있는 범인이

어디엔가 존재할까요

아무튼 이게 다예요

사슴과 돌멩이와 낙엽과

더는 아무것도 없어요

—「Black Apron」 전문

　그녀에게 주어진 것은 "사슴과 돌멩이와 낙엽"뿐이다. 사슴처럼 앞발을 모으고 덕수궁 돌담길을 걸었던 연인과의 추억("사슴")은 누군가 계속해서 보살피고 가꾸지 않는다면 자신 안으로 움츠러들어 무감각하고 딱딱한 과거의 사실들 가운데 하나가 되어버리거나("돌멩이") 아무렇게나 휩쓸리고 흩어지다가 잊혀진 기억이 되어버린다("낙엽"). 그녀의 꿈을 사랑의 행복한 순간으로 만들었다가 이별의 슬픈 순간으로 만들었다가 마음대로 휘젓는 마녀 요리사("검정 앞치마 (……) 범인")가 어딘가에 있는 것이 아니라면, 그녀에게 남은 것은 추억이고 그 추억은 단단하게 굳어버린 돌멩이거나 흩어지고 바스라지는 낙엽이다. 이제 사랑의 불꽃놀이가 모두 끝났다면 이제 그녀는 모든 것을 잊고("낙엽") 새로운 삶을 시작하는 것이 현명한 것일까. 그럴지도 모르지만 그녀가 그렇게 하기를 원하는 것 같지는 않다. 그녀는 추억의 돌멩이를 쓰다듬고 그 쓰다듬는 행위 자체가 돌멩이의 표면에 부드러운 털이 돋아나게 하고 마치 추억의 돌멩이가 그녀가 기르는 강아지라는 듯이 "밥 주고 물 주며 안아줄 수 있"고 "키울 수 있"는 것처럼 느껴진다. 이제 그녀는 추억의 돌멩이–강아지를 데리고 그와 함께 걸었던 거리를 산책하면서 여기저기 구겨져 있는 "피로나 그리움"을 다시 꺼내볼 수 있을 것이다. 이렇게 놓고 보면 사랑의 행복한 순간들과 이별의 슬픈 순간들을 마음대로 휘젓는 마녀 요리사는 돌멩이-강아지를 쓰다듬는 그녀 자신처럼 보이기도 한다. 돌멩이 속에 "피로와 그리움"의 산책의 걸음걸이를 유도함으로써 경험적 일상을 살아가는 동시에 환상적 추억의 범람을 허용하는 마녀 요리사.

4. 아름다운 그녀는 울지 않아요

돌멩이 속에 애벌레를 키우고, 경험적 일상을 유지하는 가운데 꿈과 비밀, 시적 환상에 대한 탐험을 계속하려고 하기 때문에 김이강의 시는 소소한 일상의 단면들을 기록하면서도 그 위로 실체가 불분명한 비가시적 기미들이 쏟아지는 장면들을 포함하고 있다(예컨대 "어디선가 투하되고 있는 이것들을/ 뭐라고 불러야 할 것인가/ 구부려도 펴도 나아지지 않는.",「바람 부는 날에 우리는」; "느닷없는 새 한 마리 날아와/ 글쎄 마구 날개를 치네/ 실체도 없이/ 그리움만 서성이네",「글쎄 서울엔 비가」).

「글쎄 서울엔 비가」「침수」「폭우」「바다 밑바닥에서의 며칠」「일요일」 등의 잠겨 있는 물의 이미지나 다른 여러 시에 등장하는 어린 시절 친구들의 익사 등과 함께 생각해본다면, 일상의 단면들 위로 쏟아지는 저 비가시적 기미들은 다양한 요소들을 쓸어담고 녹이며 그 용액 속에 자신 또한 녹아내리는 물의 원소인 것처럼 보일 수도 있겠다. 확실히 꿈은, 내밀한 꿈틀거림은, 시적 환상은, 일상세계의 사물들이 갖고 있는 분명하고 완강한 윤곽선을 잃어버린 채로 흘러내리고 서로 뒤섞인다는 점에서 물의 성질을 갖는다(아마도 이번 시집에서 이 점을 가장 잘 보여주는 것은「모니끄네 집」일 것이다. '꿈에서 깨어나는 꿈'의 중첩 속에 갇혀 있는 이 시는 끊임없이 늘어나는 꿈의 미로 속에서 결코 빠져나오지 못한 채 점근선적으로 꿈에 익사하는 것에 접근하고 있다).

하지만 우리가 지금까지 강조한 것처럼, 김이강의 시는 그러한 물의 범람 속에 스스로 익사하는 물의 원소로만 이루어져 있지 않다. 반복하는

셈이지만, 시적 환상의 범람과 경험적 일상의 살아감을 동시에 유지하려
는 불가능한 시도, 여기서의 문맥으로 다시 말하자면 물의 범람과 대지의
삶을 함께 유지하려는 불가능한 시도가 김이강의 시에는 있다. 대지의 삶
안에서 물의 심연을 들여다보고, 헤엄치는 대신 물속에서 흙길을 걷는 불
가능한 꿈.

　　나는 이가 네 개나 없지만
　　바람이 새어나가지 않도록 주의하자
　　머플러가 흘러내리지만
　　목이 잘리지 않도록 주의하자
　　보랏빛 강가를 걷고 있지만
　　시퍼렇게 물든 표정으로 기어나오는
　　언니들을 보고 놀라지 않도록 주의하자
　　그래도 이렇게 추운데 언니들이 왜 그곳에서 나온 걸까
　　나는 머플러를 풀어서 목이 잘린 언니에게 둘러준다
　　추운데 왜 거기에 있었어요
　　그녀는 말이 없다
　　이가 몽땅 빠져버린 걸까

　　(……)
　　가끔은 앞으로 뒤로 걷다가
　　내가 밀쳐내고 나온 저 물속을
　　기억하고 말겠지
　　나는 머리칼에 엉켜 붙은 풀들을 하나씩 떼어낸다
　　떨어져나간 수초들이 조금씩 그리워지는 것 같았다
　　얼어붙은 발걸음들이 조금씩 선명한 슬픔으로 빠져드는 것 같았다

추문처럼 사람들은 자꾸만 되살아나는 것일까

—「투과하는 세기」 부분

김이강은 오필리어처럼 자신의 눈물 속에서 익사하는 물의 여자가 아니다. 그녀는 보랏빛의 강물을 헤쳐나온 여자, 헤엄치기보다 산책하는 여자다. 그녀는 결국 물의 심연을 기억해내고 물결 같은 수초의 흔들림을 그리워하게 될 테지만, 그녀의 발걸음은 슬픔 속으로 녹아내려 헤엄처럼 바뀔 수도 있겠지만, 물의 여인들이 그녀 앞에 자꾸만 나타나 인사를 건네며 알아들을 수 없는 말을 건네겠지만, 그녀는 우선 그 물의 범람으로부터 대지의 삶을 유지하려 한다("바람이 새어나가지 않게 주의하자 (……) 목이 잘리지 않도록 주의하자 (……) 언니들(물의 여자들-인용자)을 보고 놀라지 않도록 주의하자").

물의 범람, 시적 환상의 흘러넘침을 어떤 결정화(結晶化)와 함께 순화시킬 수 있겠는가. 그 범람과 흘러넘침을 경험적 일상 안에서 수신하는 것이 가능하겠는가. 이것은 아마도 김이강이 자신의 시에 대고 묻는 질문이리라. 앞으로 그녀의 고뇌에 찬 시적 모험이 어떤 열매를 맺게 될지 좀더 지켜봐야겠지만, 「우리에겐 아직 유머가 있다」와 같은 시는 눈물을 대신한 그 결정(結晶)이 유머의 열매는 아닌가 하고 암시하는 듯하다.

하루종일 졸음을 참는 일은
하루종일 조는 일과 같을까 다를까
졸음과 안 졸음 사이에서
고민과 안 고민은 와이어에 매달려 있지만
모든 것이 순조롭다면
어딘가에 우리의 유머가 남았다는 뜻일까

—「우리에겐 아직 유머가 있다」 부분

우리가 '꿈'과 '깨어 있는 의식' 사이에서, 일상적 고민들과 그러한 고민들 너머의 이미지의 황홀 사이에서 "와이어 액션"을 할 수 있다면, 그것은 "모든 것이 순조롭다"는 뜻이기도 하겠다. 시적 환상과 경험적 일상의 위험한 인접상태에서 불가능한 순조로움을 성취하고 어떤 기품을 만들어내는 이 감정의 경지를 김이강은 "유머"라고 썼다.

유머라고? 시인이 부분 인용한 로베르 두아노의 문장을 마저 인용하면 이렇다. "삶은 물론 즐겁지 않다. 하지만 우리에겐 아직 유머가 있다. 유머는 우리가 느끼는 감정을 가둬놓는 일종의 은닉처다." 삶의 피로와 누추함, 서글픔은 물론 없앨 수 없는 것이지만 유머는 잠깐 동안 그것들을 자신 안에 숨겨둘 수 있을 것이다. 유머가 삶의 피로와 누추함, 서글픔의 은닉처가 될 수 있다면 세계를 위협하는 시적 환상의 불안의 은닉처 또한 될 수 있지 않을까? 마치 돌멩이가 자신 안에 애벌레를 품듯이? 어쩌면 「말과 염소」나 「푸른 저녁」과 같은 시의 유쾌한 분위기가 여기에 합당한 사례가 될 수 있을 것 같다.

말이 말하네
매헤 매헤 염소야
나도 제법 염소 같지 않니

염소가 말하네
끼히힝 말아
너는 그래가지고는 염소 되긴 글렀다

염소는 담배를 물고 의자에 길게 앉았다
말이 의기소침하여 염소를 물끄러미 바라보고 있다

그리고 한 남자가 풀밭에 누워 있다
그에게는 사랑하는 사람이 있었고
지워버렸다

하늘이 얼룩져 있다

말이 다시 말한다
왜 내 여자친구는 너를 좋아할까

염소가 말하네
그걸 알았으면 우리는 등장도 못했지!

한 남자가 두 손으로 목을 감싼다
그에게는 지워버린 사람이 있었고
자신의 그림에서 빠져나오고 싶었다

그것이 그를 그리게 했다
얼룩진 하늘에서 가장 멀리 떨어진 곳
한 남자가 풀밭에 누워 있다

하늘이 얼룩져 있다

—「말과 염소」 전문

  아마도 이런 경험적 일상을 떠올릴 수 있겠다. 어떤 남자가 있어 한 여
자를 사랑했으나 정작 그 여자는 다른 남자를 사랑했다. 그 남자는 풀밭
에 누워 구름 낀 하늘을 쳐다보며 자신의 슬픔을 지워버리고 싶다고 생각

함으로써 슬픔에 대해 계속 생각하고 있다. 구름은 흘러가며 이러저러한 모양으로 바뀌는데 어느 순간 남자는 두 덩어리의 큰 구름이 말과 염소를 닮았다고 생각한다. 그런데 구름은 계속 모양이 바뀌고 말 구름이 염소 구름을, 염소 구름이 말 구름을 닮아가는 것 같다. 그 장면을 오래 지켜보며 남자는 생각한다. '내가 그 남자처럼 말하고 행동했어야 했을까. 그랬다면 그녀가 그를 사랑했던 것처럼 날 사랑할 수 있었을까.'("말이 말하네/ 메헤 메헤 염소야/ 나도 제법 염소같지 않니?// (……)// 말이 다시 말한다/ 왜 내 여자친구는 너를 좋아할까")

투명한 하늘은 자신의 슬픔을 투사한 그 남자의 그림으로 온통 얼룩져 있고 그 얼룩 속에서 남자는 자신의 슬픔을 완전히 지울 수 없을 것 같다. 하늘은 그의 슬픔의 얼룩으로 가득하지만, 남자가 자신의 슬픔을 하늘 캔버스에 그림으로 그리는 한에서, 그 그림이 말과 염소의 만담(漫談)으로 되어 있는 한에서, 그는 자신의 슬픔 속에 익사한 것은 아니지 않는가. 말과 염소의 만담이 우리를 웃음짓게 할 때 그 웃음 아래로 슬픔의 일부가 드러나면서도 감춰지고 있지 않은가. 남자의 눈물은 말과 염소의 만담에 안겨 있으며, 그런 한에서 과도하게 흘러넘쳐 풀밭 위의 남자를 익사시키지도 않고 증발되어 사라지지도 않는다.

그런데 하나의 이미지("푸른 저녁")가 그녀의 마음속에 들어와 경험적 일상의 문제들("숙제")을 삼켜버린다면? 그래서 세계가 허물어질 위기에 처한다면? 그럴 때 역시 유머의 전략이 동원된다.

푸른 저녁에 대하여 생각하느라
숙제를 도저히 못하겠는 것이라
푸른 저녁을 쓰고
숙제를 해야겠다고 생각한 것이다
푸른 저녁

이렇게 네 글자를 써버려야지
그리고 숙제를 해야지

숙제를 빨리 해버려야지
그리고 푸른 저녁에 대해
실컷 생각해야지
생각하다 푸른 저녁이 되어버려야지
푸른 저녁이 되어버려서
나를 생각해야지
나를 생각하다가
나로 돌아오지는 말아야지

숙제는 묵은 문제
묵은 문제는 묵혀서 먹어야 제 맛이니까
그렇지
푸른 저녁을 실컷 생각하다가
푸른 저녁이 된 다음에
숙제를 먹으면 되렷다

—「푸른 저녁」 전문

내가 푸른 저녁의 이미지에 사로잡혀 숙제를 할 수 없을 지경이라면 그 이미지를 물리칠 게 아니라 차라리 그 이미지를 받아적어 이미지에 대한 매혹을 진정시키고 그러고 나서 숙제를 하겠다. 숙제를 해결한 뒤에 그 이미지를 오래도록 즐기기로 하자. 그 이미지를 너무 열심히 즐긴 나머지 내가 이미지가 되기로 하자. 그것이 나와 나의 세계를 완전히 포기하는 것은 아니다. 내가 푸른 저녁을 생각했듯 이번엔 내가 이미지가 되기 전의 나를 생각하기 때문에. 이미지가 나를 찾아왔듯 이번엔 이미지가 된 내가 이미지가 되기 전의 나를 찾아오기 때문에. 그러고 나서 경험적 일상의 문제들을 즐기고 있기 때문에.

〈"푸른 저녁"–이미지〉와 〈"숙제"–일상의 '나'〉는 자유롭게 서로 자리를 바꾸고 서로에게 침투하고 활성화하며(쓰이지 않은 이 시의 4연을 생각하면서, 여기서 좀더 나간다면 자리바꿈과 침투를 더욱 가중시킬 수도 있겠다. "묵은 숙제를 생각하느라/ 푸른 저녁이 도저히 못 되겠는 것이라./ (……)") 둘 사이에서 그녀는 순조롭게 "와이어 액션"을 하고 있는 것이 아닌가. "숙제를 먹으면 되겠다"로 끝나는 이 "와이어 액션"이 우리를 웃음짓게 할 때 이것을 유머가 아니라면 뭐라고 부를 수 있을까.

이런 시들에서 김이강은 울지 않는 대신 우리에게 어떤 유머를 선물한다. 시적 환상의 흘러넘침을 경험적 일상 안에서 수신할 수 있도록 하는 어떤 결정(結晶)을. 그 안에서 애벌레가 꿈틀거리는 그녀의 돌멩이를.

(2012)

궁극의 리듬을 위한 프렐류드
— 윤진화의 『우리의 야생 소녀』

1. 화장하지 않는 여자의 거울

윤진화의 시는 화장하지 않는다. 이 문장은 그녀의 시에 수수한 맛이 있다는 것을 의미하지도 않고, 마음과 인생의 맨얼굴을 비춰주는 조영술(照影術)을 암시하지도 않는다. 오해되기 너무 쉬운 이 문장을 위해 조금 긴 설명을 덧붙이기로 하자.

화장은 나르시시즘적 기만술이 아니다. 화장이 맨얼굴을 감추고 그 위에 거짓된 꾸밈을 덮어씌워 스스로를 만족시키는 것이라고 잘못 이해될 때, 우리의 맨얼굴 또한 잘못 이해된다. 만일 화장한 얼굴이 거짓으로 꾸며진 얼굴이라면, 화장을 지운 맨얼굴이 우리의 진짜 얼굴이라는 것일까? 두부(頭部)를 덮고 있는 피부와 눈, 코, 입의 윤곽, 그러니까 특정한 형태를 이루고 있는 안면(顏面)이 우리의 진짜 모습이라는 것일까? 화장을 지운 안면의 색과 윤곽이 그 말의 모든 의미에서의 맨얼굴은 아니다. 두개골 위에 뭉쳐진 단백질 덩어리의 형태가 우리 맨얼굴의 전부는 아닌 것이다. 우리 존재의 맨얼굴은 언제나 안면의 고정된 형태를 넘어선다. 우리는 우리 자신에 대해 꿈꾸면서 우리의 심연을 탐색하고 확장하며 강화할 수 있고, 그렇게 할 때마다 우리는 조금씩 다른 존재가 되어간다. 인간이 매 순간 자신 이상이고자 하는 가변적 존재이므로 안면의 고정된 형태가 우리의 맨얼굴을 대변할 수는 없다. 오히려 이렇게 말해야 한다. 우리의 존재를 변모시키는, 자신에 대한 꿈꾸기, 그 꿈의 장식적 무늬야말로 우리의 참다운 맨얼굴이다.

이렇게 볼 때 나르시시즘이 어찌 현실을 부정하는 신경증자들의 증상이기만 하겠는가. 나르시시즘은 자신을 더 크고 깊고 내밀하면서도 자유로운 존재로 꿈꾸며 스스로를 사랑하기에 이르고 또 그렇게 해서 삶을 풍요롭게 가꾸는 것이어서 나르시시즘이야말로 우리의 맨얼굴을 구성하는 참다운 물질이며 매 순간 자신 이상이 되려는 존재들의 즐겁고 낙관적인 단련법이다.

그러므로 자신의 안면을 아름답게 꾸미는 화장을 나르시시즘적 연습이라 부를 수는 있겠지만, 그것은 나르시시즘이 존재 생성적 꿈의 단련법인한에서 그러하다. 여자들은 화장을 한다. 여자들은 우리가 현실이라고 부르는 왜소한 이미지를 돌보고 기르며 아름답게 가꾸는 꿈을 매일같이 안면 위에서 연습한다. 마치 자연이 우주적 나르시시즘 속에서 꽃을 피워 자신의 싱그러운 생명력과 아름다움을 배가하는 것처럼. 여자들의 거울은 허영심으로 반짝거리는 도구가 아니라, 나르시시즘적 꿈이 투영되는 스크린이다. 마치 자연이 우주적 나르시시즘 속에서 자기 자신을 그러니까 하늘과 나무와 꽃을 언제까지나 연못 위에 비춰보고 있는 것처럼. 어느 봄날 연못가에 꽃을 피우는 자연의 화장을 여자들은 매일같이 거울 앞에서 모방한다. 화장, 우리의 삶을 확대하고 변모시키는 것, 우리 자신의 심연을 꿈꾸며 가꾸는 것, 우주적 나르시시즘을 위한 연습. 그러므로 화장은 어느 정도는 시적인 연습(존재 생성의 나르시시즘에 대해서는 가스통 바슐라르, 『물과 꿈』 참조).

그러나 윤진화의 시는 화장하지 않는다. 윤진화 시의 화자에게서 스스로를 사랑하려는 열정이나 자신 안에서 진귀한 이미지들을 꽃피워내려는 의지를 찾아보기는 힘들다. 그녀들은 나르시시즘적인 즐거움 대신 어떤 공격성과 예기치 않은 고통에 민감하다(여기서 「술에 절은 나날들」 「두 번째 봄이다」 「마지막 봄날」 「저만치」 등의 시를 들어―혹은 「잃어버린 여자에게」 「벚꽃」 「초상(初喪)」[1]까지―윤진화의 시는 죽음 쪽으로 너무 기울어져 있어 삶의 예찬인 나르시시즘과는 어울리지 않는다고 설명하고 싶은 유혹을 느낄 수도 있겠다. 덧붙여 시인이 실제로 겪은 타인의 죽음에 관한 이야기를 엿듣고 싶은 유혹마저도 느끼게 된다. 하지만 아마도 거꾸로 말하는 것이 실상에 가까울 것 같다. 윤진화의 시는 나르시시즘적 연습에 무관심하기 때문에 죽음과 관련된 소재를 너무 쉽게 채택하곤 한다. 윤진화의 시가 죽음 주위를 선회할 때, 상대적으로 덜 성공적이거나 시 이전의 산문처럼 보일 때가 있기 때문에 그렇게 말할 수밖에 없다).

이미지들의 장식도 증식도 없는, 화장하지 않는 그녀의 거울은 예컨대 이런 식이다.

> 이곳에 닿는 햇살은 하늘부터 시작된 시침질 같아요
> 한 땀 한 땀 내려와 수를 놓아가는 빛살
> 물푸레나무 스쳐 가슴께 지나고 있는
> 빛의 걸음 따라 나는 연못을 바라봅니다
>
> 손 내밀면 일그러지는, 이 여자 울고 있네요
> 물속으로 떨어지는 빛줄기에 아픈 건 아닐까
> 바늘귀를 대는 햇빛에 다친 건 아닐까
> 지금, 여자의 얼굴 위로 물푸레 잎이 떠가고 있어요

---

1) 윤진화, 『우리의 야생 소녀』, 문학동네, 2011. 이하 이 시집에서 인용할 경우 본문에 제목만을 표기한다.

날카로운 한낮을 순항하는 구름 따라 떠가고 있어요

수면은 물푸레 잎을 떠받들고
빛은 물을 통과해 그들을 꿰매는,
조용하지만 따가운 오후
푸른 연못 위의 한 여자

—「푸른 연못」 전문

　나르시스의 탄생을 위해 완벽하게 준비된 무대 위에서조차 그녀는 연
못 위에 비친 자신의 얼굴에 무심한 것처럼 보인다. 「푸른 연못」에서 중심
적인 것은 연못 위에 일렁이며 반짝거리는 나르시스의 이미지보다 햇살
의 따가운 감각이다. 단지 한낮의 햇살이 너무 따가워 바늘처럼 느껴졌다
는 것이 아니다. 햇살의 따가운 감각은 시 안에서 증폭되고 질적으로 도
약하면서 거울 연못의 안과 밖을 관통하는 바늘의 이미지를 만든다. 그렇
게 해서 여자는 거울 연못에 시침질되어버렸다. 그녀는 빛의 바늘로 관통
당했고 빛의 실로 결박당해 있다. 그녀는 거울 연못에 묶여버렸다. 그녀
는 한동안 거울 연못 앞에서 움직이지 못할 테지만 그것은 자신의 이미지
에 매혹된 나르시스의 묶임과는 다르다. 그녀가 거울 연못을 보도록 이끈
것도 공격적인 빛이고("이곳에 닿는 햇살은 하늘로부터 시작된 시침질 같
아요/ (……)/ 빛의 걸음 따라 나는 연못을 바라봅니다"), 거울 연못 앞에서
움직이지 못하게 하는 것도 공격적인 빛이어서("빛은 물을 통과해 그들을
꿰매는,/ (……)/ 푸른 연못 위의 한 여자"), 여기에 이미지의 유혹은 끼어
들 틈이 없다.
　거울 연못 안의 여자(자신의 그림자)에게 잠시 눈길이 머물기도 하지
만 그것은 관통의 느낌들, 아픔과 울음, 상처들에 대한 감각이지, 슬픈 얼
굴의 매혹적인 이미지에 대한 응시는 아니다. 얼굴의 이미지는 연못 위

에 닿은 손 때문에 알아볼 수 없게 뭉개졌고 그나마도 그 위를 지나가는 물푸레 잎과 구름의 물그림자들에게 시선을 빼앗기고 만다("손 내밀면 일그러지는, 이 여자 (……)/ 지금, 여자의 얼굴 위로 물푸레 잎이 (……)/ (……) 구름 따라 떠가고 있어요"). 거울 연못 안에서는 울고 있는 제 얼굴마저도 주인공이 아니며 아주 작은 날카로움으로도 무엇인가를 관통하게 만드는 증폭된 공격성이 모든 것을 지배하고 있는 것처럼 보인다. 화장하지 않는 여자의 거울 위에는 매혹적인 얼굴을 한 꽃 같은 여인들 대신에 공격성을 숨기지 못하는 여자들이 떠오른다. 그렇게 해서 『우리의 야생 소녀』 도처에서 어슬렁거리는 여자 사냥꾼들이 등장한다.

2. 아마존의 식탁

『우리의 야생 소녀』의 여자 사냥꾼들은 존재의 정원을 가꾸기보다 숲과 들판으로 나가 무엇인가를 붙잡아 찌르고 찢고 죽이지만 그녀들이 단지 '남성화된 여성'인 것만은 아니다. 그녀들은 마치 자기 자신을 찌르고 찢고 죽이면서 '새로운 여성'의 탄생을 기다리는 것처럼 보인다. 「초경(初經)」의 여자 사냥꾼에게는 남성과 여성에 대한 이중의 부정으로 다시 태어나는 소녀의 이미지가 숨겨져 있지 않은가.

검은 숲에서 북소리 들려온다 짐승의 정강이뼈를 들고 북 치는 봉두난발 소녀가 나온다 (……) 소녀의 목에는 송곳니로 엮은 목걸이 걸려 있다 머리 위로 초생달이 떠 있다 날카로운 발톱을 가진 매 한 마리, 설화 가득 핀 나뭇가지의 잔설(殘雪) 떨구며 날아오른다 멀리 별똥별이 밤공기를 세차게 가른다 소녀가 달을 꺾어 손에 쥔다 (……) 허공에서 휘이익, 한 바퀴 돌던 달이 날개를 펼친 매 대가리에 꽂힌다 (……) 허리춤에 사냥한 매를 단단히 꿰는 소녀. 매의 피가 소녀의 가랑이를 타고 흐른다.

—「초경(初經)」 부분

소녀의 액세서리는 모두 사냥꾼의 것이고, 여성적 신격으로 숭배되는 달조차도 소녀에게는 부메랑 형태의 사냥 무기가 된다. 소녀에게는 '여성'적인 것이 지워져 남성화된 것처럼 보인다. 그러나 소녀가 떨어뜨리는 것은, 하늘 높이 솟구쳐올라 무엇인가를 향해 돌진하고 잡아채며 찢어버리는 '남성'적 공격성을 지닌 매다. 소녀는 사냥꾼의 몸짓으로 자신에게서 여성적인 것을 지워버리는가 하면, 달(여성적인 것)을 던져 매(남성적인 것)를 지우기도 한다. 날카로운 발톱을 지닌 남성적 동물을 달에 관통시켜 피 흘리게 하고 그 피가 소녀의 가랑이를 타고 흐르게 하는 것이 초경이다. 이 소녀의 초경은 남성적인 것인가 여성적인 것인가. 이 위험하고 불온한 생명의 액체가 남자도 여자도 아닌 어떤 인간으로 다시 태어날, 여자 사냥꾼의 표지가 아닌가.

남자도 여자도 아닌 이 새로운 존재를 '여자' 사냥꾼이라고 부르는 것이 우리를 혼란스럽게 한다면 저 소녀를 아마존이라고 불러보면 어떨까. 신화적 전승에 따르면 아마존 부족의 여자들은 자신들의 공동체 내에서 남자들을 추방하고 사내아이를 낳는 경우 살해했다. 그녀들은 남성적 무기인 칼과 방패 또한 거절했으며 그들 자신이 전사가 되어 말을 타고 활을 쏘았고 활을 쏘는 데 거추장스러운 한쪽 유방을 도려내기도 했다. 자신들에게서 여자(유방, 어머니)도 남자(칼과 방패, 무엇보다 생물학적 남자들)도 지워버린 이 여전사들에게서 「초경(初經)」의 소녀와의 구조적 동일성을 확인하는 것은 손쉬운 일이다. 윤진화의 또다른 시에서 아마존이 달려나오는 것 역시 놀랄 일은 아니다.(「모녀의 저녁식사」를 읽기 전에 우리의 이야기를 조금 더 밀고 나갈 수도 있다. 우리가 이해하기로 아마존은 여성성 위에 남성성을 추가한 것이 아니다. 남자와 여자를 합하는 것은 단지 인간의 완전하지 못한 서로 다른 방향의 두 성질을 한데 모아놓은 것일 뿐이므로 그렇게 해서는 열등한 성질들이 축적될 뿐이다. 남자와 여자를 합할 것이 아니라 남자도 여자도 아닌 인간을 창조해야 한다. 태초에 아담이 그러했던 것처럼. 야훼가 아담의 갈비뼈에서 이브를 꺼내 여자를 만들기 전까지의 아담, 여자라는 짝이 아직 존재하기 전의 아담을 남자라고 할 수 있을까? 그는 아직 남자와 여자로 분화되기 이전의 인간이다. 그는 자신 안의 소중한 무엇, 나중에 사랑에 빠질 그 무엇을 잃어버리고 나서야 남자가 됐고, 이브는 자기 바깥에 어떤 '나머지'를 남겨둔 채로 여자로 끄집어져나왔다. 엘리아데가 말했듯이 인간은 선악과를 먹었기 때문에 타락한 것이 아니라, 남자와 여자로 쪼개져도 모를 만큼 깊은 잠에 빠졌을 때 이미 타락한 것이 아닌가. 이 타락한 두 조각들을 단순히 합하는 것은 아무 소용이 없다. 남자도 여자도 아닌 아담을 만들어야 한다. 남자도 여자도 '아닌', 이 이중부정의 아담의 사례로 아마존을 꼽을 수는 없을까.)

　　배추김치, 파김치, 상추겉절이, 오이소박이, 어머니……
　　어머니, 우리집 식탁에는 온통 풀뿐이네요
　　우리의 저녁식사는 말들이 좋아하겠어요
　　보세요? 하얀 접시 위에 그려진 말이 우리보다 먼저
　　우리의 저녁 식탁에 와 있잖아요 그래요 거기요 가만히,
　　아이처럼 귀를 기울이면
　　어디선가 또다른 말이 들길을 지나 마을 건너
　　가난한 우리 식탁으로 달려와요 들리세요?
　　주인을 버리고 달려오는 말 울음소리요
　　저기 먼 곳에서는
　　젖가슴 하나 달린 여자들이
　　안장도 없는 말을 타고
　　드넓은 대지를 흔들며 산다던데, 히잉! 어머니
　　주홍빛 하늘이 몰려와 대지를 덮으면
　　동그랗게 몸을 웅크린 여자들이

말갈기 같은 머리카락을 휘날리며

우리 식탁을 향해 자신의 말들을 찾아

고단한 하루치 태양을 쉬게 하고 달려와요

히잉! 어머니

당신이 좋아하는 딸기 아이스크림이 녹을 때처럼

하늘이 물들어갈 때, 그녀들이 달려와요

가슴 하나를 도려낸 그녀들이, 자꾸만 자꾸만

초대받은 손님처럼 달려와요

어머니, 유방암에 걸린

아마존의 여왕, 히폴리테여

듣고 계신가요?

전사들이

우리의 밀림으로 몰려오는 소리

그 침묵의 소리들이요

……히잉! 어머니

—「모녀의 저녁식사」 전문

이 시는 식탁 앞에서 '고기 반찬'이 없다고 투정부리는 식구들의 친근하고 일상적인 농담들(이건 뭐 풀밭이 따로 없네요. 이런 식이라면 염소가 같이 밥 먹자고 하겠어요)에서 출발한다. 시 안에서 모든 말들은 실제적 효과를 발휘하므로 식탁은 즉시 풀밭으로 바뀌고 풀밭은 한없이 넓어지며 저 멀리 이국의 마을들까지 함께 품은 거대한 대지의 일부가 된다. 그렇게 해서 아마조네스의 말들이 주인을 버리고 풀밭-식탁으로 달려오고 아마존의 전사들 또한 말을 따라 풀밭-식탁으로 달려온다. 이 얼마나 많은 손님들로 붐비는 풍요로운 저녁식사인가. 그런데 풀밭-식탁 위로 달려오는 것은 왜 염소나 양이 아니라 하필 '말'이며 이 말의 주인은 왜 아마조네스인가. 시의 후반부에 '김치-풀밭-말-아마조네스'의 이미지들이 어머니를 보는 딸의 애틋한 시선을 따라 비약해왔음이 드러난다. 유방암으로 한쪽 유방을 절제해야 했던 어머니에 대한 딸의 애틋한 시선 아래서 "젖가슴 하나 달린 여자들"과 그녀들의 말이 아니고서 어떤 동물과 어떤 부족이 초대될 수 있겠는가(그러고 보면 저 식물성 만찬 또한 어머니의 유방암 때문에 강제된 식이요법인 것일까. 그렇다면 이 시를 출발시키는 농담은 또 얼마나 슬픈 것인가).

하지만 이 시의 정서가 단지 큰 병을 앓은 늙은 어머니를 향한 서글픔으로 수렴되고 끝나는 것은 아니다. 저 애틋하고 슬픈 감정에 자극받아 비약하는 이미지들이 어머니를 감싸면 그녀는 그저 수술로 한쪽 유방을 잃은 늙고 병든 여자인 채로 남지 않는다. 모녀가 마주앉은 식탁이 아마존의 풀밭이며 그곳의 주인이 어머니이니 그녀는 "안장도 없는 말을 타고 드넓은 대지를 흔들며" 사는 "젖가슴 하나 달린 여자들" 가운데 한 여자일 뿐 아니라 "아마존의 여왕, 히폴리테"여야 한다. 머리카락이 말갈기와 구분되지 않는 저 아마조네스, 안장도 없이 말을 타고 말만큼 멀리 달릴 수 있는 이 아마조네스의 활기와 건강함이 늙고 아픈 어머니에게 흘러든다. 풀밭-식탁에는 아마조네스가 타는 말 울음소리가 들리는 듯하고, 가만히 들어보면(특히 마지막 4행) 그 울음소리는 말이 내는 것인지, 아마조네스가 내는 것인지, 혹은 딸이 내는 것인지 잘 구분되지 않는다. 독자들이 여기에 약간의 상상력을 추가한다면 이 모호한 울음의 주체가 결국에는 더이상 늙고 병든 여자가 아닌 어머니, 히폴리테가 내는 것이라고 읽어볼 수도 있을 것이다. 그녀는 이제 생명력이 꿈틀거리는 우람한 초식동물이기도 하다.

이 시가 도입하는 비약은 아직 한번 더 남아 있다. 병든 어머니는 풀밭 위의 말과 아마조네스에 둘러싸여 대지를 뒤흔드는 아마존의 왕 히폴리테가 되었지만, 히폴리테-어머니는 또한 말들과 아마조네스를 자신의 만찬에 초대한 식탁의 왕이기도 하다. '아마존'의 기호 속에 굳어진 '전사'(공격성)의 이미지는 무엇인가를 먹는 행위의 안락함과 함께 나눠먹는 행위의 따뜻함으로 침식되고 변질된다. 그들은 결코 '남성화된' 여자 '전사'가 아니다. 이 부드럽고 애틋한 시에도 그 아래에는 공격성이 숨겨져 있지만(어쨌거나 아마조네스는 전사의 이미지를 연상시키고 어머니의 유방은 이미 날카로운 수술칼로 도려내졌다) 그 공격성은 식탁의 대지 위에서 벌어지는 비남성적 공격성으로 바뀌어 있다. 이 공격성은 늙고 병든 여자에게 가해져 아마존의 왕을 탄생시키고, 전사들에게 가해져 흥성스러운 식구들을 탄생시킨다.

단지 파괴하는 남성적 공격성과는 구분되는 이 공격성은 연금술적 변형에 가까워, 어떤 존재들을 찢고 그 심연 속에 감추어진 무엇인가를 꺼내 보인다. 그것은 단순한 찢기가 아니라, 심연에 대한 침투이자 굴착이며 출산에 가깝다. 이 공격성은 나르시시즘을 경유하지 않고 존재 생성의 꿈을 꾸려는 것처럼 보인다. 이것이 빛의 시침질이고, 여자 사냥꾼의 초경이며, 아마존의 만찬이다.

3. 찢고 물어뜯는 애무

다음과 같은 시들과 함께 남성적 공격성과 구분되는 독특한 공격성의 목록을 계속해서 늘려갈 수도 있다.

> 허연 달이 그녀와 함께
> 꽃씨 주머니를 톡톡 터트리며 마당 곳곳을 누볐어요
> 모든 꽃들의 출산이 끝났을 때
> 그녀가 내 붕알을 스치듯 건드렸어요
> 붕알이 갈라지며 호두나무가 쑥쑥 잎을 밀어내며 자랐거든요

여자가 소녀를 위해 흰 꽃을 딴다며 나무를 타고 올라갔거든요
점점 멀어져가던 달,
저편으로 사라진 장님 여자와
보이지 않는 소녀의 웃음소리 들렸잖아요
내 이불에서 마술처럼 여물지 않은 호두알 냄새 났잖아요
둥근 붕알을, 짙은 구름이 면도날처럼 가르던 밤
—「원을 자르는 달 여인」 부분

어느 날 바나나 껍질 벗기는데 가느다란 혀를 내민 뱀 한 마리가 실눈 뜨
고 바라본다면

어떻게 바나나 속으로 들어갔을까

(……)

바나나 껍질을 조심히 벗겼는데도 그 흔한 뱀 한 마리 발견되지 않는다
면,
그것이 어떤 반응도 보이지 않는 당신 탓이라고 주장한다면
—「어느 날 바나나를 벗기는데」 부분

몽정(夢精)하는 소년의 꿈속으로 들어간 듯한 「원을 자르는 달 여인」에
서 소년의 불알처럼 둥글게 부풀어오른 달은 흘러가는 짙은 구름에 의해
갈라지고 갈라진 틈으로 달빛의 화살을 쏟아낸다. 달빛 화살과 혼동되는
한 여인의 흰 손이 "꽃씨 주머니를 톡톡 터트리"면 "꽃들의 출산"이 시작
되고, 소년의 불알을 건드리면 그것이 갈라져 거대한 호두나무가 솟아난
다. 또 호두나무 높은 곳에 피어난 흰 꽃은 다시 호두나무 가지에 걸린 달

과 혼동되고, '달-불알-호두-나무 위의 꽃-달'로 순환하는 이미지들의 비약 속에서 달은 무엇인가를 자르고 터뜨리고 가르는 방식으로 자극하면서 그 심연 속의 충만한 내밀함을 쏟아져나오게끔 그것으로 또다른 무엇인가를 탄생시키게끔 하고 다시 자신 안으로 되돌아온다.

출산을 이끄는 이 공격적인 애무의 핵심은 어떤 충만한 씨앗을 품고 있는 대상을 잘 골라내는 신중함에 있지 않다. 오히려 공격적인 애무가 성공적인가 그렇지 못한가에 따라 내밀함이 응축되어 씨앗이 생겨나기도 하며 그렇지 못하기도 하다(달 여인의 손길이 충분히 유혹적일 때 소년은 몽정에 이를 것이고(호두나무의 솟아남) 그렇지 못할 때 달 여인의 꿈은 무의미한 횡설수설에 그치기도 할 것이다). 애무 자체가 대상을 더욱 내밀하게 하는 속성을 갖고 있다고 해야 할지도 모른다. 바나나 껍질을 벗겼을 때, 너무나 당연하게도 바나나 과육만이 얌전히 들어 있을 뿐이라면 그것은 껍질을 벗긴 당신의 탓이다. 당신의 손길에 무엇인가가 부족한 탓에, 본래 있던 것이 어떤 변신도 이루지 못하고 그 상태 그대로 남겨진 것이다. "어느 날 바나나 껍질 벗기는데 가느다란 혀를 내민 뱀 한 마리가 실눈 뜨고 바라본다면" 그것은 어느 틈엔가 뱀이 바나나 속으로 들어가는 마법을 부린 것이 아니고, 바나나 껍질을 벗기는 당신의 공격적인 애무가 성공적이었기 때문에 그 안에 신화적인 동물을 잉태시킨 것이다. 당신은 뱀을 잉태시킬 공격적인 애무를 배워야만 한다.

그것은 아마도 「두 개의 꿈」의 뱀과 새색시 사이에서 벌어지는 일들과도 같은 종류의 것이리라.

어머니의 꿈속에서 나는 뱀이다 (……) 어느 선 고운 새색시 치마 자락에 수놓아진 꽃을 핥다 그녀의 빈 꽃대 깊은 곳으로 냉큼 들어가 앉은 뱀이다 나는 백칠 개의 그녀를 먹고 자란 백팔번째의 그녀다.

—「두 개의 꿈」 부분

뱀은 새색시의 치마 위에 수놓아진 꽃을 핥다가 그녀의 몸속으로 들어가버린다. 이 대목에서 어떤 성적인 장면들을 연상하는 것을 두려워할 필요는 없지만 이 성적인 결합 뒤에 오는 내밀함과 그 전도에도 충분한 주의를 기울여야 한다. 태몽을 재상연하는 이 시에서 어머니의 꿈속에서 뱀인 내가 어머니의 자궁으로 기어들어간다. 뱀은 자신에게 알맞은 구석을 잘 찾아들어갔고 그 구석은 이제 뱀을 보호하고 기를 것이다. 그렇게 해서 이 뱀은 현생에서 새색시의 딸로 태어날 것이다. 그러나 뱀은 아기집에 얌전히 담겨 숙성을 기다리는 생명의 질료가 아니다. 뱀은 새색시를 물어뜯고 삼켜서 동화시키는 폭군이고, 인용하지 않은 곳에서 새색시는 도망치는 딸을 붙잡아 "태몽을 펼치고 다시 들어오라 손 흔드는 어머니"이고 추격자이며 포획자이다(다른 시 「천수관음(千手觀音)」에서도 시인이 "어머니의 어머니,/ 그 어머니의 어머니,/ 또 그 어머니의 어머니의 까마득한 그 어머니가,/ 일제히 팔을 벌리고 나를 붙들었다./ 경계 없고 한갓지다"고 썼을 때, 어머니에게 안기는 일은 단지 편안하고 따뜻한 일만은 아니다. 천개의 팔에 붙들리는 숨막히고 갑갑한 일이기도 하다).

요점은 윤진화의 시에서 서로 찢고 할퀴는 다툼이 무언가의 탄생을 예비한다는 것이다. 어떤 공격성을 포함한 내밀함이 곧 새로운 존재의 출산을 위한 품음이다. 「동충하초」만큼 이 점에서 선명한 시는 드물다.

> 간밤
> 돌아가신 할머니가 나비가 되어
> 뒷마당에 알을 슬어놓고 가셨단다
> 깨어나 나비가 되려고 몸을 뒤척이는데
> 내 속으로 네가 조용히 들어오는 거야
> (……)
> 넌 (……) 조금씩조금씩

자라기 시작하더니

하얀 내 살을 찢고 나오는 거야

(……)

번데기에서 벗어나듯 꿈에서 깨어났다

주위 사람들에게 물어보니 동충하초라더구나

겨우내 벌레로 있다가 여름에는 풀이 되는,

완벽한 변이!

이 엄마는 할머니처럼

네게 나비의 날개 따위를 물려주고 싶지 않았는데

내 슬픈 꿈이 참 좋은 꿈이었구나

생각만 해도 가슴 벅찬 꿈이었구나

―「동충하초」 부분

할머니는 죽어서 나비가 됐고 나비 알을 낳았다. 나비 알 속의 엄마는
알에서 깨어 나비가 되려는데 그보다 먼저 엄마의 나비 몸을 찢고 딸이
나온다. 이 그로테스크한 죽음과 삶의 변신술적 교차반복이 "참 좋은 꿈"
이고 "가슴 벅찬 꿈"이다. 그럴 수밖에. 윤진화의 시에서 조화로움에 대
한 낙관과 아름다움의 자기증식에 대한 의지는 관심 밖이기 때문이다("네
게 나비의 날개 따위를 물려주고 싶지 않았는데"). 새로운 존재를 출현시키
는 저 고통스러운 침입과 찢기야말로 출산을 위한 윤진화식 애무의 리듬
이기 때문이다.

4. 궁극의 리듬을 위한 프렐류드

그것을 다시 궁극의 리듬에 맞춘 우주적 반죽이라고 부를 수도 있겠다.
궁극의 리듬은 남성적인 것과 여성적인 것을, 찢고 파괴하는 것과 보호하

고 쓰다듬는 것을, 파멸과 탄생을, 무덤과 자궁을 오간다. 그 안에서 무엇인가는 떨어져나가고 무엇인가는 결합하면서 어떤 형질 변환이 이루어지고, 이 리듬 속에서 존재 생성의 꿈이 지속된다. 대극(對極)의 것들의 불가능한 결합, 공격적인 애무, 사랑스러운 파괴를 꿈꾸는 윤진화의 시가 시도하는 것이 저 궁극의 리듬이었던가. 「기차」의 저 물결치는 머리카락이 만들어내는 어떤 흐름 안의 삼켜지기와 빠져나오기와 같은 것들이 궁극의 리듬을 위한 전주곡이지 않겠는가.

내 까만 머리카락을 타고 기차가 떠나요. 열이 오른 휘슬주전자처럼 휘파람을 불며 달리는 기차. 지구에서 이름 없는 별까지 달리는 기차. 사실, 목적지도 없어요. 이름 없는 별까지, 라고 아무렇게나 읊조린 걸 사과할게요.

편도뿐인 이 기차에 어떤 노인이 먼저 타고 있었죠. 텅텅 빈 열차, 좌석에 앉지 않고 좁은 통로에 서 있던 노인은 화석처럼 굳었죠. 하지만 그가 담배를 질겅 씹어댈 때마다 비싼 엽궐련 향이 나서 좋았어요. 그의 등에는 업을 이어 만든 통발이 업혀 있었어요.

그 안에는 꼬리를 퍼덕이는 인어 한 마리. 여편네라는 인어는 수천 년이나 늙지 않았대요. 사람을 홀리는 눈과 목소리를 내었죠. '다시는 내리지 못하리, 누구도 내리지 못하리, 귀를 막고 눈을 막고 입을 막고……'

나는 시집살이를 견디는 여자처럼 다른 곳에 시선을 주어야 했어요. 기차가 인동 넝쿨 꽃잎이 흐르는 곳에 닿았을 때, 인어의 노래가 창을 타고 뱀처럼 넘어갈 때, 차창 밖으로 보이는 나무, 소용돌이치는 물속으로 머리카락을 늘어뜨린 한 그루 물푸레나무.

노인은 그 나무를 '이그드라실'이라 했어요. 이그드라실, 이그드라실, 우주의 나무, 이그드라실…… 노인이 굳은 다리를 움직였어요. 안쪽에서 잠긴 문을 열고 기차 밖으로 인어를 내던졌어요.

자장이 없는 시간을 휘젓는 인어의 노래가 고약하게 풍겼어요. 나도 모르게 따라 부른 노래 '안녕? 안녕! 몇 번을 꿈꾸어도 변하지 않을 사람. 이젠 안녕……' 내 다리에는 조금씩 비늘이 돋아요. 빈 통발을 든 노인은 웃으며 다가서구요.

아무런 고통 없이 손에 넣은,
누구도 주체하지 못하는 낯선 시간을 통과해 달려가는 기차.
여기서 그만 내리고 싶어요. 하지만 안녕…… 짧은 기적을 울리며,
잠시 안녕!

—「기차」 전문

물결치는 머리카락에서 연상되는 어떤 흐름은 시적 상상력 속에서 증폭되어 은하수와 같은 우주적 펼쳐짐까지 나아가고 그 펼쳐짐 위에서 은하철도 증기기관차가 힘차게 달려나간다. 이 광대한 펼쳐짐 안에는 다시 겹겹의 내밀함이 생겨나는데, 은하수 머리카락의 흐름은 기차를 품고 있고 기차는 한 노인을 품고 있으며 다시 노인의 통발은 인어를 품고 있다. 겹겹의 내밀함 속에서 "사람을 홀리는" 인어의 목소리가 익어간다. 내밀함의 미궁에 갇힌 인어의 목소리는 노래가 되어 통발과 기차의 벽을 넘어 "뱀처럼" 빠져나가고, 뱀과 같은 빠져나감이 '식물화된 뱀'의 이미지, 즉 "소용돌이치는 물속으로 머리카락을 늘어뜨린 한 그루 물푸레나무"를 끌고 들어온다. 나무는 한편으로는 대지를 파고들고 움켜쥐며 자신의 물질성을 풍요롭게 하지만 다른 한편으로는 대기를 파고들며 서서히 물질의

세계를 빠져나가 투명해진다(굵은 줄기로부터 잔가지로, 또 바람에 살랑거리는 잎사귀로 나아가는 나무의 상승하는 움직임은 결국 모든 물질적 제약으로부터 벗어난 공기에 가까워진다). 물푸레나무의 길고 가느다란 잔가지들은, 그렇게 해서 머리카락처럼 보이며(머리카락은 이 시를 출발시킨 우주적 펼쳐짐이기도 하다) 물속으로 용해되어 소용돌이친다. 통발과 기차를 한꺼번에 빠져나간 인어의 노래는 물푸레나무의 소용돌이를 만들고, 이 노래의 빠져나감과 물푸레나무의 용해에 호응하여 기차의 잠긴 문이 열리고 이번엔 인어 자신이 기차를 빠져나간다. 인어의 노래는 사람을 홀려 누구도 기차에서 내리지 못하게 하는 노래이면서 그 자신이 기차를 빠져나가는 노래이다. 이번에는 이 모든 삼켜지기와 빠져나오기의 드라마를 가능하게 만든 머리카락의 소유자(인어의 노래를 듣는 화자)가 인어가 빠져나간 빈 통발 속으로 인어를 대신해 들어가며 그 자신이 인어가 된다. 그녀의 다리에 조금씩 비늘이 돋을 때, 그녀는 물고기의 육체 속에 갇히는 여자인가, 물고기의 머리 쪽으로 빠져나오는 여자인가. 인어의 노래는 빠져나가고 펴져나가는 것인가 고여 있고 붙드는 것인가. 머리카락은 펼쳐지고 흐르게 하는 것인가 가두고 삼키는 것인가.

이 시에서 어떤 철학적 지혜나 아름다운 이미지, 공감할 만한 깊은 슬픔을 기대해서는 안 된다. 이 시가 우리에게 선물하는 것은 삼켜지기와 빠져나오기, 가둠과 펼쳐짐의 리듬이다. 이 리듬이 우리의 꿈을 자극할 때 우리의 꿈 또한 이 리듬에 따라 우주적 반죽을 시작한다. 주물러지는 반죽 속에서 다양한 원소들은 서로 부딪히고 찢고 지우며 새로운 존재들을 탄생시킨다. 시의 세계에서는 태초에 말씀도 빅뱅도 없고, 우주적 반죽이 있을 뿐이다.

(2011)

식물성의 꿈

— 2010년 여름의 시들

1. 깃털 나무에 매달린 불룩한 열매

— 연왕모, 『비탈의 사과』(문학과지성사, 2010)

『비탈의 사과』를 너무 빨리 읽지 않기로 하자. 예컨대 「양생하는 건물」
과 같은 시를 두고, '인공조명'과 '햇빛'의 대립을 클로즈업하면서 '문명'
과 '자연'의 대립을 읽어내거나, '미로투성이'의 '콘크리트 건물'을 강조
하면서 '시멘트 신드롬'과 '건설지상주의'를 읽어내려는 시선에는 시와
현실을 너무 빨리 접속시키려는 성급함이 있다. 예컨대 「어느 개인 날」 같
은 시를 두고, '햇살에 찔려 몸이 터진 빗방울'에서 '존재의 무게로부터의
자유'를 읽어내려는 시선에는 시적 몽상을 철학적 명제들로 서둘러 환원
하려는 조급함이 있다. 『비탈의 사과』는 그런 합리적 성찰들보다 더 게으
르거나 더 역동적이고 혹은 더 밀도 높게 응축되거나 더 엷게 확산된다.

『비탈의 사과』의 1부와 2부에서 숨쉬고 있는 어떤 주머니, 너무 크거나
구멍이 난 탓에 축 늘어져 있다가 나중에 점점 불룩해지는 주머니의 이
미지에서부터 우리의 이야기를 시작해보자. 이 시집의 전반부에서 연왕
모는 어떤 주머니들을 반복해서 형상화한다. 콘크리트 건물이나 냉장고,

그리고 보다 많게는 우리의 몸(폐와 심장, 위장 등은 모두 몸-주머니들이다) 등이 연왕모의 주머니 목록에 포함된다. 주머니는 우리에게 어떤 내밀함, 자신보다 큰 물건들을 담고 있는 어두운 우주, 소중한 물건들의 집합소나 안식처에 대한 몽상들을 끌어모으지만, 연왕모의 주머니는 이런 내밀함을 모두 잃어버린 채로 발견된다. 늪지에는 구멍난 풍선처럼 아무리 깊게 숨을 쉬어도 부풀어오르지 않는 가슴의 소유자들이 버려지고(「늪의 입구」), 콘크리트 건물 스스로는 끝없이 자라면서도 그 내부에서는 물의 원소들이 모두 빠져나가 건물 안에 사는 자들은 퍼석퍼석하게 말라들어간다(「양생하는 건물」). 어떤 화자는 그동안 먹어왔던 것들이 모두 사라져 가슴속의 창고가 공허함으로 터져버릴 것 같다고 느끼고(「신기루」), 냉장고 안에는 그릇들이 많지만 그것은 모두 쓸쓸하고 차가운 것들뿐이어서 냉장고는 마땅히 먹을 것도 없이 그저 크기만 하다(「내겐 너무 큰 냉장고」). 그러니까 연왕모의 "주머니는 터져 있었다/ 구슬, 딱지 모두 사라져버리고/ (……)/ 내가 품었던 것들을 그리워했다"(「마른 꿈」).

어쩌면 이것은 우리가 소유한 이미지 주머니의 형상인지도 모른다. 우리가 소유한 이미지의 주머니에는 좀처럼 변신할 줄 모르는 왜소한 은유나 합리적 성찰들로 딱딱해져버린 빈사 상태의 이미지들만 남아 있어, 우리의 주머니는 홀쭉하고 축 늘어져 있거나 겉모습만 부풀어 있고 속은 텅 빈 것인지도 모른다. 연왕모는 불과 물 혹은 공기와 흙의 원소들을 배합, 실험하며 자신의 주머니를 불룩하게 만들고 이 주머니를 하나의 살아 있는 것으로, 그러니까 어떤 열매(이것이야말로 자신의 농밀함을 견딜 수 없는 위태로운 주머니가 아닌가)로 맺어지게끔 만들어보고 싶었던 것 같다. 이 열매 맺기의 여정이 『비탈의 사과』이며, 그 여정의 끝에 걸려 있는 것이, 어디에도 등장하지 않지만 제목으로 내세워진 '비탈의 사과'다.

약간의 단순화를 감수한다면, 1부와 2부의 시들은 대체로 물과 흙에 대한 어떤 갈증으로 되어 있다. 연왕모는 이 부분을 종종 매우 노골적으로 쓴다. "내 가슴을 좀 채워주세요/ 흙이라도 한 삽 퍼넣어주세요"(「늪의 입구」) "흙이 채워지는 그녀/ (……)/ 깊은 바다 아래를 걸어/ 물풀들을 헤치고 가는/ 꿈을 꾼다"(「검고도 붉은 인디언 사내—하얗게 질려 있는 여인을 만나다」) 등등. 연왕모의 이미지 체계에서 흙과 물은 서로 매우 가깝다. 그의 흙은 언제나 축축한 진흙이며 그의 물은 맑고 투명한 물보다 흙의 원소를 품은 어둡고 혼탁한 물에 가깝다. 겉으로는 백색을 띠고 있더라도 상상력의 차원에서는 너무 많은 영양분을 담고 있어서 내밀하고 어둡고 무거운 생명의 액즙인 '젖' 혹은 '우유'(「검고도 붉은 인디언 사내—하얗게 질려 있는 여인을 만나다」 「블랙아웃」 「그가 씹은 것」), 밤의 어둠을 흡수하며 검게 변해가는 '잉크'(「연애편지—주인님께」), 생명의 불이 담긴 끈적한 액체인 '피'(「유목(遊牧)」 「물살의 무늬」 「길의 점묘화」) 혹은 나의 목구멍이 피를 흘리게 하는 '마녀의 수프'(「너의 머리칼이 목에 걸렸어」)가 『비탈의 사과』를 적시고 있다.

흙에서 자란 남자의 가슴에서 가늘고 질긴 실뿌리가 뻗어나와 콘크리트 인큐베이터에서 길러진 여자의 젖가슴을 더듬으면 "부풀어오른 젖꼭지 아래서/ 맹렬히 솟구치려는 젖의 흐름"(「검고도 붉은 인디언 사내—하얗게 질려 있는 여인을 만나다」)이 만들어지고, 집시들이 파내는 구덩이에서는 술과 오줌과 눈물로 마를 날이 없는 흙이 나오며 이 젖은 흙은 유리 안에 갇혀 시계만 바라보는 사람들에게 달라붙어 떨어지지 않는다(「내 가슴의 집시」). 퍼석퍼석하게 말라 먼지만 날리는 연왕모의 주머니는 어떤 습기를 머금기 시작한다. 그것은 어둡고 무거운 물을 찾아가는 뱀과 뿌리의 하강운동 혹은 굴착운동이며 물을 퍼올리는 상승의 운동이고 먼지와 흙과 물을 반죽하는 리듬이기도 하다. 예컨대 이런 시들은 이러한 운동과 리듬 속에서 우리가 충분히 흔들릴 수 있도록 유혹하고 있는 것이 아닌가 (이미지의 흔들림을 보조하는 저 글자들의 일렁임을 보라).

너무, 먼지가 쌓여서
그렇게, 땅꾼의 집은
깊어져갔다지

먼지 위에 발을 딛고도, 사람들
빠지지 않았으니
그렇게 점점점점점
가벼워진 거지

(……)

땅꾼의 행방을 아는 이는 아무도 없었지
먼지 속 깊이, 땅의 온기 있는 곳, 아직
기어다니는 뱀
누군가
보았다 하지
선명하게, 컬러로,
꿈속에서

—「전파의 제국」 부분

냉장고에 넣어둔 밀가루 반죽에서 진물이 흐른다
오븐 속엔… 부풀지도 않을, 그래서 더 푸른 곰팡이
진흙 속으로 깊이 빠져드는 발바닥

—「가습기(加濕期)」 전문

대지의 검은 물을 탐색하며 하강하고 굴착하는 뱀-뿌리가 우리의 꿈속으로 쏘아올리는 '전파'로 인해서, 냉장고와 오븐 속에 갇혀 있지만 반죽의 리듬감으로 흔들리며 진흙 속으로 발을 뻗는 '밀가루'로 인해서, 먼지와 밀가루는 한데 모여 어떤 덩어리를 이룬다. 이 덩어리는 연왕모의 주머니를 점점 불룩하게 만들고, 텅 빈 공간처럼 보이는 곳에서 무엇인가가 자꾸만 생겨난다. "남아 있는 것들의/ 차오름// 하얀 여백/ 의/ 지치지 않는 현기증"(「모반(謀叛)」)이 이 불룩한 주머니에는 있는 것이다. 이 때문에 "보따리 짊어지고 산을 넘는 난쟁이"는 "아직은 길을 잃지 않"은 셈이다(「난쟁이」).

그런데 연왕모의 주머니 이미지가 불룩해지는 동안 여기에 나무의 이미지가 덧붙여진다. 뱀-뿌리 혹은 발이 하강하며 물과 흙을 빨아올리고, 물과 흙이 상승하는 통로를 만들고 또 그 통로를 자신의 몸통으로 삼는 것("지금 나의 시간은 플라스틱 빨대 같아요/ 비어 있는 빨대 속을 미지의 주스로 채워야 하거든요", 「모바일 캡슐」), 이것은 나무가 아닌가. 그리고 나무에 매달린 주머니라면 열매가 아닌가. 『비탈의 사과』 3부와 4부에는 '바닥의 얼룩'에서 피어올라 '쭉 곧은 기둥'처럼(이는 각각 3, 4부의 제목이기도 하다) 자라나는 과일나무의 이미지가 있다. 쭉 뻗은 수직성의 위태로움을 연왕모는 '비탈'이라고 표시해두고 거기에 맺힌 열매로 '사과'를 걸어두었다.

『비탈의 사과』의 맨 앞자리를 차지하고 있는 「늪의 입구」에서부터 변신을 멈춰 빳빳하게 굳어진 사람은 뿌리 뽑힌 나무와 혼동되고, 이 바싹 마른 나무가 늪에 잠겨 다시 부활했다는 듯이, 먼지 덩이가 이끼(물 먹은 흙의 식물화)의 밥이 된 후 "거친 껍질을 가진 나무가 자랐다"(「나는 공이었다」) 3부와 4부에는 상승의 운동이 지배적이어서, 지하를 파고들던 뱀에게는 다리가 생겨나 수직의 나무를 기어오르고(「나무를 오르는 도마뱀과―더운 바람과, 수직으로 선 나와」), 주전자에서 끓어오르는 증기는 증기기관차의 힘찬 전진으로 강화되고 바람에 나풀거리는 나뭇잎은 새의 깃털과 혼동된다(「초록색 깃털」). 특히 우리가 끝에 제시한 깃털 나무의 이미지는 '대지에 뿌리박은 나무'를 "땅에 부리를 박은 채 자라나 있"는 초록 깃털의 새로 변신시켜놓았다. 연왕모의 무거운 물이 3, 4부에서 증기와 안개의 이미지를 얻어 자유롭게 떠다니며 장난스럽게 운동하고 사물들에 침투하는 것은 이러한 상승운동이 부착된 탓이리라. 사랑의 뜨거움을 품은 햇빛이 대지를 애무할 때 대지가 식물의 팔을 뻗어 태양의 애무에 화답하는 그 상승운동이, 햇빛에 자극을 받은 물의 원소들에도 부착되는 것이다("벽을 오르는 빗방울// 햇살에 찔려/ 몸이 터진다// 하늘을/ 난다", 「어느 개인 날」 전문).

아마도 4부에 포함된 아름다운 시들, 예컨대 「당나귀가 가는 길」 「사랑이 익다」 「들개」 「눈병」과 같은 시들이야말로 저 깃털 나무에 매달린 열매, 비탈 위에 열린 사과와 같은 것인지도 모르겠다. 연왕모의 어두운 내면 속을 어슬렁거리던 음침한 '개'들은(『개들의 예감』, 문학과지성사, 1997), 여기에 와서야 홀쭉해진 주머니 속(들개의 주린 뱃속)에서 "기쁜 주름"을 찾아내기에 이른다(「들개」). "기쁜 주름"의 가장 성공적인 묘사라고 생각되는 「당나귀가 가는 길」을 마지막으로 음미해보자. 하늘을 향해 거꾸로 솟아난 뿌리인 나무들의 숲과 숲에 뿌려진 하늘의 체액인 이슬, 이슬 내린 숲속을 노래에 맞춰 당나귀가 가는 대로 방심하며 "하늘도 보고 땅도 보"는 이 한가로운 산책, 그 끝의 열매를 보라.

이슬이 내려오는 숲을
걷는다
등에는 주인의 따뜻한 몸을 지고
한 나무를 지나면 또 한 나무가 있는
길을 걷는다

주인은 길을 재촉하지 않는다
하늘도 보고 땅도 보고
당나귀 엉덩이도 두드리면서
나무들을 향해 노래를 부른다

당나귀가 멈춰 서서
숲의 향기를 맡으면
주인은 나뭇가지에 손을 뻗어 열매를 딴다

─「당나귀가 가는 길」 전문

2. 상처를 향해 번성하는 넝쿨
─ 이기인, 『어깨 위로 떨어지는 편지』(창비, 2010)

그러나 어떤 독자들에게는 연왕모의 시가 너무 추상적으로 읽힐지도 모르겠다. 우리는 연왕모의 시가 이미지들을 반죽하는 리듬에도 공감할 수 있지만(시가 현실의 어떤 장면으로 환원될 수 있어야 한다는 것은 결코 아니지만), 그의 이미지들이 보편적 상징의 계단을 내려와 보다 구체적이고 현실적인 장면 혹은 감정들과 접속할 수는 없는가에 대해 한번쯤 생각해볼 수도 있다. 시적인 것이 무의식적 상징의 영역에만 있는 것은 아니기 때문이다. 물론 「안개의 이유─팔레스타인」이나 「카렌의 땅」과 같은 시에서 현실적인 장면들과 접속 가능한 연결고리를 발견할 수도 있겠지만, 이런 시들에서도 연왕모의 시는 충분히 현실로 내려오기를 주저하고 어떤 슬픔에 잠기는 것을 지나치리만큼 조심스러워한다. 아마도 이 점에서는 이기인의 시가 특별한 지위를 차지하고 있는 것 같다. 그의 두번째 시집 『어깨 위로 떨어지는 편지』는 지극히 현실적인 순간들의 지극히 구체적인 아픔에 대한 관찰과 기록으로 흥건하게 젖어 있다.

아마도 이번 시집의 맨 앞머리를 차지하고 있는 「생각지도 않은 곳에서」는 『어깨 위로 떨어지는 편지』의 요약본으로 읽을 수 있을 것 같다. "오랜만에 생각지도 않은 곳에서 당신을 만났지요"로 시작하는 이 시에는 어떤 서정적 혼돈이 있다. 등뼈에 붙은 얇은 살로 얇은 삶을 견뎌오다가 바람이 부는 동안 내가 사는 골목으로 날아와 시집 속으로 들어온 '당신'이, 시집에 끼워진 낙엽인지, 낙엽을 닮은 어떤 가냘픈 사람인지, 젊은 날 낙엽으로 장식된 편지지에 사랑을 적어준 어느 여인인지, 아니면 이 모두인지를 판정할 수 없는 가운데 이 서정적 혼돈 위에는 어떤 대조와 동일시가 솟아난다. "당신은 그때 젖은 시집 속으로 부끄러워하는 몸으로 들어왔지요/ 혼자서, 납작하게 살아온 당신의 이야기를 어떻게 들어줄까요/ 불빛처럼 아름다운 당신의 이야기를 밤새 읽다가,"로 끝나는 이 시의 마지막 구절에는, '젖은 시집'과 그 안으로 들어온 '불빛처럼 아름다운 당신'의 대조가 있고, '시집'을 읽는 것과 '당신의 삶'을 읽는 것의 은밀한 동일시가 있다. 삶은 바스라질 듯 얇은 낙엽이고 그것은 시집의 속살처럼 얇은 편지지이며 그 편지지에 새겨진 삶은 사랑의 대상이다. 삶은 고단하고 안쓰러운 것이어서 이 삶-낙엽-편지지로 이루어진 시집은 슬픔으로 젖어 있고, 그럼에도 삶에는 불빛과 같은 아름다움이 있어 시집은 서서히 덥혀진다. 아마도 이것이야말로 『어깨 위로 떨어지는 편지』를 구성하는 방법론일 것이다. 삶의 어떤 장면들 속에서, 생각지도 않은 곳에서, 편지지를 발견하고 누군가의 이야기를 밤새 읽어주기. 한번은 눈물로 젖고 다시 한번은 불빛과 같은 아름다움으로 덥혀지기. 이것이 시적으로 굴절된 이기인식 관찰과 기록의 구조이다.

이기인은 공사장에서 모래와 시멘트를 섞는 인부들의 삽질에서 '생업'이라는 삽 글씨를 알아보고 "못 견디도록 아픈 이야기"를 읽어낸다(「삽 글씨」). "이 저녁에 세간을 옮기는 이"가 떠난 쓸쓸한 집에서는 "그 속을 다 헤아릴 수 없는 편지"를 발견하고(「고양이 울음」), 거북등처럼 갈라진 약과를 움켜쥔 노인에게서는 "갑골문자"를 읽어낸다(「약과」). 다양한 사람들의 삶-편지지가 『어깨 위로 떨어지는 편지』에는 가득차 있다. 『알쏭달쏭 소녀백과사전』(창비, 2005)의 '소녀'들의 이야기도 여전하고, 이주노동자들의 이야기, 해고 통지를 받은 자의 이야기, 철거민과 노숙자의 이야기, 청소부의 이야기, 옥쇄파업에 들어간 노동자의 이야기, 버려진 아이와 아픈 아이의 이야기가 가득하다. 시인은 이들의 이야기를 관찰하고 기록하는 것을 자신의 의무로 삼은 듯하다.

숨겨진 글씨-편지-이야기들을 찾아내는 이기인의 시선은 매우 다양한 장면들로 확산되지만, 결국은 빛나는 상처 쪽으로 수렴된다. 시인은 상처에서 '불빛과 같은 아름다움'이 쏟아져나온다는 듯 눈부셔 한다. 「아주 먼 눈동자」에서 나는 구리행 열차를 타고 있고 옆자리에는 어떤 이주노동자가 앉아 있다. 화자는 이주노동자의 눈에 떠 있는 것이 스리랑카의 하늘은 아니겠는지 생각해보다 너무 먼 하늘이라 잘 보이지 않자 슬쩍 그의 손을 훔쳐본다. 상처를 꿰맨 자국은 열차가 달리는 침목을 연상시키고 이제 화자는 상처-열차를 따라 이주노동자의 아픔 속으로 달려가다 눈이 부셔 눈을 감는다. 나는 눈을 감으면서 상처를 외면하는 것이 아니라, 상처-열차로 연결된 마음의 통로에서 전해져오는 어떤 아픔을 음미하는 것처럼 보인다. 그러므로 우리가 시인의 어법을 조금 흉내내면서 타인의 상처에서 '불빛과 같은 아름다움'을 읽어내는 것은 상처를 미학화하려는 낭만적 제스처와는 아무런 관련이 없다. 그것은 상처에 이끌리고야 마는 것, 그 상처를 통해 어떤 아픔에 감염되고야 마는 것을 가리키기 때문이다. 곧, 그것은 시인의 윤리적 균형감각을 가리키기 때문이다.

저 단정한 균형감각과 눈부심으로 쌓아올린 「흐린 창문 밖으로 보니」의 사과 가족을 보라. 사과를 어루만지는 과일장수의 손길에 사과는 자신의 반짝거리는 상처를 찾아낸다. 사과 위에 사과가 그 위에 또 사과가 쌓여 행복한 표정의 "사과 일가"를 이룰 수 있는 것은 저 빛나는 상처 때문이다. 우리는 혼자 있을 때 중심을 잃어 기우뚱하게 서 있지만 서로에게서 상처를 발견하고 또 이끌리면 기울어져 있는 우리의 고단한 삶을 서로에게 기대며 중심을 잡을 수 있다. "몸의 중심을 잡는" 것은 그러므로 "상처를 찾아내"는 것과 동시적이다. 과일가게 앞을 지나가는 저 '사람 일가'의 다정함 속에서도 유독 빛나는 것은 "무릎", 그러니까 유독 상처를 입은 다음에야 우리를 뛸 수 있게 만드는 우리의 몸이 아닌가.

표제작이라 할 「어깨 위로 떨어지는 사소한 편지」는 지금까지 우리가 이기인의 시를 읽으며 발견한 것들, 눈물 그리고 불빛과 같은 아름다움을 포함하는 숨겨진 글씨, 상처, 균형잡기의 문제들을 섬세하게 한자리에 모아놓고 있다.

　　균형을 잃어버린 내가 당신의 어깨를 본다
　　내일은 소리없이 더 좋은 일이 생길 것 같다
　　나는 초조를 잃어버리고 당신이 생각하는 대로 더 좋은 표정을 지을 수 있다
　　첫눈이 쌓여서 가는 길이 환하고 넓어질 것 같다
　　소처럼 미안하게 걸어다니는 일이 이어지지만 끝까지 정든 집으로 몸을 끌고 갈 수 있을 것 같다
　　나를 닮아가는 구두짝을 우스꽝스럽게 벗어놓을 수 있을 것 같다
　　밤늦게 지붕을 걸어다니는 고양이의 울음소리를 가만히 껴안아줄 수 있을 것 같다
　　벽에 걸어놓은 옷에서 흘러내리는 주름 같은 말을 알아듣고
　　벗어놓은 양말에 뭉쳐진 검은 언어를 잘 펴놓을 수 있을 것 같다
　　매트리스에서 튀어나오지 않은 삐걱삐걱 고백을 오늘밤에는 들을 수 있을 것 같다
　　요구하지 않았지만 당신의 어깨는 초라한 편지를 쓰는 불빛을 걱정하다가
　　아득한 절벽에 놓인 방의 열쇠를 나에게 주었다

자기중심을 잃어버린 별들이 옥상 위로 떨어지는 것을 본다
뒤척이는 불빛이 나비처럼 긴 밤을 간다
　　　　　　　　　　　—「어깨 위로 떨어지는 사소한 편지」 전문

　어깨란 무엇인가? 우리 몸의 높이가 완만한 비탈로 내려오다가 급작스럽게 끝나버리는 위태로운 벼랑이고, 중심 잃은 걸음이 가장 거세게 흔드는 연약한 몸의 봉우리이며, 동시에 상처 입은 상대방에게 내어줄 수 있는 몸의 언덕이 아닌가. 그렇게 해서, 상처의 윤리적 균형감각을 더듬는 이기인에게 어깨는 특별해진다. 균형을 잃은 내가 바라보는 곳은 당신의 어깨이다. 고단한 삶에 치여 비틀거리는 내가 기댈 언덕도 그곳이고, 내가 당신의 상처를 발견하고 그 빛나는 아름다움에 이끌리는 곳도 그곳이며, '사과 일가'의 다정함이 솟아나는 곳도 그곳이다. 그렇게 해서 나는 슬픔 위에 어떤 따스함을 짓는다. 내일은 소리 없이 더 좋은 일이 생길 것이라는 기대, 괴로운 초조함을 잃어버릴 수 있으리라는 희망, 정든 집에 도착하리라는 아늑한 예감 등등. 나는 다정함 속에서 눈과 귀가 밝아지고 "고양이의 울음소리"를 "주름 같은 말"을 "검은 언어"를 "삐걱삐걱 고백"을 이해하고 듣고 읽을 수 있게 된다. 세계의 모든 편지가 독해될 것 같다. 시인은 이 따스함 속에서 이 시집에서는 드물게도 어떤 몽상 속으로 빠져든다. 숨겨진 이야기들의 글씨를 읽어내고 이를 다시 편지지(시집)에 옮겨 쓰는 이 밤, 당신의 어깨가 편지 쓰기에 이 방은 너무 어둡지 않느냐고 걱정하며 "아득한 절벽에 놓인 방의 열쇠"를 건네준다. 아마도 당신의 어깨는 나에게 더 환한 빛으로 숨겨진 글씨들을 더 잘 볼 수 있고 또 더 잘 기록할 수 있게 하고 싶었나보다. 열쇠를 받아들자 내가 편지를 쓰는 그 방이 '아득한 절벽에 놓인 방'이 되고 여기서 내가 기록하는 아픔에 이끌려 저 하늘의 별들도 자기 중심을 잃어버리고 내 방 위로 다가와 부딪힌다. 방은 별빛으로 환해진다. 편지 쓰는 방의 불빛은 나비처럼 긴

밤을 건너가는데, 우리는 이 나비가 다시 다른 사람의 어깨 위로 날아들 것이고, 또 이 얇은 날개를 가진 나비가 또한 생각지도 않은 곳에서 날아오는 편지의 시적 변형이라고 충분히 상상해볼 수 있다.

이 나비–편지가 찾아가는 수많은 어깨들을 이 자리에서 모두 확인할 수는 없지만, 여기서는 두 가지만을 강조해놓기로 하자. 하나는 이 나비–편지가 '번성하는 식물'의 이미지로 이 시집의 도처에 깔려 있다는 것, 다른 하나는 '집의 위기'에 대해 자주 성찰한다는 것. 후자에 대해 먼저 이야기하자.

저 어깨에는 너무 많은 상처들이 새겨져 있지만, 너무 많은 상처들은 어쩔 수 없이 오늘날의 어떤 공통적인 현실에서 돋아난 것이고, 그렇게 해서 우리는 오늘날 우리가 보편적으로 겪고 있는 '집'의 위기에 대해 자주 생각하게 된다. 우리의 존재는 철학이 가르치듯 세상으로 내던져져 있는 것이 결코 아니다. 우리의 존재(있음)는 세계 안의 우리들의 구석에서 시작되고, 우리의 삶은 집의 품속에서 포근하게 숨겨지고 보호되어 시작되는 것이다.(바슐라르) 만일 우리의 실존이 단지 이 세계에 던져진 것으로만 비친다면, 그것은 우리의 존재가 본래 그러하기 때문이 아니라, 오늘날의 우리가 집의 위기 속에서 존재하기 때문이다. "한낮의 집을 때려부순 굴삭기"가 "조용한 노인의 잠을 파먹기 위해 아악 입을 벌리고 있"는 저 공포스러운 구멍(「공가(空家)」), "송곳 하나 후빌 땅이 없어서 마음에 구멍을 하나씩 만들고 죽은 사람들"(「송곳이 놓여 있는 자리」), 사람들이 사라져버린 재개발 지역의 적막함(「할미꽃 한 송이」「그 집의 쏨바귀」)을 말할 때 이기인은 단순히 건축과 부동산의 문제에 대해서 말하는 것이 아니다. 그의 기록과 관찰이 시적 굴절을 거치면서 이것들은 우리 시대의 텅 빈 존재론의 위기를 가리켜 보인다. 여기에 이를테면 철거민을 만들어내고 재개발 위에 세운 어떤 집이 있다면, 그 집은 누군가의 어깨 위로 떨어뜨릴 편지를 쓰는 "아득한 절벽에 놓인 방"(「어깨 위로 떨어지는 사소한 편지」)으로부터 최대한으로 멀리 떨어진 집이다.

「상자의 시간」과 같은 시에서 우리는 골판지 상자가 대신하고 있는 노숙자의 집에 "창틀이 뒤틀리고 별똥별이 수없이 지붕 위로 떨어지는" 압도적인 재앙이 쏟아지는 시적 과장을 볼 수 있다. 상자로 이루어진 슬픈 집은 녹아 없어진다. 존재(있음)의 근거지가 녹아 없어지는 이 유동성, 액체성이야말로 우리가 겪고 있는 존재론적 위기의 현실적 근원이 아니었던가. 아마도 이런 존재의 위기가 이기인에게 동사 '데리다'를 즐겨 쓰게 만든 듯싶다. 이기인이 이 동사를 쓸 때, 그것은 한 존재가 다른 존재를 가까이 두고 친밀함을 나누는 것이 아니라, 한 존재가 그 자신으로부터 떨어져나와 갈 곳을 잃은 것처럼 보인다. 예컨대 이런 식. "울음을 데리고 온 새 한 마리"(「흰 수건」), "소년이 아픈 몸을 데리고 걸어갔네"(소년의 침」), "그의 몸은 (……) 꺼져가는 숨을 데리고 있다"(「약과」), "집을 잃은 그는 (……) 꾸물꾸물 걸음을 데리고 (……) 돌아다녔다"(「상자의 시간」). 한 존재의 울음은, 몸은, 숨은, 걸음은 존재 밖으로 쫓겨나고 자기 자신으로부터 분열되어 있는 것이 아닌가. 결국 이기인의 시는 누군가의 어깨에 기대어 "아득한 절벽에 놓인 방의 열쇠"를 움켜쥐며 자기 자신 속으로 돌아가기를 소망하고 있는 것이 아닌가.

이기인이 다루는 집의 위기와 함께 마지막으로 강조할 것은 '번성하는 식물'에 대한 이기인의 꿈이다. 타인의 어깨를 향해 날아가는 나비의 구불구불한 비행곡선은 번성하는 넝쿨의 이미지로 변신하기도 한다. 예컨대 「줄기가 자라는 시간」에서 남과 북 양방향으로 자라나는 것처럼 보이는 토란의 줄기에는 어떤 에피소드가 겹쳐진다. "일을 찾아서 북으로 가는 이의 남쪽으로 열려 있는 현관"으로 시작하는 이 시에서 "북으로 가는 줄기는 남으로 가는 줄기보다 짧고/ 남으로 가는 줄기는 북으로 가는 줄기보다 가늘고 아프다"는 다만 토란 줄기에 대한 관찰이기만 한 것이 아니라 어떤 가족이 고단한 삶의 문제 때문에 누군가는 더 큰 도시를 찾아 떠나고 또 누군가는 시골로 내려가는 이별의 장면을 연상시킨다. 이별이 만들어내는 저 가족들의 거리는 그만큼 이 토란의 줄기를 연장시킨다. 표제작만큼 아름답고 또 타인의 어깨를 찾아드는 나비의 이미지가 나오는 「아프지 않아요—뿌리」에서도 허브의 줄기는 길게 늘어지고 줄기의 끝자락에서는 다시 향기가 손가락처럼 뻗어나와 무엇인가를 움켜쥐려고 한다. 아마도 먼저 보낸 자식의 제사를 치른 노인을 관찰하고 있는 것처럼 보이는 「약과」에서도 이 우울하고 처연한 삶을 살아가는 노인의 살아 있음은 "우죽우죽 새로이 피고" 지는 "약과 속, 꽃이파리"와 그 약과를 쥐고 있는 "번성하는 식물처럼 이불 밖으로" 꺼내놓은 노인의 손으로 표시된다. 「바닥에 피어 있는 바닥」에서는 밑바닥 인생이라고 생각하는 사람에게 바닥 아래의 바닥에서 피어올라온 꽃이 도착하고, 다른 많은 시들에서 건강한 남자들에게는 줄기처럼 수염이 억세게 뻗어나온다(「면도기」「검붉은 날개」「쌀강정 부스러기」「얼굴이 네모난 아이」, 그러나 귤껍질처럼 "소녀를 벗기고 있는" 사내에게는 수염이 없다).

어딘가로 뻗어나가며 얽혀드는 이 넝쿨의 이미지에 약간의 상상력을 보탠다면, 이것은 집의 허물어진 어딘가를 메우는 것이기도 할 터이다. 그렇기 때문에 이기인은 임화를 떠올리게 하는 어떤 시에서, 아마도 감옥에 갇혔을 애인을 위해 뜨개질을 하는 장면에서 혁명과 줄기를 연결시킬 수 있었을 것이다. "낡은 털실은 팽팽한 긴장감을 놓지 않으면서 혁명가를 계속 불렀지요/ 그 옆에서 소녀의 꽃무늬 혁명은 계속 줄기를 뻗어나갔지요"(「소녀의 꽃무늬 혁명」).

3. 나무가 아닌 나무를 보며, 아날로지의 상처
— 손택수, 『나무의 수사학』(실천문학사, 2010)

손택수의 세번째 시집 『나무의 수사학』에는 부분과 전체가 서로 닮아가는 향기로운 우주에서 악취나는 파편들의 세계로 굴러떨어진 서정시인의 고백이 담겨 있다. 이런 식의 설명은 우리가 알고 있는 손택수의 시와는 너무나 다른 것이다. 우리가 알고 있는 손택수는 「목련전차」와 「화엄일박」의 시인이기 때문이다. 손택수는 자연의 풍경 속에서 서정적 순간을 포착하는 데 누구보다 뛰어난 시인이고, 일상 속에서 자연이 베푼 가르침을 확인하는 데 누구보다 성실한 시인이다. 아이러니를 치유하는 아날로지의 세계에 대한 모범적인 사례를 찾고 싶다면 손택수의 시집 아무 곳이나 펼쳐보는 것이 제일 편리한 방법이다. 우선은 우리가 알고 있는 손택수에 대해 이야기해보자.

『나무의 수사학』의 1부와 3부는 여전히 아름다운 서정시들로 빼곡하다. 지금까지의 손택수의 시를 읽으면서 그래왔던 것처럼, 우리는 이 시들과 함께 다정한 아날로지의 세계와 깨달음 혹은 슬픈 아름다움의 순간(아이러니가 아날로지에 의해 치유되는 순간)에 가까이 갈 수 있다. 이 시들은 마치 『나무의 수사학』의 2부에 새겨놓은 아이러니와 치욕, 자기 파괴적 욕망을 치유하겠다는 듯이 이들의 앞뒤를 두툼하게 감싸고 있다. 예컨대 「꽃단추」「모과」「감자꽃을 따다」「초승달 기차」와 같은 아름다운 시들이 많지만 여기서는 「구름 농장에서」만을 언급해두기로 하자. 이 시에는 다정한 아날로지의 세계에서만 가능한 시적 인공강우법이 등장한다.

시 속에서 포도밭의 운모석(雲母石) 토양은 포도의 어머니가 구름임을 명시하고 있다. 과연 한 송이에 여러 알이 달리는 포도의 형태는 뭉게뭉게 피어나는 구름과 닮아 있고, 시 속에서의 포도는 구름을 닮아 1만 개씩의 포도알을 달고 부풀어오른다. 이곳은 대지가 기른 구름이 출하되는 곳이니 포도 농장이 아니라 구름 농장이다. 다만 이 물의 열매를 재배하는 데에는 적당한 강수가 필요하지만 지금은 비가 내리지 않는 날이 계속되고 있는 것 같다. 이제 시인의 인공강우가 시작된다. 그것은 구름 속에 드라이아이스를 살포하는 난폭한 기술이 아니다. "지상에 남은 마지막 한 방울의 비애까지" 땀방울로 쏟아내 대지에 뿌리는 것이다. 시인의 구름 농장에서는 대지의 구름(운모석)과 하늘의 구름이 일치해서, 구름 속에 얼음 알갱이를 뿌려 "이슬점까지 떨어진 물기들을 뭉쳐 둥근 경단"인 빗방울로 떨어지게 할 수 있는 것처럼, 땀방울을 대지의 구름에 뿌리는 것으로 비가 쏟아지게 할 수 있다. 이제 "쿠르릉 기다리고 기다리던 구름의 출하가 시작되"고 물의 열매인 포도는 힘차게 부풀어올라 나의 노역을 향기롭게 할 것이다. '땀-대지-하늘-포도-땀'이 하나의 원환으로 그려지는 이 세계는 '비애'를 향기로운 열매로 형질변환시킨다. 그렇게 해서 고된 노동의 어느 구석엔가로 침입하는 삶의 누추함 혹은 아이러니는 아날로지 속에 흡수되고 치유된다.

「구름 농장에서」와 같은 시들은 『나무의 수사학』의 많은 분량을 차지하며 2부에 있는 몇몇 예외적인 시들을 감싸고 또 치유하려는 것처럼 보인다. 하지만 보기에 따라서 이러한 배치가 오히려 『나무의 수사학』이 입은 상처가 얼마나 깊숙하고 내밀한 것인지 보여주는 것처럼 읽을 수도 있다.

손택수는 이렇게 썼다. "나뭇잎과 푸른 물고기에 대한 비유를 더는 쓸 수가 없다/ 나무줄기와 강줄기에 대한 비유도 그저 지루하기만 하다"(「나무의 수사학 4」). 나뭇잎과 푸른 물고기에 대한 아날로지는 더이상 쓸 수 없다. 어떤 은밀한 생의 깨달음, 삶의 균열들을 치유할 마법을 자연이 보관하고 있다는 믿음이 이 시에는 없다. 이제 나뭇잎과 푸른 물고기는 그저 식물의 광합성 기관이거나 척추동물인 어류일 뿐이다. 그러므로 자연으로부터 어떤 마법과 깨달음을 길어올리겠다는 시도는 지루하게 느껴질 뿐이다. 나무의 뿌리는 위대한 어머니 대지 대신에 "하수도관"을 굴착하고 신화적 뱀 대신에 "시궁쥐"와 닮아 있다. 나무는 "내다버린 아기와 죽은 고양이 울음소리"를 먹고 나뭇잎을 게워냈다. 저 푸른 나뭇잎은 나무의 토사물이다. 이 시의 마지막 두 연에서 시인은 만년필 속에서 "한 마리 푸른 물고기"를 발견하면서 어떤 전환을 시도하지만, 여기에 제시된 것은 시적 깨달음이 아니라 절망적 의지이다. 푸른 물고기가 들어 있다고 시인이 믿고 싶어하는 만년필은 "제 머리를 쥐어뜯으며 미쳐가"고 있고, 시인이 그 믿음 속에 자신을 붙들어맬수록 시인과 나무의 균열은 커져간다.

깨뜨려진 아날로지의 시선으로 바라본 풍경이 『나무의 수사학』의 2부를 차지하고 있다. 도시의 삶에도 나무는 있고 꽃은 피지만 그 꽃은 어떤 아름다움이나 씨앗을 품은 내밀함에 이르지 않는다. 그것은 "도시가 나무에게" 가르친 "반어법"이다. 꽃은 "신경증"이자 "불면증"이며 나무의 "치욕"이다(「나무의 수사학 1」). 『목련전차』(창비, 2006)에서 "별들이 환한 박하향을 내"던 밤 풍경은(「화엄 일박」) 개장수가 고막을 터뜨린 개들이 "들리지 않는 제 목소리를 찾아" "밤을 새워 요란하게 짖어"대는 지옥 같은 풍경으로 뒤바뀐다(「귀머거리 개들이 사는 산」). 도시에서는 밤하늘의 별이 "옥외 전광판"에 빛을 잃고 밤의 꿈은 "11시 현재 누적 당첨금 75억 3천만 원/ 당신에게도 옵니다. 로또"의 꿈이 대신한다(「광화문 네거리엔 전광판이 많다」). '풍선인형'은 광고의 파도 속에서 춤추는 광고 도구이지만, 그 광고의 파도 속에서 춤을 멈출 수 없는 것은 우리들도 마찬가지이다. 서정적 진실 대신에 시장의 진실이 우리를 지배하고, 이 저주 앞에서 손택수의 시는 보기 드물게 자기 파괴적인 욕망을 조금 내비친다.

> 이 참을 수 없는 바람은 과연 어디에서 불어오는 걸까
> 춤을 멈출 수 없어 발목을 잘라버린 빨간구두 소녀처럼
> 저주를 풀기 위해 나는 나를 찢어버려야 할지도 모르는데
> (……)
> 그런데, 바람은 또 어디에서 불고 있는 걸까
>
> ─「풍선인형」 부분

손택수의 시가 이 방향을 향해서 끝까지 가보려고 하는 것 같지는 않다. 그의 시는 파괴된 세계에 강하게 호응하는 우리 내부의 검은 부분에

까지 내려가보려는 욕망을 갖고 있지는 않다. 그것은 확실히 손택수의 시에 어울리는 옷은 아닌지도 모르겠다. 하지만 「쓰레기왕」과 같은 시를 보면 앞으로 아날로지의 원리가 손택수의 시를 압도하기는 어려울 것 같다. 너무 이른 예감이 되겠지만 그의 네번째 시집에서 『나무의 수사학』의 환부는 더 커지고 더 심하게 앓게 될 것 같은 예감이다.

비둘기와 고양이가 그의 불편한 이웃들이다
김빠진 콜라병 주둥이 속으로 들어가
출구를 찾지 못한 채 붕붕거리는 꿀벌이 그의 식성을 이해한다
죽음도 잊게 만드는 이 부패의 냄새 없이 어찌
하루를 견딜 수 있을까
그는 몸속에 쓰레기통을 품고 산다
그의 위장은 쓰레기통에 받쳐놓은 비닐 봉투,
말하자면 도시의 모든 길들이 그의 식도다
부패의 냄새를 마침내 보호색으로 삼게 된 사내
옆을 지나치면 절로 콧잔등을 찡그리며
고개를 돌리게 되는 저 악취야말로 마지막 남은 그의 무기다
길을 타고 꾸역꾸역 음식물들이 들어온다
토사물을 쪼어 먹는 비둘기 옆에서
낙엽을 듬뿍 삼킨 종량제 봉투를 소파처럼 기대고
태평스럽게 잠이 든 사내, 정물처럼 무심히 스쳐 지나는데
꽉 묶어놓지 못한 주둥이 밖으로 희미한 잠꼬대가 새어나온다, 엄니—
쓰레기 더미를 뒤적거리던 고양이 눈이 회동그래진 잠시
　　　　　　　　　　　　　　　　　　　—「쓰레기왕」 전문

(이 시의 마지막 부분에서 '엄니'라고 외치는 갑작스러운 연민에의 요구와

제목의 요령 부득을 제외한다면) 「쓰레기왕」은 시인이 깨뜨려진 아날로지의 세계에서 '부정적인 것과 함께 머무는' 능력 또한 소유하고 있음을 보여주는 것이 아닐까. 어느 노숙자의 몸속을 투시하는 시선과 도시적 삶의 윤곽을 조감하는 시선을 교차시키는 날렵한 비약(7, 8, 12행)과 (도시빈민이 아니라) 도시빈축(都市貧畜)을 노숙자의 "불편한 이웃들"이라고 정당하게 이름 붙이고(1행) 부패의 냄새가 생존의 조건임을 적시하는(4, 5행) 날카로움이 이 시의 요령(要領)이라고 한다면 말이다.

4. 시가 지워진 시의 자리에서, 방심(放心)의 공복(空腹)
— 장석남, 『빰에 서쪽을 빛내다』(창비, 2010)

장석남의 여섯번째 시집 『빰에 서쪽을 빛내다』는 서정의 영도(零度)를 보여준다. 시적인 것과 종종 너무 쉽게 혼동되곤 하는 파격적인 실험이나 깨달음에 대한 욕망, 자연 혹은 고향에 대한 동경이나 감정의 증폭과 전염을 향한 열정과 같은 것이 『빰에 서쪽을 빛내다』에는 '없다'. 장석남은 오히려 그런 소란스럽고 심각한 시적 장치들을 조금씩 지우면서 희미하게 떠오르는 빈자리 같은 것을 가리켜 보인다. 시가 지워진 시의 자리에 남겨진 어떤 '없음'을 서정의 영도라고 불러보면 어떨까.

예컨대 이 시집의 마지막을 차지하고 있는 「시를 다 지우다」에서 시인은 혼자서 "새벽뿐인 자리에 떨고 앉아" 있다. 시인은 이 새벽에 혼자서 "시의 나라의 국경을 부수고/ 시의 마을의 약도를 지우고/ 시를 지우고/ 시의 자리에 앉아"보는데, 이것은 어떤 파격적인 실험이 아니다. 시가 지워진 시의 자리에서 시인이 보는 것은 이런 것이다.

어라,
아침이 와서
함께 덜덜 떨다

다만 시간이 흘러 아침이 왔고 시인은 여전히 혼자서 덜덜 떨고 있고 그의 앞에는 아무것도 없다. 이 '없음' 앞에서 '어라' 하고 조그맣게 놀라 보는 것, 다만 그뿐인 것, 이것을 시인의 방심(放心)이라고 부를 수도 있지 않을까. "무슨 꽃씨"도 뿌려지지 않고 "무슨 망아지"도 풀어놓지 않은 "공복 창자의 이랑"에 시인은 다만 혼자 앉아 있다. 이쯤에서는 '공복(空腹)'이라는 말도 가볍게 넘어가지지 않는다. 방심-공복-없음의 자리, 서정의 영도. 우리가 기대하는 어떤 심오한 시적 경지가 여기에 보이지 않는다고 해서 이 시를 장난스러운 소품으로 취급할 필요는 없다. 오히려 이 시는 『뺨에 서쪽을 빛내다』의 결론처럼 보인다.

어떤 '없음' 아니 '비어 있음', 장석남의 '방심의 공복'은 도처에서 조심스럽게 계속해서 비워진다. 「묘지」를 보자.

마른 갈대숲을 헤쳐 언덕을 올라갔습니다
언덕에 올라가보니 갈대 고개가 꺾여 이어진 것이 내가 지나온 흔적이었고
갈대는 정오의 빛들을 제 모습대로 꺾으며 흔들리고 있었습니다
잠시 나는 그 언덕에 서서 내가 왜 여기에 왔는지 잊었습니다
손등에 분홍 상처가 몇 줄 나서 엷게 쓰렸습니다만 그것은 아픔은 아니었습니다

겹겹이 산 능선들이 부드러운 물결을 이루어 다가오고 있었습니다
서두르는 기색은 하나도 없었고 헤아릴 수 없이 오랜 동안 해온 일이건만 지친 기색도 없었습니다
나는 잠시 그 능선들의 물결 위에 앉아서 내가 왜 여기에 있는지 잊었습

니다

　조금 울렁이며 멀미가 있었지만 그것은 괴로움은 아니었습니다

―「묘지」 부분

　이 시에 긴 설명이 따라붙기 어렵다. 이 시는 묘지가 있는 언덕에 올라 누군가의 죽음을 애도하는 시도 아니고, 삶과 죽음에 대해 성찰하는 시도 아니며, 고향과 추억과 자연을 이상화하는 시도 아니기 때문이다. '묘지'라는 시어가 습관적으로 끌어당기는 감정들에 너무 쉽게 유혹당해서는 안 된다. 여기에 어떤 가늘고 연약한 감정이 있긴 하지만 그것은 '아픔'도 '괴로움'도 아니기 때문이다. 이 시는 그저 "잠시 나는 그 언덕에 서서 내가 왜 여기에 왔는지 잊었"고 "잠시 그 능선들의 물결 위에 앉아서 내가 왜 여기에 있는지 잊었"다. 겹겹의 산 능선들이 보이는 그곳은 제법 높은 언덕일 텐데, 그렇다면 굳이 수고를 들여 그곳에 오른 이유가 있었을 텐데, 갈대의 흔들림을 보자니 능선의 물결을 보자니 그 이유가 아무것도 아닌 듯해졌고 급기야 잊어버렸다. 인식의 차원에서도 감정의 차원에서도, 이것을 방심이 아니라면 무엇이라 부를까(「처서」에서도 장석남은 어떤 깨달음의 차원으로 나아가지 않는다. 오히려 시인은 이해를 놓아버리는 것처럼 여름볕에 "이해가 가지 않던 일들 몇 내놓기 좋다"고 쓴다). 여기에 약간의 수다가 허락된다면, 이런 말을 덧붙여볼 수는 있겠다. 이 방심이야말로 이상이 「권태」에서 도달하고 싶어했던 경지, 끊임없이 엉겨드는 반성과 성찰과 자의식이라는 근대인의 마음의 병으로부터 자유로운 경지가 아니던가. 「묘지」의 저 있는 듯 없는 듯한 가늘고 연약한 감정으로부터 우리가 어떤 청신한 느낌을 받을 수 있다면, 그것은 근대인의 마음의 병에서 벗어난 저 방심의 자유로움에서 비롯되는 것이리라.

　「동지(冬至)」에서도 "생각 끝에,/ 바위나 한번 밀어보러 간다"고 할 때, 그 '생각의 끝'은 어떤 궁리(窮理)의 결론이거나 결단과 같은 단단한 것이

아니다. 결론이나 결단의 단단한 매듭은 "바위나 '한번'"에서 여지없이 풀려버리고 만다. 시인의 마음은 늘 놓여 있고(放), 풀려 있다. 그 방심한 마음에 들려오는 "얼음 부서지는 소리들"의 청신함이 "새 시(詩)"지 다른 어떤 심각한 것들이 시가 아니다. 이번 시집에서는 드물고, 우리가 아는 장석남이라면 자주 그래왔던, 섬세한 감정의 곡진한 내력을 살피는 시 「뺨의 도둑」도 결국은 방심을 가리켜 보이고 있는 것이 아닐까.

　　나는 그녀의 분홍 뺨에 난 창을 열고 손을 넣어 자물쇠를 풀고 땅거미와 함께 들어가 가슴을 훔치고 심장을 훔치고 허벅지와 도톰한 아랫배를 훔치고 불두덩을 훔치고 간과 허파를 훔쳤다 허나 날이 새는데도 너무 많이 훔치는 바람에 그만 다 지고 나올 수가 없었다 이번엔 그녀가 나의 붉은 뺨을 열고 들어왔다 봄비처럼 그녀의 손이 쓰윽 들어왔다 나는 두 다리가 모두 풀려 연못물이 되어 그녀의 뺨이나 비추며 고요히 고요히 파문을 기다렸다
　　　　　　　　　　　　　　　　　　　　—「뺨의 도둑」 전문

소유욕과 구분되지 않는 사랑의 열정에 시달리는 나는 그녀의 깊은 곳으로 들어가 가슴과 심장과 허벅지와 아랫배와 불두덩과 간과 허파를 훔쳤는데, "너무 많이 훔치는 바람에 그만 다 지고 나올 수가 없었다". 사랑의 열정에도 우리는 충분히 공감할 수 있지만 이 시는 그런 곳을 가리켜 보이지 않는다. 방심의 공복(空腹)이 너무 많이 훔친 것들로 부풀어오를 때 나는 어딘가에 갇히고, 다시 그녀가 나의 뺨을 열어주었을 때 그러니까 내가 훔친 것들을 다시 꺼내놓을 때 나는 두 다리가 '풀리고' 그제야 연못물처럼 그녀를 훔치고 내 안에 가득 채우는 대신 나의 표면에 비춰볼 수 있다. 그렇게 해서 소유욕과 구분되지 않는 사랑의 열정이 진정되고 방심과 사랑의 중간쯤에서 '고요한 연못의 파문' 정도가 남는다.
　　물론 「쌀을 줍다」처럼 빼어난 시에서 "내 살(肉) 속에 아주 깊이 숨었던

영(靈)들이 화르르 깨어나는 것을 알았죠"나 "뼈끝 간절한 조상들의 피가 되고 말씀이 되는 것을 알았죠" 같은 구절을 읽을 때 우리는 서정적인 깊은 울림을 목격하게 되지만 이러한 울림의 짙은 호소력 또한 백지와 같은 방심을 배경으로 한 탓은 아닌지 생각해볼 일이다. 예컨대 「나의 하관」과 같은 시들에서 우리는 그런 암시를 받게 된다.

발가락 끝에서 구름이 피어오릅니다
여전히 나는 말을 할 줄 알아서 섭섭한 이름들을 떠오르는 대로 부릅니다
민들레여 까마귀여 어버이여 형과 아우여 꺼지던 모닥불이여……
끙끙거리면서 내장이 무너지기 시작하고
눈빛은 친정집으로 아주 가는 여자처럼 처량히 눈을 빠져나갔습니다
가끔 세상에 놀라 가슴을 빠져나가지 못한 호흡들이 있었는데
어느새 굳어져 여러 가지 씨앗들도, 구근들도 되었습니다
어느 먼 훗날 새로 편 화투판 같은 봄날을 맞아 돋아날 것입니다
피투성이인 영혼을 여럿 모셨으니 피기둥처럼 피어나는 칸나도 있겠지요
아랫배에 모은 두 손은 더욱 낮고
동정했던 맘도 질투했던 맘도 함께 진물로 흐릅니다
무너진 뼈끝마다 뭉게뭉게 구름이 피어오릅니다
　　　　　　　　　　　　　　　　　　　　　　—「나의 하관」 전문

'나'의 죽음에 대한 상상은 '나'를 이루는 실체들이 빠져나가는 대목들을 펼쳐놓는다. 섭섭한 이름들을 부를 줄 아는 '말'이 제일 먼저 빠져나가고 '내장'이 무너지고 '눈빛'이 빠져나가며 끝내 빠져나가지 못하는 호흡들만이 씨앗이 되어 무덤가의 꽃으로 피어난다. 동정과 질투의 마음까지 진물로 빠져나가면, 이제 남아 있는 것들 실체는 없는 비존재에 가까운 존재의 물질화, 구름만이 피어오른다. 이것은 또한 방심의 물질화가 아니

겠는지. '나'의 감각들, 감정들, 사유들이 모두 빠져나간, 시가 지워진 시의 자리, 서정의 영도, 방심의 공복에서 한없이 은은하고 부드러운 구름이 뭉게뭉게 피어오른다. 서정주의 성공적인 시들을 연상시키는 『뺨에 서쪽을 빛내다』의 심층이란 저 구름의 은은한 부드러움 같은 것, 파격적인 실험을 거치지 않고도 '자아의 왕국'을 빠져나가는 방심의 서정, 서정의 영도에 있는 것이 아닐까.

(2010)

'생(生)의 음악'에 대하여

— 이은규론

1. 병든 자의 마음

건강한 것과 병든 것과 같이 확연히 구별되는 것을 혼동하는 일이 가능할까? 건강하다는 것, 어떤 유기체가 자신의 조화로움을 유지해 무탈하고 튼튼한 상태에 있다는 것. 병들었다는 것, 어떤 유기체가 불균형, 부조화에 이르러 정상 상태를 벗어나 위험에 빠졌다는 것. 전자는 강한 것, 후자는 약한 것. 이 두 항목은 정의상 서로에게 대립하고 있는 만큼 우리가 이 둘을 혼동하는 것은 불가능한 것처럼 보인다.

그러나 이 둘을 오래 들여다보면 사태는 복잡해지기 시작한다. 병든 것이 약한 것이라고? 오히려 강력하고 왕성하게 흘러넘치는 힘들, 그리고 그것들의 충돌이 불균형과 부조화를 초래하는 것이 아닐까? 흘러넘치는 힘들에 대한 두려움 때문에 그 힘을 포기하고 평범한 허약함을 요구하는 것을 점잖게 건강하다고 말하는 것이 아닐까? "과잉된 힘들이 완만하게 균일화되어 그 힘들의 감소가 타협에 이르게 되고, 이 타협은 평균적이기 때문에 대표적인, 따라서 평범한 유형을 형성하는 것"[1]이 건강의 실체인지도 모른다. 건강한 것과 병든 것 사이의 이러한 교착 때문에 약간의 혼란을 포함한 채로 니체는 이렇게 묻기도 했다. "병든 것이 질병 때문인지 아니면 과도한 건강 때문인지……"[2]

니체의 진단에 따르면 우리는 허약한 자들이 건강하다고 착각하고, 과잉을 본성으로 하는 자들이 병들었다고 잘못 본다. 건강한 자들이 생명에 기생하며 연명할 때, 병든 자들이야말로 생명의 어떤 풍부함을 표현하는데도.[3] 건강한 자에게는 힘의 흘러넘침에 대한 두려움이 있으며 왜소하고 개별적인 생명체의 유지와 연장에 대한 집착이 있다. 병든 자에게는 건강한 자들을 두렵게 하는, 교환 불가능하고 이해 불가능한 어떤 특이하고 거대한 힘들의 흐름에 대한 열린 감각이 있으며 이 흐름 속에서 평균적인 유형의 생명체가 붕괴하고 몰락하는 것에 대한 수락이 있다. 건강한 자와 병든 자 중에 누가 더 강인하며 풍부한가?

이은규의 시를 읽는 이 글에서, 건강한 것과 병든 것에 대해 조금 길게 이야기해본 것은 오직 하나의 이유 때문이다. 이은규의 시가 병든 자의 마음의 주위를 맴돌고 있다고 말할 때 예상되는 오해들에 미리 대처하기 위해서.

병든 자의 마음에 대해서라면 「청진(聽診)의 기억」[4]을 먼저 읽는 것이 좋겠다.

누가, 두 귀를 잘라 걸어놓았을까

유리창 너머 금속성의 귀

---

1) 피에르 클로소프스키, 『니체와 악순환』, 조성천 옮김, 그린비, 2009, 112쪽.

2) 프리드리히 니체, 『유고(1887년 가을~1888년 3월)』(전집 20권), 백승영 옮김, 책세상, 2000, 241쪽.

3) 같은 책, 58~61쪽.

4) 이은규, 『다정한 호칭』, 문학동네, 2012. 이하 이 시집에서 인용할 경우 본문에 제목만을 표기한다.

노을을 흘리며 허공을 듣고 있는 청진기였다
의료에 쓰이기보다 헤드셋에 가까운

당신을 듣기 위해 항상 열어두었던 내 귀
채집된 음을 기억의 서랍 속에 숨겨놓은 날이 길다
귀는 깊어 슬픈 기관일 거라는 문장

말더듬이였던 당신
마음을 따라가지 못한 말들이 몸을 떠도는 거라는 소견이 있었다
함께 받은 처방은
구름의 운율에 따라 문장 읽기를 하라는 것
혹은 가슴에 귀를 대고 기다려주기

청진, 듣는 것으로 보다
모든 병은 마음이 몸에게 보내는 안부
말더듬이를 앓는 건 그가 아니라 마음이었으므로
말에 지칠 때마다
당신은 구름이 잘 들리는 내 방 창문을 두드렸다
문장 읽기를 하다 당신의 가슴에 귀를 묻으면
금세 꿈꾸는 숨소리, 차라리 음악이었고

어느 의사가 병명을 알 수 없는 환자가 안타까워 체내의 음에 귀기울인
데서 시작되었다는 청진의 기원

이제 당신은 멀리 있고
청진할 수 있는 날이 오지 않을 것이므로

두 귀는 고요한 서랍이다

그때의 구름만 내재율로 흐르는 창

—「청진(聽診)의 기억」 전문

'다정한 호칭'이라는 이 시집의 제목, 그리고 "어느 의사가 병명을 알 수 없는 환자가 안타까워 체내의 음에 귀기울인 데서 시작되었다는 청진의 기원"이라는 구절 때문에 이 시는 잘못된 방식으로 읽히기 쉽다. 허약하고 병든 당신을 걱정하는 섬세하고도 다정한 마음 혹은 당신의 건강에 대한 소망이 이 시를 떠받치고 있다는 식으로. 그러나 이 시는 정반대 방향을 가리켜 보인다. 어떤 이해나 치유도 없이, 병든 자의 마음에 접속할 수 있기를 바라는 열망 쪽을.

병이란 "마음이 몸에게 보내는 안부"다. 이 간결한 구절에 시인의 존재론이 집약되어 있다. 의식과 몸에 대한 일반적인 이해는 이렇게 되어 있다. 우리의 의식은 자기 자신에게 투명할 뿐 아니라 의식 외부의 것들을 번역하고 소화하면서 이해 가능한 것들로 바꿔놓는다. 우리 자신의 몸이 애초에는 의식에 불투명한 외부의 것으로 주어졌다 하더라도 의식은 결국 몸의 상태를 번역하거나 제어할 능력을 갖고 있다. 그러나 시인은 다르게 말한다. 우리의 의식에 끝끝내 불투명한 외부의 것으로 남는 것은 몸이 아니라 차라리 마음이다. 마음에 떠오른 것들 가운데 언어로 교환 가능한 것, 그렇게 해서 의미와 가치를 배당받아 이해 가능해지는 것을 모두 언어화한 뒤에도 우리의 마음에는 무엇인가가 남는다("말에 지칠 때" "마음을 따라가지 못하는 말"). 그러므로 당신은 '말더듬이'일 수밖에 없다. '말더듬'은 당신이 우연히 겪는 개별적인 증상이 아니라, 마음의 안부 인사를 받는 모든 몸의 보편적인 증상이다. 그것은 차라리 몸이 마음의 안부 인사에 화답하는 것이라고 해야 할지도 모른다.

마음은 우리의 의식이 결코 알지 못하는 어떤 불투명한 잔여물을 포함하며 이 잔여물이야말로 마음을 마음이게 한다는 점에서 마음은 우리의 의식보다 더 크고 풍부하며 야생적이다. 건강한(평균적인, 평범한) 상태로는 수신할 수 없는, 언어로 붙잡을 수 없는 흘러넘치는 거대한 것이 몸을 경유해서 의식에 스스로를 드러내는 순간을 우리는 병이라고 부른다. 병은 '나'에게 속하는 것이 아니라 나보다 거대한 마음에 속하는 일이며("앓는 건 그가 아니라 마음"), 바로 그런 이유로 이은규의 시는 병든 자의 마음의 주위를 맴돌며 어떤 생기를, 어떤 뜨거움을, 어떤 경쾌함을 얻으려 한다.

시인은 건강해지기를 원하지 않는다. 시인은 우리가 건강해져서 마음의 안부가 망각되는 것을, 그렇게 해서 마음보다 왜소한 언어와 의식의 존재에 우리가 멈춰 있기를 바라지 않는다. 시인에게 어떤 곤궁이 있다면 그것은 질병이나 치료의 수준이 아니라 마음의 안부 인사, 결코 언어로 번역되지 않는 "꿈꾸는 숨소리, 차라리 음악"을 수신해야 한다는 불가능한 요구의 수준에 있다(게다가 그대는 가진 거라곤 말뿐인 시인인데도!). 이 때문에 「청진(聽診)의 기억」의 청진기는 "의료에 쓰이기보다 헤드셋에 가까운" 것이 된다. 병든 자의 마음과 멀어진 바람에 고요해진 '청진기-귀-서랍'이 '꿈꾸는 숨소리-음악'으로 다시 붐빌 수 있을까? 저 소란의 수신은 가능한가? 이은규의 시들은 끊임없이 이 질문을 변형해가며 다시 묻곤 한다.

고장난 오르골
화음을 잃어버린 거야, 잊어버렸다는 사실을 잊은 거야
―「별무소용(別無所用)」 부분

봄은 파열음이다

그러니 당신, 오늘의 봄밤

꽃잎의 파열음에 귀가 녹아 좋은 곳 가겠다

—「벚꽃의 점괘를 받아적다」 부분

잎은 꽃에게로 열린 나무의 귀

(……)

나무는 봄 내내 난청을 앓다

—「꽃은 나무의 난청이다」 부분

귀에 머물지 않고 사라지는 그 말들의 뜻

—「기억의 체증」 부분

2. 구름과 바람, 세계가 바뀔 것 같은 예감

「청진(聽診)의 기억」에서 시인은 저 질문들에 긍정적으로 대답할 수 있는 한 가지 방법을 제시한다. "구름의 운율에 따라 문장 읽기". 그러고 보면 이은규의 시에는 구름이 많기도 많다.

한 구름이 다른 구름이 되는 동안

보이는 그가 보이지 않는 그가 되는 시간

—「구름을 집으로 데리고 가기」 부분

끝없이 피어올라도

다시 피어오를 만큼의 기억을 간직한 구름

—「소금사막에 뜨는 별」 부분

'생(生)의 음악'에 대하여 165

새 한 마리 허공에 곡선을 그리며 지나갈 뿐
그때 구름은 흩어지며 아플까, 아프지 않을까

—「묵독(黙讀)」부분

떠가는 구름
오늘의 문장은 흐르는 정물들에 관한 이야기

—「구름의 프레임」부분

방향 없이 구름은 다만 흐를 뿐

—「역방향으로 흐르는 책」부분

왜 구름인가? 그것은 구름이 다음의 항들에 대한 은유로 작용할 수 있기 때문일 것이다. 시작도 끝도 없이 부드럽게 풀려나가며 순간순간 다양하고 불규칙한 형태들을 표현하면서도 계속해서 새로운 형태를 산출하기를 중단하지 않는 순수 흐름, 개별적인 생명체 하나하나가 아니라 무한한 생명체들을 실어나르고 있는 생명 그 자체의 소용돌이, 경험적 현실들보다 무한하게 풍부한 잠재성의 장(場)으로서 바로 그곳에서 구체적이고 현실적인 사물세계가 일어서게 되는(혹은 떨어져나오는) 내재성의 평면.[5]

구름이 이런 항목들을 물질화시킨 것인 한에서, 만일 우리가 우리의 언어 속에 "저 구름의 운율"을 쏟아부을 수만 있다면, 언어와 의식이 배정하고 할당하면서 현행화한 의미와 가치들은 시작도 끝도 없이 부드럽게 풀려나가며 다시 잠재성의 장, 순수 흐름으로 되돌려질 수 있지 않을까.

---

5) 순수 흐름과 생명, 내재성, 잠재성에 대해서는 질 들뢰즈, 「내재성 : 생명」 및 「현실적인 것과 잠재적인 것」, 『들뢰즈가 만든 철학사』, 박정태 엮고 옮김, 이학사, 2007; 슬라보예 지젝, 『신체 없는 기관』, 김지훈 외 옮김, 도서출판b, 2006, 17~28쪽 참조.

그때 우리의 말은 건강하고 평범하며 평균적인 개개의 생명체가 아니라 그런 생명체들 전부를 실어나르고 있는 생명의 소용돌이에 접근할 수 있게 되지 않을까. 그리고 저 생명의 소용돌이야말로 평균적이고 평범한 건강을 초과하는 병이며, 건강한 자들을 두렵게 하는, 교환 불가능하고 이해 불가능한 어떤 특이하고 거대한 힘들의 흐름이라는 점을 강조해두기로 하자. 아마도 이 때문에 병든 자의 마음의 주변을 맴도는 이은규의 시에는 구름이 그렇게도 많이 떠 있는 것이리라.

만일 구름의 운율을 배우는 것이 그런 흐름을 향한 언어의 변형에 참여하는 것이라면, 이은규의 구름의 시들은 우리가 발 딛고 있는 세계의 현실이 녹아내리고 흩어져버리는 위험 또한 포함하는 것이기도 하겠다. 「나를 발명해야 할까」와 같은 시는 이 점에 대해 의식하고 있는 것처럼 보인다.

정말 구름을 집으로 데려오는 일이 불가능하다고 믿는 걸까 사람들은 조금쯤 회의주의자일 수도 있겠구나 설령 빙하를 가르는 범선이 난파를 발명했다고 해도 깨진 이마로 얼음을 부술 거야 쇄빙선에 올라 항로를 개척할 거야 열차가 달리는 이유를 탈선이라고 말하지는 않겠지만 말이야 사람들은 궤도를 이탈한 별들에게 눈길을 주는 걸 몹시 염려해 평범한 게 좋은 거라고 주술을 멈추지 않지 누군가 공기보다 무거운 비행기를 띄운 오만함이 추락을 발명했다고 말한다면 그럴 수도 그럴 수도 있겠다 하지만 모든 이동은 늘 매혹적인 걸 나로부터 멀어져 극점에 다다르는 것으로 나를 발명해야 할까 흐르는 구름을 초대하고 싶은 열망으로

—「나를 발명해야 할까」 전문

"구름을 집으로 데려오는 일"은 빙하를 가르는 범선이 난파의 위험을, 달리는 열차가 탈선의 위험을, 하늘을 나는 비행기가 추락의 위험을 안고 있듯이 위험한 일이다. "흐르는 구름"을 초대하는 것은 생명, 잠재성, 내

재성의 흐름을 향해 접근해가면서 경험적이고 현실적인 사물과 세계를 녹아내리고 흩어지게 만들기 때문이다. 그러나 시인에게는 바로 그 위험한 이동과 변형이야말로 "늘 매혹적"이다. 시인은 매혹적인 그 일에 몰두하기 위해서 우선 현실의 사물과 세계를 인식하고 종합하면서 보존하는 자아부터 위험에 내던진다("깨진 이마로 얼음을 부술 거야" "나로부터 멀어져 극점에 다다르는 것"). 새로운 '나'를 발명하는 것, 사물과 세계를 녹아내리게 하고 흩어지게 만들어 생명의 차원에 접근해가는 것, "흐르는 구름을 초대하고 싶은 열망"을 갖는 것, 이 세 항목은 서로에게 단단히 연결되어 있다.

여기서 산만한 설명을 이어나가기보다 니체의 문장들을 조금 떠올려보는 것이, "흐르는 구름을 초대하고 싶은 열망"에 들려 위험을 기꺼이 떠안으려는 이은규의 시적 주체에 좀더 분명한 윤곽을 제시할 수 있을지도 모르겠다. "생성 속으로 잠겨드는, 존재하는 저 영혼. (……) 자기 자신으로부터 달아나버리는, 더없이 큰 동그라미 속에서 자기 자신을 따라잡는 저 영혼. (……) 그 안에 모든 사물이 흐름과 역류, 썰물과 밀물을 지니고 있는, 자기 자신을 더없이 사랑하는 저 영혼".[6] 혹은 "아름다움이란 것은 어디에 있는가? 내가 의지를 다 기울여 의지하지 않을 수 없는 곳에 있다. 하나의 형상이 단지 하나의 형상에 그치는 일이 없도록 내가 사랑하고 몰락하고자 하는 그런 곳 말이다. 사랑하는 것과 몰락하는 것. 이것들은 영원히 조화를 이루어왔다. 사랑을 향한 의지, 그것은 기꺼이 죽음을 맞이하려는 것이다. 겁쟁이들이여, 나 너희에게 이렇게 말하노라!"[7]

여담이 될지도 모르겠지만, 여기에 말테의 체험도 함께 언급해두기로 하자. 덴마크 시골 청년 말테 라우리츠 브리게는 대도시 파리의 인상을

6) 프리드리히 니체, 『차라투스트라는 이렇게 말했다』(전집 13권), 정동호 옮김, 책세상, 2002(개정판), 348쪽. 이하 강조는 인용자.

7) 같은 책, 210쪽.

기술하는 가운데 우연히 발견한 부서진 집의 '마지막 벽'에 대해 이야기한다(『말테의 수기』 18절). 무슨 일인지 그 집은 마지막 벽 하나만을 남겨두고 다른 벽들 모두가 헐려나가, 누추한 살림살이의 흔적들을 폐허의 형태로 드러내고 있었다. 부서져 있고 찢겨져 있고 그을려 있고 악취로 점령된, 사라지기 직전의 삶의 모습을 보고 말테는 그 자리에서 도망쳐버린 뒤 '마지막 벽'에 대한 생각이 떠오를 때마다 "아무것도 아니야"라고 외치면서 그 생각으로부터 다시 도망치려고 한다. 말테에게는 붕괴되어가고 있는 저 마지막 벽이 사물과 세계의 사라짐에 대한 예고처럼 느껴졌던 것 같다. 말테는 이렇게 말한다. "지금까지와는 다른 해석의 시대가 도래하여 말과 말 사이의 연결이 없어지고, 모든 의미는 구름처럼 흩어지고 물처럼 흘러내릴 것이다".[8] 그러고는 곧바로 이렇게 덧붙였다. "그러나 나는 이 모든 공포에도 불구하고 무언가 위대한 것 앞에 서 있는 사람과 같은 심정을 느낀다. (……) 단지 한 발짝만 옮기면 나의 이 깊은 비참함이 지극한 기쁨이 될 텐데. 그러나 그 발걸음을 내디딜 수가 없다". 모든 의미가 구름처럼 흩어져버릴 것이라는 공포, 그 공포로부터 단지 한 발짝만 옮기면 얻게 될 지극한 기쁨 사이에서 진동하는 이 말테의 체험을 "흐르는 구름을 초대하고 싶은" 혹은 "구름의 운율에 따라 문장 읽기를"(「청진(聽診)의 기억」)하려는 이은규의 어떤 "열정"과 겹쳐 읽는 것 또한 가능하지 않을까. "세계가 바뀔 것 같은 예감"(「아름다운 약관」) 앞에서 기쁨과 공포를 서로 다른 비율로 체험하는 두 가지의 몸짓으로.

　기상학은 아마도 우리와 다른 견해를 가지고 있겠지만, 이은규의 시에서는 구름 낀 날씨와 바람 부는 날씨는 구별하기가 쉽지 않다. 순수 흐름의 이미지인 구름이 자신에게 남아 있는 약간의 현실적 물질성, "일상의 얇은 막 위를 흐"르는 대신 "방울로 맺"힌 "수증기"라는 물질성(「구름의

---

8) 라이너 마리아 릴케, 『말테의 수기』, 김용민 옮김, 책세상, 2000, 60쪽.

무늬」)마저 모두 벗어던지고 자신의 흐름을 가속화할 때, 모든 물질성의 무게를 씻어버린 바람이 불기 때문이다. 구름보다 더 경쾌하게 흩어지고 더 빠르게 움직이며 다른 사물들에 간섭해 그것들 또한 흩어지고 움직이게 하지만 자신은 어떤 형상도 갖지 않는, 가속화된 구름이 곧 바람이다. 이은규가 이상(李箱)의 문장에 밑줄을 긋는 장면에서도[9] 약간의 주의를 기울이면 구름과 바람이 한통속이라는 점을 확인해볼 수 있다.

세계가 바뀔 것 같은 예감이므로

(……)

오늘의 문장에 밑줄을 긋다
날자 날자 한 번만 더 날자꾸나
어떤 문장은 자루 속 짐승을 떠올리게 한다
파이프를 문 당신처럼
수줍은 광기, 보랏빛 그을음으로
폐벽(肺壁)에 번질 때까지 피운다

—「아름다운 약관」 부분

"세계가 바뀔 것 같은 예감"에 공명하는 것은 파이프에서 피어오르는 '연기'이다. 파이프 담배가 "수줍은 광기"로 불붙어 타오를 때 연기는 흘

---

9) 아래 인용한 「아름다운 약관」에서 그녀가 밑줄을 긋고 있는 문장이 이상의 것이다. "날자 날자 한 번만 더 날자꾸나"가 이상의 출세작 「날개」(『조광』, 1936.9)의 한 대목이거니와, 구본웅이 그린 "파이프를 문" 이상의 초상 또한 널리 알려져 있고, "보랏빛 그을음으로 폐벽에 번질 때까지"는 '역단(易斷)' 계열시 가운데 하나인 「아침」(『가톨닉 청년』, 1936.2)의 "캄캄한空氣를마시면肺에害롭다. 肺壁에끄름이앉는다"를 연상시킨다.

러내리고 풀려나가는 '구름'의 운동을 시작하고 의식과 의식이 구분짓고 의미를 확인하는 사물과 세계의 윤곽 또한 흐릿하게 만든다(아마도 이상이라면 거꾸로 구름이야말로 지구가 뿜어내는 파이프 담배 연기라고 말했으리라).[10] 파이프 담배를 피우는 시인이 "날자 날자 한 번만 더 날자꾸나" 하고 명령할 때 느리게 흘러가는 연기-구름의 운동은 가속화된다. 우리의 상상력이 이 가속화에 참여한다면, 느릿한 연기-구름으로부터 바람을 일으키는 날개가 돋아나는 것을, 그리고는 날개 달린 연기-구름이 보다 자유롭게 비행하는 바람 그 자체가 되는 것을 볼 수도 있으리라. 그것이 저 "보랏빛 그을음"이 낀, "수줍은 광기"로 얼룩진 시인의 폐벽을 들락거리는 시적 호흡(바람)이 아니겠는지.

바람 부는 이은규의 수많은 시들을 읽을 때, 우리는 앞에서 구름의 시들을 읽으며 떠올렸던 생각들을 다시 한번 떠올리게 될 것이다.

> 긴 기다림일수록 빨리 풀리는 바람의 태엽
> 입김을 동력 삼아 한 꽃이 허공을 새어나온다
> 찢겨진 것들의 화음으로 소란한 봄
> 꽃은 피는 것이 아니다,
> 찢겨진 허공에서 새어나오는 것일 뿐
>
> 풀리려는 힘을 동력으로 삼는 것들의 절기
>
> ―「별무소용(別無所用)」 부분

> 어느 날부터 그들은
> 바람을 신으로 여기게 되었다

---

10) 이상의 '담배 연기'에 대해서는 신범순, 『무한정원 삼차각나비』, 현암사, 2007, 462~505쪽 참조.

바람은 형상을 거부하므로 우상이 아니다

(……)
지명(地名)을 잊는다, 한 점 바람
                    —「추운 바람을 신으로 모신 자들의 경전」 부분

바람을 동경해 바람으로 흩어진 사람이 있다
                            —「꽃은 나무의 난청이다」 부분

잎은 나무의 수많은 눈꺼풀
둥치가 바람에게 말을 걸고 나무의 기억이 흔들린다
                                —「나무의 눈꺼풀」 부분

3. 어둠의 빛, 그러나 노래를, 더 많은 노래를
앞에서 인용한 「아름다운 약관」의 후반부는 이렇게 끝맺고 있다.

그들은 묻는다
약관에 동의합니까
동의하지 않겠습니다
아름다운 약관의 시절은 오지 않았으므로
잠결, 마치지 못한 문장을 쓰는 밤

세계가 바뀔 것 같은 예감의
                              —「아름다운 약관」 부분

의미와 가치를 배당하는 기준들과 규칙들에 얽매이고 고정되는 것으로부터 풀려나는 방향으로의 이동이나 변형에 관해서라면("약관에 동의합니까/ 동의하지 않겠습니다") 앞에서 어느 정도 설명된 것 같다. 여기서는 이 거절의 몸짓이, 파이프 담배를 피우는 행위가, "밤"의 시간에 이뤄지고 있다는 점만을 지적하기로 하자. 이 깊은 밤의 어둠이 파이프 담배 연기의 그을음과 만나면서 자신의 어둠을 배가한다. 그러한 어둠이 "구름의 운율"이 침투한 문장들을 읽고 쓰는 시간을 물들인다. 이를테면 "유예될 수 없는 문장들로 가득한 밤"(「심야발 안부」) 혹은 "작은 방을 채울 수 있을 만큼, 텅 빈 문장을 원한다는 일기의 밑줄"을 그은 "어젯밤"(「육첩방에 든 알약」)의 어둠.

바람처럼 "텅 빈 문장"이나 구름과 같이 운동이 "유예될 수 없는 문장", 순수 흐름을 포함하고 있기 때문에 언제나 "마치지 못한 문장"(「아름다운 약관」)일 수밖에 없는 문장들은 이은규의 시에서 한결같이 밤의 문장, 어둠의 문장, 그늘의 문장("펼쳐놓은 책장에 숨어 있는 길/ 문장보다 즐겨 읽는 행간 사이, 그늘이 고인다", 「묵독(默讀)」, 강조는 인용자)로 되어 있다. 그녀의 문장들은 빛을 피한다.

책장을 넘기는데 팟, 하고 전구가 나갔어요 밝기의 단위를 1룩스라고 할 때 어둠의 질문, 당신의 밝기는 몇 룩스입니까 탐미적인 어느 소설가는 소셜리즘이 수많은 밤을 소모시킨다고 불평했어요 그토록 와일드한 오스카 이야기, 안타깝지만 그는 빈궁을 벗삼아 죽어갔어요 뜻밖에도 오늘의 밑줄은 성서의 한 구절, 보이는 것을 바라는 것은 희망이 아니다

우리가 혁명의 스위치를 올리는 순간, 세상이 점등될 거라 선언해요

때로 이상한 열기에 전구 내벽이 까맣게 그을리기도 할 거예요 어둠의 공기를 마신 시인의 폐벽(肺壁)처럼, 그럴 때 필라멘트는 일종의 저항선으

로 떨려요 가는 필라멘트 같은 희망으로 아침을 켤 수 있을지 귀 기울여요 고백하자면 세상을 글로 배웠습니다 책 속에 길이 있다면, 오늘의 밝기는 몇 룩스입니까

—「점등(點燈)」전문

만일 빛이라는 것이 순수 흐름을 절단하면서 그 내재성과 잠재성의 장으로부터 익명적인 것과 보이지 않는 것을 조각내고 꺼내어, 우리 눈앞에 드러내고 의미와 가치와 이름이 부여된 사물로 바꾸는 것이라면, 그렇게 해서 우리의 의식이 지향하는 어떤 사물로 만드는 것이라면,[11] 그러한 빛은 밤과 어둠 속에서 소용돌이치는 생명, 들끓고 있는 익명적인 것들을 소모시키는 것이다. "우리가 소망으로 구원을 얻었으매 보이는 소망이 소망이 아니니 보는 것을 누가 바라리요."(「로마서」8장 24절)

시인의 질문은 이런 것이다. 만일 사태가 그와 같다면, 빛이 없는 곳에서, 어둠 속에서 어떤 밝기가 있을 수 있겠는가? 사물을 드러내는 밝은 빛이 아니라 생명의 소용돌이 속으로 사물을 잠겨들게 만드는 어둠의 빛이 있을 수 있겠는가? 보이지 않는 것들을 우글거리게 하는 밤의 빛이 있을 수 있겠는가? 만일 그런 것이 있다면 세상을 다른 방식으로 점등할 수 있을 것이다. 그 다른 방식의 점등을 시인은 "혁명"이라고 부르고 있다. "이상한 열기"에서 비롯된 "그을음" 때문에 까맣게 타버린 어두운 빛을. 시인은 자신의 문장이, 전구가 나가버린 캄캄한 방에서 빛도 없이 읽어야 하는 검은 책 속의 길이기를 바란다.

구름과 바람의 이미지가 순수 흐름으로 기능했던 것처럼, 별의 이미지가 이 불가능한 어둠의 빛의 역할을 떠맡을 수 있을까.

---

11) 존재로부터 존재자들을 일으켜세우며 주체에게 대상을 지향하게 만드는 '빛'에 대해서는 에마뉘엘 레비나스, 『존재에서 존재자로』, 서동욱 옮김, 민음사, 2003, 73~82쪽 참조.

불가능의 시대에 혁명을 부르짖는 것

혹은 별을 노래하는 것만큼, 허영을 채워주는 일도 드물다는 당신의 편지를 노려보았다

밤새 가는 실핏줄 터지는 소리

한 혁명가의 꿈을 꾸는 밤

다리를 저는 그녀와 보폭을 맞추기가 어려웠는데

기다리기만 하는 자에게 올바른 순간이란 없다는 목소리가 들려왔지

더 잘 실패한 후에 맞게 될 적기

시가 존재하지 않는다면

나는 혁명을 과거사라고 믿는 당신에 불과할 것이다

아직 별들의 몸에선 운율이 내리고

당신과 나의 정체는 우리 자신을 앞지르며 밝혀질 것

(……)

엄마, 별을 비추기 위해 인간의 눈동자가 만들어졌다는 시구(詩句)를 믿을래

—「아직 별들의 몸에선 운율이 내리고」부분

"기다리기만 하는 자에게 올바른 순간이란 없다" "더 잘 실패한 후에 맞게 될 적기" "당신과 나의 정체는 우리 자신을 앞지르며 밝혀질 것" 등의 구절은 "다리를 저는 그녀" "혁명가" 로자 룩셈부르크의 가르침을 직접적으로 가리키고 있다. 혁명적 주체들의 권력 장악의 시도는 언제나 너무 성급한 것이어야만 한다. 현실의 체계가 점차적으로 혁명적 주체들의

역량을 키워나가다가 '적당한 시기'가 되면 혁명적 주체가 완성되고 그들에 의해 혁명이 수행되는 것이 아니기 때문이다. 오히려 성급하게 시도된 혁명의 과정만이 혁명적 주체들을 구성하며, 일련의 실패들을 거쳐 최종 승리가 도래하는 것이다. 성급한 시도들을 비난하면서 '적당한 시기'를 기다리라고 말하는 것은 "지금 그리고 영원히 잠을 자라, 즉 계급투쟁을 포기하라"는 것이다. 로자 룩셈부르크는 헤겔을 인용한 마르크스를 다시 한번 인용한다. "여기가 로두스다, 여기서 뛰어라! 여기가 장미다, 여기서 춤을 추어라!"[12]

여기에 이은규는 이렇게 덧붙이고 있는 듯하다. 바로 그 혁명을 꿈꾸는 것과 별을 노래하는 것이 서로에게 연관되는 것이라고. 혁명을 꿈꾸는 '성급한 시도'들이야말로 현재의 (권력이 장악한) 시간을 단절하면서 새로운 (혁명적) 시간을 도입할 수 있는 것처럼, 어둠의 빛의 우글거림을 감각하려는 '무모한 시도'야말로 병든 자의 마음으로 접속하는 계기이며 생명의 소용돌이 속으로 뛰어드는 스프링 보드라고. 구름과 바람의 흩어지고 흘러내리는 운동이 그저 파멸을 향한 퇴폐적 취향이 아니라, "세계가 바뀔 것 같은 예감"을 부풀리면서 풍부하게 만드는 것처럼, '별들의 몸에서 흘러내리는 운율'이 현실을 초과하는 혼돈과 무질서에 혁명의 춤을 부여할 것이라고.

인용한 부분의 마지막에 해당하는 "별을 비추기 위해 인간의 눈동자가 만들어졌다" 뒤에는 어쩌면 이런 구절을 덧붙여 생각해볼 수도 있겠다. '아름다운 것을 보기 위해 우리의 눈 또한 아름답게 빚어진 것처럼, 어둠 속에 빛나는 별을 담기 위해서 우리의 동공 또한 어둠으로 빛나고 있다.' 어둠 속에서 반짝거리면서 흔들리고 또 흔들리게 하는 별빛이 혁명을 꿈꾸는 것과 호응하는 한에서 운율을 흘리는 저 별을 어둠의 빛의 이미지

---

12) 로자 룩셈부르크, 『사회 개혁이냐 혁명이냐』, 김경미·송병선 옮김, 책세상, 2002, 105쪽, 118쪽.

라고 부를 수도 있겠다. 오직 캄캄한 밤에만 은은하게 드러나는 저 어둠의 빛을 수신하느라, 우리의 눈 또한 까맣게 빛나는 것이라고도 할 수 있겠다. 구름, 바람과 함께 이 별이 이은규의 시를 이루는 문장들을 "꿈꾸는 숨소리, 차라리 음악" 쪽으로 끌어당기고 있다.

이은규의 첫 시집 『다정한 호칭』을 읽으면서 우리는 그녀의 시가 '아픈 자의 마음'의 주위를 맴돌고 있다는 것, 그것이 순수 흐름, 잠재성의 장(場), 생명의 소용돌이에 접근하려는 욕망과 깊이 연관되어 있으며, 그 욕망은 구름과 바람과 별빛의 이미지들에 의해 시화(詩化)되고 있다는 것, 그리고 그러한 이미지들은 다시 혁명 쪽으로 기울어져 있다는 것을 확인했다.

그러나 이 글은 그녀가 욕망하고 있는 정서랄까 사상의 차원에 대해서는 조금 밝혀낸 것들이 있는지도 모르겠지만 그녀의 시가 함축하고 있는 '운율' 그 자체에 대해서는 거의 언급하지 못했다. 구름의 운율 혹은 별의 운율을 흘려넣은, 이은규의 시어(詩語)들은 어떻게 구성되어 있고 그 구조물은 어떤 운동을 전개하고 있는가. 그녀의 이미지들을 구름이나 바람이나 별빛과 같은 계열들로 정리해볼 수도 있겠지만 그 계열들은 다시 어떤 무늬로 퍼져나가며 스스로를 변주하고 있는지를 포착하면서 저 '운율'이 실제로 이은규의 시에서 어떻게 작동하는지를 드러내는 것이야말로 이 글의 과제가 되었어야 하지 않을까. 이 글이 소박한 주제론에 그치고 이은규 시의 이미지의 리듬 분석으로 나아가지 못한 것은, 물론 그 무엇보다 필자의 능력 탓이다. 하지만 아직 이은규 시의 이미지의 운율이 약간은 작게 울린 탓도 조금쯤은 있지 않을까. 이은규의 시는 아픈 마음과 혁명에 대해서 여러 번 언급했지만, 니체 혹은 말테가 느낀 바로 그 혼돈과 공포의 심연으로까지 여행을 떠났던 것인지에 대해서, 체 게바라(「견고한 눈물」) 혹은 로자 룩셈부르크가 대결했던 바로 그 혁명의 적들과 시적 전투를 감행했던 것인지에 대해서, 나는 아직 확신할 수 없었다. 이은규의 시가 '운율에 대한' 문장들을 넘어서 '운율 그 자체'를 함축한 노래 쪽으로 한 발짝만 더 나아갔더라면 귀가 어두운 필자로서도 리듬 분석을 시도해볼 수 있었으리라.

마지막으로 니체의 문장을 한번 더 인용하는 것으로 이 글을 끝맺기로 하자. "말이란 것은 하나같이 둔중한 자들을 위한 것이 아닌가? 경쾌한 자들에게 말이란 것이 하나같이 거짓말에 불과하지 않는가? 노래하라! 더이상 말은 하지 말고!"[13]

(2012)

---

13) 프리드리히 니체, 『차라투스트라는 이렇게 말했다』, 388쪽.

꿀벌치기의 노래, 절망과 유혹의 대위법
— 남진우의 『사랑의 어두운 저편』

1. 꿀벌과 꿀벌치기

라이너 마리아 릴케가 쓴 어느 편지의 일절. "우리는 볼 수 없는 것을 모으는 꿀벌입니다. 우리는 가시적인 것의 벌꿀을 비가시적인 것의 거대한 황금 벌집 속에 저장하기 위해 부지런히 모아들입니다". 시인은 그렇기도 하나보다. 범인들이 체험하는 평범한 사물과 사건(가시적인 것) 속에서 태양의 색으로 투명하게 빛나고 타오를 것처럼 달콤한 (비)진리의 벌꿀을 뽑아내기도 하나보다. 그리고 그것을 기하학적 무늬와도 같은 미적 구조(거대한 황금 벌집)로 엮어내기를 멈추지 않나보다.

그럴 수만 있다면 시인의 운명이란 얼마나 복된 것인가. 그런 시인과 동일한 언어를 쓰는 시대란 얼마나 복된 것인가. 그와 같은 복된 운명과 시대를 꿈꾸는 시는 성스럽고, 그 운명과 시대를 연습하는 시는 고결하지만, 복된 운명과 시대가 지금 여기에 있음을 주장하며 깨달음을 설파하려는 모든 시들은 헛되고도 헛되다. 우리는 궁핍한 시대를 살고 있기 때문이다.

그렇기 때문에 지금 성스럽고 고결한, 저 꿈꾸기와 연습만큼이나 소중한 일은 희미한 흔적으로만 남은 복된 운명과 시대를 찾아 순례여행을 떠나는 것, 그러나 그러한 순례여행조차 가망 없어지고 있음을 기록하는 것이다. 궁핍한 시대, 시인의 자리는 가시적인 것의 벌꿀을 비가시적인 것의 거대한 황금 벌집 속에 저장하는 꿀벌에 있지 않다. 오히려 그것은 희미해진 꿀벌들의 잉잉거리는 소리를 감각하고, 기르고, 그러나 다시 잃어버리고 마는 일을 성실하게 기록하는 꿀벌치기에 있다. 그러므로 꿀벌-시인을 꿀벌치기-시인으로 대체하는 남진우의 시를 릴케의 편지에 대한 답장으로 읽어볼 수도 있겠다.

> 내 가슴의 벌집 속엔 꿀 대신 피가 가득 고여 있지
> 귀기울여봐, 검은 벌들이 잉잉대며
> 심장 속에서 날아다니는 소리를
>
> 밤이면
> 소리 없이 다가온 그림자가 내 가슴을 열고
> 벌집 속에 검은 피로 밝힌 등불을 켠다
>
> —「꿀벌치기의 노래」 전문[1]

복된 운명과 시대의 흔적을 향한 순례여행과 그 여행의 가망 없음 사이에서 빚어지는 이미지들이야말로 남진우의 시가 오래도록 머물러온 자리이다. 남진우의 오랜 독자들은 심야에 전화를 걸어 외로운 방황의 운명을 예고하는 죽은 자들의 음침한 목소리[2]를 어렵지 않게 기억해낼 수 있을 것이다. 그것은 이미 죽은 자들이 죽어가는 자들에게 외치는, 이미 여행을 떠난 자들이 여행길에 오르는 자들에게 외치는, 가망 없음에 대한

---

1) 남진우, 『사랑의 어두운 저편』, 창비, 2009. 이하 이 시집에서 인용할 경우 본문에 제목만을 표기한다.
2) 「목소리—심야 통화」, 『죽은 자를 위한 기도』, 문학과지성사, 1996.

음울한 메시지였다. "너도 곧 떠도는 목소리가 되어 우리처럼/ 밤의 허공을 외로이 방황할 것이라"는 메시지. 그 메시지에는 시체 썩은 물과 불길한 검은 피가 가득 고여 있다.[3] 그러나 다시, 먼 사막으로부터 새벽에 찾아온 사자는, 우리 가슴속에서 사막의 갈증을 채워줄 샘을 찾아내고야 만다. 가망 없다고 해서 영혼의 잠에 계속 머물러서는 안 된다는 듯 사자는 새벽 세시에 우리를 깨워놓고 간다.[4]

절망적인 우울함과 불길함, 그럼에도 잠에 빠져들 수 없는 막막한 사정, 순례여행을 떠날 수도 떠나지 않을 수도 없는 사정이 이 시 「꿀벌치기의 노래」 속에 고스란히 담겨 있다. 벌꿀로 채워진 릴케의 황금 벌집은 검은 피로 채워진 남진우의 심장 벌집으로 바뀌어 있다. 심장 벌집은 꿀이 없어 앙상하고, 꿀을 대신한 피도 순환하지 못한 채 죽음의 냄새를 짙게 풍기며 검게 변했다. 꿀이 있는 곳을 찾아나서지 못하는 벌들은 다만 심장 벌집 안에서만 잉잉거린다. 그러나 모든 시인들에게 특권적인 시간이며 남진우가 특히 편애하는 밤이 오면, 웬 그림자도 함께 찾아온다. 그림자는 심야에 전화를 걸어 음울한 메시지를 전했던 죽은 자이면서, 새벽 세시에 찾아왔던 사막의 사자이기도 할 터. 그가 꿀벌치기의 가슴을 열고 다시 검은 피를 태워 심장 벌집에 등불을 켠다. 이제 벌들은 열린 가슴 밖으로 꿀을 찾아나설 것인가. 검은 피는 이글거리는 등불에 비쳐 꿀빛으로 환하게 빛날 것인가. 벌들이 잉잉대는 소리는 심장박동 소리로 바뀔 것인가. 그러나 선불리 낙관하지 않는 것이 좋다. 비가시적인 황금 벌집에 채워넣을 가시적인 것의 벌꿀에 이르는 법은 우리에게 알려져 있지 않다. 그 영역은 너무 많은 금기 속에 감추어져 있다. 남진우의 시는 이미 금지된 영역을 건드리는 바람에 벌침에 호되게 벌받은 적이 있다("나도 모르

3) 「그때 그곳에서」 「살아 있는 시체들의 밤」 「매혈자의 꿈—처형 2」, 『죽은 자를 위한 기도』.
4) 「새벽 세시의 사자 한 마리」, 『새벽 세시의 사자 한 마리』, 문학과지성사, 2006.

게/ 벌집을 건드렸나보다/ (……)/ (……) 한 모금 꿀을 맛보기도 전에/ 벌들이 달려와 나를 쏘아댄다", 「소음」, 『새벽 세시의 사자 한 마리』). 「사냥꾼의 밤」에 등장해 나를 두들겨 패는 검은 곰은 사냥꾼에게 복수하는 곰인 동시에 꿀벌치기가 검은 피-꿀을 함부로 다룬 데 대해 벌주는 검은 곰인지도 모른다(곰 역시 우리들만큼이나 꿀을 사랑하는 족속이지 않은가). 밤마다 그림자는 찾아오는데 함부로 가슴을 열어 심장 벌집을 건드려도 안 된다니, 어쩌자는 것인가?

그러므로 시인은 절망과 소망을, '검은 피'와 '등불'을 자신의 가슴속에 함께 넣어둔다. 마치 그것만이 시인의 형상이라는 듯이. 그것만이 꿀벌치기가 부를 노래라는 듯이. 이것이 『사랑의 어두운 저편』이 거느린 다양한 이미지들의 범형(範形)이다.

2. 멀고먼, 달의 사막

『사랑의 어두운 저편』이 가장 사랑하는 단어는 '먼' 혹은 '멀리'이다. 남진우의 시가 대체로 그래왔지만, 이번 시집에서는 더 유난스럽다. 영혼의 잠에 빠진 우리를 찾아와 일깨우는 사람은 "먼 데서 들리는 기적소리에 귀기울이"고 "먼 하늘 우러르"는 자이다(「당신이 잠든 사이」, 이하 강조는 인용자). 그는 "아주 먼 내륙에서" 기어오는 거북이이고(「白石」), "멀리 땅울림으로 전해오는" 사자의 울음소리이다(「초원에서」). 삶의 비밀에 대해 묻는다는 것은 "멀리 출구에서 불어온 한줄기 바람"의 속삭임을 듣는 것이고(「生」), 우주의 아침은 "멀리 지평선을 향해 드리운 사과나무 가지에서/ 툭/ 잘 익은 해가 하나 떨어져내리"는 순간에 시작된다(「새벽, 한낮, 해질녁」). 사랑하는 일은 "어느 날/ 얼음에 파묻힌 그대가 멀고먼 빙하기의 바다를 건너/ 이른 아침 내 문지방에 도착"할 때 시작되고(「외출」), 사랑하는 일은 "멀리서 다가와 멀리 사라져버리는/ 무슨 아득한 종소리 같은 것"으로 추억되며 끝난다(「겨울새」).

끝도 없는 사례들이 더 있지만, 이쯤에서 멈추기로 하자. 여기에 보인 몇 가지 사례만으로도 『사랑의 어두운 저편』의 음악적 구조 전체를 떠받 치는 베이스음이 '먼'과 '멀리'로 표시되는 심리적 거리감과 긴장감이라 는 점은 분명하기 때문이다. 이 평범한 단어들이 남진우의 손에 닿을 때 마다, 그것은 우리의 세속적 삶이 얼마나 사소하고 하찮은 일에 밀착해 있는지를 환기시킨다. 남진우가 멀리 있고 먼 데 있는 것을 암시할 때마 다, 그것은 신성함의 거대한 낭만적 깊이를 수반한다. 그것은 너무 멀리 있어 험난한 여행길을 거쳐야만 접촉할 수 있을 것 같은데, 그래서 그러 한 접촉이 가망 없어 보이기까지 하는데, 그럼에도 그것은 빛과 소리로 우리를 자극하며 일깨우고 그것을 소망하게 만들고야 만다.

한번은 빛과 소리로 우리를 황홀하게 취하게 했다가, 다시 한번은 그 것들을 모두 모래알로 부서뜨려 절망에 빠지게 하는, 그렇게 매번 이 황 홀과 절망 속에서 우리의 일상적인 감각을 무너뜨리는 두 계열의 시를 하 나씩만 보기로 하자. 이 시들은 이번 시집이 유난히 강조하고 있는 '달'과 '모래'의 두 계열로 정리할 수 있다.

누가 쇠북을 울리는지 깊은 밤 잠 깨어 뜰을 쓸고 지나가는 달빛 소리를 듣는다 아무리 쓸고 쓸어도 먼지 한 점 일지 않는 마당 달빛은 내려와 쌓 이고 저 찰랑이는 달빛 내 몸에 와 부딪칠 때마다 누가 쇠북을 울리는지 몸 깊은 곳 바람이 수면을 때리며 가슴에 부서지는 물결 소리를 낸다 저 달빛 속으로 나아가 눈 감고 두 팔 벌리면 나뭇잎 서걱이는 뜰을 건너는 낡은 배 가 내는 삿대 소리 들을까 누가 쇠북을 울리는지 내 귀에 가득차는 멍멍한 달빛 내 눈을 넘쳐 흘러들어오는 눈부신 물비늘 물비늘들 잔잔한 뜰에 무 거운 달빛 싣고 나룻배가 지나가며 내는 삿대 소리 적막하다
— 「누가 쇠북을 울리는지」 전문

소리는 일종의 파동이다. 소리란 차분하게 가라앉아 있는 것들이 타격을 받아 떨리고 그 떨림이 전달되는 것이다. 그런 점에서 쇠북을 울리는 것, 그것은 '소리'의 물리적 조건을 보여주는 가장 직접적인 행동이다. 타격이기에 "찰랑이"고 "때리며" "부딪"치고, 떨림의 전달이기에 달빛조차 소리이다. 이 떨림 속에서 우리의 진부한 삶은 뒤집히고 우리 삶을 유지하는 껍질에 작은 균열이 생겨난다. 이 틈 속에서 공간의 위상이 뒤집히며 건널 수 없는 길을 건너는 방도가 생겨난다. 그것이 "뜰을 건너는 낡은 배"다. 이 불가능의 영역에, 존재의 모든 진부한 껍질을 타격하는 소리가 적막하게 매여 있다. 이렇게 해서, 남진우가 편애하고 우리 또한 그를 따라 사랑할 수밖에 없는, 모든 있음의 방식들이 고요하고 쓸쓸하게 몸을 뒤채는 밤이 탄생한다.

달의 소리나는 빛이라니, 이 얼마나 황홀한 경지인가. 이 경지에서 "이윽고 달빛이 닿으면 마법에서 풀려난 황금물고기들이/ 온 방안을 떼지어 다니며" 놀고(「황금물고기」), 달빛 그 자체가 "그 옛날 엄마 뱃속에서 뛰놀 때/ 내 곁을 스치고 지나갔던 그 숱한 물고기들"이 "투명한 음악 소리"를 낸다(「달의 음악을 들어라」). 급기야 우리는 별똥별의 빛에서 "은하계 별무리 사이를 헤엄쳐가는 고래의 숨소리"를 듣기까지 한다(「별똥별」).

그러나 저 소리와 빛의 흔적이 우리를 구제할 수 있을 정도로 단단한 상징인 것은 아니다. 그것은 남진우 시의 결함이 아니라 우리의 '궁핍한 시대'가 함축하는 조건이다. 누가 있어 죽음 뒤에 의미로 충만한 영광된 자리를 우리에게 약속하겠는가. 누가 있어 찬란한 빛 뒤에 올 어둠과 음악 소리 뒤에 올 정적을 피할 수 있겠는가. 비유하건대 빛나는 달의 앞면은 어둠과 정적으로 둘러싸인 달의 뒷면과 함께 있다. 우리를 유혹하는 빛과 소리가 모두 모래로 부서진 달의 뒷면을 보자.

달은 모래로 뒤덮여 있어

바람이 불면 모래 쓸리는 소리가 들려오지

모래바람 속으로 걸어가 누워봐

부우연 달빛 속 둥그렇게 떠오르는 모래무덤들이 보이지

여기저기 흩어진 모래무덤에서

희디흰 뼈들이 빛을 뿜어내고 있어

죽어가는 자가 뿜어내는 빛이 지상에 가득차

세상을 더욱 적막하게 가라앉히고 있어

사방에서 모래가 흘러내려

발등을 덮고 가슴을 덮고 내 온몸을 덮고

아, 나 또한 서서히 모래무덤이 되어가는 걸까

(……)

아무도 없어

아무 소리도 들리지 않아

다만 차가운 어둠 속에서 우리 모두 이렇게

죽어가는 거야

달의 어두운 저편

—「달의 어두운 저편」 부분

우리의 진부한 삶을 타격하는 떨림의 소리는 모래들끼리 서로 부딪혀 마모되는 소리로 바뀌고, 소리나는 달빛은 죽은 자들의 흰 뼈에서 뿜어져 나오는 인광(燐光)으로 대체되었다. 이제 빛과 소리는 다만, 우리 또한 마모되어 흰 뼈를 드러내게 되리라는 예언일 뿐이다. 어두운 밤에 얼굴을 내민 달은 그 자신의 뒷면을 가리키며 우리들의 삶 또한 그렇게 되리라고 말하는 것만 같다. 지상의 빛 또한 죽어가는 자들이 내는 빛이며, 우리의 대지도 모래무덤이 되어가는 거라고 말하는 것만 같다. 운명을 점치는 여인이 우리에게 들려주는 신탁은 다만 "당신 몸에 가득찬 모래가 곧 허물어져내"리리라는 것뿐이다(「점치는 여인」).

3. 솟아오름으로 가라앉는 사랑의 이중성

시각과 청각을 한껏 예민하게 부풀려서 시인이 아니면 볼 수 없는 빛
과 소리를 감각하며 희망과 절망을 번갈아 부추기는 이 이야기는 우리에
게 시인 자신이 오래전에 써둔 한 구절을 떠올리게 한다. "날개를 준비할
것. 낢, 혹은 우리의 좌절에 대한 대명사. 솟아오름으로 가라앉는 변증법
적 사랑의 이중성".[5] 부추겨진 희망과 절망을 이끌고 환상적인 이미지에
취해 가망 없는 순례여행을 떠나는 이야기라면, 그것은 우리를 골탕먹이
는 사랑의 이중성에 관한 이야기이기도 하지 않은가. 낢, 혹은 사랑이야
말로 절망 전에 희망을, 희망 전에 절망을 부추기는 고약한 것이기 때문
이다. 달의 앞면과 뒷면, 쇠북과 모래무덤이 이 사랑의 주제로 흘러들어
다시 울리고 있다. 보이지도 않는 그대를 찾아 가망 없는 길을 나서는 사
랑의 비단길을 보자.

> 해 지는 서역을 향해 걸었습니다
> 흙먼지 자욱이 이는 길
> 사랑하는 이여, 그대는 어디에도 보이지 않았습니다
> (……)
> 비루먹은 나귀라도 타고 떠나고 싶은 마음
> 창에 비치는 누군가의 그림자를 따라 일렁입니다
> (……)
> 아무리 걸어도 설산은 가까워지지 않고
> 길가 유곽에서 흘러나온 작부들의 낭자한 노랫가락만

---

5) 「로트레아몽 백작의 방황과 좌절에 관한 일곱 개의 노트 혹은 절망 연습」, 『깊은 곳에 그
물을』, 민음사, 1990.

처마 밑에 내걸린 빛바랜 연등을 바스러뜨리며 퍼져나갔습니다
좀먹은 경전 펼쳐들어도 고원을 지나 내가 가야 할 길은 한이 없고
문득 꽃향기가 난다 싶어 고개를 들면 아득한 벼랑이었습니다

—「비단길」 부분

  사랑을 시작하지 않는 것의 불가능성("비루먹은 나귀라도 타고 떠나고
싶은 마음")과 사랑을 완성하는 것의 불가능성("아무리 걸어도 설산은 가까
워지지 않고") 사이에 비단길은 펼쳐져 있다. 도처에 꽃향기 나는 아득한
벼랑과 사랑 노래 흘러나오는 유곽이 죽음처럼 입을 벌린 길에서, 모래 위
에 두 발은 푹푹 빠져드는데, 사랑하는 그대는 어디에도 보이지 않고, 아
니 보이지 않아서, 여행을 멈출 수 없다. 아무리 걸어도 태양이 지는 곳에
는 도달할 수 없고 경전을 펼쳐도 구원에 이르는 길은 찾을 수 없다.
  도무지 어찌할 수 없는 저 사랑의 이중성이 또다시 우리의 현실적인 감
각을 무너뜨리고 뒤흔든다. "얼음에 파묻힌 그대가 멀고먼 빙하기의 바다
를 건너/ 이른 아침 내 문지방에 도착"하면 나의 사랑이 깨어나고, 이번
에는 얼음 속에 잠든 그대를 깨우려고 내 피가 싸늘히 식을 때까지 체온
으로 얼음을 녹여본다. 그러나 내가 보아야 할 마지막 장면이 "그대도 물,
물이 되어 내 손가락 사이로 빠져나가는 것"이라는 점을 모르지 않는다
(「외출」). "겨울 벌판에/ 누가 만들고 간 눈사람"은 홀로 남아 가혹한 추
위를 견디며 "끝없이 펼쳐진 눈길을 걸어/ 어느 날 또다른 눈사람이 와주
는 것을" 기다린다. 그러나 눈사람이 기다리는 운명은 모든 눈사람을 녹
은 물로 돌려보낼 제설차이다(「기다림」). 달의 꿈을 꾸는 소녀에게 이르기
위해 소년은 그 자신을 모래알로 잘게 부숴야만 한다(「달의 연인들」). 우
리는 "아주 먼 옛날 전생의 어느 새벽녘/ 얼어붙은 겨울강 건너다/ 깨진
얼음조각에 실려 그대는 어디론가 떠나고/ 나 우두커니 강변에 서 있다
돌아"온 적이 있다. 그후로 "마지막 눈빛 아득한 미소"만을 기억하며 윤

회를 거듭하는 헤어짐이 우리의 운명이 되었다(「강가에서」).

  우리는 지금까지 다만 이 아름답게 빛나는 유혹과 절망의 형식들을 단순화시켜 두 번 반복해보았을 뿐이다. 소리나는 달빛이 시인을 어떻게 유혹했다가 모래무덤 속에 처박아 절망하게 했는지에 대해서, 완성시킬 수도 없지만 시작하지 않을 수도 없는 사랑이 어떻게 시인을 솟아오르게 했다 가라앉게 했는지에 대해서. 이 굴곡의 낙차가 너무도 커서 우리는 늘 현기증에 시달리지만 시인은 여전히 막무가내다. 그러므로 이렇게 말할 수도 있을까. 혹독한 절망 연습을 거친 로트레아몽 백작은, 꿀벌치기가 되어 벌침의 고통을 묵묵히 견디며 꿀벌치기의 노래를 부르고 있는 중이라고. 그의 노래에는 유혹의 가장 높은 음과 절망의 가장 낮은 음의 대위법이 즐겨 사용된다고. 그렇다면 우리는 오래도록 이 현기증에서 벗어날 길이 없게 된 것이다. 현기증, 우리 자신을 초과하는 대상을 감지했을 때 나타나는 반응, 바로 그 현기증에서.

(2009)

저작(咀嚼)의 말, 잉태(孕胎)의 시, 분만(分娩)의 예언
— 강정의 근작시들

1

강정의 시는 화가 나 있는 것처럼 보인다. 부드러운 미소, 평화로운 졸음, 아늑한 온기만큼 강정의 시로부터 멀리 떨어져 있는 것은 드물다. 강정의 시는 이 평화로운 장면들을 찢고 자르며 씹어 삼킨다. 이것을 분노나 언짢음의 표현으로 착각해서는 안 되겠지만, 격렬하게 분출하기 직전의 어떤 강렬함을 함축한다는 점에서 강정의 시에는 성난 짐승의 거친 숨소리를 연상시키는 면이 있다. 강정의 시는 "추락한 형이상학의 마지막 형상을 판독하는 밤"의 시간을 불러오고, 추락한 것, 마지막의 것 앞에서 우리는 그것들을 물어뜯고 싶다는 듯이 "갑자기 이가 가렵다". 강정의 시와 함께 우리는 시의 송곳니가 자라는 것을 느끼며 "잘못 나온 새끼를 도로 삼키는 육식동물의 염결성과 근성을 곧 회복"하게 된다(「번개를 깨물고」). 강정의 시에는 육식동물의 포효가 포함되어 있다.

그의 세번째 시집 『키스』(문학과지성사, 2008)가 '저작(咀嚼)'이라는 시어를 즐겨 사용하는 것은 우연이 아니다. 강정의 시가 보여주는 강렬한 인상은 우선 찢고 자르며 씹어 삼키는 '저작의 말'에서 비롯된다. '저작의 말'은 하나의 형상이 자신 안에 안주하는 것을, 혹은 하나의 형상이 또 다른 형상에 의해 지지되는 것을(이것을 '온건한 은유'라고 부르기로 하자) 내버려두지 않는다. 어둠의 장막(낡은 형상의 안식처, 온건한 은유 그 자체)을 찢으며 빛나는 찰나의 균열, 즉 번개가 강정의 입에서 내려친다. 강정은 어금니를 깨무는 대신 번개의 송곳니를 깨물고 추락한 마지막의 것을 노려본다(강정 시의 윤곽을 그리기 위해 우리가 계속해서 더듬고 있는 시의 제목은 「번개를 깨물고」이다). '저작의 말'은 단단한 형상들을 부수고 끝장내며 그 형상이 탄생하기 직전의 '시작'의 순간으로 되돌려보낸다. 무엇인가가 끝나고 또 무엇인가가 시작될 것이 요구된다. 그렇게 해서 강정의 시는 "처음과 끝을 한 번의 포효로 발설"한다. 강정의 시는 현재의 지속을 혐오하며, 처음과 끝만을 편애하는 육식동물의 포효다.

번개를 깨물고 있는 이 육식동물의 포효를 '잉태의 시'라고 부를 수도 있다. 강정 시의 저작운동은 어떤 대상을 소화시켜 시적 자아로 흡수하며 자아의 동일화운동을 비대하게 만드는 데 기여하지 않는다. 강정의 시적 저작운동은 음식물을 소화기관으로 보내지 않고 생식기로 흘려보내 다른 생을 잉태시킨다. 그것은 우리가 알고 있는 생식과는 다르다. 강정의 시가 무엇인가를 잉태할 때, 그것은 한 생물이 자신과 닮은 개체를 만들어 종족을 유지하는 것이 아니다. 강정의 시적 저작운동은 내 아이라고 주장할 수 있을지 확실하지 않은 낯선 것, 지금까지의 모든 형상들과는 완전히 다른 돌연변이의 잉태를 기대하게 만든다. 무엇인가를 끝장내면서 동시에 무엇인가의 처음을 출발시키는 이 육식동물의 잉태는 말하자면 "최후의 지구를 최초로 임신"하는 것이다.

강정의 시에서 섬세한 감정의 곡진한 내력을 살피거나 파격적인 언어 실험으로 새로운 표현의 영역에 도달하는 것, 현실의 어떤 장면을 시적으로 굴절시켜 포착하거나 사상의 열매를 이미지의 변신술 속에서 익혀보는 것은 부차적인 과제이다. 강정의 시는 육식동물의 포효하는 저작운동을 돌연변이의 잉태로 연결시켜보는 것, 그 안에서 완전히 새로운 형상이 분만되리라고 외치는 예언자의 목소리를 이끌어내는 것에 몰입한다. 그의 시는 현실의 침몰을 진단하고 낯선 것의 잉태가 시작되었음을 열렬히 선언한다. 우리가 강정의 신작시에서 확인할 수 있는 것도 이 두 겹의 삼위일체, 저작과 잉태와 분만, 그리고 말과 시와 예언의 삼위일체다.

2

예컨대 이런 장면들에서 강정의 시적 송곳니들을 확인할 수 있다. "먼 곳의 빛이 이마를 친다// (……)//죽은 아이가 어미의 배를 가른다/ 허공에 둥그런 칼자루가 떠오른다"(「남쪽 끝」). "몸안의 빛이 심장을 헤집는다// (……)// 내 나이 벌써 스물한 살/ 검은 노을이 눈을 찌르고"(「첫번째 시」) "칼을 물고 서 있는// 만 년 전 당신의 눈"(「폭파 직전」) "총알 박힌 도로에 사람의 숨결이 낮게 깔린다// (……)// 열하루 만에 대지의 허물이/ 붉은 이를 드러내고 웃는다"(「장마가 멈춘 자리」) "발끝으로 세계의 끝을 밀어내고/ 이승의 바깥에서 돌아 나오는/ 흰 새벽의 눈알을 찔러라"(「활」).[1]

'빛' '칼' '총알' '붉은 이' '화살'은 모두 한통속이다. 도처에서 날카로운 것들이 불쑥불쑥 솟아나고 날렵한 예리함은 '빛'으로 치환되거나 '칼'이나 '화살'의 모습을 하고 종종 피를 부르기도 한다. 공격적이고 파괴적인 말들이 발사되기 직전이거나 발사되어 어떤 형상들을 후벼판다. 그러므로 강정의 시는 '폭파 직전'일 때가 있다. 잔뜩 당겨진 '활'일 때가 있다.

그런 점에서 「폭파 직전」과 같은 시를 일종의 시론으로 읽어볼 수도 있다. 「폭파 직전」은 뜨거운 온천수가 수증기와 함께 폭발적으로 분출하기 직전의 위태로운 간헐천의 긴장감을 함축하고 있다. 그 긴장감 위에 어떤 파괴적 욕망의 풍경이 펼쳐진다. 이 시의 시작과 끝은 이렇게 되어 있

---

1) 이 시들은 『활』(문예중앙, 2011)에 묶여 출간되었다. 이 글의 인용은 최초의 발표지면을 따른다. 이하 강조는 인용자.

다. "전 생애가 불시에 사라졌다/ 한바탕 피가 휘날리고 바람이 불었다/ (……)/ 간헐천 모퉁이에 칼을 물고 서 있는/ 만 년 전 당신의 눈". 아마도 강정은 협소한 '현재'의 권역(圈域)을 폭파시키고 싶었던 것 같다. 우리를 결박하는 현재의 울타리를 무너뜨리고 그 폐허의 자리에서 현재의 바깥을 넘보는 강정은 단숨에 "만 년 전"의 기억으로 거슬러올라가려 한다. 이 긴 장감과 파괴적 욕망은 「활」에서 보다 구체적인 이미지들로 제시된다.

시간이 이 세상 밖으로 구부러졌다
시여, 등을 굽혀라

고양이 새끼가 운다
어미 고양이를 삼키고 사람이 되려고 운다

급류를 삼킨 노을이
노을이 아빠가 되려고 운다

떠돌다 지친 다리가
다른 인간의 눈이 되려고
멀고 먼 샅으로 기어올라온다

빛이 어디 있는가
뒤집어진 어둠의 골상을 판독하려
한나절의 시름이 그다지 깊었다

못 나눈 정을 전염시키려
낮 동안 오줌보는 그토록 뽀루퉁했다

혈관에 흐르는 오래된 문자들을
고양이의 꿈이 딛고 지나는 이마 위에 처발라라

팔다리는 공기가 멈춘 나무
낭심 아래엔 죽은 별 무더기

구부러진 어깨를 펴라
갈빗대에 힘줄을 얹어
마지막 숨을 길게 당겨라

발끝으로 세계의 끝을 밀어내고
이승 바깥에서 돌아나오는
흰 새벽의 눈알을 찔러라

터쳐나오는 세계의 명치에 구름을 띄워
이면이 없는 幻을 쳐라, 고요히 실명하라

실명하라

─「활」전문

   화살이 발사되기 직전 잔뜩 당겨진 '활'에서 폭발 직전의 '간헐천'을 떠
올리는 것은 어렵지 않은 일이다. 하지만 여기에는 활(혹은 간헐천)의 파
괴적 욕망이 목표로 하는 대상이 무엇인지에 대한 보다 구체적인 시적 진
술들이 뒤따른다. 잔뜩 웅크리고 있는 활 그 자체인 강정의 시는 "흰 새벽
의 눈알", 태양을 겨냥한다. 태양이란 무엇인가. 어둠의 저 깊은 안쪽까

지 내려갔다가 다시 돌아오는 것, 세계의 끝을 뚫고 나오는 것, 이승의 바깥에서 귀환하는 도저한 운동 그 자체가 아니겠는가. 강정의 화살은 다만 태양이라는 고정된 대상을 쏘아 떨어뜨리려고 겨누어지는 것이 아니다. 강정의 화살은 "이승의 바깥에서 돌아나오는" 태양의 운동에 시의 운동을 견주어보고자 겨누어진다. 이 시에 걸린 내기, 시의 화살이 태양을 맞출 수 있는가 없는가는 이렇게 바꿔서 읽어볼 수도 있다. 시가 이승의 바깥까지 나갈 수 있는가, 우리를 단단히 붙들고 있는 현실의 허깨비들("이면이 없는 幻")로부터 벗어날 수 있는가, "이 세상 밖으로 구부러"진 시간에 도달할 수 있는가. 이 내기는 강정의 시가 계속해서 고심해온 주제이기도 하다. "마지막 한 방울까지 토해내면 나는 인간의 정념 바깥으로 나갈 수 있을까", "시공 곡률의 첨단을 제멋대로 해체"할 수 있을까 하는 (「낯선 짐승의 시간」).

강정의 화살은 우리를 고정시키는 '현재'의 테두리에서 벗어나, "세상 밖으로 구부러"진 시간을 겨눈다. 그것은 이를테면 '생성'의 시간이다. "공기가 멈춘 나무"와 "죽은 별 무더기"로 딱딱하게 굳은 현재에서 벗어나 생성의 시간을 예감할 때, 사물들은 자기 자신으로부터 빠져나오며 다른 무엇이 된다. 고양이 새끼는 어미 고양이를 삼키고 사람이 되고자 하며, 노을은 급류를 삼키고 자기 자신의 부모가 되려고 한다. 걷는 기관으로 분화된 '다리'는 분화 이전의 신체로 거슬러올라가 다른 기관(눈)으로 태어날 잠재성의 자리에 머문다. 어둠의 골상을 주의깊게 살피자. 서서히 빛이 돋아나올 것이다. 당신이 스스로의 신체를 현재의 자신 안에 머물도록 제어하려고 해도 소용없다. 오줌보가 터질 지경이니까. "못 나눈 정"으로 꽉 찬 뜨겁고 무거운 물이 당신의 신체에서 마구 분출될 것이다. 마치 당신의 몸속에 마그마가 있어 간헐천이 솟아난다는 듯이.

이 시의 후반부가 강조하는 전언은 뚜렷하다. 우리의 혈관 속에는 우리 자신보다 더 오래전부터 존재해온 낯선 문자들이 흘러다닌다. 이 문자들이 우리의 이마 위로 오르게 하라. "공기가 멈춘 나무"와 "죽은 별 무더기"처럼 말라비틀어졌던 우리의 팔다리와 낭심이 최선을 다해 활을 당길 것이다. 활로 당겨진 신체가 "이승의 바깥에서 돌아나오는" 태양에 견주어질 때, "흰 새벽의 눈알"을 찌를 수 있을 때, 그때 현재, 이승, 세계의 안쪽에 맞추어진 우리의 고정된 시선은 실명하게 된다. 그리고 우리는 실명해야 한다. 그 실명을 통해서 "세상 밖으로 구부러"진 시간을 향한 새로운 눈을 뜰 수 있기 때문이다.

그러므로 강정의 송곳니는 막무가내로 물어뜯고 삼키는 파괴적 욕망인 것만이 아니라 잉태에 이르게 하는 시적 성기(性器)이다. 강정이 저작하는 말들이 무엇인가를 파열할 때, 일상적 언어를 초과하는 강렬함이 도입되고, 이때 저작하는 말은 시적인 것이 된다. 시는 파열의 틈에서 불가능한 변신과 돌연변이들을 끄집어내고, 그렇게 해서 무엇인가를 잉태하고야 만다. 그리고 그것이 결국 분만될 것이라고 예언자의 목소리로 단호하게 말한다. 예언자의 목소리와 함께 우리가 세계의 바깥으로 나가거나 바깥에서 온 돌연변이들이 이쪽 세계에 분만될 것이다. 그러므로 결국 시적 성기인 강정의 송곳니는 다시 예언자의 무구(巫具)이기도 하다. 저작과 잉태와 분만이, 말과 시와 예언이 뒤섞여 있는 것이 강정의 시이다.

3

두 겹의 삼위일체에서 강정이 현재의 지속을 혐오하고 처음과 끝만을 편애한다는 점은 앞서 지적한 바 있다. 강정은 많은 시에서 처음과 끝을 하나로 연결하려고 시도했는데, 이런 시도들에서 강정이 보여주려고 했던 것은 결국 다른 시간으로의 열림, 자신으로부터 빠져나와 새로운 존재를 잉태하는 존재의 비등점 같은 것이리라. 무엇이 시작되고 무엇이 끝나는가 하는 세부적 항목들은 강정의 시에서 별로 중요하지 않다. 다만 처음과 끝이 열림과 비등의 시간을, 예언자의 시간을 표시한다는 점만을 강

저작(咀嚼)의 말, 잉태(孕胎)의 시, 분만(分娩)의 예언 195

조해두기로 하자. 이런 맥락에서 「첫번째 시」나 「남쪽 끝」과 같은 시에서 '첫'과 '끝'을 강조하며 읽어볼 수도 있겠다.

「첫번째 시」는 스물한 살의 첫눈 내리는 날에 대한 환상적 기억으로 되어 있다. 지금 내리는 눈은 '첫'눈이므로 "천체가 사십오 도 기울"고 "대지의 중심축이 금성 쪽으로 어둡게 삐걱"거린다. '첫' 눈이 스물한 살의 민감한 균형감각을 비틀어놓은 셈이다. 환상의 차원에 진입한 비틀린 균형감각은 한 발 내디딜 때마다 "이역만리"로 스물한 살의 풋내기를 데려다놓고, 첫눈이 가져다준 이 축지법이 시간의 양쪽 방향, 과거와 미래로 동시에 뻗어나간다. 그렇게 해서 스물한 살의 풋내기는 자신 안에서 아이와 노인을 하나로 묶고, 현재의 유한성과 개체성을 조금씩 무너뜨리며 ("커다란 산사태가 난다"), 그것들이 허물어져나간 자리에 「활」의 태양처럼 이승의 바깥에서 귀환하는 것들을 등장시킨다("내 몸 바깥에서 울던 애인이 (……)/ 죽은 할머니로 돌아온다"). 애인이자 죽은 할머니에게 "커다란 밀떡을 깨물"게 하는 것은 저승으로 향한 길을 여는 제의(祭儀)를 연상시키는데, 과연 이 시의 한복판에는 어떤 제의의 한 장면처럼 보이는 대목이 새겨져 있다.

> 늙은 아이야, 춤추러 오거든 내 피 먹고 가거라
> 늙은 아이야, 멀리서 사랑이 운다 눈밭 위에 오줌을 뿌려라
>
> ―「첫번째 시」 부분

남해 어딘가로 떠난 여행에서 비롯된 환상으로 읽어도 좋을 「남쪽 끝」에도 저승으로 향한 길이 열려 있다. 시인의 시야에 포착된 남쪽 '끝'에는 하늘과 땅이 "내통"하고 섬과 육지가 "내통"하는 새로운 공간이 열리는데, 이 열림은 또다시 세계의 바깥을 향하고 있기도 하다.

손가락을 버린 담뱃불이 목젖을 뽑아올린다
어두운 저승길, 편자로 삼을 지난 광태의 오욕들이여

다리에 힘을 주니
콘크리트 바닥이 어느덧 죄의 뻘밭,
처음 당도한 섬에 긴 이별의 낙인이 달빛을 간질인다

물에 젖은 달력 수천 장 바람에 녹아 사라진다
한 평생을 다 흘려보냈던 지난 며칠이 비석들을 몰고 온다

하나하나 모두 목놓아 운다
파도가 긴 후렴을 이끌고 다른 세상으로 넘어간다

—「남쪽 끝」 부분

강정이 너무 많은 세부 항목들을 지워놓았기 때문에 우리는 "광태의
오욕들"이나 "죄의 뻘밭"이 상기시키는 도덕의 저지대에 충분히 접근하
기 어렵다. 다만 이 저주받은 도덕의 저지대가 죽음의 심연으로 내려가는
하강운동에 동참하며 "어두운 저승길"을 열고 "다른 세상으로 넘어"가는
비석들의 울음을 울게 한다는 점만을 지적해두기로 하자. 더불어 이것이
유계(幽界)와의 접속이라는 점에서, 이들 시에서 강정의 목소리가 다시
예언자의 목소리에 근접하고 있다는 것을 한번 더 강조할 수도 있겠다.
　여기에 덧붙여 「장마가 멈춘 자리」에서 예언자의 자화상을 읽어낼 수
있을지도 모르겠다. 예언자의 자화상을 음미하는 것으로 이 글을 끝맺기
로 하자.

　총알이 박힌 도로에 사람의 숨결이 낮게 깔린다

구름 덩어리들은 땅의 성분을 녹여
하늘의 비밀스런 꽃들을 사람의 자리에 놓는다

광대의 얼굴은 사자를 닮았거나
사자를 삼키는 병든 나무를 닮았다

— 「장마가 멈춘 자리」 부분

송곳니를 드러낸 빗물은 "총알"로 내려와 박히고, 총상 입은 자리에 "하늘의 비밀스런 꽃들"이 놓인다. 이 비밀의 꽃들이야말로 예언자가 대지와 하늘의 균열 너머에서 건져올려 우리에게 건네주는 수수께끼와 같은 것이다. 그런데 구름덩어리가 만들어낸 이 비밀의 꽃이 놓이는 자리, 진흙탕으로 흐려진 빗물의 웅덩이에 예언자의 물그림자도 함께 비친다. 우리가 지금까지 예언자라고 높여 부른 시인이 여기서는 "광대"로 낮춰지고, 한번은 포효하는 육식동물인 "사자"의 얼굴로, 다시 한번은 그 사자를 삼키는 "병든 나무"로 보인다. 이 입체적인 광대의 얼굴에서 시인 강정의 얼굴을 읽어낼 수는 없을까. 용맹하게 현재의 표면을 물어뜯는 사자와 사자를 삼키는 앓는 나무가 겹쳐진 얼굴, 공격적인 능동성과 병약한 수동성의 결합에서 시인의 예민한 촉수는 탄생하는 것인지도 모른다. 무언가를 물어뜯으며 아파하는 사자-병든 나무의 시적 운동 속에서 새로운 이미지들이 탄생하는 찰나, 저 비밀의 꽃은 포착된다. 저 비밀의 꽃을 발견할 수만 있다면, 우리 또한 저 그로테스크한 예언자-광대의 표정, 사자-병든 나무의 시적 운동에 동참하지 않을 이유가 어디 있겠는가.

(2010)

아프리카의 꽃밭에 세우는 시업(詩業)의 지붕
— 송찬호의 『고양이가 돌아오는 저녁』

시인을 기린에 비유해보면 어떨까. 송찬호의 시 「기린」은 이러한 비유의 환상적인 사례를 제시하는 것처럼 보인다. 시인은 안 그래도 긴 기린의 목을 한정 없이 자라나게 해 기린의 이마가 별에 닿게 한다. "기린의 머리에 긁힌 별들은 아아아아— 노래하며 유성처럼 흘러가"고, 별의 노랫소리와 별을 간지럽히던 감촉이 기린의 높다란 머리에 상처로 남게 된다. 신화시대의 노래와 감촉을 자기 몸에 문신처럼 새겨놓았다는 점에서, 기린은 "최후의 詩의 족장"이 될 자격이 충분하지 않은가.

송찬호의 네번째 시집 『고양이가 돌아오는 저녁』(문학과지성사, 2009) 속에서 시인은 기린일 뿐 아니라 코끼리이기도 하다. 벌써 오래전 사냥꾼들이 그 그림자를 빼앗고 살과 가죽과 피와 뼈를 분해해 팔아치웠지만 코끼리의 거대함은 그대로 남아 "군세게/ 천천히 먹고 잠자고 천천히 이동한다"(「코끼리」). 혹시 이것을 웃음으로만 남아 있는 체셔고양이와 견주어보며, '거대함으로만 남아 있는 코끼리'라고 부를 수는 없을까. 세상살이의 모든 자잘하고 옹졸하고 비열한 것들을 비웃으며 거대함 그 자체로 남았다는 점에서, 코끼리 역시 최후의 시의 족장 옆에 나란히 설 자격이 충분하지 않은가.

송찬호가 기록한 동물 시인의 목록은 여기서 끝나지 않는다. 고양이 시인은 털실 뭉치와 장난을 벌이다가도 모서리 구멍을 응시하며 "지금은 사라져버린 사냥 시대"를 꿈꾸고(「고양이」), "마음의 비린내"를 견디지 못해 생선 대신 희고 둥근 달을 핥아대는 동물이다(「고양이가 돌아오는 저녁」). 고래 시인의 등 위에 조그만 빈 화분 하나를 올려놓으면 그 화분은 "하얗게 물을 뿜어올리"며 "커다란 꿈"을 자라나게 한다(「고래의 꿈」). 악어 시인은 늪처럼 캄캄한 백지의 수면 위에 불면의 밤을 밝혀놓기도 한다(「만년필」).

송찬호는 '시인의 말'에서, 꽃을 다룬 시가 너무 많아 이 시집을 꽃밭으로 잘못 알고 나비가 날아들 것을 염려했지만, 송찬호의 꽃밭은 나비뿐만 아니라 온갖 동물 시인들을 "흰 종이 위로 건너오게" 한다. 시인은 이 시집의 표제작을 「고양이가 돌아오는 저녁」으로 정해놓았지만, 몽상을 부추기는 저녁 시간, 이 꽃밭이 돌아오게 하는 것은 고양이만이 아니다. "황혼이 오면 그들은 목울대를 움직여 그들의 사랑하는 악기, 튜바의 삼각주로, 전 세계에 흩어진 천 개의 코끼리 강을 부른다 달콤한 무릎 관절의 샘이 흰개미를 불러모으듯, 다이아몬드 광산이 총잡이를 부르듯"(「기록」), 이 꽃밭은 온갖 동물들, 최후의 시의 족장들을 불러 돌아오게 한다. 우리는 꽃을 소재로 한 시가 유독 많은 『고양이가 돌아오는 저녁』을 읽으면서 작은 꽃밭을 거닐고 있다고 생각하기 쉽지만, 그 꽃밭 안에는 거대하고 뜨거운 아프리카의 꿈이 자리하고 있어 우리는 어느새 신화적 동물들과 그들이 꾸는 꿈속에 들어가게 된다.

이 뜨겁고 거대한 꿈을 품고 있는 꽃밭의 상징을 충분히 음미하기 위해 『고양이가 돌아오는 저녁』 이전의 세 권의 시집들까지 함께 떠올려보면 어떨까. 20년 전 첫 시집에서 시인이 "말은 이 세계를 찾아온 낯선 이방인이다/ 말을 할 때마다 말은/ 이 세계를 더욱 낯설게 한다"(「달빛은 무엇이든 구부려 만든다」, 『흙은 사각형의 기억을 갖고 있다』, 민음사, 1989)고 썼을 때, 시인은 언어의 사물살해를 흥미로운 듯 관찰하고 있었던 것 같다. 저 유명한 『정신현상학』에서 헤겔이 선언한 바, 언어는 결코 감각적이고 직접적으로 주어져 있는 사물 그 자체를 가리킬 수 없으며 말로 감각적인 것을 포착하려는 순간 감각적인 사물은 살해당하고 만다. 말이 세계를 낯설게 하는 이유가 여기에 있다. 언어가 소유한 신성한 본성, 머릿속에 떠오른 것을 곧장 방향 전환시켜 어떤 다른 것으로 만들어버리고 마는 마술적 힘을 발견하면서, 시인이 끊임없이 움직이는 '공중정원'(「공중정원」 연작)이라는 독특한 이미지를 만들어낼 때조차 '감옥' '사막' '폐허' '죽음' 등의 불길한 시어들이 달라붙는 이유가 여기에 있다.

송찬호가 존재의 대지 위에 언어에 의해 새겨진, 관(棺)이 들어갈 자리처럼 보이는 "사각형의 구덩이"를 발견한 것처럼(「흙은 사각형의 기억을 갖고 있다」), 헤겔은 디오니소스 축제에서 언어의 사물살해에서 오는 절망감을 읽었다. 헤겔의 시선에서 볼 때, 디오니소스 축제에 참여한 사람들은 그 감각적이고 직접적으로 주어진 존재의 덧없음에 절망한 나머지 그것들을 거침없이 먹어치워버리고 그것이 모조리 문드러지고 없어져버리는 것까지도 눈여겨보는 것이다.[1] 송찬호 초기 시를 짓누르고 있는 어둡고 무거운 공기, 고통스러운 우울함이 이 디오니소스 축제의 절망과 관련되어 있는 것은 아닐까. 송찬호의 공중정원에서 벌어지는 축제가 헤겔적인 시선에서 본 디오니소스 축제와 그리 멀지 않아 보인다.

여기서 렌하르트의 축제 모델을 떠올려보면 어떨까. 이 인류학자가 뉴칼레도니아 원주민에게 당신들의 축제의 의미가 무엇인가를 물었을 때, 원주민은 이렇게 답했다고 한다. "우리들의 축제는 (……) 단 하나의 지붕, 단 하나의 말을 만들기 위해 지붕의 짚단 부분들을 엮는 데 사용되는

---

1) G. W. F. 헤겔, 『정신현상학1』, 임석진 옮김, 한길사, 2005, 145쪽.

바늘의 움직임이다".[2] 비록 어떤 언어 혹은 기호 혹은 상징이 사물 그 자체를 직접 가리킬 수는 없겠지만 한 언어, 기호, 상징을 중심으로 우주 전체를 덮는 지붕(우주 전체에 대응하는 해석틀)을 만드는 일은 가능할지도 모른다. 뉴칼레도니아 원주민의 축제 모델이란 우주를 해석하는 틀로서의 지붕 만들기의 일종일 것이다.

송찬호가 공중정원에서 아프리카를 품은 꽃밭으로 시적 무대를 옮긴 것을, 혹시 헤겔적 축제 모델에서 뉴칼레도니아 원주민의 축제 모델로의 변경으로 이해할 수는 없을까. 이제 시인이 흥미롭게 바라보는 것은 언어의 사물살해가 아니라 신화적 기호들의 생명력인 것 같다. 송찬호는 작은 꽃밭의 주위에 신화적 기호들을 모으고 그 기호들로 향기로운 꿈을 엮어 보이고 있지 않은가. 그가 세번째 시집을 출간하면서 '시업(詩業)의 지붕'에 대해 언급한 것을 이와 연관지어 생각할 수도 있을 것이다.

그런 점에서 본다면 이제 송찬호에게 남아 있는 내기란 단 하나인 것 같다. "찬란한 저 꽃밭에" 과연 "생활의 문"을 세울 수 있을 것인가(「꽃밭에서」). 저 아프리카의 뜨겁고 거대한 꿈을 고립되고 폐쇄된 '공중정원'에서 끄집어내어 우리의 삶 속으로 끌고 들어올 수 있을 것인가. 그렇게 해서 우리의 삶 전체를 감싸는 지붕을 엮을 수 있겠는가. 송찬호가 네번째 시집에 가꿔놓은 꽃밭에 저 수많은 시인 동물들이 우글우글한 것을 보면 이 내기는 이기는 쪽으로 조금 기울어지고 있는 것 같다.

(2009)

---

2) 질베르 뒤랑, 『상상계의 인류학적 구조들』, 진형준 옮김, 문학동네, 2007, 515쪽에서 재인용.

우르르 넘어지는 볼링핀처럼
— 신해욱의 『생물성』

1

〈시네마 천국〉에서 영사 기사 역을 연기했던 필립 느와레는 〈일 포스티노〉에서 파블로 네루다 역을 맡아, 시에 대한 훌륭한 정의 가운데 하나를 자신의 대사로 전해주었다.

시, 그것은 메타포.

참으로 그러하다. 외로움에는 아무런 시적인 것이 없다. "나는 터널처럼 외로웠다"(파블로 네루다, 「한 여자의 육체……」, 이하 강조는 인용자)고 쓸 때, 시는 탄생한다. 연인의 육체에 대한 그리움 자체에는 아무런 시적인 것이 없다. 시는 그 육체를 "내 깊은/ 욕망이 이주(移住)하는 집과도 같고/ 내 진한 키스가 뜨거운 석탄처럼 떨어지고 있었던 가슴"(「나는 기억한다 그 최후의 가을에……」)이라고 쓸 때, 탄생한다. 이 바람둥이 청년이 열아홉 살에 쓴 시들, 그것은 뜨거운 사랑을 내용으로 하고 있기 때문에 시의 자격을 얻는 것이 아니라, 오직 그 온도에 상응하는 메타포'이기' 때문에 시가 된다. 시가 어떤 내용을 담고 있는가에 대해서 묻고 대답할 수는 있지만, 그것은 언제나 부차적이다. 시는 다른 무엇보다도 우선 메타포 그 자체이기 때문이다.

2

『생물성』[1]의 어떤 시들은 의미가 통하지 않는 것처럼 보이지만 우리는 거기에 아무런 불만이 없다. 앞에서 쓰지 않았는가. 시는 메타포라고. 메타포가 원관념을 효과적으로 재현하기 위해 보조관념을 동원하는 기법이라는, 교과서의 가르침은 완전히 잊기로 하자. A를 설명하기 위해 B를 도입하는 것이 아니라, A라는 대상에 B라는 대상을 충돌시켜 거기서 나오는 스파크로 X라는 섬광과도 같은 이미지를 탄생시키는 것, 그것이 메타포이다. B처럼 보이지만 그것의 의미는 A라고 설명하는 것은 시를 읽는 것과 관계없는 일이다.

『생물성』의 어떤 낯선 면들을 대하면서 이것이 어떤 '의미'인지를 묻는 행위는 언제나 부차적이다. 그것은 시가 어떤 원관념을 감추고 있다는 생각을 전제할 때 시작되는 질문이다. 원관념도 보조관념도 없이, 역설적이고 무의미한, 섬광과 같은 관념-이미지를 목도하는 것, 그것이 시를 읽는 즐거움의 핵심이다. 우리는 『생물성』을 읽는 내내 즐겁다.

3

그러므로 『생물성』이 포함하고 있는 심오한 성찰에 대해 이야기하는 것은 부차적이다. 다만 다음과 같은 구절에서 오는 특별한 감각을 즐길 수 있는가 하는 것이 중요하다. 누군가가 전화를 걸어 앞뒤 맥락을 모두 무시하고 "기다려, 지금 갈게"라고 말할 때, 상대방이 자신에게 걸려 있는 모든 제약을 물리치고 다만 나를 향해 다가오겠다고 말했을 때, 상대방이 나를 위해 필요한 모든 조치를 할 것이니 아무 수고도 하지 말고 다

---

1) 신해욱, 『생물성』, 문학과지성사, 2009. 이하 이 시집에서 인용할 경우 본문에 제목만을 표기한다.

만 자신을 기다리면 된다고 말했을 때, 그 조금 감격적이고 약간 멍한 심정을 '서술'하는 것에도 시적인 면이 없지는 않겠지만 그것이 시는 아니다. 그것이 시가 되는 순간은 "식민지가 된 것처럼 나는 조용했다"(「벨」)의 메타포로 쓰여서 특별한 감각이 돋아나는 순간이다.

이 특별한 감각을 생성시키는, 지금까지 누구도 써보지 못한 메타포들을, 신해욱은 아무렇지도 않게 마구 만들어낸다. 이 얼마나 놀라운 재능인가. 약간의 외로움과 설렘이 섞인 소녀 같은 목소리로 "나는 도마뱀 같은 날씨. 약간 얼어붙은 이런 자세로// 키스를 하고 싶어"(「헨젤의 집」)라고 말할 때, "세상에는 언제나/ 한 명의 체조선수가 부족하고/ 나는 심장이 뛴다"(「비밀과 거짓말」)고 말할 때, 우리는 "우르르 넘어지는 볼링핀처럼"(「보고 싶은 친구에게」) 신해욱의 시가 좋아진다. 스트라이크 순간의 볼링핀처럼 데굴데굴 구르며, 여지없이 무너지며, 경쾌한 소리를 비명처럼 내지르며 신해욱의 시가 좋아진다.

4

그러므로 지금부터 쓰는 것들은 모두 부차적인 이야기들일 뿐이다.

5

오늘날 젊은 시인들에게서 '익명성'의 징후를 포착하려는 논의들이 있었다.[2] 이러한 논의의 요점은 아마 이런 식으로 요약될 수 있을 것이다. 1인칭의 세계, 명징성의 세계, 자기 동일성의 세계에서 탈출하려는 의지, 그 세계의 외부를 탐험하고자 하는 욕망, 이미 그 외부에 존재하고 있음이야말로 김소연, 김행숙, 황병승 등이 보여주는 중요한 특징이라는 것이다.

---

2) 신형철, 「시뮬라크르를 사랑해」, 김행숙, 『이별의 능력』 해설, 문학과지성사, 2007; 서동욱, 「익명의 밤」, 『세계의 문학』 2007년 가을호; 이광호, 「익명적 사랑, 비인칭의 복화술」, 『현대한국시』 2008년 여름호.

김행숙의 시가 그렇게도 얼굴(이것이야말로 '자아'를 대표하는 자기 동일성의 육체적 증거가 아닌가)을 미워하는 듯이 보이고, '얼굴의 몰락'을 그렇게도 집요하게 이미지화한 이유가 여기에 있다. 동일한 방향을 가리키는 황병승 시의 한 구절을 골라본다면 아마도 이런 것. "나의 진짜는 뒤통수인가봐요/ 당신은 나의 뒤에서 보다 진실해지죠/ 당신을 더 많이 알고 싶은 나는/ 얼굴을 맨바닥에 갈아버리고/ 뒤로 걸을까봐요"(「커밍아웃」).

그런 점에서 익명성의 밤에 시를 쓰는 시인 가운데 한 사람인 김소연이 『생물성』의 발문에서 대번에 '1인칭의 변신술'을 감지하는 것은 썩 자연스럽다.

6

『생물성』의 경쾌함, 유동하는 상태와 변화, 움직임에 대해 선호하는 경향은 아마도 이 익명성, 얼굴 없음의 맥락과 연결되는 것 같다.

신해욱이 내세우는 화자들은 대체로 이런 식이다. "이목구비는 대부분의 시간을 제멋대로 존재하"는데도 "나는 정돈하는 법을 배운 적이 없다"(「축 생일」). 나는 "몇 번씩 얼굴을 바꾸며/ 내가 속한 시간과/ 나를 벗어난 시간을/ 생각한다"(「끝나지 않는 것에 대한 생각」). "금자의 가위는 나를 위해 움직이고" "머리칼은 제각각의 각도로/ 오늘을 잊지 못할 것이고" 그렇기 때문에 현재가 가리키고 있는 미래의 좌표는 자꾸만 바뀌고 만다("미래의 우리는/ 이런 게 아니었을지도 모르지만", 「금자의 미용실」). 나는 기차처럼 "자꾸만 길어"지고, "나의 웃음과 함께" 꽉 짜여 있는 동일성의 세계인 "시간이 분해되고 있다". 자기동일적인 '나'의 배치 사이로 자꾸만 '다른 나'가 지나간다. "가볍고/ 끔찍하게"(「레일로드」).(이하 강조는 인용자)

그러므로, 『생물성』 또한 저 익명성의 밤으로부터 자라 나온 것처럼 보인다.

7

『생물성』의 도처에 익명성의 흔적이 깔려 있다. 하지만 그것이 탐험하고 싶은 미지의 영역이거나 존재의 위치를 옮겨야 할 신대륙으로 그려지고 있지는 않다. 신해욱은 익명성의 사태를 흥미로운 듯 관찰할 때보다, 익명성의 사태가 만들어내는 어떤 유동성, 어떤 출렁거림에서 슬픔을 감지할 때가 더 많다. 예컨대 이런 장면들.

누군가의 꿈속에서 나는 매일 죽는다

나는 따뜻한 물에 녹고 있는
얼음의 공포

(……)

나는 피를 흘리고

나는 인간이 되어가는 슬픔

　　　　　　　　　　　　　　　—「끝나지 않는 것에 대한 생각」 부분

정성껏 밑줄을 긋고
한쪽 눈으로 눈물을 흘린다.

(……)

나는 같은 자세로 앉아
자꾸만 같은 줄을 읽으며

나를 지나
그냥 가버리고 마는 이들을
지키고 있다.

　　　　　　　　　　　　　　　—「호밀밭의 파수꾼」부분

앞으로는 이름을 나눠 갖기로 하자.
아주 공평하게.

지금까지의 시간은
너무 이기적이고 외로웠어.

　　　　　　　　　　　　　　　　　—「따로 또 같이」부분

얼굴이 없는 불행을 견디기엔
나는 너무 나약했다.

　　　　　　　　　　　　　　　　　　—「생물성」부분

8

　'하나'의 자아를 제왕의 자리에 올려놓는 시는 갑갑하다. 그것은 늘 무
엇인가를 빠뜨린 채로, 문자 그대로 '자아도취'에 빠져든다. 이러한 나르시
시즘을 타격하려는 듯, 갑옷처럼 자아를 둘러싼 관습적 언어의 파괴에 골
몰하는 시(를 읽고자 하는 욕망)는 안타깝다. 우리에게 필요한 것은 관습적
언어의 파괴 그 자체보다는 새로운 언어가 떠오르는 순간이기 때문이다.
　신해욱은 이렇게 썼다. "한 번에 한 사람이 된다는 건 충분히 좋은 일",
하지만 "한꺼번에 한 사람이 될 수 없다는 건 조금 슬픈 일"(「눈 이야기」).
논의의 편의상 약간의 변경을 가하자. "익명성의 밤에, 완강하게 굳은 표

정의 얼굴 밑에 숨어 있던 수많은 '나'들이 모습을 드러내는 것은 충분히 좋은 일, 하지만 그 모든 것이 한 사람이 되지 못하고 분열된 채로 흩어져버리는 것은 조금 슬픈 일".

이것을 질문의 형태로 바꿔본다면 이런 식이 될 것이다. '나를 그냥 지나쳐가버리는 그 많은 나들, 얼음처럼 녹아 없어지는 나들, 이들을 어떻게 따로 또 같이 함께 있게 할 수 있을 것인가'. '우리는 어떻게 분열증자가 아니면서, 그러나 자아도취의 파시즘을 거부한 채 한 사람으로 살아갈 수 있을 것인가'.

「따로 또 같이」는 이런 질문들과 가까이 있는 것처럼 보인다. 분열된 자아들 각각이 자신의 권리만을 내세울 때 "지금까지의 시간은/ 너무 이기적이고 외"롭게 느껴진다. 그러므로 "앞으로는 이름을 나눠 갖기로 하자". 혹은 이런 식. "우리 집에 가자./ 우리 집에는/ 이름이 아주 많아"(「방명록」). 아담이 거대한 이름의 목록으로 신이 창조한 세계에서 어떤 조화로움을 재발견했던 것처럼, 그렇게 『생물성』은 익명성의 밤에 드러나는 모두에게 이름을 나눠주기로 한 것일까.

여기서 주의할 것은 이름이, 무엇인가를 가리키기 위해서 임시로 부여한 기호가 아니라는 점이다. 아담이 쓰는 이름이 그랬던 것처럼, 신해욱이 나눠 갖기를 소망하는 이름은, 대상이 우리에게 말 걸어오는 방식에 대한 응답이며 대상 그 자체의 언어적 본성에 대한 번역일 것이다.

9

그렇게 해서 『생물성』은 익명성 위에 조심스럽게 '이름을 부르지 않는 것은 아닌' 세계를 세우고 싶어한다. 그 때문에 『생물성』의 화자들은 종종 수줍게 외로움을 고백하며 상대방의 손을 잡으려 하고(「손」「맛」), "누구니, 라고 묻는다면/ 나야, 라고 대답할"(「100%의 집」), 모두가 따로 있으면서 함께 친숙한 공간인 '집'에 대한 설계도를 그려보기도 한다(「헨젤의 집」).

이름의 세계도 아니지만, 익명성의 세계도 아닌, 이름을 부르지 않는 것은 아닌 세계에서 우리는 새로운 이름, 아담의 이름을 다시 발견할 수 있을까? 그렇게 되면 우리는 "우르르 넘어지는 볼링핀처럼" 저마다의 각도로 같이 쓰러지는 열 개의 볼링핀이 놓인 자리, 삼각형의 집, 자아도취와 분열증 사이의 공간을 발견할 수 있을까?

(2009)

3부

누구도 너무 많이
슬퍼할 수는 없다

길들여지지 않은 슬픔을 땅에 묻다
— 박준론

박준의 첫 시집 『당신의 이름을 지어다가 며칠은 먹었다』(문학동네, 2012)의 맨 뒤에는 「세상 끝 등대 2」가 실려 있다. 이 시를 읽은 후로는 앞서 읽었던 박준의 다른 시들을 이 시와 연관짓지 않고 읽기가 힘들어졌다. 그것은 잘못된 길로 접어든 개인적 독서 체험에 불과할 뿐이라는 생각이 들기도 했지만, 아직 이 편견에서 벗어나지 못했다. 편견 쪽으로 기울어진 채 쓴다.

「세상 끝 등대 2」의 사진은 어딘가 모르게 쓸쓸하다. 너무 쓸쓸한 나머지 위태롭거나 심지어 불길하기까지 하다.

여자는 어디론가 나가려 한다. 오른팔은 이미 문밖으로 빠져나가 있고 몸 전체가 바깥쪽으로 약간 기울어져 있다. 여자의 뒷모습은 그녀를 바라보는 시선에 대해 너무나 방심한 혹은 무관심한 채로 방을 빠져나가고 있는데 바로 그 방심/무관심이 우리를 쓸쓸하게 한다. 여자는 자신을 바라보는 우리의 시선을 포함해서 뒤쪽으로 남겨놓은 것들에 대해 아무런 주의도 기울이고 있지 않다. 주의를 기울이지 않고 여자의 왼손은 뒤로 뻗어나와 문고리를 잡고 있다. 빠져나가는 것과 동시에 이루어질, 곧이어 닥

1981~2008

—「세상 끝 등대 2」

칠 문의 닫힘. 여자와 함께 가려는 듯 혹은 가지 말라고 팔을 붙잡으려는 듯 여자의 등뒤에 바짝 붙어 있는 우리의 시선은 이제 곧 거절되고 차단될 것이다. 어쩌면 카메라가 잡아내지 못하는 여자의 얼굴은, 그녀의 등이 방심/무관심한 것과는 반대로 기대와 흥분에 차 바깥을 갈망하고 있는지도 모른다. 그러한 갈망 때문에 여자는 뒤쪽을 모두 잊었을 것이다. 여자가 어딘지 모를 곳으로 우리를 남겨둔 채 떠나버릴 것이기 때문에, 여자가 그 생각에 골몰하느라 우리를 잊고 있어서, 게다가 여자는 우리가 따라오지 못하게 문을 닫아버릴 것이기 때문에, 이 사진은 우리를 쓸쓸하게 한다.

여자가 '혼자서' 빠져나가고 있기 때문에, 쓸쓸한 것은 우리만이 아니다. 어디로 가려는지 그곳은 우리와 함께 갈 수 있는 곳은 아닌 것 같다. 아마 지금 여자도 쓸쓸할 것이다(그런데 여자는 어디로 가려는 걸까? 왼편 어깨 너머로 보이는 또다른 문의 안쪽으로? 계단을 올라 저 위쪽으로? 아니면 계단을 비추고 있는 저 거울 속으로?). 쓸쓸해 보이는 여자의 너무 얇고

하늘거리는 가벼운 옷차림은 그리고 그 위에 드러난 맨살의 등은, 유혹적이거나 아름답다기보다 위태로워 보인다. 너무 부드러워서 연약하고 그렇기 때문에 곧 사라져버릴 것 같은 위태로움.

그리고 무엇보다 저 숫자들의 불길한 조합, "1981~2008". 1981년에 태어나 2008년에 생을 마감한 저 젊은 여자, 죽기에 너무 어린 저 여자는 누구인가. 박준은 1983년생이니, 그와 각별했을 친누나인지도 모르겠다. 금속 재질의 문고리에 비친 작게 일그러진 그림자들 속에, 머지않아 닥칠 누나의 죽음을 아직 모르는, 그러나 어떤 쓸쓸함과 위태로움과 불길함을 예감하며 그게 뭔지 몰라 당황하는 동생의 얼굴을 찾아볼 수 있을까. 우리가 저 부분을 확대해보면 어린 시인의 표정을 확인할 수도 있지 않을까. 확대해보지 않아도 시인은 현재의 상실감 위에 사진을 찍었던 과거에 예감했던 느낌들을 겹쳐놓으며 어떤 슬픔 속으로 매번 굴러떨어지고 있을지도 모르겠다. 아직까지도.

그러나 푼크툼(코드화된 정보와 길들여진 정서를 초과하는 것, 보는 사람의 눈을 찌르며 들어오는 어떤 것-인용자)은 그가 곧 죽는다는 것이다. 내가 동시에 읽는 내용은 그 사실은 존재할 것이고 그것은 존재했다는 것이다. 나는 죽음이 걸려 있는 전미래를 공포를 느끼며 지켜본다. 포즈의 절대적인 과거(정해지지 않은 부정과거)를 나에게 제시하면서 사진은 미래의 죽음을 말하고 있다. 나를 찌르는 것은 이와 같은 등가성의 발견이다. (……) 나는 위니코트의 정신병자처럼, 이미 일어난 재앙에 대해 전율했다.[1]

---

1) 롤랑 바르트, 『밝은 방―사진에 관한 노트』, 김웅권 옮김, 동문선, 2006, 119쪽. 강조는 인용자.(여기서 롤랑 바르트가 제시하는 사진은 알렉산더 가드너의 〈루이스 페인의 초상〉, 미국의 국무장관을 암살하려 한 혐의로 교수형을 기다리는 루이스 페인을 찍은 것이다. 이상한 말이지만, 루이스 페인은 독방에 앉아 수갑을 차고 앉아 있는데도 아름답다. 그리고 그 점이 더 슬프다.)

우리는 이제 곧 저 문이 닫힐 것처럼 사진 속의 그녀에게 이제 곧 죽음이 닥칠 것이라는 점을 안다. 이미 죽은 그녀가 다시 죽을 리가 없지만, 그것은 이미 일어났고 지나간 재앙인데도, 사진이 정지시킨 장면으로 곧 들이닥칠 파국의 미래가 두렵다. 푼크툼은 그녀가 곧 죽는다는 것이다. 그것이 우리를 찌른다. 그래서 이 사진은 쓸쓸하다못해 위태롭고 불길하다. 그러나 이 사진은 그 누구보다 시인을 가혹하게 찌르고 있지 않은가. 그런데 왜, 누구보다 자신에게 가혹한 슬픔을 환기시킬 이 사진으로 시인은 한 편의 시를 구성하고 자신의 시집에 수록하고 또 그것이 시집의 수 페이지를 뚫고 뒤표지에까지 노출되는 것을(시집을 덮어도 보지 않을 수가 없다. 죽기에 너무 어린 저 여자의 쓸쓸한 등을. 그러나 도대체 죽기에 합당한 나이라는 것이 있을까) 수락한 것일까?

*

저 사진을 보고 있노라면, 앞에서 우리가 이미 인용했지만, 롤랑 바르트의 『밝은 방』이 떠오른다.

병들어 있던 앙리에트 벵제(Henriette Binger)는 1977년 10월 25일 사망한다. 어머니가 돌아가신 탓에 감당할 수 없는 슬픔에 휩싸인 사내가 그 슬픔에 대해 짤막한 문장들을 써내는 것으로 간신히 그 슬픔을 조금씩 흘려보낼 수 있었다. 일반 노트를 사등분해서 만든 쪽지를 책상 위에 준비해두고 어머니가 돌아가신 다음날부터 2년 동안 아들은 긴 일기를 쪽지에 이어 쓴다. 1977년 10월 26일의 첫 메모는 "결혼의 첫날밤./ 그러나 애도의 첫날밤인가?"이고 1979년 9월 15일의 마지막 메모는 "슬프기만

한 수많은 아침들……"이다.[2] 2년 동안 쪽지들 위로 슬픔을 조금씩 흘려보내려고 했던 사내는 그러나 끝까지 슬픔을 길들이지 못했다. 2년이나 지났건만 여전히 "슬프기만 한 수많은 아침들……" 쪽지 쓰기를 그만두고 반년 뒤에 사내는 작은 트럭에 치이고 입원 치료를 받다가 한 달 후인 1980년 3월 26일 사망한다. 입원한 사내를 찾았던 방문객들은 그가 아직도 어머니의 죽음에서 벗어나지 못해 회복하려는 의지가 별로 없는 듯했다고 증언했다. 그것이 롤랑 바르트의 죽음이었다.(그의 쪽지들을 묶은 것이 『애도 일기』다.)

1979년 3월 29일자 『애도 일기』에서 롤랑 바르트는 자신이 죽고 난 뒤 이제 어머니를 기억해줄 사람조차 남지 않는다면 그것은 견딜 수 없는 일이라고 쓴다. 그리고 이 꾸준한 일기에서는 드물게도 한 달 동안 아무것도 쓰지 않는다. 롤랑 바르트는 1979년 4월 15일부터 6월 3일까지, 『애도 일기』를 거의 중단한 채로, 『밝은 방』을 집필한다. 그는 『밝은 방』을 끝내고 나서야 『애도 일기』로 돌아올 수 있었다. 돌아올 수 있었다기보다 『애도 일기』 자체를 끝낼 수 있었다. 『밝은 방』 『애도 일기』가 낳은 또하나의 '애도 일기' 혹은 어머니를 위해 세운 기념비.

롤랑 바르트가 생전에 마지막으로 출간한 이 책 『밝은 방』이 사진이라는 예술 장르 일반에 대한 분석이라고 생각되지는 않는다. 비록 이 책의 부제가 '사진에 관한 노트'라 하더라도 사정은 마찬가지다. 바르트가 『밝은 방』에서 수행한 것은, 그가 이 책을 집필할 즈음 오래 들여다보던 한 장의 사진, 그런데도 정작 이 책에는 수록되어 있지 않은 미지의 사진이 롤랑 바르트 자신에게 선물했던 어떤 체험을 음미하는 것이었다. 1898년 셴비에르의 온실 화원에서 찍은 5세 소녀 앙리에트 벵제, 어머니의 사진이 선물한 것에 대한 음미. 나머지는 이 음미를 위한 예비 작업일 뿐이다.

---

2) 롤랑 바르트, 『애도 일기』, 김진영 옮김, 이순, 2012, 13쪽, 254쪽.

저 유명한 '스투디움'과 '푼크툼'의 개념 구분조차도.

그러나 나의 슬픔은 정확한 이미지, 정당함이자 동시에 정확함인 이미지를 원했다. 다만 하나의 이미지, 그러나 정확한 이미지를. 나에게는 온실 사진이 그런 것이었다. 단 한 번 사진은 추억만큼 확실한 감정을 나에게 주었다.[3]

그러나 온실 사진은 진정 본질적이었다. 그것은 나에게 유일한 존재에 대한 불가능한 앎을 유토피아적으로 완수해주었다.[4]

그러나 그때 모든 것은 흔들렸고 어머니를 마침내 어머니 자체로 되찾았다.[5]

롤랑 바르트의 요점은, 그가 어머니를 잃고 나서 그 슬픔을 감당할 수 없었다는 것, 그것은 나중에 가서 결국 완화될 당분간의 상실의 불편함 같은 것이 아니라는 것, "사랑의 관계가 찢어지고 끊어진 바로 그 지점"[6]의 상처가 "그것이 일어났던 그 순간처럼 지금 여기에서도 똑같이 생생"[7]하게 언제나 다시 고통스럽게 만들었다는 것, 그럼에도 불구하고 '온실 정원' 사진이 결국 어머니를 되찾게 해줬다는 것, 깊은 슬픔 속에서 오히려 어머니의 본질과도 같은 무엇을 느끼고 마치 어머니와 함께 있는 듯한 신비로운 느낌 속에서 행복했다는 것, 바로 그 순수한 슬픔으로 들어가

---

3) 『밝은 방』, 89쪽.

4) 같은 책, 91쪽.

5) 같은 책, 92쪽.

6) 『애도 일기』, 47쪽.

7) 같은 책, 82쪽.

있는 동안만 상처에 의한 전율 속에서 어머니와의 불가능한 만남이 가능했다는 것이다. "내가 거주하는 곳은 나의 무거운 마음 안이다. 그리고 그 안에서 나는 행복하다."[8]

박준의 시 「세상 끝 등대 2」가 어떤 의미에서는 강조되면서 시집의 마지막에 고통스럽게 수록된 것을 이런 맥락에서 이해할 수 있을지도 모르겠다. 무거운 마음 속에서 행복을 찾고, 고통 속에서 사랑을 현재화하는 역설적인 미로의 맥락에서.

*

여자가 시인에게는 "등대"였다면, 그 등대가 "세상 끝"에 서 있다면, 시인의 항로는 세계와 바깥 사이를 방황하는 것이다. 저쪽, 너머, 그곳의 언덕 쪽으로 여자는 빠져나갔지만 여자의 이미지가 세계와 바깥의 접경지대, 세상의 끝에 남아 어떤 빛을 뿌리고 있으니까. 그 빛에 이끌려 박준의 시는 쓸쓸하고 슬프지만 행복한 방황을 지속하고 있는 것처럼 보인다. 박준의 시에 자주 등장하는 저 많은 애인들, 미인들이 모두 '죽기에는 너무 어린 그 여자'로 환원될 수 없는 것은 분명한데도 그 여자들에게서 '뒷모습이 쓸쓸한 저 여자'가 뿌리는 빛을 지우고 박준의 시를 읽기는 어려웠다. 애인들, 미인들을 사진 속의 여자로 읽는 것은 나의 착각이지만 그러나 나만의 착각은 아닐 것 같다. 무엇보다 시인 자신이 그런 착각 속에서 애인들, 미인들을 만나고 있다고 하면 편견이 너무 심한 것일까.

롤랑 바르트는 1979년 여름, 그러니까 『밝은 방』을 탈고한 직후이자 『애도 일기』가 거의 끝나갈 무렵에 소설을 쓰려고 했지만 그가 소설가로

---

8) 같은 책, 183쪽.

서의 욕망을 갖고 있었다고 생각되지는 않는다. 그는 다만 '온실 사진'에서 되살렸던 황홀한 일치의 순간을, 어머니의 목소리를 들으면서 글쓰기 속에서 고통스럽게 지속시키려고 했던 것 같다.

> 강의록을 쓰면서 나는 나만의 소설(Mon Roman)을 쓰려고 한다. 그러면서 고통스러운 마음으로 마망이 남겼던 마지막 말들 중에서 하나만을 생각한다: *나의 롤랑! 나의 롤랑!*(Mon Roland! Mon Roland!) 울고 싶은 마음.[9]

어머니의 모든 목소리를 함축하는 "Mon Roland!"(『애도 일기』에서 롤랑 바르트가 떠올리는 어머니의 목소리는 바로 이 부름으로 여러 차례 반복된다. 이 부름, 그러니까 만남을 위한 호출)을 자신의 글쓰기 "Mon Roman"으로 번역하여 보존하고 표현하며 누리기('새로운 삶(Vita Nova)'이라는 제목으로 구상된 이 소설은 마망, 어머니를 주인공으로 하고 있다).

롤랑 바르트의 쓰여지지 않은 소설이 감당하려고 했던 그 역할이 내게는 『당신의 이름을 지어다가 며칠은 먹었다』가 읽히는 방식이었다. 하지만 애인들과의 행복한 시절이나 이별을 통해서 시인이 누나와의 다정했던 시절이나 사별을 반복하고 증식하면서 추억에 잠겨들 수 있었다고 말하려는 것이 결코 아니다. 그런 서글픈 혼동이 이 시집 안에는 분명히 있지만, 혼동의 결과로 '다른 여자'의 얼굴에서 '바로 그 여자'의 얼굴을 떠올릴 수 있었다는 것이 아니다. 혼동 자체가 그 여자이기 때문이다. 사라지는 이미지로 남은 여자가 '세상 끝 등대'로 서서 던지는 빛이 하도 강렬한 탓에 살아남은 한 남자의 시선이 그만 교란되고 말았다는 것, 바로 그 교란, 그 교란을 일으키는 등대의 빛의 형태로 '바로 그 여자'와의 만남이

---

9) 같은 책, 226쪽.

지속되고 있다는 것이다. 사진 속의 여자, '죽기에는 너무 어린 그 여자', '뒷모습이 쓸쓸한 저 여자'는 세상 끝 등대에서 쏟아져나오는 쓸쓸하고 위태롭고 불길한 (그러나 다정하고 행복한) 빛, 살아남은 남자를 혼돈에 빠뜨리는 보이지 않는 파국의 천사의 모습으로 이 시집에 새겨져 있는 것이다. 살아남은 남자의 혼돈과 방황[10] 속에서 우리는 그 빛의 강렬함을 느낄 수 있다.

*

이쯤에서 우리가 '애도'에 대해서 말해야 한다고 생각될지도 모르겠다. 죽은 그녀에 대한 애도. 하지만 "애도에 대해서 말하지 말자. 그건 너무 정신분석학적이다. 나는 슬픔 속에 있는 게 아니다. 나는 슬퍼하는 것이다".[11]

우리에게 찾아온 너무나 과도한 슬픔, 다시 말해 우리 정신조직의 비상사태를 어떻게 벗어날 것인가 하는 것이 정신분석학의 관심이라면, 그런 맥락에서의 '애도'를 떠올릴 필요는 없다.[12] 벗어날 수 있는 비상사태 속에 우리는 잠깐 머물러 있는 것이 아니다. 우리의 존재 깊숙한 곳에 슬픔이 침투해 있으며 슬픔은 이제 우리의 존재 그 자체와 분리되지 않는다("나

---

10) 살아가면서 만나는 매 장면에서 "낯설지 않"은 것(「동지(冬至)」), "낯익은 것들"(「동백이라는 아름다운 재료」)을 다시 만나는 듯한 착각. 길을 잃고 같은 자리를 맴돈다는 느낌(「눈을 감고」).

11) 『애도 일기』, 83쪽.

12) 정신조직의 비상사태에서 빠져나오지 못하는 '멜랑콜리'의 경우도 사정은 마찬가지다. 멜랑콜리는 겉보기에 과도한 슬픔을 지속하는 것처럼 보이지만, 상실의 대상에 대한 아픔의 지속이라기보다 상처를 당한 자기 자신에 대한 거부이며 상처를 받아서는 안 되는 자기에게 상처를 준 상대방에 대한 비난이라는 점에서, 상실의 대상을 자기 자신으로 '대체'하는 데 성공하고 있다고 말할 수 있다. 잘 수행된 애도가 상실한 사랑의 대상을 다른 대상으로 '대체'한다는 점에서, 멜랑콜리와 애도는 그렇게 거리가 멀지 않다. 이 점에 대해서는 김진영, 「바르트의 슬픔」, 『애도 일기』 해설을 참조.

는 슬픔 속에 있는 게 아니다. 나는 슬퍼하는 것이다.")。 여기서 중요한 점은 바로 그러한 분리 불가능한 슬픔이라는 조건 속에서, 신비하게도 상실의 대상과 우리가 다시 만날 수 있다는 것이다. 저 길들여지지 않은 슬픔은 그저 병적인 것이 아니다! 그런데 그 신비한 만남은 어떻게 가능한가?

롤랑 바르트가 『밝은 방』에서 참조하고 있는 『잃어버린 시간을 찾아서』의 한 대목, 「마음의 간헐(間歇)」을 우리 또한 참조해야 할 것 같다. 프루스트는 문득 돌아가신 할머니를 떠올린다. 그것은 추억 안에서 이미 지나가버린 한 장면의 메아리가 아니라 "나의 진짜 할머니의 얼굴이었다".[13] 할머니와 만나고 있다는 느낌이 어찌나 강렬했던지 지금 여기서 내가 만나고 있는 이 할머니가 현실의 시간 속에서는 죽고 없다는 사실이 오히려 가슴을 찢는 듯했다. 마치 연속되고 있는 현실의 시간을 갑자기 중지시키고 절단한 뒤, 할머니가 돌아가신 '바로 지금'과 이제는 한참 지나버린 할머니가 살아계셨던 '과거의 한순간'을 시간의 바깥에서 접속시키는 듯한 마법. 고통과 기쁨을 동시에 함축하고 있는 마법.[14]

프루스트는 이 황홀한 고통에 대해 이렇게 쓴다. "이 아픔이 아무리 잔혹하더라도, 나는 힘껏 거기에 정신을 집중시켰다. 이 아픔이야말로 할머니의 추억의 결과이자, 할머니의 추억이 내 속에 나타나 있다는 증거라는 걸 절실히 느꼈기 때문이다. 할머니가 이제는 고통을 통해서밖에 참말로 상기되지 않음을 나는 느꼈다. 그렇다면 할머니에 대한 기억을 고정시키고 있는 이 못이 더욱 단단하게 내 속에 박히려무나."[15] 그는 자신의 가슴을 찢고 들어오는 고통의 못을 원했다. "왜냐하면 단지 괴로워하고 싶었

---

13) 마르셀 프루스트, 『잃어버린 시간을 찾아서 4—소돔과 고모라』, 김창석 옮김, 정음사, 1994, 150쪽.

14) 시간의 바깥에 놓인 저 마법의 공간을 모리스 블랑쇼는 '순수시간'이라고 불렀다. 「프루스트의 경험」, 『도래할 책』, 심세광 옮김, 그린비, 2011, 29~41쪽 참조. 롤랑 바르트가 『밝은 방』에서 프루스트를 읽을 때 참조하는 것이 블랑쇼이기도 하다.

15) 『잃어버린 시간을 찾아서4—소돔과 고모라』, 153쪽.

을 뿐만 아니라, 내가 받은 고뇌의 정직한 발생을 (……) 존중하고 싶었기 때문이다."[16] 바로 그 고통의 독특함에 영원히 상실한 그 무엇인가의 환원 불가능한 본질이 반영되어 있기 때문이다. 우리가 어떤 대상에 대해 고통을 느낄 때 그 고통에도 특정한 형상이 있다면 그 고통의 형상이야말로 상실한 대상의 본질을 나타내고 있는 것이 아닐까? (마치 짠맛의 독특한 형상이 소금의 본질을 나타내고 있는 것처럼, 단맛의 독특한 형상이 설탕의 본질을 나타내고 있는 것처럼) 그러므로 고통의 독특함은 존중되어야 한다.

끊임없이 이어지는 시간의 바깥에서 '지금 이 순간'과 '상실한 과거의 어떤 순간'을 충돌시킬 때 맛볼 수 있는 상실의 고통이 무엇과도 바꿀 수 없는 상실의 대상 바로 그것을 생생하게 다시 체험하게 하는 것이라면, 그렇다면 고통의 못이여 내 가슴을 찌르라. 고통을 진정시키는 애도 따위는……

*

『당신의 이름을 지어다가 며칠은 먹었다』의 도처에 죽음과 이별의 분위기가 고여 있지만 그녀를 위한 애도를 찾기 어려운 것은 이러한 이유 때문일 것이다. 아무것도 매듭지어지지 않고 어떤 상태도 수습되지 못한 것도 같은 이유 때문일 것이다. 그녀의 죽음을 가장 직접적으로 드러내는 두 편의 시, 「오늘의 식단─영(暎)에게」와 「학(鶴)」도 애도의 시라기보다는 황홀한 고통의 시라고 해야 할 것 같다.

「오늘의 식단─영(暎)에게」에서 나는 오늘 너를 화장하고 돌아오는 길이다. "산 사람은 살아야 하지 않겠냐"는 친구들과 함께 식당으로 들어가 해장국을 먹지만 그것은 먹는다기보다는 "밀어넣"는 일이다. "너를/ 화구에 밀어넣"었던 나는 지금 입으로 밀어넣고 있는 해장국의 색이 너의

---

16) 같은 쪽.

색과 같다고 생각하느라 운다. 울면서 생각한다 "사람의 울음을/ 슬프게 하는 것은/ 통곡이 아니라// 곡과 곡 사이/ 급하게 들이마시며 내는/ 숨의 소리였다"고. 한없이 길어질 것 같은 길고 처량한 울음 사이, 살아 있는 나는 바람 소리를 내며 숨을 들이마시느라 잠깐씩 곡을 멈춘다. 그 틈이 숨을 쉬게 하고 숨을 쉬어서 나는 계속 운다. 너는 화구로 밀어넣어졌는데 나는 음식을 입에 밀어넣고, 너는 숨을 거두었는데 나는 숨을 쉬느라 울음조차도 조금씩 멈춰야 한다. 그것이 또 나를 슬프게 한다.

하지만 슬픔 속에서, 저 멀리 보이는 식당 간판이 나를 불러 지금 밥을 먹이는 것처럼, "기억은 간판들처럼/ 나를 멀리 데려"간다. 네가 차려준 생일상을 받은 아침으로. "이건 미역국이고 이건 건새우볶음/ 이건 참치 계란부침이야"라고, 나도 다 아는데, 제가 한 게 뿌듯해서 칭찬받고 싶고 감동한 내 모습을 하나하나 확인하고 싶은 네 목소리가 있는 아침으로, 황홀한 기억은 나를 멀리 데려간다. "오늘"을 그날 "아침"으로 데려간다. 생일상의 건새우볶음 냄새가 날 듯도 한 이 순간 오늘 해장국집에서 내놓은 쌀밥은 "뼈처럼 희"어서 죽은 네가 떠오른다. 오늘의 두 가지 식단, 생일상과 해장국이 서로를 슬프게 한다.

「학(鶴)」에서 "오랫동안 미인은 돌아오지 않"았다. 종이학이 미인 대신 "미인의 방으로 들어가 날개를 접었다". 그런데 도무지 "아무것도 적지 않은 종이를 접는 사람은 없을 거라" 생각한 나는 혹시나 미인에 대한 어떤 사연이라도 담겨 있나 싶어 종이학을 펴기 시작한다. 그러나 물론 거기에는 아무것도 없다. 나는 "여덟번쯤 울고 싶었지만" 우는 대신 "잘 펴진 학종이를 다시 학으로 접어 창밖으로 날려보"낸다. 그럴 수밖에. 사실 나는 미인이 새처럼 날아가버렸다는 것을 이미 알고 있었으니까.

언제라도 미인의 방문을 열면 날씨가 꼭 지금 같을 거라는 것을 알고 있다 숨을 한 번 크게 들이쉬고 방문을 열면 슬프지 않은 표정을 한 미인이

흰 무릎을 곧게 펴 보이고

훨훨

—「학(鶴)」 부분

　미인이 살았던 방, 미인의 냄새와 사연과 추억이 남겨진 방을 열 때마다 마치 이번이 처음이라는 듯 미인은 날개를 펴고 훨훨 창밖으로 날아가 버린다. 이미 일어난 재앙, 이미 치른 장례 앞에서 나는 매번 공포로 전율한다. 아니, 그녀가 없는 텅 빈 장면 대신에 그녀가 날아가는 저 아름다운 장면을 매번 다시 만나며 황홀해하고 있는 것일까.

　전혀 다른 분위기의 시처럼 보이지만, 아직도 벗어나지 못한 편견 속에서는 「눈썹—1987년」도 앞의 시들과 함께 읽고 싶다. 이 시는 얼핏 어린 시절의 한 장면을 포착한 소품처럼 보인다. 엄마가 어느 날 "우연히 들른 미용실에서/ 눈썹 문신을" 했는데 그걸 본 아버지가 "엄마가 이마에 지리산을 그리고 왔다며/ 밥상을 엎으셨다". 철모르는 아이들은 느닷없는 "지리산"의 등장에 지리산 노루가 됐다. "어린 누나와 내가/ 노루처럼/ 방방 뛰어다녔다." 이것은 어머니의 눈썹 문신에 관한 에피소드를 담기 위한 시일까. 차라리 "어린 누나"의 기억을 불러내기 위해 쓰인 시가 아닐까. 이 귀여운 시에도 깊은 슬픔이 있는데, 「세상 끝 등대 2」 때문에 그 슬픔은 아버지의 것도 어머니의 것도 아니고 저 "어린 누나"의 것이 된다. 그리고 이 대목이 이 시집을 통틀어 ("너" "여자" "연화" "영" "미인"이 아니라) "누나"라고 직접 부른 유일한 장면이기도 하다.

*

　박준이 고통 속에서 황홀한 만남을 성취하는 것은 언제나 '방'에서다.

방, 추억이 사는 자리('방'이라는 시어로 표시되지 않더라도, "달게 자고/ 일어난 아침/ 너에게 (……) 생일상"을 받는 곳(「오늘의 식단—영(暎)에게」), "아버지는 (……)/ 밥상을 엎으"시고 "어린 누나와 내가/ 노루처럼/ 방방 뛰어다녔"던 곳(「눈썹—1987년」)은 '방'일 수밖에 없다). 그리고 그 방에는 대개 창이 하나 달려 있는데 「학」에서처럼 창은 새가 된 여자가 날아가버리는 통로이기도 하지만 여자가 날아간 저쪽으로부터 빛이 쏟아져들어오는 문이기도 하다. 창은 빛과 새의 출(出)이며 입(入)의 문이다. 『당신의 이름을 지어다가 며칠은 먹었다』에서 여러 번 확인되는 시적 공간이 바로 이것, 창이 달린 방이다.

나는 유서도 못 쓰고 아팠다 미인은 손으로 내 이마와 자신의 이마를 번갈아 짚었다 "뭐야 내가 더 뜨거운 것 같아" 미인은 웃으면서 목련꽃같이 커다란 귀걸이를 걸고 문을 나섰다

한 며칠 괜찮다가 꼭 삼 일씩 앓는 것은 내가 이번 생의 장례를 미리 지내는 일이라 생각했다 어렵게 잠이 들면 꿈의 길섶마다 열꽃이 피었다 나는 자면서도 누가 보고 싶은 듯이 눈가를 자주 비볐다

힘껏 땀을 흘리고 깨어나면 외출에서 돌아온 미인이 옆에 잠들어 있었다 새벽 즈음 나의 유언을 받아 적기라도 한듯 피곤에 반쯤 묻힌 미인의 얼굴에는, 언제나 햇빛이 먼저 와 들고 나는 그 볕을 만지는 게 그렇게 좋았다
—「꾀병」 전문

박준의 시에서 자주 그렇듯 이 시에서도 "나는 유서도 못 쓰고 아팠다". 아파서 누워 있는 동안 미인은 곁에서 내 이마를 짚어주기도 하고 나보다 더 뜨거운 이마를 하고서 "문을 나"서기도 한다. 그런데 미인은 지

금 이 방에서 나와 함께 살고 있는 사람일까? 아닐 수도 있겠다는 생각
이 든다. 나는 유서를 써야 한다고 생각할 만큼 아프고, 그래서 병은 죽음
으로 기울어져 있다는 표시일 것 같은데, 미인은 나보다 더 뜨거운 이마
를 하고 문을 나서지 않았나. 죽을 만큼 아픈 나보다 더 열이 나는 저 여
자, 방을 빠져나간 저 여자는, 그러니까 죽은 여자인가? 방에 혼자 누워서
"나는 자면서도 누가 보고 싶은 듯이 눈가를 자주 비볐"으니, 나는 죽은
미인이 보고 싶어 어떤 꿈길을 헤매고 있는 것 같다. 열병으로 누워 앓으
며, 고통 속에서 나는 미인과 함께 있는 듯한 착각 속에 있다. 죽은 미인
의 장례를 치르고 그녀에 대한 애도를 마친 후 남은 내 삶을 추스르는 대
신, 나의 "이번 생의 장례를 미리 지내"듯 앓으며 나의 병을 미인의 죽음
과 겹쳐놓는다. '시인의 말'처럼 "내가 살아 있어서 만날 수 없는 당신이
저 세상에 살고 있"는 것이라면 당신과 만날 수 있는 방법은…… 방에서
나는 아프고, 그래서 방은 죽음의 공간과 한껏 가깝고, 그렇기 때문에 죽
은 미인이 방으로 돌아와 함께 살아 있던 어떤 순간들이 생생해진다. 미
인과의 고통스러운 황홀한 만남.

　'창'이라고 표시되지는 않았지만 미인의 얼굴에 "먼저 와 들"어 있는
볕은 분명 바깥으로 통하는 창을 통해 들어왔으리라. "나는 그 볕을 만지
는 게 그렇게 좋았다". 그것이 어찌 볕을 만지는 일이었으랴. 그렇게 좋
았던 일은, 볕이 비치는 미인의 얼굴을 만지는 일이었으리라. 내가 살아
있는 이 방의 바깥, 세계의 끝 너머, 죽은 미인이 있을 피안 어디쯤에서
새어들어온 빛을 통해 나는 간신히 미인의 얼굴을 만지고 있는 것이 아
닐까.

　미인과의 만남을 향한 소망이 어찌나 간절했던지, 나는 이렇게 아픈데
도 이것이 꾀병이라고 생각할 지경이다. 아픈데, 아픈 것만으로는 충분
치가 않다. "나는 손발이 뜨겁다 미인은 밥을 먹다가도 꿈결인 양 씻은
봄날의 하늘로 번지고"(「미인처럼 잠드는 봄날」) 그렇게 방에서의 황홀한

만남은 '마음의 간헐'로만 잠깐 이뤄졌다가 사라져버린다. 더 아파야 하고 더 죽음 쪽으로 기울어야 하고 그러면 이 꿈속에서 죽은 미인과 만나는 일을 더 오래 지속할 것도 같다. 창문을 통해 죽음의 영역이 방으로 흘러들어오고 그렇게 해서 죽은 그녀와의 만남을 소망하는 이 위태로운 장면은 「나의 사인(死因)은 너와 같았으면 한다」와 같은 시에서는 보다 노골적이다.

창문들은 이미 밤을 넘어선 부분이 있다 잠결이 아니라도 나는 너와 사인(死因)이 같았으면 한다.

이곳에서 당신의 새벽을 추모하는 방식은 두 번 다시 새벽과 마주하지 않거나 그 마주침을 어떻게 그만두어야 할까 고민하다 잠이 드는 것
— 「나의 사인(死因)은 너와 같았으면 한다」 부분

창문들이 "밤을 넘어"설 때, 그것은 밤이 지나 새벽이 온다는 뜻이기만 하지는 않은 것 같다. 밤의 어둠을 넘어선 어둠, 죽음의 아픔이 창문으로 흘러드는 새벽, 나는 너의 죽음을 생각하며 나의 죽음이 너의 죽음과 겹쳐지기를 꿈꾼다("나의 사인[死因]은 너와 같았으면 한다"). 나는 홀로 방에 누워 새벽의 희미한 빛을 어루만지며 너를 만지기보다, 너를 만나기 위해 죽음에 이르거나 그렇게 되지 못한다면 작은 죽음에라도 빠져들기를 바란다("두 번 다시 새벽과 마주하지 않거나 (……) 고민하다 잠이 드는 것").

우리가 우리 자신의 의식 속으로 웅크릴 때, 우리를 품고 있는 의식은 하나의 방이 된다. 이 의식의 방을 '잠'이라고 부른다. 이 잠의 방은 도처에 꿈이라는 창문을 열어놓고 있어서 또 미인을 만나기 좋은 장소이다. 박준은 시집의 도처에서 잠들어 있다. "잠,/ 잠을 끌어당긴다/ (……) // 오래된 잠버릇이/ 당신의 궁금한 이름을 엎지른다"(「여름에 부르는 이름」).

하지만 박준의 처연한 창문이 언제나 이렇게 불길한 쪽으로만 열려 있는 것은 아니다. 『당신의 이름을 지어다가 며칠은 먹었다』에서 가장 활짝 열려 있는 창, 최대한으로 열려 있어 방을 이루는 벽조차 사라지게 한 창이 「별들의 이주(移住)―화포천」에 나 있다. "노인은/ (……)// 새들을 쫓다가/ 졸다가// 가져간 찰밥을 먹고/ 집으로 돌아"오고 "새들은/ 어제 심은 들깨씨를/ 잘도 파 물어"간다. 산 사람은 사람의 밥을 먹고 집으로 돌아가고, 새(가 된 죽은 사람)는 새의 밥("들깨씨")을 먹고 하늘로 돌아간다. "새로 울고 싶은/ 오월의 밤하늘에는// 날아오른 새들이/ 들깨씨를 토해놓은 듯/ 별들도 한창"이다. 땅의 별인 들깨씨와 하늘에 심겨진 들깨씨인 별이 중첩되면서 이 아름다운 풍경화 속에서 하늘과 땅은, 산 사람과 죽어서 새가 된 사람들은 서로 연결되어 있지 않은가. 이 풍경화를 이루는 최대한으로 활짝 열려 있는 창, 그러니까 우주로 열린 밤하늘이라는 창을 통해.

(「저녁―금강」과 같은 시에서 "공중에서 죽은 새들"이 "땅으로 떨어지지도 않은/ 새의 영혼들이" 반짝거릴 때, 창과 새와 별빛은 이제 서로 구분되지 않는다. 그것들 모두가 이쪽과 저쪽을 잇는 다리이다.)

*

그러나 누구라도 「세상 끝 등대 2」의 강렬한 인상이 『당신의 이름을 지어다가 며칠은 먹었다』의 전체를 관통한다고 주장할 수는 없다. 박준의 방과 병과 잠은, 그리고 거기에 나 있는 창문과 그곳으로 드나드는 새와 별과 볕은 미인과의 만남, 이별의 고통스런 황홀한 체험으로 집중되어 있지만, 거기에 한정돼 있는 것은 아니다. 시간의 바깥에서 서로 떨어져 있는 장면들을 충돌시키는 마법을 박준은 골목길에서, 골목길로 나 있는 낯선 집의 창문들에, 골목길과 창문들로 빼곡히 채워진 이 세계 전체를 두고도 시험하는 때가 있다. 미인이 아닌 사람들과 이어지는 어떤 순간들.

예컨대 표제작 「당신의 이름을 지어다가 며칠은 먹었다」에서 시인은 "얼굴 한번 본 적 없는 이의 자서전을 쓰는 일"로 생계를 꾸리는 것 같다. 다행히 시인은 남의 자서전을 쓰는 일에서 어떤 괴로움도 느끼지 않았지만 이상한 일이 벌어진다. 모르는 사람의 자서전을 쓰기 위해 내가 부려 놓은 문장들에서 익숙한 문장들이 나오고 그 "익숙한 문장들이 손목을 잡고 내 일기로 데려가는 것은 어쩌지 못했"기 때문이다. 그 사람의 자서전에 썼던 문장에 이끌려 내 일기장에 "아픈 내가 당신의 이름을 지어다가 며칠은 먹었다"는 문장을 쓰기도 했던 것이다. 일기장의 문장은 중의적이다. 모르는 당신의 이름을 지어다가 자서전을 쓰는 밥벌이로 나는 생계를 이어갔다. 아니 그게 전부가 아니다. 내가 미인의 이름을 생각하는 것으로 내 마음에 훌륭한 음식을 지었던 것처럼, 이제 모르는 당신의 이름을 생각하는 것으로, 그 이름으로 하나의 삶을 찬찬히 들여다보는 것으로 내 마음에 훌륭한 음식을 지을 수 있을 것 같다. "우리는 그러지 못했지만 모든 글의 만남은 언제나 아름다워야 한다는 마음이었"던 것이다.

박준의 시 속에서, 그의 시의 문장들 속에서 그런 만남은 가능하다. 그 이유를 박준은 이렇게 쓴다. 노트에 아픈 말들을 적는 것은 말의 더미 속에 어떤 말을 묻는 일이기도 할 텐데, "결국 무엇을 묻어둔다는 것은 시차(時差)를 만드는 일이었고 시차는 그곳에 먼저 가 있는 혼자가 스스로의 눈빛을 아프게 기다리는 일이었으니까요"(「천마총 놀이터」). 꽃의 씨를 땅에 묻으면 꽃의 씨가 자신의 미래를 향해 맹렬히 고개를 들어 뻗어올라가는 것처럼, 동시에 허공의 아직 보이지 않는 꽃이 자신의 과거에서 뻗어올라오는 눈빛이 자신에게 도착하기를 간절히 기다리고 있는 것처럼. "스스로의 눈빛을 아프게 기다리는 일".

박준의 시적 공간은 수많은 (병과 잠을 품은) 방들로 이뤄진 미로의 골목이다. 골목 여기저기 묻혀 있는 방들은 시간적으로 떨어져 있어 만날 수 없는 것처럼 보이지만, 시차(時差)가 나는 서로 다른 장면들은 서로를 "아프게 기다리"고 있으므로 그들은 결국 만나게 될 것이다. 타인과 연결되고자 하는 아픈 소망이라고 해야 할 이런 의지가 「2:8─청파동 2」「발톱」「날지 못하는 새는 있어도 울지 못하는 새는 없다」와 같은 인상적인 스케치를 남긴 것 같다. "이제 열에 둘은 폐가이고 열에 여덟은 폐허"인 청파동의 풍경을, 이제 "눈을 막 떠서는" 생선전을 들고 간 "내 발목을 하얗게 할퀴어"오는 길고양이 새끼들이 태어난 오래된 "붉은 벽돌집" 내력과 그 내력에 포함됐을 것이 분명한 저 무기력한 분노와 항의의 "발톱"을 (이 발톱이 어찌 새끼고양이들만의 것이겠는가. 주말마다 3층에 모여 밥을 해먹는다는 "필리핀 사람"들과 2층에 모여 당구를 치는 "학교를 그만둔 아이들", 싼값에 중절수술을 하러 산부인과를 찾았던 여자들에게도 모두 하얗게 할퀴어오는 발톱이 왜 없겠는가), "무게와 무게가 서로 얽혔던 흔적"으로 무겁게 짓눌린 할머니가 폐지를 주우며 "생에서 절망이 아닌 것들을 골라내는" 장면들을.

「세상 끝 등대 2」를 잠시 잊기로 하고 찬찬히 살펴보면 방에서 앓거나 꿈꾸고 있는 시들만큼이나 골목을 서성이는 시들도 많다. 아마도 「눈을 감고」와 같은 시가 '방의 시'와 '골목의 시'를 성공적으로 결합한 사례일 것이다.

눈을 감고 앓다보면
오래전 살다 온 추운 집이

이불 속에 함께 들어와
떨고 있는 듯했습니다

사람을 사랑하는 날에는

길을 걷다 멈출 때가 많고

저는 한번 잃었던
길의 걸음을 기억해서
다음에도 길을 잃는 버릇이 있습니다

눈을 감고 앞으로 만날
악연들을 두려워하는 대신

미시령이나 구룡령, 큰새이령 같은
높은 고개들의 이름을 소리내보거나

역(驛)을 가진 도시의 이름을 수첩에 적어두면
얼마 못 가 그 수첩을 잃어버릴 거라는
이상한 예감들을 만들어냈습니다

혼자 밥을 먹고 있는 사람에게
전화를 넣어 하나하나 반찬을 물으면
함께 밥을 먹고 있는 것 같기도 했고

손을 빗처럼 말아 머리를 빗고
좁은 길을 나서면

어지러운 저녁들이
제가 모르는 기척들을

오래된 동네의 창마다
새겨넣고 있었습니다

—「눈을 감고」 전문

그가 눈을 감고, 다시 한번 스스로를 움츠려 방이 될 때, "오래전 살다 온 추운 집"의 그 방이 떠오른다(우리에게는 이 추운 방이 "피를 차갑게 식"힌 미인-새를 위해 "보일러 공기구멍을 조금 닫"아놓은 「학(鶴)」의 그 미인의 방이라고 착각할 권리가 있는 듯도 하다). 그의 사랑은 밝고 넓은 거리보다는 쓸쓸하고 위태롭고 불길하기까지 한 어두운 방에 있는 것이어서 길은 그의 것이 아니다. 그래서 그는 자주 길을 잃는다. 그가 기억하는 것은 '길'이 아니라 '길을 잃어버리는 걸음'이 되고, 그래서 계속해서 길을 잃는다. 그것이 말하자면 그의 사랑의 습관이다. 그는 너무 높고 험준해서 차라리 미로일 것 같은 "미시령이나 구룡령, 큰새이령 같은/ 높은 고개들의 이름을 소리내보거나" 반대로 목적지를 향해 큰길로 뻗어 있는 "역(驛)을 가진 도시의 이름"이 적힌 수첩은 곧 "잃어버릴 거라는/ 이상한 예감들을 만들어"낸다. 길을 잃어버리는 걸음을 위한 주문과 예감.

자꾸만 길을 잃는 이 좁은 길, 미로의 방황에서 그가 발견하는 것은 다른 집들의 창이다. 삶과 죽음이 서로에게 스며들고 미인과 새가 드나들던 그 창문. 그러나 이번엔 다른 사람들의 창문. "어지러운 저녁들이/ 제가 모르는 기척들을// 오래된 동네의 창마다/ 새겨넣고 있었습니다". 그는 그 창문 안쪽으로 그 기척들의 미로를 따라 들어가 낯선 방을 엿보고 싶은 유혹을 느끼고 있을까. 아마도 그럴 것이다. 그것이 앞에서 조금 언급한 「발톱」과 같은 시들을 낳게 했을 것이다. 그것이 길을 잃고 낯선 창으로 흘러드는 자의 새로운 슬픔이자 행복일 것이다.

박준의 시는 '바로 그' 미인이 아니라 수많은 미인들을 그리고 있고 점점 더 그렇게 될 것 같다.

'세상 끝 등대'에서 쏟아져들어왔던 빛은 그저 저쪽으로 건너오라는 위태로운 유혹의 손짓이기만 하지는 않은 것 같다. 미인과의 지나간 사랑을 현재화하는, 너무 간절해서 우리를 감동시키지만 그럼에도 지나치게 자기 자신 속으로 함몰되어가는 그런 손짓이기만 한 것은 아닌 것 같다. 세상 끝 등대는 세계(삶)와 바깥(죽음)을 오가며 비추기도 하지만 세계의 구석구석을 비추는 것 같기도 하다.

박준 시의 원동력은 '길들여지지 않은 슬픔'이다. 하지만 길들여지지 않은 슬픔 속에 침몰하는 것은(설령 그의 시가 그렇게 끝났다고 해도 누가 거기에 항의할 수 있으랴. 그의 슬픔이 자기 자신의 순수한 깊이를 향해 내려가는 것에 대해서) 세상 끝 등대의 항로 유도를 따라 조금씩 방향을 바꾸기도 한 것 같다. 이를테면 방으로부터 골목으로, 자신만의 독특한 창에 대한 존중으로부터 타인들의 제각각의 창에 대한 존중으로. 말들을 말들의 더미 속에 묻어 시차(時差)를 만들고 서로가 서로를 그리워하고 기다리며 결국에 만나게 하는 쪽으로. 땅에 묻은 들깨씨가 밤하늘로 옮겨가 별이 되어 하늘과 땅이 서로 만나게 하는 것처럼.

끝으로 한 편의 시를 더 읽고 싶다. 내가 아직 잘 정리하지 못한 이 글의 결론을 이 시가 대신해줄 것 같다.

> 철봉에 오래 매달리는 일은
> 이제 자랑이 되지 않는다
>
> 폐가 아픈 일도
> 이제 자랑이 되지 않는다

눈이 작은 일도
눈물이 많은 일도
자랑이 되지 않는다

하지만 작은 눈에서
그 많은 눈물을 흘렸던
당신의 슬픔은 아직 자랑이 될 수 있다

나는 좋지 않은 세상에서
당신의 슬픔을 생각한다

좋지 않은 세상에서
당신의 슬픔을 생각하는 것은

땅이 집을 잃어가고
집이 사람을 잃어가는 일처럼
아득하다

나는 이제
철봉에 매달리지 않아도
이를 악물어야 한다

이를 악물고
당신을 오래 생각하면

비 마중 나오듯

서리서리 모여드는

당신 눈동자의 맺음새가
좋기도 하였다
　　　　　　　　　　　　　　　—「슬픔은 자랑이 될 수 있다」 전문

　어린 시절 놀던 것들은 이제 소용이 없다. 이를테면 "철봉에 오래 매
달리는 일은/ 이제 자랑이 되지 않는다". 누가 더 많이 상처 입었는가를
놓고 영혼의 고귀함을 겨루던 철모르는 청춘의 일들, "폐가 아픈 일도/
이제 자랑이 되지 않는다". 자랑이 될 수 있는 것은 "당신의 슬픔"뿐이
다. "눈물이 많은 일도" 그것만으로는 "자랑이 되지 않"지만 "사랑의 관
계가 찢어지고 끊어진 바로 그 지점"(롤랑 바르트)의 상처에 언제까지고
예민할 수 있는 "당신의 슬픔은 아직 자랑이 될 수 있다".
　"나는 좋지 않은 세상에서/ 당신의 슬픔을 생각한다". 좋지 않은 세상
은 이제 서로를 위해 그 많은 눈물을 흘리는 일이 거의 사라진 세상인지
도 모르겠다. 좋지 않은 세상에 집을 지을 땅이 없다거나 사람이 살 집이
없다는 것이 전부가 아니다. 땅을 일구고 집을 얻어도 "땅이 집을 잃어가
고/ 집이 사람을 잃어"가는 근본적인 황폐함이 세상에는 있다. 만약 이
좋지 않은 세상에서 당신의 슬픔까지도 메말라버린다면 말이다.
　그래서 세상은 좋지 않아도 당신이 있다는 것은 좋은 것이다. 그래서
나는 이제 곧 쏟아져나올 눈물을 위해 "비 마중 나오듯/ 서리서리 모여드
는// 당신 눈동자의 맺음새가/ 좋기도 하였다". 그래서 사실은 내 눈동자
의 맺음새도 당신을 닮아갈 것이다. 당신은 좋지 않은 세상에 있느라 너
무 많이 울어야만 하고, 그래서 당신의 눈동자가 아무리 좋아도 나 또한
슬프지 않을 수 없기 때문이다. 그런데 우리들의 슬픔이, 이 좋지 않은 세
상을, 사람을 잃은 집과 집을 잃은 땅을 아주 조금은 적셔줄 수도 있지 않

을까. 우리의 눈동자의 맺음새가 서리서리 모여 마중하려는 저 비처럼.

(2013)

감정교육[1]
― 김애란의 『두근두근 내 인생』

1

『두근두근 내 인생』(창비, 2011. 이하 『인생』)에 대한 비판적 독해들은 다음과 같은 평가를 내리고 싶어하는 것 같다. 『인생』이 보여주는 고통은 (삶과 분리되어 있다는 의미에서) 예술적으로 장식되어 있거나 농담으로 처리되어 있으며, 그렇기 때문에 '진짜 고통'은 완화되고 받아들일 만한 것으로 순화되며 삶의 참다운 비극성은 은폐되고 만다. "고등학생 부모, 조로증 환자가 겪는 삶의 고통을 그렇게 '시크'하고 '쿨'하게 표현해도 되는 걸까."[2] 혹은 "심지어는 고통을 참고 있는 그의 부모들마저 이 소설 속에서는 그저 실없이 웃고 떠들면서, 상황의 비극성을 회피하고 있는 것인지"[3] 묻거나 "김애란은 이 고통과 아픔을 기분 상하지 않을 정도의 규모로 축소"하며 "약간의 눈물과 적절하게 감상할 수 있는 애잔함, 그리고

---

1) 이 글은 웹진 〈뿔〉에 게재한 「기쁜 슬픔, 슬픈 기쁨」(2011. 7. 11)을 수정, 보완한 것이다.
2) 「김애란 '두근두근 내 인생'에 엇갈린 시선」, 경향신문, 2011. 8. 7에서 심진경의 말.
3) 이명원, 「김애란의 『두근두근 내 인생』, 그 명랑함에 묻는다」, 프레시안, 2011. 7. 15.

키치적 아름다움으로 이를 순화시켜 제시한다"[4]고 지적하는 독해들. 이런 독해들은 마치, 『인생』이 충분히 고통스럽지 않다는 점에 불만을 느끼는 것처럼 보인다.

　그런데 이들이 공통적으로 지적하는 『인생』의 결함이, 텍스트의 실상에 얼마나 부합하는지는 좀더 따져봐야 할 것 같다. 예컨대 '슬픔의 자리를 대신한 키치적 아름다움'의 대표적 사례로 제시된 다음의 문장들은 과연 삶의 비극성을 은폐하는 것일까.

　　아버지는 자기가 여든 살이 됐을 때의 얼굴을 내게서 본다.
　　나는 내가 서른넷이 됐을 때의 얼굴을 아버지에게서 본다.
　　오지 않은 미래와 겪지 못한 과거가 마주본다.[5]

　아버지가 아들에게서 보는 오지 않은 미래, 여든 살의 자신의 모습이란 무엇인가. 아들이 아버지에게서 보는 겪지 못한 과거, 서른넷의 자신의 모습이란 무엇인가. 아들 한아름은 조로증에 걸려 불과 열일곱의 나이에 여든 살의 육신으로 늙어 죽음을 예감해야 했고, 그런 아들이 젊음을 누려보지도 못한 채 자신보다 빠른 속도로 늙고 죽어가는 순간들을 아버지 한대수는 서른넷의 얼굴로 목격해야만 했다. 여기에 세부적인 에피소드들이 첨가될수록, 이 기묘한 마주봄은 이들 부자가 겪어야만 하는 육체적 통증이며, 타인의 시선들, 경제적 압박 등 고통스러운 삶의 세목들까지 거느리게 되고 그럴수록 더욱 아프게 되풀이해서 환기된다.

　김애란은 앞의 인용문에 뒤이어 "열일곱은 부모가 되기에 적당한 나이인가 그렇지 않은가. 서른넷은 자식을 잃기에 적당한 나이인가 그렇지 않

---

　4) 서희원, 「키치적 구원과 구원 없는 삶」, 『문예중앙』 2011년 가을호, 395, 399쪽.
　5) 김애란, 『두근두근 내 인생』, 7쪽. 이하 이 책에서 인용할 경우 본문에 쪽수만을 표기한다.

은가" 하고 물었는데 프롤로그 이후의 『인생』 전체를 이 물음에 대한 답변처럼 읽을 수도 있겠다. '열입곱이어서, 서른넷이어서가 아니라, 도무지 부모가 된다거나 자식을 잃기에 적당한 나이란 있을 수 없다. 그 적당하지 않음이 우리의 삶을 관통할 때의 고통의 디테일이 『인생』이다.' 그러므로 저 문장들에서 삶의 비극성과 거기에 따르는 곡진한 슬픔을 읽어내지 못하는 것이 오히려 이상한 일이 될 수도 있겠다.

또는 "세상에서 제일 웃기는 자식이 되고 싶어요"(173쪽) 같은 문장을 두고 '웃을 수 없는 상황에서 웃어야 한다고 강요하는 유머의 과잉'이라고 읽는 것 또한 납득하기 어렵다. "세상에서 제일 웃기는 자식이 되고 싶어요"라고 말하는 것은 철없는 아이의 우스꽝스러운 소망이 아니라, "건강한 것. 형제간에 의좋은 것. 공부를 잘하는 것. 운동을 잘하는 것. 친구들에게 인기가 많은 것. 좋은 직장에 들어가는 것. 결혼해서 아기를 낳는 것. 부모보다 오래 사는 것"(같은 쪽) 가운데 어느 하나도 이룰 수 없는 조로증에 걸린 소년의 절망이며, 동시에 그런 절망을 숨긴 채 부모에게 내줄 수 있는 선물을 찾아내려는 소년의 분투이기 때문이다. '웃기는 자식'이 되고자 하는 저 유머가 눈물겨운 것임을 알아보는 일, 거기서 안타까움을 느끼는 일은 매우 자연스러운 일이 아닐까.

아마도 『인생』에 대한 비판적 독해를 그대로 따르기는 어려울 것 같다. 그보다는 『인생』을 지배하는 정서가 깊은 슬픔이라고 그리고 그 슬픔이 다만 슬픔 안으로 침몰하지 않도록 분투하는 것이 『인생』에 걸려 있는 내기라고 보는 편이 작품의 실상에 더 가까울 것 같다. 한아름이 자신 때문에 잃어버린 그들의 청춘을 되돌려주기 위해 부모에게 준 선물, 『인생』의 마지막에 첨부된, 한아름의 소설 「두근두근 그 여름」(이하 「여름」) 조차도 순수한 기쁨의 순간들로만 이루어진 것은 아니다.

그때 우리(한아름의 부모, 한대수와 최미라)는 그걸 했어. 그때 우린 그

걸 한 번 더 했어. 그때 우린 그걸 계속했어. 그리고 우리는 그게 몹시,
'좋았어.'
바야흐로 진짜 여름이 시작되려는 참이었다.(352쪽, 괄호는 인용자)

한아름의 상상 속에서 그가 막 잉태되고 있는 이 장면은 순수한 기쁨의
순간처럼 보이지만, 이 대목이 한아름의 임종의 순간에 읽혀지고 있음을
기억해야 한다. 작가는 이 점을 환기시키고 싶었던 것인지 인용문의 바로
앞에서 또 이렇게 써놓기도 했다.

그리고 그 순간, 어디선가,
바람이 불어왔다.
나무에게로―어머니에게로―아버지에게로―
바람은 그들 주위를 오랫동안 맴돌며 주저하다 사라졌다. 먼 훗날 그 자
리로, 다시 올 걸 알고 그러는 듯했다. 쏴아아―큰 바람이 불자 수면 위로
잔물결이 일어났다. 그것은 무수한 잔주름을 드러내며 처량하게 웃는 누군
가의 얼굴 같았다. 이윽고 한창 입맞추고 있던 어머니가 고개 들어 먼 곳을
바라봤다.
"왜 그래?"
아버지가 걱정스러운 듯 물었다. 어머니는 고개를 갸웃대다 알 수 없는
불길함을 털어내려는 듯 부드럽게 답했다.
"아무것도 아니야."
그러곤 다시 아버지와 입술을 포갰다. 바람은 '아무것도 아닐' 리 없는
그들의 사연을 가늠하며, 여름의 미래를 예감하며, 이미 지나온 자리로 다
시 돌아가 두 사람의 머리를 가만 쓰다듬었다. 두 사람은 서로의 숨결에 정
신이 팔려 아무것도 알아차리지 못했지만…… 바람은 아무래도 좋다고 생
각했다.(351~352쪽, 이하 강조는 인용자)

이 장면을 연재본과 비교해보면, 여기서의 바람이 「여름」을 쓰고 있는 작가이자 사랑의 열병을 앓고 있는 청춘들의 슬픈 미래, 조로증 환자 한아름의 개입이라는 점은 손쉽게 확인된다.[6] 연재본과 단행본의 판본 검토와 같은 복잡한 작업을 거치지 않더라도, 위의 인용문에서 바람은 웅덩이의 수면 위에 잔물결을 일으키는데, 이 잔물결이 "무수한 잔주름을 드러내며 처량하게 웃는 누군가의 얼굴"처럼 보인다. 여기서 이 누군가를 늙은 소년 한아름으로 읽는 것은 자연스럽다. 순수한 기쁨의 순간에 이미 슬픔으로 얼룩진 미래가 사랑에 빠진 청춘들의 머리를 쓰다듬고 있다. 나중에 어머니가 될 열일곱의 소녀 최미라는 그것이 아무것도 아니라고 생각하고 싶었지만 어떤 불길함을 감지한다. 그것이 한아름 가족이 감당해야만 할 "'아무것도 아닐' 리 없"는 고난이라는 것, 그것이 바람이 예감하는 "여름의 미래"라는 것 또한 분명하다. 몹시 좋았던 그 기쁨의 순간에 이미 슬픔이 숨겨져 있는 셈이다. 이 때문에 사랑스러운 동화처럼 보이는 「여름」을 읽을 때조차도 독자들은 순전한 기쁨만이 아니라 오히려 애틋함과 안타까움을 함께 맛봐야 한다. 순수한 기쁨처럼 보이는 거의 모든 장면들에서도 약간의 주의를 기울이면 김애란이 주입해놓은 깊은 슬픔의 울림을 손쉽게 확인할 수 있다.

2

슬픔이란 무엇인가? 스피노자에게 물으면 일목요연한 대답이 주어진다. 우리의 신체와 영혼은 자신만의 고유한 조직을 갖고 있으며, 이 고유

---

6) 연재본의 해당 장면을 보이면 다음과 같다. "나는 고개를 주억거리며 자판에 손을 얹는다. 그러고는 17년 전, 나와 동갑이었을 아버지에게 마음속으로 알은체를 한다. '대수씨!' 쏴아아— 바람이 불자, 아버지의 이름이 골짜기를 타고 무수한 동심원을 그리며 퍼져나간다. (……) '네?' (……) '행운을 빌어요.' (……) '근데……' (……) '누구세요?'"(연재본 『인생』, 『창작과비평』 2010년 가을호, 211~222쪽.)

한 결합성은 다른 신체나 관념과 만나 약해지기도 하고 거꾸로 강해지기도 한다. 약해지는 경우의 감정을 '슬픔'이라 하고, 강해지는 경우의 감정을 '기쁨'이라 한다. 슬픔이란 주어진 상황을 우리의 신체와 영혼에 유리한 방향으로 제어하지 못하는 무능력에 속하는 감정이며, 기쁨은 정확히 그 반대다. 우리의 신체와 영혼의 기준으로 보건대 슬픔은 나쁜 것, 기쁨은 좋은 것이다. 그러므로 우리에게 주어진 과제는 우선 이런 것이다. 어떻게 슬픔에서 벗어나 기쁨의 극한에 도달할 것인가.[7]

김애란이라면 아마도 스피노자의 설명을 조금 비틀어놓고 싶어할 것이다. 우리의 신체와 영혼을 보다 큰 완전성으로 이행시켜야 하는 과제는 언제나 옳다. 그러나 기쁨과 슬픔이 이행의 서로 반대되는 방향으로 쪼개져서, 각각 '보다 큰 완전성으로의 이행'과 '보다 작은 완전성으로의 이행'으로 나뉘어 배당되어야 하는 것은 아니다. 참된 기쁨은 슬픔 속에서, 참된 슬픔은 기쁨 속에서 각각 자기 자신을 알아보기 때문이다. 우리의 삶에서 슬픔을 완전히 제거하는 것은 결코 불가능하며, 순수한 기쁨 속에 머무는 것은 신경증자의 도피적 환상 속에서만 가능하다. 하지만 '어떤' 슬픔은 오히려 참된 기쁨을 일깨우고 우리 자신을 보다 큰 완전성으로 이행시킨다. 그러므로 우리에게 주어진 과제는 우선 이런 것이다. 피할 수 없는 슬픔 속에서 어떻게 참된 기쁨을 일깨울 것인가. 우리 자신을 보다 큰 완전성으로 이행할, 슬픔에 삽입된 기쁨의 얼룩을 어떻게 그려낼 것인가.

『인생』이 성취하는 과제 중의 하나가 바로 이것이다. 『인생』은 단지 희귀병에 걸려 죽어가는 소년의 비극을 상연하는 것만도 아니고, 지혜롭고 착한 소년이 죽음에 이르는 고통 속에서도 끝까지 사랑과 희망과 유머를 잃지 않았다는 감동의 드라마인 것만도 아니다. 『인생』은 우리의 삶에서

---

7) 질 들뢰즈, 『스피노자의 철학』, 박기순 옮김, 민음사, 2001, 42~47쪽.

결코 제거할 수 없는 슬픔의 깊은 곳으로 내려가 역설적이게도 그 안에서 어떤 기쁨을 발견하는, 슬픔과 기쁨의 풀리지 않는 꼬임을 발견해내는, 감정교육으로서의 소설이다. 감정교육으로서의 『인생』의 정언명령은, 예컨대 이런 문장으로 압축적으로 제시된다.

> "네가 나의 슬픔이라 기쁘다, 나는. (……) 그러니까 너는, (……) 자라서 꼭 누군가의 슬픔이 되렴."(50쪽)

이 문장의 발화자, 희귀병에 걸려 죽어가는 소년 한아름의 아버지 한대수가, 여기서 '슬픔'을 마치 타동사처럼 쓰고 있다는 점에 유의해야 한다. 슬픔은 한대수 자신의 아픈 감정이기에 앞서, 한아름의 아픔과 슬픔에 대한 공명(共鳴)이자 한아름의 아픔/슬픔을 아파함/슬퍼함이다. 타동사로서의 슬픔, 한아름의 슬픔을 슬퍼함은 자기연민의 나르시시즘적인 폐쇄성과는 무관하게도, 한대수와 한아름의 두 존재를 연결하고, 이 연결이 한대수의 영혼의 고유한 결합성을 확장시킨다. 그것이 저 역설적인 '기쁨'의 근거다.

다음의 인용문에서 '슬픔 속의 기쁨'이라는 역설적인 자리를 유추하는 것이 그리 어려운 일은 아니다.

> 아버지, 나는 아버지가 되고 싶어요.
> 아버지가 묻는다.
> 더 나은 것이 많은데, 왜 당신이냐고.
> 나는 수줍어 조그맣게 말한다.
> 아버지, 나는 아버지로 태어나, 다시 나를 낳은 뒤
> 아버지의 마음을 알고 싶어요.
> 아버지가 운다.(7쪽)

한대수는 열일곱의 어린 나이에 한아름의 아버지가 되어 고등학교를 중퇴하고 가장 노릇을 해왔다. 그가 겪은 생활의 어려움이 어떠했을까. 게다가 그의 아이는 조로증에 걸려 너무 아프고 그가 아버지가 된 나이까지 단지 살아내는 것조차 힘겹다. 그가 겪은 마음의 고통이 어떠했을까. 이 어려움과 고통이 한대수의 영혼의 고유한 결합성을 약하게 만들었음은, 그것이 그의 슬픔임은 자명한 것처럼 보인다. 하지만 『인생』은 '슬픔'을 그와 같은 방식으로 처리하도록 내버려두지 않는다. 『인생』에서 슬픔은 언제나 타동사처럼 사용되기 때문이다. 슬픔은 한대수가 자기 자신에 대해 느끼는 것이 아니라 아이가 그의 아비에게 느끼는 것이다. 인용문에서 뚜렷한 바, 아버지로 다시 태어나 아버지의 마음을 아는 것이 아이의 의지이며 욕망이다. 아버지의 슬픔 속으로 뛰어들어 그의 아픔을 함께 느끼는 것, 그렇게 해서 자신의 마음을 아버지의 마음으로까지 확장하고 풍성하게 만드는 것이 한아름의 의지이며 욕망이다. 누군가의 슬픔이 되는 것은, 그리고 누군가를 나의 슬픔으로 느끼는 것은 퇴폐적인 자기연민으로부터 얼마나 멀리 달아나고 있는가. 그것은 나의 삶을 다른 삶에 연결시켜 확장하고 고유한 결합성을 풍성하게 만드는 일이므로 기쁜 일이다. 그것은 나의 삶의 바깥에서 또다른 삶을 겪기를 반복한다는 점에서, 한 번의 삶 속에서 여러 번 다시 사는 일이다.

너무 슬픈 이 기쁨과 함께 어떤 앎이 도착하기도 한다. 자기연민을 이겨낸 슬픔, 타인을 향해 방향지어진 슬픔은 몰이해와 편견의 자기확신 그리고 여기에 뒤따르는 증오 또한 이겨내고 타인의 마음을 알게 하기 때문이다. 예컨대 한아름이 "엄마, 나는…… 엄마가 나한테서 도망치려 했다는 걸 알아서, 그 사랑이 진짜인 걸 알아요"(143쪽)라고 말할 때, 한아름은 자신을 버리고 가출한 적이 있는 엄마를 '용서'한 것이 아니다. 그는 그녀의 마음을, 불안과 두려움으로 동요하는 사랑을 '안' 것이다. 이 증오를 모르는 슬픈 앎은 슬픔으로 구축된 두 사람 사이의 연결을 강화하며 우리의 마음을 따뜻하게 하고 있다. 이 따뜻함을 다시 한번 슬픔 속에 삽입된 기쁨의 얼룩이라고 부를 수도 있겠다.

슬픔을 타동사처럼 활용하며 그 가운데 역설적인 슬픔과 기쁨의 꼬임을 발견할 것, 이를 통해 한 번의 삶 속에서 여러 번 다시 살 것, 이것이 『인생』이 함축하는 '감정의 윤리'의 정언명령이다.[8]

3

한아름의 투병기이자 종생기인 『인생』은 한아름의 단편소설 「여름」의 집필기이기도 하기 때문에, 그리고 말에 대한 한아름의 섬세한 감각과 함께 '이야기'와 '거짓말'에 대한 관념들이 자주 노출되고 있기 때문에, 우리는 『인생』을 메타 소설의 일종으로 읽고 싶은 유혹을 받게 된다. 그런 점에서 『인생』의 디테일들을 섬세하게 점검하면서 이것을 '이야기에 대한 이야기'로 읽고자 한 차미령의 논의[9]에는 눈여겨볼 만한 대목이 많다. 그러나 '이야기에 대한 이야기'로서의 『인생』은 다시 '감정교육'과 긴밀한 연관관계 속에 놓여 있다는 점 또한 충분히 강조되어야 할 것 같다.

한아름이 쓰는 이야기(혹은 소설)에서 우리가 눈여겨볼 것은 한아름의 이야기가 그의 삶과 서로를 비추며 '감정의 윤리'를 연습해나간다는 점이고, 그 가운데 슬픔과 기쁨의 역설적 꼬임으로 이루어진 감정의 실핏줄들이 『인생』을 촘촘하게 채워나간다는 점이다. 한아름의 삶과 그의 소설이 서로를 비춰주는 장면 가운데 일부를 보기로 하자.

---

8) 만일 루소처럼, 연민의 한계가 곧 사회의 경계라고 말할 수 있다면, 그리고 여기서 '연민'을 우리의 문맥에 맞춰 '슬픔과 기쁨의 풀리지 않는 꼬임'이자 '마음의 연결 혹은 영혼의 확장'이라고 바꿔 말할 수 있다면, 『인생』의 정언명령은 또한 사회적인 것(the social)을 구성하는 하나의 방법이라고도 말할 수 있다.

9) 차미령, 「이야기꾼의 탄생과 진화 1」, 『문학동네』 2011년 가을호.

(A) 이윽고 어머니의 둥근 배 위로 총 다섯 개의 손이 올려졌다. 모두 희고 고운 게 불가사리처럼 앙증맞은 손이었다. 다섯 개의 손바닥은 일제히 숨죽인 채 내 존재를 느꼈다. 나 역시 내 머리 위에 얹어진 다섯 소녀의 온기를 느끼며 꼼짝 않고 있었다. 아주 짧은 고요가 그들과 나 사이를 지나갔다. 어머니의 배는 둥근 우주가 되어 내 온몸을 감쌌다. 그리고 그 아득한 천구(天球) 위로 각각의 점과 선으로 이어진 별자리 다섯 개가 띄엄띄엄 펼쳐졌다. 부드럽고, 따뜻하며, 살아 있는 성좌들이었다.(40쪽)

(a) "엄마?"(……) "배 한번 만져봐도 돼요?"(……) "……일부러 숨긴 거는 아니야." "응, 알아요. 그러니까 엄마, 언젠가 이 아이가 태어나면 제 머리에 형 손바닥이 한번 올라온 적이 있었다고 말해주세요."(321~322쪽)

(A)는 한아름이 부모의 삶을 토대로 창조한 이야기 속에서 자신이 태아 시절에 겪었으리라고 상상된 체험을 기술한 것이고,[10] (a)는 한아름이 실제로 한 행동이다. 뱃속 아기의 머리 위에 손을 올리는, 두 장면 사이의 유사성을 확인하는 것은 손쉬운 일이다. 그리고 아마도 여기에 이런 설명을 덧붙일 수도 있을 것이다. (A)에서 한아름은 어머니 최미라의 삶을 토대로 한 자신의 소설 속에서 뱃속 아기의 머리 위에 펼쳐진 살아 있는 성좌들의 부드러움과 따뜻함을 창조한 바 있다. 한아름은 이야기의 차원에

---

10) 『인생』에서 (A)는 마치 객관적인 과거 사실에 대한 회상 장면처럼 처리되어 있지만 약간의 주의를 기울이면 이것이 한아름의 단편소설 「여름」의 저본이 될, 삭제된 원고 가운데 일부임을 알 수 있다. 이 점에 대해서는 차미령의 앞의 글이 상세하게 논증하고 있다. 어느 날 한아름은 최미라가 자신을 낳지 않기 위해 노력했다는 말을 듣고는 화가 나서 그동안 써왔던 원고들을 삭제해버리고, 나중에 이서하의 연애관계 속에서 새롭게 원고를 써나간다. 「여름」이 이 두번째 원고이고, 첫번째 원고는 『인생』 안에 흩어져서 제시되어 있다. 한아름이 과거를 회상할 때, 그 회상의 내용이 매번 한아름이 알 수 있는 범위를 초과한다는 점에서 특히 1부의 과거 회상 장면을 한아름이 창조한 이야기, 삭제된 첫번째 소설 원고라고 읽을 수밖에 없다.

서 자신의 잉태에 내려진 축복을 확인한 셈이다. 하지만 이 이야기는 나르시시즘적인 상상의 차원에서 멈추지 않는다. 이 이야기에서 확인된 축복은 한아름의 상상을 넘어 (a)의 현실에서 반복되며 아직 이름 붙여지지 않은 한아름의 동생에게까지 전달된다. 한아름이 열일곱 소녀 최미라의 삶의 한 대목을 자신의 소설 속에서 창조적으로 반복한 뒤, 그것을 자신의 실제 삶에서 또다시 반복하며 타인과의 감정의 연결을 이어나가고 또 확장하고 있는 것이다. 이 때문에 한아름은 자신이 죽어가는 시점에서 동생을 잉태한 부모에게 "왜 지금이냐고, 조금만 참다 갖지 그러셨느냐고, (……) 아무도 모르게 원망하고 서운해"(322쪽)하며 슬픔 속으로 침몰한 채 생을 마감하는 대신에 축복을 내리는 자들의 대열에 자신을 합류시킬 수 있었던 것이다. 그리고 어쩌면 그의 동생 또한 언젠가 이 대열에 합류할 수 있을 것이고 그렇게 해서 저 '살아 있는 성좌들'의 연결망은 계속해서 확장될 것이다.

그러므로 한아름에게 이야기하기(혹은 소설쓰기)란 스스로에게 제공하는 감정교육이라고 할 수 있다. 2절의 요점을 반복하는 셈이지만, 이 감정교육은 한 사람의 삶을 다른 사람의 삶에 연결시켜 확장하고 고유한 결합성을 풍성하게 하는 기쁜 일이며, 한 번의 삶 속에서 여러 번 다시 사는 것이다. 여기에서 2절의 논지보다 조금 진척된 이야기가 있다면, 그것은 『인생』의 감정교육이 이야기하기(혹은 소설쓰기)를 매개하여 한아름의 삶에 개입하고 있다는 점일 것이다. 어쩌면 자신의 빈자리를 채우고 또 지워버릴지도 모를 동생을 시기하기보다, 죽음 직전에 동생의 이마 위에 손을 올려 축복하는 한아름의 행동이 너무 '시크'하고 '쿨'해서 작위적으로 보인다면 그것은 바로 이 점을 놓친 탓인지도 모르겠다. 한아름은 자신이 어머니의 뱃속에 있을 때 누군가의 손이 자신의 이마 위에 부드럽고 따뜻하게 올라와 있었다고 상상하면서, 이 상상 속에서 스스로에게 감정교육을 제공하고 또 이를 통해 타인을 향한 감정의 연결망을 힘겹게 구축했다는 것.

이와 같은 구조를 조금 다른 방식으로 다시 한번 확인할 수도 있다. 다음의 인용문을 읽기 위해서 우선 『인생』의 줄거리를 환기하기로 하자. 감당하기 어려운 병원비 때문에 한아름은 TV 프로그램에 출연하고 그것을 계기로 이서하라는 소녀가 한아름에게 이메일을 보내온다. 그녀는 한아름과 동갑내기 친구이며 백혈병을 앓고 있어 한아름처럼 병원에서 살아야 하는 처지다. 조숙한 소년 소녀는 금세 서로를 알아보고 이메일을 교환하는 사이가 되며, 소년은 소녀를 좋아하게 된다. 그러나 둘의 관계는 오래가지 못한다. 이서하는, 불치병을 앓는 소년 소녀의 사랑 이야기를 작품화하려는 어느 시나리오 작가가 한아름에게 접근하기 위해 만들어낸 가공의 인물임이 곧 드러나기 때문이다. 한아름이 절망에 빠졌음은 물론이다. 한아름은 더이상 이서하가 아닌 이서하에게 세 번 묻는다. 이메일을 통해, 또 꿈속에서, 그리고 한아름의 병실에 찾아온 아마도 그 시나리오 작가가 분명한 어떤 사람에게, '누구세요?' 하고 반복해서 묻는다.

(B) "여자친구 하나만 만들어주세요, 네? 여자친구 하나만. 응?" (……) 그런데 얼마 안 있어, 엄청난 물보라와 함께 골짜기에 첨벙— 소리가 울려퍼졌다. 거짓말처럼, 정말, 하늘에서 뭔가 뚝 떨어진 거였다. (……) 조금 전 큰어른나무에게 소원을 빈 바 있는 아버지는 이게 꿈인가 생시인가 싶어, 나무와, 어머니와, 다시 나무를 번갈아 쳐다봤다. 그러고는 수면 위로 고개만 쫑긋 내민 채 가까스로 한마디했다. "누구세요?"
(……)
"당신은 누구십니까. 나아는 한대수. 그 이름 아름답군요. 당신은 누구십니까. 나아는 최미라. 그 이름 아름답군요."(339쪽, 341~342쪽)

(b1) 그애에게 메일을 보냈다. 메일에 쓴 문장은 하나였다. '누구세요?' (276쪽)

(b2) "여자친구 하나만 만들어주세요! 네?" 그러자 하늘에서 '텀벙' 소리와 함께 무언가가 떨어졌다. (……) **"누구세요?"** (……) 이윽고 저쪽에서 한없이 낮고 무거운 목소리가 들려왔다. "나는 아무것도 아니야." "……" "그러니까 너도 아무것도 아니지……"(291쪽)

(b3) 숨죽인 채 상대의 반응에 집중했다. 그는 여전히 묵묵부답이었다. 하지만 그도 긴장했는지 어느 순간 꿀꺽― 하고 침 넘기는 소리를 냈다. 나는 누군가 분명 곁에 있음을 확신하고 용기 내어 물었다. **"누구세요?"**

(……)

"서하니? (……) 맞구나. 그럴 줄 알았어. (……) 너와 나눈 편지 속에서, 네가 하는 말과 내가 했던 얘기 속에서, 나는 너를 봤어. (……) 그리고 내가 너를 볼 수 있게, 그 자리에 있어주었던 것, 고마워."(306~309쪽)

한아름의 실제 삶에서 반복된 '누구세요?'((b1, 2, 3))는 사랑이라고 믿었던 무엇인가로부터 배반당한 소년의 고통과 증오와 공포로 뒤덮여 있다. 그런데 한아름은 이 일을 겪기 전 자신의 소설 속에서 같은 질문을 이미 마련해두었으며[11] 여기서의 '누구세요?'((B))는 한대수와 최미라가 만나는 동화적이고도 극적인 순간을 표시한다. 이 질문에 이어서 서로가 서로의 이름을 부르는 단순한 노래가 끝없이 이어진다. 자신의 이름을 말하기 위해서라도 상대방에게 누구냐고 자꾸만 묻는 이 노래 속에서 한대수와 최미라의 만남은 점점 더 뜨거워지고 있다. 당신은 누구십니까 하고

11) (B)가 삽입된 한아름의 단편소설 「여름」이 시나리오 작가의 존재를 알아차리기 전에 이미 완성된 것이라고 생각하는 것이 자연스럽다. 한아름은 이서하와의 만남을 계기로 「여름」을 쓰기 시작했고 이서하가 가공의 인물임을 알아차린 뒤에 깊이 절망한 탓에 그 작업을 중단한 것으로 보이기 때문이다.

물었을 때, 나는 한대수라고 답해야만, 아름다움에 대한 찬사와 함께 다시 누구냐고 묻고 또 최미라라는 이름을 들을 수 있다. 그렇게 해서 이 물음은 끊이지 않고 서로를 부르고 서로에게 대답하며 찬미하는 아름다운 원을 그려 보인다.[12]

만일 당신은 누구십니까 하고 물어놓고, 대답을 듣기도 전에 당신은 이서하가 아니며 또 그런 한에서 나에게 아무 의미도 없는 존재라고 미리 판단하고 있다면, 저 물음의 원환은 끊어지고 상대방의 이름을 들을 수도 없다. 서로 부르고 대답하는 원환 속에서, 상대방이 이름 없는, 그래서 아무것도 아닌 것이 되어버린다면, 나 역시 이름을 말할 기회를 잃고 아무것도 아닌 것이 되고 만다("나는 아무것도 아니야. 그러니까 너도 아무것도 아니지."(b2)). 그래서 (b3)의 '누구세요?'에 뒤이어 한아름은 '너는 이서하가 아니야'를 봉쇄하면서 저 물음의 원환이 끊어지지 않도록 애쓰고 있다. 더이상 이서하가 아닌 이서하에게 던지는 '누구세요?'는(b1, 2, 3) 한대수가 최미라를 처음 대면할 때 던진 '누구세요?'((B))의 반복이기 때문에 (B)의 동화적이고 극적이며 뜨거운 힘이 (b1)로부터 미세한 변화를 만들고 (b2)와 (b3)로 나아가고, 고통과 증오와 공포로부터 빠져나와 애틋했던 서신교환을 떠올리며 이서하에게 고맙다고까지 말하게 하는 것이다. 여기서 한아름이 한 일은 그저 시나리오 작가의 범죄적 행각을 용서한 것만은 아닐 것이다. 한아름은 자신이 소설 속에서 창조한 '누구세요?'의 아름다운 기쁨의 원환이, 점점 뜨겁고 단단해지는 어떤 관계가, 자신의 삶 속에서도 남아 있기를 간절히 바란 것이리라.

아마도 이 대목은 논쟁거리가 될 수 있을 것 같다. 한아름의 간절한 바

---

12) 여기서의 찬미의 근거는 상대방의 우월한 속성에 있지 않다. 두 사람이 "그 이름 아름답군요"라고 말할 때, 이 둘은 서로를 부르고 대답하며 서로에게 연결되는 행위에 근거해서 서로를 찬미하고 있다. 약간의 변경이 허락된다면 우리는 이 구절을 "그 이름(名) 아름답군요"가 아니라 "그 이름(謂) 아름답군요"라고 이해해볼 수도 있겠다.

람은 보기에 따라서는 현실로부터의 도피라고도 읽을 수 있기 때문이다. 그러나 그가 증오 속에서 생의 마지막 순간들을 허비하는 것이 더 옳았을까? 이 질문에 대답하기는 쉽지 않은 일이다. 그러나 이 점만큼은 분명한 것 같다. 소설쓰기를 통해 스스로에게 부여한 감정교육이 한아름에게 증오를 모르게 했고, 증오를 모르는 한아름은 언제나 타인과의 관계의 가능성을 열어두고 또 그러한 열림을 열망할 수 있는 능력을 얻게 됐다는 것.[13]

4

3절에서 제시한 사례들에서 우리가 확인한 것은 한아름의 '소설쓰기'가 한아름의 '삶을 살아가기'에 빛을 던지고 있다는 것이다. 한아름은 소설 안에서 부모의 삶을 반복하며 그 안에서 그들을 향한 슬픔을 기르고

---

13) 조강석의 독해는 우리와 대립하고 있는 것처럼 보인다. 그는 이렇게 쓰고 있다. 『인생』은 "연민을 배제하기 위해 최상의 노력을 기울인 소설이다. (……) 저 선의의 연민마저 한아름의 '평온한' 내면에 어떤 불편함을 초래하는지를 가능하면 최대한 즉각적으로 알아채게 하는 것, 그것은 이 소설의 중요한 의도이다."(조강석, 「타인의 고통」, 『문예중앙』 2011년 가을호, 260쪽) 조강석은 텔레비전 프로그램을 촬영하면서 한아름이 겪어야 했던 불편함, 타인의 고통을 여행하는 관음증적 시선들을 강조하면서, 시나리오 작가의 범죄적 행각에 주목하려 했던 것 같다. 그의 관점을 이렇게 요약할 수도 있으리라. '타인의 고통에 대해 우리는 어떤 책임을 느껴야겠지만, 우리의 값싼 동정과 연민이 타인의 삶을 침해할 수도 있다는 점을 인정해야만 한다. 『인생』은 그것을 보여준다.' 아마도 김애란은 이 문장들의 순서를 바꾸고 싶어할 것이다. '우리의 동정과 연민이 타인의 삶을 침해할 수도 있으리라는 점을 부인할 수는 없지만, 타인의 고통에 간섭하고 침투하고 그들의 슬픔을 슬퍼하는 것이 우리의 희망이다. 『인생』은 그것을 보여준다.' 『인생』의 작가는 이렇게 쓰기도 했다. "하지만 우리에게 지금 가장 필요한 것 혹은 부족한 것은 (……) 선(善)에 대한 상상력이 아닐까. 그리고 문학이 할 수 있는 좋은 일 중 하나는 타인의 얼굴에 표정과 온도를 입혀내는 일이 아닐까 생각해본다. 그러니 '희망'이란 순진한 사람들이 아니라 용기 있는 사람들이 발명해내는 것인지도 모르리라."(「두 개의 물소리」, 「물속 골리앗」 작가노트, 『제2회 젊은작가상 수상작품집』, 문학동네, 2011, 51쪽) 이서하가 가공의 인물이었다는 반전보다도, 그러한 반전을 겪고서도 한아름이 이서하와의 서신교환을 통해 맺어진 감정의 고리를 소중하게 간직했고, 또 부모의 슬픔을 슬퍼하며 그들의 마음을 알고자 욕망하며 「여름」을 쓰고 선물했다는 것이 보다 『인생』의 핵심에 가까운 것이 아닐까.

이를 통해 자신의 마음을 타인의 마음에 연결하고 자신의 영혼을 확장하며 한 번의 삶 속에서 여러 번 살기를 실행했다. 그는 또 자신이 소설 안에서 완성시킨 어떤 모티프들을 다시 자신의 삶 속에서 반복하며 슬픔을 경유한 기쁨, 증오를 모르는 앎을 만들어냈다. 『인생』을 소설에 대한 소설로 읽는다면, 『인생』은 소설이 감정교육의 효과를 발휘한다고 말하고 있는 것인지도 모른다. 이 감정교육이 『인생』에서는 특히 슬픔과 기쁨의 역설적인 꼬임과 관련되어 있음은 앞에서 반복해서 강조한 바 있다.

이 소설의 마지막 장을 덮을 때 떠오르는 이상한 생각, '너무 슬퍼서 참 좋다'가 그저 부적합한 관념(슬프기 때문에 좋다고? 마조히스트가 아닌 경우에도 그런 것이 가능한가?)인 것만은 아니다. 거기에는 김애란이 성공적으로 구체화시킨 '슬픔/기쁨의 풀리지 않는 꼬임'과 '감정의 윤리' '소설에 대한 소설'이 우리의 마음에 새긴 흔적이 담겨 있기 때문이다. 감정교육은 한아름이 스스로에게 제공한 것일 뿐 아니라, 김애란이 우리에게 제공한 것이기도 하기 때문이다.

(2012)

사랑이며 또한 인생인
— 신경숙의 『모르는 여인들』

1. 신발과 맨발

한 인간이 거쳐온 경험의 내력을 가리켜 이력(履歷)이라 한다. 이것은 세계 앞에서 한 인간이 자신을 증명하는 중요한 수단으로 받아들여져왔고 그래서 어떤 집단이 새로운 구성원을 맞이하려 할 때 늘 요구하는 것이 이력서(履歷書)다. 신발(履)을 끌고 다닌 역사(歷)의 기록(書).[1] 그런데 왜 하필 신발일까?

신발에 앞서 옷에 대해 말해두기로 하자. 레비나스처럼 말하자면 인간은 무엇보다 옷을 입는 존재들이다. 인간은 밤의 흔적을 지우기 위해 매일 아침 씻고 그 위에 옷을 걸쳐 낮의 세계로 통하는 입장권을 얻는다. 옷 아래 감춰지는 벌거벗음이란 상징적 의미로 고정되기 이전의 날것이고 파악할 수 없는 모호함이며 당황스러운 낯섦이다. 그것은 밤이 범람한 흔적으로 얼룩진 불투명성이자 혼돈이며 누추함이다. 옷을 통해 벌거벗음은 상징적 의미와 형식을 부여받은 뒤 비로소 깨끗하고 견고하고 유한한

---

1) 이윤기, 『그리스 로마 신화』, 웅진닷컴, 2000, 40쪽.

형상을 얻게 된다. 의미와 형식과 형상의 매개를 통해 인간들은 자기 자신에게서 낯섦과 모호함을 벗겨내며 자신을 하나의 자아 이미지 안에 고정시키고 스스로를 일으켜세운다. 그러므로 낮의 세계에 참여하려는 인간들은 옷을 입어야 하고, 벌거벗은 채로 남겨진 존재들은 세계의 바깥으로 쫓겨난다. 우리가 종종 신체의 단순한 벌거벗음을 목격할 때도 있지만 옷의 보편성 속에서 벌거벗음은 그 의미를 잃는다. 인간 존재는 이미 하나의 형식을 입고 있기 때문이다. 벌거벗은 고대의 조각상들조차 근원적인 의미에서는 옷을 입은 존재들이다. 그것들은 벌거벗은 육체를 재현하는 것이 아니고, 예술적 형식미를 걸친 육체를 표현하기 때문이다.[2] 현대인들은 피륙으로 짜인 옷을 얻기 위해 백화점에 가고, 세속적 형식미로 짜인 옷을 얻기 위해 성형외과와 피부과, 헬스클럽을 찾는다. 그들은 종종 자신들의 아름다운 맨몸을 과시하려는 것처럼 보이지만, 그들에게는 결코 벌거벗음이 허용되지 않는다. 그들의 맨몸 위에는 이미 세속적 형식미가 걸쳐져 있기 때문이다.

어떤 의미에서 옷과 벌거벗음의 관계를 가장 수고롭고 또 안쓰러우면서도 일상적으로 보여주는 것이 신발과 맨발이다. 우리의 존재를 일으켜세워 거칠고 지저분한 땅을 딛고 걷고 달리기 위해 가장 단단한 형식으로 만들어져야 하는 옷이 신발이고, 피륙에 감싸여 숨겨지는 신체 가운데 다른 모든 신체기관들의 무게까지 지탱하느라 가장 수고하면서도 가장 냄새나고 더럽고 누추한 부분으로 생각되기도 하는 것이 맨발이기 때문이다. 집안에서만 허용되는 조그마한 스캔들, 친밀한 관계 속에서 일상적으로 드러나는 사소한 벌거벗음이 맨발이고, 집밖으로 나갈 때 그러니까 사적인 공간에서 벗어나 세계에 참여할 때 우리의 신체를 실어나르는 것이 신발이기 때문이다. 그런데 옷의 보편성 속에서 우리의 다른 신체가 이미

---

2) 에마뉘엘 레비나스, 『존재에서 존재자로』, 서동욱 옮김, 민음사, 2003, 63~64쪽.

형식을 입고 있어 벌거벗음에 이르지 못함에 비할 때 이 홀대받는 신체에는 오히려 예외적으로 벌거벗음이 허용되는 것 같다. 다른 노출되는 신체 부위가 곧장 에로틱한 기호들로 장식되는 데 비해 친밀한 관계 속에서 노출된 맨발은 종종 진정한 의미에서의 벌거벗은 맨발이 되기도 한다. 그 맨발이 도달해야 할 이상적 형상이나 이를 위한 외과 수술, 운동법 같은 것도 알려져 있지 않다. 맨발은 옷의 보편성에서 벗어난, 형식을 입지 않는 신체 부위이며, 소박한 벌거벗음이다. 그러나 세계는 친밀한 관계 속에서 드러나는 맨발에 관심이 없다. 테세우스가 자신의 혈통을 증명하기 위해 제시해야 했던 것이 가죽신이었고 신데렐라가 스스로를 입증하기 위해 신어야 했던 것이 유리구두였다. 신발 없이는 아버지도 아들을 알아보지 못하고 왕자도 연인을 알아보지 못한다. 신발 없이는 테세우스도 신데렐라도 이름 없는 누추한 벌거벗은 존재들이다. 그러므로 인간은 옷보다도 신발을 신는 존재이며, '당신은 누구인가?' 하는 세계의 물음에 신발을 끌고 다닌 역사로 답할 수밖에 없다. 맨발의 역사에 세계는 관심이 없다.

세계의 무관심 속에서 홀대받으며 자신의 모든 무게를 짊어진 채로 신발 안에서 축축한 땀에 젖어 있는 맨발에, 신발이 애써 감추고 있는 그 누추한 벌거벗음에 관심을 기울이는 것이 문학이 감당해야 할 과제 가운데 하나일 수도 있겠다. 문학을 읽고 쓰는 것은 어쩌면, 벌거벗음을 감추는 신발이 아니라 벌거벗음을 드러내는 신발, 날것·모호함·누추함·낯섦을 드러내고 또 우리가 그것들에 관계하게 만드는 신비한 신발, 세상에는 없는 신발을 만드는 과정인지도 모르겠다. 그리고 이 점에서라면 신경숙의 오른편에 나설 이가 없다. 그녀의 문장들은 이미 이 점을 의식하고 있는 것처럼 보인다. 그녀의 최근작 「세상 끝의 신발」은 이렇게 시작하고 있다. "신발 이야기를 해야겠다."[3]

---

3) 신경숙, 「세상 끝의 신발」, 『모르는 여인들』, 문학동네, 2011, 9쪽. 이하 이 책에서 인용할 경우 본문에 쪽수만을 표기한다.

과연 「세상 끝의 신발」은 신발에 관한 에피소드들의 중첩으로 되어 있다. 첫번째로 제시된 것이 낙천이 아저씨의 신발. 낙천이 아저씨는 소년병 시절 화자 아버지의 뒤축이 닳아버린 신발과 자신의 온전한 신발을 바꿔준 적이 있다. 그것은 살기 위해 도망쳐야 하는 순간에 이뤄진 놀라운 증여였고 그렇게 해서 두 사람의 우정은 오래 지속되었다. 두번째는 발레리나의 신발. 잡지사 기자인 화자는 강철나비라 불리는 발레리나와의 인터뷰 중, 토슈즈에 아름답고 단정하게 감싸여 있는, 발톱이 뭉개지고 뼈가 비틀린 맨발을 생각한다. 그녀는 그 맨발을 보고 싶어했지만 거절당한다. 발레리나의 맨발은 남편에게만 보여준다고. 신발 안에 숨겨진 맨발의 상처투성이인 벌거벗음은 그녀의 남편에게만 노출될 수 있거나 혹은 토슈즈 대신 남편의 사랑스런 시선을 걸친 뒤에야 간신히 자신의 볼품없음과 수줍음을 드러낼 것이다. 맨발은 토슈즈를 신고서 세계와 무대로 통하는 입장권을 얻는다. "공연을 시작하기 전 그녀는 토슈즈를 신은 발로 닫힌 세계를 노크하듯이 무대를 세 번 쿵쿵쿵, 두드렸다."(14쪽)

그저 신발에 관련된 감동적인 에피소드가 나열되는 것처럼 보일 수도 있겠지만, 이 두 에피소드 사이에는 결정적인 차이가 있다. 토슈즈는 그 안에서 맨발을 짓누르며 발레리나를 발레리나이게끔 만들고 또 세계 안에서 성공적으로 자리잡게 했다. 그것은 한편으로 세계가 주는 왕관이자 다른 한편으로는 맨발에 부과되는 고문 장치일지도 모른다. 발레리나는 토슈즈 위에 세워진 발레리나의 자아 이미지 안으로 언제나 되돌아오고 그 안으로 자신의 본래적 신체를 우겨넣었다. 어떤 의미에서 발레리나는 자기 자신에게 붙들려 있고 이 붙들림에서 빠져나올 줄 모른다. "20년 후엔 어떤 모습이겠느냐 물으니 그녀는 오늘과 같을 것, 이라고 대답했다." (40쪽) 이것은 마치 자기 자신 안에 결박된 것처럼 보이지 않는가. 그러나 낙천이 아저씨의 신발은 타인의 누추한 맨발을 위해 증여되는 선물이며 그 증여 행위의 따뜻함 자체이고 그렇게 맺어지는 관계 자체이다. 낙천이 아저씨의 신발은 세계 안에서 홀로 우뚝 선 자기 자리를 만들기보다 자신의 밖으로 빠져나가 작고 따뜻한 관계들을 만든다. 낙천이 아저씨의 또다른 신발. 어린 시절 눈 내리는 날이면 미끄러지지 말라고 순옥 언니와 화자의 털신 위에 감아주던 새끼줄은 그녀들의 어린 겨울을 얼마나 따뜻하게 만들었던가. 이렇게 놓고 보면 낙천이 아저씨의 신발과 발레리나의 그것 사이에는 확실한 경계선이 있는 것처럼 보인다.

　서로 대립하고 있는 이 두 신발에 관한 에피소드 위에, 「세상 끝의 신발」 전체를 떠받치고 있는 감동적인 이야기가, 신발에 관한 세번째 그리고 네번째 에피소드가 이어진다. 낙천이 아저씨의 딸 순옥 언니는 다정하고 섬세한 손길의 아름다움을 가르쳐준 사람. 어린 화자가 사랑하고 따랐으며 또 순옥 언니 같은 사람이 되고 싶어했음은 물론이다. 그런 순옥 언니가 결혼하게 됐다고 인사차 들렀다가 화자의 집에서 묵고 가기로 했는데 그녀는 다음날 순옥 언니를 보내기 아쉬워 순옥 언니의 신발을 눈 속에 감춘다. 어린 그녀는 신발이 없으면 순옥 언니가 하루라도 더 묵고 가리라 생각했지만 직장 때문에 순옥 언니는 다음날 어머니의 낡은 털신을 신고 돌아간다. 나중에 눈 녹은 자리에서 발견된 순옥 언니의 부츠에 그녀는 발을 넣어보곤 했다. 마음이 슬프거나 고독해질 때. 그러면 순옥 언니의 다정한 손길이 그녀의 등을 다독여주는 듯했다. 그 영향 탓인지 그녀는 누군가와 친해지고 싶어지면 그 사람 신발에 발을 몰래 넣어보고 싶어했다. 순옥 언니의 신발을 감추고 친밀함의 공간 속에서 자신과 함께 맨발로 남길 바라는 것, 맨발끼리의 은밀한 다정함을 간직하려는 것, 자신의 것 대신에 순옥 언니의 신발 속에서 순옥 언니의 맨발이 겪었을 무엇인가를 함께 느껴보는 것, 그것을 다른 사람들에게까지 확장시켜보는 것. 그것은 세계 안에 홀로 자리잡고 자기 자신에게로 계속해서 되돌아와 스스로의 주인이 되어 남성적 힘을 얻는 것과는 얼마나 다른 방식의 존재함인가. 이 여성적 존재방식은 남성적 힘과 동전의 앞뒷면의 관계이기도

한 고독과는 또 얼마나 멀리 떨어져 있는가. 이것은 상대방의 벌거벗음에 이끌려 자신의 신발을 벗고 상대방의 신발과 맞바꾸는 것이다. 그녀들의 신발 신기는 서로의 신발을 바꿔 신기이며 맨발의 친밀함을 나누는 행위이다. 그녀들이 신는 신발은 관계 맺음으로 이루어진 비물질적 신발이고 비현실적인 신발이며 세상에는 없는, 세상 끝의 신발이다.

아직 이야기는 끝나지 않았다. 순옥 언니는 교통사고와 이혼, 자살미수 등을 연달아 겪으면서 어린아이로 퇴행하고 말았다. 그런 순옥 언니를 낙천이 아저씨가 돌봐왔지만 그가 먼저 세상을 떠나고 화자는 지금 낙천이 아저씨 장례식에 참석하느라 고향집에 내려와 있다. 일 때문에 다음날 일찍 떠나야 하는 그녀를 이번에는 순옥 언니가 붙잡고 싶었나보다. 그녀의 부츠를 소녀가 되어버린 순옥 언니가 눈 속에 파묻는다. 순옥 언니가 행한 이 반복은 "타인의 신발 속에 발을 넣어본 지가 언제인지 까마득"(27쪽)해진 그녀에게 세상 끝의 신발을 되찾을 것을 은밀히 지시하고 있는 것이 아닌가. 그렇게 해서 20년 후에도 오늘 같을 것이라는 발레리나와는 달리 "순옥 언니와 내게는 20년 후가 오늘과 같아서는 안 되었다".(40쪽) 단지 20년 후에는 순옥 언니의 병이 나아야 한다는 것만이 아니다(그런 의미이기만 하다면 앞의 문장이 '순옥 언니에게는'으로 시작되었을 것이다). 홀로 서 있는 자기 자신으로부터 빠져나와 타인들과의 관계 속으로 들어가야 한다는 것이다. 그녀가 "이 눈 속 어디에서 내 신발을 찾아 신어야 되는지"(40쪽) 막막해할 때 그녀는 일에 파묻혀 자신만을 돌보게 했던 그 가죽부츠를 찾으려는 것이 아니다. 그녀는 서로의 맨발을 드러내는 세상 끝의 신발에 대한 탐색을 시작하려는 것이다.

2. 이것이 인생일까? 사랑일지도……

「세상 끝의 신발」만큼 선명하지는 않지만 「모르는 여인들」과 「어두워진 후에」에서도 신발은 각각의 작품을 지탱하는 중요한 기호로 작동한다.

신발 3부작이라고 불러도 좋을 이들 작품과 함께 우리는 사랑에 대한 사유를 시작할 수도 있겠다. 「모르는 여인들」을 먼저 읽기로 하자. 이 작품을 읽다 보면 독자들은 몇 차례 어리둥절해지는 순간들을 겪게 된다.

「모르는 여인들」은 옛사랑이 다시 시작되려는 순간의 미묘한 떨림에 관한 이야기일까? 20년 전의 남자친구 채에게서 편지가 날아오고, 화자인 그녀는 다른 우편물들 사이에서 채의 글씨체를 한눈에 알아보았으니까. 그렇게 읽기가 쉽겠다. 다음날이 되도록 편지를 뜯어보지도 못하고 바라만 보았던 것이 이 편지를 앞에 두고 그녀가 심상할 수만은 없었던 증거이기도 하다. 그녀의 첫키스의 주인공인 채는 몇 년 만에 전화 걸어 딸을 낳았다고 이름이 은표라고 알려온 적도 있다. 은표는 채와 그녀가 함께 봤던 영화의 여주인공 이름이었고 또 나중에 두 사람이 결혼해서 딸에게 붙여주기로 했던 그 이름이기도 하다. 이번에 보내온 편지에서 채는 지난 20년 동안 "혼자 힘으로 해결하기 어려운 일에 부딪힐 때마다 너를 생각하곤 했"다고 "만나주었으면 한다"(226쪽)고 썼다. 채가 정한 날이 곧 찾아왔고 "남편을 병원에 두고 옛 남자친구를 만나러" 가는 일은 "뭔가 좀 구리지 않"(230쪽)은가 싶은 생각도 들었다지만, 이 두 사람이 만나고야 말 것임은 누구나 예상한 일. 그렇다면 무슨 일이 벌어지겠는가.

그러나 예상 밖의 일이 벌어진다. 20년 만에 만난 채는 아내의 것이라며 노트 한 권을 내민다. 노트에는 채의 아내와 채의 집안일을 돌봐주는 가정부가 주고받은 메모들로 빼곡하다. 이런저런 것들을 해달라, 해놓았다 하는 주문과 보고와 요청들. 우리들은 어리둥절해질 밖에 없다. 대체이 이야기는 어떻게 되어가는 것인가. 다시 시작되는 사랑의 미묘한 떨림 운운하는 예상이 여지없이 빗나갔음은 틀림없어 보인다. 노트를 계속 읽어보니 채의 아내와 아주머니 사이에는 우정이 싹텄고, 그래서 실용적인 주문, 보고, 요청들이 어느새 사적이고도 친밀한 대화들로 바뀌었음을 알겠다. 그런데 노트의 마지막 장이 우리를 또다시 어리둥절하게 만든다.

"아주머니. 우리 은표 어떡해요? 은표 아빠는요. 제가 왜 그런 병에 걸렸다는 건지 모르겠어요. 믿을 수가 없어요."(250쪽) 노트가 끝난 자리를 뒤이어 채가 말한다. 아내가 암에 걸렸다는 것, 가족들에게 부담을 주기 싫었던 탓인지 가족들로부터 도망쳤다는 것. 채는 그런 아내를 이해할 수 없었고 20년 전에 채에게서 도망친 적이 있는 그녀에게, 아내를 이해하기 위해서라는 듯, 그때 왜 도망쳤던 것인지를 묻기 위해 만나자 했음이 연달아 밝혀진다. 어떤 절박함, 어떤 먹먹함, 어떤 서글픔이 「모르는 여인들」의 후반부에서 우리를 습격한다.

이제 우리들은 채가 끝내 이해할 수 없었으며 그녀조차도 잘 설명할 수 없었던 질문에 매달리게 된다. 왜 작별의 기회조차 주지 않고 그녀는 채로부터 도망쳤던 것인가. 소리내어 답하진 않았지만 그녀는 이렇게 생각했다. "군화 때문이었다." "군화 속의 땀에 젖어 있을 채의 발가락을 연상하자 더는 견딜 수가 없었다."(252쪽) 다시 신발이 문제다.

아마도 그녀가 그 순간 견딜 수 없었던 것은, 군화 속에 짓눌려 있던 맨발의 나약함과 초라함이었을 것이다. "학교를 졸업하고 이력서를 20여 통이나 내며 면접을 보러 다녔지만 어느 곳에도 취직이 되지 않았던 때였다. 그런데도 아침이 꼬박꼬박 찾아온다는 게 두려웠다. 오늘 하루는 또 뭘 하면서 보내나? 겨우 스물몇 살에 세상에서 가장 쓸모없는 인간이 돼버린 느낌이었다."(252쪽) 세계 안에서 제자리를 찾지 못한, 자신에게 맞춤한 신발을 찾지 못한, 누추한 맨발의 모습을, 그 맨발이 감당해야 하는 일상의 고난을, 그러니까 자기 자신의 우울한 초상을, 그녀는 채의 군화 속에서 보고 있었던 것이 아닐까. 첫키스의 순간 그녀가 바라본 것은 엉뚱하게도 거실 바닥에 자유롭게 뻗어 있는 채의 발가락들이었다. 그 잘생기고 연약하고 무방비 상태인 발가락들이 군화 속에서 숨막혀하고 있지 않은가. 그것이 모든 벌거벗은 청춘들이 세계 속에 내던져질 때 겪게 될 운명이 아닌가. 그러고 보니 채와 함께했던 이십대를 사랑하지 않았다는 그녀의 고백이 의미심장하게 들린다. 가슴 떨리는 사랑의 시간들과 불안하고 절망스러운 청춘의 시간들이 그녀에게는 같은 것이었나보다. 그녀는 나이가 들어 연애감정으로부터 멀어진 것을 다행으로 생각하고 그렇게 해서 얻은 쓸쓸한 자유와 평화를 사랑했다. 그녀는 나른하게 안전한 신발의 편안함을 사랑했을 것이다. 그녀는 어서 청춘의 벌거벗음으로부터 벗어나려 했고, 그 위태로움과 불안함, 쓸모없음으로부터 도망치려 했다. 그 때문에 그녀는 채에게서 도망친 것이 아니었을까. 청춘을 내팽개쳐서라도 어서 빨리 안전하고 평화로운 신발을 발견할 수 있기를, 세계 안에서 제자리를 찾기를 바라면서.

맨발의 벌거벗음으로부터 도망치고자 했던 그녀의 고백 "쓸모없는 인간이 돼버린"(252쪽) 것 같다는 고백을 채 또한 같은 문장으로 반복한다. 그러나 이번에는 맨발의 문맥에서. "어디가 아프면 내게 가장 먼저 말하고 나를 의지해야 맞는 거 아닌가? 그런데 왜 내게서 도망치지? 왜 내게는 아무런 기회를 주지 않지?"(253쪽) 고통스러운 맨발의 표정을 들키지 않으려는 것도 또 상대방의 그 표정으로부터 도망치려는 것도 인간적인 순간이겠다. 하지만 그 맨발의 표정에서 놓여나지 못하고 그 연약함을 보듬고 그 누추함에 헌신하려는 것 또한 인간적인 순간이다. 그 가운데 후자를 사랑 이외에 무엇이라 부르겠는가. 그러므로 결국 「모르는 여인들」은, 우리가 애초에 예상한 것과는 다른 방식이긴 하지만, 다시 한번 어리둥절하게도, 결국 사랑의 떨림에 대한 이야기로 읽어야 옳겠다. 그녀는 채에게 "이것이 인생일까? 그것이 사랑일지도 모른다고 말해주고 싶었다."(255쪽) 채에게 아무런 어려움도 겪게 하지 않으려고 그로부터 도망친 아내의 행동이 사랑이기도 하다는 것이 아니다. 난데없이 난치병이 찾아오고 평화로운 시간들이 순식간에 무너져버리기도 하는 것이 인생이지만, 상대방의 벌거벗음에 묶여 그로부터 놓여나지 못하는 바로 그것이 사랑이라는 것이다. 이 소설의 마지막 장면에서 그녀가 관절 수술을 받아 병상에 누위 있는 남편에게로 돌아와 그의 맨발을 닦아주는 것으로 끝이 나는 것은 우연이 아니다. 서로의 맨발에 매달리게 되는 것이 사랑이니까.

이것은 고통받는 주위 사람들에게 온정의 손길을 베풀어야 한다는 순진한 도덕적 명령을 반복하는 것이 아니다. 타자의 벌거벗음이, 거기서 드러나는 연약함과 누추함과 낯섦이, 우리를 우리 자신에게 묶여 있는 속박으로부터 해방시킬 수 있다는 것이다. 타자의 맨발은 자기 이외의 것들에 무관심해진 존재에 균열을 만들고 존재의 완강함을 방해하며 주체를 약하게 만들어 자기 자신으로부터 빠져나오도록 해서 다른 존재자들과 연관되게 만든다는 것이다. 타자의 벌거벗음은 "나에게 떠맡겨지고, 나를 방해하며, 내 머리에서 떠나지 않고 나를 짓누른다. 한마디로 나에게 자기를 사랑할 것을 명령하면서 나의 본성에 폭력을 가해오는 것이다".[4] 이 폭력에 스스로를 내맡길 수 있는 용기가 사랑의 능력과 일치한다. 사랑은 상대방에게 우월함과 아름다움을 부여하고 장식하는 것도 아니고 서로의 결핍을 충족시켜 일체감에 머무르는 것도 아니다. 사랑한다는 것은 자신과 상대방의 신발을 벗기고 그 벌거벗음의 누추함과 연약함과 낯섦에 어쩔 수 없이 사로잡히는 것이며 그 사로잡힘 속에서 자기 자신으로 존재함으로부터 빠져나오도록 강제되는 것이다. 「모르는 여인들」의 화자가 발을 닦아달라는 남편의 요구를 거절하는 것으로부터 자발적으로 남편의 발을 닦는 것으로 이행하면서 보여준 것이 그러한 사로잡힘이고 빠져나옴이다.

'외계인손증후군'이라는 기이한 증상이 빚어낸 슬픈 이야기, 「그가 지금 풀숲에서」를 다시 한번 사랑에 관한 이야기로 읽어도 좋겠다. 회사일에 파묻혀 사는 사내가 아내에게 무심해진 사이, 아내는 왼손이 마치 남의 것처럼 자신도 모르게 이상한 일들을 벌이는 증상을 겪는다. 그녀의

---

4) 알렝 핑켈크로트, 『사랑의 지혜』, 권유현 옮김, 동문선, 1998, 137쪽.

왼손은 오른손이 가꾸는 화초들을 망쳐놓고 남의 물건을 허락없이 집어오는가 하면 마트에 가면 밀차에 예쁘기만 하고 쓸모없는 것들을 담아놓는다. 그녀의 왼손은 급기야 남편의 뺨을 후려치고 목을 조르기까지 한다. 그런데 그녀가 겪는 것은 그저 희귀한 정신질환일 뿐일까. 오히려 그녀의 왼손이 어떤 진실과 진심을 드러내고 있는 것이라고 그녀의 왼손이 순종적인 아내의 옷을 벗은 맨손이라고 해야 하지 않을까. 그가 결국 외면하고 도망쳐버린, 그녀 왼손의 낯설고 당황스러우며 막무가내이고 파괴적이기까지 한 행위들은 그녀의 벌거벗음의 한 부분이 아니었을까. 그는 평소에도 아내에게 무심했지만 그녀의 왼손이 폭력을 행사하기 시작하자 각방을 썼고 그녀가 목을 조른 날에는 아예 집을 나와버렸다. 그는 아내의 벌거벗음으로부터 떨어져나오고 싶어했지만, 교통사고를 당해 도로 근처 밤의 풀숲으로 내동댕이쳐졌을 때, 인터넷 쇼핑몰 MD로서의 스케줄은 정지되고 그가 매몰되어 있는 그의 역할에서 빠져나오며 그제서야 그녀의 벌거벗음으로부터의 도망을 멈추게 된다. "그는 처음으로 아내에 대한 깊은 생각에 잠겼다." 그리고 이내 아내의 옷과 신발 속에 감춰진 모습들이 "맹렬히 궁금해졌다".(116쪽) 그리고 "아내의 왼손이 하고 싶어하는 일이 (……) 그게 무엇인지 알아낼 수 있는 기회가 나에게 오기는 올까?"(116~117쪽) 하는 조급함이 더해진다. '그가 지금 풀숲에서' 뒤늦게야 사랑을 시작하고 있는 것이라고 읽어도 좋지 않을까. 사랑은 아름다운 것을 찬미하고 그것에 매료되는 데서 시작하는 것이 아니니까. 사랑은 벌거벗음에 대한 이끌림에서 시작되는 것이니까. 마치 그의 아내가 처음 만난 남자의 코트 단추가 떨어질 듯 위태로워 보이는 데 이끌려 그의 청혼을 수락할 수밖에 없었던 것처럼.

3. 이것이 사랑일까? 인생일지도……

그러나 자기 자신으로 존재함을 잃는 것만을 너무 강조하지 않도록 주의해야겠다. 맨발과 신발의 관계 속에서 배당되는 신경숙의 사랑은 결국 타인의 낯섦과 연약함과 누추함을 보듬고 그것과의 관계맺음을 향해 나아가며 '서로 – 함께 – 존재함'으로 세계의 구성방식을 조금씩 바꿔놓기 때문이다.(『모르는 여인들』에서 다소 이질적으로 보이는 「숨어 있는 눈」에는 버려진 고양이들을 외면하지 못하는 A의 실종 사건과 이를 둘러싼 수수께끼 같은 불안과 공포가 치밀하게 배치되어 있다. 그것을 우리 인생의 도처에 깔려 있는 불안과 공포의 장면화라고 읽을 수도 있겠지만 존재함을 잃는 사랑의 어두운 면이 은밀하게 드러난 것이라고 읽어볼 수도 있겠다.)

이제 신발 3부작의 마지막 작품 「어두워진 후에」를 읽을 차례다. 자신이 어디서 무엇을 하고 있는지도 의식하지 못한 채 아무 곳이나 함부로 떠돌아다니는 남자가 있다. 마침 가진 돈이 모두 떨어졌을 때 남자는 우연히 한 여자를 만난다. 여자는 남자가 요구하는 모든 것에 사정을 따져 묻지도 않고 그렇게 하세요, 그러지요 하고 답한다. 여자는 남자가 입장권 없이 내소사에 들어가는 것을 허락했고 그에게 저녁식사와 잠자리, 돌아갈 차비까지를 내주었다. 여자가 대접한 따뜻한 상차림이, 또 여자의 집에서 듣고 보게 된, 서로 돌봄의 온기로 가득한 여자의 가족들과 이웃들 간의 대화가 자신의 인생을 방기한 남자를 일으켜세웠을 것이다. 이제 그는 방랑을 끝내고 집으로 돌아간다.

그런데 잠깐. 낯선 남자의 누추함에 이끌린, 무조건적 환대를 베푸는 여자의 행위가 다소 비현실적으로 보이지는 않는가? 오늘날 사람들의 마음씀의 실상은 저 질문도 없는 그렇게 하세요, 그러지요와는 너무 동떨어져 있지 않은가? 하지만 이 '비현실적'이라는 판단을 너무 성급하게 내리지는 말기로 하자. 남자가 자신의 인생을 방기한 채로 이곳저곳을 떠돌게 만든 끔찍한 사건, "살인이 자신의 직업"이며 "살인을 하고 나면 나른하고 피곤하여 숙면을 취할 수 있었다"고 말하는 자가 저지른, 범죄 소설에나 등장할 법한 연쇄살인 사건이 실제로 일어난 일이라면 어찌할 것인가.

법정에서 연쇄살인범은 오히려 수사기관의 무능함을 성토하고 인터넷에서는 그를 위한 팬클럽까지 만들어지는 이 비현실적인 이야기들이야말로 우리의 현실을 구성하고 있다면 어찌할 것인가. 「어두워진 후에」는 연쇄살인범 유영철의 실제 행각을 배경으로 하고 있다. 우리 삶의 어떤 부분이 이미 비현실적인 범죄에 노출되어 있다면, 그 반대편의 비현실적 차원이 우리의 현실을 구성할 수 있도록 상상하는 것 또한 단지 비현실적이기만 한 것은 아닐 것이다. 서로의 누추함과 벌거벗음에 이끌리고야 마는 환대와 사랑의 인간적 형식을 비현실적이라고 말하고 싶어하는 냉소적 현실주의야말로 우리가 현실이라고 부르는 그 차갑고 쓸쓸한 장면들을 구성하고 있는 것은 아닐까. 그것이야말로 세계의 구성방식을 조금씩 바꿔놓을 수 있는 가능성과 그 가능성을 향한 용기를 위축시키고 있는 것은 아닐까. 「어두워진 후에」는 이런 물음들 위로 한 남자의 영혼이 황폐해지는 순간들을, 그리고 다시 서서히 일으켜세워지는 순간들을 묘사하고 있다.

이틀에 걸친 환대가 끝난 뒤 남자는 "자신의 신발이 이제는 걷기가 불편할 만큼 해져 있는 걸 발견했다. 남자는 그 집이 있는 도시로 돌아가면 맨 먼저 신발을 구해야겠다는 생각을 했다. (……) 새 신발을 신고…… 그 집에 가보리라".(149쪽) 다시 신발이다. 남자의 누추함에 이끌린 여자의 환대가 결국 그에게 새 신발을 찾아준 셈이다. 삶은 그러한 방식으로 살아지기도 하는 것이다. 서로의 누추함에 이끌려 서로의 맨발이 새 신발에 감싸여질 수 있도록 돕는 것. 서로를 일으켜세워주는 것. 그런 방식으로 세계 안에서 (자기 자리를 찾는 것이 아니라) 서로의 자리를 찾아가게 하는 것.

여기서 여자의 환대가 무엇보다 따뜻한 상차림과 가족, 이웃 간의 살가운 대화로 이루어져 있음을 강조해보면 어떨까. 이 점에서라면 「화분이 있는 마당」을 함께 읽을 수도 있겠다. 「화분이 있는 마당」은 한 여자가 언어장애와 식욕장애로부터 치유되는 과정에 대한 이야기인 동시에, 언어장애와 식욕장애를 일으킬 정도로 받아들이기 어려웠던 남자친구의 갑작스러운 결별 통보를 이해하는 데 성공하는 이야기이기도 하다. 그녀가 이 이중의 장애로부터 회복되고 또 결별 통보를 이해하는 데 상차림과 대화가 결정적인 역할을 하게 된다.

아무도 없는 줄 알고 들렀던 후배 K의 집에서 그녀는 낯선 여자를 만난다. K가 세들어 사는 집에 또다른 세입자가 있었던 모양이다. 그녀는 낯선 여자에게 앵두화채와 저녁식사를 대접받는데 놀랍게도 이 환대 속에서 식욕을 회복하고 말도 자연스럽게 하게 된다. 다시 한번 환대와 치유다. 그런데 여기에 반전이 준비되어 있다. 알고 보니 낯선 여자는 K가 사는 집의 죽은 안주인, 그러니까 귀신이었다. 바깥주인은 아내의 죽음에 상심한 탓에 세상과 단절한 채 자신 안에 칩거했을 것이다. 죽은 아내를 잊지 못해 고통받다가 그 고통이 너무 심해 아내를 생각나게 하는 집으로부터 도망치듯 떠나가고 이사를 결심한 때부터 아내가 가꾸던 마당을 다른 사람이 손대는 게 싫어 마당을 망가뜨리기 위해 애썼던 것이 그 증거. 황폐해진 마당이 곧 그의 황폐해진 영혼이 아니겠는가. 그런 남편을 두고 떠날 수가 없어서 아내의 영혼은 귀신으로 남은 것일까. 귀신이 된 여자가 남편에게 바란 것이 자신에 대한 그리움에 빠져 홀로 괴로워하는 것은 아닐 것이다. 귀신이 된 여자는 남편이 다시 세상과 관계맺기를 간절히 바랐을 것이다. 그러므로 귀신이 된 여자가 준비한 음식들은 남편이 다시 세상과 대화하기를 바라는 마음의 물질화이기도 하겠다. 죽은 여자의 남편을 대신해 그 음식들을 대접받았으므로, 남자친구의 결별 통보에 먹지도 말하지도 못하게 된 그녀의 장애가 한꺼번에 치유된 것은 어떤 의미에서는 자연스러운 일이기도 하겠다. 음식을 먹는 것은 세상과 나누는 생리학적인 대화이며 사람들과 나누는 대화는 사람들 사이의 관계맺음을 향한 정신적 먹기이므로. 죽은 여자가 살아 있는 남자에게 간절히 바란 것이 바로 그것, 먹기와 말하기가 일치하는 지점, 관계맺음이었으므로.

자신 안으로 칩거함에 대한 신경숙의 처방전이 먹기와 말하기를 자극하는 수다 떨기와 상차리기임을 지적하면서 다음과 같은 장면들을 강조하는 것은 조금 흥미로운 일이 될지도 모르겠다. 이 대목에서 그녀는 먹기와 말하기의 인간적 형식을 보다 정교하게 다듬고 있는 것으로 보이기 때문이다.

언어장애와 식욕장애에 시달리던 그녀가 어린 시절 처음으로 한 말이 "엄마, 배고파"(80쪽)였다는 것. 이제 막 말을 시작하는 아이들이 하는 말은 특정 의미를 전달하는 수단이 아닐 때가 많다. 그럴 경우 아이들의 말은 자신이 말을 하고 있다는 사실 자체를, 자신이 어떤 관계의 망 속에 들어가기를 원한다는 사실 자체를 표시한다. 아이들이 '엄마'라고 말할 때, 그것은 엄마에게 가까이 와달라거나 자신을 봐달라는 것만도 아니고 먹을 것이나 장난감을 달라는 것만도 아니다. 아이들은 엄마와 연결되어 있다는 혹은 연결되려 한다는 사실 자체를 말한다.(어른들은 이런 경우를 통화 상태가 나빠 서로의 목소리가 전달되지 않을 때 '여보세요! 들리세요?' 하고 물으면서 경험하게 된다. 이때 우리는 서로가 들리지 않는다는 사실을 알고 있으면서도 어떤 연결 상태를 유지하고 싶어하고 바로 그것을 '여보세요! 들리세요?'로 표시한다. 혹은 아무도 없다는 사실을 예감하면서도 '거기 아무도 없어요?'라고 물을 때도 비슷한 경험을 하게 된다. 이런 발화들에서는 어떤 메시지 내용이나 그 메시지를 수신할 상대방의 존재는 오히려 부차적이다. 여기서의 핵심은 '연결되어 있음' 자체 혹은 '연결되고자 함'이다.) 그것이 말하기의 근본적 차원, 말하기를 말하기이다. 바로 그 차원에서 어린 그녀가 처음으로 한 말이 "엄마, 배고파"였다. 말하기의 근본적 차원에서 말하기는 먹기이기도 하다는 점이 "엄마, 배고파"에 표시되어 있지 않은가. 언어장애에 시달리던 화자가 자신의 첫 말을 궁금해하다 엄마에게 물어 확인한 것이 그것이었다. 말하기의 근본적 차원, 먹기와 말하기의 일치, 관계맺음을 출발시키는 인간적 조건.

그녀의 언어장애와 식욕장애는 결별 통보 편지를 읽으면서 시작됐고 죽은 여자로부터 음식을 대접받으면서 장애를 벗어났으며 그 뒤로 그녀는 남자친구의 느닷없는 결정을 이해할 수 있을 것 같았다고 했다. 이 '이해'라는 말에는 썩 애매한 구석이 있다. 그녀는 남자가 이별을 결심할 수밖에 없었던 원인을 알게 된 것일까? 별로 그런 것 같지는 않다. 누구도 연인이 결정한 결별에서 납득할 만한 이유를 찾을 수는 없을 것이다. 사랑 앞에서는 어떤 이유도 핑계로 들리기 때문이다. 오히려 이별의 결정을 이해하기 위해 납득할 만한 이유를 요구하는 데에는 이별에 대한 거부가 포함되어 있다. 특별한 이유가 없는 한 이별을 용납할 수 없다는 제한적 수락, 그러니까 일반적 거부. 그렇기 때문에 '알기 때문에 이해한다'의 차원은 실상 '알고 싶지도 않고 용서할 수도 없다'이다.

그런데 '모르지만 이해한다'의 차원이 있다고 한다면 어떨까. 어떤 '이유'를 제시하지 않아도 상대방의 마음의 변화를 수용할 수 있는 차원이 있다고 한다면. 관계를 맺는다는 것은 상대방에게 나의 기준과 가치를 강요하고 그것에 맞는 무언가를 내놓으라고 요구하는 것은 아니다. 상대방의 이해 불가능성을 내가 납득할 만한 이유로 환원시키고 그것을 자신의 소유물로 만드는 것도 아니다. 이해할 수 없는 상대방을 이해할 수 없는 채로 받아들이는 것, 낯선 대상의 낯섦을 받아들이는 데서 관계맺음은 시작된다. 그런 점에서 보면 그녀가 먹기와 말하기를 회복할 때 동시에 '모르지만 이해한다'의 차원에도 도달하는 것은 자연스러워 보인다. 「화분이 있는 마당」의 마지막 절에서 그녀가 지금까지 남자친구와 주고받은 편지들을 한 문장 한 문장 노트에 옮겨 적으며 둘 사이에 일어난 감정의 교환을 찬찬히 되돌아보고 그 되돌아봄이 회복된 먹기와 말하기에 힘입을 때, 그녀는 관계맺음을 제자리로 되돌려놓을 수 있었을 것이다. 그렇게 해서 그녀는 남자친구의 떠남을 무사히 떠나보낼 수 있었을 것이다. 남자친구의 갑작스러운 결심의 이유를 '모르지만 이해한다'는 것, 먹기와 말하기를 회복하는 것, 먹기와 말하기의 일치를 확인하는 것은 모두 관계맺음이라는 한 뿌리에서 나온 것들이다. 잘 이별하는 것, 그것 또한 얼마나 훌륭한 관계맺음인가.

「성문 앞 보리수」가 여기서 멀지 않다. 이 소설에서 맨 처음 눈에 들어오는 것은 경이 10년 전 도망치듯 독일행을 택할 수밖에 없었던 사연의 쓸쓸함, 서글픔 같은 것들이겠지만 경과 S 사이에서 교환된 애잔하고 감동적인 대화와 편지를 찬찬히 들여다보면 말하기에 대한 가르침이 함축되어 있음을 또한 발견할 수 있다. 경은 결혼을 하고 아이까지 낳은 뒤에야 남편에게 헤어지지 못한 첫사랑이 있었음을 알게 되었다. 시어머니는 손녀의 육아를 포함해서 집안의 모든 일을 손수 해내지 않으면 안 되는 성미의 사람이었다. 아내로서도 엄마로서도 경의 자리는 없었고 그것이 경을 공허하게 만들었다. 10년이 지난 뒤에야 독일행의 곡절을 고백한 경은 이렇게 덧붙였다. "말이란 이렇게 간단하구나. 내가 떠돈 10년이 이렇게 간단히 정리되네."(184쪽) 이렇게 말할 때 경은, 그 공허함과 공허함에 뒤따른 또다른 공허함들이 그 간단한 말로는 다 정리될 수 없었음을 말하고 싶었을 것이다. 말과 교환되지 않는, 불투명하고 질척거리는 찌꺼기들이야말로 우리 마음의 가장 깊은 곳에 자리잡아 우리를 아프게 찌르는 것들이 아니던가. 그것은 말과 교환될 수 없는 것이기에 지난 10년간 누구에게도 말할 수 없었던 것이 아닌가. 하지만 경은 편지에서 고쳐쓴다. "이런 말들을 하면서 살아야 했었는데…… 그동안 아무 말도 하지 않아서 미안. 수미도 나도 너를 외롭게 했겠다는 생각."(186쪽) 말로는 전달되지 않는 것이 있겠지만, 그것은 부정할 수 없는 사실이지만, 그럼에도 말해야 했다는 것. '말하기를 말하기'의 차원까지 닫아버리고 나면 대책 없는 고립과 외로움만 남는다는 것. 그러므로 경은 저 문장 뒤에 이렇게 덧붙였어야 했을지도 모르겠다. '(말하기를 놓아버린 탓에) 수미도 나도 너를 외롭게 했겠다는 생각. 그것이 나 또한 외롭게 했다는 생각.' 아무것도 전달되지 않더라도 '말하기를 말하기', 관계맺음의 근본적인 차원을 닫아서는 안 된다는 생각. 그런 생각들 위로, 이 소설의 제목이자 경이 죽은 수미에게 가르쳐줬던 노래, 빌헬름 뮐러의 시에 슈베르트가 곡을 붙인 〈보리수〉가 울려퍼진다. "기쁠 때나 슬플 때나 찾아온 나무 밑. 찾아온 나무 밑."(185쪽) 기쁠 때나 슬플 때나 추운 겨울을 여행하는 우리들을 부르는 것은 보리수, 관계맺음의 줄기로 뻗어나가는 나무가 아닌가. 경이 서울의 S에게 건넨 백합 구근의 뿌리 또한 지하에서 자라나는 보리수가 아닌가.

　내소사에서 만난 여자가 해진 신발을 신고 떠도는 남자에게 베푼 환대는, 죽은 여자가 잘 먹지도 못하고 말도 더듬는 그녀에게 베푼 환대는, 친구 경의 말 못하는 사연을 듣기 위해 10년을 바친 S의 기다림은, 그것들은 또한 사랑이었을까? 아마도 그럴 것이다. 그러나 그 사랑을 통해서 먹기와 말하기를 회복하고 그렇게 해서 관계맺기로 나아가는 것, 그것이 인생이라는 것까지도 함께 말하는 것을 잊지 말아야 한다. 『모르는 여인들』이 함축하는 것은 우리의 삶이 극단적인 고립 속에서 경화(硬化)되는 것을 막고, 사람들 사이의 관계의 그물로 짜이도록 하기 위해 필요한 인간적 조건들이다. 그러니까, 그것은 사랑이며 또한 인생이다.

(2011)

다락방의 악마에게 상처받을 수 있는 능력을
— 천운영의 『생강』

한편으로 『생강』(창비, 2011)은 역사의 기록이다. 『생강』의 고문기술자 안은 실존인물 이근안 경감을 모델로 하고 있다. 그는 남민전 사건, 전학련 사건, 납북어부 간첩조작 사건 등에서 숱한 민주화 인사들을 고문하고 무고한 사람들을 간첩으로 날조했다. 검찰이 고문 행위를 묵인한 것, 전두환 정권이 이근안 경감의 공로를 인정해 열여섯 차례 표창한 것, 그가 고문피해자 고(故) 김근태 등에게 고문기술자로 지목되어 잠적했을 때 동료 경찰관들의 조직적인 비호를 받은 것 등이 모두 우리 역사의 한 장면이다(안과 그의 동료들이 행한 고문에 깊이 관여했으나 나중에 국회의원이 되는 점을 언급할 때(266쪽), 작가는 당시 대공수사단장을 맡았으며 90년대 들어 수많은 고문피해자들에게 고소, 고발되었으나 불기소된 정형근 전 의원을 암시하고 있는 것일까. 80년대 고문을 지휘한 핵심인물로 거론되던 그가 현재 국민건강보험공단 이사장을 맡고 있는 것도 진행중인 역사의 한 장면이다).

그러나 문학은 언제나 역사의 기록 그 이상이거나 이하이다. 『생강』은 이근안의 10년 11개월 동안의 도피 행적을 바탕으로 하고 있지만, 성실한 자료 조사를 바탕으로 고문기술자의 행적을 추적하는 것이 천운영의 관심사는 아니다. 작가는 인간의 악마화 혹은 탈악마화가 벌어지는 내면의 다락방을 탐색하는 데 더 큰 노력을 기울이고 있고, 『생강』은 이 대목에서 빛을 발한다. 그리고 여기서 안의 딸 선의 역할이 결정적이다. 선이 안의 내면적 거울이며 또한 안의 미래이기 때문이다. 어째서 그러한가?

선은 타인의 환영하는 눈빛을 놓치지 않기 위해 "내 목소리가 아"(48쪽)닌 말로 자신을 치장하고, 사랑까지도 그녀가 즐겨 읽는 하이틴 로맨스풍의 은유 속에서 시작하고 끝낸다. 선의 언어는 운동권 선배들의 상투어와 하이틴 로맨스의 상투어 바깥으로 나갈 수 없다. 그러므로 선의 언어로는 사유가 불가능하다. 선이 자신의 아버지가 고문기술자라는 사실을 알았을 때도, 그녀는 결코 피해자들에 대해 생각하지 못한다. 그저 "행복한 순간에는 어김없이 나타나 방해하는 이 훼방꾼들"(119쪽)이 성가실 뿐이다. 선은 타인들의 고통을 이해하는 데 무능력하고 그녀의 말은 자신을 사유하는 데 무능력하다. 이 이중의 무능력 안에서 그녀는 결코 현실과 마주하지 않는다.

다락방에 숨어든 아버지, 어딜 가나 고문기술자의 딸이라는 오명을 붙여주는 아버지 때문에 결국 그녀가 자신의 안락한 운명을 포기할 수밖에 없게 되었을 때, 현실의 고통들을 회피할 모든 수단들을 잃고 말았을 때, 그때서야 선은 자신의 집 앞에 집요하게 찾아오는 고문피해자와 대화를 시도한다. "말해봐요. 아빠가 무슨 짓을 했는지. 알고 싶어요. 알아야겠어요. 알려줘요."(184쪽) 그렇게 해서 "내 몸에 연결된 무수한 줄들이 툭툭 소리를 내며 끊어진다".(188쪽) 선은 타인의 고통에 직면하고 나서야, 그 고통에 공감하고 상처받은 뒤에야, 자기 자신으로부터 또 이중의 무능력으로부터 빠져나온다.

이 점이 분명해지면, 다락방에서 고통스러워하는 안의 눈물이 "지독한 자기애에서 나온 눈물"(238쪽)임이 보인다. 안의 언어는 "나는 악의 세력과 맞서는 전사가 아닌가. 너희들이야말로 악의 세력이다. 악은 제거되어야 한다"(75쪽)는 진부한 정치적 구호의 바깥으로 빠져나오지 못한다. 안의 생각은 "비루한 아버지를 버리고 새로운 아버지를 모시고"(199쪽) "아버지의 사랑을 독차지하고 싶"(247쪽)은 욕망의 바깥으로 빠져나오지 못한다. 도피생활중 아버지의 세계 바깥에서 그가 찾은 것은 "권좌를 차지하려 애쓰지 않아도 저절로 무릎을 차지하고 앉은 할멈의 어린애"(111쪽)이거나 "엄마를 찾는 어린애"(115쪽)였다. 안은 아버지 혹은 어머니의 품 안에서 스스로의 정체성을 향유하고 과시할 뿐 결코 타인의 고통에 상처받지 않는다. 그것이 안을 악마로 만들었다.

여기서 안의 실제 모델 이근안이 나중에 장로교 목사가 된 사실을 떠올린다면 악마 신경증에 시달린 17세기 화가와 20세기의 악마적 고문기술자 안 사이에서 흥미로운 유사점을 발견할 수도 있겠다. 아버지를 잃고 난 뒤 자신이 악마에게 영혼을 팔았다는 환상에 시달리다 성직자로 죽음을 맞이한 화가 크리스토프 하이츠만을 두고 프로이트는 이렇게 논평했다. 그림만으로 생활을 유지하기에 재능이 부족했던 그는 아버지의 경제적 도움이 필요했고, 아버지가 죽고 난 뒤에는 악마의 도움이라도 필요했으며, 악마조차 그의 삶을 보장해주지 못했을 때 또다른 '아버지'인 성직자들을 따라간 것이다.[1] 평생토록 부모 품에 안겨 타인의 도움만을 바라는 이 가련한 사내를 보라. 20세기의 악마적 고문기술자 안에게서도 이 가련하고도 무능력한 악마 신경증 환자의 모습을 발견할 수 있지 않은가.

이중의 무능력을 비춰준다는 점에서 선은 안의 거울이며, 안이 실패한 데서 선이 성공한다는 점에서 선은 안의 미래이다. 오직 상처받을 수 있는 선의 능력에서만 나오는 다음의 고백은 그러므로 아직 도래하지 않은 안의 미래이기도 하다. "죄송해요. 그러고 보니 미안하다는 말도 차마 못

---

1) 지그문트 프로이트, 「17세기 악마 신경증」, 『예술, 문학, 정신분석』(프로이트 전집 14), 정장진 옮김, 열린책들, 2004, 504쪽.

했네요. (……) 그렇게라도 버텨주어서, 고마워요. 정말 고마워요. 그런데 이 모든 말들을 해줄 수가 없네요."(275쪽)

이 고백되지 않은 고백과 함께, 한동안 「바늘」의 작가로 기억된 천운영을 『생강』의 작가로 다시 기억해야 할 것 같다. 한국현대사의 한 장면을 관통해 아물지 않은 상처를 건드리면서, 악과 속물, 그리고 상처받을 수 있는 능력에 대한 깊이 있는 통찰을 보여주는 『생강』의 작가로 말이다.

(2011)

살아가기 위해서 우리는 비극을 읽는 것입니다
— 최은미의 『너무 아름다운 꿈』

1. 삶이라는 유죄판결

최은미의 소설은 삶에 대한 유죄판결 위에 쓰여진다. 『너무 아름다운 꿈』(문학동네, 2013)에 실린 여덟 편의 아름답고 슬픈 이야기들은 한결같이 삶이란 고통스러운 것이라는 인식에서부터 출발한다.

> 내가 그림에서 눈을 떼지 못하자 남자가 말했다.
> "지옥 그림입니다." (……)
> "이게 다…… 언제 그려진 건가요?"
> (……)
> "지옥 그림은 항상 그려졌어요. 사는 게 고통 아닌 때가 없었나보죠."(「너무 아름다운 꿈」, 109~110쪽, 이하 강조는 인용자)

삶은 곧 고통이다. 단지 삶을 이어나가는 데에 너무 많은 주의와 수고가 요구된다는 것만이 아니다. 또 우리가 아무리 많은 주의와 수고를 기울이고 쏟아부어도 결국 어떤 운명적인 혹은 사회적인 불행의 일격(가난,

사고, 질병, 전쟁 등)이 우리를 쓰러뜨리게 되리라는 것만도 아니다. 이러 저러한 노력과 행운 속에서 삶을 안정되게 하는 데 성공하더라도 우리에게 남겨지는 것은 삶 그 자체 외에는 아무것도 없다. 모든 위험으로부터 안전하게 보살펴진 건강한 삶에서 삶 그 자체를 반복하고 증식하며 길게 이어나가는 것 외에 어떤 의미나 가치 혹은 목적이 있을까. 삶은 이어나가기에 수고롭지만 이어나가봐야 무의미하고 무가치한 부조리의 덩어리일 뿐이다. 종종 종교적이고 형이상학적인 위로가 그렇지 않다고 주장하는 것처럼 보이지만, 그러한 주장도 참된 의미와 가치는 '삶 너머에' 있다고 가르친다는 점에서 삶 그 자체는 결국 무의미하고 무가치한 부조리의 덩어리일 뿐이다. 삶은 곧 고통의 덩어리다.

그러한 덩어리의 인력에 매여 있는 것이 우리의 현존이다. 우리들은 종종 자신의 삶을 붙잡기 위해 노력하고 있다고 생각하지만 실상은 그와 반대다. 자살이라는 극단적인 선택을 하지 않는 이상 삶이 우리를 붙잡고 놓아주지 않는다. 우리는 삶의 손아귀에 붙들려 죽음이 도착할 때까지 부조리의 소나기를 맞고 있는 중이다. 피로, 우리에게 맡겨져 있는 것처럼 보이는 삶의 순간들에 즐겁게 몰입할 수 없다는 이물감이자 동시에 그러한 순간들에서 결코 벗어날 수 없다는 구속감, 언제나 우리를 무겁고 축축하게 만드는 피로 속에서 우리는 머리 위로 쏟아지는 이 부조리의 소나기를 느낀다.

그러나 이 피로로부터 우리를 깨어나게 하며 활력을 선물하는 순간들이 있다. 지금까지의 무기력과 무의미를 씻어버릴 것만 같은 도취와 황홀경의 순간들. 이를테면 사랑의 순간들. 그런 순간들이 삶을 살아갈 만한 것으로 바꿔주는 것이 아닐까? 그런 순간들이 구원의 입구가 아닐까? 하지만 '진리의 말씀'은 그러한 순간들이 오히려 부조리의 고통 위에 쓰라림의 고통을 더한다고 가르친다. "사랑하는 사람을 가지지 마라. 미운 사람도 가지지 마라. 사랑하는 사람은 못 만나 괴롭고 미운 사람은 만나서 괴롭다. 그러므로 사랑을 지어 가지지 마라."(「애호품(愛好品) 2~3」, 『법구경(法句經)』) 사랑은 우리를 부조리의 소나기로부터 구원하는 것이 아니라 더욱 세찬 소나기 아래로 내몬다. 사랑을 바라기보다 차라리 조용히 내리는 비를 바라야 할지도 모른다. 조용히 내리는 비, 영(零), 다시 말해 제로. 사랑에 도취되어 어떤 황홀경에 이르기보다는 아무런 동요도 없이 제로에 다가가 꺼지듯 소멸할 수 있기를.

어떤 의미에서 삶은 무(無)가 잘못된 길로 접어들어 쓸데없는 소란을 일으킨 것이며, 길을 잘못 든 무(無)가 본래의 자리로 돌아가 고통스러운 소란이 끝나기만을 바라는 대기 상태이다. 삶이 주어진다는 것은 그러한 대기 상태에 결박되는 것이다. 우리가 살아 있다는 것은 우리가 아직 고통의 소나기가 내리는 대기 상태의 감옥으로부터 빠져나가지 못했다는 것이다. 이것은 삶에 대한 유죄판결일까? 아니, 어쩌면 삶이라는 것이 곧 우리에게 내려진 유죄판결일지도.

"어떤 곳을…… 지옥이라고 하나요?"

(……)

"사방이 막혀서 빠져나갈 기약이 없는 곳. 문헌에는 그렇게 기록되어 있습니다."(「너무 아름다운 꿈」, 111쪽)

매일 밤 수치와 무력감과 담배에 찌든 탁한 몸을 벌레처럼 구겨넣으며 잠이 들었다. 꿈을 꾸면 나는 긴 통로 한가운데에서 오도 가도 못하고 서 있었다.(「너무 아름다운 꿈」, 98쪽)

2. 사방이 막힌 좁고 긴 통로
─삶까지 파고드는 죽음 1
표제작 「너무 아름다운 꿈」에서부터 삶이라는 유죄판결의 세목들을 확인해보자. 이 소설은 2013년 4월 1일 중국의 황토고원에서 벌어진 작은 소동과 이 소동이 뿌리내리고 있는 10년 전의 사건들을 함께 보여주고 있다. 10년 전, 그러니까 2003년 우리에게 무슨 일이 있었던가? 홍콩의 영화배우 장국영이 투신자살해 많은 팬들에게 큰 충격을 줬고, 대구 지하철 화재사고로 192명이 사망했으며, 사스(SARS)가 크게 유행해 세계적으로 500명 이상이 사망했다. 미·영 연합군이 일으키고 한국 또한 파병한 이라크 전쟁에서는 미군에서만 4천 명 이상의 전사자가 발생했다. 「너무 아름다운 꿈」은 우리가 실제 삶 속에서 통과해온 이 사건들에 약간의 변경(이라크에 파병된 한국군 15명이 실종된 것, 장국영을 모델로 한 리가 영화 〈공중화(空中華)〉를 연출한 것)을 가한 뒤, 흩어져 있는 것처럼 보이는 이 사건들이 하나로 연결된 채 10년 후 반복되는 것으로 그려 보이고 있다. 2013년 봄 마치 2003년의 사스의 재림이라는 듯 원인이 불분명한 바이러스성 폐질환에 대한 공포가 확산되는 가운데, 황토고원에 인접한 도시 란저우에서 리의 영화 〈공중화〉가 그의 10주기 추모제에 맞춰 상영된다. 그 영화를 보기 위해 한 여자가 서울에서 란저우로 날아갔고 그녀는 친구 쥔과 함께 2003년의 사건들과 2013년의 사건들 사이에서 어떤 연관관계를 밝혀내려 한다.

2003년의 삶이란 무엇이었는가. 그때 어떤 사람들은 "좁고 긴 지하통로에 갇"혀 "숨이 막힌다는 말과 뜨겁다는 말"밖에는 할 수 없었다. 거기서 어떤 여자는 아이들을 맡겨둔 자신의 어머니에게 이런 문자메시지를 보냈다. "어머니, 애들 좀 잘 봐주세요. 지하철에 불이 났는데 아무래도 죽지 싶어요."(100쪽) 이 절망적인 '좁고 긴 통로 안에 갇혀 있음'은 2003년의 삶 도처에서 발견된다. 서울에 거주하는 중국인 쥔은 전염병의 공포 속에서 "마포만두 옆 3층 건물의 어둡고 긴 복도, 그 끝방에서 (……) 열시부터 불을 끄고 누워 무서운 꿈을" 꾼다.(108쪽) "지금 있는 부대만 아니면 지옥이라도"(96쪽) 가겠다는 심정으로 파병단에 지원한 청년은 "긴 통로"처럼 생긴 마을(108쪽)을 오가며 임무를 수행하다 모래폭풍에 휩쓸려 사라진다. 리가 자살하기 직전까지 편집에 매달렸던 영화는 중국 간쑤성 허시회랑(河西回廊)에서 촬영되었는데, 회랑(回廊)이라는 말이 곧 긴 통로를 뜻하거니와 그곳은 다시 한번 "좁고 긴 통로"(119쪽)였다. 이 통로는 거대한 절벽으로 둘러싸여 있으며 그 절벽에는 발목이 잘린 시체들을 담은 검은 목관이 박혀 있다. 그리고 이 모든 이야기들을 회상하고 있는 여자는 2003년 "긴 통로 한가운데에서 오도 가도 못하고 서 있"(98쪽)는 꿈을 반복해서 꿨다. 이렇게 해서 흩어져 있는 것처럼 보였던 2003년의 사건들이 '절망의 회랑(回廊)'이라는 하나의 이미지로 묶인다.

소설 속 설명에 따르면 오도 가도 못하고 빠져나갈 희망을 찾지 못하는 장소에 붙여진 신화적 이름이 '지옥'이며 인간은 언제나 지옥을 그려왔다. "사는 게 고통 아닌 때가 없었"으므로. 절망의 회랑은 2003년의 역사적 사회적 형상이 아니라 보편적인 삶의 지형도인 셈이다. 단지 쥔과 여자가 어느 시대에나 발견되는 '절망의 회랑'을 2003년에 새삼스럽게 발견한 뒤로 그 이미지에 붙들린 채 나머지 삶을 살아내고 있는 것이다. 두 사람은 정신적으로 2003년의 기호들(리의 죽음, 모래폭풍, 동생의 실종, 바이러스성 폐질환)에서 벗어나지 못한 채 10년의 세월을 보낸다. 이들이 2003년의 기호들에 갇힌 채 그 긴 세월을 보내고 있다는 이야기의 구조 자체가 다시 한번 '절망의 회랑'이라는 점을 반복할 필요가 있을까.

두 사람은 2013년 바이러스성 폐질환이 유행하자 2003년의 기호들 가운데 하나가 되돌아온다고 생각하고 그 반복 속에서 자신들이 어떤 운명적인 수수께끼에 다가가고 있다고 느낀다. 이 수수께끼를 푸는 열쇠는 아마도 리의 유작 〈공중화〉에서 찾아야 할 것 같다. 리의 마지막 대사는 이런 것이었다.

꿈속에서는 무엇을 해도 진실이 아니야. 그 꿈을 깨야지. 꿈을 깰 수 있

는 가장 확실한 방법이 뭔지 알아? 바로 뛰어내리는 거야.(113쪽)

　단지 절망의 회랑에 갇혀 있는 것이 우리에게 주어진 삶의 전부라고? 그럴 리 없다. 그것은 삶이 아니라 단지 나쁜 꿈일 뿐이다. 우리가 삶이라고 생각한 것은 실상 절망의 회랑으로 구성된 악몽일 뿐이며 악몽에 갇혀 있는 한에서 진짜 삶은 시작되지도 않았다. 진짜 삶을 시작할 수 없게 만드는, 그러나 우리가 그것이 삶이라고 착각하고 있는, 이 죽음과도 같은 악몽에서 깨어나야 한다. 그렇다면 나는 차라리 이 꿈의 세계로부터 뛰어내려 진짜 삶을 찾아가겠다. 이것이 〈공중화〉의 메시지이자 리의 죽음의 메시지이다. 그는 꿈에서 깨어나기 위해, 진짜 삶을 찾기 위해, 투신자살했다.

　살기 위한 자살이라니. 진부하고 지루한 일상의 평온한 대지로부터 저 아래 출렁이는 매혹의 심연으로 공중도약해 꿈을 맛보는 것(파스칼 키냐르, 『섹스와 공포』)이 문제가 아니다. 문제는 있지도 않은 꽃이 눈에 아른거리는 꿈의 공중누각으로부터 각성의 대지로 투신해 악몽을 끝장내고 진짜 삶을 맛보는 것이다. '죽음까지 파고드는 삶'의 황홀경을 체험하는 것(조르주 바타유, 『에로티즘』)이 문제가 아니다. 문제는 '삶까지 파고드는 죽음'의 절망에서 어떻게 탈출할 수 있겠는가 하는 것이다. 리의 대답은 기묘하다. 살기 위한 자살이라니. 그것은 삶까지 파고드는 죽음으로부터의 탈출 시도였지만, 이 자살충동이야말로 순수하게 '삶까지 파고드는 죽음' 그 자체가 아닌가.

　리가 〈공중화〉를 촬영한 장소, 좁고 긴 통로인 '허시회랑(河西回廊)'이라는 말을 들을 때 「너무 아름다운 꿈」의 화자는 한 마리의 뱀을 떠올렸던 것 같다. "사막과 산맥 사이를 빠져나가는 길고 구불구불한 생물 (……) 조금씩 서쪽으로 기어가는 생물"(94쪽)을. '절망의 회랑-뱀'은 고통으로 꿈틀거리는 유죄인 삶의 동물이기도 하겠지만 삶이라는 꿈을 미끄러지듯 빠져나가는 죽음의 동물처럼 보이기도 한다. 이 뱀은 다시 리를 자살로 이끌었던, 삶까지 파고드는 죽음의 동물이기도 한 것일까.

어쩌면 공중도약과 투신자살을 강조하면서 「수요일의 아이」를 「너무 아름다운 꿈」의 예고편으로 읽을 수도 있겠다. 「수요일의 아이」의 마지막 장면은 "날카로운 못 수십 개가 허공을 벼르고 있"(152쪽)는 쇠못 발판 위로 소년과 소녀가 함께 뛰어내리는 것으로 되어 있다. 그들의 삶은 몸속의 '좁고 긴 통로'인 비강과 혈관에 콧물이 가득차 있는 탓에 오랫동안 고통받아왔다. 그들은 고통으로부터 벗어나기 위해서라면 뭐든 할 수 있다. 그래서 그들은 수십 개의 쇠못 위로 뛰어내려 '통로의 막혀 있는' 상황을 뚫어버렸다. 그들에게 청량감을 안겨주는 이 쾌락의 순간은, 그러나 물론 죽음의 순간이다. 살과 뼈를 찢고 들어오는 저 날카롭게 빛나는 길쭉한 쇠못이란 단단한 공격성으로 무장한 뱀, 다시 한번 삶까지 파고드는 죽음의 형상이 아닌가.

3. 우글거리는 벌레들
― 삶까지 파고드는 죽음 2

「간밤 강가」와 「전곡숲」, 그리고 「전임자의 즐겨찾기」에서 삶은 '한 마리의' 뱀 또는 사방이 막힌 좁고 긴 '하나의' 통로가 아니라 우글거리는 '너무 많은' 벌레들 혹은 바로 그 벌레들의 징그러운 '우글거림'으로 되어 있다. 이 우글거림은 죽음의 고통으로 감염된 삶의 이미지, 「너무 아름다운 꿈」과 「수요일의 아이」의 뱀의 운동을 다수적으로 분열시키고 또 증폭시켜놓은 것처럼 보인다.

「간밤 강가」의 경우. 한 청년이 군복무 시절 '미숙'이라는 개에게 애착을 갖게 된 탓에 이러저러한 군생활의 시련을 견뎌낼 수 있었다. 그러나 청년은 악질적인 부사관과의 갈등 속에서 미숙이를 잃고 큰 충격을 받았으며, 제대 후 미숙이의 빈자리를 대신한다는 듯이 새로운 개를 기르며 그 개에게 또다시 미숙이라는 이름을 붙여준다. 청년은 새로운 미숙이를 위해 애인과의 관계도 포기하고 미숙이에게 적합한 환경을 찾느라 도시를 떠나 집까지 옮기는 등 온갖 정성을 들이지만 미숙이는 심장사상충에 감염되어 죽음에 이른다. 미숙이에 대한 청년의 관심과 애정을 묘사하는 섬세한 대목들에서 우리는 이 소설을 청년과 그의 반려동물 사이에 생겨난 애틋한 사랑과 우정이 죽음으로 끝을 맺는 슬픈 이야기로 읽고 싶어지기도 하지만, 「간밤 강가」에는 그런 식의 애잔한 슬픔을 넘어서는 지독한 장면들이 있다. 예컨대 이런 대목들.

(A) 나는 (첫번째) 미숙이의 몸 위에, 새벽이면 취사장 옆에서 내 손을 덮혀주던 털들 위에 그날 먹은 라면을 전부 토했어. 병든 올챙이 같은 라면 가락들이 미숙이의 몸을 덮고는 꼬물꼬물 기어다녔지. 그날 이후로 다시는 작은 미숙이를 보지 못했어.(240쪽, 이하 괄호 안은 인용자)

(B) 뜰 한가운데에 (두번째) 미숙이가, 내 앞에서는 한 번도 흐트러진 적 없이 수굿이 앉아 있던 미숙이가 눈을 하얗게 뒤집은 채 네 다리를 펼치고 쓰러져 있었다. (……)
조금 뒤 성충 한 마리가 미숙이의 벌어진 입 밖으로 꿈틀대며 기어나왔다. 칼국수처럼 굵고 통통해진 벌레가 한 마리, 두 마리, 미끈미끈 얽힌 채 몸을 뽑아내고 있었다. (……) 나는 미숙이의 몸에서 끝도 없이 나오는 그것들을 보며 미숙이의 흰 배 위에 오래오래 토했다.(251~252쪽)

(A)에서 부사관은 개에게 칼을 들이대고 위협하면서 청년에게 수간(獸姦)을 요구한다. 네가 개를 사랑한다고? 그렇다면 그 사랑을 내 앞에서 보여라. 우리집은 개 번식업을 하는 탓에 "2일 간격으로 3회 교배에 20만 원"을 받고 개들의 사랑을 주관했다. "너 같은 놈이 모란시장 개 골목에

서 개 붙는 냄새를 아냐?"(239쪽) "내 앞에서 전투복 까고 붙어보라"(240
쪽) 미숙이에 대한 청년의 애틋하고 순수한 사랑이 구역질나는 흘레로 오
염되고 청년은 실제로 구토를 일으킨다. 청년의 토사물이 미숙이의 배 위
에서 벌레들처럼 우글거릴 때 바로 그 우글거림이 또한 더 구역질나는 이
미지가 된다. 어떤 의미에서 (B)는 2년 전에 겪었던 (A)의 반복이 아닌가.
청년은 애인이 다른 남자와 동침하는 장면을 봐야 한다는 듯이 미숙이가
다른 개와 교미하는 장면들을((A)에서 자신은 할 수 없었던 그 짓을 다른
수캐가 하고 있는 바로 그 장면들을) 고통스럽게 지켜봐왔다. 미숙이는 어
려서 개 사육장에서 무리하게 교배당한 탓에 새끼를 갖지 못하리라고 생
각됐지만 얼마 뒤 미숙이의 배가 불러온다. 미숙이는 "정말 임신이라도
한 개처럼 냄새를 맡으며 땅을 파고, 몸을 떨면서 한자리를 빙글빙글 돌기
도 했다".(246쪽) 새끼를 가질 수 없어서 공허함을 느꼈던 것인지 사람 마
음을 후벼놓는 울음을 울던 미숙이가 "차라리 달뜬 표정이었다".(246쪽)
그러나 미숙이가 자기 몸속에 키우던 것이 심장사상충이라는 사실이 밝혀
진다. 새끼를 갖고 낳고 기르는 기쁨은 기생충 감염으로 오염되고 그 기생
충들이 미숙이를 죽이고 미숙이의 사체 위를 기어다니며 다시 한번 청년
에게 구토를 일으킨다.

　우리 삶에서 아름답고 기쁜 것으로 여겨지는 국면들이, 사랑을 나누고
어미가 되는 순간들이, 「간밤 강가」에서는 벌레들이 우글거리는 이미지로
대체되면서 징그럽게 일그러진다. 허공을 응시하는 미숙이의 시선에는 체
념 속에서도 완전히 사라지지 않은 삶에 대한 우울한 열정 같은 것이 있
고, 그 독특한 시선이 청년을 사로잡은 바 있었다. 이를테면 "오랫동안 욕
망한 것을 갖지 못한 어떤 이글거림. 오래 사른 잔불 같은 화기"(228쪽)
같은 것. 그러나 그 이글거림이 자기 자신을 전개하자마자 벌레들의 우글
거림이 드러나고 그것을 인식하자마자 구토를 참을 수 없게 된다. 삶이란
결국 구역질나는 것인가. 두번째 미숙이를 잃고 청년은 세번째 미숙이를

찾아나서지만 독자들은 어떤 불안을 느끼게 된다. 어떤 경로를 통하더라도 결국 (A)나 (B)가 반복되리라는. 벌레들의 우글거림과 구토를 다시 확인하게 되리라는.

「전곡숲」에서 근친상간적 욕망의 이글거림이 우글거리는 벌레들에 대한 매혹/증오와 혼동되는 장면들((C)와 (D)) 그리고 「전임자의 즐겨찾기」에서 동자개 치어들을 부화시키고 먹이를 주는 해양수산연구사가 수만 마리의 치어들의 우글거림에서 혐오감을 느끼고 그것을 다시 자신이 낳은 아이가 꼬물거리던 사흘간의 장면들과 혼동하는 장면들((E), (F), (G))은 「간밤 강가」의 (A), (B)와 비슷한 이미지에 의지하고 있다.

(C) 누나는 징그러워, 징그러워 하면서 딱정벌레 알을 으깨고 다녔다. 더러워, 더러워 하면서 흰개미 무리를 발로 비볐다. 몸을 말고 있는 유충을 집어올려 터뜨리면 누나 손끝에서 하얀 즙이 비어져나왔다. 그때마다 누나는 징그러워, 더러워 하면서 몸을 떨었다. 누나는 즙을 바르려고 쫓아왔고 나는 잡히지 않을 만큼 달렸다.(193~194쪽)

시간이 지나면서 누나는 엄마의 마늘 절구를 가져와 살아 움직이는 것들을 빻기 시작했다. (……) "아, 씨발. 징그러워." 누나의 손을 탄 구더기들은 마늘 절구를 기어오르다 도르륵도르륵 떨어져내렸다.(196쪽)

(D) 누나가 햇빛 속으로 몸을 감추던 날 나는 숲에서 첫 수음을 했다. 나는 누나가 뾰족한 손톱으로 내 하얀 알갱이들을 으깨는 상상을 했다. 터질 것 같았다. (194쪽)

누나는 가건물에서 즙이 많은 아기를 낳고 있었다. 즙이 많은 아기는 팔과 다리가 수십 개씩이었다. (……) 기형 생물은 협곡을 타고 오르다 도르

록도르륵 떨어져내렸다. 기형 생물은 쉬지 않고 번식을 했고 순식간에 협곡 구덩이에 차오르며 몸부림쳤다.(210~211쪽)

여름의 숲은 벌레들이 장악하고 있다. 찌르는 듯 우는 벌레들의 소리가 끊이지 않고, 도처에서 벌레들이 우글거리고 꼬물거리거나 흐물거리며 점액질의 무언가를 흘리고 있다. 그것들은 너무 많고 너무 왕성해서 통제할 수 없다. 그것들은 두려움과 혐오감으로 물들어 있는데도 소년과 누나는 그것들에게 붙들려 있다는 듯이 벌레들에게 공격적으로 집착한다. 그런데 벌레들이 여름의 숲을 장악하고 있는 것처럼, 너무 많고 너무 왕성한 통제할 수 없는 욕망이 남매의 영혼을 점령해버렸으며, 자칫하면 그러한 욕망이 은밀한 환상 밖으로 흘러넘쳐 실제로 죄를 범하게 될지도 모른다.("마을이 암묵적으로 미치는 초여름 며칠간, 일 년에 딱 이때만 만나 누나를 만지며 살 수도 있을 것 같았다.", 216~217쪽) 앞에서 인용한 (C)와 (D)가 교차하면서 이 징그럽고 더럽고 혐오스러운 것들에서 왜 이 남매가 눈을 떼지 못하는가 하고 묻는 일은 무의미해진다. 숲에서 끓어오르는 혐오스러운 생명과 영혼에서 끓어오르는 금지된 욕망은 서로 뒤엉키며 처절해지기까지 한다.

이 소설은 숲에서 실종된 아버지를 찾아나서는 남매의 이야기가 아니다. '넓지도 않은 숲에서 아버지가 감쪽같이 사라져버린 이유는, 숲에 다른 세계로 연결되는 통로가 있으며 아버지가 그 통로를 통해 다른 세계로 건너가버린 탓이 아닐까?' 남매는 이런 터무니없는 환상에 의지하면서 아버지가 아니라 아버지가 발견했다고 믿고 싶은, 다른 세계로 연결된 상상의 통로를 찾아헤맨다. 다른 세계로 건너가면 '눈을 뗄 수 없는 것'이 더이상 '혐오스러운 것'이 아닌 삶을 누릴 수 있을 지도 모르니까. 혹은 남매로써 서로를 사랑해야 하는 지금 여기의 지옥과 같은 관계에서는 벗어날 수 있을 지도 모르니까.("내가 제일 미치겠는 게 뭔 줄 알아? 그 더러운 유두를 너랑 같이 빨아먹었다는 거야. 너랑 같은 곳을. 너랑. 바로 너랑! (……) 지옥이었어. 지옥 알아? 아마 죽을 때까지 지옥이겠지.", 216~217쪽) 다른 세계로 연결된 통로를 찾아 숲을 헤매는 남매의 광기는 실상 근친상간의 광기의 뒷면이며, 광기에 비친 삶은 벌레들이 우글거리는 지옥, 빠져나가야만 하는 지옥이다.

「전임자의 즐겨찾기」에서는 벌레들 대신에 치어(稚魚)들이 우글거린다.

(E) "아기랑 사흘이나 같이 있는 게 아니었는데. 냄새랑, 쉬지 않고 꼬물거리던 거랑. 뭘 해도 그 사흘이 안 떨어져요. 세상 어딜 가도 다 꼬물거리는 것들뿐이고. 살아서 버둥대는 움직임이 어떻게 그렇게 다 똑같을 수가 있는지. 발끝에 지렁이만 채여도 기분이 아주 별로였어요. 그 사흘을 안고 내가 제정신으로 살 수 있는 곳은 세상 어디에도 없어요."(75쪽)

(F) 치어들의 먹성은 무시무시했다. 사료봉투만 집어들어도 어린 물고기들은 순식간에 떼로 몰려와 입을 벌렸다. 올챙이만한 동자개 치어 수만 마리가 몸을 비비대며 수조 위로 튀어오르면 나는 자포자기 심정으로 휘적휘적, 사료를 뿌렸다. 징글징글하다는 말의 의미를 나는 사료를 뿌리며 배웠다.(51쪽)

(G) 미끈미끈한 동자개 새끼들이 쓰레기봉투마다 가득 들어차 구불거리고 있었다.(73쪽)

해안가에 사는 17세의 소녀가 실수로 임신한 뒤 사람들 몰래 아이를 낳았다. 돌봐줄 사람도 없이 갓난아이와 둘이 남겨진 소녀는 아이도 자신의 몸도 돌볼 수 없었다. 울며 버둥거리다 지쳐 잠드는 아이를 절망적인 무기력 속에서 바라보다가 소녀는 해안가에 좌초한 흑등고래 곁에 아이를

버린다. 그 뒤로 삶을 붙잡기 위한 모든 몸짓들이 갓난아이와 함께 보낸 사흘을 떠올린다. (E) 원하지도 않았는데 자신에게로 찾아온 아이를 잉태한 것도, 그 아이를 낳은 것도, 그 아이가 살기 위해 울고 꼬물거리는 것을 무기력하게 바라본 일도 모두 고통스럽고 징그러운 일이었다. (F) 해양수산연구사가 된 소녀는 생명에 대한 증오와 자책의 혼동 속에서 무수한 동자개 치어들을 부화시키며 동시에 그 치어들을 모조리 폐사시킬 사료를 개발한다. (G) 결국 소녀는 자신이 부화시킨 치어들을 집단 폐사시켰으며 죽은 치어들이 소녀가 있는 지하연구소로 찾아들어 쓰레기봉투에 그 죽은 치어들이 우글거린다. 이 우글거림이야말로 지옥 그림의 기호가 아닐까. 이 우글거림이야말로 우리가 우리 자신의 삶으로부터 빠져나가기를 소망하도록 강제하는 것이 아닐까.

4. 반복, 비밀 혹은 너무 아름다운 꿈

그러나 최은미의 소설에서 삶이라는 유죄판결, 죽음을 향한 기울어짐, 벌레들의 우글거림 혹은 구토만을 강조하는 데 그쳐서는 안 된다. 그런 방식의 독해는 최은미의 소설에 대해 절반밖에 이야기하지 않는 바람에 결국 아무것도 말하지 않는 셈이 될 것이다. 최은미의 소설이 우리에게 깊은 울림을 주는 것은 그녀의 소설이 삶에 대해 염세주의적인 태도를 취하기 때문이 아니라 그 염세주의에 어떤 적극적인 힘들을 불어넣기 때문이다. 염세주의는 그저 퇴폐와 몰락과 허약함의 기호일 뿐일까? 혹시 '강한' 염세주의라는 것이 가능하지 않을까? 니체가 『비극의 기원』 2판 서문에서 던졌던 저 질문에 대해 최은미의 소설과 함께 그렇다고 대답할 수 있을지도 모르겠다. 앞에서 인용문을 배치하는 방식에서 이미 암시적으로 드러나 있기도 하지만, 최은미는 언제나 하나의 장면을 두 번 이상 변주하면서 반복하고 어떤 에피소드를 반복하는 한에서만 자신의 이야기를 이어나갈 수 있었는데, 최은미의 강한 염세주의에 대해 생각하기 위해 우리 또한 최은미를 따라 그녀의 이야기를 한번 더 곱씹어야 할 것 같다. 미리 말하지만 이러한 반복이 그녀에게도 또 우리에게도 결정적이다.

「전임자의 즐겨찾기」를 다시 떠올려보자. 도청 별관 지하에 있는 한 연구소에 실종된 전임자를 대신할 어떤 여자가 업무를 시작하면서 이야기는 시작된다. 전임자의 행방이 묘연한 그해 여름, 인천발 멜버른행 여객기는 남태평양 상공에서 실종되었고, 군부대에서는 탈영 사고가 여러 건 있었으며 양식장에서는 동자개 치어들이 집단 폐사하고 해안에서는 밍크고래들이 좌초하는 일이 많아졌다. 전임자가 탄 여객기가 남태평양 상공에서 추락한 것일까? 전임자가 개발한 사료가 동자개 치어 집단 폐사의 원인이었을까? 여자가 전임자의 물건들을 건드릴 때마다 못마땅한 기색을 내비치는 송과 전임자는 어떤 관계일까? 전임자와 잘 아는 사이라면서도 전임자의 실종을 모르는 채 지하연구소로 숨어든 탈영병은 누구이며 탈영병이 봤다는 고래가 전임자에게는 어떤 의미가 있을까? 무질서해 보이는 이 사건들의 흩어짐 속에서도 어떤 의미의 연결망이 떠오른다. 숨겨진 비밀이 곧 드러나기 때문이다. 지하연구소에 모여든 사람들은 사실 죽은 자들이다! 범람한 하천에 익사한 해양수산연구사 송은 이미 사자(死者)가 됐는데도 그 사실을 모르는 채, 젊은 시절 해안 경계병으로 근무하면서 바다와 고래에 매료됐던 기억만을 갖고 연구소로 돌아왔다. 또다른 연구사 수영은 고래들이 좌초한다는 태즈메니아 섬을 찾아나섰다가 비행기 사고로 죽었고, 그 사실을 모르는 채로 연구사의 업무를 이어나가기 위해 연구소로 돌아왔다. 서로를 알아보지 못하며 자신이 누구인지조차 잊은 두 사자(死者)들의 대화 속에서 흩어져 있던 퍼즐들이 하나로 맞춰지고 모든 수수께끼가 풀린다. 17년 전 17세의 소녀 수영은 자신이 낳은 아이를 동해안에 좌초한 혹등고래에게 맡겼다. 고래와 바다에 심취해 있던 해안 경계병 송이 때마침 이를 발견하고 아기뿐만 아니라 스스로를 바다에 던져넣으려 했던 수영을 구했다. 송은 자신이 구한 수영의 곁을 떠나지 못하고, 두 사람은 나중에 해양수산 연구사가 되어 한 연구소에 근무한다. 수영은 생명에 대한 혐오와 죄책감 속에서 무수한 동자개 치어들을 부화시키면서도 이들 모두를 죽일 수 있는 사료를 개발하는 한편 이런저런 경로를 통해 (17년 전 자신의 아기를 데려갔다고 믿고 싶은) 고래에 대한 추적을 계속해왔으며 마지막에는 고래들이 좌초하는 것으로 유명한 남태평양의 태즈메니아 섬에 가기로 결심한다. 고래를 찾아 떠났다가 수영이 탄 비행기가 추락한 뒤 송은 깊은 슬픔에 잠겼고, 송이 부주의하게도 자신의 연구 현장에서 익사한 것은 그러한 사정 때문이었을 것이다.

수영은 자신의 삶을 모두 끝마치고 유령이 되어, 탈영병이라고 착각한 송의 유령과 대화하면서 자신의 고통스러운 삶을 한번 더 겪어야만 했다. 고통을 반복해서 겪고 나서 수영은 이렇게 말한다.

나는 그 시간들이, 탈영병과 함께 보낸 짧은 여름이 어떤 선물 같은 거였다고 생각한다. 그 며칠의 시간 때문에, 물속이지만 이제 정말로 눈을 감을 수 있다고 생각한다.

앉은 채로 나는 꿈을 꾸었다. 블랙스모커가 피어오르는 심해, 지구상에서 햇빛이 없이도 생명체가 살아가는 유일한 곳, 고래의 젖을 먹고 세상에서 제일 큰 아기가 된 사람의 아기가 된 사람의 아기가 기분이 좋은 날이면 블랙스모커까지 헤엄쳐 내려오는 꿈. 크릴새우를 훑어먹고 대왕오징어와 싸우며 심해를 떠돌던 아기가 잠깐씩 와서 쉬어가는 곳. 나는 그곳에 앉아 잠이 들었다.(76쪽)

삶이 단지 지옥일 뿐이라면, 그 삶을 반복해서 체험하는 것이 어떻게 '선물'이 될 수 있을까? 삶은 곧 고통이다. 우리에게 주어진 한번의 삶 속에서 우리는 미처 매순간의 어떤 가능성들을 끝까지 밀어붙이지 못하고, 가능성들의 보석함은 미처 열리지 못한 채 무의미한 쓰레깃더미라는 듯 우리 곁을 스쳐간다. 그렇게 해서 우리에게는 부조리한 시간의 흐름만이 주어질 뿐이다. 그러나 우리에게 그 순간들이 다시 주어진다면 그때는 보석함을 여는 데 성공하고 거기에서 무엇인가를 찾아 꺼내볼 수도 있지 않을까? 우리 삶의 가능성들을 조금 더 밀어붙여 우리 삶을 보다 강렬한 것으로 만들 수도 있지 않을까? 그런 점에서 죽음의 순간에 우리가 살았던 그 생을 한번 더 원하는 것은 당연하다. 수영에게 주어진 선물이 그것이었다. 한 번의 삶은 지옥일지도 모르겠지만, 영원회귀의 반복되는 삶이라면 그것은 보석함-선물이 될 수도 있다. 시간을 되돌린다면 끔찍했던 그 장면들을 피해갈 수 있으리라는 것이 아니다(타임머신이 등장하는 대개의 SF물들이 실패하는 지점이 바로 이 대목이다). 끔찍한 것으로 체험했던 바로 그 장면으로 다시 돌아갈 수만 있다면 정확히 동일한 그 장면에서 다른 가능성을 발견할 수도 있으리라는 것이다.

아니다. 발견할 수도 있으리라고 소심한 도박사처럼 말해서는 안 된다. 우리 곁을 스쳐지나가는 이 순간들이 그 자체로 무한한 가능성을 함축하고 있다는 사실을 알아차리고 그래서 다른 어떤 순간이 아니라 정확히 그 순간을 우리의 현재 속에서 되찾기를 간절히 바라는 '삶에 대한 의욕' 속에서만(바로 이 순간들을 한번 더! 영원히 계속해서 한번 더! 이 순간에 충분히 만족했고 만족할 것이므로) 영원회귀는 스스로를 드러내고 긍정의 영원회귀 속에서만 삶은 보석함으로 열리며 그 보석함은 웃음과 춤과 놀이의 기쁨으로 가득해질 수 있다. 삶에 대한 의욕 속에서만, 그 삶의 영원한 반복을 원하는 강렬한 의욕 속에서만.

첫번째 삶에서 수영은 생명에 대한 혐오감과 죄책감의 혼동 속에서 삶과 함께 아기에 대한 자신의 모든 감정의 흔적들까지도 원한에 찬 무기력으로 짓밟아놓았다. 그러나 되돌아온 삶에서 수영은 아기를 위해 꾼 꿈을 조금은 구제해놓고 있는 것이 아닐까. 도저히 기를 수 없는 아기를 젖도 나오지 않는 그의 어미와 함께 냉골 속에 버려두고 죽음을 기다리는 대신에, "고래의 젖을 먹고 세상에서 제일 큰 아기"로 변신시켜서 따뜻한 심해에서 자유롭게 헤엄치게 하는 꿈으로 바꿔놓으면서. 수영은 송과의 첫 번째 만남에서 그에게 무거운 의무를 짊어지게 하고 자신의 곁에 묶어두는 바람에 두 사람의 관계를 일그러뜨려놓았다(이것은 수영에게 깃든 아기가 수영에게 한 일과 어느 정도는 일치한다). 그러나 되돌아온 삶에서, 그들의 두번째 만남에서 수영은 동생을 대하듯 탈영병을 보살피면서 송과의 관계를 이렇게 바꿔놓고 있다.

> "저(탈영병=송)는 그냥, 누나(후임자=수영)랑 얘기를 하고 싶어요. 누나랑 같이 밥 먹고, 누나 일할 때 옆에 앉아서 책 보고, 누나가 보는 데서 잠들고, 그러는 게 좋아요."(65쪽, 이하 괄호 안은 인용자)

> 나(후임자=수영)는 무언가에 넋이 나간 듯한 탈영병의 옆모습을 잠깐 멍하니 바라보았다. 손이 얼마나 예쁜지 만져보고, 몸의 모든 접힌 부분을 들추어 냄새를 맡아보고, 배도 한번 쓸어보고 싶다는 생각이 불현듯 들었다. 어쩌면 탈영병을 처음 본 날 나는 그런 생각을 했다.(65쪽)

무거운 의무로 일그러졌던 두 사람의 관계를, 되돌아온 삶에서 수영은 구제해놓은 것이 아닐까. 고통의 장면을 반복하는 가운데 순수한 기쁨과 즐거운 돌봄의 관계를(그런데 송과의 관계 속에서 회복되는 이러한 점들은 수영이 아기에게 해주고 싶었지만 할 수 없었던 것들과 어느 정도는 일치하는 게 아닐까).

사정이 그와 같다면 죽은 자의 머릿속에 고여 있는 꿈의 잔영 속에서만이 아니라 우리의 삶의 실제적인 흐름들 속에서 반복이 이뤄져야 한다. 영원회귀는 우리의 삶이 모두 끝나는 순간에 '운명적으로 주어지는 어떤 신비'가 아니라 우리가 살아 있는 동안 '삶을 살아내는 형식'이어야 한다.

영원한 어긋남으로 스쳐지나가버린 순간들을 현재 속에서 되찾아 희미한 만남의 계기들을 부여하며 다시 더 강렬하게 살아낼 것. 어쩌면 이것이 「비밀동화」의 이야기 구조이기도 할 것이다.

「비밀동화」에서 가장 가슴 아픈 한 줄의 문장은 이런 것이다. "그러나 지금은 아무것도 알지 못합니다."(10쪽) 누나는 아직 모르고 있다. 외갓집에 맡겨지고 얼마 안 있어 동생을 잃게 되리라는 것을, 동생을 잃고 난 뒤에도 동생이 곁에 있을 때 늘 그랬던 것처럼 언제 어디서나 칭얼거리며 누나를 부르는 울음 섞인 동생의 목소리를 듣게 되리라는 것을, 한참의 세월이 흘러 누나가 마지막 숨을 거두는 순간에도 그 소리를 듣게 되며 그제야 지난 삶의 모든 순간들 속에서 동생이 부르는 소리를 들으며 살아왔음을 깨닫게 되리라는 것을. 이 모든 것을 누나는 모르는 채 가슴 아픈 결말을 향해 조금씩 다가가고 있다는 것을. 그것이 희주, 희수 남매의 비극을 보다 더 비극적으로 만들고 있다.

그런데 마지막 숨을 거두며 희주가 지금까지 삶의 매 순간에서 희수의 목소리를 들어왔다는 사실을 깨닫는 바로 그 순간, 희주는 회한에 찬 한숨을 내쉬기만 한 것일까? 만약 희주가 자신의 삶의 모든 국면들 속에서 영원한 어긋남으로 스쳐지나가버린 동생과의 관계를 반복하면서 실은 희미한 만남의 계기들을 회복했던 것이라면, 어떤 방식으로라도 자신을 부르는 동생의 목소리에 응답했던 것이라면, 그러한 영원회귀의 구조 속에서 슬픔의 형식으로 이루어진 자신의 삶과 동생의 실종에 약간의 행복을 채워넣은 것이라고 말해도 좋지 않을까? 그렇다면 마지막 순간 희주는 약간은 안도의 한숨을 쉬어도 좋지 않을까.

이 소설의 제목 '비밀동화'가 가리키는 바는 표면적으로 다음의 두 가지이다. 첫째, 천년 전의 사찰이 불타 없어진 것은 사모하는 스승의 환속을 보고 한 승려가 가슴에서 이는 불길을 어쩌지 못해 절에 불을 지른 탓이며 그때 불탄 승려들의 영혼이 아직도 절터를 떠나지 못하고 있다는 것. 이것이 희주, 희수 남매 외가의 뒤편 절터의 '비밀'이다. 둘째, 그때의 사건의 반복이라는 듯 총림의 기대를 한몸에 받던 젊은 율사가 불탄 절터 아래서 자라난 어느 여인과 사랑에 빠져 환속하고 희주, 희수를 낳았으나 더이상 빛나는 율사가 아닌 비루한 남자를 여자는 견디지 못하고 칼로 찔러 죽였다는 것. 이것이 이들 가족의 '비밀'인데, 동생은 이 비밀을 발설한 탓에 벌을 받아 실종되고 말았다고 누나는 생각한다.

그러나 「비밀동화」의 심층에는 다른 비밀이 하나 더 놓여 있다. 앞의 두 가지 '비밀동화'를 하나의 비극으로 겪게 된 누나가 죽음에 이르기까지 "아무것도 알지 못"하는 바로 그것이 심층의 '비밀'이다. '지금 알지 못하는 것'은 동생이 곧 실종될 것이며 실종된 동생의 울음 섞인 목소리를 살아가는 내내 들어야 한다는 것이 아니다. '지금 알지 못하는 것'은 지금 살아가고 있는 이 순간들이 영원한 어긋남으로 스쳐지나가버린 순간들의 반복일 수 있으며 되돌아온 순간들이 희미한 만남의 계기를 부여할 기회이기도 하다는 것이다. 그것을 알지 못하는 한에서 누나의 한 생은 회한에 찬 한숨으로 요약될 수밖에 없다. 그것을 알지 못하는 한에서 벌은 동생이 아니라 누나에게 내려진 셈이 된다. 하지만 그녀가 마지막 순간에, 인생의 수많은 순간들 속에서 이를테면 "사랑을 나누던 절정의 순간"에 조차 동생의 목소리를 들어왔다는 것을, 어떤 의미에서 그녀가 성취한 삶의 순간들이 누나를 부르는 동생의 목소리에 대한 희미한 응답이었다는 것을 이제 알게 된다면, 그때 그녀는 자신의 한 생을 더이상 벌로 받아들이지 않아도 되지 않을까. 그녀는 어떤 반복 속에서 어떤 실패를 조금이나마 구제할 수 있었으므로. 만일 삶이 하나의 유죄판결이라면 그것은 우리가 "그러나 지금은 아무것도 알지 못합니다"의 상태에 놓여 있기 때문이다. 우리의 삶이 단 한 번만 주어지고 주어지자마자 스쳐지나가며 사라질 뿐이라면, 우리의 삶은 참을 수 없을 만큼 가벼운 것이며, 그것이 무의미하고 무가치한 한에서 우리의 삶은 유죄다. 그러나 만일 우리가 우리의 삶을 열지 못한 채 지나쳐버린 보석함들의 영원회귀로 인식하고 의욕할 수 있는 한에서, 우리의 삶은 결백하다. 지금 우리와 함께 「비밀동화」를 읽고 있는 당신에게 이렇게 물을 수도 있다. "당신은, 그러나 지금 무엇을 알지 못하고 있습니까? 지금 이 순간이 당신이 지나쳐버린 어떤 순간들의 반복이라는 영원회귀의 비밀을 알지 못하고 있습니까?"

「너무 아름다운 꿈」을 한번 더 떠올리기로 하자. 영화 〈공중화〉에서 리가 '메이멍'이라고 웅얼거렸을 때, 화자를 따라서 우리는 그것이 미몽(迷夢)이라고 생각했지만('삶은 곧 미몽(迷夢), 미몽에서 깨어나기 위해 뛰어내리리라'), 이 소설의 제목 '너무 아름다운 꿈'이 바로 이 점을 암시하고 있거니와, '메이멍'은 사실 "미몽(美夢)"(113쪽)이 아니었을까. 우리의 삶그 자체가 미몽(迷夢)이 아니라, 우리의 삶을 악몽이라고 생각하고 그로부터 깨어나야 한다는 관념 자체가 미몽(迷夢)이다. 삶을 벗어나려는 모든 시도를 거부하면서 정확히 삶의 한가운데에서 삶의 보석함들을 열어보이려는 의지야말로 미몽(美夢)이며 너무 아름다운 그 꿈이 우리의 삶을 풍부하게 한다. 삶이 곧 꿈이라면 오직 그런 의미에서만 삶과 꿈이 일치한다. 애초에 이 소설의 주인공들이 리의 유작 영화 필름을 찾아보려 했던 것도 리가 자살(삶이 곧 미몽(迷夢)이라는 인식의 결론)했을 리 없다고 생각하며 다른 사인을 찾으려고 했기 때문이 아닌가. 삶이 곧 꿈이며 꿈에서 깨어나기 위한 투신자살이라니 그런 허약한 염세주의를 우리는 받아들일 수 없다. 소설 속에서 리의 사인은 다소 불분명한데 쥔의 가설에 따르면 리는 바이러스의 최초 감염자들 가운데 하나였으며 자살이 아니라 바이러스에 의해 사망했다. 리는 바이러스 감염 상태에서도 자기 삶에 주어진 아름다운 꽃을 즐기고 있었고 그것을 〈공중화〉라는 영화로 만든 것이다! 이 소설의 마지막을 장식하고 있는 아름다운 이미지, 다시 말해서 바이러스 감염자들이 보게 된다는 공중꽃이 그저 헛것이 아니라 현실 속에 존재하는 요소라는 점을 증명하기 위해서 공중에 띄워놓은, 공중에서 반짝거리는 열기구들이야말로 현실의 공중꽃이며, 너무 아름다운 꿈이자, 우리가 삶을 살아내게 만드는 의욕인 셈이다. 허공이 신비스러운 공포의 힘을 가지고 헛것들을 부화시키면서 우리의 삶을 쓰러뜨릴 것이라는 미몽(迷夢)으로부터 벗어나려는 의욕이자 허공 안에서조차 삶이 뿌리내릴 "토양권"(103쪽)을 발견하려는 의욕. 그것이 아름다운 공중의 꽃처럼 보이는 열기구를 띄운 것이다. 돌이켜보면 이 아름다운 공중꽃이 이 소설의 첫 장면이며 마지막 장면이었다.

고원의 허공 위에 꽃이 피었다고 했다.
(……) 짐을 꾸린 것은 꽃을 따기 위해 열기구를 띄운다는 소식 때문이었다.(83쪽)

"열기구야."
쿤이 낮게 탄성을 뱉었다. (……) 우리는 풍선을 놓친 어린아이처럼 발을 구르며 허공을 향해 하염없이 손을 흔들었다.(119쪽)

삶까지 파고드는 죽음이 문제가 아니다. 문제는 삶의 한복판에서 아직 닫혀 있는 보석함들을 열고자 하는 의욕을, 그러니까 삶을 더욱 살아나게 하는 너무 아름다운 꿈을 우리가 가질 수 있겠는가 하는 것이다. 혹은 그것이 우리에게 한 번의 삶을 여러 번 살게 할 수 있겠는가 하는 것이다.

오직 이 영원회귀의 비밀을 통해서만 우리는 고통스러운 삶을 기쁘게 누릴 수 있다. 근거 없는 순진한 낙관주의는 반드시 고꾸라지고 다시 일어날 기운을 차릴 수 없게 될 것이다. 절망과 싸워 이길 힘이 없는 약한 자들만이 낙관주의의 보호막 아래 숨어든다. 삶의 도처에 고통이 잠복해 있다는 사실을 거부할 수는 없다. 하지만 그것이 전부는 아니다. 삶에 고통스러운 순간들이 있겠지만 되돌아오게 하는 힘과 의지를 빌려 우리는 그 순간들 안에서 어떤 보석들을 꺼내며 그 순간들을 구제하면서 고통조차도 긍정하게 될 것이다. 우리가 삶 그 자체를 의욕하고 반복을 의지하는 한에서.

최은미의 소설들은 비극의 훌륭한 사례들로 꼽을 만하다. 그러나 비극이라는 말에 대해 오해해서는 안 된다. 비극이란 슬픔, 고통, 시련을 전시함으로써 눈물과 함께 삶의 우울을 일시적으로 흘려보낼 수 있게 하는 것이 아니다. 비극은 그렇게 나약한 자들을 위한 체념의 예술이 아니다. 비극은 슬픔, 고통, 시련조차도 반복과 긍정의 대상으로 만들 수 있는지를 묻기 위해서만 그것들을 탐구의 대상으로 삼는다. 그러한 긍정을 통해 삶을 더욱 살아 있는 것으로 만들 수 있는지, 삶의 보석함을 마침내 열어낼 수 있는지를 묻는 의욕과 의지에 대한 시험으로써의 예술, 그것이 비극이다. 좀더 과감하게 말하자면 비극은 겉보기와 달리 기쁨의 예술적 형식이며 보다 강렬한 삶을 위한 긍정의 에피타이저이다(들뢰즈, 『니체와 철학』, 이경신 옮김, 민음사, 2001, 46~48쪽, 80~81쪽 참조). 삶이 곧 유죄판결이라는 인식 위에 쓰여진 것처럼 보였던 최은미의 소설이 그 안에서 결국 너무 아름다운 꿈을 발견해내고 마침내 삶의 결백과 기쁨을 끄집어낼 때 그것은 성공적인 비극이 된다. 최은미의 소설들을 사례로 제시하며 이렇게 말해볼 수도 있겠다. 비극을 읽는다는 것, 허무주의에 감염된 슬프고 무력한 순간들을 의욕에 찬 기쁨의 순간들로 되돌려놓으려 한다는 것, 다시 말하자면 삶을 살아낸다는 것. 살아가기 위해서 우리는 비극을 읽는 것입니다.

(2013)

4부

/

삶, 더 많은 삶

당신의 얼굴이 되어라

1. 냉소주의의 화병

문학과 정치. 지난해 이 문제만큼 지속적인 관심을 불러모으며 다양한
논의를 만들어낸 것은 없었다. 그런데 이 오래된 문제를 2009년에 다시
떠오르게 한 것은 무엇이었을까? 혹은 "어떤 시대적 필연성이 당신에게
지금 이 질문을 던지게 했습니까?"[1]

이 논의들을 출발시킨 것은 새삼스럽게 가시화된 문학과 정치 사이의
분열과 거리감이었다. '문학과 정치' 논의의 출발점으로 자주 거론되는
한 시인의 고백에서도 이 점은 선명하게 드러난다. "이주노동자와 비정규
직 노동자들의 투쟁을 지지하며 성명서에 이름을 올리거나 지지 방문을
하고 정치적 이슈를 다루는 논문을 쓸 수도 있지만, 이상하게도 그것을
시로 표현하는 것은 쉽지가 않다. 사회 참여와 참여시 사이에서의 분열, 이
것은 창작과정에서 늘 나를 괴롭히던 문제이다."[2] 시인 자신의 정치적 참

---

1) 심보선·서동욱·김행숙·신형철, 「좌담: 감각적인 것과 정치적인 것 사이에서」, 『문학동
네』 2009년 봄호, 368쪽.

2) 진은영, 「감각적인 것의 분배」, 『창작과비평』 2008년 겨울호, 69쪽. 이하 강조는 인용자.

여는 물론 가능하다. 그리고 시의 경우에도 그것이 불가능하지 않을 것이다. 그러나 그 사이에는 어떤 분열과 거리가 있으며 그 둘 사이를 좁히는 것은 쉽지 않다. 둘 사이의 연결 통로를 만드는 것은 어떻게 가능한가? 시는 어떻게 정치적일 수 있는가? 이러한 판단과 질문들이 '문학과 정치' 논의의 핵심이었다.

언제나 이미 그 자리에 있던 이 분열과 거리가 새삼스럽게 불편함을 호소하며 발화하기 시작한 것이 2008년 미국산 쇠고기 수입으로 촉발된 촛불항쟁의 압력에 의한 것이라고 한다면, 문제를 지나치게 단순화하는 것일까? 하지만 이 시기 우리 사회에서 가장 두드러진 정치적, 문화적 이슈가 '촛불'이었고 문예지들 역시 이 점에 주목하고 있었음은 분명해 보인다. 『창작과비평』 2008년 가을호에 실린 특집 「이명박 정부, 이대로 5년을 갈 것인가」의 여섯 편 글 가운데 네 편의 글이 '촛불'을 다루고 있으며, 같은 계절 『문학과사회』는 특집 「'촛불'과 미디어의 수사학」을, 『문학동네』는 좌담 「'촛불'은 질문이다」를 기획했다. 앞서 인용한 시인의 글이 발표되기 직전의 일이었다.

이명박 정권의 등장과 함께 민주주의의 후퇴와 정치적 위기감의 고조를 목격하면서, 많은 사람들은 촛불항쟁 속에서 새로운 정치의 가능성과 투쟁의 활로를 발견했거나 발견했다고 믿고 싶어했다. 어떤 시인들은 삶속에 구체적으로 파고드는 촛불의 활력과 생기를 보며, 그것을 시 속으로 옮겨 심기를 욕망했다. 예컨대 이런 고백의 경우. "광화문과 종로 거리에서 저는 이렇게 물었습니다. 시는, 문학은 지금 어디에 있는 것일까. 이 촛불들이 독자일 것인데, 이들이 과연 내 시를 읽고 어떤 생각을 할 것인가. 시와 독자, 시와 현실 사이가 아득해 보였습니다."[3] 약간의 비약을 감수한다면, '문학과 정치' 논의를 출발시킨 분열과 거리감이란, 촛불로 밝혀진

---

3) 심보선·이현우·오은·이문재, 「좌담: '촛불'은 질문이다」, 『문학동네』 2008년 가을호, 42쪽.

광화문과 종로 거리에서 새삼스럽게 다시 발견된 그것이라고 주장할 수도 있다.

그런데 시의 영역에서 주로 논의된 이 문제에 대해, 조금 늦게 도착한 어느 소설가에 대한 진술은 약간 다른 시각을 취할 것을 요구하고 있다.

이런 장면을 상상해볼 수 있겠다. 전쟁터에서 폭탄을 맞아 내장이 쏟아져나온 시체가 방 한가운데에 놓여 있는데, 그 방의 방문자들이 다들 책꽂이에 꽂힌 책 이야기라든가 커튼의 색깔이랄지 구석에 서 있는 화병의 무늬랄지 날씨 얘기 따위만 끝없이 하고 있는 상황. 그런데 그 방에서 "그런데요, 여기 시체가 있는데요"라고 한 아이가 말한다. 그러면 사람들이 "응, 그래. 우리도 알고 있단다"라고 한 다음에 다시 날씨 얘기를 한다. 아이의 눈에는 그게 아무래도 이상하다. "여기 시체가 있다니까요!"라고 한 번 더 외친다. 그러면 사람들이 조금 성가셔 한다. "그래! 여기 시체가 있어! 우리도 다 안단다. 그걸 누가 모르니!" 아이는 화가 났다. "저는 이게 무서워요!" 사람들은 말한다. "우리도 별로 좋지는 않단다." (⋯⋯) "어유, 그래, 착하고 훌륭한 아이로구나. 하지만 우리가 그런 큰 것에 대해 이야기해봤자 무슨 소용이겠니. 우린 벌써 이 시체를 수백 년 동안 보아왔단다. 그냥 다른 얘기를 하자." 그러고서 그들은 다시 화병의 무늬에 대해 논하기 시작한다. 아이는 화병을 집어던져 깨뜨린다. 화기애애한 분위기가 얼어붙는다.[4]

문학이 정치적인 문제에 개입할 수 있고 또 개입하려고 한다고 해도 남는 문제는 있다. '여기 시체가 있다'는 정치적 발화가 결코 그 자체로 투명하게 전달되지 않기 때문이다. 오늘날 그에 대한 표준적인 응답은 '그걸 누가 모르는가'이기 때문이다. 우리가 화병의 무늬랄지 날씨 얘기 따위만

---

4) 남궁선, 「끝없이 쏟아내는 아이」(김사과 작가초상), 『문학동네』 2009년 겨울호, 135~136쪽.

끝없이 늘어놓고 있는 것은 여기 시체가 있다는 사실을 몰라서가 아니다. 우리 역시 그 시체의 존재를 잘 알고 있다. 다만, 그런 큰 것에 대해 이야기해봤자 아무 소용없다는 냉소주의가 정치 자체를 질식시키고 있기 때문에, '여기 시체가 있다'는 정치적 발화는 별다른 효과를 발휘하지 못한다. 문학이 어떻게 정치적일 수 있는가 하는 물음과 더불어 우리는 어떻게 이 냉소주의를 깨뜨릴 수 있는지에 대한 물음도 함께 감당해야 한다.

문학이 정치와 분열되어 있으며 그 분열 상태에서 정치적으로 무력하다는 반성은 오히려 문학 외부에 정치적 활기가 있으리라는 소망을 사실 판단인 양 착각하게 만들고 이런 착각은 어떤 의미에서 우리를 안심시키기까지 한다. 문학이 참여하고자 하는 정치적 공간 자체가 소멸하고 있다는 사실을 희미하게 만들어버리기 때문이다.(오늘날 정치는 법에 의해 오염되어 스스로를 법 정립적 폭력으로 간주하거나, 단순히 살아남는 기술의 문제로 축소되고 말았다. 그렇게 해서 정치는 어둠 속에 가려져 있다.[5]) 우리의 요점은, 질식해가는 정치에 문학이 새로운 문제 제기의 산소를 주입할 권리가 있으며 그 책임을 떠맡아야 한다는 것이다. 이것이 냉소주의의 시대에 '문학과 정치'를 논할 때, 함께 요구되는 것이다. 만일 문학이 촛불항쟁의 열기를 참조하려고 한다면, 참조의 초점은 촛불의 직접적 정치성이 아니라, 정치를 가능하게 하는 장(場)의 열림, 즉 어떤 정체성도 귀속의 전제도 없이 여러 독특성들이 현시하게끔 만드는 촛불의 소통적 텅 빔의 가능성이 되어야 한다.[6]

---

5) 조르조 아감벤, 『예외 상태』, 김항 옮김, 새물결, 2009, 166~167쪽.

6) 촛불항쟁의 가장 큰 특징은 그 안에 상대적으로 한정된 내용의 특정한 정치적 요구가 없었다는 데에 있다. 촛불항쟁에서는 현실적 투쟁의 목표로 삼기에는 너무 일반적인 관념이 지지되거나, 강력하고 집약적인 의제를 설정하기에는 너무 다양한 요구들이 넘쳐났다. 촛불항쟁이 보여준 것은 특정한 계급의 강력한 요구가 아니라, 모든 성적, 계급적 귀속이 무화되는 (다시 말해 조직도 집단도 아닌) 공동체 그 자체, 즉 정치를 가능하게 하는 장(場)을 전시하는 것이었다. 아감벤을 패러디하며 이렇게 말할 수도 있다. 촛불로 밝혀진 광화문에

그러므로 '여기 시체가 있다'는 문제 제기를 어떻게 소설화할 것인가에 대한 실험뿐 아니라, '그걸 누가 모르는가'에 맞서 화병을 깨뜨리는 충격 요법을 어떻게 소설화할 것인가에 대한 실험 또한 검토되어야 한다.

2. 입을 먹는 입, 말을 하는 입
— 황정은의 경우

지난겨울 황정은은 용산참사와 철거민 문제를 다룬 르포를 썼다(「입을 먹는 입」, 『문학동네』 2009년 겨울호). 황정은은 그 글의 제목이기도 한 '입을 먹는 입'의 이미지를 통해 어떠한 정치적 발화도 불가능하게 만드는 법과 경찰의 폭력을 묘사하는 데 많은 지면을 할애했다. 그러나 「입을 먹는 입」이 단지 국가폭력에 대한 고발과 폭로만을 수행하는 것은 아니다. 작가는 "진정 무서운 것"으로 "용산이 참혹하게 고립되어 있다는 점을 알며 그러한 상황이 잘못되었다는 것을 알지만 (……) 그것이 거기 없는 듯 돌아보지 않는 사람들"을 지목했다.(47쪽) 작가는 '입을 먹는 입'을 지탱하는 것은 법과 경찰의 권력보다 냉소주의 자체가 아니겠느냐고 말한다.

그리고 이렇게 묻기도 했다. "이 비좁고 딱딱하고 불편하기 짝이 없는 자리에서 몇 번이고 '국가'를 실감하는 사람들이 있다. 질문을 해보자. 그들의 국가와 당신의 국가와 나의 국가가 다른가. 어떤 대답을 고를까. 같아도 문제, 달라도 문제 아닌가."(34쪽) 어느 쪽으로의 답변도 곤란한 이 질문이 우리에게 가리켜 보이는 것은 두 정체성 사이의 틈새 혹은 균열이다. 우리는 '대한민국 국민'의 이름으로 망루에서 불에 타 숨졌거나 그곳

서 국가가 맞닥뜨려야 했던 것은 재현될 수도 없고 재현되고 싶어하지도 않으면서 하나의 공동체, 하나의 공통의 삶으로 스스로를 현시하는 그 무엇이었다. 재현할 수 없는 것이 존재하며 그 재현할 수 없는 것이 귀속의 전제나 조건 없이 하나의 공동체를 이룬다는 사실, 이 사실이야말로 국가가 전혀 타협할 준비가 되어 있지 않은 위협이다. 모든 정체성과 귀속조건을 굴절시키는 독특성이야말로 도래하는 정치의 새로운 주인공이다(조르조 아감벤, 『목적 없는 수단』, 김상운 · 양창렬 옮김, 난장, 2009, 100~101쪽 참조).

에서 살아남았다는 이유로 기소된 철거민과 우리 자신을 동일시할 수 없다. 그렇지만 우리는 그들을 죽음으로 몰아간 이름인 '대한민국 국민'과 우리 스스로를 동일시할 수도 없다.[7] 어떤 정체성 속에도 머물지 못하게 하는 것, 그 정체성들의 틈새를 가리켜 보이는 것은 냉소주의적 무관심을 무너뜨리는 것이기도 하다. 알지만 모르는 척하는 당신들은 어떤 '대한민국 국민'인가? 희생당한 (그리고 또 희생당할) 쪽인가 희생시키는 (그리고 또 계속해서 희생시킬) 쪽인가. 바로 그 틈새 혹은 균열 속에서 '말하는 입'이, 정치의 숨구멍이 열린다.

'말하는 입'이 정체성의 틈새와 균열 사이에서 열리는 정치의 숨구멍인 한에서, 그것은 국가폭력을 폭로하거나 그에 맞서 정당한 권리를 내세우는 입인 것만은 아니다. 그것은 국가 권력이 지정하는 정체성 속에서 자신을 완전히 소진하는 삶의 바깥에 있는 무엇인가를 표현하는 입이기도 하다. 황정은의 근작『百의 그림자』(민음사, 2010)는 그런 점에서 '말하는 입'에 대한 조심스러운 실험처럼 보인다.

『百의 그림자』의 세번째 절 제목 또한 '입을 먹는 입'이다. 이 절에 삽입된 에피소드는 유곤의 어머니에 대한 추억인데, 그녀는 아파트 건설 현장에서 비참하게 추락사한 남편의 죽음에 충격을 받고 차츰 '그림자'에 잠식되더니 급기야 그녀의 입은 그림자에 검게 물들어 어떤 의미 있는 발화도 수행하지 못한다.『百의 그림자』에는 이와 유사한 에피소드들이 수없이 나열되어 있는데, 이 에피소드들을 단순화해보자면, 황정은은

---

7) 황정은의 이 답변 불가능한 질문을 랑시에르가 제시하는 불가능한 동일시와 비교해볼 만하다. "우리는 우리를 이 (프랑스 국민의 이름으로 프랑스 경찰에게 맞아 죽고 센 강으로 던져진-인용자) 알제리인들과 동일시할 수 없었다. 그렇지만 우리는 그들을 죽음으로 몰아간 이름인 '프랑스 국민'과 우리 스스로를 동일시하는 것에 대해 문제 제기할 수 있었다. 따라서 우리는 우리가 그 어느 것도 받아들일 수 없었던 두 정체성 사이의 틈새 혹은 균열 속에서 정치적 주체들로서 행동할 수 있었다."(랑시에르, 「정치, 동일시, 주체화」,『정치적인 것의 가장자리에서』, 양창렬 옮김, 길, 2008, 142쪽.)

여기서 그림자에 잠식되어 삶을 잃어버리고 마는 것, '입을 먹는 입'에 삼켜지는 것으로부터 우리 자신을 어떻게 구제할 것인가 하는 문제를 다루고 있다.

이야기는 이렇다. 은교는 숲속으로 들어가는 어떤 낯익은 뒷모습에 이끌려 뒤따라가는데, 무재가 부르는 소리에 정신을 차려보니 은교가 따라간 낯익은 뒷모습이 기실 은교로부터 떨어져나온 은교 자신의 그림자였던 것이다. 이 기이한 체험 뒤로 자신 또한 그림자가 일어섰다는 여러 증언과 함께 그 그림자를 따라가면 파멸하게 될 것이라는 불길한 경고가 이어진다. 은교는 이 불안한 생의 순간에 무재를 만나고 무재와 함께 이 시간들을 통과해낸다.

은교가 그림자에 잠식될 뻔했다가 깨어나는 장면을 보자.

어두운 것이 되면 이미 어두우니까, 어두운 것을 어둡다고 생각하거나, 무섭다고 생각하는 일은 없지 않을까, 아예 그렇지 않을까, 어둡고 무심한 것이 되면 어떨까, 그렇게 되고 나면 그것은 뭘까, 뭐라고 부를 수 있을까, 아 모르겠다, 모르겠어, 모르도록 어두워지자, 이참에, 라고 생각하며 눈을 뜨는데 전화벨이 울렸다. (……) 엎드린 채로 받고 보니 무재씨였다. 조금 갈라진 듯한 목소리로 은교씨, 하고 나서 무재씨는 기침을 했다.(90~91쪽)

은교는 정전된 방안에서 두려움을 느끼다가 이제 그 두려움을 견디지 않기로 한다. 은교는 스스로 어두워진다면 더이상 어두워질 수도 없고, 어둠 때문에 두려워질 일도 없으리라고 생각한다. 스스로 어두워져서 어둠의 공포로부터 자유로워지겠다는 은교는, 스스로 그림자가 되어 완전한 체념과 좌절 속으로 침잠하려는 것처럼 보인다. 그러나 인용문의 끝에 울린 전화벨 소리에 은교는 체념과 좌절로부터 깨어난다. 전화기 너머로 '은교씨' 하고 부르는 무재의 목소리에 은교는 어둠에서 빠져나와 희미한 빛 속에서 무재와 함께 머물기를 원한다. 돌이켜보면 작품의 서두에서 그것이 그림자인 줄도 모르고 맥없이 그림자를 따라가던 은교가 정신을 차리고 돌아온 것도 은교씨 하고 부르는 무재에 의해서였다. 반대로 작품의 끝에 가서 '무재씨' 하고 부르는 은교의 목소리에 무재가 아무런 대답이 없을 때 공포는 되돌아온다("여기는 어쩌면 입일지도 모르겠다는 생각이 들었다. 어둠의 입. 언제고 그가 입을 다물면 무재씨고 뭐고 불빛과 더불어 합, 하고 사라질 듯했다.", 66쪽).

그들이 정확한 정보를 언급할 때가 아니라, 그들이 올바른 의견을 주장할 때가 아니라, 다만 그들이 '말하는 입' 자체를 유지하는 동안에 무엇인가가 구제된다.

해보세요, 가마.
가마.
가마.
가마.
가마.
이상하네요.
가마.
가마, 라고 말할수록 이 가마가 그 가마가 아닌 것 같은데요.
그렇죠. 가마.
가마.
가마가 말이죠, 라고 무재씨가 말했다.
전부 다르게 생겼대요. 언젠가 책에서 봤는데 사람마다 다르게 생겼대요.
그렇대요?
그런데도 그걸 전부 가마, 라고 부르니까, 편리하기는 해도, 가마의 처지로 보자면 상당한 폭력인 거죠.

가마의 처지요?

가마의 처지로 보자면요, 뭐야, 저 '가마'라는 녀석은 애초에 나오는 닮은 구석도 없는데, 하고. 그러니까 자꾸 말할수록 들켜서 이상해지는 게 아닐까요.

(⋯⋯)

가마, 가마, 하면서 탁자 모서리에 달라붙은 마른 파를 바라보았다. 가마는 가마지만 도무지 가마는 아닌 가마라면 가마란 대체 무엇일까, 하고 생각하는 틈에 살짝 어리둥절해졌다.(37~39쪽)

(철거가 진행되는 곳에 얽힌 무재의 추억을 말하고 난 뒤) 나는 이 부근을 그런 심정과는 따로 떼어서 생각할 수가 없는데 슬럼이라느니, 라는 말을 들으니 뭔가 억울해지는 거예요. 차라리 그냥 가난하다면 모를까, 슬럼이라고 부르는 것이 마땅치 않은 듯해서 생각을 하다보니 이런 생각이 들었어요.

라고 무재씨는 말했다.

언제고 밀어버려야 할 구역인데, 누군가의 생계나 생활계, 라고 말하면 생각할 것이 너무 많아지니까, 슬럼, 이라고 간단하게 정리해버리는 것이 아닐까.

그런 걸까요.

슬럼, 하고.

슬럼.

슬럼.

슬럼.

이상하죠.

이상하기도 하고.

조금 무섭기도 하고, 라고 말해두고서 한동안 말하지 않았다.(114~115쪽,

괄호 안은 인용자)

은교와 무재 커플은 사소하고 별 뜻 없는 대화를 이어나가면서, 가마는 가마지만 가마는 아닌 가마를, 슬럼은 슬럼이지만 슬럼은 아닌 슬럼을(가난하지만 구체적이며 바로 우리의 것인 삶을) 발견한다. '가마'나 '슬럼'이라는 이름(혹은 정체성) 속에서 어둠의 입에 삼켜진 어떤 것이 그렇게 반짝이며 어둠 속을 빠져나온다. 만일 정치가 어떤 동일성이나 정체성이나 소명으로도 확정지을 수 없는 순수 잠재성의 존재를 전시하는 것이라면, 그렇게 해서 다만 생존으로 위축된 우리의 삶이 행복한 삶에 복속될 때 시작되는 것[8]이라면, 황정은의 '말하는 입'이 뱉어놓은, 슬럼은 슬럼이지만 도무지 슬럼은 아닌 슬럼은 순수 잠재성의 존재를 환기시킨다는 점에서 정치적 삶이 시작되는 출발점을 지시한다.

이것이 정치적 삶의 출발점임은, 무재가 문득 생각해내는 질문에서 분명하게 확인할 수 있다. 무재는 어느 날 박스를 줍는 일로 연명하는 한 할머니가 고작 박스 하나 때문에 다른 노인과 심하게 싸우고 다음날 숨을 거둔 일을 목격한다. 무재는 본래 "사람이란 어느 조건을 가지고 어느 상황에서 살아가건, 어느 정도로 공허한 것은 불가피한 일"이라고 생각했다. 그러니까 고작 박스 하나를 놓고 마치 그것이 삶을 걸 만한 가치가 있다는 듯이 싸워대는 일은 우리 삶에 불가피한 공허함이다. 그러나 은교와의 대화 속에서 무재는 묻는다. "뒷집에 홀로 사는 할머니가 종이 박스를 줍는 일로 먹고산다는 것은 애초부터 자연스러운 일일까"(144쪽), "살다가 그러한 죽음을 맞이한다는 것은 오로지 개인의 사정인 걸까, 하고. (……) 너무 숱한 것일 뿐, 그게 그다지 자연스럽지는 않은 일이었다고 하면, 본래 허망하다고 하는 것보다 더욱 허망한 일이 아니었을까, 하

---

8) 조르조 아감벤, 『목적 없는 수단』, 김상운·양창렬 옮김, 난장, 2009, 1장, 10장 참조.

고".(144쪽) 무재는 '말하는 입'을 통해 생존으로 위축된 삶에 문제 제기하고 삶의 형태에 대해 생각한다. '그저 살아가는' 생명과의 차이를 규정하는 종차가 곧 '정치적'이라는 용어라고 한다면[9] 무재가 출발시킨 것은 정치적 사유가 아닌가.

황정은은 이러한 변화와 발견이 무재와 은교의 저 수다스러운 입을 통해 가능하다고 믿었던 것 같다. 그저 살아가는 삶 바깥의 희미한 존재들(공산품을 쓰는 것만으로도 "강이 더러워진다든지, 대금이 너무 저렴하게 지불되는 노동력이라든지. 하다못해 양말 한 켤레를 싸게 사도, 그 값싼 물건에 대한 빚이 어딘가에서 발생한다는"(217쪽) 점을 생각할 때만 비로소 떠오르는 계산되지 않는 '빚'. 전구를 사가는 길에 깨질 수도 있고 불량품이 있을 수도 있으니 손님이 먼 길을 되짚어 찾아올까 염려하는 마음에 덤으로 넣어준 오무사의 전구 하나, "이십 개를 사면 이십일 개를, 사십 개를 사면 사십일 개, 오십 개를 사면 오십일 개, 백 개를 사면 백한 개, 하며 매번 살 때마다 한 개가 더 들어 있는"(94쪽) 오무사의 잘(못) 계산된 전구 하나)은 오로지 무의미하고 대화 자체를 이어가는 대화처럼 보이는 그들의 '말하는 입'을 통해서만 떠오른다.

'입을 먹는 입'에 맞서서, 주어진 정체성 속에 자신을 완전히 소진하는 삶 바깥에 남겨진 희미한 잠재성을 떠올리는 '말을 하는 입'을 열게 만드는 것, 그것이 『百의 그림자』가 우리에게 보여주려는 것이 아닐까.

3. 쥐인간과 공중전화
―편혜영의 경우

정치 자체가 질식해가는 현실에 대한 환기라면 편혜영의 『재와 빨강』(창비, 2010) 쪽이 보다 강력하다. 차미령이 『재와 빨강』의 해설에서 적절

---

9) 조르조 아감벤, 『호모 사케르』, 박진우 옮김, 새물결, 2008, 36쪽.

하게 지적한 것처럼, 이 작품은 "전염병과 쓰레기가 만연하는 생명정치 시대"[10]의 생존기를 상세하게 묘사하고 있다. 행복이라는 관념으로 방향 맞춰진 형태 속으로 응집되는 삶 혹은 정치적 삶[11]이 제거되어 단순히 살아남는 생존의 문제만이 남은 벌거벗은 생명, 그것에 대한 관찰과 기록이 『재와 빨강』의 등뼈를 이루고 있다.

이야기는 이렇다. 한 외국계 방역업체 직원이 본사 파견근무자로 선발되어 C국으로 가게 된다. 본사 파견근무는 승진의 기회처럼 보였지만, C국에 도착하자마자 상황은 점점 복잡해진다. 사내는 세계적으로 유행하는 전염병에 감염된 것으로 의심받은 탓에 공항에 억류되고 근무일이 연기된다. 또 그의 숙소가 있는 4구역은 무슨 이유에서인지 수거되지 않은 쓰레기 더미의 미로로 되어 있으며 그의 숙소는 전염병 때문에 격리 조치된다. 사내는 격리된 숙소에서 이혼한 아내가 잔혹하게 살해되었으며 자신이 유력한 용의자로 지목되었다는 사실을 알게 됐고, 문을 두드리는 사람들이 자신을 체포하러 온 형사라고 판단하고 쓰레기 더미 속으로 뛰어내려 도망 생활을 시작한다. 그는 이제 쥐들과 경쟁하며 쓰레기 더미를 뒤져 간신히 연명한다. "쓰레기를 뒤지고 있노라면 한 마리 쥐가 된 느낌이었다."(118쪽)

쥐를 잘 잡을 것 같다는 어처구니없는 이유로 본사 파견근무가 결정된 사내는 이제 쥐인간이 되어 굶주림, 전염병과 싸워야 한다. C국에서 "그가 전력을 기울여야 할 일은 살아남는 것이었다".(87쪽) "그가 할 수 있는 일은 그저 지금의 세계가 과거가 될 때까지 살아남는 것이었다."(131쪽) 행복을 향한 삶의 형태로부터 완전히 분리되어버린, 단순히 살아가는 삶 속에서 그는 좌절한다.

---

10) 차미령, 「재와 피로 덮인 얼굴」, 『재와 빨강』 해설, 240쪽.

11) 아감벤, 『목적 없는 수단』, 20쪽.

그런데 이것은 단지 C국의 특수한 상황일 뿐일까. 혹은 사내의 얄궂은 운명이 인도하는 예외적인 어둠일 뿐일까. 사내가 후반부에 다시 쥐를 잡는 능력을 인정받아 부랑자 생활을 청산하고 C국의 임시방역원이 되었을 때를 보면 결코 그렇지 않은 것 같다.

그는 방역복을 애지중지했다. 그에게 방역복은 안전 이상의 의미가 있었다. (……) 방역복을 입었다는 것은 남들과 똑같은 존재가 된다는 의미였다. 남들과 같아진다는 것은 자신에 대해 생각하지 않아도 된다는 뜻이었다. 또한 감염되어 일상이 다치는 것 말고는 두려울 게 없다는 뜻이기도 했다.(195쪽, 이하 강조는 인용자)

병에 걸리지 않는 게 중요하지만 그보다 중요한 건 병 때문에 일을 망치지 않는 거죠.(202쪽)

사내가 쥐처럼 살아가기를 그만두었다고 안도하는 그 삶의 형식이란 무엇인가. 거기에는 어떤 성격의 행복이 있는가. 거기에는 행복도 삶의 형식도 없다. 부랑자 생활을 청산한 뒤 사내가 복귀한 일상(日常)이란 문자 그대로 매일 반복되는 단순한 삶의 유지일 뿐이기 때문이다. 일상이 진정으로 일상이 되기 위해서는 자신 안에서 독특한 분기점이나 재현 불가능한 특이성을 제거해야 한다. 일상은 그저 "남들과 같아진다"는 것이고, 일상에서 두려운 것은 이 반복되는 단순한 삶을 망치고 이탈하는 것뿐이다. 일상은 언제나 일상 바깥과 스스로를 분할하면서 성립하고 자기 자신을 유지하는 데에만 관심이 있다. 그러므로 이 일상의 안에는 되새길 만한 어떤 형식도 행복도 없다. 일상은 다만 분할의 형식일 뿐이다. 남들과 같아지면서, 그러니까 특이성을 버리고 고유하지 않은 정체성으로 귀속되면서 일상 안에서 연명할 것인가, 그렇지 않으면 일상에서 벗어나

비참하게 쥐로서 연명할 것인가를 분할하는 형식. 이것은 C국이나 사내의 특수한 상황이 아니라, 정치가 질식한 오늘날의 사회에서 생명정치가 강요하는 폭력적인 양자택일의 선택지이다. 이런 상황 속에서 쥐인간과 일상의 인간은 서로의 뒷면을 가리키지만 결국 정치적 삶이 제거된 벌거 벗은 생명이라는 점에서는 일치한다. 그런 점에서 쥐처럼 살아가기를 그만둔 것이라고 안도하는 그 일상의 삶 또한 실상 쥐인간의 삶과 다를 바 없다.

벌거벗은 생명에 대한 이러한 관찰이 그러나 『재와 빨강』의 본령은 아니다. 일상의 쥐와 쓰레기장의 쥐 가운데 무엇이 되겠느냐고 묻는 양자택일의 참담함 속에서, 칼을 휘둘러 전처를 잔혹하게 살해한 범인이 자기 자신임을 확인하는 공포스러운 모험담이야말로 『재와 빨강』의 긴박한 호흡을 지탱하는 핵심이다. 이 모험담의 마지막 부분, 2부의 끝에서 사내는 한 여자를 충동적으로 살해하면서, 자신이 전처의 살인범을 확인하고, 그 순간 사내는 '꿈'에 대해 생각한다. 그리고 꿈에 대한 상념과 함께 C국에서 겪은 자신의 모험담에 대한 이해도 도착한다.

그는 잠깐 마음이 흔들렸으나 이내 어두컴컴한 집안을 바라보면서 자신이 쥐나 잡는 인생을 꿈꾸어본 적이 없다고 마음을 다잡았다. 쥐나 잡는 일을 빼앗길까봐 전전긍긍하는 인생을 꿈꾸었을 리도 없었다. (……) 그는 여자를 부둥켜안은 몸에 힘을 주면서 과연 자신이 꿈꾼 인생이 무엇이었을지 생각했다. 오래전의 일은 하나도 기억나지 않았다. 아주 오래전에나 꿈을 꾸었던 것 같고 한 번도 꿈을 꾸어보지 않은 것도 같았다.(216쪽)

(칼로 여자를 찌르는) 그 낯익은 감각 때문에 그는 오래전 쓰레기 더미로 투신한 자신의 행동을 기꺼이 이해했다. 가장 먼저 든 생각은 스스로도 이해할 수 없는 기이한 안도감이었다. 이 안도감을 얻기 위해 C국에서 긴

시간을 허비한 것 같았다.(218쪽, 괄호 안은 인용자)

　쥐인간의 모험담이 마무리되는 이 장면에 이르러, 쥐인간의 모험 속에서 사내가 잃어버린 것이 아주 오래전에 꾸었거나 한 번도 꾸어보지 않았을 어떤 '꿈'이었음을, 그는 희미하게 감지한다. 사내는 당시에는 미처 몰랐지만 삶이라고 할 만한 거의 유일한 것이 담겨 있던 전처와의 관계를 자신의 손으로 망쳐버렸다는 것, 그 때문에 스스로가 쓰레기이자 쥐인간이 되어야만 했다는 것, 쥐인간으로의 전락이 어떤 오해나 불운한 운명에 의해 주어진 것이 아니라 스스로 꿈을 질식시키고 삶을 망쳐버린 자신에게 합당하게 주어진 자리라는 점을 깨달으며 안도했던 것이 아닐까.
　그간의 편혜영의 소설과 달리『재와 빨강』에 이르러 새롭게 등장한 요소라고 복도훈이 지적한 것, "사소하고도 사소한 일로 채워진 현실의 시간" 또는 "사소하고 미세한 생활의 결"(168쪽)이라고 부를 수 있는 장면들의 출현[12]은 바로 이 지점에서 필연적으로 요청된다. 새롭게 출현한 저 사소한 시간들과 미세한 생활의 결이란, 일상의 쥐와 쓰레기장의 쥐, 어느 쪽으로도 환원되지 않는 것이기 때문이다. 쥐인간의 숨가쁜 모험담은 수시로 중단되는데, 그 멈춰진 자리에서 사내는 전처와의 관계를 그리워하고 그것을 다시 찾을 수 없음을 회한하며, 아내를 잃어버림으로써 이제는 누구와도 소통할 수 없다는 고독을 절감한다. 바로 이 지점에서 사내는 벌거벗은 생명 너머의 것을 요구하는 것처럼 보인다.
　『재와 빨강』은 C국의 낯선 여인을 살해하면서 자신이 전처의 살인범임을 확신하는 2부의 마지막 장면과 함께 마무리되었더라도 큰 무리가 없었을 것이다. 그러나 편혜영은 군이 여기에 짤막한 3부를 추가해놓았다. 이야기가 모두 끝난 뒤에 남겨진 이야기 속에서 사내는 여전히 쥐인간이지

---

12) 복도훈, 「K」, 『창작과비평』, 2010년 봄호, 418쪽.

만, '공중전화'라는 별명을 얻는다. 쥐인간이 강박적으로 공중전화에 매달렸기 때문이다. 그는 틈만 나면 공중전화로 달려가 불가능한 줄 알면서도 전처와의 통화가 연결되기를 간절히 원한다. 이 공중전화는 단지, 우발적인 살인에 대한 후회나 전처에 대한 그리움을 압축하는 이미지에 그치지 않는다. 독자들은 절박하게 전처의 이름을 대는 사내를 보면서, 『재와 빨강』의 1부와 2부의 도처에 깔려 있는 "사소하고도 사소한 일로 채워진 현실의 시간" 또는 "사소하고도 미세한 생활의 결", 벌거벗은 삶만을 남겨두고 떨어져나간, 우리가 잃어버린 바로 그것, 일상의 쥐와 쓰레기장의 쥐 너머의 삶에 대한 호소를 볼 수 있다. 이야기 끝에 남겨진 이 이야기로 인해 『재와 빨강』의 등뼈, 벌거벗은 생명에 대한 관찰이자 통찰에, 잃어버린 삶의 형식에 대한 눈물겨운 요구, 즉 정치적 삶에 대한 요구가 살로 덧붙여진다.

4. 오로지 당신의 얼굴이 되어라

황정은의 '입을 먹는 입'과 편혜영의 '쥐인간'은 각각 냉소주의와 불가능한 동일시로부터의 회피에, 그리고 생명정치의 참담한 양자택일의 선택지(일상의 쥐인가 쓰레기장의 쥐인가)에 문제 제기한다. 그리고 황정은의 '말하는 입'과 편혜영의 '공중전화'는 사소하고도 희미하며 어떤 정체성으로도 귀속되지 않는 존재들과 삶의 결을 불러낸다. 그렇게 해서 『百의 그림자』와 『재와 빨강』은 정치가 제거된 삶, 행복을 향한 삶의 형태로부터 분리되고 위축되어 남은 벌거벗은 삶, 단순히 살아가는 삶에 저항하는 것처럼 보인다. 그리고 그런 한에서 이 두 작품은 오늘날 질식해가는 정치에 새로운 문제 제기의 산소를 주입하고 있는 소설이라고 읽어도 좋을 것이다.

이런 독해에 어떤 정당성이 있다면, 이 두 편의 소설이 우리에게 어떤 상위의 질서나 권력으로도 회수되지 않고 '스스로의 몰락을 순수하게 추구할 것'을 권한다고 읽을 수도 있다. 그것은 바꿔 말하면 순수한 목소리를 회복함으로써 끊임없이 인간이 되고자 하는 지향성이다.[13] 그리고 그런 것이 인간이라면, 우리는 항상 이미 현실태일 뿐인 존재들, 항상 이미 이런저런 정체성일 뿐인 존재들, 그것들에 완전히 자신의 역량을 탕진해버린 존재들의 자리에서 몰락해야 한다. "이처럼 영원히 사멸해가는 (……) 리듬이, 이 메시아적 자연의 리듬이 행복이다. 왜냐하면 자연은 그것의 영원하고 총체적인 무상함으로 인해 메시아적이기 때문이다. 이 몰락을 추구하는 일이 세계 정치의 과제"[14]이다.

벤야민의 정치가 우리의 신체 위에 자리잡는 곳을 가리켜본다면, 그것은 아마도 얼굴이 될 것이다. 그것은 '안면'과 구분되는 '얼굴'이다. 얼굴 전체의 윤곽선이나 눈, 코, 입의 크기와 위치, 모양새를 지각하면서 우리는 상대방을 식별할 수 있다. 그러한 식별, 정체성의 확인은 '안면'이 우리 자신에게 속해 있는 것이기 때문에 가능하다. 그러나 '얼굴'은 안면이 아니다. 얼굴은 수시로 안면의 정체성을 지우고 미세하게 차이 나는 감각과 정서가 새로운 표정으로 돋아나오는 열림, 드러냄, 소통의 장소이다. 그런 의미에서 얼굴은 모든 양태와 성질을 탈고유화하고 탈정체화하는 문턱이다. 이탈리아어에서 얼굴(volto)의 어원은 "A에서 B로 변하다"를 뜻하는 라틴어 '볼게레'(volgere)의 과거분사와 철자가 동일하다. 얼굴은 차라리 고갈되지 않는 잠재태에 가깝다.[15]

그림자에 물들어 검게 변해 어딘가 인상이 희미해지고 결국 열림의 기능을 상실한 것처럼 보이는 얼굴을 하고 있는 『百의 그림자』의 인물들, 그

---

13) 이 두 문장은 벤야민의 정치를 독해하는 김항의 설명을 참고한 것이다. 김항, 「자연, 법 그리고 문학」, 『문학수첩』 2009년 가을호, 41~44쪽.

14) 발터 벤야민, 「신학적-정치적 단편」, 『발터 벤야민 선집 5』, 최성만 옮김, 길, 2008, 131쪽.

15) 안면과 구별되는 얼굴에 대해서는 조르조 아감벤, 『목적 없는 수단』 8장 참조.

리고 가면을 쓴 듯한 인상이거나 방진마스크로 완전히 가려진 얼굴을 하고 있는 『재와 빨강』의 인물들. 그러니까 결국 우리 자신을 위해 이 두 소설이 마련한 조언은 아마도 이런 식으로 요약될 것이다.

"오로지 당신의 얼굴이 되어라. 문턱으로 가라. 당신의 고유성이나 능력의 주체로 머물지 마라. 그것들 아래 안주하지도 마라. 오히려 그것들과 함께, 그것들 속에서, 그것들을 넘어서 가라. 문턱을 향해, 도취 상태에서."[16]

(2010)

---

16) 같은 책, 110~111쪽.

〈보론〉

너무도 희미한 능력
— 2012년 겨울의 비평들

1. '문학과 정치'의 너무도 긴 후기

지난 겨울에 나온 평론과 좌담들을 일별해본 독자들이라면 우리가 여전히 '문학과 정치'의 너무도 긴 후기를 쓰고 있다는 인상을 받게 될지도 모르겠다. '민주주의, 민주주의의 미학, 포스트민주주의'(『문예중앙』 2012년 겨울호), '고달프고 억울한 사람들과 우리 시대의 문학'(『창작과비평』 2012년 겨울호), '판타지와 르포르타주'(『실천문학』 2012년 겨울호) 등 특집으로 다뤄진 주제들에는 확실히 '문학과 정치'와 연결되는 측면이 있기 때문이다.

그런데 이런 인상은 또 어떤 독자들에게는 피로를 느끼게 할 것 같다. '문학과 정치'라는 이 오래된 주제는 2008년의 촛불 정국 이후 어떤 다급함과 절박함 속에서 다시 불려나온 것이기는 하지만(이 참담한 현실 속에서 문학은 어디에 있는가? 문학은 무엇을 할 수 있고 무엇을 해야 하는가?) 그러나 여기에서 어떤 새로움이나 생산적인 깊이를 확인했다고 말하기 어려운 면이 있기 때문이다. 그 많은 논의들이 문학 작품을 읽고 쓰는 우리의 눈과 손에 어떤 전환과 어떤 풍부함을 더했던 것일까. '문학과 정치'

를 둘러싼 논의들을 통해, 문학이 현실을 구성하는 보다 근본적인 자리에 침투하여 그곳에서 현실을 반성하고 새로운 현실을 예감하게 하는 가능성 혹은 잠재성들을 건드리는 것이라는 점을 다시 확인하기는 했지만, 그러한 가능성 혹은 잠재성들은 어떻게 현실성 혹은 현행적인 것으로 이행하게 되는 것일까. '문학적인 것'은 (현실 정치를 반성하고 해체하며 재구성하는) '정치적인 것'과 매우 가까운 자리에 놓일 수 있지만 그 정치적인 것이 어떻게 '현실 정치'에 대한 압력으로 이행하게 되는 것일까. 그러한 '이행'은 어떻게 가능하며 그 이행에 문학은 다시 어떻게 관여하는 것일까. '문학과 정치'를 둘러싼 여러 논의들이 이 부분을 설명하는 대목에서 그다지 선명하지 못했던 것 같다.

이 오래된 주제는 오랫동안 반복됐지만 여전히 그 안에서 결정적인 무엇인가는 끄집어내지지 못하고 남겨져 있는 것처럼 보인다(그것은 앞에서 지적한 해명되지 않은 '이행'의 문제와 관련된 것일지도 모르겠다). 그리고 그 안에 남겨진 것이 있기 때문에 우리는 피로 속에서도 계속해서 그 주제로 되돌아가게 된다. 오히려 이 피로를 끝내기 위해서라도 저 안에 남겨져 있는 보다 결정적인 무엇인가를 끄집어내는 반복이 필요한 것인지도 모른다. 지난 겨울의 여러 평론과 좌담들이 기획된 시기가 18대 대선을 앞둔 정치적 긴장감에 영향을 받고 있었다는 점을 고려한다면 이러한 반복은 오히려 자연스럽기까지 하다.

2. 르포르타주에의 요구

여러 평론가들이 공지영의 『의자놀이』와 '르포르타주'에서 비평적 쟁점을 예감했던 것은 이러한 맥락과 직접 연결되어 있는 것으로 보인다.

서영인은 이렇게 썼다. "『의자놀이』는 절박한 현실에 대한 공감과 실감을 잃어가고 있는 한국문학의 한계와 곤경을 그 자체로 표상하고 있다 (……) 공지영은 르포라는 방식을 통해, 오랫동안 공식적 문학장에서 배제되었던 방식으로 그 한계를 돌파하고자 했다. 그렇다면 그 한계로부터 자유롭지 못한 문학장 내에서는 어떤 일들이 벌어지고 있는 것일까."[1] 서영인의 답변은 이런 것이다. 문학이 차용하곤 하는 판타지의 요소들이 현실의 비극적 위력을 압축적으로 표현할 때도 있지만 현실의 세부적 맥락들을 놓치면서 역설적으로 고통의 현실성을 흐리거나 과장하게 된다. 그것이 문학장의 한계다. 이러한 한계를 돌파하는 데 『의자놀이』의 전략, 곧 사실 자체에 대한 탐구와 기록에 대한 참조가 필요하다. 최정우가 『의자놀이』를 읽으면서 "르포르타주라(고 주장되)는 '사실적' 형식의 가능성은 오히려 바로 소설쓰기의 '환상적' 불가능성을 자신의 존재 조건으로 삼고 있는 것"[2]이라고 쓸 때, 두 사람은 거의 같은 곳을 건드리고 있는 것 같다.

요약하자면 이런 것이다. 문학은 보다 직접적인 현실을 함축하려고 시도해야 한다. 그것이 오늘날 문학이 스스로의 한계를 돌파할 수 있는 방법이다. 바로 이 점을 『의자놀이』가 (그 안에서 공지영이 "현실이 다 그러니 소설이 무슨 재미가 있겠는가"라고 말할 때) 암시한다.[3]

그런데 소설이 르포르타주를 참조하면서 보다 직접적인 현실을 함축하려고 할 때 필요한 전략이랄까 방법론은 무엇일까. 복도훈은 그것이 '증언'과 '슬로건'이라고 지적한다. 현실의 비참함에 대한 폭로일 뿐 아니라 그 비참함에 대한 말하기가 불가능한 지점으로까지 접근해들어가는 역설적인 말하기를 채택할 것. 현실의 어떤 장면에 대한 개입이자 반문인 항의의 제스처를 띨 것. 그것이 르포르타주가 수행하는 것인데, 그러한 수행의 문법을 우리 문학이 적극적으로 수용해야 한다는 것이다.[4]

---

1) 서영인, 「망루와 크레인, 그리고 요령부득의 자본주의」, 『실천문학』 2012년 겨울호, 19쪽.

2) 최정우, 「특급의 환상, 완행의 현실」, 『자음과모음』 2012년 겨울호, 192쪽.

3) 르포르타주를 언급한 것은 아니지만 김사과의 소설을 두고 "스펙터클의 편재성 내부에 있는 구체적인 맥락과 차이를 살펴보는 게 중요하지 않느냐"고 묻는 김남혁의 취지도 같은 맥락에 놓인 것처럼 보인다(「아토포스, 문학의 자리」, 『자음과모음』 2012년 겨울호, 251쪽).

4) 복도훈, 「여기 사람이 있었다—르뽀, 죽음의 증언 그리고 삶을 위한 슬로건」, 『창작과비

이러한 논평들은 우선 문학 안에서 '문학적인 것(환상적인 것 혹은 미적인 것)'과 '현실적인 것'의 간극을 발견한 뒤, 그 간극 자체를 분석하거나 두 요소가 어떻게 결합할 수 있는지를 모색하기보다, '현실적인 것'의 함량을 높이기를 요구하는 것처럼 보인다. 이 점에서 김곰치의 견해는 훨씬 간결하고 과격해보이기까지 하다. 도스토예프스키를 포함한 독서 체험에서 그가 느낀 바는 이런 것이다. "아, 문학 독서라는 것은 약간 의미가 있는 '킬링 타임'이구나!" "읽어도 그만 안 읽어도 그만인 책의 독자가 되고 싶지 않다!" "그야말로 지금은 저 인류의 비상시국이고, 하늘을 우러러 떳떳할 수 있도록 지금 제대로 밥값하는 문학은 그런 '절실함'이 아니고서는 안 된다는 판단이다."[5]

그런데 '문학적인 것'은 오히려 무엇이 '킬링 타임'이고 무엇이 '절실함'인지에 대해 확정하려는 의지에 대해 반성하려는 의지가 아닐까. '문학적인 것'은 수많은 해석이 경합하는 어떤 흐름 안에서 단 하나의 해석만을 '현실'이라고 확정하려는 바로 그 힘을 비틀어버리는 힘이 아닐까. 문학은 저 역설적인 의지와 힘을 표현하는 한에서 문학으로 남고, 또 그렇기 때문에 현실적인 위력에 대한 포기를 감수할 수밖에 없는 것이 아닐까. 문학이 보다 직접적인 현실을 함축하면서 거기에 개입해야 한다는 주장은 그런 점에서 조금은 조급해 보인다.

이 점에 대해서 복도훈은 미리 반박해두고 있다. "물론 리얼한 것에 대한 논픽션의 조급한 요구가 언어와 형식을 세심히 고려하는 픽션에 대한 미학적 방기로 나타날 수 있다. 그만큼 미적인 것에 대한 픽션의 요구가 합의의 불문율이 되어 재현에의 노력에 대한 성마른 기각으로 표현될 수도 있지 않을까." 더불어 그는 "용산참사나 쌍용자동차 파업 등"에 대해 "어떤 식

평』 2012년 겨울호, 66~67쪽.

5) 김곰치, 「킬링 타임이냐, 절실함이냐」, 『실천문학』 2012년 겨울호, 56~57쪽.

으로든 재현하거나 환기하기를 회피하는 무능력의 합의"를 우려한다.[6)]

　그러나 르포르타주가 미적이지 않기 때문에(이런 판단에도 동의할 수 없지만) 르포르타주에 대한 요구가 조급하다고 말하려는 것이 아니다. 르포르타주는 현실의 어떤 단면을 날카롭게 포착하면서 그 단면 위에서 흔들리는 보고자의 목소리를 함께 들려주고 우리가 그 흔들림에 동참하도록 하기 때문에 단지 심층 보도 기사가 아니라 하나의 문학 작품이 된다. 르포르타주는 현실을 재현하기 때문이 아니라 지배 이데올로기와는 다른 각도에서 시도되는 현실의 재현 속에서 어떤 흔들림에 대한 역설적인 의지와 힘을 표현하기 때문에 우리에게 깊은 인상을 남긴다.(그렇기 때문에 르포르타주의 보고자가 자신의 무기력을 고백할 때, 그것은 보고의 불완전성을 노출하는 것이 아니라 오히려 그것이 품고 있던 문학적인 것을 분출하는 경우가 많다.) 르포르타주에 대한 요구가 조급하게 느껴지는 것은, 르포르타주 안에서 '문학적인 것'을 덜어내고 '현실에 대한 재현'의 요소만을 강조하면서 바로 그것을 소설이 차용해야 한다고 주장하기 때문이다. 현실적인 위력에 대한 포기를 감수하면서 다른 미약한 힘을 얻는 문학으로부터 다시 현실적인 위력을 확인하고자 하는 조급함. 그것은 문학을 문학이게 만드는 바로 그것을 위축시키는 것처럼 보인다.

　'증언'도 필요하고 '슬로건'도 필요하다. 그것도 절실하게 필요하다. 다만 그 모든 것들을 문학 안에서 해결해야 한다는 주장에는 동의하기 어렵다. 어쩌면 '문학적인 것'에 대한 강조가 나약한 문학주의자의 한가한 소리처럼 들릴지도 모르겠다. 하지만 문학 안에서 모든 것을 해결할 수 있다는 믿음과 그렇게 되어야 한다는 요구야말로 힘에 넘치는 문학만능주의의 조급함이 아닐까. 문학 안에서 모든 것이 해결될 수는 없었기 때문에 작가들이 지난 대선을 앞두고 신문 광고를 게재하고 선거 캠프에도 참

---

6) 복도훈, 같은 글, 65~66쪽.

여했던 것이 아닌가.

『카탈루냐 찬가』와 『위건부두로 가는 길』의 작가 조지 오웰은 이렇게 썼다. "그런데 우리들 대부분은 모든 선택이, 그리고 모든 정치적인 선택 역시 선과 악의 문제이며, 필요한 일은 옳은 일이기도 하다는 오래 이어져온 신념을 아직도 갖고 있다. 나는 우리가 탁아소에나 어울리는 그런 신념을 버려야 한다고 생각한다. 정치에선 둘 중 어느 쪽이 덜 악한지를 판단하는 것 이상은 결코 있을 수 없으며, 악마나 미치광이처럼 행동해야만 가까스로 탈출할 수 있는 상황들이 있다. (……) 따라서 그런 일들에 관여하게 된다면(나는 노년이나 우둔함이나 위선의 갑옷을 입은 게 아닌 한 마땅히 그래야 한다고 생각한다) 자신의 일부분은 불가침 영역으로 남겨두어야 한다."[7]

3. 너무도 여리고 희미한 능력

그렇다면 문학이 할 수 있는 것은 무엇인가? 문학의 여리고 희미한 능력에 대해서 황정아의 「'이미 와 있는 미래'의 소설적 주체들」, 좌담 「'나를 죽이지 못한 것은 나를 강하게 만든다'」에서 제출된 진은영의 논평들, 그리고 정홍수의 「세상의 고통과 대면하는 소설의 자리」가 특별하다.

박민규, 김사과, 황정은을 다루는 황정아의 글에서 황정은 소설에 대한 분석이 특히 주목할 만하다. 그녀의 소설이 재개발 현장을 떠올리게 한다거나 비정규직을 전전하는 젊은이들의 현실을 묘사하고 있다는 것이 중요한 것이 아니다. 아무리 잔혹한 현실이라고 하더라도 황정은의 문장으로 표현될 때는 오히려 그 잔혹한 힘의 과잉, 지나친 속도의 난리법석이 모두 탈각되어 담담하고 고요한 분위기가 만들어진다. 힘과 속도의 과잉을 힘겹게 그러나 자발적으로 쫓아가는 것이 삶의 표준 모델이 된 현실과

---

7) 조지 오웰, 이한중 옮김, 「작가와 리바이어던」, 『나는 왜 쓰는가』, 한겨레출판, 2010, 446쪽. 강조는 인용자.

황정은 소설의 분위기는 묘한 대조를 이룬다. "황정은의 소설은 어떤 과잉에도 연루되지 않음으로써 현실의 과잉을 폭로하며, 한 사람 한 사람 인간적 존엄을 갖는 주체를 복원하는 방식으로 여기에 언제나 '사람이 있음'을 선언한다."[8] 현실을 이루고 있는 비인간적인 어떤 힘과 속도 그리고 사건들 그 자체가 아니라 그런 것들에 가려져 있지만 우리가 이미 가지고 있는 '인간적 존엄의 그림자'를 그려냄으로써[9] 그것을 복원하는 연습을 하는 것, 그것이 문학이 현실과 맞서는 여리고 희미한 능력이 아닐까. 황정은의 「양산 펴기」가 그 증거로 제시되어 있다.

김애란, 조해진, 공선옥 소설이 이룬 것과 이루지 못한 것을 조심스럽게 분석하는 정홍수는 흥미롭게도 복도훈이 참조한 아감벤을 다시 한번 참조하면서 '증언'의 역설에 대해 이야기한다. 증언이란 실상 증언 불가능성에 대한 증언이어야 한다. 증언이란 아우슈비츠에서 살아 돌아온 자들이 아니라 끝내 돌아오지 못한 이슬람교도들의 몫이며 그러므로 그것은 말해질 수 없는 것으로 남겨진다. 지금 우리가 말할 수 있는 것이라곤 말해지지 못한 증언이 남겨져 있다는 것뿐이며 그러한 말하기야말로 너무 많은 것을 잃어버린 우리의 언어가 스스로를 회복하기 위해 우선 해야 할 일이다. 그것은 현실의 끔찍한 어떤 부분을 재현하고 환기시켜야 하는 과제와는 미묘하게 다른 것이다.

가령 증언의 언어가 비언어의 공백과 맺고 있는 한계상황을 소설과 관련

---

8) 황정아, 「'이미 와 있는 미래'의 소설적 주체들」, 『창작과비평』 2012년 겨울호, 30쪽.

9) '인간적 존엄'은 그러나 명백한 현실의 자리에서는 잘 눈에 띄지 않는다. 그것은 차라리 현실의 어떤 공백들, 현실로 덧칠해져 알아볼 수 없게 뭉개져버린 어떤 기호들로 드러날 때가 있다. 황정은의 소설이 현실과 환상의 경계에 걸쳐져 있다는 인상을 줄 때, 그녀의 소설은 그러한 기호들을 건드리고 있는 것 같다. 그러므로 그녀가 표현하는 것은 '인간적 존엄'이 아니라 인간적 존엄의 '그림자'이다. 그림자는 아직 현실 안에서 자신의 형태와 윤곽과 위력을 명확하게 소유하고 있지 못하다는 점에서 희미하고 또 여리다.

지어 극단적으로 밀어붙일 경우 소설의 의사소통은 불가능해진다. 알아들을 수 없고 무의미한 중얼거림만이 남을 수도 있다. 당연히 이것은 소설이 감당하기 힘든 자리다. 그러나 그 중얼거림의 공백이 존재한다는 사실을 좀더 강력하게 환기하는 소설의 언어와 상상에 관해서라면 논의의 여지는 있다.[10]

중얼거림의 공백이 우리를 감싸고 있어, 말할 수 없는 것들의 침묵의 소란이 우리 마음의 귀를 때리고 있다. 저 들리지 않는 목소리의 소란스런 침묵을 표현하려는 불가능한 시도야말로, 타인의 고통에 무감하며 그러한 고통이 현실적 상황들 속에서 이미 우리들과 연결되어 있다는 것을 인식하지 못하고 있는 바로 그 무능력을 예감하게 하는 토대가 되는 것은 아닐까. 무능력에 대한 예감만이, 문학이 우리에게 부여하는 희미한 능력이 아닐까. 김애란의 「서른」이 그 가능성으로 제시되어 있다.

진은영은 김연수의 『파도가 바다의 일이라면』에 대해 논평하면서 문학과 치유에 대한 흥미로운 관점을 제시한다. 김연수의 소설이 보여주는 바, 고통이 있는 모든 사람들은 무엇인가를 쓰게 된다. 그들은 고통과 그 주변에 대한 이야기의 다양한 버전들을 만들고 짜맞추면서 스스로의 삶에 대한 새로운 이해 방식을 제시한다. 그가 스스로를 다른 방식으로 이해하게 되었을 때, 그의 삶이 다른 방식으로 이행하게 되며, 결국 그 자신이 변하게 된다. 그러므로 이야기가 완성되었을 때 새로운 '나'가 탄생하는 것이지, 이미 존재하는 내가 지나온 시간들을 회고하며 이야기하는 것이 아니다. 진남에 숨겨진 이야기들을 찾아나서지 않았더라면 카밀라는 희재가 될 수 없었을 것이며 자신 안의 고통을 어떤 방식으로도 처리할 수 없었을 것이다. 아직 완성되지 않은, 고통 속에서 이제 막 시작된 불분

---

10) 정홍수, 「세상의 고통과 대면하는 소설의 자리」, 『창작과비평』 2012년 겨울호, 49쪽.

명한 이야기들이 그 이야기의 완성을 간절히 바라는 사람과 만나 어떤 삶의 변화를 이끌어낸다. 그것이 이야기가 가져오는 치유다. 그것은 고통과 상처를 제거하는 것이 아니라 고통과 상처를 다른 방식으로 삶에 통합하면서 새로운 삶을 만들어내는 방법이다.[11] 우리가 문학 작품을 읽는 것은 그러한 치유법에 대한 하나의 연습이 아닐까.

순서대로 정리하자면 이렇게 되겠다. 문학은 현실 그 자체는 아니지만 현실 안에 이미 함축되어 있는 무엇인가를 발견하고 보존하며 복원한다. 문학이 타인의 고통에 완전히 접속할 수 있는 신비의 통로가 되어줄 수는 없겠지만, 우리가 끝내 듣지 못하는 침묵의 증언의 영역이 있다는 점에 대해서는 지속적으로 환기시킬 수 있다. 문학이 우리 삶의 조건 자체를 바꿔줄 수는 없겠지만 그 안에서 가능한 수많은 이야기들을 늘어놓고 이야기들끼리의 재구성을 시도하며 그 가운데 가장 나은 이야기를 고르고 완성하는 가운데 삶에 대한 우리의 이해를 그리고 결국에는 우리 자신을 변화시키게 된다. 이것이 문학의 여리고 희미한 능력이다.

이민하가 자신의 시를 설명하는 대목이 이 세 가지 요소들과 조금씩 어울리는 것처럼 보이기도 하다. 그녀의 말을 음미하는 것으로 이 장을 마쳐도 된다면,

언어가 너무 명료하고 단호하면 비밀의 통로는 사라져요. 시는 확성기를 들고 무얼 전달하거나 설명하는 것이 아니라, 한 사람씩 만나서 고백과 비밀을 주고받는 거죠. 저는 누구에게나 똑같이 읽히는 시 말고, 독자에 따라 개별적인 느낌을 주는 시가 좋아요. 상대에 따라 나누는 비밀도 달라지는 거니까요. (……) 그러니까 제 시가 의도하는 건 치유나 위로라기보다는 상처를 통한 소통 같은 거예요. 그리고 거기서 그치는 게 아니라, 그런 건

---

11) 진은영, 「좌담: '나를 죽이지 못하는 것은 나를 강하게 만든다'」, 『문학동네』 2012년 겨울호, 78, 111, 127~129쪽 참조.

강하지 못한 세계를 통해서도 발랄하고 재미있고 매혹적인 정서가 교류될 수 있기를 바라는 거고요.[12]

4. 비평의 불만

『문학과사회』의 100호 기념 좌담 「도전과 응전―세기 전환기의 한국문학」에서 가장 심각한 도전과 응전으로 받아들여지는 것은 '상업주의'와의 대결인 것 같다. "상업주의의 회로 속에 빠져드는 것은 현존하는 세상을 축적해나가는 과정 안으로 자기를 집어넣는 일이 되는데, 논리적으로 도저히 이 문화 산업 속에 몸을 담그면 안 되었다. 그런데 담그지 않을 수가 없는 게 현실적인 상황"[13]에 대해 여러 차례 토로하고 있으며 심지어 "문학이 문화 산업의 회로에 종속되면서부터 비평가들이 어느 순간 이에 봉사하는 형태로 자리잡아가고 있는 이 난국을(웃음), '정치'라는 키워드를 끄집어내어 자기의 존재 증명을 온당한 것으로 만들려는 욕망이 숨어 있지 않은가"[14] 하는 의혹까지 제기되고 있다.

이 좌담에서는 상업주의야말로 오늘날 비평이 가질 만한 불만의 모든 원인처럼 보이는데, 그러나 상업주의의 실체라든가 그 성격에 대한 명확한 설명이 없어 과연 이러한 지적들이 얼마나 타당한 것인지는 가늠하기 어렵게 되어 있다. 다만 이 좌담에 비평의 깊은 탄식이 잠복해 있다는 점에서 앞서 소개한 '르포르타주에의 요구'와 기묘하게 닮아 있다는 점을 지적해볼 수 있겠다. 한쪽에서는 문학이 현실과 너무나 동떨어져 있기 때문에, 다른 한쪽에서는 문학이 너무나 현실 쪽에 몸을 담그고 있기 때문에 문제가 된다. 그것이 비평의 서로 다른 불만이다.

첫번째 비평의 불만에 대해서라면 이 글의 2장과 3장에 걸쳐 그것을 가

---

12) 이민하, 「고양이와 새가 있는 그림」, 『문예중앙』 2012년 겨울호, 314~315쪽.

13) 「좌담: 도전과 응전―세기 전환기의 한국문학」, 『문학과사회』 2012년 겨울호, 337쪽.

14) 같은 글, 360쪽.

로지르는 시각을 제시하려고 시도했다. 이번에는 두번째 비평의 불만에 대해 그러한 작업을 시도해야 할 것 같다. 그러나 앞에서 지적한 것처럼 문학의 상업주의에 대한 비평의 불만에는 불만의 대상에 대한 명확한 설명이 빠져 있어 불만의 태도나 성격에 대해 언급할 수밖에 없다. 이 점에서 보들레르에 관한 짧은 논평과 보들레르의 시를 음미해보는 것이 문제의 핵심에 접근하는 편리한 수단이 될 것 같다.

보들레르의 문제는, 그렇다면 모든 것이 상품이 되어버린 근대에서 '시'는 무엇인가라는 질문이었죠. 사실 당대의 많은 시인들은 시를 상품으로 보는 관점을 용납할 수 없었습니다. 지키려고 했어요, 시의 순수성을. 그런데 보들레르는 이 문제를 정면돌파한 것 같아요. 그는 시가 상품의 하나라고 인정합니다. 시는 돈으로 살 수 있는 것이에요. 시는 자본주의의 외부가 아니라 그 내부에 있는 상품이에요. 그런데 시가 상품이라는 것은 시가 무엇과 등가교환될 수 있느냐의 문제잖아요? 여기에서 보들레르의 책략이 나옵니다. 그가 그토록 증오했지만, 그에 의존해서 살 수밖에 없었던 부르주아 독자들의 뺨을 때리는 책략이에요. 그래, 시는 교환될 수 있어. 상품이야. 그런데 시와 교환되는 것은 금전이 아니야. 돈으로는 못 사. 당신이 가진 것 중에서 가장 소중한 것, 목숨, 영혼, 행복, 부르주아적 도덕…… 이런 것을 시에게 바쳐야 비로소 교환가능한 절대상품이야. 시를 향유하고 싶나? 그렇다면 가장 소중한 것을 시에게 바치게. (……) 보들레르는 자본주의적 논리 밖에서 문학의 삶을 구한 것이 아니라, 자본주의적 논리의 극한으로 문학의 가치를 묻고 들어가서, 그것을 파괴시키고 있어요.[15]

아니! 이럴 수가! (시인인) 자네가 이런 데를 다 오다니! 이런 몹쓸 데

---

15) 김홍중, 「좌담: '나를 죽이지 못한 것은 나를 강하게 만든다'」, 『문학동네』 2012년 겨울호, 96쪽.

를! 정기(精氣)나 마시는 자네가! 암브로시아나 먹는 자네가! 정말이지, 놀랄 일이구먼! (……) (시인의 답변 :) 천만에! (……) 위엄이라는 건 내게 지루하기 짝이 없어. 어떤 형편없는 시인이 그걸(내가 떨어뜨린 후광을) 주워서 뻔뻔스럽게 쓰고 다닐 것이라 생각하니 그것도 즐겁구먼. 행복한 사람을 하나 만들어낸다, 얼마나 즐거운 일이야! 특히나 나를 웃기는 행복한 사람을! X나 Z를 생각해보라구. 어때! 얼마나 가관이겠어!

　　　　　　　　　　　　—보들레르, 「후광의 상실」 부분, 괄호 안은 인용자

　참담한 현실 앞에서 문학이 무엇을 할 수 있고 무엇을 해야 하는지를 묻는 저 절실하고 다급한 물음조차도 '상업주의'와 연관지어서 이해할 수밖에 없는, 그 자신이 역설적으로 상업주의에 사로잡힌 비평의 불만을 저 자신에게 되돌려준다면 이렇게 말해야 할 것이다. '모든 곳에서 상업주의라는 악을 보는 바로 그 시선이야말로 자기 자신을 다른 상품들과 차별되는 고상한 상품으로 표시하는 특별한 상업주의의 제스처가 될 수 있다.' 그것은 불만의 주체의 선한 의도에도 불구하고 시장의 바깥이 존재할 수 없는 현실의 조건 때문에 그렇게 된다. 모든 것이 상업주의라는 악으로 물들어 있지만, 자신만은 시장의 바깥에서 보고 듣고 말할 수 있다는 환상에서 벗어나지 못할 때, 문학은 비평의 불만이 원하는 대로 현실의 구체적인 세목들과의 모든 연결고리를 잃고 추상적이고 고귀한 미의 진공 상태에 진입하는 게 아닐까. 그러한 자아도취가 문학의 자리일 리 없다. 오히려 문학은 자신의 후광을 상실할 때, 진흙탕길 한가운데로 뛰어들 용기를 가질 때, 그때 문학은 간신히 문학의 자리에 위치할 수 있다. 그것이 보들레르의 시 「후광의 상실」이 우리에게 주는 가르침이다. 암브로시아나 먹고 후광을 달고 있는 행복한 시인은 우리를 웃긴다. 그것은 가관이다. 그러나 진정한 시인이라면……

　상업주의에 투신할 것이냐, 고귀한 문학의 자리를 지킬 것이냐가 문제가 아니다. 그것은 선택의 문제로 성립되지 않는다. 다만 시장의 바깥에서 보고 듣고 말할 수 있다는 저 환상의 지위를 내려놓을 수 있느냐 없느냐가 문제가 된다. 오해를 줄이기 위해 덧붙이자면 이러한 논의는 '그래서 우리가 상업적이 되는 것은 어쩔 수 없는 일이다'라는 체념과는 아무런 관련이 없다. 시장에 대한 파괴적인 시선을 얻기 위해서라도 교환의 논리 자체를 비틀어버리기 위해서라도 후광을 잃은 채 세속의 진흙탕길로 뛰어들 '용기'를 가져야 한다는 것뿐이다. 그런데 저 비평의 불만이 함축하는 태도에는 이 겸허한 용기가 결여되어 있는 것처럼 보인다는 것이다. 바로 그 결여가 시장의 바깥이라는 환상의 지위를 오래 붙들게 하고 있는 것처럼 보인다는 것이다.

이런 맥락에서 비평의 불만을 다시 한번 되돌려주자. 후광의 상실을 거부하는 비평의 불만이란 기실 고귀한 지위의 상실에 대한 불만이지 않을까. "세속적인 현실을 다루고 인간들의 욕망 분출과 경쟁과 갈등을 최대한도로 묘사하는 과정 속에서 궁극적으로 인간의 끝없는 자기 욕망의 헛되고 헛됨을 보여주는 게 소설의 일반적인 경향이다. 그런데 독자들은 그 마지막의 '헛되도다' 때문에 소설을 읽는 게 아니라 그 중간에서 전개되는 끝없는 욕망의 분출 때문에 소설을 읽는다"[16]며 독자들의 성향을 일반화하고 그것을 간단히 오류라고 진단할 때, 비평의 불만은 결국 '나는 알지만 그들은 모른다'의 태도를 취하게 되는 것처럼 보인다. "아마 지금 우리가 유일하게 할 수 있는 방법은 우리의 문학적 이념에 맞는 작품들을 이야기하는 것이라 생각한다. 이 작품이 왜 우리의 문학적 이념에 맞는가를 충실하게 설명해주는 것밖에 없다"[17]고 말하면서, 새롭고 다양한 길을 모색하느라 불규칙하게 구불거리며 여러 방향으로 갈라져 뻗어나가려는 문학

16) 「좌담: 도전과 응전—세기 전환기의 한국문학」, 『문학과사회』 2012년 겨울호, 337~338쪽.
17) 같은 글, 352~353쪽.

을 '우리의 문학적 이념이라는 어떤 중심점으로' 불러모으려고 할 때, 비평의 불만은 비평의 왕좌를 상상하는 것처럼 보인다. "이 논의(문학과 정치를 가리킴)에서 한 발짝 떨어져 이에 대해 '말하지 않는 것'이 오히려 비평가로서의 가치를 증명하고자 하는 내 욕망을 손쉽게 충족하는 것을 막는 방식이라고 여긴다고 해야 할까……"[18]라며, 비평적 모험이 포함할 수밖에 없는 실수들과 오류들을 피하느라 차라리 침묵을 선택할 때, 비평의 불만은 귀족적 금욕주의의 제스처를 보여주는 것처럼 보인다.

문학은 아주 힘겹게 너무도 희미하고 여린 자신의 능력을 찾아내 보여주고 있다. 비평의 의무는 고귀한 왕좌에 앉아 자신의 문학적 이념에 따라 작품을 심판하는 것도 그에 꼭맞는 작품이 등장하기를 기다리는 것도 아니다. 비평은 지금은 드러나 있지 않은 그러나 존재하지 않는 것은 아닌 문학의 작은 능력들, 선물들, 성과들을 찾아 모험을 떠나야 한다. 내가 생각하기에 문학적 이념이란 어느 한 자리에 붙박여 있는 것이 아니라, 그러한 모험 속에서만 순간적으로 문득 자기 자신을 알아볼 수 있다. 금욕적 침묵 속에서 품고 보존할 수 있는 문학적 이념, 작품으로 표현되기 전에 비평의 목소리로 예고할 수 있는 문학적 이념이란 존재하지 않는다. 만약 비평의 불만이 환상적이고 고귀한 자신의 자리와 연관되는 것이라면, 그것은 너무도 희미하고 여린 문학의 능력을 개념적 언어들로 번역하면서 반복하고 음미해야 할 비평의 의무를, 모험 속에서 문학적 이념이 스스로를 알아보도록 도와야 할 비평의 의무를 망각하게 만드는 것은 아닐까.

(2013)

---

18) 같은 글, 362쪽. 괄호 안은 인용자.

인간쓰레기들을 위한 메시아주의
— 김사과론

우리는 지금도 이 세상의 쓰레기처럼 인간의 찌꺼기처럼 살고 있습니다.[1]

—바울이 고린토인들에게 보낸 첫째 편지 4장 13절

1. 조승희, 트루먼 커포티, 김사과

2007년 4월 16일 아침 7시, 미국 버지니아 공대에서는 세상을 떠들썩하게 만든 총기난사 사건이 일어났다. 약 한 시간 삼십 분 동안 170여 발의 총탄이 난사된 이 사건에서 범인을 포함한 33명이 죽고 29명이 다쳤다. 이 이해할 수 없는 엄청난 사건의 범인은 버지니아 공대 영문과 학생 조승희, 한인 1.5세였다. 사건 자체가 충격적이기도 했거니와 범인이 한국계라는 이유로 교포사회뿐 아니라 한국사회 전체가 이 사건에 특히 민감했다. 고 노무현 전 대통령은 부시 전 미국 대통령에게 전화와 전문으로 위로와 애도의 뜻을 표했으며, 이태식 주미 한국대사는 32일간의 금식을 제안했다.

약간의 시간이 흐르고 어느 정도 충격에서 벗어날 수 있었을 때쯤, 우리

---

1) 이하의 성경 텍스트는 『남겨진 시간』(조르조 아감벤, 강승훈 옮김, 코나투스, 2008)에 수록된 아감벤의 번역을 따랐다.

는 난데없이 미국의 총기 규제가 얼마나 허술한지에 대한 이야기를 들어야 했고, 미국에 한없이 굴종적인 이상한 민족주의에 스스로 놀랐으며[2], 가끔 '왕따' 문제에 대해서 고민하기도 했지만, 모든 충격적인 뉴스들이 그런 것처럼, 또다른 충격적인 뉴스에 의해 우리는 이 사건을 차츰 잊을 수 있게 되었다.

김사과의 소설[3]을 함께 읽는 이 자리에서 버지니아 공대 총기난사 사건을 언급하는 이유는 단 하나, 김사과가 이 사건에 깊은 인상을 받았으며 (트루먼 커포티를 경유해서) 자신을 조승희와 동일시하고 있기 때문이다. 이러한 영향관계 속에 그녀의 첫 장편소설 『미나』가 놓여 있으며 두번째 장편소설 『풀이 눕는다』(이하 『풀』로 약칭)와 다른 단편소설들이 여기서 멀리 떨어져 있지 않다면, 우리가 그녀의 소설을 다시 읽는 자리에서 이 사건을 떠올리지 말아야 할 이유는 없을 것이다. 한 예민한 평론가는 『미나』가 출간되자마자 이 점을 지적했다. "『미나』는 언뜻 〈여고괴담〉 시리즈의 공포와 버지니아 공대 총기난사 사건의 충격을 합성한 텍스트처럼 보

---

2) 사건의 범인이 한국계라는 이유만으로, 미국사회에서 벌어진 일에 대해 한국인들이 미안해하는 이 과민 반응에는 나름의 근거가 있었다. 사람들은 한 사람의 총기 살인범이 무려 33명이나 되는 사람들을 죽일 수 있었다는 데에 놀랐지만, 그것이 최악의 총기난사 사건이 아니라는 점에서 다시 놀라야 했다. 1982년 4월 26일 한국의 경상남도 의령군에서 한 젊은 경찰관은 56명을 살해한 뒤 스스로 목숨을 끊었던 것. 최악의 총기난사 사건의 1, 2위가 모두 한국인이거나 한국계라는 점이 미국 사회의 많은 사람들의 입에 오르내렸고 이것이 인종주의와 결합되리라고 우려하는 것은 어떤 면에서 자연스러운 일이었다. 9·11 테러 이후 (사실은 그 이전에도) 미국사회가 너무나 쉽게 인종주의적 폭력을 노출해왔기 때문이다.

3) 이 글에서 다루는 김사과의 소설은 다음과 같다. 『미나』, 창비, 2007; 『풀이 눕는다』, 문학동네, 2009; 「영이」, 『창작과비평』 2005년 겨울호; 「준희」, 『창작과비평』 2006년 가을호; 「이나의 좁고 긴 방」, 『현대문학』 2007년 3월호; 「정오의 산책」, 『문학동네』 2008년 가을호; 「나와 b」, 『창작과비평』 2008년 겨울호; 「동생」, 『실천문학』 2009년 여름호. 「동생」을 제외한 단편들은 이후 『영이』(창비, 2010)에 묶여 출간되었으며, 「동생」은 『나b책』(창비, 2011)에 묶여 출간되었다 이 글의 인용은 최초의 발표지면을 따르며 작품명과 쪽수만 적기로 한다.

인다."[4]

내가 "영향관계"라는 말을 썼다고 해서, 또 내가 인용한 문장이 "버지니아 공대 총기난사 사건의 충격을 합성"했다고 말한다고 해서, 김사과가 현실의 어떤 사건에 힌트를 얻어 소설을 썼다고 주장하려는 것은 결코 아니다. 오히려 우리는 이런 질문들을 가다듬어야 한다. 조승희가 버지니아 공대 총기난사 사건 속에서 반복하려 한 것은 도대체 무엇인가? 김사과가 매번 그의 작품 속에서 조금씩 다르게 반복하면서 보존하려고 한 것과, 조승희의 그것 사이에는 어떤 연관관계가 있는가?

이런 식의 질문을 던져보는 것은 겉보기만큼 엉뚱한 일은 아니다. 이러한 질문을 작가 자신이 은밀히 제시하고 있기 때문이다. 김사과가 『미나』의 초고를 쓰고 있거나 완성한 직후에 썼으리라고 생각되는 한 에세이에서 이 은밀한 물음의 흔적을 확인할 수 있다.

그는 나와 같은 나이에 나와 같은 도시에서 태어나고 자랐다. 트루먼 커포티는 『인 콜드 블러드』에서 대충 이런 식으로 말했다. 우리는 같은 집에 있다가 하나는 앞문으로 나오고 하나는 뒷문으로 나온 것만 같았다. 그렇다. 그는 나와 같은 나이에 나와 같은 곳에서 나고 자란데다 심지어 나와 비슷한 정신 상태를 가졌다. 나는 목표를 알 수 없는 분노를 가지고 있으며 그것이 나의 문장과 글을 구성한다. 왜 사람들은 그의 희곡을 보고 끔찍하다고 말을 하는가. 왜 같은 맥락의 폭력성을 가진 나의 글을 보고는 나를 피하지 않는가. 심지어 좋다고 박수를 치는가. (……) 왜 그런데 아무도 나에게 정신과 상담을 권유하지 않고 나는 돈을 받고 글을 쓰고 나 자신에게 만족하는가. 나는 실제로 사람을 죽이는 대신에 픽션에서 사람을 죽이는

4) 정여울, 「구원 없는 희생제의, 그 끔찍한 악몽의 세계」, 『창작과비평』 2008년 여름호, 408쪽. 이하 강조는 인용자.

것으로 만족하는가?[5]

　김사과는 '그'가 누구인지 직접 언급하지 않았지만, 우리는 '그'가 누구인지 명확하게 알고 있다. 인용하지 않은, 이 에세이의 서두에 등장하는 "자신이 저지르지 않은 잘못에 공포로 숨이 막혀 얼굴을 가리고 있는" "한 무리의 동양인들"이 누구인지도 금세 알아차릴 수 있다. 김사과와 조승희는 1984년 같은 해에 서울에서 나고 자랐다("그는 나와 같은 나이에 나와 같은 곳에서 나고 자란데다"). 1992년 가족과 함께 미국으로 이민간 조승희는 나중에 버지니아 공대 영문과 학생이 되어, 자신에게 발작적으로 저항하는 의붓아들을 때려죽이는 남자를 다룬 희곡 「리처드 맥비프」를 썼다("왜 사람들은 그의 희곡을 보고 끔찍하다고 말을 하는가. 왜 같은 맥락의 폭력성을 가진 나의 글을 보고는 나를 피하지 않는가. 심지어 좋다고 박수를 치는가"). 그가 끔찍한 살인사건의 범인이라는 사실이 밝혀졌을 때 수많은 한국인들이 그를 대신해서 미국인들에게 사죄했다("자신이 저지르지 않은 잘못에 공포로 숨이 막혀 얼굴을 가리고 있는" "한 무리의 동양인들").

　김사과는 이와 관련된 모든 자세한 설명을 건너뛰고 조승희와 자신을 동일시하고 있다. "그는 (……) 나와 비슷한 정신 상태를 가졌다. 나는 목표를 알 수 없는 분노를 가지고 있으며 그것이 나의 문장과 글을 구성한다." 조승희가 벌인 살인사건과 김사과가 자신의 작품 속에서 등장인물들을 살해한 것을 동격으로 취급하는 것이 온당한 일인지에 대해 말하기 위해, 김사과가 이러한 동일시를 위해 유일하게 제시한 매개항―트루먼 커포티와 그의 소설 『인 콜드 블러드』―에 대해서 간략히 살펴보자.

　트루먼 커포티는 1959년 미국 캔자스 주[6] 홀컴 마을에서 실제로 일어

---

5) 김사과, 「뒷문」, 〈문장 웹진〉, 2007년 6월호.

6) 이 글이 조승희에 대한 정보를 얻는 데 대부분 빚지고 있는 것은 스페인 작가 후안 고메스 후라도의 『매드 무비-조승희 프로파일』(송병선 옮김, 꾸리에, 2009)이다. 고메스 후라도

난 엽총 살인사건을 6년간 조사하면서 이를 바탕으로 소설 『인 콜드 블러드』를 썼고 헨리 밀러의 영화 〈카포티〉(2005)는 이것을 영화화한 것이다.[7] 〈카포티〉와 『인 콜드 블러드』 두 텍스트에서 김사과와 관련해서 강조해야 할 점은 두 가지. 첫째, 커포티는 이 사건을 '이해'하려는 모험을 시도했다. 50년 전 캔자스 주에서 벌어진 살인사건에 대해 사람들은 철저한 분노와 비난, 경악으로, 결국 같은 말이지만 몰이해로 대응했다. 그것을 이해하는 것은 우리 모두가 품고 있는 폭력과 악의 문제에 대면하는 용기를 필요로 하는 일이기 때문이다. 커포티는 섬세한 예술가 타입의 반항적 기질을 가진 페리의 악마적 성향을 이해했을 뿐 아니라, 그가 자신과 닮은 영혼의 소유자라는 사실을 알아차렸다("우리는 같은 집에 있다가 하나는 앞문으로 나오고 하나는 뒷문으로 나온 것만 같았다."). 둘째, 그러나 커포티는 이러한 이해로부터 서둘러 도망쳤다. 커포티는 마치 페리가 자신의 영혼의 짝이라는 점을 부인하려는 것처럼, 페리가 항소할 수 있는 기회들을 날려버리고 그가 교수형에 처해지는 것을 그저 지켜봤다. 그리

가 취재를 위해 사건 장소인 블랙스버그로 가는 길에 우연히 동행하게 된 미국인 기자는 미국사회가 인정하기 싫어하는 '일상 속에 숨어 있는 악'을 언급하면서 '대지의 심장'이라는 이미지로 장식되어 있지만 끔찍한 살인사건이 일어나는 캔자스의 삶을 예로 든다. 고메스 후라도는 이 캔자스라는 지명을 들을 때 별다른 반응을 보이지 않는데, 그에게 이 이야기를 들려준 미국인 기자는 아마도 캔자스에서 벌어진 유명한 살인사건을 다룬 트루먼 커포티의 『인 콜드 블러드』나 이를 영화화한 〈카포티〉(비극적인 사건이 일어나기 불과 두 해 전에 개봉한 영화이다)를 염두에 두고 있었을 것이다.

7) 김사과는 "우리는 같은 집에 있다가 하나는 앞문으로 나오고 하나는 뒷문으로 나온 것만 같았다"를 『인 콜드 블러드』의 문장으로 기억하고 있지만 이것은 김사과의 착각이다. 이 소설 속에서 커포티는 한번도 자신의 목소리를 노출시킨 적이 없다. 커포티가 이 사건의 범인을 두고 "페리와 나는 어렸을 때부터 같은 집에서 자란 것 같았어. 그런데 어느 순간 나는 앞문으로, 그는 뒷문으로 나간 것 같지"라고 말한 것은, 영화 〈카포티〉의 한 장면에서이다. 섬세한 논의를 위해서라면 소설 『인 콜드 블러드』와 영화 〈카포티〉를 구분해야겠지만, 여기서는 김사과가 참조하는 커포티에 대한 대략적인 소묘만을 다룰 것이므로 두 텍스트에 대한 구분은 생략한다.

고 이러한 도피에 대한 대가를 치른다는 듯이 커포티는『인 콜드 블러드』이후로는 어떤 작품도 완성할 수 없었고 말년에는 알코올과 약물중독에 시달렸으며 그 때문에 죽음에 이른다.

요점은 이런 것이다. 커포티가 서둘러 도망치고 말았지만 언뜻 발견한 것, 살인사건 속에 담긴 끔찍한 진실, 그 속에 담겨진 커포티 자신의 영혼의 한 조각 같은 것을, 김사과는 조승희에게서 보고 있었던 것이 아닐까? 커포티가 서둘러 도망쳤던 그 무시무시한 진실에 김사과는 집요하게 매달려보려 한 것이 아닐까?

이로써 우리는 애초에 제시한 질문으로 다시 돌아왔다. 그러니까, 조승희가 버지니아 공대 총기난사 사건 속에서 반복하려 한 것은 도대체 무엇인가? 김사과가 매번 그의 작품 속에서 조금씩 다르게 반복하면서 보존하려고 한 것과, 조승희의 그것 사이에는 어떤 연관관계가 있는가? 이제 김사과의 작품들과 조승희가 만들어낸 일련의 텍스트들을 겹쳐 읽는 것을 허락하자.

2. 파괴적 쾌락주의 비판 : "나는 목표를 알 수 없는 분노를 갖고 있다."

널리 알려져 있지만 충분히 강조되지 않은 사실 하나. 조승희 자신이 2007년의 비극을 하나의 반복으로 인식하고 있었다.

조승희가 NBC에 보낸 선언문에는 조승희 자신을 제외하고 세 사람의 이름이 거론된다. 한 사람은 우리 모두가 알고 있는 예수, 그리고 나머지 두 사람은 에릭과 딜런, 1999년 미국 콜럼바인 고등학교 총기난사 사건의 범인들이다. 그들 역시 조승희처럼 철저히 외톨이였으며, 이 사건이 발생했을 때도 총기 규제와 외톨이가 되어가는 개인들을 사회화시키는 문제에 대한 논의가 있었다. 조승희는 자신이 이들의 행위를 반복하고 있다고 인식하면서, 그들을 '순교자'라고 불렀다. 그는 이 악마적 사건을 순식간에 구원의 관념과 연결시켰다. 조승희는 자신의 선언문에서, 에릭과 딜런

이 정식화하는 데 실패한 것 두 가지를 제시했다.

첫째, 이 끔찍한 사건을 만들어낸 원인은 엉성한 총기 규제나 병든 개인(외톨이)에 있는 것이 아니라, 세상을 지배하는 쾌락주의다. "너희들은 너희가 원했던 모든 것을 가졌다. 이 개만도 못한 놈들아, 너희들은 메르세데스 벤츠로도 만족하지 못했다. 너희들은 금목걸이로도 만족하지 못했다, 이 속물들아. 너희들은 신탁예금으로도 만족하지 못했다. 너희들은 보드카와 코냑으로 만족하지 못했다. 그것들은 너희들의 쾌락적 욕구를 충족시켜주는 데 충분하지 못했다. 너희들은 모든 걸 가졌다." 그런데도 쾌락주의자들은 보다 많은 쾌락을 위해 다른 사람들을 쥐어짜는 악마가 되어갔다고 조승희는 주장했다. "너희들은 (……) 우리의 삶에 그토록 많은 고통을 주입시키길 원하느냐?" "너희들은 그 망할 놈의 김정일처럼 너희와 같은 사람들을 학대했다. 너희들은 빌어먹을 부시처럼 콧노래를 부르며 내 인생을 호화스럽게 여행하지 않았느냐? 그래서 이제 행복하느냐?" 악은 조승희의 병든 마음속에 있는 것이 아니라 우리 모두의 삶을 구조화하는 쾌락주의 속에 있다고, 조승희는 주장했다.

조승희는 그러므로 자신이 행한 학살이 개인적인 복수 따위가 아니라고 덧붙였다. 그는 콜럼바인 고등학교 총기난사 사건의 범인들을 순교자로 부르고 자신을 예수그리스도에 비유했다. "너희들 덕택에 나는 약자들과 자기 자신을 지킬 힘도 없는 여러 세대의 사람들을 고쳐시키기 위해 예수 그리스도처럼 죽는다." "난 이 일을 저지를 필요가 없었다. 난 도망칠 수도 있었다. 그러나 그렇게 하지 않을 것이며, 더이상 도망치지도 않을 것이다. 그건 나를 위해서가 아니다. 그건 너희들이 못살게 굴었던 내 자식들과 내 형제들과 자매들을 위해서이다. 나는 그들을 위해 그렇게 했다."[8] 그는 파괴적인 쾌락주의에 맞서 쾌락주의를 파괴하려 했다고 주장

---

8) 이상에서 발췌한 조승희의 선언문은 후안 고메스 후라도, 『매드 무비』 171쪽, 179쪽에서 재인용.

했다. 그것은 일종의 구원에 해당하는 일이므로 그는 자신을 예수그리스도에 비유하기를 주저하지 않았다.

정리하자면, 당황스럽게도, 이 살인범은 썩어빠진 쾌락주의로부터 우리를 구원하려고 한 셈이 된다. 그것은 예수가 아담과 아브라함과 모세를 반복하면서 성취한 것이고, (적어도 조승희의 관점에서는) 에릭과 딜런이 시도했으나 실패했고, 그들의 뒤를 따라 조승희 자신이 반복해서 시도한 것이다.

이 사건에 대한 보고서에서 수많은 전문가들이 조승희의 선언문이 그저 정신병자의 피해망상 속에서 생겨난 환각과 관련된 것이라고 판정했다. 나는 이 분야의 전문가들과 어떤 논쟁도 벌이고 싶지 않다. 우리는 오히려 그들의 판정에 감사해야 한다. 이 전문가들의 판정 덕분에 우리 모두는 메르세데스 벤츠와 신탁예금으로도 만족하지 못한 개만도 못한 놈들이라는 불명예스러운 범주로부터 무사히 빠져나올 수 있었기 때문이다. 안심하라, 그것은 미친놈의 헛소리에 불과하다. 우리가 우리의 욕망을 좇으면서 우리와 같지만 우리는 아닌 '그들'에게 고통을 주입하고 그들의 삶을 여행했다는 사실을 무사히 망각할 수 있었기 때문이다. 안심하라, 미친놈의 헛소리는 죽어서도 정신병원에 감금될 것이다.

나는 조승희가 저지른 끔찍한 사건에 일말의 정당성이 있다고 말하려는 것이 결코 아니다. 나는 다만 우리가 정신병자의 환각이라고 판정한 메시지 속에 일말의 끔찍한 진실이 들어 있을 수 있다고 말하려는 것이다. 그리고 그것이 아마도, 김사과가 조승희와 자신을 동일시할 수 있었던 근거일 것이다. 우리가 바로 위에서 제시한 두 요소 가운데 후자, 신성모독에 가까운 메시아주의에 대해서는 나중에 다루기로 하고, 우선은 김사과의 작품 속에 담겨 있는 쾌락주의를 향한 증오에 대한 이야기부터 시작해보자.

김사과는 『미나』에서 P시의 여고생 이수정이 친구 김미나를 칼로 난도

질해 살해한 사건을 다루고 있지만, 어떤 의미에서 이 사건 자체는 부차적이다. 김사과는 수정을 길러낸 P시의, 인간들이 만들어낸 모든 도시의 시스템을 분석하고 증오하는 데 상당한 노력을 기울이고 있다. 그리고 그런 장면들에서, 우리는 쾌락주의를 증오하는 조승희의 선언문과 유사한 대목을 손쉽게 찾아볼 수 있다. 예컨대 이런 대목.

> 자랑스러워하라. 당신들은 지구상에서 가장 교육받은 계층이고 따라서 가장 혜택받은 계층이다. 말했듯이 혜택은 고통이고 고통은 혜택이며 그 높은 교육수준이 가져오는 효과는 단 한 가지, 허영심의 증가뿐이다. 허영심에 사로잡힌 사람들은 대형 할인마트의 라이프스타일을 추구함으로써 오래된 시장과 서점과 식당 들을 죽이고는 이 모든 것을 부패한 정치인들의 잘못으로 돌렸다. 그들은 (……) 개떼같이 몰려다니며 모든 것을 파괴한 뒤 외부인의 출입을 철저히 통제하는 고급브랜드 아파트를 짓고 그 안에 자신들의 유토피아를 쌓아올렸다.(86쪽)

김사과는 『미나』에서 우리 자신이 속물적 욕망에 얼마나 쉽게 굴복하는지, 그것이 이제 얼마나 단단하게 제도화되었는지에 대해서 지루하리만큼 장황하게 설명하고, 그것이 우리 삶을 파괴하는 근본적인 원인이라고 주장한다. 첫번째와 두번째 단편소설 「영이」와 「준희」를 제외한다면, 김사과의 소설에서 이 우울한 세계관(세계는 파괴적인 쾌락주의 자체이다. 나는 세계를 증오한다)을 벗어나는 장면을 찾아내는 것은 불가능에 가깝다. 최근작 『풀』에서도 이 점에는 변함이 없다.

> 사람들은 모두 부자가 되길 바라지만 잘 생각해봐. 거지가 없으면 부자도 없어. 부자에게 필요한 건 더 많은 돈이 아니야. 부자에게 필요한 건 더 많은 거지야. 그런데 위기가 찾아오면 거지가 늘어나지. 그래서 부자들은

위기를 사랑해. 그들은 문제를 해결할 생각이 전혀 없어. 그들이 원하는 건 끊임없이 문제를 일으키는 거야. 그래야 더 큰 부자가 될 수 있으니까. 그래서 세상이 위기로 넘치는 거야.(278쪽)

이 우울한 세계가 그녀와 그녀의 소설 속 인물들에게 "목표를 알 수 없는 분노"를 심어준 것은 분명해 보인다.

3. 자기파괴적 폭력, 인간쓰레기들, 양파 껍질 인생

그런데 김사과의 분노는 "목표를 알 수 없"는 종류의 것일까? 분노의 목표가 파괴적 쾌락주의임은 분명해 보이지 않는가? 하지만 사태는 그처럼 간단하지 않다. 이것이 김사과와 조승희의 분기점이기도 하다. 조승희는 마치 자신이 파괴적 쾌락주의의 외부에 놓인 희생자인 것처럼 가장했고, 그 때문에 자신의 폭력을 정당화하면서 자신의 희생을 예수그리스도의 희생에 비유할 수 있었다. 하지만 파괴적 쾌락주의와 고통을 주입받은 희생자들을 구분하는 것은 그렇게 간단하지 않다. 누가 있어 자신은 파괴적 쾌락주의와 완전히 단절되어 있다고 말할 수 있겠는가? 여기에 김사과 소설의 복잡성이 위치한다.

이 점을 설명하기 위해, 다시 『미나』로 돌아가보자. 이 소설의 주인공에 해당하는 수정은 이렇게 고백한다. "그저 빨리 세계의 가장 높은 곳으로 기어올라가서 아무도 자신을 함부로 여길 수 없을 만큼 높이 올라가서 모두를 함부로 여기는 사람이 되고 싶다."(72쪽) 수정은 이 파괴적 쾌락주의로 자신의 인생을 설계하고 이 설계를 교란시키는 모든 것들을 증오한다. 수정은 이 설계를 충실히 실행할 능력이 없는 사람들에게 "너 같은 인간은 세상에 존재할 이유가 없다고 말해주고 (……) 그렇게 말한 다음에 (무능력자들을—인용자) 아주 고통스럽게 천천히 죽이고 싶"(102쪽)어한다. 그러므로 수정은 파괴적 쾌락주의의 화신인가? 그렇다면 친구의 자살 때문에 슬퍼하고 그렇기 때문에 이 파괴적 쾌락주의 인생설계를 교란하는 인물로 판명나는 미나는, 그 때문에 수정에 의해 살해당하는 미나는 결백한 것인가? 김사과는 그렇지 않다고 썼다. 미나가 인지하지 못한다고 하더라도 그녀가 누리는 유복한 환경은 누군가에게서 강탈해온 것이다. 곧 "이 모든 무지와 죄악을 바탕으로 미나의 모든 덕목은 쌓아올려졌다."(53쪽) 누구도 파괴적 쾌락주의 외부에 있지 않다. "달아나야 한다. (……) 그러나 이미 늦었다. 우리는 이미 파도 안에 있다. 우리는 이미 시체들이다."(88쪽)

「이나의 좁고 긴 방」의 이나는 값비싼 브랜드 아파트가 수백 개의 창문에서 빛을 뿜어내지만, 그 가운데 자신의 것이 될 수 있는 것이 하나도 없다는 사실에 분노한다. 냉장고 냄새가 나는 낡은 아파트의 세계에서 죽을 때까지 벗어날 수 없으리라는 사실을 이나는 잘 알고 있다. 그렇지만 이나 역시 "여성스러운 세팅퍼머를 하고 컬러풀한 둥근 코 하이힐을 신고 유럽산 핸드백을 들고 다"(125쪽)니고 싶은 유혹을 거절할 수 없다. 구질구질하게 레스포삭이나 노스페이스 따위로 우습게 보이지 않으려는 녀석들은 그 가방들과 함께 불태워버리고 싶을 지경이다. "나에게도 빛나는 브랜드의 시절을 가질 권리가 있다"(131쪽)고 이나는 외친다. 누구도 파괴적 쾌락주의 외부에 있을 수 없다. 『풀』의 화자가 깨달은 우울한 진리 역시 그것이다. "거대한 주상복합빌딩들이 쇼윈도 안의 보석처럼 반짝거리고 있었다. (……) 문득 그런 생각이 들었다. 누구도 저 빌딩들을 거절할 수는 없을 거라고. 누구도 그럴 힘을 가지고 있지 않을 거라고. 여기에 사는 그 누구도 저 빌딩들이 가리키는 미래에서 벗어날 수가 없을 거라고."(140쪽)

누구도 파괴적 쾌락주의 외부에 있지 않으므로, 희생자들 자신이 파괴적 쾌락주의의 일부이므로, 분노는 뚜렷한 목표를 찾지 못하고 자기 파괴적으로 분출된다. 자신을 무시하고 학대하는 교사에게 살의를 품으며 그의 우연한 죽음에 마냥 기뻐하는 고등학생(「준희」), 7만 5천 원을 강탈하기 위해 우연히 마주친 할머니를 살해하는 이나(「이나의 좁고 긴 방」), 엄청난 치료비가 드는 병을 앓는 동생을 살해하는 초등학생(「동생」)의 행위 속에는 될 대로 되라는 식의 자포자기적인 성향이 짙게 배어 있다. 그들의 폭력에는 어딘가 자기 자신을 가리키는 방향성이 포함되어 있다. 「준희」의 화자는 자신을 사랑하지 않는 남자친구에게 복수하기를 꿈꾸며 PC방에서 우연히 만난 남자와 잠자리를 같이하며, 그 남자는 화자가 은밀히 소망한 대로 그녀를 함부로 다뤄준다. 이나는 자신이 저지른 살인을 이렇게 평가한다. (이러저러한 경로를 거쳐 쾌락주의의 시스템 안쪽으로 편입될 수도 있었겠지만) "그런데 이젠 뭐 다 틀렸지. 할머니를 죽이고 말았으니까요."(123쪽) 「동생」의 초등학생이 꿈꾼 것은 이런 것이다. "아 진짜로 불에 타버리면 좋겠다. 다. 전부 다."(131쪽) 자신을 방해하는 특정한 대상을 파괴하겠다는 것이 아니라, 자신을 포함한 전부를 파괴하겠다는 것이다. 이들의 발작적인, 자포자기적인, 자기파괴적 폭력의 원형은 김사과의 등단작 속에 이렇게 형상화되어 있다.[9]

  "순이는 온통 울고 싶다. 온 거실을 빙글빙글 돌면서 울고 싶다. 그러다가 두 주먹으로 있는 힘을 다해 피아노 건반을 내리치고 싶다. 그러고 나서 걸려 있는 액자들을 모두 부수고 소파와 소파 위의 쿠션을 다 찢어버린 다음에 쿠션솜을 다 먹어버렸으면 좋겠다. 먹다가 목이 막혀서 꽥 죽어버렸으

___

9) 『미나』의 수정이 친구인 미나에게 그렇게까지 지독하게 칼부림을 벌인 것 역시, 지금까지 파괴적 쾌락주의의 회로에 동화되어온 자신의 생활 속에 이해할 수 없는 '아름다운 슬픔'이 침투했기 때문이 아닐까? 수정이 칼로 찌른 것은 미나라는 타인이 아니라 실상 아름다운 슬픔에 감염돼 흔들리는 자기 자신(=미나라는 분신)인 것이 아닐까? 『미나』의 서두에 나오는, 살인사건을 예고하는 동화에서도 공주(미나를 암시)가 수정(크리스탈이면서 동시에 살인범 수정을 암시)으로 '스스로' 목숨을 끊는 것으로 되어 있다. 요점은 미나와 수정 사이에 벌어진 어떤 폭력행위는 자기 자신을 향한 것이라는 점이다. 이런 점에서 『미나』의 경우까지도 이 자기파괴적 폭력의 범주에 포함시켜야 할 것이다.

면 좋겠다."(「영이」, 260쪽)

이런 점에서 보면, 김사과 소설의 급진성을 강조하기 위해 김사과 소설의 폭력성을 내세우려는 시도는 다소 성급해 보인다. 예컨대 『미나』의 수정이 보여주는 엄청난 폭력을, "붕괴된 공립학교 시스템 (……) 계급을 재창출하는 입시제도 (……) 이 모든 것들을 없애버리"[10]겠다고 선언하는 혁명적 제스처와 직접 연결시키려는 시각에는 어떤 조급함이 있다(수정이 없앤 것은 파괴적 쾌락주의의 시스템 자체가 아니라, 그러한 시스템을 교란하는 미나이거나 그 미나에 감염된 자기 자신이 아니었던가). 김사과 소설의 급진성을 해명하기 위해서는 그녀가 자주 드러내는 폭력의 매개적 기능을 살펴봐야 한다.

김사과 소설의 인물들은 이 자기파괴적 폭력 속에서 무엇인가를 가속화한다. 이 가속화 속에서 무엇인가가 점점 뚜렷해진다. 그것을 '쓰레기가 되는 삶'이라고 부를 수도 있다. 지그문트 바우만은 '쓰레기가 되는 삶'이 근대적 삶의 형식이라고 썼다. 시스템은 늘 우리에게 새로운 조건들을 요구하지만, 그 조건들을 충족시키지 못한 사람들은 진보(개발, 성장)의 열차에서 떨어져나가고 그들은 곧 아무도 원하지 않는 삶, 생존 자

---

10) 강유정, 「이어폰을 낀 혁명가」, 『미나』 해설, 310쪽. 『미나』의 해설자가 직접 언급하지는 않았지만, 그녀는 벤야민의 「폭력 비판에 대하여」나 조르주 소렐의 『폭력에 대한 성찰』을 염두에 두고 있었던 것 같다. 자신의 필요에 따라 질서의 일부를 수정하고 권력을 재분배하기를 요구하는 수단으로서의 폭력이 아니라, 모든 권력의 지배 자체를 거부하는 혁명적 폭력(소렐은 전자를 force로 후자를 violence로 구분했는데, 『폭력에 대한 성찰』(나남, 2007)의 우리말 번역자 이용재는 이것을 각각 '무력'과 '폭력'으로 옮겼다)이 분출하는 장면. 『미나』의 해설자는 김사과의 소설에서 그것을 보고 싶어했던 것 같다. 그러나 본문에서 말한 것처럼, 김사과의 폭력성에서 자기파괴적인 혐의를 벗겨내기는 힘들어 보인다. 7만 5천 원을 강탈하기 위해 우연히 만난 할머니를 죽이고(「이나의 좁고 긴 방」), 뇌가 녹을 지경에 이르기까지 본드를 불어대며(「나와 b」), 병약한 동생을 살해하고(「동생」), 알코올중독에 빠져 늘 화가 나 있는(『풀』) 인물들에게서 혁명적 폭력을 발견하기는 어렵다. 김사과의 급진성은 폭력성이 아닌, 다른 곳에 있다고 말해야 할 것 같다.

체가 위협받는 삶을 살아가게 된다. 그들은 인간쓰레기인 것이다. 이 열차는 너무 빨라서 누구도 인간쓰레기가 될 가능성에서 자유롭지 못하다.[11] 김사과는 자신의 소설 속 인물들에게, 사회가 권장하는 모든 요소들을 거부하게 하고, 다만 그것들에 침을 뱉고 욕을 하게 하고, 스스로의 인생을 망치게 함으로써, 그들이 쓰레기가 되어가는 속도를 가속화한다. 그러므로 그들의 삶이란 매번 이런 식으로 요약된다.

"잔잔한 멀미 속에서 조금씩 침식되어가는 삶. (……) 천천히 썩어가기를 기다리겠다는 것"(「이나의 좁고 긴 방」, 122쪽)

"우린 개야. 개랑 똑같애. 사람이 개보다 나은 게 뭐가 있어."(「동생」, 128쪽)

"언닌 쓰레기야. 그걸 인정해. 그 이상도 이하도 아니야."(『풀』, 157쪽)

그들은 '순진함의 유혹'[12]을 거부한 대가를 이런 식으로 치른다. 순진한 아이들이 어른(사회)들의 가르침에 따라 '진보(개발, 성장)의 열차'에 올라타려고 혹은 거기서 떨어지지 않으려고 애쓰는 반면, 그래서 자신의 삶이 쓰레기로 전락하는 시기를 최대한 늦추고 주변에 널려 있는 인간쓰레기들이 보이지 않는 척하는 반면, 김사과의 아이들은 이 순진함의 유혹에 욕하고 침을 뱉으며 화를 낸다. 그들은 자신의 삶에 주어진 (결국엔 가

---

11) 지그문트 바우만, 『쓰레기가 되는 삶들』, 정일준 옮김, 새물결, 2008, 32~40쪽.
12) 조연정, 「순진함의 유혹을 넘어서」, 『문학동네』 2008년 겨울호: 황정은과 김사과의 소설을 통해 젊은 세대들의 어떤 곤경과 가능성을 점검하고자 한 이 글에서, 조연정은 자신 안의 소중한 무엇인가를 내어주는 대신에 안전하게도 기성세대가 마련한 상징적 지위의 월계관을 받아들이는 것을 '순진함의 유혹'이라고 불렀다.

능성 제로로 밝혀지지만 어쨌든 희망처럼 보이는) 가능성을 철저히 파괴하면서 최대한 빠른 시간 안에 인간쓰레기가 된다. 그들이 보여주는 에피소드들은 결국 우리들 모두의 인생이 쓰레기장에서 수렴되고 있다고 말하려는 듯하다. 이 점에서 「나와 b」의 마지막 장면은 상징적이다. 이 소설의 두 주인공 '나'와 'b'는 나의 애인 깡패가 죽자 그의 시체를 쓰레기장에서 소각해버린다. 깡패는 죽음에 이르러서 나와 b에 의해서, 그의 삶이 단지 쓰레기일 뿐이었다는 사실을 확인시켜준다. 거기에 애도해야 할 어떤 고귀한 가치도 없다는 듯이, "그리고 쓰레기 냄새가 났다".(203쪽)

그렇다면 사회의 상층부에 남아 있는 승리자들, 가해자들의 삶은 쓰레기 냄새로부터 자유로울 수 있을까? 그런 것 같지 않다. 다시 「이나의 좁고 긴 방」으로 돌아가보자. 이나가 이해한 삶은 자기파괴적 폭력 너머에 있는 어떤 것을 가리키고 있다. 이나는 자신이 두부공장 근처의 낡은 아파트가 아니라, 값비싼 브랜드 아파트에서 태어났다고 하더라도 남는 문제는 있다는 점을 이야기한다. 우리가 복되게도 남들보다 앞선 출발선에서 태어나 누구보다 화려한 상품들을 소유하게 된다고 하더라도, 혹은 이나처럼 온갖 수단을 동원해서 간신히 그 상품들에 도달했다고 하더라도, 우리에게 남는 것은 양파 껍질뿐이다. 심지어 우리 자신이 양파 껍질일 뿐이라는 점을 확인하게 될 뿐이다. 이나의 변명이 최종적으로 가리키는 것이 껍질로만 남는, 알맹이 없는 양파 존재론이다.

오직 내가 가진 것들 내가 가진 것들 스무 살의 나는 포장지를 벗긴 상품과 같아서 순식간에 낡아갈 뿐이고 그것은 양파 껍질과 같아서 결코 중단되지 않고 이어진다 나는 나의 껍질을 3천 겹 정도로 예상하고 있다 3천 겹 벗겨지며 3천 번 벗겨질 때마다 번번이 낡아갈 것이다 같은 속도 같은 탄식 같은 불안이 껍질이 벗겨지는 고통보다 더하다.(131쪽)

정신병자의 환각처럼 들리는 긴 변명 끝에, 이나는 우리를 유혹하는 저 반짝거리는 상품들 또한 탄생하자마자 늙어버릴 것이라고 예언했다. 벽에 걸린 아름다운 옷들도 금세 회색 먼지를 뒤집어쓰고, 값비싼 브랜드 아파트 역시 머지않아 흉한 시멘트 덩어리로 돌아갈 것이다. 상품의 포장지를 벗기자마자 그것은 이미 낡은 것이 되고, 새로운 상품에게 자신의 자리를 내어줘야만 한다. 곧, 그것은 이미 쓰레기다.[13] 그러나 우리는 새로운 상품의 반짝거림에 저항할 수 없고 그래서 새로운 상품을 생산하고 구입하기를 멈추지 않는다. 그러나 그것은 물론 새로운 쓰레기일 뿐이다. 3천 개의 상품은 3천 겹의 양파 껍질, 벗겨지고 낡아갈 쓰레기일 뿐이다. 그리고 그런 소유물들에서만 스스로의 존재감을 찾으려는 우리 쾌락주의자들은 곧 스스로가 양파 껍질 인간들이다.[14] 상품과 관련해서 겪는 갈증과도 같은 욕망과 허탈감이란 포장지가 벗겨지듯 양파 껍질이 벗겨지는 데서 오는 고통이다. 그러나 아무리 껍질을 벗겨도 양파에는 알맹이가 없는 것처럼, 우리의 존재 한가운데를 차지하는 고귀한 가치 같은 것은 없다. 우리는 양파 껍질로만 이루어진 삶, 결국 다시 '쓰레기가 되는 삶'을 보고 있는 셈이다.

김사과 소설 속 등장인물들이 노출하는 "목표를 알 수 없는 분노", 자기파괴적 폭력은 아마도 이 근방 어딘가에서 자라나고 있었을 것이다. '우리는 결국 진보(개발, 성장)의 열차에서 나가떨어져 인간쓰레기가 될 것이라는 예감'과 '우리가 부러워하는, 그 열차에 올라탄 화려한 인생들도 기껏해야 양파 껍질로만 이루어진 삶일 뿐이리라는 불길한 예감' 사이 어디쯤. 그러니까 모든 것은 쓰레기가 되고 말 것이라는, 결국 하나의 불

---

13) 지그문트 바우만, 같은 책, 16~17쪽.
14) 최근작 『풀』에서도 이와 유사한 사례를 확인할 수 있다. 가장 성공한 인생의 모델처럼 등장하는 화자의 동생도 이런 식으로 묘사된다. "문득 동생이 떠올랐다. 양파 같은 내 동생. 오직 껍질로만 이루어진 것 같은 내 동생."(23쪽)

길한 예감. "너는 훌륭하고 나는 거지 같지. 하지만 두고 보자. 결국 다 똑같아질 거야. 결국엔 모두 다 똑같이 좆같아진다."(「나와 b」, 199쪽)

4. 인간쓰레기들을 위한 메시아주의

이제 우리가 앞에서 언급하기를 미뤄둔 문제로 돌아가보자. 조승희가 자신을 예수그리스도에 비유하면서 구원의 관념을 떠올리게 했던 그 장면 말이다. 이 장면에서 우리가 김사과의 소설을 읽을 때 참고해야 할 요소들은 없는 것처럼 보인다. 인간의 쓰레기화 과정을 가속화하고 가시화하는 김사과의 자기파괴적 폭력과, 어떤 대상을 악으로 규정하고 자신을 희생당한 메시아라고 믿는 조승희의 폭발적인 분노[15] 사이에는 결정적인 차이가 있기 때문이다. 그럼에도 불구하고, 조승희가 제시한 것이 메시아주의인 한에서, 김사과는 조승희의 행동 속에서 자신과 닮은 어떤 것을 발견했을 가능성이 있다. 겉보기와 달리 조승희와 김사과가 교차하는 길목은 폭력성보다는 이 메시아주의 쪽에 있을지도 모른다.

이 점을 확인하기 위해서 「정오의 산책」을 검토하는 것이 필수적이다. 이 작품은 '한'이라는, 김사과 소설에서는 다소 예외적이게도 정상적인 청년의 어떤 하루를 다루고 있다. 한은 열두 살에 아버지가 돌아가셨고 열아홉 살에 어머니가 재혼하여 집을 나갔다. 한에게는 강도와 살인, 납치 외에는 대학등록금을 마련할 길이 없었으나, 조부모의 도움으로 '정상적인' 경로에 재진입할 수 있었다. 그러나 이러한 기쁨도 잠시, 조부의 발병(發病)으로 엄청난 액수의 치료비가 들었으므로, 그는 소처럼 일하는 수밖에

---

15) 이것이야말로 결국에는 법정립적 폭력으로 판명날 (다시 말해서 권력이 사용하는 폭력과 완전히 동일한 성격의) 신화적 폭력이라고 해야 하지 않을까. 증오의 현현(顯現)을 통해서 파괴적 쾌락주의인 것과 아닌 것 사이의 '경계'를 설정하려고 한다는 점에서 말이다. 이 경계가 다시 선과 악을, 지배와 피지배를 분배할 것이다(벤야민, 「폭력 비판에 대하여」, 『발터 벤야민 선집 5권』, 최성만 옮김, 길, 2008, 106~110쪽 참조).

없었다. 그러나 한이 소보다 더 가혹하게 일한다고 하더라도 상황이 좋아질 기미는 보이지 않아서, 한은 "새벽부터 밤까지 야구게임기 앞에 서서 끊임없이 날아오는 공을 끊임없이 때리는 것과 비슷하게"(295쪽) 엄청나게 힘들고 길고 지루하지만 1그램의 가치도 없는 일상을 반복해야 할 뿐이다. 김사과의 다른 인물들이 이 무한반복타석에 들어서자마자 혹은 들어서기도 전에 자기파괴적 폭력으로 모든 것을 망쳐버리고 재빨리 쓰레기장행을 선택했던 것에 비해, 한은 이 힘든 인생을 기적적으로 유지해나가기 위해 계속해서 공을 받아쳐야 한다는 정상적이고 모범적인 책임감과 의지를 소유하고 있다.

그러던 어느 날 한은 결정적인 변화를 맞게 된다. "거칠게 말하자면 그건 일종의 깨달음이었다."(305쪽) 이제 한은 사람들이 볼 수 없는, 사물들 사이에 숨겨져 있는 "감추어진 겹", 모든 사물들을 따라 "부드럽게 흐르고 있는 힘"(306쪽)을 볼 수 있게 된다. 이제 한은 모든 것을 이해할 수 있었고, 거대한 아름다움과 슬픔을 느낄 수 있게 된다. 그리고 한은 자신에게 "해야 할 일"이 있다는 사실도 알고 있는데, 그것은 "해방. 그렇다. 자유. 그렇다. 구원"(311쪽)이다. 깨달음을 얻어 고통과 슬픔에 젖어 있는 사람들에게 해방과 자유와 구원을 주려는 한을, '메시아' 이외에 무엇이라고 부를 수 있을까. 김사과는 이 작품의 마지막 장면에서, 조금도 비꼬는 투 없이, 메시아가 탄생하는 장면을 그리고 있다.

마침내 한이 입을 열었다. 열린 입에서 무언가가 쏟아져나오기 시작했다. 그것은 말이 아니었다. 소리조차 아니었다. 그건 마치 지진과도 같았다. 한이 혓바닥을 움직일 때마다 그를 둘러싼 모든 세계가 흔들리기 시작했다. 정과 회(한의 조부모를 가리킨다)는 서로의 손을 잡았다. 그들은 서로의 손을 꼭 잡고 몸을 떨었다. 두려움으로 가득한 그들의 눈은 한의 입을 떠나지 못했다.(316쪽, 괄호 안은 인용자)

그러나 「정오의 산책」은 이 장면을 마지막으로 끝난다. 이 작품에는, 메시아가 도래하는 순간이 가져오는 압도적인 어떤 분위기가 있지만, 메시아의 깨달음과 소처럼 일하는 메마른 도시의 삶 사이의 격차가 가져다주는 충격적인 느낌이 있기는 하지만, 이 작품을 통해서 메시아 - 한이 제시할 구원이 무엇인지 확인할 길이 없다. 메시아 - 한의 깨달음이 어디서 온 것인지에 대해서도 확인할 길이 없다. "한은 이게 앞뒤가 맞지 않는다고 생각했지만 더이상 그런 건 중요하지 않았다. 다른 어떤 것도 더이상 중요하지 않았다. 그가 누구이고 어디에서 왔고 그런 건 아무런 상관도 없었다."(305쪽) 메시아가 우리에게 줄 구원은 '소리조차 아닌 말'이므로 우리가 그것에 대해 말하는 것은 불가능하다는 것일까. 우리는 이 작품에서 구원이라는 주제에 대한 김사과의 애착을 확인할 수는 있지만, 그녀가 만들어낸 인간쓰레기들을 쓰레기장에서 다른 곳으로 옮겨놓으려는 욕망을 확인할 수는 있지만, 김사과의 메시아주의가 어떤 성격의 것인지를 밝혀내는 것은 불가능해 보인다.

김사과의 메시아주의는 오히려 인간쓰레기들을 다루고 있는 다른 작품들 속에 숨겨져 있다. 그리고 그것이 김사과의 불쾌하고 끔찍한 소설에서 우리가 느끼는 특별한 인상과 관련될 것이다. 이 점을 확인하기 위해서는 다소 먼 길을 돌아가야 할 것 같다. 메시아적인 것에 대한 조르조 아감벤의 논의를 참고해보자.

바울이 로마인들에게 보낸 편지를 주해하면서, 아감벤은 메시아적 시간이 열리는 것은 '~이 아닌 것처럼'의 전략에 의해서 가능하다고 썼다. 바울이 고린토인들에게 보낸 첫째 편지에 이 전략이 강조되어 있다.

형제 여러분, 내 말을 명심하여 들으십시오. 이제 때가 얼마 남지 않았으니 이제부터는 아내가 있는 사람은 아내가 없는 사람처럼 살고, 슬픔이 있는 사람은 슬픔이 없는 사람처럼 지내고, 기쁜 일이 있는 사람은 기쁜 일이 없는 사람처럼 살고, 물건을 산 사람은 그 물건이 자기 것이 아닌 것처럼 생각하고, 세상과 거래를 하는 사람은 세상과 거래를 하지 않는 사람처럼 살아야 합니다. 왜냐하면 우리가 보는 이 세상은 사라져가고 있기 때문입니다. 나는 여러분이 근심 걱정을 모르고 살기를 바랍니다.(고린토인들에게 보낸 첫째 편지 7:29-32)

아감벤은 이 편지에서 강조된 '~이 아닌 것처럼'(혹은 '~이 없는 것처럼')이야말로 "메시아적 생의 공식"이며 "소명의 최종적인 의미"라고 썼다.[16] 이것을 '진정성이 부족한 삶의 형식'을 '보다 진실한 삶의 형식'으로 대체하려는 제스처, '그쪽'이 아니라 '이쪽'을 채택하라는 지시로 읽는 것은 완전한 오해이다. "메시아적 소명은 모든 소명을 자기 자신으로부터 분리하고 그것들에게 자기동일성을 공급함 없이 그것들을 자기 자신과의 긴장 속에 놓아두는 것이다. 유대인은 유대인이 아닌 것처럼, 그리스인은 그리스인이 아닌 것처럼."[17] 이 '~이 아닌 것처럼'의 원리는 단지 권력과 규정의 기능을 무효화함으로써 권력과 규정의 구속으로부터 벗어난 공간을 창출하는 것이다. '~이 아닌 것처럼', 현실적으로 규정된 자기 자신을 폐지하는 것, 그것이 "이제는 내가 사는 것이 아니라 그리스도가 내 안에 사시는 것입니다"(갈라디아인들에게 보낸 편지(2:20))의 의미이다. 그러므로 메시아적인 것의 핵심은 보편적이고 초월적인 새로운 원리를 도입하는 데에 있지 않다.[18] 그것은 직접적인 항쟁으로 사멸해가는 권력이나

16) 아감벤, 『남겨진 시간』, 47쪽.

17) 같은 책, 93~94쪽.

18) 그러므로 「정오의 산책」에서 메시아주의와 관련한 어떤 실패나 곤궁이 있다면, 그것은 절대적으로 필요한 실패이며 곤궁인 것이다. 만일 김사과가 「정오의 산책」에서 메시아의 도래 이후의 시간에 대해서 쓰려고 했다면, 그렇게 해서 보편적이고 초월적인 어떤 원리에 대해서 조금이라도 쓸 수 있다고 가장(假裝)했다면 김사과는 신화적이며 영웅주의적인 영역으로 잘못된 길을 접어들게 되었을 것이다.

규정에 개입하는 데에도 있지 않다(이것이 조승희가 잘못 이해한 메시아주의이다).

이 점에서 보면 「나와 b」에서의 다음과 같은 대화 장면은 마치 바울의 제자들 사이에서 벌어질 법한 교리문답으로 들린다.

> 할아버지가 말했다. 내 아들은 서울대 법대를 나왔다. 너는 어느 대학에 다니느냐. 내가 대답했다. 나는 대학에 다니지 않습니다. 내 딸은 연대 경영학과에 다니고 씨티은행에서 인턴을 한다. 너는 뭘 하느냐. 나는 아무것도 하지 않습니다. 내 손자는 하바드와 스탠포드에 동시에 합격하는 것이 꿈이다. 너는 꿈이 뭐냐. 나는 아무런 꿈도 없습니다.(187쪽)

이미 인용한 아감벤의 문장을 다시 떠올려보자. "메시아적 소명은 모든 소명을 자기 자신으로부터 분리하고 그것들에게 자기동일성을 공급함 없이 그것들을 자기 자신과의 긴장 속에 놓아두는 것이다."

김사과는 다른 곳에서 이렇게 쓰기도 했다.

> 이제 나와 b는 더이상 어린이가 아니다. 어른도 아니고 엄마도 아니다. 아빠도 아니고 선생님도 아니고 대학생도 아니다. 우리는 아무것도 아니다.(「나와 b」, 184쪽)

> 그렇다면 방법은 하나뿐이었다. 삶을 불확실성 속으로 완전히 밀어넣을 것. 우리 자신조차 우리가 어디에 있는지 알지 못할 것. (……) 만약 내가 누구이고 또 어디가 어딘지 알 수 있다면 그것은 이미 빼앗긴 삶이다.(『풀』, 161쪽.)

이런 장면들에서 김사과가 제시하는 인간쓰레기의 삶은, 단지 패배자들의 조악한 삶의 형식에 머물러 있지 않는 것처럼 보인다. 김사과 소설의 몇몇 장면들에서 인간쓰레기의 삶은 '아무것도 아닌' 위치에 이르며, 권력과 규정의 기능을 무효화하고, 그로 인해 권력과 규정에 대한 구속으로부터 벗어난 공간을 창출한다. 「나와 b」에서 할아버지가 제시하는 꿈의 영역, 서울대 법대도 연대 경영학과도 아무런 의미가 없어진다. 인간쓰레기들이 아무것도 아닌 자가 될 때, 인간쓰레기가 아닌 것은 아닌 자들이 될 때, 권력과 규정이 분할하고 구속하는 자리에 자기동일성을 공급하기를 중단할 수 있게 되고 그렇게 해서 권력과 규정의 구속을 무력하게 만들 수 있다. 그러니까 그것이, 메시아적 삶이 아니겠는가. 바울이 고린토인들에게 쓴 첫째 편지에서 "우리는 지금도 이 세상의 쓰레기처럼 인간의 찌꺼기처럼 살고 있습니다"라고 썼을 때, 그 쓰레기이며 찌꺼기인 '우리'가 메시아적 삶을 실천하는 초기 교회의 구성원들을 가리킨다는 점을 기억해야 한다.

그러므로 김사과가 제시하는 아무것도 아닌 인간쓰레기들은 아감벤식으로 말하자면 남겨진 자들에 가까워진다. 남겨진 자들은 현실의 사회 체계가 자신의 규칙에 따라 분할을 완전히 이루는 것을 막고 부분과 전체가 자기 자신과 일치하는 것을 불가능하게 한다. 그런 점에서 남겨진 자들은 구제의 대상이 아니라 구제를 가능하게 하는 유일한 정치적 주체이다.[19] 『풀』의 다음과 같은 장면에서 김사과는 그 인간쓰레기들의, 잠재적인 정치적 가능성 같은 것을 보고 있었는지도 모른다.

근데 문득 정신을 차려보니 거리가 부랑자 같은 사람들로 가득한 거야. 난 깜짝 놀랐어. 그런데 더 놀라운 게 뭐였냐 하면, 그 사람들이 다 너무 아름답게 보이는 거야. 처음엔 내가 취해서 그런가 했지. 그런데 아냐. 난 진

---

19) 아감벤, 같은 책, 99~101쪽.

심으로 느꼈어. 어려서부터 저렇게 되면 끝장이라고 배운 바로 그런 사람들인데. 근데 너무 아름답다는 느낌이 드는 거야. 그 순간, 잊혀지지가 않아, 그 순간, 모든 게 갑자기 아름답게 생각되었어. 그러니까 그 도시가, 그 사람들이, 심지어 나 자신까지도, 온 세상이 너무 아름답게 느껴지는 거야. 난 생각했어. 아아 여기서 살면 얼마나 좋을까.(142~143쪽)

정리해보자. 우리를 구원해줄, 엄청난 능력의 소유자인, 영웅적 메시아를 기다리는 것은 김사과식 메시아주의와는 아무런 관련이 없다. 그러므로 「정오의 산책」은 메시아주의에 대한 김사과의 애착을 가장 분명하게 보여주지만, 다른 작품들을 통해서 보충되어야만 한다. 그 보충이란, 메시아 없는 메시아주의, 자기파괴적 폭력에 의해 추락하는 장소인 '아무것도 아닌 인간쓰레기들', 그리고 그러한 상태가 암시하는 권력과 규정의 구속으로부터 벗어날 수 있는 가능성이다.

5. 신종플루 시대의 사랑

끝으로 최근작이며 두번째 장편소설인 『풀』을 살펴보기 위해서 잠시 '사랑'에 대한 이야기를 먼저 꺼내보자. 김사과가 쓴 것이, 의외로 연애소설이기 때문이다. 그리고 김사과가 전개한 여러 주제들이 이 '사랑'에 대한 이야기로 수렴되고 있기 때문이다.

오늘날의 사랑에서 중요한 점은 너무 많이 사랑해서는 안 된다는 것이다. 지나치게 뜨거운 사랑은 '진보(개발, 성장)의 열차'가 달리는 궤도를 비틀어놓을 위험이 있기 때문이다. 그것은 아이들도 알고 있는 일이다. 『미나』의 수정은 "그런 비효율적인 것은 하지 않는 편이 낫다고 생각한다. 그것은 촌스럽다. 쓸모없다".(22쪽) 수정은 착하고 순한 얼룩송아지 같은 남자아이들과 사귀면서, 그들에게 삼십대 중반 유부남의 성숙하고 안정된 매너를 요구한다. 착하고 순한 얼룩송아지들과, 자신이 가진 어떤 것도 잃지 않기 위해 애쓰는 것을 성숙하고 안정된 매너로 가장할 줄 아는 삼십대 중반의 유부남들은, 다만 적당히 미지근한 사랑의 온기만(결국 사랑이 아닌 휴식만)을 갖고 있다는 점에서 공통적이다. "필요한 것은 휴식이다. 그런데 사랑이라니."(23쪽) 『미나』에서 수정이 유일하게 유지하고 싶어하는 연애관계를 조금 더 들여다보자.

그들은 단지 레스토랑에서 하얀 천을 무릎에 깔듯이 사방에 깨끗이 소독한 면천을 널어놓고 더러운 것이 몸에 달라붙지 않게 하기 위해서 예의 바르게 행동할 뿐이다. 민호는 묻지 않는다. 수정은 묻지 않는 민호를 묻지 않는다. 그렇게 계속해서 아무것도 일어나지 않는다. (……) 그들은 언제까지고 아무런 대화도 없이 서로에게 기대어 침묵 속에서 시간을 보낸 뒤 학원의 시간표에 맞춰 손을 흔들 것이다.(196쪽)

민호와 수정이 서로에게 해주는 유일한 일은 아무것도 묻지 않는 것이다. 서로의 너무 내밀한 곳까지는 침투하지 않으려는 '묻지 않는'(not to question) 배려는, 바로 앞에 배치된 '깨끗하게 소독한 면천'의 이미지 때문에 '묻지 않'게 하려는(not to stick) 제스처처럼 읽히고, 그래서 그들의 상호불가침의 상징을 강화한다. 오늘날의 사랑에서 중요한 점은 "서로가 서로를 단절"시키고 "나이와 지역, 성별과 부모의 재산, 식단과 패션 따위의 표지를 가슴에 달고서 규격화된 칸막이 안에서 자신을 가"(『미나』, 77~78쪽)두는 잘 짜인 분리의 원리를 거스르지 않는 것이다.

우리는 상대방의 너무 내밀한 곳까지 사랑하지 않도록, 나 자신의 너무 내밀한 곳까지 내어주지 않도록 조심해야 한다. 그것은 칸막이나 진보 열차의 궤도를 거스를 가능성이 있다. 우리는 너무 내밀한 것들이 접촉될 수 있는 가능성을 줄여야 한다. 그와 그녀를 만질 수 있고 만지고 싶어하는 죄 많은 우리의 손을 끊임없이 씻어야 한다. 우리의 폐부를 쓰다듬은 공기가 다시 그와 그녀의 폐를 쓰다듬지 않도록 주의해야 하고, 필요하다면 마스크와 손수건으로 우리의 입을 가려야 한다. 만일 당신이 너무 뜨거워졌다면 병원에 가야 하고 공공장소에 가지 않는 것이 예의이다. 이제 당신이 너무 뜨거워졌는지 감시하는 카메라가 등장하기에 이르렀다. 쓰레기가 되는 삶의 형식이 강제하는 격리와 분리의 원리(쓰레기인가 아닌가) 속에서, 비유컨대 신종플루의 시대에도 사랑은 가능할 것인가? 사랑이 이 격리와 분리의 원리를 다시 한번 분할하면서 쓰레기가 되는 삶을 구원할 수 있을 것인가?『풀』은 인간쓰레기와 메시아주의에 관한 다양한 문제들을 한곳으로 끌어모아, 이 하나의 질문으로 녹여낸 것처럼 보인다. 그러므로『풀』의 내용을 조금 엿보는 것으로 우리의 결론을 대신할 수 있을 것 같다.

이 소설의 첫번째 절만큼은 윤대녕 소설의 한 대목을 떠올리게 하는 구석이 있다.

이른 아침 텅 빈 아파트 단지를 가로지를 때면 뭔가 큰 잘못을 저지른 듯한 기분이 들었다. 아니 내 인생 전체가 완전히 잘못되었다는 확신에 죽고 싶을 정도였다.(12쪽)

이것은 흡사 윤대녕식이 아닌가. 그러니까, 윤대녕 초기 소설들을 완전히 지배했던 것, 여행 혹은 방랑이 시작될 수밖에 없는 조건, 지금 이곳이 아닌 어딘가에 진정한 생이 있으리라는 강력한 예감이자 강력한 욕망. 윤대녕은 '지금 이곳이 아닌 어딘가'로 떠나는 여행이 결국 실패로 끝난다는 점을 늘 이야기의 마지막으로 미뤄두고 여정의 굴곡 자체 혹은 거기서 빚어지는 시적 순간들 자체의 아름다우면서도 슬픈 불꽃을 수차례 그려보았다. 그러나 김사과는 이야기가 시작되자마자 그런 낭만적 제스처에는 어떠한 가능성도 없다고 말한다. "도시는 이렇게 말하는 듯했다. 이게 전부다. 네가 보는 것, 이게 전부다."(13쪽) 너는 '환각' 속에서 다른 공간을 꿈꾸겠지만, 이 현실의 외부란 없다. 여행이 시작되는 모든 길목은 폐쇄되었다.

이 탈출 불가능해 보이는, 사막과 같은 도시에서 그녀는 '풀'을 만난다. '풀'은 그녀가 사랑에 빠진 남자에게 붙여준 이름인데, 그는 기적처럼 사막에 피어난 풀과 같은 존재이므로 풀이란 이름이 썩 잘 어울린다. 그가 기적처럼 사막에 피어난 풀과 같은 존재인 이유이며 또 그녀가 풀에게 반한 이유는, 누구도 거절할 수 없는 쾌락주의의 유혹에 풀만은 무관심하기 때문이다.

내가 널 좋아하는 이유 중 하나는. 넌 저런 데(반짝거리는 고급 주상복합아파트)서 살고 싶어하지 않기 때문이야. (……) 난 말이야. 저렇게 관념적인 물질을 본 적이 없어. 저건 욕망이란 관념 그 자체야. 갖고 싶다, 갖고 싶은 마음 그것 자체. (……) 날 갖고 싶지? 날 사고 싶지? 이런 데서 살고 싶지? 그렇게 외치고 있잖아. 이건 내 귀에만 들리는 거야? 나는 저게 갖고 싶으니까? 근데 너는 그렇지 않으니까?(145~146쪽, 괄호 안은 인용자)

그런 점에서 '풀'은 그녀에게 희미한 메시아가 될 자격이 있다. 그녀는 '풀'과 함께 살기 위해서 가족들과 고급 아파트를 버리고 나온다. 그녀는 풀과 함께이기 때문에 단숨에 쓰레기가 되는 삶을 가속화하고 단순한 쓰레기를 넘어서 쓰레기가 아닌 것은 아닌 삶, 아무것도 아닌 쓰레기의 삶에 진입할 수 있다. 그녀는 풀과 함께이기 때문에 안정된 삶에 이르는 모든 장치들을 제거하면서 바로 거기에서 "진짜 삶" "순수한 삶"을, 사랑의 모습을 발견한다.

사랑은 책임을 뜻하지 않는다. 그건 가장 살아 있다는 걸 뜻했다. 그리고 살아 있다는 것은, 과거와 미래를 망각한다는 뜻이다. 끝없이 이어지는 지금 이 순간만을 바라보겠다는 약속이다. 그게 바로 사랑이다. 한편 책임이란 과거에서 미래로 이어지는 가느다란 쇠사슬에 현재를 묶어놓겠다는 뜻이고, 그래서 그건 사랑의 반대였다. 사랑은 쇠사슬이 아니다. 중요한 것은 함께하는 시간 자체이지, 그것에 대한 대비나 계획이 아니다. 그러니까 돈 따위가 우리의 사랑을 파괴하도록 내버려두지 않겠다는 것, 사랑 안에서 굶어 죽겠다, 아름답게. 그게 내 꿈이었다.(158~159쪽)

그러므로 이 소설이 풀의 죽음으로 끝난다고 해서 완전히 절망적인 것은 아니다. '풀'과의 사랑은 신종플루 시대의 어떤 것을 구제한다. 이 소설이 파국으로 끝나는 것처럼 보이는 이유는, 구제되는 것이 '단순히 살아가는 것'으로서의 삶과는 아무런 관련이 없기 때문이다. 구제되는 것은, 우리의 삶으로부터 단순히 살아가는 것을 뺀 그 나머지 어딘가에 위치한다. 그러므로 단순히 살아가는 시간 속에서 그녀와 풀은 패배하고 있는 것처럼 보일지라도, 그러나 그 시간으로부터 남겨지는 시간, 메시아적 시간 속에 신종플루 시대의 사랑의 가능성은 보존된다. 그것이 김사과가 우리에게 속삭이고 있는, 희미한, 인간쓰레기들을 위한 메시아주의이다.

(2009)

아름다운 영혼이여, 안녕!
― 박민규론

1. 실패에 대한 충실성

사무엘 베케트의 『고도를 기다리며』는 사소하면서도 다소 희극적인 실패의 장면에서 시작한다. 무대 위에 혼자 앉아 있는 에스트라공이 신발을 벗으려 애쓰느라 숨을 헐떡이기까지 하지만 끝내 신발은 벗겨지지 않는다. 신발을 벗지 못하는 이 사소한 실패는, 고도가 '오늘' 오지 않는 것을 확인한 두 인물이 "그럼 갈까?/ 가자"라고 말한 뒤에도 전혀 움직이지 못하는 마지막 실패의 장면에 이르기까지, 극 전체에서 계속해서 반복되고 변주되며 근본적인 불가능성, 벗어날 수 없고 가늠할 수 없는 실패로까지 확장되고 구조화된다. 블라디미르와 에스트라공에게 주어진 이 실패를, 단지 그들이 아무리 기다려도 고도가 오지 않는다는 기다림의 실패만으로 설명할 수는 없다. 고도가 누구이고 또 왜 고도를 기다려야 하는지 고도가 온 뒤에는 대체 무엇이 어떻게 해결될 수 있는지에 대해서 이두 인물이 잘 모르고 있다거나, 두 사람의 대화가 이치에 닿지 않는 헛소리가 될 때가 많다는 식으로 이 실패를 무지나 망각 또는 착오와 동일시하는 것 역시 충분하지 않다. 『고도를 기다리며』의 벗어날 수 없고 가늠할 수 없는 실패는, 예컨대 이런 장면에서 보다 확실해진다.

> 블라디미르 그야 그렇지만 기다리는 동안 뭘 하지?
> 에스트라공 목이나 매고 말까?
> (……)
> 에스트라공 그렇다면 당장에 목을 매자.
>
> (중략, 누가 먼저 목을 맬지에 대해 어눌한 대화를 나누다가)
>
> 블라디미르 그럼 어떡한다?
> 에스트라공 아무 짓도 안 하는 거지. 그게 더 안전하니까.
> 블라디미르 그자는 뭐라고 할지 어디 기다려보자.
> 에스트라공 누가?
> 블라디미르 고도 말이다.
> 에스트라공 참 그렇지.[1]

고도가 누구이고 무엇을 하러 언제 오는지 알 수 없는 것도 답답한 일이지만, 고도를 기다리는 시간에 마땅히 할 일이 없어 지루한 것도 답답한 일이다. 그 지루함을 견딜 수 없어 스스로의 목을 매다는 극단적인 선택을 하는 것도 불가능하지만은 않겠지만, 그들에게 정작 결정적인 불가능성은 어떤 방법으로 누가 먼저 목을 매야 하는지 묻기 위해 고도를 기다려야 한다는 데에 있다. 이렇게 해서 벗어날 수 없고 가늠할 수 없는 실패의 구조, 중첩된 기다림의 상황이 그려진다. '고도를 기다리는 동안 무엇을 어떻게 해야 할지 묻기 위해 고도를 기다리자.' 기다림을 배가하는

---

1) 사무엘 베케트, 『고도를 기다리며』, 오증자 옮김, 정우사, 1995, 28~29쪽. 괄호 안은 인용자.

이 역설은 단지 기다림에서 오는 지루함을 절단할 뿐만 아니라 모든 앎을 고도에게 전가하면서, 블라디미르와 에스트라공에게 사고의 의무를 면제해주고, 어떤 앎이 고도와 함께 도착하리라는 희망과 함께 그들의 삶을 무지와 망각과 더불어 유지해준다.

만일 이 헛된 기다림의 중첩이 우리의 삶을 지탱하는 구조라면 어찌할 것인가. 우리에게 주어진 삶의 어떤 계기도 우리에게 의미나 가치나 질서를 통해 말 걸어오지 않는다면, 이 끔찍한 침묵은 결국 우리의 삶을 송두리째 집어삼켜버리고 말 것이다. 하지만 어떤 미지의 앎(의미나 가치나 질서를 통한 말 걸기를 촉발시킬 앎)을 가지고 고도가 도착할 것이라면, 고도가 도착할 시간까지 우리가 침묵에 삼켜지지 않아도 되리라는 희망의 시간은 연장된다. 그 연장된 시간 속에서, 우리는 여전히 침묵 속에 있는데도, 우리의 삶은 망각과 무지와 함께 지속된다. 하지만 고도는 우리를 구원할 메시아가 아니며, 만일 그가 도착해서 구원이 없다는 사실이 폭로되면 그때 우리의 삶은 회복할 수 없는 지경에 이르게 된다. 그러므로 침묵으로부터 우리의 삶을 방어할 수 있는 희망은 고도가 도착하리라는 데에 있는 것이 아니라, 고도의 도착을 필사적으로 연기시키는 기다림의 중첩 속에 있다. 기다림의 중첩, 결국 만남에 이르지 못하는 기다림의 실패야말로 우리의 삶을 지탱한다는 점에서 이 실패가 우리에게는 벗어날 수 없고 가늠할 수 없으며 해결 불가능한 것이 된다. 고도가 도착할 "마지막 순간", 다시 말해 실패가 실패할 순간을 생각하며 블라디미르가 어떤 파멸을 예감하는 것은 바로 이 때문이다. 우리 삶의 한가운데 새겨진 실패를 제거하면, 극복의 대상으로 삼으면, 삶 자체가 제거되고 극복된다. 그다음은 그저 텅 빈, 섬뜩한 허무.

"그래도 그건 오고야 말 거라고 가끔 생각해보지. 그런 생각이 들면 기분이 묘해지거든. (모자를 벗는다. 모자 속을 들여다보고 손으로 만져보고 흔들어보고 다시 쓴다.) 뭐라고 할까? 기분이 후련해지면서 동시에……
(적당한 말을 찾는다) ……섬뜩해오거든. (힘을 넣어서) 섬 - 뜩 - 해진단
말이다."[2]

『고도를 기다리며』는 우리 삶에 근원적으로 새겨진 결핍 혹은 실패를
(극복의 대상으로 변환시키면서 그것을) 어떠한 성취나 성공으로도 환원하
지 않고, 그것을 우리 삶의 조건으로 그려 보인다. 『고도를 기다리며』는
단순히 우리 삶의 한가운데 어떤 실패가 포함되어 있다고 말하는 것이 아
니라, 실패의 주위에 늘어선 망각과 무지의 중얼거림 그것이 우리의 삶이
라는 점을 무대화한다. 그것은 단순히 어떤 실패를 가리켜 보이고 부정하
는 낭만적 허무주의가 아니라, "실패에 대한 충실성(fidelity to failure)"[3]
의 결과물이다.

　　박민규의 두번째 소설집 『더블』[4]을 읽는 자리에서 우리가 이렇게 먼길
을 돌아온 것이 헛수고가 아니기를 바란다. 『더블』에 수록된, 『고도를 기
다리며』의 패러디인 「양을 만든 그분께서 당신을 만드셨을까?」(이하 「양
을 만든 그분」)을 읽는 데, 이 먼길이 조금쯤은 도움이 될 것이다. 더불어
이 엉뚱한 단편소설을 『고도를 기다리며』와 겹쳐 읽으면서, 지금까지의
박민규 소설을 비판적으로 검토할 수 있는 계기를 만들고, 박민규 소설이
잘못 내디딘 올바른 한 걸음에 대해서도 보다 분명히 말할 수 있기를 나

---

2) 같은 책, 18쪽.

3) 이 용어를 통해 베케트는 예술가의 책무를 요약하고자 했다. Transition '49, no. 5:
Samuel Beckett, Proust and Three Dialogues with Georges Duthuit(Calder, 1965),
p.125.(박일형, 「실패에 대한 충실성: 베케트와 블랑쇼」, 『현대영미드라마』, 한국현대영미
드라마학회, 2009. 12, 41쪽에서 재인용.)

4) 이 글에서 다루는 박민규의 작품은 장편소설 『지구영웅전설』(문학동네, 2003), 『삼미 슈
퍼스타즈의 마지막 팬클럽』(한겨레출판, 2003, 이하 『삼미』로 약칭), 『핑퐁』(창비, 2006),
『죽은 왕녀를 위한 파반느』(예담, 2009, 이하 『파반느』로 약칭), 소설집 『카스테라』(문학동
네, 2005), 『더블』(창비, 2010)이다. 인용할 경우 쪽수만 적는다.

는 기대하는 것이다. 『고도를 기다리며』에 끝내 등장하지 않는 그 고도가 어디서 무엇을 하고 있는지를 궁금해하는 것처럼 보이는 이 작품은, 확실히 지금까지의 박민규 소설과는 다른 데가 있다. 만일 이러한 차이에 대한 인상이 정당한 것이라면, 그것은 혹시 실패에 대한 충실성의 강도의 차이에서 오는 것은 아닐까. 너무 많은 말들이 한꺼번에 쏟아져나오기 전에, 우선 「양을 만든 그분」을 함께 읽기로 하자.

2. 고도(Godot)는 어디서 무엇을 하고 있을까?

두 남자가 섬처럼 외따로 떨어진 망루에서 살아간다. 어찌된 일인지 이곳은 언제나 밤이고, 사이렌이 울리면 밤의 어둠보다 더 어두운 물체들이 느릿느릿 망루를 향해 다가온다. 망루에는 두 자루의 총이 준비되어 있고, 사이렌과 총과 정체를 알 수 없는 어두운 물체의 접근이 합쳐지면, 앞뒤 가릴 것 없는 공포와 본능적인 사격이 시작된다. 다시 사이렌이 울려 어두운 물체들이 물러나면 다음번의 사이렌과 함께 놈들이 몰려올 때까지 두 남자는 그저 배를 채우거나 배를 비우거나 담배를 피우거나 맥주를 마시거나 서로의 엉덩이에 사정을 해대거나 그도 아니면 잠을 자는 일을 반복할 뿐이다. 망루에서 그들이 할 수 있는 일은 그것 말고는 아무것도 없다. 이것은 대체 어떻게 된 삶인가? 탈출도 불가능하다. 그들이 망루의 난간을 넘으려 할 때마다 어김없이 사이렌이 울리고 어두운 물체들이 접근해온다. 두 남자는 망루에서 그것들을 향해 총질을 하며 격퇴하기에 바쁘다. 그것들은 무엇이며 또 무엇 때문에 접근해오는가? 대체 두 남자는 왜 망루에 있는 것인가? 두 남자도 알 수 없다. 그들은 어느 날 망루에서 깨어난 이후로 언제나 사이렌에 맞춰 기계적으로 사격을 가하며 놈들의 접근을 차단하고 사이렌과 사이렌의 사이에 짐승처럼 먹고 자고 싸고 해댈 뿐이다.

두 남자는 '고'와 '도'. 고, 도는 "누군가를 기다리게 해놓고…… 이곳으로 온 느낌…… 해서, 돌아가야만 할 것 같은 그 느낌"(『더블』 A, 188 쪽)에서 벗어나지 못한다. 고는 헛된 꿈이라고 말하고 도는 망루 이전의 삶에 대한 기억이라고 주장하는 영상 속에서, 도는 에스트라공과 블라디미르를 남겨둔 채 이곳 망루로 왔다. 이것은 갈 데 없는 '고도'의 이야기가 아닌가. 불쾌하게 느껴질 정도로 무의미하고 사리에 닿지 않는 망루의 상황이 『고도를 기다리며』의 뒤집힌 형태라는 점을 놓치고 나면 우리는 이 불쾌함의 올바른 수납처를 지나치게 된다.

이 뒤집힌 형태를 말하기 위해 우선 『고도를 기다리며』에 대한 통상적인 이해에서부터 시작해보자. 통상적인 이해에서 고도는 '응답하지 않는 신'과 동일시되고, 블라디미르와 에스트라공의 무의미한 말과 행동들은 신 없는 세계의 부조리 속에 내던져진 우리 삶의 메타포이다.[5] 박민규는 이러한 이해를 뒤집어 블라디미르와 에스트라공의 삶을 배경으로 밀어넣고 이렇게 묻는다. 그렇다면 '응답하지 않는 신' 고도는 어디에서 무엇을 하고 있는가? 「양을 만든 그분」은 이렇게 대답한다. 고도는 그곳이 어디인지 자신도 알지 못하는 외딴 망루에 갇혀, 의미를 알 수 없는 기계적인 사격에 열심이고, 사격과 사격 사이에 짐승처럼 먹고 자고 싸고 해댈 뿐이다. 요약하자면 이렇다. 신이 우리에게 응답하지 않기 때문에 우리의 삶이 이 지경이 됐다는 것이 아니라, 신 또한 우리 못지않게 엉망인 지경으로 살아가고 있다는 것이다.

멍청해 보일 정도로 어처구니없고 불안한 망루의 삶이 우리에게 안겨주는 불쾌함, 그 불쾌함의 수납처가 정확히 이곳이다. 신은 물론 응답하

---

5) 박민규 역시 이 점을 잘 알고 또 「양을 만든 그분」에 반영해놓은 것이 분명하다. 고, 도는 자신들에게 주어진 정보를 종합하면서 (결국 그 결론을 무시하기는 하지만) 스스로가 신이라고 결론 내린다. 꿈 혹은 조각난 기억 속에서 그들은 온갖 나라에서 온갖 인격으로 살아왔다. "언제나 생생하고, 각국 각지의 장소가 등장하고, (……) / 그게 전부 사실이면, 우린 신이야. / (……) 농담이 아냐, 도. 인간이 어떻게 전! 세계에서 살 수 있겠냐구, 안 그래?" (『더블』 A, 188쪽)

지 않는다. 고도에게도 다른 세계와 연결된 무전기가 있지만, "수백 수천의 전파가 혼선된 잡음은 언제 들어도 뭉툭하고 지저분한 느낌이다. 침과 호소와 절규와 먼지와 비명과 웅변과 흐느낌과 외국어로 헝클어진 털실뭉치가 도의 고막 위를 떼구루루 굴러다닌다." 무전기 소리에 귀가 아파진 고도는 이렇게 소리지른다. "다 끄고, 제발 한 놈만 얘기해!"(190쪽) 게다가 신은 단지 응답할 수 없을 뿐만 아니라, 우리 이상으로 무능력하다.[6] 신은 우리와 함께 있을 때(고도가 그들의 꿈 혹은 기억 속에서 망루 밖의 삶을 살아갈 때) 범죄적 환락을 꿈꾸는 외국인 사내를 등쳐먹는 사기꾼 택시 운전수거나 아들의 병원비를 벌지 못해 탐욕스런 부자 사촌에게 아내를 넘겨야 했던 남편이며 조직 폭력배와 결탁해서 어린 가수들을 착취하는 기획사 사장이다. 신이 세계의 바깥 어딘가에서 우리를 기다리게 할 때는(고도가 망루에서 살아갈 때는) 뭔지도 모르는 물체들의 접근 앞에 공포에 질려 "시아파 새끼들!/ 짱개들!/ 빨갱이들!/ 소말리들!/ 양키들!/ FDLR!/ 조센징들!/ 퍽킹 쥬!"(191~192쪽)라고 외치는 인종주의자거나 먹고 자고 싸대기만 할 뿐인 짐승 혹은 "물질"(191쪽) 혹은 "물건"(195쪽)으로 격하된 존재다. 만일 우리가 「양을 만든 그분」에서 황당한 불쾌감을 느끼게 된다면 그것은 고와 도라는 두 멍청이들의 바보짓거리들을 보고 있기 때문이 아니다. 우리는 지금 신의 무능력함을 보고 있기 때문에 황당한 불쾌감을 느끼는 것이다.

결국 「양을 만든 그분」은 '실패의 충실성'을 뒤집힌 방향에서 실현하고 있는 것이 아닌가. 베케트는 이렇게 말한다. 단지 신이 응답하지 않는다

6) 박민규가 『핑퐁』에 덧붙인 「작가의 말」에서 "결국 인간의 문제는 인간의 문제일 뿐이라고 나는 생각한다. 마찬가지, 신에게도 신의 문제가 있을 것이다"(255쪽)라고 썼던 바로 그 지점보다 「양을 만든 그분」은 조금 더 나아간 셈이다. 「양을 만든 그분」의 박민규는 이렇게 말하는 것처럼 보인다. 인간에게는 인간의 문제가, 신에게는 신의 문제가 있다는 것이 아니다. 신에게도 우리만큼 혹은 우리 이상의 심각한 문제가 있다는 것이다.

는 데에 우리의 실패가 있는 것이 아니다. 신이 응답하지 않는 한에서만 헛된 희망, 무지와 망각과 착오와 함께 삶이 유지된다는 데에 우리의 근본적 실패가 놓여 있다. 박민규는 이렇게 말한다. 단지 신이 응답하지 않는다는 데에 우리의 실패가 있는 것이 아니다. 신이 응답하지 않는 한에서만 신은 자신의 무능력을 간신히 숨길 수 있다는 데에 우리의 근본적 실패가 놓여 있다. 그러므로 「양을 만든 그분」이 '실패의 충실성'을 뒤집힌 방향에서 적절하게 보충한다고 말할 수 있다. 혹은 이런 식으로 좀더 밀어붙여볼 수도 있다. 헛된 희망에 기대를 거는 데에 우리의 '인간적'인 면이 있지만, 우리가 그 인간적인 계기에 머물러 있는 한 인류의 '진화'는 불가능하다. 우리가 만약 다음 '세대'에 대해서 꿈꾸고자 한다면 신을 비롯한 모든 헛된 희망과 작별하고, 우리 자신의 실패와 대면해야 한다. 실패에 충실하라.

3. 영지주의라는 삼천포

「양을 만든 그분」의 '실패에 대한 충실성'을 강조하며 지금까지의 박민규 소설들을 돌이켜보면 거기에 영지주의적 허무주의의 제스처가 포함되어 있다는 점이 뚜렷해진다. 영지주의(靈知主義, Gnosticism)란 무엇인가. 극단적인 선악 이원론을 추구하며, 선과 악을 각각 영혼과 육체, 물질에 배당한 뒤, 우리가 영지(靈知), 심오한 깨달음에 이르러서야 악으로 물든 육체, 물질의 껍질을 벗어버리고 선한 영혼의 세계로 진입하여 구원받으리라는 믿음이다. 그렇게 해서 영지주의는 우리 자신의 한가운데 새겨진 실패와 대면하는 데에 실패하고, 우리 현실에 존재하는 모든 악과 부조리를 사탄에게 전가하고 구원은 아직 도착하지 않은 영지에 전가하면서 현실을 지탱해나간다. 단순화하자면, 영지주의는 주어진 현실을 거부하고 그 바깥 어딘가에 헛된 희망을 보관한다. 여기에 정신 우위의 법칙과 물질, 육체에 대한 혐오가 뒤따른다. 그런데 잠깐, 여기에 『더블』 이전의 박민규의 소설들이 합류한다고? 물론이다.

박민규의 출세작 『삼미』를 이런 식으로 정리해볼 수 있다. 시장의 활력을 위해, 결국 같은 말이지만 착취의 효율성을 위해 자본주의는 우리의 삶을 '프로화'했다. 우리는 마치 프로야구 선수들처럼 치기 힘든 공을 치고 잡기 힘든 공을 잡아내야만 한다는 강박 속에서, 우리 자신이 아니라 시장을 위해 봉사해왔다. 게다가 그것이 우리 자신에게 필요하고 또 당연한 일들이라고 착각하면서("〈착취〉는 우리가 알고 있는 것처럼 고통스럽게 행해진 게 아니었어. 실제의 착취는 당당한 모습으로, 프라이드를 키워주며, 작은 성취감과 행복을 느끼게 해주며, 요란한 박수 소리 속에서 우리가 생각한 것보다 훨씬 형이상학적으로 이뤄지고 있었던 거야.", 253쪽). 그러므로 우리는 프로화의 마법과 자본주의의 저주의 실체를 깨닫고 거기서 풀려나야 한다. 그렇게 하고 나면 "알고 보면, 인생의 모든 날은 휴일이다".(264~265쪽) 그러니까 "진짜 인생은 삼천포에 있다".(279쪽) 결국 『삼미』의 가르침은 우리가 이 물질세계로부터 한 발짝 물러서야 한다는 것으로 요약된다. 우리가 이 세계에 조금 덜 참여할 때 우리의 삶 자체는 조금 더 충만해진다. 우리는 저마다 '치기 힘든 공은 치지 않고, 잡기 힘든 공은 잡지 않는' 삼미의 야구를 통해 자기 수양에 매진해야 한다. 자본주의의 저주와 프로화의 마법에 대한 『삼미』의 분석에는 분명 수긍할 만한 부분들이 많다.

하지만 '진짜 인생은 삼천포에 있다'는 결론은 성공에 너무 몰두해서는 안 되며 마음의 평화와 평정을 위한 여유가 필요하다는 세속의 진부한 가르침들과 너무 닮아 있지 않은가. 이것은 또한 고매한 정신과 악마적 물질, 바깥으로의 구원의 약속이라는 영지주의적 이분법과도 묘하게 닮아 있지 않은가. 여기서 슬라보예 지젝이 '서구화된 불교'를 비판적으로 분석하는 장면에 '삼미의 야구'를 대입해보면 어떨까.

"삼미의 야구"는 자본주의적 역동성에서 오는 과도한 스트레스에 대한 구제책으로 보인다. (……) 하지만 그것은 실제로는 자본주의에 대한 완벽한 이데올로기적 보충물로 기능한다. (……) 기술적 진보와 사회변화의 가속화하는 리듬에 대처하려 노력하기보다, 차라리 사태에 대한 통제력을 유지하려는 바로 그 노력을, 그러한 통제력을 현대적 지배 논리의 표현으로 보고 거절하면서, 포기해야 한다. 차라리 "되어가는 대로 내버려"두고 표류해야 한다. 이 모든 사회적 기술적 융기가 최종적으로는 우리 존재의 내밀한 핵심과는 전혀 관련이 없는 닮은꼴들의 비본질적 증식이라는 통찰에 기초한 내적 거리와 무관심을 가지고 가속화된 흐름의 미친 춤사위를 대하면서…… 여기서 우리는 마르크스주의자들의 악명 높은 상투구를 부활시키고 싶은 유혹을 받게 된다. 현세의 비참함에 대한 상상적 보충물인, "인민의 아편"으로서의 종교라는. "삼미의 야구"가 지니는 명상적 태도는 우리가 정신 건강을 유지하면서도 자본주의의 역동성에 완전히 참여하게 하는 가장 효과적인 방법임이 틀림없을 것이다.(……)

　　"삼미의 야구"는 물신과 같은 것이다. 그것은 당신이 실제로는 그 안에 있는 것이 아니라는 생각을 유지하면서 자본주의적 게임의 광적인 속도에 당신이 전적으로 참여할 수 있게 한다. 당신은 스펙터클이 얼마나 무가치한지 잘 알고 있고, 당신에게 실제로 중요한 것은 당신이 언제나 여기에서 물러설 수 있다는 내적 자아의 평화이다.[7]

　　이런 식의 독해가 가혹하게 느껴질 수도 있겠다. 또 지젝의 분석이 저녁에는 명상 센터에 나가면서도 낮에는 첨단 IT 산업에 성실히 종사하는 서구인을 염두에 둔 것에 비해, 『삼미』가 성실한 직장인의 역할을 단념시킨다는 차이를 들어 이러한 독해를 반박할 수도 있겠다. 하지만 '삼미의

---

7) 슬라보예 지젝, 『믿음에 대하여』, 최생열 옮김, 동문선, 2003, 19~20쪽, 22쪽.(번역수정. Slavoj Žižek, ON BELIEF, routledge, 2001, pp. 12~13, 15.)

야구'가 '삼천포=진짜 인생'의 논리로 은연중에 비정규직의 삶을 받아들이게끔 하는 다음과 같은 장면이야말로 어떤 의미에서 지나치게 가혹한 것이 아닐까.

> 그리고 나는
> 여러 번 취직을 했다가, 여러 번 퇴사를 했고, 그랬다가 얼마 전 다시 취직을 했다. 생각이 바뀌고 나자 마치 물과 뭍을 자유롭게 오가는 양서류처럼 취직자리가 많아졌고, 그러면서도 물과 뭍이 동시에 공존해야 한다는 까다로운 조건이 생겼기 때문이었다.
>
> 지구상의 어떤 양서류보다도 돈 욕심이 없어진 나는—늘 조금이라도 더 나의 시간, 나의 삶을 확보할 수 있는 직장을 찾고 또 찾았다. 결국 나는, 작은 종합병원의 후생관리 직원이 되었다. 균등하고 변함없는 하루 6시간의 업무. 그리고 그 6시간을 제외한 나머지가 모두 나의 시간이다. 인생은 참으로 이상한 것이다.(297쪽)

더불어 비정규직의 삶이야말로 IT 분야의 엔지니어보다 오늘날의 '자본주의 게임'을 지탱하는 더 중대한 요소는 아닐까. 우리의 요점은 『삼미』에서 박민규가 보여준 시스템으로부터의 탈출 전략이 그다지 효과적일 것 같지 않다는 것이다. 그리고 이러한 실패는 '실패에 대한 충실성'의 실패 때문인 것으로 보인다. 다시 말해서 『삼미』는 현실세계의 모든 활동을 다만 헛된 것으로 지나치게 단순화하고 현실 너머의 어딘가에 진정한 삶이 있으리라고 기대하며 현실에서 한발 물러선 '삼미의 야구'라는 실체가 불분명한 정신세계의 승리를 너무 쉽게 낙관하면서, 게으르고 느슨한 리듬에서 오는 나른함에 의해 오염되지 않은 존재 그 자체의 자연적 충만함을 어떻게 구분해낼 것인가 하는 질문을 지나쳐버린다. 또한 공허하고 헛된 현실이 우리들 자신에 의해 유지되며 그 역 또한 성립되는 우리들 자신의 실패에 대해서 충실하지 못하다. 이 대목에서 『삼미』의 자본주의 비판은, 영지주의라는 잘못된 길로 빠져버린 것처럼 보인다.

아직까지 박민규 소설의 영지주의가 불분명해 보인다면, 『삼미』의 연장선 위에 있는 『핑퐁』을 강조해보면 어떨까. 인류의 '언인스톨'을 선택하는 『핑퐁』의 꿈은 '물질세계의 절멸=구원'을 믿는 영지주의적 꿈과 완벽히 일치하지 않는가. 박민규가 『핑퐁』의 「작가의 말」에서 "우리는 너무 오래 잔존해왔다. 정신이 결코 힘을 이길 수 없는 이곳에서"(255쪽)라고 개탄할 때, 그는 확실히 정신 우위의 법칙을 신봉하며 주어진 현실을 혐오하는 영지주의자처럼 보이지 않는가. 이것은 현실을 간단히 부정하고 그로부터 한발 물러서기를 요구하는 『삼미』의 세계관을 조금 더 극단적으로 밀어붙인 것뿐이지 않은가.[8]

---

8) 우리의 맥락에서는 중요하지 않지만, 박민규의 소설이 종종 필요 이상으로 여성, 특히 여성의 육체를 혐오스러운 것으로 표현한다는 점을 여기에 덧붙이기로 하자. 예컨대 『지구영웅전설』에서 소년이 슈퍼맨을 만나는 사건은 포르노 잡지를 보는 데서 시작된다. 여기서 여성 성기를 생애 최초로 목격한 소년은 이렇게 논평한다. "그 길고 매끈한 다리의 사이에는 (……) 썰어놓은 돼지의 간(肝) 같은 것이 붙어 있었다."(32쪽) 같은 작품에서 원더우먼의 역할은 자신의 성기를 프리즘에 투영시켜 "거대한 증폭된 바기나의 자기장(磁氣場)"으로 "섹스 에너지"(112~113쪽)를 증폭시킨다. 『삼미』에 두 번 등장하는 매춘부의 외모는 전혀 묘사되지 않지만 오직 그녀의 음모만큼은 악의적인 시선으로 묘사된다.(201쪽) 『파반느』는 부끄러움과 부러움의 변증법을 남녀 모두에 적용하는 것처럼 보이지만 이 변증법은 언제나 '여자'들을 통해 설명되거나 적어도 여자에게서 가장 효과적인 사례를 얻는다(예컨대 이런 식. "거울을 보고 그래도 나 눈은 괜찮은 편인데 역시 이마와 턱은 아니야, (……) 난 포기야 그래도 누군가는 실은 내 코가 예쁘단 걸 알아보지 않을까? (……) 부끄러워하고 부러워하고 부끄러워하고 부러워하고…… 결국 그게 평범한 여자들의 삶인 거야.", 173~174쪽, 강조 인용자). 작가가 이 뒤에 곧장 "남자도 마찬가지야"라고 덧붙였지만 부끄러움과 부러움의 허위적 변증법이 '여성의 삶'에서 생생한 사례를 얻는다는 사실에는 변함이 없다. 여성, 특히 여성의 육체를 비난하는 듯한 이 시선은 자신 안의 물질을 여성에게 전가하는 남성 영지주의자의 시선이 아닐까?

4. 잘못 내디딘 올바른 한 걸음들

김형중이 박민규에게 부과한 '민주투사'라는 별칭을, 김형중의 의도와 관계없이, 우리는 문자 그대로 받아들여야 할지도 모른다.[9] 박민규는 소설의 어깨 위에 너무 많은 짐, 이를테면 정치적 과제를 얹어놓으면서 소설이 할 수 있고 해야만 하는 일 이상을 강요하는 것처럼 보이기 때문이다. 소설이 정치적일 수 없다는 것이 아니라, 소설이 사회과학적 인식을 그대로 수용하고 이를 음모론의 형태로 단순화하며 정치적 교훈을 제시하려 할 때 소설을 소설이게끔 하는 바로 그것이 위축된다는 것이다. 박민규의 소설은 대체로 현실 너머의 숨겨진 진실을 발견해내고 그 깨달음을 통해 세계를 바꿀 매뉴얼을 제시하고자 한다. 우리의 실패를 극복 가능한 것으로 전환하고 그것을 성취나 성공으로(예컨대 삼천포의 삶) 환원하고자 하는 이러한 시도들은 결국 '실패에 대한 충실성'의 실패가 아닐까. 박민규의 소설은 너무 많은 짐을 짊어진 채로 일그러지며 유사-영지주의의 노선을 걷게 된 것처럼 보인다.

예컨대 『파반느』가 단순히 '외모지상주의'에 대한 반박에 그치는 것은 물론 아니지만, 부끄러움과 부러움의 변증법이 우리를 자발적인 노예로 전락시키며 권력에 전원을 공급한다는 요한의 깨달음이 선포될 때 이 소설은 영지주의-민주투사의 노선에 충실하다. 부끄러움과 부러움의 변증법을 육체적이고 물질적인 차원에 귀속시키고, 영혼과 사랑의 차원에서 이 변증법을 극복할 수 있다고 강변할 때 요한은 영지주의의 신앙에 가까워지고, 이러한 신앙으로 시스템을 바꿔야 한다고 주장할 때 요한은 민주투사의 신념에 가까워지는 것처럼 보인다.[10]

---

9) 김형중은 이 용어를 박민규의 형식 실험들을 지칭할 때 사용하면서, 박민규의 형식 실험이 정치적인 것과 연결되리라는 점을 암시하고 있다(「민주투사 박민규」, 『작가세계』 2010 겨울호).

10) 이 글의 논지와는 전혀 다른 방식으로 『파반느』의 정치성을 지적한 논의들이 있었다(한

그러나 실상 『파반느』의 핵심은 부끄러움과 부러움의 변증법에 대한 설교가 뒤로 물러선 자리에서 '그'와 '그녀'가 사랑을 (미)완성시켜가는 순간들이지 않은가. 그리고 'writer's cut'의 반전 장치(행복한 결말로 끝나는 그와 그녀의 사랑 이야기가 실은 제3의 작중인물인 '요한'이 쓴 소설 속의 소설일 뿐이고, 따라서 13년의 긴 세월을 이겨낸 그와 그녀의 해후는 허구이며, 현실의 그는 13년 전의 교통사고로 결국 죽음에 이르렀다는 반전, 해피엔딩의 취소)가 이 사랑 이야기를 순정만화의 감각(행복한 결말로의 귀결을 보다 극적인 것으로 만드는 한에서 고통스러운 감정의 가능한 최대치까지 수용하고 그 고통이 다시 선의를 가진 다른 인물들에게 전적으로 이해와 위로를 받게 하며 사랑의 완성을 이루는 순진함의 세계)에서 구출해주는 것으로 기대해볼 수도 있지 않을까.[11] 하지만 『파반느』의 'writer's cut'도 요

기욱, 「문학의 새로움과 소설의 정치성」, 『창작과비평』 2010년 가을호: 이경재, 「2000년대 소설의 윤리와 정치」, 『창작과비평』 2010년 겨울호). 하지만 순정만화스러운 감수성으로 추녀를 사랑하게 되는 『파반느』에서 '소설의 정치성'을 읽어낼 수 있을지에 대해서는 좀더 따져봐야 할 것 같다. 추녀를 사랑하는 새로운 연애담은 감각을 재분배하는 것이고, 감각을 재분배하는 것이 곧 정치적이기 때문에 『파반느』가 정치성을 구현한다는 식의 독해에는 좀더 세밀한 보충이 필요해 보인다. 진정한 사랑은 외모에 구애받지 않는 것이라는 진부한 일상의 지혜를 재상연하는 것과 감각을 재분배하는 것을 구분하고, 이 가운데 후자를 『파반느』와 연결짓기 위해서는 더 많은 설명이 필요하다. 그리고 박민규의 소설이 그다지 묘사에 충실한 것은 아니라는 점을 염두에 둔다면, 외관의 미/추와 관련된 감각의 재분배가 『파반느』 안에서 어떻게 이루어지고 있는지 이해하는 것은 간단한 일이 아니다.

11) 백낙청이 『파반느』의 'writer's cut'에 주목하면서 낭만적 판타지에 대한 제동장치로서의 기능을 지적한 대목은 경청할 만하다(「우리시대 한국문학의 활력과 빈곤」, 『창작과비평』 2010 겨울호, 40~42쪽). 백낙청은 여기에 덧붙여 'writer's cut'이 함축하는 또다른 의미, "행복을 '비현실적'으로 만드는 '현실'을 유일한 것으로 인정하지 않으려는 작가의 의지"를 지적했는데, 이러한 해석에는 약간의 무리가 따르는 것 같다. "행복을 '비현실적'으로 만드는 '현실'을 유일한 것으로 인정하지 않"는 것, 좀더 단순화해보자면, '상상력을 통한 후기 자본주의적 현실로부터의 탈출'이 박민규 소설의 반복되는 주제인 것은 틀림없다. 하지만 교통사고 이후 생사의 갈림길에서 살아나느냐 그렇지 못하느냐 하는 운명의 반전을 다룬 'writer's cut'이 후기 자본주의적 현실로부터의 반전이라는 주제에 합류하는 것처럼 보이지는 않는다.

한의 영지주의-민주투사적 깨달음을 넘어서는, 사랑의 (미)완성이나 행복에 대한 성찰을 보여주는 것 같지는 않다.[12] 우리의 요점은 박민규의 소설이 영지주의-민주투사의 노선에 충실할 때, 자신의 가능성을 충분히 펼쳐보이지 못하는 것처럼 보인다는 것이다.

물론 이 모든 논의에도 불구하고 박민규의 소설이 유례가 없는 유머의 문장을 구사해왔다거나, 내면 우위의 나르시시즘으로부터 사회적 상상력으로의 전환을 도모한 문학사적 사건을 일으켰다거나, '백수'야말로 2000년대 문학의 문제적 개인이라는 점을 선구적으로 작품화했다거나 하는 그동안의 평가를 부정할 수 있는 것은 아니다. 그리고 무엇보다 영지주의-민주투사의 노선을 걷고자 하는 작가의 정치적으로 선한 의도와 관계없이 그의 소설은 종종 작가의 의지에서 탈선하며, 이 잘못 내디딘 발걸음들이 소설적으로 올바른 방향을 가리켜 보이는 때가 있다. 만일 박민규 소설에 대한 이 글의 비판적 시각에 수긍할 만한 부분이 있다면, 그것은 이 글이 박민규 소설이 내비치는 자기 부정 혹은 노선 변경에 대한 비평적 번역이기 때문일 것이다. 박민규 소설의 미래가 여기에 있는 것이 아닐까. 『카스테라』에서

---

12) 이 점은 영화 〈방자전〉(김대우 감독, 2010)과의 비교에서 보다 뚜렷해진다. 『춘향전』의 director's cut에 해당하는 〈방자전〉에서 방자는 자신의 주인인 몽룡이 점찍은 춘향을 사랑하고 또 그녀를 얻는 데 성공한다. 그러나 몽룡의 해코지로 폭포에서 추락한 춘향은 기억을 잃고 어린아이로 퇴행하기에 이르렀으며, 방자-춘향 커플은 이후에도 몽룡의 질투와 복수를 피해 숨어다녀야만 했다. 방자가 자신의 이야기를 소설로 써주기를 청하며 소설가에게 이 모든 이야기를 들려주자, 소설가는 주인의 여자를 빼앗은 하인의 극적인 사랑 이야기에 감탄한다. 그러나 방자는 손을 내저으며 이야기를 그렇게 써서는 곤란하다고, 춘향은 본래 양반댁 마님이 되기를 원했으니 소설 속에서라도 그 행복을 이뤄야 한다고, 우리가 익히 알고 있는 『춘향전』의 이야기로 바꿔 적기를 요구한다. 〈방자전〉의 요점은, 소설이 우리의 슬픈 삶에 위로가 되어야 한다는 것이 아니다. 〈방자전〉은 춘향-몽룡 커플의 해피엔딩에 대한 반전을 시도하면서, 놓쳐버린 것으로써만 보존될 수 있는 행복의 형식을 그려 보인다. 그리고 그 행복의 상실과 보존의 변증법 속에서 우리의 삶이 동기화되는(결국 방자는 춘향과의 도피 속에서 상인으로 성공하고 그 힘으로 『춘향전』의 집필을 의뢰한다) 삶의 역설을 그려 보인다.

종종 보이는, 그리고 『더블』에서 더 빈도가 높아진, 잘못 내디딘 올바른 한 걸음들.

한 고등학생이 있어, 자본주의적 현실이 얼마나 차가운 것인지를 배워가는 와중에 청소 일을 하는 어머니가 쓰러지고 아버지는 가출, 할머니까지 부양해야 하는 난관에 부딪힌다. 자기 나름의 '산수'를 배워가던 소년은 이제 계산도 나오지 않는 상황에 처한다. 그러던 어느 날 소년이 '푸시맨' 아르바이트를 하는 지하철 역사에 양복 입은 기린이 나타난다. 소년은 그 기린이 아버지라고 확신하고 다가가 그간의 사정을 들려주고 그만 집으로 돌아오라고 말한다. 기린은 묵묵부답, 소년이 말을 잇는다. "아버지, 그럼 한마디만 해주세요, 네? 아버지 맞죠? 그것만 얘기해줘요." 기린은 무심한 표정으로 말한다. "그렇습니까? 기린입니다."(『카스테라』, 93쪽) 「그렇습니까? 기린입니다」의 이 마지막 장면은 「고마워, 과연 너구리야」와 비교할 만한데, '너구리'가 하나의 알레고리로, 현실이 금지해버린 우리의 행복, 혹은 진짜 삶에 대한 알레고리로 기능하는 데 비해, '기린'은 "말 그대로의 천자문 집宇 집宙, 넓을洪 거칠荒"(89) 속에서 '인간적인 면모가 깎여나간 초라한 아버지-인간'의 알레고리로 닫혀지지 않는다("아버지 맞죠?", (아닙니다) "기린입니다."). 「그렇습니까? 기린입니다」는 삭막한 자본주의의 현실비판이라는 영지주의-민주투사적 교훈으로 닫히려는 소설의 마지막 순간을 비틀어 개방한다.

「야쿠르트 아줌마」가 변비와 자본주의를 유쾌하게 연관시키며 다시 한번 영지주의-민주투사적 주제로 마감되려고 할 때, 이상한 발기와 사정(射精)이 개입하며 노선 변경을 강요한다. 변비 환자인 나는 변비로 고생하는 사람들의 인터넷 동호회에 접속했다가 게시판에 올라온 단체사진을 보며 자위를 하는데, "이유는 알 수 없지만, (……) 그 존재감과 풍경 앞에서 나도 모르게 발기한 것이었다."(『카스테라』, 176쪽) 소설의 끝에서 변비의 해결책을 연상시키는 야쿠르트 아줌마가 방문한 것은 이 발기와 사정, 즉 "론도와 르네, 드봉과 캄푸……를 해버린 시원한 해방감"(176~177쪽)을 재확인한 것에 불과하다. 변비의 해소-야쿠르트-발기는 변비로 고통받는 자들의 존재감과 풍경 속에 있는 것이어서, 진짜 인생으로부터 변비-자본주의를 구분하며 후자를 비판하는 손쉬운 방법은 여기서 무력화된다. 비슷한 맥락에서 「갑을고시원 체류기」가 "혹시 실패를 겪거나/ 쓰러지더라도/ 또 아무리 가진 것이 없어도/ 그 모두가 돌아와/ 잠들 수 있"(304쪽)는 공간을 현실세계 바깥이 아니라 우울한 현실세계의 가장 우울한 어느 구석으로 설정할 때, 박민규는 영지주의-민주투사 노선에서 벗어나고 있는 것이 아닌가.

5. 소설의 인간학

영지주의-민주투사 노선으로부터 잘못 내디딘 올바른 한 걸음들이 『더블』에 이르러 '실패에 대한 충실성'의 강도를 높이고 있다고 말할 수도 있으리라. 그리고 '실패에 대한 충실성'이라면 「양을 만든 그분」과 함께 앞에서 길게 논한 바 있다. 그 옆자리에 「루디」를 가져다놓을 수도 있을 것이다. 뉴욕 금융회사의 부사장 미하엘 보그먼이 루디 워터스에게 살해 위협을 당하고 두들겨 맞는 것은, 단지 악마적 금융자본에 대한 복수의 장면화가("돈 (……) 필요 없어도 드리겠습니다. 살려만 주신다면./ 너 이 새끼…… 날 상대로 이자놀이 하려는 거지."(『더블』 B, 57~58쪽), "나(부랑자 루디)는 그저…… (……) 너희(금융자본가)를 평등하게 미워할 뿐이야. (……) 너도 평등하게 우릴 괴롭혀왔으니까"81쪽, 괄호 안은 인용자) 아니다. 루디가 기름과 물을 살 때 '돈' 대신에 '총알'을 지불하는 장면을 통해, 보그먼은 루디의 모습에서 전도된 자기 자신의 모습을, 떠돌이 악당에게서 금융자본의 살인적 폭력성의 전도된 모습을 그러니까 결국 자기 자신을 발견하는 것이다(「루디」의 마지막 장면에서 보그먼은 자기 자신이 루디처럼 죽지 않는 괴물이라는 사실을 깨닫고 자기도 모르게 루디의 말투를 쓴다).

물론 그 역도 가능하다. 루디는 금융자본의 선한 희생양이 아니라 악마적 살인자일 뿐이니까. 다시 강조하지만 「루디」는 뉴욕 금융계의 인물을 금융자본의 알레고리로 내세우며 그를 조롱하고 그에게 복수하는 통쾌한 이야기가 아니다. 한때 금융자본으로부터 월급을 받고 일했던 루디가 떠돌이 악당이 되어 금융회사 간부인 보그먼에게서 자기 자신의 전도된 모습을 발견하게 된다는 것, 그 역 또한 성립한다는 것, 그러니까 루디와 보그먼, 떠돌이 악당과 금융자본은 "러닝메이트"이며 "그리고 영원히/ (……) 함께"이며 "끝이…… 안" 난다는 것.(82쪽) 이 끔찍한 이중의 자기반영이 「루디」의 핵심이다. 기만적 음모를 숨기고 있는 사악한 시스템과 시스템 바깥의 진정한 삶이라는 이분법, 그리고 기만적 음모에 의해 억압받는 선하고 순진한 희생양과 그들을 구원할 깨달음에 대한 헛된 희망으로부터 「루디」는 얼마나 멀리 떨어져 있는가. 「루디」는 루디와 보그먼, 각각의 실패에 충실하면서 『삼미』보다 더 날카로운 자본주의 분석을 시도하고 있지 않은가.

「루디」나 「양을 만든 그분」에 비하자면 훨씬 부드럽고 따뜻한 분위기를 띠고 있기는 하지만, 『더블』에 수록된 대부분의 단편들이 '실패에 대한 충실성'에 합류한다. 부패한 세계에 시달리다 급기야 새로운 차원으로 이동하려는 무림의 고수들을 지켜보던 「龍龍龍龍」의 이장록은 「몰라 몰라, 개복치라니」에서와는 달리 "뜨고 싶은 세상이기도 했고, 할 일이 더 많아진 세상인 듯도 했다. 부패를 못 막으면 발효라도 시켜야 할 거 아닌가"(『더블』 B, 115쪽)라며 '탈출'을 주저하더니, 결국은 실패의 현실 안쪽에 머물기로, "잘살고야 말겠다고"(116쪽) 결심한 듯하다. 주목해야 할 것은 '새로운 차원으로 이동'하고 싶은 유혹에 박민규의 소설이 더이상 굴복하지 않는다는 점이다.

아파트에서의 신혼살림과 주식투자, 변리사 시험 합격이라는 '꿈'을 꾸는 청년 김동민을 화자로 내세운 「굿바이, 제플린」은 이 속물적 꿈을 조롱하고 그 바깥으로 탈출하는 데에 별다른 관심을 기울이지 않는다. 이 작품은 우리에게 "산다는 건 뭘까요?"라고 묻고 헛된 꿈으로 이루어진 현실의 안쪽에서 단지 "먹고 자고 싸면서 시간을 보내는" 것(『더블』A, 104쪽) 이상의 것을 조심스럽게 더듬는다. 이 조심스러움은 「별」에서 여든여덟 번의 "모르겠다"('모르겠고' '모르겠지만' 등을 세지 않고도 여든여덟 번!)의 반복이 되기도 한다. 매력적인 악녀에게 선물을 바치느라 카드빚을 지고 회사의 자금에까지 손을 댄 인생을 망친 사내에게도 '산다는 것은 무엇인가?'의 질문이 주어진다.("하하, 그런데 형…… 형은 왜 사세요?"『더블』B, 235쪽). '알 수 없다'의 반복의 리듬이 배경음악처럼 작품 전체를 지배하는 가운데, 대리운전을 하게 된 사내가 우연히도 술에 취한 악녀 이연주의 차를 운전하게 되고 이렇게 주어진 복수의 기회를 어떻게 처리할 것인가의 문제가 산다는 것은 무엇인가의 물음과 함께 증폭된다. 죽음 앞에서 삶이란 무엇인가 묻는 「근처」「누런 강 배 한 척」「낮잠」과 같은 작품들을 들어 유사한 사례들을 더 추가할 수도 있겠지만 지루한 나열은 여기서 멈추기로 하자. 박민규가 어떤 실패의 지점에 다다른 인물들을 다른 차원으로 이동할 수 없게 묶어두고, 이 현실의 실패, 바로 그 자리에서 '(실패로 귀결될 수밖에 없는 삶을) 산다는 것은 무엇인지' 묻도록 만들고 있다는 점을 지적하기에 이것으로 충분하다.

이제 이러한 노선 변경에 수반되는, 그러나 어쩌면 결정적일 수도 있을 변화들을 확인하기로 하자. 「굿바이, 제플린」의 성실한 속물 김동민은 불성실한 속물 제이슨을 이해해가고 「낮잠」의 화자는 첫사랑의 이미지가 가리고 있던 김이선이라는 '인간'의 삶을(예컨대 천사 같은 그녀가 다방과 술집을 경영했다는 사실이 예기치 않게 드러나는 장면에서 혹은 치매 환자인 김이선과의 결혼식 날 김이선이 똥을 싸버리는, 결코 웃을 수 없는 슬픈 장면에서) 납득해간다. 「별」의 사내는 자신을 파멸로 몰고 간 이연주를 다만 악녀라고 생각하고 증오해왔지만 복수를 망설이는 사이 이연주 또한 자신과 같이 행복이 결핍된 인간임을 이해해간다. 이러한 이해가 악녀에게 복수하려던 사내에게 이런 결론을 내리게 한다. "누군가의 곁에 신이 없다면…… 누군가의 곁에 인간이라도 있어야 하는 거겠지."(「별」, 『더블』 B, 243쪽) 현실의 바깥으로부터의 인간 곁으로의 초점 이동, 결핍을 지닌 인간에 대한 납득과 이해가 박민규 자신에 의해서 정식화된 장면이라고 읽어도 좋지 않을까. 지금까지의 박민규가 '소설의 사회학'(사회 현실 속에 숨겨진 음모의 폭로와 탈출 매뉴얼 제시)에 몰두해왔다면 『더블』의 박민규는 확실히 '소설의 인간학'을 만들고 있다.

'소설의 인간학'은 박민규가 즐겨 사용하는 '코드화'의 수사법에도 미묘한 변화를 가져온 것처럼 보인다. 예컨대 '핑퐁'이라는 메타포를 인류 역사의 여러 계기들에 반복해서 적용하면서 인류의 역사를 요약하는 『핑퐁』의 코드화는 '소설의 사회학'에 기여하는 바가 있고 그 나름의 경쾌함이 있지만 그것이 지나친 단순화가 아닌가 하는 의혹에서 자유롭지 못했다.[13] 하지만 '소설의 인간학'에 기여하는 「누런 강 배 한 척」의 목련의 코드화를 보자. 신뢰할 만한 유도부 출신의 선배이자 부장이었던 사내가 시간의 풍화를 견디지 못하고 볼품없는 노인이 되어 후배에게 가시오가피를 팔아줄 것을 부탁하는 쓸쓸함과 막막함이, 하얗게 눈부신 옛추억의 아련함과 공명하며 깊은 울림을 만들어내고 있다.

하마 삼십 년 전의 일이다. 목련도 목재소도, 그날 아침의 신입사원도 연기처럼 사라졌다. 제일 먼저 목련이, 어느새 목재소가, 어느덧, 한 인간이.(『더블』A, 50쪽, 이하 강조는 인용자)

담배 한 대 얻어도 되겠나? 그럼요 선배님. 두 손으로 잘 감싼 불을 나는

---

13) 『핑퐁』의 '은유적 단일 코드화'에 대해서는 신형철, 「만유인력의 소설학」, 『몰락의 에티카』, 문학동네, 2008, 36~37쪽 참조.

선배의 면전에 내밀었다. 파직, 하는 낮은 소리와 함께 순간 바스라진 재(灰) 몇 점이 목련처럼 떨어졌다. 희고/ 희고/ 눈부셨다.(55쪽)

　화단에선가, 가로수에선가/ 꽃잎 몇 장 떨어/ 진다, 떨어졌다. 왜 인생에선 낙법이 통하지 않는 것인가.(56쪽)

　여기서는 깨달음을 선포하기 위한 '단순화'의 코드를 생산하는 대신, 목련의 눈부신 아름다움과 사라짐, 불꽃과 재 서로를 대비시키며 각각의 낙차를 증폭시키는 '공명(共鳴)'의 코드가 만들어진다. 아련함, 쓸쓸함과 막막함의 감정이 한데 뒤섞여 울리는 가운데, 공명의 코드화는, 실패를 가리켜 보이는 질문으로 끝이 난다. "왜 인생에선 낙법이 통하지 않는 것인가." 손쉬운 대답 대신 대답할 수 없음을 표시하는 이 질문은, 이 목련의 울림은 '개복치'나 '너구리'의 비약과 위로로부터 얼마나 멀리 떨어져 있는가.

　정리해보자. 현실을, 기만적 음모를 숨기고 있는 사악한 물질세계로 간주하는 시각에서 벗어날 때 그러한 현실에 포획된 인류를 혐오하기를 멈출 때, 박민규의 소설은 오히려 현실에 더욱 밀착하며 현실의 실패에 충실할 수 있다. 기만적 음모에 관한 지식을 전파하고 현실세계로부터의 탈출 매뉴얼을 제시하려는 시도를 중지할 때, 박민규의 소설은 오히려 '소설의 인간학'이라는 미개척지를 발견할 수 있다. 영지주의-민주투사의 노선으로부터의 이러한 이탈의 결과가 『더블』이다.

　그러므로 『더블』에 이르는, 박민규 소설의 짧지만은 않은 역사를 '악과 악의 용서'로 요약하는 일이 가능할지도 모르겠다. 헤겔은 『정신현상학』의 '정신'의 장에서 현실의 내용으로부터 멀어져 자기 확신의 순수성 속에 머물며 자신만이 보편적 의무와 관계한다고 확신하는 '아름다운 영혼(die schöne Seele)'의 변증법을 제시했다. 아름다운 영혼은 자신 이외의 의식들을 보편적 의무에 일치하지 않는 개별 의식, 곧 '악(das Böse)'

으로 간주하지만 정신의 변증법적 전개 속에서 아름다운 영혼과 악은 서로에게서 자기 자신의 모습을 발견하며 서로를 용서할 수 있게 된다. "절대정신은 자기에 관한 순수한 지(知)가 자기 자신과의 대립이며 교체라는 것을 알게 된 지(知)의 정점에 이르러서야 비로소 모습을 드러"내는 것이다.[14) 거꾸로 말하자면 변증법적 전개 과정이 펼쳐지기 전, 아름다운 영혼은 통탄스러운 세속적 무질서에 대립하는 한에서만, 호된 시련에 부딪치는 한에서만, '악'의 공범으로서만 유지될 수 있다. 그러므로 아름다운 영혼의 욕망의 대상은 악의 해소가 아니라 자기 자신의 불행이다. 아름다운 영혼은 악의 핍박이 유지되는 한에서만 아름다운 영혼으로 남을 수 있다.[15) 『삼미』 계열의 영지주의적 노선이란 실상 아름다운 영혼의 노선이기도 하지 않은가. 박민규를 위시한 몇몇 소설가들에게서 사회적 처벌 행위를 통해 그 자신의 정체성을 다시 긍정하려는 역설을 우려한 지적[16) 또한 같은 맥락에서 이해할 수 있을 것이다. 그러나 『더블』에서의 박민규는 그다운 발랄함으로 이렇게 말하고 있는 것처럼 보이지 않는가. 아름다운 영혼이여, 안녕!

(2011)

---

14) G.W.F. 헤겔, 『정신현상학 2』, 임석진 옮김, 한길사, 2005, 233쪽.

15) 아름다운 영혼의 욕망의 대상에 관해서는 지젝, 『그들은 자기가 하는 일을 알지 못하나이다』, 박정수 옮김, 인간사랑, 2004, 240~241쪽 참조.

16) 황종연, 「매 맞는 아이들의 정치적 상상력」, 『문학동네』 2007년 가을호, 377~381쪽.

사랑은 언제나 증오하고
— 김경욱의 『신에게는 손자가 없다』

1. 심미주의 아웃사이더에서

코펜하겐의 우울한 남자 쇠렌 키르케고르는 약혼녀 레기네 올센과의 파혼 뒤 이렇게 썼다.

> 결혼을 하라. 그러면 그대는 후회할 것이다. 결혼을 하지 마라. 그래도 역시 그대는 후회할 것이다. 결혼을 하든 않든 간에, 그대는 후회할 것이다. (……) 어느 쪽을 택해도 그대는 후회할 것이다. (……) 이것이 모든 철학의 총화고 알맹이다.[1]

요점은 이것이냐 저것이냐의 선택을 끝까지 거절해야 한다는 것이다. 무엇인가를 선택하는 순간 시간의 톱니바퀴가 돌아가기 시작하고, 시간의 톱니바퀴에 우리의 옷자락이 걸리면 그것으로 모든 것은 끝이다. 선택에 뒤따르는 결과와 또 그 결과의 결과들, 결과들의 소용돌이, 후회의 소

---

1) 쇠렌 키르케고르, 『이것이냐 저것이냐』, 임춘갑 옮김, 다산글방, 2008, 71~72쪽.

요사태와 야단법석으로 우리는 내던져지게 된다. 당신과 연애하고 있는 그 아름다운 여인과 결혼하라. 그녀의 가는 허리는 굵어지고 상냥하게 미소짓는 입술에서는 잔소리가 쏟아져나올 것이다. 그녀와의 시간이 따분해질 뿐 아니라 그녀의 가족들까지 나서서 당신의 모든 계획을 간섭하고 훼방할 것이다. 결국 당신은 성급하게 결정을 내린 자신을 책망하게 될 것이다. 그녀와의 결혼을 거부하라. 당신은 한 여인의 소중한 시간을 망치면서까지 자신의 정념만을 만족시킨 잔혹한 사내가 되고서도, 어쩌면 움켜쥘 수도 있었을 행복을 스스로 망쳐버렸다는 후회를 끝내 떨쳐버릴 수 없으며, 모든 사소한 불운에서도 그녀를 버린 데 대한 운명의 복수를 발견하게 될 것이다. 어느 쪽도 후회를 피할 길이 없다.

후회의 소요사태와 야단법석으로 내던져지지 않기 위해서는 시간의 톱니바퀴와 선택의 결단에 너무 가까이 가서는 안 된다. 톱니바퀴가 작동하기 전에, 선택의 발밑에서 책임이 솟아나기 전에, 재빨리 삶의 아름답고 감미로운 순간들만을 취한 뒤 자리를 옮겨야 한다. "꽃 위에 사뿐 내려앉아서 그 향기로운 화밀(花蜜)을 빨아먹고 또 훌쩍 날아갈 수 있는 꿀벌"[2]의 기술을 익혀야 한다. 사랑에 관해서라면 한 상대와 너무 진지한 관계를 맺어 그 사람의 삶에 관여해야 할 순간이 오기 전에 재빨리 상대를 바꿔가며 교제해야 한다. '윤작(輪作)의 처세술'만이 후회의 소요사태와 야단법석으로부터 우리를 지켜줄 것이다.

그러나 잠깐, 이것은 너무나 뻔뻔하고 파렴치한 쾌락주의가 아닌가. 이것은 그저 자신의 삶에 '덜' 참여하는 것으로 불쾌함을 교묘하게 회피하는 기술이지 않은가. 시간의 표피에 떠오르는 아름답고 감미롭지만 파편적인 순간들만을 찾아다니며 그것으로 삶의 전부를 대신하려는 이 심미주의자는 자신의 삶 자체를 방기하고 있을 뿐이다. 그의 현재에는 스스로

---

2) 존 D. 카푸토 『HOW TO READ 키르케고르』, 임규정 옮김, 웅진지식하우스, 2008, 48쪽.

의 삶에 온전히 참여하며 그 책임을 감당하려는 실존적 열정이 결여되어 있다.

김경욱의 단편소설들이 반복해온 제스처, 섬세한 사내들이 보이는 머뭇거림의 제스처에 의외로 심미주의자의 태도와 닮은 데가 있다는 점을 강조해보면 어떨까.

김경욱의 등단작 「아웃사이더」(1993)는 방황하는 청춘의 황폐한 내면을 섬세하게 펼쳐 보이지만, 한편으로 이 섬세함은 갈데없는 심미주의자의 그것이기도 하다. 청춘에 주어진 미래가 세속적 욕망과 운동권의 신념으로 양분될 이치가 없음에도 '이것이냐 저것이냐'로 선택지를 한정하고 그 앞에서 머뭇거리기, 그렇게 해서 자신의 삶에 온전히 참여하기를 최대한 뒤로 미룬 채 머뭇거림에서 오는 두근거림과 불안감 사이에서 동요하며 그 감정의 무늬들을 세밀하게 묘사하기, 다만 감정의 무늬들을 음미하는 데에만 고집스럽게 머물면서도 자신이 세상을 거부한 것이 아니라 세상이 자신을 외톨이로 만든 것이라고 전도된 설명을 제출하기, 이것이 '심미주의 아웃사이더'의 자세이다.

김경욱 초기 단편의 등장인물들에게서 이런 특징을 확인하는 것은 어렵지 않은 일이다. 보기에 따라서는 이 심미주의자들을 값싼 센티멘털리티로의 도피자들로 평가할 수도 있겠다. 그들은 자신의 삶에 진지하게 참여하는 것을 대신해서 머뭇거림의 야릇한 불안감과 두근거림만을 음미하면서도 자신들이 음미하는 감정의 무거움 때문에 자신이 삶을 심각하게 받아들이고 있다는 '느낌'을 만드는 데 성공하고 있기 때문이다.

아마도 이 점에서 김경욱의 네번째 단편집 『장국영이 죽었다고?』(문학과지성사, 2005)에 실린 「성난 얼굴로 돌아보라」와 「타인의 취향」은 특별히 기억되어야 할 것이다. 이들 작품에 등장하는 심미주의자들의 포즈에는 갈 데까지 가고야 말겠다는 어떤 위악적 의지가 담겨 있어서, 그들은 이것이냐 저것이냐의 선택 앞에서 퇴폐적인 향락을 즐기는 데 멈추지 않기 때문이다. 아내와 정부(情婦)와 옛 애인 사이에서 꿀벌처럼 날아다니는 이 사내들은 심미주의적 제스처 때문에 주인을 잃어버린 자신들의 삶이 자멸해가고 있음을 똑똑히 지켜보면서 또 그렇게 추락해가는 스스로를 조롱하고 있다. 그들은 위악적으로 익살꾼을 연기해 보이며 스스로의 삶에 온전히 참여할 수 없는 자들의 비극을 상연한다(이 자리에서 길게 이야기할 수는 없겠지만 「성난 얼굴로 돌아보라」와 「타인의 취향」에는 우리말로 쓰인 희극적 비극의 최고 걸작인 이상의 「봉별기」「종생기」「실화」를 떠올리게 하는 구석이 있다. 두 여자/남자 사이에서의 머뭇거림, 연애와 결투의 의도적 혼동, 자신이 가르치는 학생에 대한 성적 긴장감 속에서 옛사랑을 떠올리는 회상-서술의 형식 등 많은 요소들이 이들 작품에서 공통적으로 나타나기 때문이다. 김경욱과 이상 사이의 이 문학사적 대화를 음미해볼 만하다). 이들 작품과 함께 김경욱의 소설은 심미주의에 머물면서 값싼 센티멘털리티로 도피하는 것이 아니라, 심미주의의 진리인 희극적 비극을 상연하고 있다고 말해야 한다. 어쩌면 이렇게까지 말할 수 있을지도 모르겠다. 『장국영이 죽었다고?』전후의 김경욱 소설은 이 희극적 비극을 통해 어떤 익살꾼들의 운명을 작품화하고 있다고. 스스로의 삶에 온전히 참여할 수 없는 시대, 소외의 구조화가 문화적 코드들의 복잡화와 구별되지 않는 시대를 살아가는 익살꾼들의 운명을, 곧 우리들 자신의 운명을 작품화하고 있다고.

2. 사랑의 기사(騎士)로

김경욱의 여섯번째 소설집『신에게는 손자가 없다』(창비, 2011)를 심미주의 이후의 이야기들로 읽어보면 어떨까.『장국영이 죽었다고?』에 실린 몇몇 작품들을 보면 김경욱 소설이 띠고 있던 심미주의적 제스처들은 심미주의 자신의 견딜 수 없는 희극적 비극의 분비물에 의해 스스로 붕괴되고 있는 것처럼 보인다. 그리고『신에게는 손자가 없다』에 이르면 이 절망에 빠진 심미주의자들이 조금씩 어떤 행위, 어떤 결단으로 나아가고 있는 것을 볼 수 있다.

「연애의 여왕」에는 심미주의자가 더이상 심미주의자가 아니게 되는 순간들이 있다. 예컨대 이런 식이다. 한 사진작가가 '연애의 여왕'이라 불리는 베스트셀러 소설가의 서재를 촬영하기 위해 소설가의 집으로 찾아간다. 하지만 그가 보기에 연애의 여왕이 쓴 소설들은 그저 낭만적 느낌으로 질척거리는 빤한 연애소설일 뿐이다. 사진작가는 어떤 기대나 설렘도 없이 연애의 여왕을 찾아가 서재를 촬영하고 그녀의 집을 나온다.

여기에 작은 반전 두 가지가 준비되어 있다. 사진작가가 촬영을 마치고 서울로 돌아가기 위해 차에 올라탔을 때, 그의 여자친구가 이런 문자를 보내온다. "나, 혼인신고할까?"(180쪽) 이게 무슨 말인가. 심미주의자인 사진작가는 아마도 자신의 삶에 뿌리내리고 그것을 움켜쥐고 싶지 않았을 것이고, 그래서 자신의 불투명한 미래 운운하며 여자친구에게 어떤 약속도 하지 않았을 것이다. 여자는 남자의 태도가 보다 확실해지기를 바라면서 물었을 것이다. "선보러 나가도 돼?" 심미주의자는 답한다. "좋을 대로 해." 그래서 여자는 다른 남자를 만났고 그는 건실한 청년이었던 듯하다. "나, 결혼할까?" 여자가 두번째 묻자 심미주의자는 "그걸 왜 나한테 물어?"라고 되묻는다. 그래서 그의 여자친구는 다른 남자와 결혼했고, 요즘의 많은 커플들이 그런 것처럼 혼인신고만은 조금 미뤄둔 것 같다. 여자는 이제 세번째 묻는다. 이제 혼인신고까지 하고 나면 적어도 법적으로 우리의 관계는 완전히 끝장인데, 끝까지 너는 아무것도 선택하지 않을 것인가? 너는 끝까지 꿀벌의 삶을 살겠다는 것인가? 여기에 그가 "미안해"(191쪽)라고 답한 것은, "좋을 대로 해"나 "그걸 왜 나한테 물어?"와 완전히 같은 의미이다. '나는 이 이상으로 너의 삶에 개입하지 않을 것이다. 그렇게 해서 내가 나의 삶에 빨려들어가기를 나는 바라지 않는다.'

여기에 두번째 반전이 덧붙어 상황이 뒤집힌다. 사진작가의 자동차가

시동이 걸리지 않아. 그는 정비사를 기다리는 동안 연애의 여왕의 집에 머문다. 만찬에 이어진 술자리에서 연애의 여왕은 아무것이나 생각나는 사자성어를 말하게 한 뒤 해석을 덧붙인다. 사진작가는 '주마간산'이라고 대답했고, 연애의 여왕은 이렇게 풀이했다. "사진사 양반은 두려운 게 많지? 누군가를 사랑하는 것은 두렵고 누군가 사랑해주는 것은 더 두렵지? 상처받는 것은 두렵고 상처 주는 것은 더 두려우니 말에서 내릴 엄두가 안 나겠지."(185쪽) 연애의 여왕답게 그녀는 심미주의자의 내면을 정확히 간파한다. 정곡을 찔린 그는 그 밤 내내 "말 위에서 만년의 밤과 낮 동안 두려움에 짓눌린 노인"(186쪽)의 환영에 시달렸을 것이다. 다음날 새벽 도망치듯 연애의 여왕의 집을 빠져나온 사진작가는 서울에 다 와서 갑자기 차를 돌린다. 연애의 여왕의 극성팬인 여자친구를 위해 사인을 부탁하려고. 연애의 여왕이 여자친구의 이름을 묻자, 사진작가가 떨리는 목소리로 그 이름을 부른다. 이 떨림 속에는 아주 작지만 결정적인 변화가 숨어 있다. 요점은 그가 여자친구를 붙잡았는가 그렇지 않은가에 있지 않다. 그가 심미주의의 깊은 절망 속에서 허우적거리다 마침내 심미주의의 밖으로 빠져나와 이 순간 그녀의 삶에, 동시에 결국 그 자신의 삶에 개입하기로 자기도 모르게 마음먹는 것처럼 보인다는 것이 우리의 요점이다. 이 순간이 결정적이다. 김경욱이 "꼭 돌아가야 할 필요는 없었지만 차를 돌렸다"고 쓴 뒤에 "그러고 싶었다"(193쪽)고 이어 쓴 문장을 읽을 때, 이 심미주의자가 자신의 삶에 대한 잃어버린 식욕을 되찾은 듯한 느낌을 받게 되지 않는가. 삶의 식탁 앞에 앉으려고 "재귀대명사처럼 내성적인"(키르케고르, 『이것이냐 저것이냐』, 42쪽) 사내가 마침내 심미주의의 닫힌 방문을 열고 나온 듯한 느낌을 받게 되지 않는가.

여기서 이 식탁의 메타포와 함께 「아버지의 부엌」의 마지막 장면을 떠올려볼 수도 있겠다. 사이가 좋지 않은 아들과 함께 찾은 미술관에서 늙고 지친 아버지는 한 설치미술작품에 기대어 앉아 잠들어 있다. 이들 부자는 왜 사이가 좋지 않은가. 과거에 초등학생 아들이 1등 성적표를 받아오자 아버지는 어떤 선물을 사줄까 물었고 아들은 '미미의 부엌'을 요구했다. 아버지는 계집애들이나 좋아할 법한 것을 원하는 초등학생 아들의 꿈을 용납할 수 없었고, 아들은 그런 아버지의 기쁨을 훼방하기 위해 우등생 따위는 되지 않기로 결심했다. 미래의 두 사내의 삶에서 무엇을 기대할 수 있겠는가? 두 사내의 삶은 각자의 방식으로 시들어갔다. 특히 아들은 어린 시절 아름다운 부엌과 세계 최고의 요리사가 되기를 욕망했던 자신의 꿈을 빼앗겨버렸기 때문에 이후의 삶에 대한 모든 책임이 자신에게 없다는 듯이, 스스로가 무엇인가를 선택하기를 거부하며 남들의 욕망에 이끌려 자신의 삶을 방기해버리며 시간을 탕진해왔다. 그의 삶 자체가 스스로 박해받는 선한 희생양의 역할을 떠맡으며 모든 것은 자신의 삶에 개입해들어오는 타인의 책임이라고 항변하는 것처럼 보이기까지 한다. 그런 그가 장성해서 비좁고 더러운 '아버지의 부엌'에 섰을 때, 자신을 공부방으로 몰아내고 혼자서 식탁을 차렸던, 혼자서 자신을 키워낸 아버지를 떠올렸을 때, 그는 이미 저 위선적인 심미주의로부터 돌아서서 자신의 삶의 식탁 앞에 앉은 셈이다. 「아버지의 부엌」의 마지막 장면이 이를 재상연하고 있다. 아버지가 잠들어 있는 이 설치미술작품은 무엇인가. 어린 시절 아들이 원했던 장난감 '미미의 부엌'을 실물 크기로 확대해놓은 것. 거기서 "뭔가를 간청하는 사람처럼" "두 손을 무릎 사이에 끼운 채 앞쪽으로 고개를 꾸벅"(281쪽)이며 잠든 아버지를 발견했을 때, 아들은 자신의 삶을 회피하는 듯한 태도로부터 돌아서서 식탁으로 다가와 "붉은 망에 담긴 귤과 삶은 계란과 생수를 비닐봉투에서 꺼내 식탁 위에 내려놓았다. 아버지를 위해 난생 처음 차리는 식사였다".(281쪽) 이 핑크빛으로 장식된 동화적인 식탁에는 자신의 삶과 그 안에 함축된 타인들과의 관계에 대한 회복된 식욕이 함께 놓여 있지 않은가.

다시 「연애의 여왕」으로 돌아가보자. 이 소설의 마지막 두 문장, "나는 여자친구의 이름을 댔다. 목소리가 떨렸다"(194쪽)까지 읽고 나면 연애의 여왕에 대한 그의 평가, 낭만적인 느낌으로 질척거리는 뻔한 연애소설이라는 그의 평가는 조금 수정되는 것처럼 보인다. 심미주의자의 눈에 다만 질척거리는 감상으로 보이는 것, 사건들을 "어김없이 갈 데까지"(172쪽) 가도록 만드는 것, 바로 그 과도함이야말로 심미주의적 독자인 자신에게 결여된 심오한 윤리적 자세라면 어찌하겠는가. 그 과도함만이 심미주의자들이 자신의 삶에 참여하는 길이며 또 거기에 '진짜 삶'이 있는 것이라면 어찌하겠는가. 그러고 보면 새로 나올 연애의 여왕의 책 제목도 '사랑한다면 미치도록'(183쪽)이다. 「허리케인 조의 파란만장한 삶」에서 왕년의 복싱 유망주 조민구, 일명 허리케인 조가 자신을 패배시켰던 챔피언 무쇠주먹의 유골함을 훔치고 또 그 유골을 먹었으리라고 암시하는 대목 또한 이 과도함과 관련되어 있다. 그것은 그저 기괴함의 흥미를 이끌어내려는 전략이 아니다. 챔피언의 유골을 먹어서라도 제 잃어버린 삶을 되찾으려는 허리케인 조의 그 과도함이야말로 그의 파란만장한 삶을 구성한다는, 어쩌면 그것이 진짜 삶이라는 암시 또한 포함되어 있다. 이 때문에 어떤 불안과 무기력에 시달리며 '진짜 이야기'를 갈망하는 대필작가가 허리케인 조에게 강하게 이끌리고 있는 것이다. 아마도 이 이끌림이 『신에게는 손자가 없다』의 작가 또한 느끼는 것이리라.

『신에게는 손자가 없다』에는 자신의 삶에 연루되는 모든 계기를 회피하기 위해 평생을 말을 타고 도망치는 늙은 사내의 이미지가 전도되는 순간들이 있다. 그는 어떤 과도함 속에서 심미주의의 골방에서 빠져나와 사랑을 찾아 맹렬히 돌진하는 사랑의 기사(騎士)가 되었다. 머뭇거림을 사랑하던 심미주의자들이 「혁명기념일」에서 급작스럽게 사랑 고백을 결심하거나 뒤늦게 자신의 사랑을 깨닫는 순간들이 여기에 해당한다. 그런데 그 '사랑의 기사'의 로맨스에는 스스로의 삶을 적극적으로 떠안고 동시에 타인의 삶에 개입하며 무엇인가를 바꿔놓는 것이라는 점에서 혁명과 혼동할 만한 무엇인가가 있다. 혁명이야말로 '스스로 불타버린 심장'(「하인리히의 심장」)으로 비유될 만한 과도함의 분출이자 사회적 현실의 결정적 변경이지 않은가.

「혁명기념일」의 영신이 사랑을 고백하는 순간이 혁명기념일이어야 하는 데에는 나름의 근거가 있는 셈이다. 그러므로 『신에게는 손자가 없다』에 사랑의 기사의 로맨스와 나란히 현실과 폭력의 문제를 다루는 소설들이 있는 것은 전혀 놀랄 일이 아니다. 그리고 이 점에서 「러닝 맨」과 「99%」, 그리고 「신에게는 손자가 없다」가 특히 두드러진다.

3. 네 이웃의 뺨을……

「러닝 맨」에서 독자들을 사로잡는 것은 한강변 데이트를 방해하는 막연한 불안과 긴장감이지만, 이 위태로운 감각들을 조금만 더 깊이 들여다보면 그 아래 사회적 근거들 또한 표시되어 있음을 확인할 수 있다. 그것은 이를테면 다음과 같은 풍경이다.

강 건너에는 찍어낸 듯 엇비슷한 아파트가 성벽처럼 죽 늘어서 있었다. 그것은 난공의 요새처럼 보였다. 그렇다면 강은 성벽으로의 접근을 차단하는 해자일 테지. 저 깊고 넓은 해자 건너, 저 단단하고 높은 성벽 너머에 은재의 집이 있다. 은재가 다니는 학교가 있고 은재가 순례하는 학원들이 있고 은재가 즐겨 찾는 백화점과 레스토랑이 있다.(52쪽, 강조는 인용자)

강 건너 보이는 압구정동과 청담동 일대의 아파트숲은 그 자체로 완강한 접근금지명령을 포함하고 있다. 이것은 결코 과장이 아니다. 도시 안에 건설된 성벽을 새삼스럽게 알아보는 청년이 과외수업을 위해 은재의 아파트를 방문했을 때 "몇 호에 가는지, 뭣 하러 가는지, 누구를 가르치는지 시시콜콜 따졌"던 아파트 경비의 "의심의 눈초리"(52쪽)가 접근금지 명령을 충실히 이행하고 있지 않은가. 아파트 경비의 의심은 곧 모든 외부인은 범죄자일 수 있다는 것, 다시 말해서 모든 외부인은 사유재산의 부정 혹은 침범을 도모하는 자일 수도 있다는 것이다. 아파트 경비의 이 의심은 아파트에 거주하는 부유한 자들의 의심을 대리한다. 여기서 우리의 이야기를 조금 더 진행시킬 수도 있다. 적대감이 포함된 이 부르주아들의 의심은 사유재산이라는 범죄, 즉 재화와 생산수단을 폭력적으로 독점하고 다른 사람들이 이에 접근하지 못하도록 강제하는 자신들의 범죄에 대한 불안에서 돋아나는 것이 아닌가. 그러므로 저 난공의 요새는 동시에 이미 범죄적 요새이기도 하지 않은가. 범죄적 요새의 주인들은 자신들의 범죄를 질서로 전도시키고 그 범죄적 질서에 대한 도전을 두려워한 나머지 요새 밖의 모두를 의심하고 감시한다. 「러닝 맨」의 위태로운 도시풍경은 이렇게 완성된다.

취업 사수생 과외교사와 조기유학에 실패하고 돌아온 압구정동 고등학생 은재 커플의 데이트는 이 범죄도시의 밑그림 위에 있기 때문에 위태롭고 불안할 수밖에 없다. 요새 바깥에 도둑과 깡패, 사기꾼이 실제로 어슬렁거리고 있기 때문이 아니라 요새 밖에서 마주치는 모든 사람을 '범죄를 저지를 것 같은 주체'(슬라보예 지젝, 『폭력이란 무엇인가』)로 보는 환영적 시선이 이들 커플의 시선 위에 덧씌워져 있기 때문이다. "강남 일대의 고급 주택가와 아파트 단지에서 잇달아 발생한 부녀자 납치강도 사건의 용의자"(39면)에 대한 불안이 지속적으로 환기되는 가운데, 누렁개를 쇠줄에 묶어 끌고 가는 잔인한 오토바이가 그들의 자전거를 앞지르며(오토바이에 탄 사내는 잠실대교 아래서 그 개를 잡아먹는다), 자전거 뒤쪽으로는 은재의 허벅지를 흘끔거리던 뱀 문신을 한 사내가 쫓아온다.

그들이 자전거에서 내릴라치면 아무데나 돌팔매질을 하던 아이들까지 적의를 드러낸다.

그렇다고 해서 아파트 경비에게 쫓겨날 뻔했던 취업 사수생이 '범죄를 저지를 것 같은 주체'가 아닌 것은 아니다. 그가 강남 부르주아들의 거주지를 선망의 눈빛으로 바라볼 때, 난공의 요새 또한 의심의 눈초리로 침입자를 바라본다. 그가 스스로를 어떤 방식으로 상상하든 그는 결국 요새 바깥을 어슬렁거리는 러닝 맨 가운데 하나로 남게 될 것이다. 난공의 요새의 환영적 시선은 '범죄를 저지를 것 같은 주체'를 그에게서 포착하는 데 끝내 성공할 것이기 때문이다. 실제로 그는 엉망으로 끝난 데이트의 결과 순진한 강남의 고등학생을 한강으로 꾀어내 내다버린 납치범이자 자전거와 오리배를 훔친 절도범이나 마찬가지가 된다. 그러므로 그가 뱀 문신을 한 사내에게 쫓긴다는 망상에 시달리며 오리배를 타고 강남으로 향했을 때, 그는 완전히 방향을 잘못 잡은 것이다. 그는 결코 한강을 건널 수 없을 것이다. "강 건너는 아직 아득하기만 했다."(60쪽) 그에게는 언제나 아득하기만 할 것이다. 그곳은 그의 입장이 끝내 거부될 난공의 요새이므로.

「러닝 맨」이 범죄적 외설성을 밑그림으로 하는 도시 풍경을 은밀히 노출하고 있다면, 「99%」에는 속물적 욕망을 내면화한 우리들 자신의 거울상을 노출하는 반전이 숨겨져 있다.

미국 유학파 스티브 킴은 한 광고회사에 스카우트돼 순식간에 모든 회의를 주도하며 회사에서 가장 중요한 인물로 떠오른다. 그런데 문제는 스티브 킴에게 경쟁의식과 열등감을 느끼는 최대리가 그를 자신의 고등학교 동창 김태만이라고 생각한다는 것이다. 그는 스티브 킴의 과거가 뭔가 미심쩍다는 의심을 버리지 못하고 스티브 킴과 김태만의 공통점 찾기에 골몰한다. 스티브 킴도 김태만처럼 왼손잡이이며 왼발이 오른발보다 크고, 그의 본명 김현빈은 김태만이 연애편지에 쓰던 가명과 같다. 고교 시절 최대리에 밀려 만년 2등에 머물렀던 김태만, 어느 섬마을 출신이며 아버지가 누구인지 알 수 없고 어머니는 술장사를 했던 김태만이 자신의 미천한 과거를 지우고 스티브 킴이 되어 나타난 것일까?

이 모든 에피소드들이 '과연 스티브 킴은 김태만인가 아닌가'를 둘러싸고 있다고 읽는다면 우리는 「99%」를 다소 엉뚱한 미스터리물로 취급하는 셈이다. 「99%」의 초점은 다른 데 있다. 최대리의 기억이 모두 사실이고 또 스티브 킴이 실제로 김태만이라고 하더라도 최대리의 의심에는 병리적인 데가 있으며, 그 병리성이야말로 「99%」의 핵심이다. 최대리는 김태만과 스티브 킴이 전혀 다르게 생겼다는 사실을 인정하면서도 김태만이 성형수술을 했을지도 모른다는 의심을 지우지 못한다. 설사 김태만의 몸에 있었을 것이라고 추정되는 '닻' 문신이 스티브 킴에게는 없다는 사실이 드러난다고 하더라도 최대리의 의심은 끝나지 않을 것이다. 문신 역시 지워버렸을 수도 있다고 의심하면서 다른 증거를 찾아나설 테니까. 이 끈질긴 의심은 '스티브 킴=김태만'이라는 환상을 보호하고 현실로부터 도피할 수 있게 해준다는 점에서 병리적이다. 최대리는 김태만보다 우월한 지위를 차지하고 있던 고교 시절을 환기하면서 나르시시즘적 환상이 현실을 대체하기를 바란다. 그의 환상이 말하는 것은 자신이야말로 정당한 1등이며 지금 1등의 자리를 차지하고 있는 스티브 킴=김태만은 사실 2등일 뿐이라는 것이다. 최대리는 "늘 나를 따라다녔던 동경과 흠모의 시선"(76쪽)이 사라진 현실로부터 도피하는 동시에 자신이 스티브 킴에 대한 질투와 선망에 삼켜진 현실로부터도 도망친다. 그가 스티브 킴을 질투하는 것이 아니라 스티브 킴이 1위 자리를 강탈한 것이라고 강변하면서.

그런데 최대리의 병리적 의심의 진리인 이 질투와 선망이야말로 질투와 선망의 대상이 차지하는 그 우월한 지위를 보장하는 것이라면 어찌할 것인가. 질투와 선망은 불평등한 지배구조를 파괴하는 데는 아무런 기여도 할 수 없으며 다만 불평등한 지배구조의 꼭대기에 '네가 아니라 내가' 올라설 수 있기를 바라면서 지배의 피라미드 자체를 은연중에 인정해버린다. "1퍼센트를 질시하면서도 거기 끼고 싶어 안달인 99퍼센트"의 "이율배반적인 욕망"(95쪽)이 지배의 피라미드에 기여하는 것이다. 그것이 이 소설의 제목 '99%'가 가리키는 바일 것이다. 영국의 귀족들(1%)이 즐긴다는 "카카오 함량이 99퍼센트라는 초콜릿의 씁쓸함"(110쪽), 이율배반적인 욕망에 의해 지탱되는 1:99의 기묘한 비율이 가져오는 씁쓸함. 최대리가 지적하고 있듯이 영화 〈태양은 가득히〉에서 필립의 시체가 딸려 나와 리플리를 파멸하게끔 한 것은 요트의 닻이 아니라 스크루였다. 그렇다. 조심해야 할 것은 닻(미천한 태생)이 아니라 스크루(질투와 선망으로 비틀린 욕망)이다.

표제작 「신에게는 손자가 없다」의 사내는 이런 비틀린 욕망들을 파괴하는 어떤 의지의 박력을 보여준다. 뒤에서 보겠지만 그가 보여주는 것은 결국 '사랑'이다. 겉으로는 그것이 광신도의 복수처럼 보일지라도.

초등학교에 다니는 손녀가 같은 반 친구들에게 성폭행을 당했다는 사실을 알게 되었을 때, 그러나 만 열세 살이 안 된 아이에게는 형사책임을 물을 수 없다는 사실 또한 알게 되었을 때, 늙은 사내에게는 종교적, 도덕적 통념이 하나의 '유혹'이 될 수 있다. 사건을 무마하려는 교장의 제안이 종교적 유혹이다. "형제님, 원수를 사랑하라는 거룩한 말씀을 기억하십시오. 어린애들이 무슨 짓을 저지르는지 모르고 행한 일 아닙니까? 예수님께서 십자가에 못박혀 돌아가실 때 뭐라 하셨습니까? 주여, 용서하소서. 저들은 저희가 무슨 짓을 저지르는지도 모르나이다. 형제님, 부디 모든 것을 용서하시어 주님의 금과 같은 뜻이 이 땅에 찬란히 빛나도록 하십시오. 할렐루야."(22~23쪽) 그가 '용서'할 때, 그는 예수의 가르침을 실천하는 것이다. 독실한 크리스천인 사내에게 이는 얼마나 큰 유혹인가. 교장이 인용한 바로 그 가르침은 실로 성경의 말씀인 것이다. 그뿐 아니라, 그에게는 위로금조의 600만 원이 생긴다. 그 600만 원은 이미 가스가 끊기고 조만간 전기와 수도가 끊길 재개발 지역에서 아픈 손녀를 구출해 새 보금자리를 구할 수 있게 해줄 돈이다. 영혼에 상처를 입은 손녀를 위해서라도 가해자들을 용서하고 위로금을 받아들여야 한다. 그것이 사회가 권장하는 도덕이며 심지어 예수님의 말씀이다. 도덕과 말씀 안에서 사내는 스스로의 의무를 수행했으며 또한 정의로웠다고 결론지을 수도 있었다. 도덕과 말씀 안에서 그는 책임을 면제받을 수 있었다. '용서하는 것이 나의 의무였다. 용서하라는 것이 바로 말씀과 도덕의 명령이다'(만에 하나 나의 행동에 결함이 발견된다면 그것은 말씀과 도덕의 책임이지 나의 책임은 아니다). 그러나 사내는 그렇게 하지 않았다.

　　—아버지, 제가 어떻게 하길 바라십니까? (……) 두 개의 주사위를 던져서 행운의 숫자가 나오면 이 돈은 제 것입니다.
　　사내는 주머니에서 주사위를 꺼냈다. 모서리가 반질반질한 두 개의 주사위. 하나는 눈이 모두 육이고 다른 하나는 눈이 모두 일이었다. (……)
　　사내는 주사위를 높이 던졌다. (……) 주사위를 내려다보는 사내의 미간이 좁아졌다. 한 개는 눈이 여섯이었지만 다른 하나는 눈이 닳아서 지워졌다. (……)
　　—아버지, 마귀의 유혹에 귀가 솔깃했던 어린 양을 용서하십시오. 아버지의 뜻에 따르겠습니다.(21~22쪽)

주사위의 눈 하나가 닳아버린 우연에 의지하기는 했지만(그는 이 우연을 무시할 수도 있었다!) 그는 결국 말씀과 도덕의 명령에 따라 용서하고 싶은 유혹을 단호하게 거절했다. 그는 자신의 종교적, 도덕적 지분을 포기하면서까지 어떤 보편법칙의 권위도 정지되는 진공 상태, (절대자이지만 결코 아무런 직접적인 계시도 주지 않는) 하느님과의 일대일 관계의 고독 속으로 들어가 '용서해서는 안 된다'라는 해석을 끄집어낸다. 그것이 그의 해석이고 그의 의지이며 그가 책임져야 할 행위이다. 이것이 '신에게는 손자가 없다'라는 수수께끼와 같은 이 소설의 제목이 의미하는 바이다. 신과 인간 사이에는 어떤 매개자도 있을 수 없다. 예컨대 하느님과 우리 사이에 우리가 흔히 아버지라고 부르는 사제들이 끼어들 수는 없는 것이다. 사제들이 우리의 아버지라면 우리는 신의 손자인가? 우리는 아버지—사제의 가르침에 따라 살아온 순진한 어린 양이므로 할아버지—신의 심판에서 우리 책임의 일부를 면제받는 것인가? 그렇지 않다. 기독교가 가르치듯 우리가 예수를 닮아야 한다면 우리는 신의 손자가 아니라 신의 자녀가 (보다 과감하게 말하자면 신이) 되어야 한다. 사제들의 가르침에 의지하며 아버지의 품으로 도망쳐서는 안 된다. 절대적 고독 속에서, 우리 안에 있는 우리 자신보다 더 큰 의지를, 신의 분노를 느껴야 한다. 그렇게 해서 위로금은 반환되고 사내의 복수극이 시작된다.

신의 분노를? 그러니까 결국 「신에게는 손자가 없다」는 통쾌한 사적 복수의 서사인가? 그렇지 않다. 이 분노의 표출이야말로 단순한 복수가 아니라 율법을 완성시킬 기독교적 사랑의 참다운 면모라면 어찌할 것인가? 우리의 애인이 기독교 신앙의 참다운 가르침을 이해하지 못한다면 우리는 사랑 안에서 애인을 증오해야 한다. 애인에게서 몰이해의 부분을 찾아내고 분열시키고 절단내야 한다. 그렇기 때문에, 기독교적 사랑은 인간적으로 말해서 미친 짓이다.[3]

그러나 예수 자신이 이렇게 말했다. "내가 세상에 화평을 주려고 온 줄로 아느냐 내가 너희에게 이르노니 아니라 도리어 분쟁하게 하려 함이로라."(『누가복음』 12:51) 그러므로 원수를 사랑하라는 예수의 가르침의 참

---

3) 쇠렌 키르케고르, 『사랑의 역사』, 임춘갑 옮김, 다산글방 2005, 192~94쪽.

다운 뜻이 무엇인지 곱씹어 생각해야 한다. 그것은 그가 무슨 짓을 하든 내버려두고 용서하라는 뜻이 아니다. 원수가 기독교 신앙의 참다운 가르침을 이해하지 못하기 때문에 원수라고 불린다면, 원수의 왼뺨을 때린 뒤에는 오른뺨까지 마저 후려쳐 그가 율법의 완성에 이르기를 돕는 것이 그를 사랑하는 유일한 길이다. 매우 역설적으로 들리겠지만, 그러므로 「신에게는 손자가 없다」는 결국 사랑의 서사인 것이다.

「신에게는 손자가 없다」의 도입부에서 네 번에 걸쳐 반복되는 구절 가운데 세 번 등장하는 '구멍 뚫기'("잠금장치가 풀려 있었다."(8쪽), "자물쇠가 뜯긴 교실 문"(10쪽), "열쇠구멍이 휑했다."(11쪽)), 이것이야말로 신앙의 기사다운 행위다. 작품의 후반부에 가서 이 구멍 뚫기의 의미가 모두 밝혀졌을 때, 우리는 그저 그가 복수를 위한 자료를 수집하느라 아파트 관리실 등을 침입한 것이라는 정보를 얻는 데 그치지 않는다. 거기에서 우리는 복수극의 통쾌함을 넘어서는 어떤 전율을 느낀다. 그것은 신앙의 기사가 심미주의적 골방과 비틀린 욕망에 의해 지지되는 난공의 요새, 그리고 말씀과 도덕의 안전장치 안에서 보호받고 있는 우리 내면의 은신처에 구멍을 뚫는 데서 오는 전율이다. 이 구멍 뚫기는 절도를 위한 폭력이자 침입이 아니라 자신 안에 갇혀 있는 자들을 위해 신앙의 기사가 탈출의 통로를 파내려가는 행위이다. 그는 이웃 사랑을 실천하기 위해 지금 원수의 뺨을 후려치는 중이다.

그의 손길은 어쩌면 우리의 뺨 또한 겨냥하고 있는지도 모른다. 『신에게는 손자가 없다』에 이르러 나약한 심미주의자들은 사랑의 기사가 되어 스스로의 삶에 참여하면서 현실을 이루는 구조적 문제들을 투시하고, 또 신앙의 기사가 되어 신과의 대면 속에서 자신의 모든 것을 스스로 짊어지고 혁명에 육박하는 사랑을 실천하려고 한다. 이 놀라운 변신과 의지의 박력을 따라 읽으며, 우리 또한 사랑과 신앙의 기사 쪽으로 마음이 기운다. 그리고 어느새 우리의 뺨이 얼얼해진다. 『신에게는 손자가 없다』가 독자에게 전하는 불편한 쾌감의 정체가 바로 이것이다.

(2011)

먼지 도시의 이방인들
— 이경의 『표범기사』

1. 이방인의 정서

이경의 소설에는 이방인들이 서성인다. 테마파크를 아스텍 제국으로 착각한 인디오 전사(「표범기사」), "태어날 때부터 외국인으로 살아온"(이경, 『표범기사』, 민음사, 2011, 148쪽. 이하 이 책에서 인용할 경우 본문에 제목과 쪽수만을 표기한다) 자이니치(在日)이며 한국에서도 쫓겨가듯 또다시 이삿짐을 꾸려야 하는 하루카(「자전거 무덤」), 빵을 찾아 한국에 왔지만 임금체불과 부당해고, 보상받지 못한 산업재해로 굶주리고 있는 파키스탄 청년 찌마(「먼지별」), 하노이에서 도망치고 싶어 국제결혼을 택했지만 '반토'(지신(地神)을 모시는 제단)까지 챙겨와 소중히 모시는 응우옌테이 럽벗비춰(「웨웨곰벨」).(나머지 네 편에서도 이방인의 얼굴을 알아보는 것이 그다지 어려운 일은 아니지만, 지루한 나열을 피하기 위해서 여기서 그치기로 하자.) 이경의 소설에서 사람들은 자신의 자리를, 자신의 존재를 포근히 감싸고 돌봐줄 구석을 구하지 못한다. 이방인들이 집도 없이 장소도 없이 서성인다.

이경의 소설은 이방인의 정서로 적셔져 있다. 이경의 소설을 뒤덮고 있는 어둡고 축축하고 무거운 느낌들, 일상화된 피로와 탈출에의 소망, 근거를 알 수 없는 불안과 이물감, 결국에는 어떤 슬픔과 안타까움으로 모여드는 이 느낌들은 저 이방인들에게서 오는 것이다(이 '느낌들'을 묘사하는 가장 탁월한 사례를 「자전거 무덤」에서 확인할 수 있다). 노스탤지어, 고향에 대한 그리움이기보다 먼저, 노스탤지어(nostalgia), '귀환(노스토스, nostos)'하지 못하는 '아픔(알고스, algos)'. 데리다가 이방인 중의 이방인 오이디푸스(이웃나라 코린토스에서 온 이방인으로서 테베의 왕이 되었으나, 부친 살해범이자 근친상간자로 추방되어 낯선 땅 콜로노스 어딘가에서 무덤도 없이 방랑자로서 죽음을 맞이한 오이디푸스)의 딸 안티고네가 흘리는 눈물에서 읽어낸 것처럼, 이방인들에게 눈이란 보기 위해서가 아니라 우선 울기 위해서 만들어진 것이다.[1] 고향을 떠난 채로 살아가야 하는 자의 고통과 슬픔이, 이방인의 정서가 『표범기사』에는 흘러넘친다. 어느 타일공이 아스텍의 희생제의를 완성시키기 위해 자신의 심장을 바쳤다든가(「표범기사」), 어느 노동자가 산업재해로 허리를 다쳐 보상도 받지 못하고 방구들만 지고 있다가 인천발 카이로행 비행기의 바퀴 칸에 숨어들어 얼어죽었다든가(「개미인간」) 하는 사건들 아래를 관류(貫流)하는 이 이방인의 정서를 놓치고 나면 이 사건들은 단지 기이하고 흥미로운 에피소드의 파편들로밖에는 보이지 않는다(조금 뒤에 이 문제로 다시 돌아오기로 하자).

우리가 이방인의 정서를 숙고할 때, 물음은 항상 두 갈래의 길로 찾아온다. 우리의 거주지에 찾아온 이방인들에게, 장소 없이 떠도는 그들에게 어떻게 그들을 위한 장소를 마련해줄 것인가? 어떻게 그들을 우리의 집에 맞아들이고 환대하며 고통으로 일그러진 그들의 얼굴을 진정시킬 수 있을 것인가? 다시 다른 방향에서 이런 물음이 찾아온다. 이방인을

---

1) 자크 데리다, 『환대에 대하여』, 남수인 옮김, 동문선, 2004, 128쪽.

맞아들이려는 우리 자신은 우리의 본래의 장소에 거주하고 있는가? 그러니까 우선, 도대체 우리가 거주하는 이곳이 우리의 고향이기는 한 것인가? 이방인들의 고통스러운 표정이란 실상 우리 자신의 표정이 아닌가?

이경의 소설을 관류하는 노스텔지어는 두 방향에서 몰려드는 이 물음들을 차례로 맞이한다. 이경의 소설은 이방인에 대한 문제에서, 이방인으로부터 온 문제로, 그리고 결국 우리의 거주의 문제로 시야를 이동시키면서 이 물음들을 활성화시킨다. 미리 결론을 말하자면, 『표범기사』는 결국 우리 자신이 우리의 거주지 안에서 이미 이방인이라는 사실과 대면하도록 강제한다. 이방인의 정서는 단지 우리의 연민을 촉발하는 타인의 아픔인 것만은 아니다. 그것은 우리의 근본 정서다. 『표범기사』는 우리가 그것을 느끼도록 강제한다. 이 강압이, 그리고 이 강압이 이끌어내고야 마는 수긍이, 이 책을 읽는 동안 우리 가슴을 훑고 지나가는 손길의 정체다. 결국 이미 우리 안에 자리잡고 있었으나 우리가 무감각했던 우리 자신의 이방인임과 이방인의 정서를 감각하게 만드는 것, 그것이 『표범기사』가 해내는 것이다.

2. 이방인이라는 물음

이방인 중의 이방인 오이디푸스가 콜로노스의 조그만 숲에 도착했을 때, 오이디푸스는 우선 질문을 하는 사람이었고, 또한 질문을 받는 사람이었다. 오이디푸스가 묻는다. "눈먼 노인의 딸 안티고네야, 우리가 대체 어떤 곳에, 어떤 사람들의 도시에 온 것이냐? (……) 쉴 만한 곳이 있다면 나를 세워 앉혀다오. 우리가 어디에 와 있는지 물어볼 수 있도록. 우리는 이방인들인지라 이곳 주민들에게 배워야 하고 그들의 지시에 따라야 하니까." 콜로노스의 코러스가 이방인을 경계하며 묻는다. "그대는 인간들 중에 뉘시오?" "어느 나라를 내가 그대의 고향이라 부르리까?" "어떤 가문에서 그대는 태어났소이까? 말하시오, 나그네여. 아버지가 뉘시오?"[2]

오늘날 전 세계의 입국심사에서도 반복되듯이, 이방인은 늘 질문을 받는다. 당신의 이름은 무엇인가? 당신이 누구인지를 증명하라. 당신이 이곳에 온 목적이 우리를 위험에 빠뜨리려는 것과 무관함을 증명하라. 당신이 산업스파이가 아니라 성실한 산업연구원임을 증명하라. 당신이 테러범이 아니라 순진한 유학생임을 증명하라.

그러면 이방인은 다시 우리에게 묻는다. 내가 어떻게 해야 그대들의 관습을 거스르지 않는 것입니까? 이방인이 여기에 또다른 물음을 덧붙이지 않더라도("그대들은 왜 그와 같이 생각하고 행동하기를 고집하고 다른 생각과 행동은 거부하는 것입니까?") 이방인의 물음은 이미 주인의 관습이 차지하는 독점적인 지위를 상대화한다. 주인의 관습은 수많은 관습 가운데 선택된 하나의 관습일 뿐이다. 이방인이라는 낯선 존재가 주인이 다른 형식으로 자신의 삶을 설계할 수도 있었으리라는 증거이며, 주인과 주인의 삶의 지평의 '자연스러운' 관계를 깨뜨린다. 주인이 이방인을 경계하며 무엇인가 이상한 점을 발견하면 할수록, 바로 그 이상한 점이 주인의 삶 자체를 질문 속으로 밀어넣는다. 다른 방식의 삶도 가능하다. 우리는 왜 이와 같은 삶의 형식을 고집하는가? 그러므로 "이방인이란 물음으로 된 존재"[3]라고 말할 수도 있다. 그러므로 이방인을 경계하는 것은 옳다. 그들은 위험하다. 그들은 우리의 삶을 물음 속으로 밀어넣어 무너뜨리기 때문이다.

「먼지별」의 배고픈 가출 소녀, 이주노동자들에게 몸을 팔아 잠자리와 먹을거리를 얻는 소녀가 파키스탄 이주노동자 찌마의 얼굴을 볼 때마다 느끼는 당혹스러움이 이 질문에서 오는 감각이다.

---

2) 소포클레스, 『소포클레스 비극 전집』, 천병희 옮김, 숲, 2008, 155쪽, 163~164쪽.
3) 자크 데리다, 같은 책, 57쪽.

'아저씨, 할래요? 백 원어치도 해드려요.'

그가 눈을 껌벅이자 밤의 창문이 열리는 것 같았다.(170쪽)

확 돌아서서 찌마를 눈으로 잡아끌었다. 찌마가 밤의 창문을 열고 물끄러미 날 내려다보았다. 저런 눈을 하면 어쩔 줄 모르겠다. 뭘 어쩌라는 건지도 모르겠고.(173쪽)

무엇이든 갖고 싶다면 돈을 지불해야만 하고, 또 돈을 주면 뭐든 가질 수 있는 도시에서, 찌마는 이방인이다. 찌마는 돈을 달라는 소녀에게 돈을 줬고 잠자리가 없는 소녀를 재워줬지만, 대가를 요구하지는 않았다. "찌마는 바지를 벗기지 않고도 재워주었다. 잠을 재워주는 대신 바지를 벗겠다고 했더니, 그냥 벗고 싶다면 몰라도 재워주는 대신으로는 싫다고 했다. (……) 나로서는, 재워주는 대신으로는 바지를 벗을 수 있지만 어쩐지 그냥은 벗을 수 없었다."(171쪽) 모든 것이 돈을 매개로 교환되는 이곳에서, 자기 자신까지도 상품이 아니고서는 존재할 수 없는 이 차가운 교환의 도시에서, 찌마는 이방인이다. 그가 파키스탄에서 왔기 때문이 아니라, 공짜로 무엇인가를 내주는 사람이기 때문에, 교환의 법칙에 무관심하기 때문에 찌마는 이방인이다. 그 이방인은 빛의 세계(그곳에서 동전은 얼마나 아름답게 반짝거리고 있는가?) 바깥에 있다. 그러므로 그의 눈은 "밤의 창문"이다. 밤의 창문이 소녀를 내려다볼 때, 빛의 세계-교환의 도시에 살고 있는 소녀는 어쩔 줄 모르게 된다. 밤의 창문은 빛의 세계-교환의 도시가 과연 온당한 것인지 묻는 물음 그 자체이기 때문이다. "뭘 어쩌라는" 것이 아니라(차라리 명령은 얼마나 다루기 쉬운 것인가), 물음표 자체이다.

밤의 창문을 알아보지 못하는, 차가운 교환 도시의 수호성인, 빵을 주는 대가로 소녀의 바지를 처음 벗겼던, 이주노동자들을 상대로 이자놀이를 하는 고리대금업자이자 돈을 갚지 못하는 이방인들을 신고해 잡아가게 했던 화성빵집의 주인과 찌마가 몸싸움을 벌일 때, 새하얀 밀가루가 흩어지고 화성빵집의 오렌지색 조명이 이를 밝게 비춘다. 찌마는 빵을 찾아 한국에까지 왔지만, 밀가루는 향기로운 빵으로 빚어지지 않고 오렌지색 먼지로 흩어진다. 찌마는 차가운 교환의 도시, 이곳 화성이 한국어로 태양계의 네번째 행성과 이름이 같다는 점에서 내심 용기를 얻은 적이 있다. 소녀와 공유하게 된 찌마의 상상 속에서 화성은 "지상에서는 찾을 수 없는 것들이 찾아질 것 같"은(167쪽), 오렌지색 먼지가 흩날리는 별세계다. 오렌지색 조명 속에서 밀가루가 날리는 이 긴박한 순간 소녀의 눈에 지상의 먼지 도시 화성(華城)은 아름다운 먼지별 화성(火星)이 된다. 오렌지색 먼지 폭풍 속에서 소녀는 찌마가 차라리 지상의 먼지 도시를 떠나 아름다운 먼지별에 가기를, 이제 이방인임을 그칠 수 있기를 간절히 소망한다.

빵집 하나 제대로 못 터는 찌마가 이곳에서 살아갈 방법은 없다. 빵을 찾아 이곳에 불시착했듯이 또다른 행성을 찾아 달아나는 수밖에 없다. 밤을 갈기갈기 찢을 기세로 먼지 폭풍이 휘몰아친다. 오렌지색 먼지들이 하나로 뭉쳐 사납게 소용돌이친다. 나는 찌마의 가슴을 힘껏 민다. 찌마가 뒤로 넘어가며 두 팔을 활짝 벌린다. 유영하는 우주비행사처럼 찌마가 오렌지색 먼지 속으로 빨려들어간다. 검은 밤이 펼쳐진 그의 눈에서 별이 반짝 한다. 난간 위로 올라서 찌마에게 손을 뻗는다. 찌마. 같이 가. 먼지 폭풍을 타고 진짜 화성으로 가자.(182~183쪽)

슬프고 또 아름다운 이 장면, 한 이방인이 장소 없이 서성이다가 낯선 땅에서 죽음에 이르는 이 장면은 우리를 이방인의 정서 안으로 끌고 들어간다. 장소 없는 그곳에서 우리는 고통스럽다. 여기에 먼지별 화성으로 같이 가자고 손을 내미는 저 소녀의 독백이 겹쳐지면 이방인으로부터 온 물음이 들려온다. 이것이 삶인가? 이 삶의 대지가 도대체 누구에게 고향일 수 있는가? 이방인의 정서 위에서 이방인이라는 물음이 고통스럽게 물어지고 있다.

3. 먼지의 도시

이방인이라는 물음과 함께 우리의 고향은 물음 속으로 던져져 무너져 내린다. 우리의 거주지를 구성하는 건축은, 그리고 그 건축이 보살펴야 할 우리의 삶은, 고향 상실의 상황 속에서 피로가 누적되고 또 아주 조금씩 부서진다. 떨어져나간 삶의 부스러기들은 우리 삶 안으로 다시 통합되지 못하고 흩어져, 서성이는 우리의 주위를 다시 서성인다. 부유하는, 우리 삶의 부스러기들을 먼지 이외에 무엇이라 부를 수 있을까. 그러므로 이방인들이 서성이는 이곳은 먼지의 도시이기도 하다. 『표범기사』에는 먼지가 자욱하다.

처음 찌마에게 화성이라는 별이 오렌지색 먼지로 뒤덮여 있다는 말을 들었을 때 내겐 그게 너무나 당연한 일처럼 여겨졌다. 화성이라는 이름만 들어도 먼지가 풀썩이는 것 같으니까. 어쩌면 먼지별 화성과 지상의 화성은 먼지에 가려 서로를 알아보지 못하는 쌍둥이인지도 모른다.(「먼지별」, 166쪽, 이하 강조는 인용자)

밤하늘에는 시멘트 먼지가 싸락눈처럼 날리고 있고 어둠 속에 드문드문 나트륨등이 켜져 있다. 도시의 가로등은 백색 수은등 대신 오렌지빛 나트륨등이다. 안개 지역 못지않게 일 년 내내 허연 시멘트 먼지가 날리기 때문이다. (……) 시간은 시멘트 분진이 담긴 모래시계처럼 쌓여갔다.(「토큰」, 78쪽, 92쪽)

약간의 상상력을 발휘해본다면, 문양을 잘못 맞춘 테마파크의 타일조각들이 떨어지고 깨져나가는 장면이나(「표범기사」) 부스러기들의 수집가이자 그 자신이 살아 있는 먼지인 '개미'들이 우글거리는 장면(「개미인간」), 가을장마 때문에 이삿짐을 꾸리기 위한 종이박스('박스=집'의 은유는 작품 안에서 충분히 강조되며 반복되고 있다)가 눅눅해지고 찢어질 듯위태로워지는 장면(「자전거 무덤」)에서 '먼지'를 떠올리는 것은 그렇게 어려운 일이 아니다.

먼지 자욱한 『표범기사』는 마치 이렇게 반복해서 말하는 것처럼 보인다. 우리의 존재를 의탁한 건축이, 우리가 안겨 있다고 생각한 그 구석이조금씩 무너져내리며 먼지를 피워올리고 있다는 것, 그러니까 결국 우리거주지의 실상이 먼지 도시이며 또한 폐허라는 것. 그렇다면 이렇게도 말할 수 있으리라. 『표범기사』의 먼지는 이방인의 정서와 이방인이라는 물음이 물질화된 결정체라고. 이 때문에, 「먼지별」에서 먼지의 이미지가 그랬던 것처럼, 『표범기사』에서 먼지나 먼지의 대체물(타일, 개미, 비)이 결정적 사건을 점화시키는 방아쇠가 되는 때가 있다.

「토큰」의 커플이 먼지 도시만을 맴도는 버스 노선표 바깥을 욕망하기시작한 것은 자꾸만 여자에게 묻은 먼지를 털어주고 싶은 남자의 염려와그 염려에 "어딘가에 숨겨진 붉은 등을 켠"(84쪽) 여자의 몸에서부터 비롯된다. 먼지 도시 안에서 남자는 "내가 운전하는 게 아니라 팔이 운전하고 있는 것 같은"(86쪽) 착각에 시달리고 여자는 뭔가를 잃어버린 듯 "억울한 기분"(93쪽)이 들지만, "한 정거장마다 내려서 먼지를 털어주기만한다면 (······) 어디까지나 달려갈 수 있을 것 같"(101쪽)다. 먼지 도시만을 맴도는 버스 노선표 바깥의 그 어딘가로.

한 남자가 개미떼를 이끌고 비행기의 바퀴 칸에 숨어들었다가 얼어죽은 채로 발견되는 「개미인간」은 단지 기괴한 자살 사건을 보고하는 것이 아니다. 아파트 공사장에서 허리를 다친 이후로 하루종일 집안에만 누워 있는 이 무능력자, 귀에 잘못 찾아든 여왕개미 때문에 자신의 몸을 개미들의 집으로 내어준 뒤로 '개미인간'이 되어 구경거리가 됨으로써 돈을 버는 가련한 사내. 아내에게 두번째 동반자살을 권유받았을 때 그가 인천발 카이로행 비행기로 숨어든 것은, 그가 개미에게서 자신의 모습을 본 탓이다. 부스러기들의 수집가이며 그들 자신이 부스러기 생명체처럼 보이는 고향 잃은 이집트 개미들, 이집트에서의 화려한 혼인 비행과 새집 짓기의 본능을 망각한 채 시멘트 벽 틈새에서 단지 연명할 뿐인 이집트 개미들에게서 자신의 모습을 본 탓이다. 그의 몸이 개미들로 뒤덮여 있기 때문이 아니라 그가 개미에게서 자신의 모습을 발견한 탓에 그는 '개미인간'이다. 어떤 의미에서는 희극적이기까지 한 저 비극적인 죽음은, 개미인간이 자신의 분신들을 고향으로 돌려보내기 위해, 그리고 동시에 자기 자신의 먼지 도시 탈출과 귀향까지도 실현시키려는 몸짓인 셈이다.

테마파크의 쇼를 '진짜' 아스텍 희생제의로 완성시키기 위해 자신의 심장을 바친 어느 타일공에 대한 이야기에서, 타일공을 예술가이자 아스텍 전사로 변신시키는 결정적인 계기는 새로 붙인 타일이 자꾸만 떨어져나가는 대목에 있다. 왜 타일들은 떨어져나가는가? 지구 반대편에서 찾아온 '진짜' 인디오 전사가 잘못된 문양으로 맞춰진 타일을 부숴놓았기 때문이다. 표범기사가 맞춰준 진짜 아스텍 문양 앞에서 타일공은 "흉내만 내다 들통이 난 것 같아서 얼굴이 화끈 달아"(24쪽)오른다. 그렇게 해서 단순 기능공은 "'진짜처럼'이 아니라, '진짜'를 훔치고 싶은 사람"(29쪽)이 되고, 진짜처럼 보이는 돼지 심장이 아니라 진짜 자신의 심장을 꺼낼 수밖에 없었다. 이제 「표범기사」는 부서진 타일을 다시 맞춰 하나의 모자

이크 작품을 완성하려는 예술가의 열정에 대한 이야기로 바뀐다. 이 예술가는 상업적인 볼거리로 전락한 이방인의 삶이 제자리를 찾아 머물 수 있기를, 삶의 조각들이 조금씩 부서지고 떨어져나가는 테마파크를 재조립하여 새로운 집을 건축할 수 있기를 소망하는 셈이다. 실패와 파멸로 끝나는 것처럼 보이는 「표범기사」의 에피소드가 어떤 압도적인 분위기를 만드는 것은 이러한 사정과 관련되어 있다.

4. 말의 건축, 말의 선물

보기에 따라서 타일공의 시도가 실패한 것이라고 말할 수도 있겠다. 그의 몸짓들은 결국 테마파크의 상업적 볼거리, 가짜 욕망에 삼켜지기 때문이다. 타일공 자신도 이 점을 정확히 알고 있다. "사실은 말이다, 난 뻔히 알면서도 속으로 우겼던 거다. (……) 지금까지 내가 만들고 바랐던 건 죄다 가짜가 아니고 뭐냐……"(31쪽) 그는 결코 거짓된 장소와 가짜 욕망에서 벗어나지 못한 것처럼 보인다. 테마파크 안에서 아스텍 제국을 부활시키려는 시도 자체가 이미 표범기사의 착각에 지나지 않는다.

하지만 「표범기사」의 물음은 진짜냐 가짜냐, 아스텍의 신성한 희생제의냐 테마파크의 상업적 볼거리냐의 이분법 위에 있지 않다. 타일을 붙이는 자신의 단순 작업을 "작품"(17쪽)으로 이해할 때, (하이데거처럼 말하자면) 존재자의 진리가 스스로를 정립하는 그 장소로 이해할 때, 그리고 그 작품을 위해 자신의 목숨을 걸 때, 타일공의 열정은 진짜/가짜의 구분을 넘어선다. 타일공이 진짜 아스텍 문양을 새겼다고 해서 테마파크가 진짜 아스텍 제국이 될 리는 없지만, 작품을 완성하려는 타일공의 열정이 테마파크의 현실을 위협하고 테마파크의 자리 위에 새로운 집을 짓는다. 그가 플라스틱 용설란 사이에 심은 진짜 용설란이 씨를 퍼뜨려 "회전목마의 안장과 타일 사이에도 용설란 싹이 돋았다. 테마파크는 조금씩 푸르게 녹슬었다".(32쪽) 테마파크의 상업적인 볼거리나 표범기사의 착각 속에서 벌어지는 희생제의나 어느 하나도 진짜가 될 수는 없겠지만, 타일공이 녹슬게 만들어놓은 가짜들은 이제 단순한 가짜로 남을 수도 없다. 타일공의 피와 용설란의 꽃이 진짜와 가짜의 경계 위를 적시고 장식하면서 우리를 이방인이 되게 하는 이 먼지 도시는 무언가 다른 장소로 변경되고 있다. 그러므로 「표범기사」는 '진짜/가짜'의 경계를 절단하는 방식으로 고향 상실의 조건에 개입해들어온다고도 말할 수 있다.

「표범기사」의 타일공이 아들에게 들려준 거짓말은 단지 부정되어야 할 비진리에 멈추지 않는다. 아들을 낳다 죽은 아내를 두고, 어느 날 실수로 두루마리 화장지를 떨어뜨렸다가 휴지가 자꾸만 굴러가는 통에 문지방을 넘었다가 여태 돌아오지 못했다고 말했을 때, 그는 어린 아들에게 그저 거짓말을 하고 있는 것일까? "세상이 날(타일공의 아들―인용자) 게워낼 것 같"은(20쪽) 죄책감과 불안감 속에서 아들을 구원할 장소를 타일공 아버지는 말로써 건축하고 있는 것은 아닌가. 그것은 '진짜/가짜'의 경계선을 절단하는 말의 건축이며 거주를 위한 배려가 아닌가.

이경의 등단작 「파이프」가 겨냥하는 지점도 바로 이곳이다. 쇼핑센터는 우리 삶의 근본적인 관계들은 그대로 둔 채 헛된 상품의 반짝거림으로 우리를 마비시키는 '거짓' 이미지들의 전시장이다. 그렇다고 해서 외계인으로 불리는 한 소년의 복수, 쇼핑센터의 광고담당자를 파이프에 가두는 행위가 정당화되는 것은 아니며 이 복수의 에피소드가 「파이프」의 핵심인 것도 아니다. 「파이프」가 헛된 욕망의 구조로 되어 있는 현실과 함께 재개발과 철거민의 문제를 경유하는 것은 우리의 관심을 끄는 대목이기는 하지만, 그것이 이 작품의 전부는 아니다. 광고의 거짓말에 대항하는 또다른 거짓말, '진짜/가짜'의 경계선을 절단하는 거짓말이 자신의 삶 자체로부터 소외된 우리 이방인들의 가슴을 어루만지는 대목이야말로 이 소설에서 가장 빛나는 대목이다. 나중에 쇼핑센터 광고담당자가 될 어린 딸에게 엄마는 요술봉을, 드레스를, 곰인형을 사주겠다고 약속했다. 하지만 가난한 엄마는 한번도 약속을 지킬 수 없었다. "엄마는 거짓말로 나를 키웠다."(64쪽) 그러나 딸이 엄마에게 한 약속들도 거짓말일까?

긴 장화를 사줄게. 백 걸음 걸으면 멜로디가 나오는 걸로. 엄마가 어디쯤 오나 알 수 있게. 푹신한 모자를 사줄게. 어디든 머리만 닿으면 베개가 되는 걸로. 잠깐잠깐 잠들 수 있게.(66쪽)

결코 단순한 거짓말에 머물 수 없는, 광고의 거짓말과 명백히 구분되어야 하는, 이 '말의 선물'이 우리 이방인들의 정서 위에 내려앉으며 깊은 울림을 만들고 있지 않은가. 그것은 빛나지만 차갑고 이질적인 상품들의 공간을 변경시킬 동화적 소망으로 충만하지 않은가.

약간의 단순화를 감수한다면, 『표범기사』를 이렇게 요약해볼 수도 있겠다. 먼지 도시의 거주자들이 이방인의 정서와 물음을 체득하고 자신들이 처한 거주의 본래적인 곤경을 감지하면서 먼지 도시로부터의 귀환과 새로운 집짓기를 소망하는 것.

마르틴 하이데거는 이렇게 물은 적이 있다. "인간이 거주의 본래적인 곤경을 아직도 전혀 바로 그 곤경으로서 숙고하지 않는다는 점에 인간의 고향 상실(Heimatlosigkeit)이 성립하고 있다면, 어찌될 것인가?"[4] 만일 이 물음이 정당한 것이라면 우리가 『표범기사』를 환영하는 일도 충분히 정당한 일일 것이다. 그녀의 소설이 거주의 본래적인 곤경을, 이방인의 정서와 물음을 통해 숙고하고 있기 때문이다. 우리의 거주지가 먼지 도시임을 알아보는 데서 고향 상실의 조건에 변화가 시작되고 있다고 기대해볼 만하기 때문이다. 하이데거는 인용한 문장 바로 뒤에 이렇게 덧붙였다.

---

4) 마르틴 하이데거, 『강연과 논문』, 이기상 외 옮김, 이학사, 2008, 208쪽. 강조는 하이데거에 의한 것.

"그렇지만 인간이 고향 상실을 숙고하자마자, 고향 상실은 이미 더이상 서글픔(Elend)이 아니다."

(2011)

그 말들은 뼈를 토해놓고 말이라 할지 모른다
— 송경동의 『사소한 물음들에 답함』

시인을 따라 이렇게 말하는 것이 좋겠다. 송경동의 모든 시는 산재시라고. 그가 "외로움을 이야기할 때 그것은/ 모든 형태의 산재로부터 자유롭지 못한/ 이 세계에 대한 항의다". 시인은 묻는다. "신체가 늘어지거나 부러지거나 잘리는 것만이 산재일까", 그렇지 않다. 산업재해는 "쪼들리는 삶으로부터 오는 모든 정신의 훼손과 관계의 파탄"이다(「나의 모든 시는 산재시다」[1]). 송경동의 시는 곧장 사회적 현실의 가장 아픈 부분으로 침투해서 그 아픔에 공명한다. 그의 시는 아픔이 불러일으키는 감정의 공동체 속으로 우리를 끌어당기고 심지어 우리가 이미 그 안에 있음을 일깨우려 한다. 그 아픔의 중핵이 "쪼들리는 삶"이라는 물질적 근거라는 점을 상기시킬 때마다, 송경동의 시는 산재시가 된다.

송경동의 시에서 언어의 표면 위에 피어오르는 이미지들의 운동은 언제나 부차적이다. 그의 시는 내밀한 깨달음의 영역에 무심하고, 고도로 예민해진 감수성만이 포착할 수 있는 세련된 감각에도 무감하다. 그러나

---

1) 송경동, 『사소한 물음들에 답함』, 창비, 2009. 이하 이 시집에서 인용할 경우 본문에 제목만을 표기한다.

시적인 것이 늘 그러한 영역에만 머무는 것은 아니다. 소박하지만 건강하고 공동체적이며 그렇기 때문에 빠르게 확산되는 슬픔과 분노의 깊은 울림 속에서, 우리의 일상적 감각들이 흐트러질 때, 그때에도 우리는 시적인 것을 체험한다. 『사소한 물음들에 답함』을 읽을 때 우리는 그런 체험을 겪는다. 그 구체적인 고통에 감염되는 것, 그것이 이 시집의 압권이다.

압권(壓卷)이라고 썼다. 산재시가 되고자 하는 송경동의 시론은 시집의 가장 윗부분에서 모든 작품들을 고르게 누르며 실뿌리를 뻗어내린다. 그렇게 해서 그의 시 가운데 가장 서정적인 순간에 도취되어 있는 작품들조차도 우리는 결국 산재시로 읽을 수밖에 없다. 「오늘은 여기서 자고 가야겠다」는 연계된 기차가 없어 하는 수 없이 대전역 어느 구석에서 자고 가야 하는 어떤 고단한 밤의 순간을 포착한다. 이때 어두운 밤하늘에 멀리 떨어져 각자 빛나는 별은 앞으로 찾아가야 할 정거장들과 혼동되고, 그렇게 해서 '오늘은 이 별에서 자고 가야겠다'고 마음먹으며 전생을 지나 현생으로 태어나는 순간이 어렴풋이 떠오른다. 이 취한 밤의 말들조차 "쪼들리는 삶으로부터 오는 모든 정신의 훼손과 관계의 파탄"에서 오는 한에서 우리는 이것을 산재시로 읽을 수밖에 없다. 시인은 「그해 여름 장마는 길었다」에서 얼마 있지도 않은 세간붙이를 깨나가는, 뱃일하는 사내와 부둣가 다방 여자 사이의 절망적인 싸움을 어쩔 수 없이 엿듣는다. 여자의 흐느낌과 세간붙이 깨져나가는 소리를 들으며, 자신의 불우했던 유년기를 떠올리고 '와아? 와아? 와 그라는데?'의 무너져내리는 물음에 공명하는 말들도, 그 물음이 우리 인생을 차압하는 현실 쪽으로 뻗어나가는 한에서, 산재시로 읽을 수밖에 없다.

그러나 『사소한 물음들에 답함』의 뿌리가 움켜쥐고 있는 부드러운 흙은, 저 분노와 슬픔이 되돌아가는 자리는, 사랑이다. "저항의 세계화/ 눈물의 세계화를"(「멕시코, 깐꾼에서」) 태동시키는 것은 "이 불안정한 세계"가 파탄으로 내몬 "모든 사랑스런 관계들"(「나의 모든 시는 산재시다」)에 대한 열정에서 시작된다. 그러므로 "1년치 통화기록"과 "몇 년치 이메일 기록", "가택수사"와 "통장 압수수색"으로 압박하는 경찰에게 시인은 항변한다. "그렇게 나를 알고 싶으면 사랑한다고 얘기해야지,/ 이게 뭐냐고"(「혜화경찰서에서」) 혜화경찰서의 저 불쾌한 장소는 그렇게 해서 한순간에 뒤집히고, 그렇게 시인은 경찰이 대표하는 무엇인가를 이긴다. 얼마 전까지 용산참사 희생자들이 갇혀 있던 순천향병원의 냉동고에서, 시인은 우리 모두의 삶을 얼어붙게 만드는 대한민국의 차가운 현실을 읽어낸 뒤 이렇게 썼다. "거기 너와 내가 갇혀 있다/ 너와 나의 사랑이 갇혀 있다"(「이 냉동고를 열어라」). 그러므로 시인이 곧이어 "제발 이 냉동고를 열어라" 하고 요구할 때, 그것은 온전히 사랑에의 요구이다. 「나의 모든 시는 산재시다」와 함께 시론시라고 할 만한 「가두의 시」에서, 시인은 길바닥의 절실한 삶이야말로 그 자체로 시라고 선언한 끝에 이렇게 덧붙였다. "그 길바닥의 시들이 사랑이다". 그렇게 해서 슬픔과 분노가 사랑과 뒤엉키고, 삶과 시와 사랑이 다시 한몸이 된다.

하지만 우리는 지금 너무 손쉬운 결론에 도달한 것이 아닐까? 삶과 시와 사랑이 한몸이라니, 그것은 지나치게 단순한 봉합이 아닐까? 『사소한 물음들에 답함』의 세번째 시론시 「아직 오지 않은 말들」을 음미하는 것으로 이 질문에 대한 대답을 대신해보자. 이러한 간접적인 대답은 이 시가 말(시)과 뼈(삶, 현실)에 대해 이야기하고 있기 때문에 성립할 수 있다. 이 시는 삶이 아니라 삶에 대해 말하고 있는 그 '말'에 대한 성찰을 전면에 내세우고 있어서 송경동의 시 가운데 예외적이라는 인상을 준다. 하지만 첫번째 시집 『꿀잠』(삶창, 2006)에서도 시인이 이와 동일한 주제를 다룬 적이 있다는 점을 떠올려보면, 이 시가 특별히 예외적이거나 느닷없다기보다 오히려 이것이 송경동의 오랜 주제 가운데 하나인 것 같다. 「아직 오지 않은 말들」은 "언제부터인가/ 있는 말보다/ 없는 말을 꿈꾼다"(이하 강조는 인용자)로 시작하고, 『꿀잠』의 「그 서투른 말들을 믿기로 했다」

는 "오늘부터는 없는 말/ 태어나지 않은 말들만/ 믿기로 했다"로 끝난다. 또 이번 시집의 표제작 「사소한 물음들에 답함」에서도 시인은 자신이 특정한 정치 조직에 소속되어 있는 것이 아니라, "아직 태어나지 못해 아메바처럼 기고 있는/ 비천한 모든 이들의 말 속에 소속되어 있다"고 선언한 바 있다.

아직 오지 않은 말, 아직 태어나지 못한 말, 지금은 없는 그 말에서, 어떤 낭만적인 관념에 빠져들고자 하는 유혹에 굴복하지 않는 것이 중요하다. 예컨대 지금 있는 말들이 포착하지 못한 '진정한' 대상이 존재한다거나, 아직 없는 말들이 태어나면 우리가 그 진정한 대상을 소유할 수 있다거나, 그것들이 현실 속으로 태어나기 전에 거주하는 신비한 공간이 있다는 식의 낭만적인 관념들. 이러한 관념들은 '현실에서 회피하는 환상'과 '세계를 바꾸려는 현실적 전략'을 혼동하게 만든다. 송경동의 「아직 오지 않은 말들」은 그런 낭만적 관념들을 거부하며 이렇게 끝맺고 있다. "그 말들은 뼈를 토해놓고/ 이것이 말이다라고 할지도 모른다". 이 구절에서 "정신은 곧 뼈다"라고 쓰며 독일 낭만주의의 산통을 깨뜨리는 헤겔을 떠올릴 수 없을까.

헤겔은 『정신현상학』의 5장 1절 '관찰하는 이성'의 마지막 부분에서 당시 유행하던 사이비 과학인 골상학이 스스로를 무화시키는 장면을 묘사했다. 골상학은 물질적인 뼈가 그 이면에 어떤 신비로운 정신을 감추고 있다는 믿음에서 출발해서, 뼈의 생김새가 곧 정신을 말해준다는 결론을 내린다. 그러나 골상학이 그런 결론에 도달할 때, 정신과 물질, 내면과 외면 사이에 있는 건널 수 없는 심연(실제로는 내면-정신의 중심주의)을 스스로 무너뜨리고 있는 것이 아닌가. 골상학은 결국 뼈가 정신이고 정신이 뼈라고 말하고 있지 않은가. 헤겔은 사이비 과학인 골상학의 가르침을 그대로 받아들이라고 말한다. 물질과 대비되는 심오한 차원의 정신 같은 것은 없다. 그런 착각에서 빠져나가며, 정신에서 사물을 사물에서 정신을 발견하는 것이 변증법적 운동이라고 그는 『정신현상학』에서 반복해서 쓰고 있다.

그와 같은 방식으로 송경동의 시를 읽기로 하자. '아직 오지 않은 말들'에서 어떤 신비롭고 오묘한 이치를 상상해서는 안 된다. 그 말은 오히려 뼈와 같은 것, 물질이나 외면, 혹은 현실과 구분되지 않는 것이다. 송경동이 이 말을 찾아 "거리를 헤맨다"고 했을 때, 이 문장을 문자 그대로 읽어야 한다. '아직 오지 않은 말들'은 우리 내면의 심오한 깊이 혹은 높이 속에 있는 것이 아니라 저 현실의 삶, 거리에 있다. 정신은 뼈고, 뼈가 말이다. 그러므로 우리는 다시 시인의 첫번째 시론시를 향한 순환운동을 마친 셈이다. 내면의 심오한 깊이 혹은 높이를 향한 '아직 오지 않은 말'(시)의 운동은 결국 '뼈'(삶, 현실)를 향하기 때문에, 송경동의 모든 시는 산재시가 된다. "그 말들은 뼈를 토해놓고/ 이것이 말이다라고 할지도 모른다".

(2010)

5부

이야기의 교차로에서

이야기의 은밀한 법칙
— 언제나 여전히 도래하는 중이거나 언제나 이미 지나간 만남을……

1

배수아의 소설에서 작품 전체를 포괄하는 하나의 이야기의 흐름을 건 져올리는 것은 가능한 일인가? 배수아의 소설은 너무나 많은 암시들과 복잡한 에피소드들의 중첩으로 구성되어 있어서 최근의 그녀의 소설들 은 소설이라기보다는 이야기의 흐름이 결여된 철학적인 에세이들의 나열 혹은 매혹적인 이미지들의 다발 혹은 이 두 요소들의 혼란스러운 복합물 로 읽히지 않는가. 배수아의 소설들에 대한 표준적인 이해는 '다른 어떤 작품도 아닌 배수아의 소설에 결코 없는 것이 하나 있는데 그중의 하나는 이야기'라는 것이다.

배수아의 소설에서 우리가 흔히 받게 되는 이런 인상들은 배수아 소설 의 몇몇 특징들을 어느 정도 반영한 것이긴 하다. 그럼에도 우리가 약간 의 주의를 기울이면 저 철학적인 에세이들의 나열과 매혹적인 이미지들 의 다발이 어떤 소용돌이를 이루고 있음을, 그 소용돌이가 매우 선명한 하나의 이야기의 흐름을 이루고 있음을 알아차릴 수 있다.[1] 『서울의 낮은 언덕들』(자음과모음, 2011)의 경우로 한정해보자면 우리는 이 소설을 어떤 방랑과 헤매임의 중첩으로 읽을 수 있다.

이야기는 이렇다. 낭송 배우 경희는 외국의 어떤 도시로 여행을 갔다가 그곳에 정착해 살고 있는 이민자들과 우연히 만나 인연을 맺는다. 그런데 경희가 이 도시를 떠난 지 한참 후에 수신인이 경희로 되어 있는 어떤 편지가 이 도시에 도착한다. 이 편지는 세계의 여러 도시를 떠돌아다니는 경희를 찾아 2년 이상 여러 도시를 떠돌아다녀왔지만 아직도 경희에게 도착하지 못했다. 그래서 그 이민자들은 경희에게 직접 편지를 전해주기로 한다. 서울까지 찾아온 그들은 우여곡절 끝에 경희의 낭송극 공연 장소를 알아내 그곳에 찾아간다. 『서울의 낮은 언덕들』은 방랑자 경희를 찾아 떠도는 편지의 방랑과 편지의 방랑에 동참한 어느 이민자들의 방랑에 관한 이야기이다.

2

그러나 사정은 금세 복잡해진다. 경희는 외국의 어느 도시에서 만난 이민자들에게 자신의 이야기를 낭송극의 형태로 들려주었는데 이 낭송극의 내용이 이야기 속의 이야기로 1장의 후반부터 6장까지를 이루고 있다.[2]

---

1) 배수아가 들려주는 이 이야기의 소용돌이에는 수많은 디테일들을 하나의 흐름으로 집결시키는 구심력과 이 흐름으로부터 빠져나가게 하는 원심력 사이의 긴장이 존재한다. 좀더 정확하게 말하자면 이 긴장이야말로 배수아의 이야기의 핵심이며 이 긴장의 강도가 배수아의 이야기의 강도를 결정한다고도 말할 수 있다. 나는 「노아의 방주로부터 대홍수를 구출하기—여성적인 것과 소설의 어떤 문법」(이 책의 1부에 수록)에서 배수아 소설에 대한 표준적인 이해를 극단화하면서 배수아 소설의 원심력만을 강조하고 '우리는 더이상 이야기를 필요로 하지 않는다'고 다소 과장되게 단언했다. 이 단언은 소설의 여성적 문법을 탐색하고자 하는 그 글의 목표 아래서는 나름의 문맥을 형성한다고 말하고 싶지만, 이야기의 흩어짐만으로는 배수아 소설의 전체 맥락을 설명할 수 없다. 소설의 여성적 문법이 아니라 배수아 소설 자체에 관해서라면 위의 글은 사태의 절반만을 이야기함으로써 결국 아무것도 말하지 못한 셈이다.
2) 이 점에 대해서는 별도의 설명이 필요할 것 같다. 2장부터 6장까지 이 에피소드들이 낭송된 내용이라는 사실을 표시하는 구절이 거의 없다. 하지만 "그리고 호흡 자체도 밤의 성

이 이야기 속의 이야기는 전체 이야기의 흐름이 간단하게 어떤 끝에 도달하기를 방해하며 매우 독특한 형태의 소용돌이로 바꿔놓는다. 다소 길고 지루한 작업이 될 수도 있겠지만, 이 소용돌이에 대해 말하기 위해서는 어쩔 수 없이 이야기 속의 이야기들을 살펴볼 수밖에 없다.

경희는 자신의 독일어 선생이 죽음을 앞두고 있다는 소식을 듣고 그를 찾아 걸어서 떠나는 여행을 결심했는데, 이것이 그녀의 방랑의 출발점이다.(1장의 후반부) 경희가 독일어 선생을 마지막으로 만났을 때, 두 사람은 두 번 다시 예전과 같은 형태로는 만날 수 없었던 어떤 소설 속 커플에 대한 이야기를 나눈다. 그것은 그레이엄 그린의 소설에 대한 이야기였지만 경희와 독일어 선생에게 닥쳐올 이별에 대한 암시이기도 하다.(2장) 경희가 '독일어 선생=미스터 노바디[3]'를 처음 알게 되자마자 그와의 지속적인 연락을 위해 베를린에 주소를 필요로 했고 그 때문에 경희는 베를린의 어떤 치유사의 집에 방을 구한다. 미스터 노바디가 그 집을 방문했을 때 집주인인 치유사는 미스터 노바디와 경희에게 안마와 주술적 치료

분인 짙은 초록색 이끼의 꿈틀거리는 꿈으로 변하는 것 같았다고 경희는 말했다".(36쪽, 이하 강조는 인용자) 또는 "경희는 어느 날 엽서를 부치기 위해 아시아 대륙의 중앙에 있는 한 도시의 우체국을 방문했던 일을 그렇게 이야기했다"(98쪽)처럼 대화가 아닌 것이 명백한 장면에서 경희가 누군가에게 말하고 있음을 표시하는 구절들 때문에 1장의 전반부와 7장을 제외한 에피소드들을 이야기 속의 이야기로 읽는 것이 타당할 것 같다. 이 에피소드들은 경희가 청중들에게 "그렇게 이야기"한 것이고, 그 청중, 지금 경희를 찾아 서울을 헤매고 있는 이민자들이 그 에피소드를 우리에게 다시 전달하고 있는 것이다.
3) 독일어 선생과 미스터 노바디가 동일인물이라고 읽을 수 있는 여러 근거들 가운데 하나는 다음의 한 쌍의 인용문에서 두 사람이 서로를 연상시킨다는 점이다. "그[미스터 노바디를 가리킴]가 사는 방은 그 도시의 중앙역에서 멀지 않다고 했어. (……) 그의 방에 있는 창으로 초록색 병원 건물이 보인다고 했어. (……) 그는 중앙역에서 마지막 기차가 도착하는 소리에 귀 기울인다고 말했어. 그날 베를린에서 출발하여 그 도시에 40초 동안 정차한 후 서쪽으로 떠나가는 마지막 기차."(224쪽) "경희의 독일어 선생은 죽음이 임박했던 시절, 병실의 창밖으로 저물어가는 태양의 마지막 어슴푸레한 빛 속에 잠긴 기차역사의 삼각형 지붕을 물끄러미 쳐다보다가, 베를린에서 오는 그날의 마지막 열차가 막 역사로 들어서는 순간 (……)"(260쪽)

를 제안한다. 이 과정에서 경희가 20년 전에 산부인과 수술을 받은 적이 있다는 사실이 드러난다.(3장) 알려지지 않은 이유로 미스터 노바디와 경희는 이별했고 그로부터 한참 뒤 경희는 울란바토르에 있는 친구 반치(미스터 노바디의 아들이다)를 찾아가 비엔나의 마리아에게 함께 갈 것을 권유한다.(4장) 비엔나에서 경희는 낯선 동양인 사내를 만나, 원치 않는 임신을 한 상태로 어느 날 사라져버린 자신의 자매(나중에 경희의 어머니임이 드러난다)에 대해 고백한다.(5장) 반치는 경희와 함께 비엔나에 왔지만 마리아가 그를 만나길 원치 않았기 때문에 마리아와 만나지 못한다. 한편 베를린의 치유사가 비엔나의 경희에게 전화해 어떤 젊은 여인이 베를린으로 찾아왔으며 경희에게 보내는 편지를 남겼다고 전해온다. 경희는 베를린에서 온 소식이 헤어진 미스터 노바디로부터의 기별이 아니라는 데 낙담했고, 그 때문인지 발송인이 표시되지 않은 착불 편지의 수취를 거부한다. 한편 텔레비전 프로그램에 치유사가 등장해 마리아라는 여인에게 주술적 치료를 시도하던 도중, 헤어진 어머니를 찾는다며 경희를 찾아 자신의 집을 방문한 젊은 여자 마리아에 대한 이야기를 꺼낸다.(6장)

그런데 아직 이야기가 남아 있다. 편지의 방랑에 관한 이야기도 아니고 이민자들이 들은 낭송도 아닌 어떤 에피소드가 7장의 끝부분에 따라붙어 있다. 어머니를 찾아 베를린의 치유사의 집을 방문했던 그 젊은 여인은 경희를 만나기를 포기하지 않았고 결국에는 경희를 만나지만 경희는 자신은 아이를 낳은 적이 없으므로 자신이 그녀의 어머니일 수 없다고 말한다.

다시 한번 정리해보자. 경희는 독일어 선생=미스터 노바디를 찾아가기 위해 세계를 떠도는 방랑을 시작하지만 끝내 그를 만나지는 못한다. 반치는 마리아를 찾아 비엔나에 왔지만 끝내 마리아를 만나지는 못한다. 어머니를 찾는 젊은 여인은 경희를 만났지만 경희가 어머니가 아니라는 점에서 결국 어머니를 만나지는 못한 셈이다. 앞에서 자세히 소개하지 못했지만 이 소설의 마지막을 장식하고 있는 반치의 장엄한 시 「사오라족 샤먼의 아내」는 죽은 남편을 만나기 위해 저승으로 여행을 떠났지만 모든 희생을 바치고도 남편과 만나지 못하는 한 여성의 수난기로 되어 있다. 경희에게 부쳐진 편지는 경희에게 거의 도달할 뻔한 적이 있지만 그녀가 이미 수취를 거부한 적이 있고, 경희를 찾아온 이민자들은 어떤 낭송 무대의 객석에 입장하면서 그 낭송배우가 경희일 것이라고 확신하고 있지만 경희와 이민자들이 서로 만나는 장면은 소설 속에 그려져 있지 않고(사실 그들이 지금 경희라고 확신하는 이 낭송 배우의 이름은 경희가 아니며, 그들은 이미 경희의 목소리와 실루엣을 닮은 어떤 낭송 배우를 만났다가 그녀가 경희가 아니라는 점을 확인한 적이 있다) 따라서 문제의 편지가 이민자들의 손에 들려 경희에게 전달되었는지에 대해 소설에는 어떤 언급도 없다. 만남의 실패가 반복되고 있는 『서울의 낮은 언덕들』의 전체 맥락에서 볼 때 편지의 전달은 끝까지 연기되고, 방랑은 끝까지 지속될 것으로 보인다. 이 소설의 마지막 장면에서 초미의 관심사처럼 보였던 편지는 오히려 이야기의 초점에서 완전히 사라져버리는데 그것은 비유컨대 수신 실패에 대한 예감조차도 없이 그저 어떤 모호함 속으로 편지가 융해되어 사라져버리는 것처럼 보인다.

『서울의 낮은 언덕들』이 들려주는 이야기는 어떤 만남이라는 목표에 결코 도달할 수 없는 탓에 끝낼 수 없는 영원한 방랑, 그 만남을 향한 영원한 기울어짐 그 자체를 구성한다. 혹은 영원한 방랑과 영원한 기울어짐 탓에 언제나 계속해서 도래하고 있는 만남이 『서울의 낮은 언덕들』의 이야기를 구성한다. 경희, 마리아, 젊은 여인 그리고 독일어 선생, 미스터 노바디, 반치 등의 개별적인 에피소드는 저 끊임없는 방랑과 기울어짐의 보편성 속으로 녹아내린다.

3

　이 녹아내림 속에서 각각의 인물들을 구분하는 개별성 또한 녹아내린다. 독일어 선생과 미스터 노바디가 동일인물로 읽히는 것처럼(각주 3), 자세히 들여다보면 경희와 마리아와 젊은 여인을 혼동할 수밖에 없게 만드는 장치들 또한 산재해 있으며,[4] 이 세 여인들과 독일어 선생, 미스터 노바디, 반치 세 남자들 또한 구분하기 어려워지는 순간이 있고, 그래서 『서울의 낮은 언덕들』의 모든 인물들은 다시 한번 기묘한 이야기의 소용돌이 속에서 녹아내리는 것처럼 보인다.

　예컨대 경희가 병원에서 발가락의 깁스를 잘라내다가 여의사의 실수로 발가락이 잘려나가는 듯한 통증을 느끼고 있을 때, 그럼에도 여의사는 엄살 부리지 말라는 듯이 야단치고 있을 때, 경희는 독일어 선생이 보내온 편지를 떠올린다.

　　깁스 아래에 있던 발가락은 절반쯤이나 톱날에 잘려나가버렸지요. 여의사의 경악하던 표정이 잊혀지지 않아요. 아픔과 충격으로 도리어 멍하게 무감각한 내 앞에서 그녀는 거의 울부짖다시피 외쳤지요. 오 미안해요, 내가 잘못 계산했어요, 난 이럴 줄 몰랐어요, 미안해요.(25~26쪽)

---

4) 이 점을 입증할 수 있는 풍부한 사례들 가운데 일부를 나열해보자. 세 여인은 모두 마리아라는 이름으로 불린 적이 있거나 스스로를 마리아라고 부른다.(189쪽, 263쪽) 경희는 마리아와 자신의 경험을 혼동하고(103~104쪽), 치유사는 경희와 마리아에게서 동일한 증상을 발견하거나 예고한다.(92~93, 256~258쪽) 원치 않는 임신을 한 상태로 사라져버린 나이 많은 자매에 대한 경희의 회고에서 그 자매는 사실 경희의 어머니라는 점이 강하게 암시되는데, 경희는 그 어머니와 자신이 일치하는 순간을 체험한 적이 있다.(159~160쪽) 경희는 자신의 어머니이자 딸인 셈인데 경희 어머니의 원치 않는 임신과 사라짐이, 젊은 여인이 어려서 헤어진 어머니를 찾느라 경희에게로 왔지만 자신은 20년 전 산부인과 수술을 했고 아이를 낳은 적이 없다고 말하는 장면들과 묘하게 겹쳐진다. 결국 『서울의 낮은 언덕들』은 세 여인을 혼동하게끔 우리를 유혹한다.

인용문은 독일어 선생의 체험이다. 발가락이 잘려나가는 사고는 경희에게 지금 벌어진 일인가 과거에 독일어 선생에게 일어난 일인가. 이 장면에서 이미 경희와 독일어 선생이 혼동되고 있다.

또다른 놀라운 사례. 경희를 찾아 여러 도시를 방랑하는 편지, 우리가 내내 어머니를 찾고 있는 젊은 여인이 쓴 편지라고 생각한 그 편지는 독일어 선생이 쓴 편지와 혼동된다. 이 편지가 이민자들의 손에 도착했을 때는, 편지를 쓴 사람이 이미 망자가 된 다음이었다.(284쪽) 독일어 선생이 죽음을 앞두고 있다는 사실이 소설에서 지속적으로 암시되어왔다는 점에서, 이 편지의 필자는 독일어 선생이라고 읽을 수밖에 없지 않을까. 그리고 경희와 젊은 여인 각자의 회상 속에는 또 이런 대목들이 있다.

그러던 어느 날, 그가 전화기에 대고 마치 선언하듯이 고함지르며 말한 것이 기억나. '우리(미스터 노바디와 경희)는 이 생(生)에서는 결코 두 번 다시 만나지 못할 겁니다!'(225쪽, 이하 강조와 괄호 안은 인용자)

나는 부모의 원에 의해서 태어난 아이가 아니다. (……) 어느 날 그들은 안녕, 우리(젊은 여인의 부모)는 앞으로 영원히 만날 일이 없을 겁니다, 하고 서로에게 편지를 쓴다.(307~308쪽)

젊은 여인이 쓴 편지는 미스터 노바디가 쓴 편지이며, 독일어 선생＝미스터 노바디는 젊은 여인의 아버지이고, 경희가 그녀의 어머니인데, 경희는 독일어 선생＝미스터 노바디와 혼동되면서 자신의 딸과도 혼동되며 여인들은 모두 마리아인데…… 젊은 여인의 부모인 경희와 독일어 선생이 서로에게 보낸 편지, 결코 경희에게 도착하지 않는 편지, 그것을 기어이 전달하기 위해 이 많은 에피소드들을 이끌고 수많은 도시를 거쳐 이민자들의 손에 들려 서울에 온 편지의 메시지란 결국 영원히 만날 수 없음인가. 만남을 향한 방랑과 기울어짐을 영원하게 만드는, 그 영원히 만날 수 없음.

이렇게 해서 이 방랑과 기울어짐은 구분되지 않는 인물들의 바다 속에서 거대한 소용돌이를 이루며 끊임없이 돌게 된다. 『서울의 낮은 언덕들』에는 매우 선명한 하나의 이야기의 흐름이 있는데, 그것은 경희나 독일어 선생에 관한 어떤 에피소드가 아니고, 끊임없는 방랑과 기울어짐의 보편성 속으로 녹아내리고 있는 혹은 그 녹아내림을 형성하고 있는 저 거대한 소용돌이다.

『서울의 낮은 언덕들』은 대단히 정교한 디테일들의 중첩으로 되어 있는데, 이 디테일들 사이의 연결고리를 표시하는 결정적인 정보들은 의도적으로 불투명하게 처리되어 있으면서도 디테일들이 서로 관련되어 있다는 강한 암시를 준다. 이 때문에 이 소설을 읽을 때에는 사건들이 어떤 결말을 향해 순차적으로 우리 눈앞에 펼쳐지기를 기대할 수 없다. 우리는 배수아가 배치한 빽빽한 디테일들의 미로 안으로 내려가 헤매면서 그것들의 흐름을 따라잡아야 하며 디테일들의 미로가 강제하는 방랑에 합류해야 한다. 그리고 일단 이 방랑에 합류하고 나면 어떤 거대한 이야기의 흐름, 결코 도달할 수 없는 어떤 만남을 향한 끊임없는 방랑과 그 만남을 향한 영원한 기울어짐을 구성하는 소용돌이에 휘말리게 된다. 배수아는 이 소용돌이의 중심에 존재의 융해에 대한 관념들을 철학적 에세이처럼 펼쳐놓곤 하지만(예컨대 52쪽, 117쪽), 이런 문장들에 현혹되어서는 안 된다. 그런 문장들이 중요하지 않다거나 충분히 사색적이지 않다는 뜻이 아니라, 그런 문장들에는 우리에게 특별히 밑줄 긋고 싶어하게 만드는 요소가 다분하지만, 그런 문장들이 저 소용돌이의 움직임을 이루고 있고 또 저 소용돌이의 움직임이 그런 문장들을 낳고 있다는 점이 보다 결정적이다.

4

어쩌면 여기서 배수아의 이야기가 부차적으로 '도시'에 대한 매우 독특한 이미지를 산출한다는 점까지 우리의 논의를 밀고 나갈 수 있을 것 같다. 배수아 자신이 "나는 도시들에 대해서 글을 쓰고 싶었다"(「작가의 말」, 309쪽)라고 말했기 때문만은 아니다. 이 소설이 함축하고 있는 저 거대한 녹아내림의 소용돌이가 적절히 픽션화될 수 있도록 뒷받침해주는 결정적인 요소이자 그 소용돌이에 의해서 형성된 가장 중요한 배경이 바로 '도시'이기 때문이다.

배수아에게 도시는 언제나 "어느 하나의 도시가 아닌 이 도시와 저 도시들"(같은 쪽)이다. 배수아의 도시는 언제나 "공항이 있는 도시"이므로 "도시들 사이를 관통하는 보이지 않는 시공의 혈관"(116쪽)으로 연결된 채 다른 장소에서 동시에 존재하는 도시'들'이기도 하다. 그 혈관을 타고 영원한 방랑과 영원한 기울어짐이 가능해진다. 여기에는 소설적 과장과 꿈의 도약이 포함되어 있지만 이러한 과장과 도약은 오늘날 대도시들의 현실적 조건으로부터 출발한다. "왜 사람들은 공항이란 장소가, 그곳에서 보내는 시간이, 이 생에서 저 생으로 건너가는 환생의 정거장처럼 느껴진다는 사실을 숨기는 걸까요."(13쪽) 그렇게 해서 베를린의 어떤 삶은 울란바토르의 어떤 삶과 연결되고 울란바토르의 어떤 삶은 서울의 어떤 삶을 연상시키며 서울의 어떤 삶은 비엔나의 어떤 삶 속에서 이미 체험한 적이 있다는 착각을 불러일으키게 된다.

보이지 않는 시공의 혈관으로 연결된 도시'들'의 형상은 아마도 이 이야기의 독특한 소용돌이 속에서 대도시의 체험과 샤머니즘이 하나의 직물로 짜이면서 생겨난 것 같다. 내가 여기서 샤머니즘 운운하는 것은, 작품의 후반부에서 깊은 인상을 남기며 『서울의 낮은 언덕들』의 수많은 에피소드가 반복해온 '만날 수 없음'의 테마를 반복하고 있는 시 「사오라족 샤먼의 아내」가 죽은 남편을 찾아 떠나는 아내의 유계(幽界) 체험을 담고 있기 때문만은 아니다. 또 문제의 '편지'가 방랑을 멈추지 않게끔 계속해서 다른 도시의 주소로 발송하기를 멈추지 않는 중개자가, 한국의 무속 단체로부터 지원을 받아 베를린에서 유학중인 치유사 그러니까 샤먼이기 때문만은 아니다. 보다 중요한 것은 『서울의 낮은 언덕들』이 수많은 도시들과 그 도시들의 개별적 삶 사이의 '연결'과 '교통'을 강조하거나 이 소설의 핵심적인 테마가 영원한 방랑과 기울어짐에 있다고 했을 때, 그것들은 오직 이 연결과 교통에 의해 펼쳐지는 무한대의 지평 속에서만 가능하다는 점, 그리고 그것이 샤머니즘의 우주론과 구조적으로 흡사하다는 점이다.

샤먼이 지니는 최고의 기술은 하나의 우주역에서 다른 우주역으로 넘어가는 것이고, 샤먼을 샤먼이게 하는 것은 "하나의 평면을 돌파하는 비법"에 있으며, 그것이 가능한 이유는 "우주의 구조가 교통에 적합한" 비밀스러운 통로를 포함하고 있기 때문이다.[5] 우리가 수직적 체계로 연결된 우주역들과 이 우주역들을 넘나드는 샤먼의 이미지를 현대 도시의 이미지들과 합성한다면, 수평적 체계로 연결된 도시들과 이 도시들을 넘나드는 비행기의 이미지를 떠올려볼 수 있다. 사건의 전개에 반드시 필요한 것이 아닌 순간에도 느닷없이 우리의 머리 위에 비행기의 그림자가 스치고 지나간다고 이 소설이 반복해서 지적하는 것은[6] 그리고 이것을 다시 우리 영혼의 고대적 비행기인 새들의 이미지로 변주하는 것은[7] 현대 도시의 이미지와 샤머니즘의 우주론의 합성사진을 점점 더 선명하게 한다. 도시의 이미지들과 충돌하면서 수직적이고 초월적인 우주론이 제거된 배

---

5) 미르치아 엘리아데, 『샤마니즘』, 이윤기 옮김, 까치, 1992, 243쪽.

6) 『서울의 낮은 언덕들』, 12쪽, 53쪽, 103쪽.

7) "진회색 동고비가 세계수의 꼭대기에 앉아 있으면서"(37쪽), "우리는 지금 이 생에서 저 생으로 떨어지고 있는 참매들인 걸까요?"(56쪽), 그리고 102쪽, 185~186쪽, 303쪽의 '조장(鳥葬)'.

수아의 현대적 샤머니즘을, 각자의 도시들 안에 갇혀 있는 삶의 구속 상태를 끊어내고 이 삶들이 다른 도시의 삶을 향해 영원히 기울어지게 만드는, 그렇게 해서 시공간의 질서를 교란하면서 결국 존재의 융해에 관한 심오한 관념에까지 이르는 이 독특한 이야기의 덩어리를, 도시인들의 샤머니즘 혹은 샤먼의 코즈모폴리터니즘이라고 부를 수 있을까.

거꾸로 세운 사각뿔 형태이자 그 끝에 하늘을 향한 작은 구멍이 뚫려 있는 탓에 샤먼의 천막처럼 보이는 '굴뚝방'에서 경희는 엘리아데의『샤 마니즘』의 한 구절을 떠올린다. "인간의 모든 주거는 세계의 중심을 향해 열려 있으며……"(37쪽) 여기서의 세계의 중심은, 도시인들이 완전히 상실해버린 영혼의 동굴 같은 내밀한 보금자리가 아니다. 배수아가 인용하지 않은 나머지 구절을 이어보면 이렇게 된다. "제단이나 천막이나 집은 모든 차원에서의 돌파구, 따라서 천상으로의 상승을 가능케 하는 매개물임을 뜻하는 것이다."[8] 세계의 중심은 하나의 삶으로부터 다른 삶으로의 매개, 이동, 그 끊임없는 흐름의 통로이다. 그리고 바로 그것을 경희의 목소리가 지속적으로 도입하고 있다. 도시인들의 샤머니즘 혹은 샤먼의 코즈모폴리터니즘, 샤먼들의 정거장, 서로를 향해 영원히 나아가는 흐름을.

5

한강의『희랍어 시간』(문학동네, 2011)은 말을 잃어버린 여자와 눈을 잃어가는 남자의 어떤 만남에 대해 이야기하고 있다. 이 소설은 아름다운 이미지들의 나열처럼 보일 수도 있겠지만, '먹색 어둠 속에서 겹겹이 흔들리는 수백 송이의 붉고 흰 지등'이나 '펄펄 내리는 눈의 슬픔', 그리고 '먼 곳에서 소리 없이 폭발하는 태양의 흑점'과 같은 이미지들이 우리의 눈을 잡아채고 있는 것은 사실이지만, 그것은 어떤 만남 쪽으로 나아가고

---

8) 엘리아데, 같은 책, 246쪽.

있는 혹은 그 만남 속에서 형성되고 있는 이야기의 무늬 같은 것에 지나지 않는다. 세계의 바깥으로 내던져진 한 여자가 다시 침묵과 어둠의 심해에서 세계의 수면 위로 떠오르는 움직임과 세계의 바깥으로 내던져지기를 두려워하고 거부하는 남자가 드디어 이 내던져짐을 수긍하고 침묵과 어둠을 받아들이는 움직임, 이 두 방향의 움직임이 만나는 순간, 그리고 만나자마자 다시 떨어져나가는 순간, 이미 지나간 만남이 되어버리는 그 어긋남 쪽으로 『희랍어 시간』은 이야기를 끌고 가고 있으며 동시에 이 어긋남 자체가 하나의 이야기를 형성하고 있다.

6

『희랍어 시간』의 만남은 '말과 침묵' '빛과 어둠'에 대해 서로 다른 방향으로 기울어져 있는 두 남녀 사이에 발생한다.

먼저 여자의 경우. 어느 순간부터 말은 그녀를 고통스럽게 찌르는 쇠꼬챙이자 수천 개의 바늘이 되어갔다. 왜 그러한가? 인간은 자신 앞에 펼쳐진 우주를, 이 꿈틀거리며 동요하는 혼돈의 덩어리를 언어와 함께 분절화하며 인간화한다. 말은 사물들을 구분하면서 나누고, 나뉘어 구분된 그 자리를 통해 사물들을 확인하며 말을 하는 다른 인간들과 그 사물들을 공유한다. 그렇게 해서 인간들의 세계가 건설된다. 그러나 말이 분절시킨 그 사물들은 본래 그렇게 나뉘어 있는 것인가. 말이 부여하는 가치들의 체계가 자연의 본성과는 어떤 관련이 있는 것인가. 그것들은 나뉠 수 없고 구분될 수 없는 것이었지만 말을 통해 인간들에게 이해 가능한 방식으로 변형된 것이 아닌가. 그런 점에서 언어의 힘은 한편으로 폭력이기도 하다. 언어의 힘에 짓눌려 있는 사물들은 파괴된 사물들이다. 그래서 여자는 도처에서 "화해할 수 없는 것들"(166쪽)을 발견하게 된다. 여자는 자신의 목소리가 분명하게 들린다는 것, 자신이 쓴 문장들이 아무리 하찮은 문장이라도 무엇인가를 선명하게 나누고 또 드러내고 있다는 것에서 고통과 수치를 느낀다. 여자는 자신의 말이 세계 안으로 퍼져나가며 사물들의 파괴에 동참하는 것을 원하지 않았다. 그녀는 자신이 쓴 문장이 침묵 속에 가져오는 소란을 견디기 어려웠다.

여자 자신은 아니더라도, 여자를 붙들고 있는 '그것'은 그녀가 침묵을 향해 나아가기를, 그 안에 웅크리고 있기를 원했다.

마침내 그것이 온 것은 그녀가 막 열일곱 살이 되던 겨울이었다. 수천 개의 바늘로 짠 옷처럼 그녀를 가두며 찌르던 언어가 갑자기 사라졌다. 그녀는 분명히 두 귀로 언어를 들었지만, 두껍고 빽빽한 공기층 같은 침묵이 달팽이관과 두뇌 사이의 어딘가를 틀어막아주었다. (……) 더이상 그녀는 언어로 생각하지 않았다. 언어 없이 움직였고 언어 없이 이해했다. 말을 배우기 전, 아니, 생명을 얻기 전 같은, 뭉클뭉클한 솜처럼 시간의 흐름을 빨아들이는 침묵이 안팎으로 그녀의 몸을 에워쌌다.(15~16쪽)

'그것'이 처음 찾아왔을 때를 회상하는 이 인용문에서 '그것'은 언어능력의 결핍이나 실어증이라는 병으로 체험되지 않는다. '그것'은 오히려 폭력에 가까운 언어의 힘을 무력화하는 또다른 능력이다. 청력의 손실과 무관하게 '그것'은 그녀의 귀에서 말을 걸러내고 그녀의 이해 안에서 말을 회수하며 침묵이 그녀의 안팎을 감싸게 한다. 이제 그녀는 수천 개의 바늘로 짠 언어의 옷 대신에 부드러운 침묵의 옷을 입게 된다. 아마도 막스 피카르트라면, 침묵은 이 세계가 일으켜세워지기 이전의 원초적인 상태로 우리들 자신과 인간화된 사물들을 되돌려보내고 그 안에서 휴식하며 스스로를 회복하게 하는 것이므로 '그것'이 그녀에게 침묵을 선물한 것이라고 혹은 그녀가 더이상 침묵을 방해하는 잡음어의 세계에 머물지 않아도 되게끔 배려한 것이라고 말하고 싶어할 것이다.

이제 여자는 세계와의 접촉으로부터도 멀어진다. 그 때문에 여자는 자신의 판단과 감정으로부터 떨어져나와 있고, 세계로부터 주어진 감각 또한 파편인 상태 그대로 흘려보낸다. "아무것도 판단하지 않는다. 감정을 부여하지 않는다. 모든 것이 파편으로 다가와, 파편인 채 그대로 흩어진다. 사라진다."(102쪽) 말과 함께 세계가 그녀에게서 빠져나간다. 그리고 정확히 그 이유 때문에 여자는 다시 말하기 위해 안간힘을 쓴다. 세계의 바깥, 침묵의 심연이 두렵기 때문이 아니다. 말의 세계가 그녀를 고통스럽게 하지만 그럼에도 세계 안에서 여자가 되찾아야 할 것들이 있기 때문이다. 이를테면 여자는, 집에서도 아이가 마음껏 뛰어놀게 해주고 싶어서 맨 아래층에 집을 구했는데도 지렁이와 달팽이가 놀랄까봐 뛰기를 거부하는 아이를 되찾기 위해서 말의 세계에 입장해야만 한다. 양육권을 확인해줄 법은 무엇보다도 힘있는 말로 되어 있고, 법정은 그 빽빽한 법전으로도 부족한 말들을 보충하기 위해 끊임없이 열린다. 그곳에서 여자는 무엇인가를 찾고 싶어하므로 여자는 고통스러운 말의 세계에 다시 입장해야 한다.

그런데 어떻게? 여자는 이미 죽어버린 오래된 말, 그러나 놀랍도록 정교한 체계를 갖추고 있는 말, 희랍어를 연습하며 자신 안에 시들어 있는 말을 다시 끄집어내려는 절망적인 시도를 지속한다. 그러나 여전히 여자는 말을 잃은 상태다.

여자의 상황은 복잡하고 미묘하다. 여자는 '그것'에 붙들려 세계의 바깥, 침묵의 심연으로 끌려내려왔으며 오히려 여기에서 말의 고통과 수치를 벗어난다. 그럼에도 여자는 다시 말의 세계에 입장해야 하지만 그것이 가능하지 않다. 여자는 침묵과 어둠의 심해로부터 세계의 수면 위로 솟아오르기를 갈망하지만 그러나 그것은 여자가 원하지 않는 것이기도 하지 않은가. 그것은 단지 그녀가 응할 수밖에 없는 세계의 요구이지 않은가. 침묵과 말 사이에서의 여자의 기울기는 어딘가 교착 상태에 빠져 있는 것처럼 보인다.

남자의 경우도 교착 상태에 빠져 있지만, 시력을 잃어가고 있는 남자가 빛(말) 대신에 어둠(침묵)에서 두려움을 느낀다는 점에서 남자와 여자는 다른 자리에서 출발한다고 할 수 있다.

남자의 친구 요아힘 그룬델은 남자가 플라톤과 불교에 이끌린 것이 어둠에 대한 그의 두려움 때문이라고 말한다. 머지않아 어둠이 그에게서 세계를 거둬갈 것이므로, 두려움에 질린 그는 차라리 잃어버릴 이 세계가 본래 무의미하고 덧없는 것이라고 믿어버리기로 했던 것이다. 그래서 "세상은 환(幻)이고, 산다는 것은 꿈꾸는 것입니다"라는 문장을 발견했을 때, 남자는 여기에 끌릴 수밖에 없었다. 저 아름다운 관념들로 세계의 상실에 대한 두려움을 진정시켜야 했으므로. 그러나 동시에 그 문장 아래 "그 꿈이 어떻게 이토록 생생한가. 피가 흐르고 뜨거운 눈물이 솟는가" (27쪽)라고 자신의 문장을 보탤 수밖에 없었다. 세계의 상실에 대한 두려움은 동시에 세계에 대한 애착이기도 하므로.

남자는 세계의 상실을 두려워하면서도 화엄과 이데아 쪽으로 탈출하지 못하고 피와 눈물이 있는 이 세계에 남아 있지만, 빛의 세계에 남기 위해 어둠과 싸움을 벌이지는 않는다. 요아힘은 머지않아 남자에게 찾아올 어둠을 두고 말한다. "그게 어쨌다는 거지? 점자를 배워. 백지에 구멍을 뚫어서 시를 써. 근사한 리트리버를 사귀는 법을 배워."(124쪽) 요아힘은 점자와 리트리버로 어둠을 돌파하고 이겨내며 계속해서 이 세계 안에서 무엇인가를 일궈낼 수 있고 또 그래야 한다고 말한다. 그것만이 남자의 삶의 전부라고 말한다. 그러나 남자는 화엄과 이데아 쪽으로 탈출하지도 않았지만 어둠과 싸우며 요아힘의 강렬한 세계 쪽으로도 나아가지 않았다. 남자는 빛의 세계에 남을 수 있기를 욕망하지만, 마치 어둠에 대한 공포에 질려 빛과 어둠 사이에서 엉거주춤한 자세로 얼어붙어 있는 것처럼 보인다.

……토할 것 같았어요.

내가 보고 있는 (카타콤베 묘지의, 인간의 뼈가 삭아 만들어진 어둠의) 흙이 무서워서.

그 흙이 내 몸에 묻을 것만 같아서.

하지만 도망칠 수 없었어요.

너무 어두웠어요.

모조리 똑같아 보이는 세 갈래 갈림길이 끝없이 펼쳐져 있었어요.(154쪽, 괄호 안은 인용자)

이 교착 상태에서 빠져나와 R과의 침묵의 사랑 쪽으로 내려갈 용기가 남자에게는 없었다. 열일곱의 남자가 R을 사랑하여 언젠가 두 사람이 함께 살게 되기를 소망했을 때, 남자는 R에게 소리내어 무슨 말이든 해달라고 요청한다. R은 듣지 못하는 여자이므로 지금까지 남자와 R은 수화와 필담으로 말을 나눴지만, 시력을 잃고 난 뒤 남자는 R의 수화와 글씨를 알아볼 수 없게 될 텐데, 그때 그들은 어떻게 말을 나눌 것인가. 그때는 R이 소리내어 말해야 한다. R은 비록 듣지는 못하지만 성대에는 이상이 없으므로, 독순술 수업에서 구화(口話) 또한 배웠으므로, 그때는 R이 소리내어 말해야 한다. 그래서 남자는 말했다. "내가 보지 못하게 될 때, 그때는 말이 필요할 거라고." "독순술 수업에서 배운 대로, 무슨 말이든 나에게 해줄 수 있어요?"(47쪽) 어린 남자의 청혼과도 같은 이 요구에, R은 차갑게 굳은 얼굴로 즉시 남자를 쫓아냈고 그를 다시는 만나려 하지 않았으며 끈질기게 찾아와 필사적으로 사과하는 남자의 얼굴에 주먹을 날리고 드디어 소리내어 말했다. "……당장, 나가!" R은 왜 남자의 요구에 분노했는가. 청각장애인인 R이 내는 목소리가 "실톱이 쇠 위에서 소리치고 유리창이 갈라지는 소리"(48쪽)라서? 그 거친 목소리를 들려주는 것이 부끄러웠기 때문에? 아니면 "말이 필요"하다는 남자의 요구가 R에게는 말이 결핍

되어 있다는 어떤 약점을 들춰낸 것이기 때문에? R이 장애인이라는 사실을 남자가 군이 환기시킨 셈이라서? 아마도 양쪽 모두 아닐 것이다. R의 분노는 남자가 R이 머물고 있는 침묵의 세계로 내려가 그 침묵을 더욱 완전한 것으로 만드는 것을 포기한 탓에 일어난 것이다. 남자가 그렇게 추측하고 있다.

이제 나는 알고 있습니다. 만일 우리가 정말 함께 살게 되었다면, 내 눈이 멀게 된 뒤 당신의 목소리는 필요하지 않았을 겁니다. 보이는 세계가 서서히 썰물처럼 밀려가 사라지는 동안, 우리의 침묵 역시 서서히 온전해졌을 겁니다.(48쪽)

남자는 세계의 상실을 두려움 없이 받아들일 수 없었기 때문에, 세계의 상실과 함께 도착하는 침묵의 완성을 상상할 수 없었다. 지금까지 자신의 침묵에 조금씩 동참해오는 것으로 보였던 남자가 어느 날 갑자기 R에게 그 침묵으로부터 빠져나와야만 한다고 요구했을 때, R은 남자를 자신의 연인으로 인정할 수 없었을 것이다. "목소리. 당신의 목소리. 지난 이십년 가까이 잊은 적 없는 소리. 내가 아직 그 목소리를 사랑하고 있다고 말하면, 당신은 다시 내 얼굴에 그 단단한 주먹을 날리겠습니까"(44~45쪽) 하고 물은 남자의 편지를 R이 뜯어보았다면 그녀는 아마도 다시 그 단단한 주먹을 날리고 싶어했을 것이다. R의 침묵을 뚫고 나온 저 소름끼치는 목소리를 남자가 사랑한 것은, 처절할 정도로 순결한 사랑의 증거가 아니라, 끝까지 R의 침묵에 동참하기를 두려워한, 끝내 소리내어 말하기를 요구한 증거이기 때문이다.

8
침묵으로부터 말로 올라오는 길목에서, 또 빛으로부터 어둠으로 내려가는 길목에서, 저마다의 교착 상태에 빠져 있는 두 남녀가 어떤 만남의 순간에 교착 상태로부터 풀려나고 서로 다른 방향으로 흘러간다. 만남의 순간 서로 다른 방향으로 흘러가는 탓에, 그리고 실상 서로 다른 방향으로 흘러가기 위해서만 그 만남은 요구되는 것이었으므로, 언제나 이미 지나간 만남으로서만 성립되는 그 만남을 거쳐 여자는 말을 하고 남자는 어둠을 받아들인다. 이 만남은 『희랍어 시간』의 후반부에서 매우 느리고 천천히 그러나 갑작스럽게 이뤄지고 있다.

이 만남은 어떤 의미에서는 이미 준비되고 있었던 것인지도 모르겠다. 남자의 시선에서 볼 때 여자는 R의 반복이기 때문이다. R처럼 침묵에 빠져 있는 여자를 통해서 남자는 R과의 어떤 실패를 만회하려는 무의식적인 욕망을 느끼지 않았을까. 희랍어 강의 시간에 여자가 썼다는 희랍어 시를 보여주기를 요구하자, 당황한 여자는 아무 말 없이 강의실 밖으로 나가버리고, 남자는 여자를 뒤쫓아가 '시를 보여주지 않아도 됩니다'라고 말하는 대신에 이렇게 말한다. "말하지 않아도 됩니다. 아무것도 대답하지 않아도 돼요. 정말 미안합니다. 미안하다는 말을 하려고 나왔습니다." (66쪽) 마치 R에게 했던 말 "독순술 수업에서 배운 대로, 무슨 말이든 나에게 해줄 수 있어요?"를 취소하려는 듯이.

그런 식으로, R과는 나누지 못했던 어둠 속의 대화가(이것이 19절의 제목이다) 이뤄질 준비가 진행되었던 것인지도 모른다. 어두운 곳에서는 거의 아무것도 분간할 수 없는 남자가 어느 날 저녁 안경까지 깨뜨려버렸을 때, 여자가 앞을 볼 수 없는 남자의 곁에 하룻밤 같이 있게 된다. 남자의 어둠과 여자의 침묵이 하룻밤을 보낸다. 남자는 침묵을 견디기 어렵다는 듯 침묵에 저항하려는 듯 혼자서 말을 이어간다. 그러나 주고받는 말이 아닌, 혼자서 이어가는 말은, 그 말을 감싸고 있는 침묵을 점점 더 부각시키고, 침묵의 압력 속에 말은 갈피를 잃고 헝클어지기 시작한다. 그는 카타콤베 묘지에서 느낀 죽음(침묵)에 대한 공포와 그럼에도 도망칠 수 없었던 순간들을 회상하고, R과의 어떤 실패를 떠올리고, 그러고 나서 자신의 실명에 대해 생각한다. "꿈에서 깨어나 눈을 뜨는 것이 아니라, 꿈에서 깨어나 세계가 감기는"(159쪽) 상태에 대해. 마치 그를 포위하고 있는 어둠과 침묵의 도움을 받아 드디어 그것을 받아들이기로 했다는 듯이.

그렇게 해서 그는 침묵을 수긍하기로 한 것일까.

…… 당신을 이해할 수 있을 것 같은 순간이 있어요.
더이상 아무것도 말하고 싶지 않은 순간이 있어요.

(……)

태연하게 내 혀와 이와 목구멍으로 발음된 모든 음운들에 공포를 느껴요.
(……)
한번 퍼져나가고 나면 돌이킬 수 없는 단어들, 나보다 많은 걸 알고 있는 단어들에 공포를 느껴요.(167쪽)

말의 공포를 말할 때, 남자는 확실히 여자의 자리로 내려간 것처럼 보이지 않는가. 하룻밤이 지나고, 다음날 아침 여자가 다시 찾아왔을 때 두 사람은 느닷없이 끌어안고 키스를 나누며 잠자리를 함께한다. 그리고 남자는 어둠과 침묵을 완전히 받아들이기로 한 것처럼 보인다.

입술과 입술이 만날 때마다 막막한 어둠이 고였어요.

영원히 흔적을 지우는 눈처럼 정적이 쌓였어요.

무릎까지, 허리까지, 얼굴까지 묵묵히 차올랐어요.(190쪽)

여자의 시선에서 볼 때, 남자는 여자가 말을 되찾는 발판 같은 것이 되어준 것 같다. 거의 마지막 순간까지 침묵에 저항하며 세계 안에 남기를 원했던 남자의 절망적인 말들은 여자 안에 잠복해 있던, 도화선이 잘린 말의 폭약을 자극해 다시 불타오르게 만들었을 것이다. 여자는 남자와의 잠자리가 끝나고 그녀가 어려서 가장 좋아했던 말, '숲'을 발음하고 다시 고통스러운 말의 세계로 진입하며, 드디어 '나'로서 말한다. 마치 자신의 침묵과 어둠을 남자에게 양도했기 때문이라는 듯.

> 나는 두 손을 가슴 앞에 모은다.
> (……)
> 마침내 첫 음절을 발음하는 순간, 힘주어 눈을 감았다 뜬다.
> 눈을 뜨면 모든 것이 사라져 있을 것을 각오하듯이.(191쪽)

이 두 사람의 만남은 성공적인 결합인가, 실패한 어긋남인가. 남자의 어쩔 수 없는 삶에 대한 애착이 그녀를 끌어당겨 말의 뭍 위로 건져올리고, 여자가 자신의 주위에 두르고 있는 완강한 침묵으로 그를 덮어 침묵의 바다 아래로 침잠하게 한 이들의 만남은.

이것이 성공적인 어긋남일 수 있을까. 우선 이것이 어긋남인 것만은 분명해 보인다. 남자는 여자를 안자마자 이런 예감을 느낀다. "틀려서는 안 되는 무게를 재는 것 같다고 느낀다. 틀려버리고 말 것 같다고 느낀다. 그것이 정말로 두렵다고 느낀다."(182쪽) 그리고 서술자가 이를 확인한다. "맞닿은 심장들, 맞닿은 입술들이 영원히 어긋난다."(184쪽) 만일 이 어긋남에도 어떤 성공이 있다면, 그것은 이들의 어긋남이 두 남녀의 교착 상태를 풀고 서로의 방향을 향해 엇갈려 흘러갈 수 있게 했다는 데에 있지 않을까. 빛의 세계로부터 어떤 구원도 받지 못하고 어둠과 침묵을 향해 서서히 하강하며 결국 그것을 수긍하는 방향으로 흘러가는 것, 말의 세계가 포함하는 폭력과 고통에 예민하게 반응하면서도 세계 안의 삶을 이어가기 위해 말의 세계에 진입하는 방향으로 떠오르는 것, 화해할 수 없는 두 방향으로의 움직임은, 두 사람의 만남이 성공적으로 어긋나면서 각자의 교착 상태로부터 풀려나 스쳐지나가는 운동이 시작되었기 때문에 가능한 것이 아닌가.

삶(말/빛)과 죽음(침묵/어둠) 각각의 방향으로 스쳐지나가는, 언제나 이미 지나간 만남으로만 성립하는 어떤 어긋난 만남을 향해 『희랍어 시간』의 이야기는 그 모든 아름다운 이미지들을 이끌고 접근하고 있다. 그런데 섬세한 이미지들을 불러모으고 또 그것들을 하나의 이야기로 엮어나가는 중심은 어둠을 향한 운동과 말을 향한 운동이며, 이것은 교착 상태 속에서 아직 발생하지 않고 있다가, 어긋난 만남 이후에야 현실화되는 것이 아닌가. 여기에는 이야기가 구성되는 기묘한 뒤틀림이 있다. 아직 존재하지 않는 만남 이후의 움직임이 이미지를 불러모아 이야기를 구성하며 동시에 하나의 이야기의 흐름 속에서 일련의 이미지들이 어떤 하나의 장소로 나아가 만남을 실현시킨다. 두 항의 기묘한 결합과 뒤틀림이야말로 이야기의 은밀한 법칙들 가운데 하나라고 하면 어쩌하겠는가.

9

비유적으로 우리가 소설가를 '이야기꾼'이라고 부를 때, 가장 늦게 불리거나 영영 불리지 못할 이름들의 집합에 배수아와 한강이 포함될 것 같다. 이야기꾼에 대한 우리의 표준적인 이해방식과는 조금 다른 방식에서 나는 배수아와 한강을 이야기꾼으로 부르고자 하는 욕망을 숨기지 않았다. 『서울의 낮은 언덕들』과 『희랍어 시간』에는 이야기의 은밀한 법칙이 포함되어 있으며 이 법칙은 각각 다른 방향에서 강력한 이야기의 운동을 이끌어내고 있다.

　이야기의 은밀한 법칙은, 이야기란 하나의 만남을 향해 나아가는 운동이라는 것이다. 그런데 그 만남은 오직 그 만남을 향한 운동을 통해서만 어떤 현실성을 갖게 되는 것이지, 그 운동 이전에 우리가 미리 상상하고 목표로 상정할 수 있는 성격의 것이 아니다. 하지만 저 멀리서 우리를 은밀히 유혹하는 만남의 손짓에 이끌리지 않고서는 우리는 어떤 방향으로도 이야기의 운동을 시작할 수 없다. 이 교묘하게 꼬여 있는 만남과 운동의 관계 속에서 이야기는 생겨난다. 그것은 아직 존재하지 않는 만남이 부르는 소리를 듣고 그것에 이끌려 그 방향으로 운동하며 그제야 그 만남을 형성해나가는 운동이다. 이야기 안에서 현재화시킬 수 있고 붙잡을 수 있고 고정시킬 수 있는 성격의 '사건'은 이야기의 '만남'이 아니다. 이야기는 어떤 사건이 이루어진 후에 그 사건의 전말을 보고하는 것이 아니다. 이야기는 언제나 여전히 도래하는 중이거나 언제나 이미 지나가버린 만남을 향한 기이한 움직임이어서, 우리가 질서정연하게 나열하는 사건들의 선후관계를 파괴한다. 그것이 이야기의 힘이고 매력이다.[9]

　『서울의 낮은 언덕들』과 『희랍어 시간』이 바로 그것을 보여주지 않는가. 결코 도래하지 않은 채로 언제나 여전히 도래하는 중인 만남의 소용돌이 속으로, 영원히 만날 수 없지만 영원히 그 만남을 향해가는 방랑의 소용돌이 속으로, 모든 인물과 에피소드들과 존재 자체가 녹아내리고 있는 저 이야기는. 이미 지나가버린 만남으로 성립하는 어긋난 만남 속에서 서로의 교착 상태에서 풀려나 어둠과 침묵의 심해에서 솟아오르고 또 그 심해로 가라앉는 저 이야기는. 『서울의 낮은 언덕들』은 도시에 대한 이야기도 아니고 샤머니즘에 대한 이야기도 아니다. 『희랍어 시간』은 말에 대한 이야기도 침묵에 대한 이야기도 아니다. 이야기는 어떤 사건, 어떤 관

---

9) 이야기의 법칙에 대해서는 모리스 블랑쇼, 「상상적인 것과의 만남」, 『도래할 책』, 심세광 옮김, 그린비, 2011 참조.

넘들에 '대한' 보고서가 아니기 때문이다. 이야기는 그저 어떤 만남과의 기묘한 관계 속에서 진행되는 운동 그 자체이다. 그런 점에서 이 두 편의 소설을 읽는 데 그 옆자리에 현대 도시에 대한 문화연구나 언어철학을 다룬 책들을 펼쳐두는 것은 부차적인 일이다.

"아름다운 이야기에 귀를 기울여라. 자네는 이것을 하나의 우화라고 생각하겠지. 하지만 나는 이것이 하나의 이야기라고 말하겠다. 이제부터 너에게 말하는 것을 나는 하나의 진실로서 이야기할 작정이다."(플라톤, 『고르기아스』)[10]

(2012)

---

10) 블랑쇼, 같은 책, 19쪽에서 재인용.

세계의 일식이 지나고……
― 편혜영의 『서쪽 숲에 갔다』

『서쪽 숲에 갔다』는 한 사내의 실종과 관련된 범죄적 음모를 파헤치는 미스터리물이 아니다. 이 소설이 우리에게 선물하는 것은, 조사와 심문을 통해 비어 있는 항목들을 채워넣고 흐트러져 있는 사건들에 질서를 부여함으로써 무엇인가 낯설고 두려운 것들을 이해 가능하고 설명 가능한 것으로 환원하는 지적인 모험이 아니다.

겉보기와 달리, 『서쪽 숲에 갔다』의 서사 원칙은 미스터리물의 문법을 뒤집는다. '작은 범죄가 거대한 심연을 감추고, 결정적인 것은 끝까지 말해지지 않는다.' 그렇다고 해서 탐정의 모험이 끝난 뒤에도 여전히 접근 불가능한 무엇인가가 남아 있다고 결론내리면서 (TV 드라마 〈X-파일〉류의) 환상적이고 신비한 현상들에 대한 두근거리는 흥분 상태를 즐기게끔 하는 것도 이 소설의 목표는 아니다. 이 점을 놓치고 나면 이 소설의 득의의 영역인 '주체'가 출현하는 마지막 장면도 함께 놓치게 된다.

우리의 독해에 대한 예상되는 반박을 먼저 언급해두기로 하자. '그렇게까지 복잡하게 읽어야 할 필요가 있을까? 이야기가 진행됨에 따라 음모의 실체가 서서히 드러나는 것이 명백한데도? 그러니까 우리는 이 소설을 잘 짜인 탐정소설의 일종으로 읽어야 하지 않을까?' 이 소설의 초반 3분의 1까지는(이하인의 사고사로 끝이 나는 1부까지) 이러한 반대 관점이 확실한 설득력을 갖는 것으로 보인다. 분명히 『서쪽 숲에 갔다』는 전형적인 탐정소설로 출발한다. 하지만 여기에 두 가지 설명을 덧붙여야 한다. 1부와 2, 3부 사이에 놓여 있는 균열이 탐정소설의 서사가 제 궤도를 완성시키는 것을 저지하며, 이 탈선이야말로 퍼즐 풀기와 환상체험의 사이에 이 소설을 위치시키는 결정적인 역할을 담당한다. 게다가 이 소설은 결코 음모의 실체를 완전히 드러내지 않으며 오히려 무엇인가가 남아 있다는 점을 강하게 암시하면서 독자들을 불안 속에 남겨둔다. 반복하지만, 작은 범죄가 거대한 심연을 감추고, 결정적인 것은 끝까지 말해지지 않는다.

1. 스트레칭 서스펜스

이야기는 이렇게 시작한다. 거대한 숲의 입구, 산림학 연구소와 이 연구소를 기반으로 한 외딴 마을에 이방인이 등장한다. 그의 출현으로 다음의 사실들이 폭로된다. 숲의 관리인으로 일하던 이경인이 실종되었다는 것, 그의 실종에 대해 아는 바 없을 뿐 아니라 이경인을 본 적도 없다고 잡아떼는 마을 사람들이야말로 실종 사건에 깊이 연루되어 있다는 것. 이방인(실종자의 동생 이하인)의 등장으로 이 조용하고 평화로워 보이는 마을이 은밀한 범죄의 근거지로서 제 모습을 드러내는 셈이다. 이제 독자들은 이하인의 관점에서 정보를 수집하며 평범한 마을의 이면에서 은밀한 범죄의 퍼즐을 풀어나가는 모험에 동참하게 된다. 6개월 전 마지막 전화통화를 끝으로 사라져버린 이경인에게는 무슨 일이 일어났던 것일까? 그를 삼켜버린 검은 숲, "부엉이가 울고 나무들이 달려든다"(편혜영, 『서쪽 숲에 갔다』, 문학과지성사, 2012, 27쪽. 이하 이 책에서 인용할 경우 본문에 쪽수만을 표기한다)는 숲에는 어떤 비밀이 숨겨져 있을까? 마을 상점가의 주인들이자 은퇴한 벌목꾼들인 최창기, 이안남, 한성수, 그리고 이들을 조종하고 있는 진은 숲의 비밀에서 어떤 역할을 맡고 있을까?

그러나 이 모험이 시작되자마자 이하인이 살해당하기 때문에 탐정소설의 서사는 결정적인 동력을 잃게 된다. 새로운 숲 관리인 박인수가 2부와 3부의 중심인물이 되어 이하인의 역할을 이어받고 있는 것처럼 보이기도 하지만, 그에게는 퍼즐을 풀 의지도 없으려니와 알코올중독의 환각과 착란에 시달리는 탓에 독자들에게 더 많은 혼란을 주고 있을 뿐이다. 1부는 미스터리의 제시와 그 해결에 대한 기대를 품게 하지만, 2부와 3부의 핵심은 오히려 박인수의 환각과 착란이어서 이야기는 다른 방향으로 흘러가버린다. 독자들은 이하인과 함께 퍼즐을 풀 준비가 되어 있지만 소설은 독자에게 다른 이야기를 건네고 있다.

그럼에도 『서쪽 숲에 갔다』가 이경인의 실종 사건을 둘러싼 범죄적 음모의 진상을 드러내는 것처럼 보이는 이유는 마을 주민들의 회상 속에서 어쨌든 '진실'이 밝혀진다고 느껴지기 때문이다. 그 진실이란 무엇인가? 숲에서는 은밀하게도 대규모 불법 벌목이 이뤄졌고, 숲 관리인 이경인은 불법 벌목이 들키지 않도록 단속반의 접근 여부를 확인하는 역할을 맡았다. 그런데 이경인은 이 음모를 주도한 진에게 보다 큰 몫을 요구했고 진의 수하라고 할 수 있는 은퇴한 벌목꾼들(최창기, 이안남, 한성수)이 이경인을 폭행했다. 이경인은 그들에게서 도망쳐 숲으로 들어갔다가 빠져나오지 못했고 진과 그의 일당은 숲에서 길을 잃은 이경인을 방치했던 것이다.

그런데 잠깐. 우리를 그토록 긴장시켰던 "어둠의 심연"(343쪽)이 불법 벌목일 뿐이었다고? 갚을 수 없는 빚을 지게 한 뒤 그 빚을 빌미로 마을 사람들을 조종하면서 12년 동안 비밀을 지키는 폐쇄적 공동체를 유지한 것, 어떤 광기에 휩싸인 채 동료를 초주검이 되도록 두들겨 팬 것, 전임자의 실종 소식을 접한 새로운 숲 관리인 박인수를 알코올중독에 빠뜨리고 실종 사건을 조사하는 이하인을 살해한 것, 좀처럼 멈출 것 같지 않은 이 범죄의 연쇄를 작동시킨 저 어둠의 심연이, 단지 벌목 금지법을 어기고 목재를 팔아넘겨 금전적 이득을 취한 것이라고? 만약 사건의 진상이 그런 것이라면 우리는 이렇게 불평해야 할 것이다. '그저 나무를 베다 팔아넘긴 일을 숨기려고 이 엄청난 일들을 벌인 거야?'

그러나 사건의 진상이 불법 벌목일 뿐이었다고 단정하기 어려운 구석이 있다. 그리고 어쩌면 그런 모호함 속에서 우리의 불안한 의심을 이끌어내는 것이 이 소설이 겨냥하고 있는 바인지도 모른다. 예컨대 소설이 거의 끝나갈 무렵, 도대체 무슨 일이 벌어졌던 것인지 여전히 갈피를 잡지 못하고 있는 박인수에게 진이 먼저 "사람들의 묵인하에 숲에서 수상한 일이 벌어지고 있다고 생각하는 거예요? (……) 그러니까 아마 대규모 벌목 작업쯤으로 생각하는 건가요?"(314쪽)라고 조롱하듯 어떤 힌트를 던질 때, 진은 마치 거대한 심연을 감추기 위해서 작은 범죄의 진상이라는 미끼를 던지고 있는 것처럼 보이지 않는가(이 질문을 받기 전까지 박인수는 불법 벌목에 대해서 조금도 생각하지 못하고 있다가 질문을 받고 나서야 자신이 무슨 사건에 휘말려들었는지 깨달았다는 듯 "불법적인 일에 가담하고 싶지는 않아요. (……) 불법 벌목을 하고 있을 거예요."(318쪽)라고 항의한다. 미끼에 걸려든 것일까?). 1부에서 이하인이 실종 사건과 벌목꾼들을 연관지으려고 할 때 사건을 은폐하려는 한성수는 이렇게 생각하고 있었다. "벌목꾼들 얘기라면 얼마든지 해줄 수 있었다. 이하인은 확실히 잘못 짚고 있었으니까."(83쪽) 불법 벌목은 소설 안에서 실제로 발생한 일이겠지만, 그처럼 세상에 만연한 평범한 범죄들 가운데 하나가 비밀의 핵심이라고 생각한다면 우리는 "확실히 잘못짚고 있"는 것 같다. 검은 숲의 어둠은 지나치게 과도하며 또한 악마적이다. 검은 숲의 악마적인 분위기는 그런 진부한 약탈적 이윤 추구를 초과한다.

그렇다면 그 초과분의 실체는 무엇인가? 이 소설은 그 결정적인 대목에 대해서 결코 명확하게 말해주지 않는다. 숲의 비밀은 스스로를 보호하는 미로로 되어 있으며 이 때문에 진실을 향한 어떤 모험도 목적지에 도달할 수 없고 만일 무엇인가가 밝혀진다면 그것은 우리의 조사와 심문의 바깥에 늘 무엇인가가 남겨진다는 사실뿐이다.

이미 탐정 역할을 떠맡고 있는 이하인이 그렇게 생각하고 있다.

아무리 많은 정보도 세계의 전부를 설명하지 못했다. 하나의 정보가 또 다른 정보에 연결되어 곧 그가 파악해야 할 정보들이 셀 수 없을 정도로 많아진다는 걸 깨닫게 할 뿐이었다.(118쪽)

나중에 박인수가 이를 복창한다.

진선생과 나눈 대화에서 그가 알 게 된 것은 하나의 진실이 있으면 어디에든 또다른 진실이 있게 마련이라는 것이었다. 그가 알아야 하는 진실에는 끝이 없었다.(328쪽)

단지 이하인과 박인수에게 주어진 정보들이 불확실하다는 것이 아니다. 정보들의 그물망은 조사와 심문을 통해서 계속해서 촘촘해지고 또 확장될 수 있겠지만 정보들의 그물망으로 끝내 건져올릴 수 없는 무언가가 남는다는 것이다. 하나의 진실 다음에는 또다른 진실이 있을 뿐 최종적으로 드러나는 진실 같은 것은 없다.

이 소설의 1부는 추리소설의 문법을 충실히 따르는 것처럼 보이지만, 그것은 오로지 2부와 3부에 걸쳐, 그 바깥에 늘 무엇인가가 남겨진다는 점을 표시하기 위해서 동원된다. 소설을 출발시키는 추리소설의 문법, 비밀의 중심에 조금씩 접근해가고 있다는 느낌 때문에 독자들은 '드디어 숨겨져 있던 무엇인가가 제 모습을 드러낼 것'이라는 기분에 계속해서 사로잡히게 되지만, 독자들은 결코 최종적인 목적지에 도달하지 못한다. 『서쪽 숲에 갔다』의 서스펜스, '드디어 숨겨져 있던 무엇인가가 제 모습을 드러낼 것'이라는 기분은 비밀이 밝혀지는 대단원과 함께 어떤 극적인 효과를 구성하지 않는다. 오히려 소설이 끝난 이후까지도 '아직도 숨겨져 있는 무엇인가가 남아 있다'는 기분을 유지시키면서 서스펜스가 자기 자신을 무한히 늘어뜨리고 비밀이 밝혀지는 대단원의 도착을 거부한다. 스트레칭 서스펜스, 이것이 『서쪽 숲에 갔다』의 기본 구조이다. 이야기가 전개될수록 독자들은 분명히 더 많은 정보를 얻게 되는데도, "그런데도 의혹이 해결된 데 어떠한 기쁨도 없는 게 의아했다. 더 미궁에 빠진 기분이었다".(306쪽) 그것은 박인수의 기분일 뿐 아니라, 독자들의 기분이기도 하다.

2. 자기 지시적 알레고리들
― 스도쿠, 숲의 미로, 반복

지금까지의 편혜영의 소설에 익숙한 독자들이라면 아마도 그녀가 알레고리라고 부를 만한 것들을 효과적으로 사용해왔다는 점을 기억해낼 수 있을 것이다. 구체적인 인물이나 사건, 사물의 작은 조각을 가지고 추상적이고 보편적인 어떤 주제를 함축하는 장면들, 예컨대 「저수지」 「서쪽 숲」 「밤의 공사」 등에 출몰하는 '검은 물'은 우리가 현실을 구성할 때 금지하고 배제하며 물리치는 어떤 것이면서도 현실의 밑바닥을 관류하다가 어느 틈엔가 우리를 집어삼키는 어떤 것, 다시 말해 현실을 일그러뜨리며 침입해들어오는 실재의 물질화로 읽을 수 있다. 혹은 「동일한 점심」이나 「통조림 공장」의 '점심 메뉴'와 '통조림'은 섬뜩함과 혐오스러운 것을 성공적으로 회피할 때 우리에게 주어지는 일상의 질서, 질서라고는 하지만 그 안에 우리 삶을 동기화할 무엇도 갖추지 못한 무의미한 반복 그 자체로 읽을 수 있다.

『서쪽 숲에 갔다』에서도 편혜영의 알레고리를 찾아볼 수 있다. 하지만 여기서 강조해야 할 것은 지금까지의 알레고리와는 달리 『서쪽 숲에 갔다』의 알레고리가 자기 지시적이라는 점이다. 소설을 구성하는 작은 요소가 소설 밖의 커다란 내용을 끌어들이는 것이 아니라, 소설을 구성하는 작은 요소가 이 소설의 구성 방식 자체를 가리켜 보인다.

이 점에서 우선 눈에 띄는 것이 스도쿠다(스도쿠(数独)는 "숫자는 한 번씩만 쓸 수 있다(数字は独身に限る)"의 줄임말로 같은 줄과 3×3의 작은 격자 속에 1부터 9까지의 숫자를 겹치지 않게 빈칸을 채워넣으며 9×9 격자를 완성하는 숫자 퍼즐이다). 마땅히 할 일이 없는 숲의 관리사무실에서 박인수가 심심풀이로 하는 것이라며 펼쳐 보인 것, 어쩌면 전임자의 것일지도 모르겠다고 내민 것이 스도쿠 책인데, 이하인은 여기서 곧 이상한 점을 발견한다.

무의식중에 퍼즐을 풀었는데 틀린 것이 많았다. 빈칸에 같은 숫자를 쓰지 않는다는 규칙을 무시하고 전부 같은 숫자를 써놓은 것도 있어서, 퍼즐을 풀었다기보다는 낙서를 해놓은 것 같았다.(30쪽)

나중에 과거 회상 장면에서 스도쿠 책이 실제로 이경인의 것임이 밝혀지는 대목을 읽을 때, 독자들은 위의 인용문을 떠올렸을 것이다.

이경인은 (……) 딱히 관심을 보이지 않는데도 스도쿠 책을 펴서 일일이 설명해주었다. 한성수는 책을 받아들고는 빈칸 여기저기에 검은색 빗금을 쳐놓았고 이안남은 칸마다 같은 숫자를 써놓았다. 이경인은 그런 장난에도 별말 없이 멍하니 보고만 있었다.(292쪽)

사건의 해결이나 박인수의 방황과는 아무런 관련도 없으면서 스도쿠는 왜 소설의 시작과 후반부에 번갈아 등장하는 것일까. 아마도 풀었다기보다는 망가뜨려진 이경인의 스도쿠를 자기 지시적 알레고리로 읽어야 할 것이다. 이 소설이 정교한 퍼즐을 풀어내는 탐정소설처럼 보일지라도 2부 이후의 이야기가 1부의 출발을 망쳐버리면서 미스터리의 제시와 그 해결과는 다른 방향으로 일탈하게 될 것이라는. 그러니까 『서쪽 숲에 갔다』가 망가뜨려진 스도쿠라는.

범죄적 사건의 주요 배경이면서 어두운 분위기를 풍기고 있는 '검은 숲'을 같은 방식으로 읽어볼 수 있겠다. "어마하게 큰 덩어리로 뭉쳐진 채, 대낮인데도 검은 그림자를 깊숙이 내밀고 있"(179쪽)으며 "스무 발짝만 들어서도 방향감각을 완전히 잃어버릴 정도로 깊은 미로"(180쪽)가 되는 검은 숲은, 어둠의 무게 때문에 입구에서 보면 마치 "검은 벽처럼 보이"(21쪽)기도 한다는 검은 숲은 이 소설 자체에 대한 알레고리가 아닐까. 『서쪽 숲에 갔다』가 우리의 조사와 심문을 가로막는 "미로"이자 "검은 벽"이고 "검은 그림자"로서 스스로를 구성하고 있다는. 그러므로 숲에 대한 진의 설명을 『서쪽 숲에 갔다』에 대한 설명으로 읽을 수도 있겠다.

"이 숲은 미로처럼 구불구불합니다. 성경에 새겨진 글자처럼 촘촘하게 나무들이 자라고 있어요. 어디를 봐도 나무뿐이죠."(114쪽)

혹은 '이 소설은 미로처럼 구불구불합니다. 검은 숲에 빼곡한 나무들처럼 촘촘하게 글자들이 자라고 있어요. 어디를 봐도 (아직 진실에 도달하지 못한) 글자들뿐이죠'.

마지막으로 이경인 형제와 박인수 형제가 서로를 반영하며 반복되고 있다는 점을 지적해보자. 이 소설은 한편으로 실종된 형을 찾아나선 동생의 이야기로 읽힐 수도 있겠지만 다른 한편으로는 전임자의 실종을 좇아 후임자 또한 실종되는 어떤 반복에 관한 이야기이기도 하다(소설의 마지막 장면에서 박인수 또한 숲속에서 사라진다). 다시 말해 박인수는 이경인의 반복인 셈인데, 박인수가 이경인을 반영하는 세목들은 의외로 풍부하다. 박인수와 이경인은 모두 숲 관리인으로 채용되기 전 가족들에게 멸시당하는 실패한 인생을 살고 있었으며 공무원 수험학원에 다닌 적이 있다. 두 사람은 모두 어려서 병약했고 그 시절 비열하고 교묘한 거짓말을 늘어놓았으며 화목한 가족의 중심에 놓인 건강한 동생을 증오했는데, 이 동생들은 형과 달리 성공한 인생을 살게 된다. 두 사람은 모두 '치통'을 자주 앓았는데 이경인이 그런 것처럼 박인수 또한 치통을 핑계삼아 동생에게 폭력을 일삼았을 것이다.(이하인도 두 사람을 닮았다고 느끼고 있다. "박인수의 거만한 태도와 말투가 묘하게 형을 연상시켰지만 조금도 두렵지 않았다. 적어도 박인수는 그를 팰 리 없으니까.", 40쪽) 박인수의 과거가 드러날수록 박인수가 이경인의 후임자라는 것 이상으로 그가 전임자를 대리하고 있다는 인상을 지우기가 어렵게 된다. 그리고 어쩌면 형을 증오했던 동생이 마지못해 형의 실종을 조사하기 위해 외딴 마을을 방문했다가 의도치 않게 형의 후임자에게 숲의 악몽을 선물한 이 이야기가 소설이 끝난 뒤에 끝없이 반복되리라는 예감 또한 드는 것이다. 이경인 형제와 박인수 형제가 그렇게까지 닮아 있다면, 이하인이 그랬던 것처럼 박인수의 동생이 다시 한번 이 마을을 찾아서 박인수의 후임자에게 의심을 불어넣고 진은 박인수의 동생을 살해한 뒤 박인수의 후임자를 알코올중독에 빠뜨리고…… (알코올중독으로 망가진 박인수를 보고 이안남이 "이 사내는 좀 빠르군"(251쪽)이라고 말했을 때, 박인수와 이경인 이전에도 더 있었다던 관리인들이 같은 코스를 조금 느린 속도로 반복해왔다고 추측하게 된다.) 마치 동생들이 차례로 이 마을을 방문하여 형의 대리인에게 숲의 악몽을 선물하는 방식으로 형에 대한 복수를 대신한다는 듯이.

이렇게 놓고 보면 '이방인의 방문과 함께 다시 한번 시작되는 숲의 악몽'이라는 개별적 사건들 속에서 자신의 복제를 반복하는 가히 운명적인 어떤 것이 있는 것처럼 보인다. 여기서 '반복(Wiederholung)'을 '실재와의 만남(tuché)'과 연결시키는 정신분석학의 가르침을 떠올린다면(자크 라캉, 『세미나 11』 5장, 6장) 이렇게 말할 수도 있겠다. 현실에서 반복되는 개별적인 사건들을 수단으로 해서, 결코 스스로를 드러낼 수 없는 무엇인가가 자기 자신을 반복해서 오마주하고 있으며, 우리는 그 오마주 속에서 영원히 상실된 어떤 것을 스쳐지나가게 된다고. 요점은 '이방인의 방문과 함께 다시 한번 시작되는 숲의 악몽'이라는 반복이 그 반복을 작동시키면서도 드러나지 않는 어떤 중심을 강하게 암시한다는 것인데, 그렇기 때문에 반복은 운명 혹은 실재와 같은 무언가가 드러나기에 완벽한 무대이며 동시에 사라지기에 완벽한 무대가 된다는 것이다. 바로 이것이 끝까지 '말해지지 않는' 결정적인 것을 '말하는' 『서쪽 숲에 갔다』의 구성원리를 가리키고 있지 않은가.

이 세 가지 알레고리를 이렇게 요약해볼 수도 있겠다. 이 소설이 설명불가능성 그 자체를 픽션화하고 있다는 것에 대한 자기 지시.

3. 몸체 없는 소리와 주체가 이루는 뫼비우스의 띠

우리는 앞에서, 1부와 2, 3부 사이에 『서쪽 숲에 갔다』를 추리소설의 궤도로부터 탈선시키는 균열이 있다고 지적했는데, 그것은 이하인과 박인수 사이의 균열이기도 하다. 이하인이 실종 사건의 퍼즐을 푸는 모험을 떠나는 것이라면 박인수는 그의 모험을 숲을 떠도는 소리에 몸체를 찾아주려는 모험으로 변경시킨다.

이 모호한 소리는 소설의 도입부에서부터 울리고 있지만 이 소리가 처음에는 무시되다가(A) 뒤로 갈수록 점점 중요해지며 박인수의 모험에서 결정적인 미끼로 작용한다(B).

(A)
"그러고 보니 계속 무슨 소리가 들리네요. (……) 형도 하루종일 여기에서 이런 소리를 들었겠군요."(28쪽)

"글쎄요, 부엉이가 운다는 거요. 나무가 달려든다는 얘기도 그렇고요. 제가 생각하기에는 좀 엄살 같네요. (……) 저도 처음엔 놀랐습니다. 숲에서는 별의별 소리가 다 들려오니까요. 그런데 조금 지나면 괜찮아져요. 숲에서 나는 소리라는 걸 알게 되니까요. 여긴 숲이니까 부엉이 우는 소리가 들리는 게 당연해요. 낯선 소리가 아니라는 겁니다."(41쪽)

(B)
숲에서 끊임없이 들리는 소리의 정체를 알 수 없는 것이 그의 피로를 부추겼다. 무슨 소리일까 귀를 기울여도 분명히 들리지 않았다. 잘못 들었지 싶으면 다시 소리가 시작되었다. 소리는 희미하고 숲은 넓어서 어느 지점에서 어떤 소리가 들리는지 구체적으로 말하기 어려웠다.(130쪽)

그는 계속해서 숲에서 무슨 소리가 들린다고 털어놓았다. 모유진이 그저 새소리일 거라고 대꾸했는데, 박인수는 그 무신경한 대답을 계속 비난했다.(165쪽)

그러나 아내에게 뭔가를 설명하고 자신을 설득하기 위해서는 숲은 아무런 혐의가 없다는 것을, 숲에서 들리는 소리는 자연이 내는 무수한 소리의 일부라는 것을 확인하거나 부인해야만 했다.(329쪽)

1부에서 제기된 질문에 따라, 독자들은 숲의 소리가 이경인의 실종과 모종의 관련이 있을 것이라고 추측하게 되고 불법 벌목의 소음이라고 단정하고 싶은 유혹을 느낄 수도 있을 것이다. 하지만 2부에 들어서 이야기의 초점이 실종 사건이 아니라 박인수의 알코올중독과 그에 따른 환각, 착란으로 옮겨지고 나면 소리의 모호함 자체가 전체 분위기를 지배하고 소리의 몸체를 확인함으로써 자신이 환각을 듣는 것이 아니라는 사실을 입증해야 하는 박인수의 의무가 부각된다.

그가 위험을 무릅쓰고 숲의 한가운데에 들어가 확인한 소리의 몸체는 무엇인가? 소리의 근원을 찾아들어가서 발견한 잘린 나무 밑동들이 '그것은 단지 불법 벌목의 소음일 뿐'이라고 생각하도록 유혹하고 있지만, 나무가 잘린 것은 "오래전 일처럼 보였다"(335쪽)는 점에서 그렇게 단정할 수 없다. 숲을 헤매는 박인수는 끝내 소리의 몸체를 확인하지 못한다. 박인수의 모험을 중심으로 『서쪽 숲에 갔다』를 읽어보자면, 이것은 궁극적으로 몸체 없는 소리가 자신의 담지자를 찾는 데 실패하는 이야기이며 담지자 없는 소리에 한 사내가 홀리는 이야기이다(이 점에서 우리는 자기지시적 알레고리의 목록에 부엉이 울음소리를 추가할 수 있다. 해결 없는 미스터리라는 『서쪽 숲에 갔다』의 구성원리를 가리키는 몸체 없는 소리로서의 부엉이 울음소리).

현실 안에 어떤 자리도 갖지 않으면서 현실에 침입하고 우리를 교란시킨다는 점에서 '부엉이 소리'는 의미화 작용하지 않는 오점이며 현실에 대한 궁극적인 위협이다.[1] 여기서 편혜영은 자신의 장기를 다시 한번 발휘하는 것처럼 보인다. 『아오이가든』(문학과지성사, 2005)에서 『사육장 쪽으로』(문학동네, 2007)에 이르기까지 그녀가 보여준 것은 현실을 구성하기 위해 배제된 것들이 되돌아오는, 세계의 바깥과의 위험한 인접 상태에서 우리를 사로잡는 고통과 공포였다. 그녀의 세번째 소설집 『저녁의 구애』(문학과지성사, 2011)나 첫번째 장편소설 『재와 빨강』(창비, 2010)에서는 그러한 위협으로부터 물러설 장소가 안전한 피난처가 아니라 진부하고 무의미한 반복의 지옥이라는 점이 선명하게 제시되어 있다. 일상의

---

1) 현실을 위협하는 오점으로써의 몸체 없는 소리 및 주체화의 문제는 슬라보예 지젝, 「그의 불안한 응시 속에 나의 파멸이 크게 써 있도다」, 『항상 라캉에 대해 알고 싶었지만 감히 히치콕에게 물어보지 못한 것』, 김소연 옮김, 새물결, 2001 참조.

세계로 도피하든 바깥의 흘러넘침에 몸을 맡기든 어느 쪽도 지옥의 풍경, "세계의 일식"(남진우)을 목격해야 하는 것은 마찬가지였던 것인데, 검은 숲의 심연에서 울리는 부엉이 소리는 우리를 다시 한번 지옥의 풍경으로 이끄는 것처럼 보인다.

그러나 여기서는 『서쪽 숲에 갔다』의 새로움을 강조하기로 하자. 그동안 편혜영의 문장(紋章)처럼 여겨지던 것, 현실을 집어삼키는 '검은 물'의 흘러넘치는 물질성, 혹은 그 이면인 무의미한 일상의 건조함, 그 혐오스러움과 끔찍함에 대한 묘사가 『서쪽 숲에 갔다』에서는 절약되고 있기 때문이다. 『서쪽 숲에 갔다』의 초점은 검은 물의 체험이나 무의미한 일상이 가져다주는 고통과 공포가 아니라 그 위에 어떤 주체가 위태롭게 일으켜 세워지는 순간이다. 여기서 부엉이의 울음소리는 주체의 출현을 이끌어내는 일종의 미끼로 기능한다.

주체라고? 역설적으로 들리지만 극도의 불안 속에서 이상한 소리에 홀려 숲을 헤매는 박인수의 마지막 행위 속에는 주체의 출현이 함축되어 있다. 이 점은 매우 미묘하고도 확실하다. 박인수가 "부모에게 사랑받지 못할까 두려웠고 시험에 떨어질까 두려웠고 좋은 아버지가 되지 못할까 두려웠고 아내가 떠날까 두려웠고 일이 실패할까 두려웠"(337쪽)던 차원에 머물러 있는 한, 그는 세상의 이치가 자신의 함수 안에서 무엇인가를 산출하고 그 결과를 제시해주기를 기다리는 셈이다. 그런 한에서 세상의 이치와 갈등하는 가운데 주체가 개입할 틈은 없다(이 점에 대해서는 이하인과 모유진이 서로 일치하는 견해를 제시한다. 세상의 이치는 우리가 경험한 과거 속에서 이미 어떤 계산을 시작했고 그 값을 현재의 우리에게 돌려준다. 이 값에 우리가 개입할 수는 있는 여지는, 그러니까 주체의 자리는 없다.(127쪽, 151쪽)). 그런데 담지자 없는 소리가 빈틈없어 보이는 세상의 이치를, 현실의 질서를 일그러뜨렸을 때, 그 소리의 수신자가 그것을 현실의 어떤 소리로 환원하려고 하지 않는다면 그에게는 어떤 미결정의 텅 빈 지평이 열린다(그래서 뒤로 갈수록 소리는 "대지가 틈을 벌리는 것처럼 위협적"(333쪽)이 되어가고, 나무가 빽빽했던 숲은 아무것도 없는 "폐허"(335쪽)로 비춰진다). 그 텅 빈 공간에서, 자아를 옴짝달싹할 수 없게 만드는 외부의 계기들로부터 놓여날 때 간신히 주체의 자리가 일으켜세워진다. 이 때문에 이 소설의 마지막 몇 페이지는 온통 ('이 소리는 어디에서 나는 것일까'가 아니라) "무엇보다 자신은 누구일까"(337쪽) 하는 물음으로 메아리치고 있다. 이 메아리 속에서 극심한 불안을 느끼면서도 박인수는 "오히려 살아 있는 느낌이 들었다. 어쨌거나 이 마을에 온 이후로 처음으로 제 의지대로 움직이고 있지 않은가"(337쪽) 하고 되묻는다.

그러므로 『서쪽 숲에 갔다』는 최종적으로 이렇게 요약된다. 모호한 소리에 몸체를 찾아주려 했으나 어느샌가 입을 벌린 대지의 틈, 아무것도 없는 폐허에서 자신의 자리를 발견하는 주체의 모험담(이 틈과 폐허를 텅 비어 있는 상태로 보존하기 위해서 자기 지시적 알레고리와 스트레칭 서스펜스가 동원되고 있다는 점을 다시 지적할 필요가 있을까). 한 가지 덧붙일 것은 박인수가 모호한 소리를 현실적인 몸체로 환원하려들지 않는 한에서만 주체의 자리를 발견할 수 있었던 것과 동시에, 박인수가 주체의 자리를 고수하는 한에서만 소리를 쫓는 모험을 지속할 수 있었다는 점이다. 『서쪽 숲에 갔다』의 마지막을 장식하는 '나는 누구인가'라는 절망적인 메아리와 담지자 없는 소리는 뫼비우스의 띠를 이루고 있는 셈이다.

(2012)

비극의 아래로 데굴데굴
— 성석제의 『호랑이를 봤다』

1. 성석제의 소설은 비극적이다

성석제의 소설은 '희극적'이다. 적어도 성석제를 이해하는 표준적인 방식에서는 그렇다. 고전적 정의에 따라 바보 같은 것들의 우스꽝스러움을 전시하여 우리를 웃게 만드는 것이 희극적인 것이라고 한다면, 성석제의 소설은 분명 희극적인 데가 있다. 성석제는 지극히 사소하고 하찮은 것들을 짐짓 위대하고 영웅적인 것처럼 다루면서, 역설적으로 그 사소함과 하찮음을 확대해서 보여준다. 그는 논두렁 깡패의 무용담을 신화의 형식으로 서술하거나(『왕을 찾아서』), 춤으로 여자를 유혹하는 제비가 자신의 진정성을 증명하게 하기 위해 거짓 참고문헌을 성실히 제시하게 만든다(「소설 쓰는 인간」). 반대로 근엄한 척하는 것들의 속내가 얼마나 하찮은 것인지를 까발리며 조롱하기도 하는데, 성리학적 신념을 끝까지 고수한 유생 채동구는 가출의 제왕일 뿐이고(『인간의 힘』), 세상의 힘있는 자들은 모두 도적떼거나 날조된 태자관 신화에 속아넘어가는 바보 속물일 뿐이다(『도망자 이치도』). 이 희극적 구조들은 성석제의 유려한 농담과 이야기꾼의 어투와 만나 매번 폭발적 웃음을 만들어내곤 했다(예컨대 이런 농담들. "애한테 바둑을 가르치지는 않으셨나요."/ "아니. 내가 그 생활을 알아. 아니까 시키기가 싫어. 제가 한다고 해도 말릴 생각이야. 집에는 바둑 책 하나 없지. 바둑판이나 알도 없고, 개도 바둑이는 안 키워."—「고수」).

그러나 성석제 소설이 만들어내는 웃음이 다만 이런 것이라면, 우리는 성석제의 소설이 악마적인 것이라고 말해야 할지도 모른다. 그런 웃음은 하찮은 것의 우스꽝스러움을 확대하고 고귀한 것을 비루한 것으로 전도시키며 즐거워하는 데서 오는 것, 다시 말해서 남의 불행을 즐기는 웃음이기 때문이다. 그러나 성석제 소설의 웃음은 악마적인 웃음을 뒤집고 나서야 완성된다. 우리는 성석제 소설에서 늘 너무나 강렬한 웃음을 경험하기 때문에 이 점을 이야기하는 데 소홀해지곤 하지만, 만약 성석제가 위대한 희극 소설가로 불릴 수 있다면, 그것은 그의 소설이 이 '악마적 웃음에 대해' 웃게 만들어 결국 악마적 웃음을 무력화시킨다는 데에 있다. 우리는 크게 웃느라 종종 지나쳐버리곤 하지만, 성석제 소설은 텍스트 속에 어떤 희극을 포함하거나, 희극적 사건을 재현하기만 하는 것은 아니다. 성석제의 소설에는 이탈리아의 소설가 캄파닐레를 분석하면서 움베르트 에코가 발견한 바로 그것, 텍스트 '안의' 희극에서 텍스트에 '대한' 희극으로 이행하며 자기 자신에 대해 웃게 하는 운동이 포함된다.[1]

예컨대 우리는 『왕을 찾아서』(문학동네, 2011) '안'에서 다분히 과장된 논두렁 깡패들의 활극을 발견하고 마음껏 웃을 수 있다. 그러나 이 깡패들의 세계가 볼품없고 허약한 것이며 우스꽝스러운 것이라고 판정하는 것은 이미 논두렁 깡패들의 세계가 조직폭력배들에게 허물어져 패권을 내놓는 새로운 질서의 도래와 동시적이다. 이러한 변화 이전에는 깡패 마사오가 마을 사람들의 왕이었고, 누구도 그 권위를 의심하지 않았으며, 논두렁 깡패들의 질서는 정상적으로 작동하는 앙시앙 레짐이었다. 하지

---

1) 움베르트 에코, 「캄파닐레: 낯설게 하기로서의 희극」, 『거짓말의 전략』(마니아판), 김운찬 옮김, 열린책들, 2009, 97~98쪽.

만 이 소설의 화자(話者) 원두가 진단한 것처럼, "조직의 시대가 왔다. 칼의 시대가 왔다. 사업의 시대가 왔다. 관리의 시대가 왔다". 새시대에는, 사소한 이익 따위를 하찮게 보는 마초적인 거만함과 마초들 사이의 고결한 의리가 현실적으로 무력하고 하찮으며 우스꽝스러운 것으로 판명된다. 그들은 합리성과 등가교환의 원칙을 모른다. 투자에는 수익이, 손해에는 보복이 뒤따르게 하는 정확한 계산법이 운용되는 가운데, 가능한 모든 힘들의 원천을 재배치하여 관리하면서 자그만 이익이라도 놓치지 않는 조직폭력배들, 다시 말해 시장의 법칙을 내면화한 새로운 종자(種子)의 깡패들에 의해, 이 순진하고 어리숙한 논두렁 깡패 마사오는 바보의 자리로 내쫓긴다. 논두렁 깡패들은 어딘가 촌스럽고 시대착오적이며 우스꽝스럽지만, 조직폭력배들은 현실적인 위력을 소유한다.[2] 이러한 상황에서만 가능한 웃음을 즐길 때, 웃고 있는 우리 자신은 은연중에 사업의 시대, 관리의 시대의 도래를 승인하고 있는 것이 아닌가. 우리는 논두렁 깡패들의 우스꽝스러움을 비웃어야 하는가, 저 자신이 사업과 관리의 원칙에 식민화되었으면서 몰락한 것들의 우스꽝스러움을 비웃는 우리 자신에 대해 웃어야 하는가. 이제 『왕을 찾아서』 '안'의 희극은 논두렁 깡패들의 활극을 희극화하는 텍스트 자체에 '대한' 희극으로 이행한다(이러한 이행운동을 가장 선명하게 보여주는 것이, 『호랑이를 봤다』(문학동네, 2011)이다. 이 점에 대해서는 조금 뒤에 다시 다루기로 하자).

텍스트 '안'의 희극에서 텍스트에 '대한' 희극으로의 이행운동은 결국 우리 자신에 대해 웃게끔 하기 때문에, 성석제의 소설은 늘 어떤 슬픔을 함축하고, 심지어 이 슬픔이 웃음보다 결정적일 때가 많다. 『왕을 찾아서』의 사례를 계속해서 이어가자면, 원두는 한편으로 논두렁 깡패들의 신화와 실상을 대비시키며 웃음을 제공하지만, 논두렁 깡패들의 세계가 몰

---

2) 조직폭력배와 깡패의 구분법에 대해서는 서영채, 「깡패, 웃음, 이야기의 윤리」, 『문학의 윤리』, 문학동네, 2005, 227~231쪽 참조.

락해도 좋은가, 오히려 거기에 시장의 법칙 바깥에 놓인 인간적인 것들이 포함되어 있지 않은가 묻고, 그것의 상실을 애도한다. 기본적으로『왕을 찾아서』는 마사오의 장례식장을 찾아가는 원두의 이야기이다. 우리가 이 작품에서 어떤 문학적 체험의 순간을 겪는다면, 다시 말해서 이 작품의 심연을 발견하고 또 그 심연이 우리를 들여다보고 있다고 느끼는 순간이 있다면, 그것은『왕을 찾아서』의 폭발적인 웃음이 분출하는 장면이 아니라 상실감에 뒤이은 묵직한 슬픔을 만나는 장면에서일 것이다. 이쯤 되면 성석제의 소설에 대한 표준적인 이해를 거부하고 그의 소설이 비극적이라고 주장해야 할 지경에 이른다.

2. 진정한 희극만이 비극적일 수 있다

확실히 성석제의 소설은 '비극적'이다. 성석제 소설의 '웃음'을 강조할 때 흔히 인용되는『재미나는 인생』(강, 1997)에는 「세상에서 가장 슬픈 눈사람」 같은 작품도 함께 수록되어 있는데, 보기에 따라서는 이쪽이 더 결정적일 수도 있다.

예컨대 이런 식. 에스키모는 비버를 잡는 기술을 터득하기 위해 모든 인생을 바쳤는데, 모든 인생을 바쳐버린 탓에 비버를 잡을 시간이 없다. 에스키모의 인생은 이와 같이 우스꽝스럽다. 그러나 보라. 그것은 '에스키모의' 인생이 아니다. 그것이 '인생'이다. 목적에 도달하기 위해 애쓰느라 오히려 목적에 이르는 결정적인 기회를 허무하게 탕진해버리고, 환한 어둠이 쌓인 숲을 향해 하릴없이 두 주먹을 쥐고 서 있는 눈사람은, 늙은 에스키모가 아니라 우리 자신이다. 어느 대목에서 웃어야 하는가? 어느 대목에서 슬퍼해야 하는가?

그러므로 우리는 성석제의 소설과 함께 희극에 대한 고전적인 이해방식을 수정해야 한다. 성석제의 소설이 '희극'이라면, 희극은 우리보다 바보 같은 것들의 우스꽝스러움을 전시하여 우리를 웃게 만들어주는 것도 아니고, 고상한 척하는 것들의 하찮음을 끄집어내서 우스꽝스럽게 만드는 것도 아니다. 희극이 자신의 형식을 완성하는 순간은 그런 악마적인 웃음에 대해 웃으며 거절하는 순간이며, 그 순간 우리는 예기치 않은 어떤 슬픔과 만나게 된다. 그러므로 비극에 대한 사이먼 크리츨리의 견해에 약간의 변경을 가하며 이런 식으로 말할 수도 있다. '희극적인 것'은 너무나 악마적이기 때문에 진정한 '희극'이 되지 못한다. '비극적인 것'만이 진정한 희극이 될 수 있다. 반대로 '비극'은 희극이 아님에 의해서 비극적인 것에 이르지 못한다.[3] 비극은 희극적이고, 희극은 비극적이며, 성석제의 소설은 비극적 희극이다. 이것은 결코 말장난이 아니다.

만일 『왕을 찾아서』에서 마사오가 얼마나 고귀한 존재였는지에 대해서 '비극'의 문법으로 보여줬다면 『왕을 찾아서』는 그야말로 '희극적'이 되고 말았을 것이다. 몰락하는 것들을 숭고하고 존귀한 것으로, 영웅적인 것으로 만들어버리는 비극의 문법에는 지나치게 진지해서 오히려 조금은 우습게 느껴지는 모범생의 면모가 있다. 그러나 성석제의 소설이 영웅 서사시의 문법을 차용할 때에는 이 문법 자체가 과장된 것이고 우스운 것이라는 사실을 함께 표시하며(예컨대 「조동관 약전」은 이렇게 시작한다. "똥간의 본명은 동관이며 성은 조이다. 그럴싸한 자호(字號)가 있을 리 없고 이름난 조상도, 남긴 후손도 없다. 동관이란 이름이 똥깐으로 변한 데는 수다한 사연이 있어 한마디로 말할 수는 없다.") 영웅적인 것들의 실상을 폭로하면서(채동구의 바보 같은 모습과 영웅적으로 기록된 역사를 대조하는 『인간의 힘』을 보라) 슬픔이 비극으로 굳어지지 못하게 막아둔다. 비극은 영웅적이고 숭고한 것들의 몰락을 애도하면서, 우리가 현세적인 것들을 가볍게 보아넘기고 이상적인 것을 숭배하도록 이끈다. 혹은 그런 가치 있는 것들이 결코 현실화되지 않을 것이라고 지레 포기하며 냉소주의자가 되게 한

---

3) 사이먼 크리츨리의 견해에 대해서는 테리 이글턴, 『우리 시대의 비극론』, 이형석 옮김, 경성대학교 출판부, 2006, 147~148쪽 참조.

다(이상주의와 냉소주의는 근원적인 수준에서는 서로 일치한다). 하지만 성석제식 희극, 비극적 희극은 모든 이상적인 것들에 약점이 있다는 사실을 보여주면서 생(生)의 불완전성을 즐겁게 수용하게 만들어준다. 생의 불완전성을 장면화한다는 점에서 성석제의 소설은 '비극적'이고, 그것을 즐겁게 수용할 만한 장치들을 포함하고 있기 때문에 '희극'이 된다. 성석제 이래로 소설 속에 웃음의 도화선을 심어두는 소설가들이 여럿 등장하기는 했지만, 이 비극적 희극의 중심부에 도달한 작가는 성석제 이외에는 거의 없는 것 같다.

3. 작은 이야기들의 큐비즘

이제 『호랑이를 봤다』를 이야기하자. 소설의 내용은 간단하다. 물레방아가 있던 마을인 방아실 출신의 시골 청년이자, 맨손으로 호랑이를 잡은 장군 집안 후손의 막내아들 이용원이 장성하여 고향을 탈출, 상경한다. 잠깐 회사생활을 하기도 했으나 오래 버티지 못하고 회사를 뛰쳐나와 개인 사업을 벌이지만, 사업을 벌이는 족족 형편없이 망한다.

이용원이 벌이는 사업은 망할 수밖에 없다. 그가 하는 짓이라고는 "쌍팔년도에나 통했을 사업"이요 "누가 먼저 해서 말아먹을 대로 말아먹은 것"이기 십상이기 때문이다. 그래놓고도 매번 사업을 시작할 때의 기개는 호기롭다. "야, 이번에는 정말 장난이 아냐. 지금 전국적으로 열화와 같은 성원이 답지하고 있다. 나도 놀랐어. 대한민국의 성인 남녀 모두가 내 고객이란 말이다. 최소한 2천만 명을 상대해야 하는데 내 몸은 하나지, 애들이라고 해야 제대로 하는 놈이 있나. 네가 한 500만 명만 맡아줘. 이번 사업이 잘되면 백억 줄게" 운운. 그를 두고 한 화자는 이렇게 말한다(이 작품의 화자는 최대 41명이다). "그런 사람들 하도 많이 봐서 지겹지도 않아라. 그런데 한 가지 신기한 건 있소. 그렇게 망하고도 자기 잘못으로 망했다는 사람은 없단 말이요. 그 사람은 특히 중증이요. 자그가 왜 망했는지 전혀 몰라." 도무지 세상물정 모르는 중증환자 이용원의 허무맹랑한 창업기이자 폐업기, 그리고 여기서 오는 포복절도가 『호랑이를 봤다』의 육체를 이루고 있다. 이 점만 놓고 보면, 이즈음 성석제의 소설이 '노름하는 인간' '술 마시는 인간' '소설 쓰는 인간'을 제목 혹은 부제로 달아놓은 것처럼(『홀림』, 문학과지성사, 1999) 여기에 '사업하는 인간'이나 '사업 말아먹는 인간' 정도의 부제를 달아볼 수도 있을 것 같다.

그러나 『호랑이를 봤다』는 그런 간단한 부제로 수렴되지 않는다. 중편 분량의 이 길지 않은 소설은, 의외로 복잡한 구조로 되어 있다. 여기에는 이 작품을 단순히 이용원의 창업즉시폐업기로 수렴되지 않게 하는 구조적 복잡성이 있고, 그러한 구조적 복잡성이 『호랑이를 봤다』의 핵심이며, 성석제 소설에서는 보기 드물게 예외적이고 실험적인 장치들이기도 하다. 이제 이 장치들의 기능에 대해서 이야기할 차례다.

『호랑이를 봤다』에는 액자식 구성이라고 할 만한 순환적 구조가 있다. 작품 내용의 대부분을 차지하고 있는 이용원의 창업즉시폐업기가 속 이야기이고, 이 속 이야기는 이용원의 친구이며 가장 빈번하게 등장하는 화자인 소설가 강현수가 장편(掌篇)소설을 쓰는 걸 이야기 안에 삽입된다. 정리하자면 이렇다. 소설가 강현수는 어느 날 여행에서 돌아와 우체통에 쌓여 있는 우편물을 발견한다. 그 가운데 이미 마감 날짜가 지났으나 한 줄도 쓰지 못했으며 심지어 원고료까지 미리 타서 다 써버린 원고의 청탁서를 보고 괴로워한다. 한편 우편물 중에는 '대한민국 대표 명사 인명록 대사전'에 강현수의 이름을 올리고자 하니 출간비용으로 약간의 금액을 입금하라는 "누가 먼저 해서 말아먹을 대로 말아먹은" "쌍팔년도에나 통했을" 수작을 걸어온 편지도 있다. 알고 보니 한동안 잠잠하던 이용원이 새로운 사업을 벌인답시고 이런 편지를 보내온 것. 이 때문에 이용원에 대한 회상이 계속되고, 이용원 고향 마을의 전설도 생각난다. 마감 날짜가 지나버린 소설을 쓰기 위해 고심하던 강현수는 이 장군 이야기를 현대적으로 해석한 짤막한 소설 「호랑이를 본 장군」을 쓰게 된다. 강현수는 이 장편(掌篇)소설을 맨 뒤에 배치하고 「호랑이를 본 장군」을 쓰는 데 결정적인 에피소드를 제공한 이용원의 행적을 길게 서술한다. 결국 이렇게 해서 원고지 300매가량 되는 중편이 완성되는데, 그것이 앞에 나온 원고 청탁서가 요구한 중편소설이고, 우리가 읽고 있는 『호랑이를 봤다』가 바로 그것이다.

　이제 이야기는 매우 복잡해졌다. 『호랑이를 봤다』는 희극적 인물 이용원에 대한 이야기인가, 장군 전설에 대한 해석인가, 그도 아니면 300매짜리 중편소설을 억지로 써야만 했던 '어느 시답지 않은' 소설가의 장광설인가. 혹은 이렇게도 물을 수 있다. 『호랑이를 봤다』는 성석제가 쓴 것인가 작품 속의 소설가 강현수가 쓴 것인가. 어떤 물음에도 쉽게 답할 수 없는 가운데 『호랑이를 봤다』의 복잡성은 계속해서 심화된다. 우리가 애써 정리한 액자식 구성과 순환 구조라는 것도 기실은 대단히 불안하고 심지어 가능한 하나의 해석에 불과할지도 모른다. 『호랑이를 봤다』는 모두 마흔한 개의 에피소드로 이루어져 있는데, 각 에피소드의 화자는 모두 제각각이며 서로 다른 증언을 늘어놓고 있어서, '어느 시답지않은 소설가'가 물레방아가 있던 마을로 친구를 찾아간 '아무도 쫓아오지 않는데 저 혼자 쫓겨다닌 청년'인지 또 그가 나중에 '어느 콘드로이틴 전문가'가 되는 것인지 확정할 수 없게 되어 있다. 물론 하나의 완결된 이야기를 원하는 독자들은 약간의 주의를 기울이며 공통적인 사실들을 확인하는 작업을 거친 뒤에 여러 이름으로 흩어져 있는 인물들이 강현수라고 주장할 수는 있겠지만 이러한 주장을 승인할 만한 결정적인 표지는 모두 제거되어 있다. 이용원의 경우도 동일하다. 또한 이용원과 강현수를 중심으로 한 커다란 이야기를 억지로 구성해보더라도 이 안으로는 좀처럼 들어오려 하지 않는 에피소드들이 존재한다(예컨대, '잘나가는 장사 컨설턴트 박대통 소장의 이야기' '다큐멘터리 「샹그릴라는 있는가」의 내레이터의 이야기' '구멍가게를 하다가 부도를 낸 여자의 이야기'). 마흔한 개의 에피소드들은 각각의 독립성을 주장하기 때문에, 결국 『호랑이를 봤다』는 대단히 유동적인 텍스트로 남아 하나의 매끄러운 서사로 완결되는 것을 거부한다. 그것은 마치 하나의 상식적인 형상이 완결되는 것을 거부하는, 다양한 시점의 이미지들을 병치해놓은 큐비즘 회화처럼 보인다.

이 큐비즘적 파편성은, 우리가 『호랑이를 봤다』를 이용원에 대한 하나의 희극적인 이야기로 읽는 것을 완전히 거부한다. 또한 이 큐비즘적 유동성은 '세상물정 모르는 바보 같은 이용원/이용원보다 높은 곳에서 그의 우스꽝스러움을 알아보는 독자'의 안정적인 지위를 뒤흔든다. '세상물정 모르는'의 수식어는 한 인물에게 머무르지 않고 흘러넘쳐 떠다니고 다른 인물이나 심지어 독자에게까지 이어진다. 이러한 장치들은 우리가 『호랑이를 봤다』 '안'의 희극을 읽어내는 데에만 멈추지 못하게 하고, 어쩌면 생의 형상에 대한 비유가 될 수도 있을 『호랑이를 봤다』의 구조 전체에 '대한' 희극을 읽어내도록 강제한다. 이제 우리는 이용원의 한심한 짓들에 대해 웃기를 멈추고, 우리 자신에 대해서 또 생의 구조에 대해서 생각하게 된다. 단, 그것은 고결하고 숭고한 것들을 장엄하게 이상화하는 비극의 방식이 아니라, 한심한 짓들로 가득한 불완전한 생을 즐겁게 수용할수 있게 만드는 희극의 방식으로 이루어진다.

4. 데굴데굴 인간학

이 점에서 우리는 마흔한번째 에피소드 「호랑이를 본 장군」에 다소 특별한 지위를 부여해야 할 것 같다. 「호랑이를 본 장군」이라는 하나의 인간학적 성찰을 담고 있는 장편(掌篇)소설은 앞에서 나열된 마흔 개의 에피소드들과 희미한 연관을 갖고 있다는 점에서 큐비즘적 파편들을 되돌아보게 하고 각각의 의미망에 간섭하기 때문이다. 다시 말해서 이 에피소드는 텍스트 '안'의 희극에서 텍스트에 '대한' 희극으로의 이행을 가장 두드

러지게 또 전면적으로 실행한다.[4]

  본래 방아실에 내려오는 이야기는 이런 것이다. 나중에 장군으로 불릴 한 사내가 산 너머 사는 처자가 보고 싶어져서 산을 넘다가 갑자기 똥이 마려워졌다. 똥을 누는데 웬 짐승이 꼬리를 치면서 장난을 걸어오기에 그 꼬리를 잡아채 나무 위에 걸어놓았는데 알고 보니 그 짐승이 호랑이였던 것이다. 그래서 이 사내는 괴력을 인정받아 장군으로 불리게 됐다. 그러나 강현수가 나중에 고쳐쓴 「호랑이를 본 장군」에서는 사정이 좀 다르다. 한 나그네가 사랑에 눈이 멀었다. 그래서 그는 주어진 삶을 버리고 자신의 운명을 스스로 개척하고자 길을 나섰으니, 사람을 초월한 경지에 오른 셈이다. 그러나 산에서 길을 잃은 지 오래되니 생명을 유지해야겠다는 평범한 본능이 되살아날 수밖에 없고, 그래서 "사람이 사람을 초월한 경지에서 사람으로 건너오는 경계선에 서는 순간"을 체험하게 된다. 그는 사랑하는 여자를 만나기 위해서는 모든 것을 포기할 준비가 되어 있다고 생각했지만 배가 고프고 목이 마르며 잠이 쏟아지는 것은 어떻게 할 도리가 없는 것이다. 그즈음 나그네는 호랑이가 자신을 노리고 있다는 사실을 직감하고 잔뜩 겁에 질렸으나 이내 웃음을 터뜨리고 만다. "아무것도 아냐, 아무것도 아니라구. 난 내 존재보다 더 강렬한 사랑에 빠졌던 바보 같은 사내라네. 지금 죽음을 찾아 길을 가는 게 아닌가. 그러면서 무엇을 두려워하는가." 그러나 호탕하게 웃어봐도, 그는 이미 스스로의 존재보다 강렬한 존재가 된 순간으로부터 보통의 존재로 굴러떨어지고 있는 중이다. 그래서 호랑이의 노호(怒號)가 울리자 마구 내달려 도망치다가 거의 구르

---

4) 한 가지 덧붙일 것은 호랑이를 보고 놀라 도망치는 이 에피소드는 그간의 성석제 소설에서 여러 차례 반복되었으며 소설가 성석제가 실제로 체험한 사건을 소설적으로 가공한 것이라는 점이다. 이 에피소드는 『호랑이를 봤다』 이전에 자전소설 「홀림」, 「홀림」과 함께 수록된 황인숙과의 인터뷰, 그리고 산문집 『위대한 거짓말』에서 반복해서 언급되었으며, 나중에 『도망자 이치도』에서는 '개호주'라는 신화적 동물로 재등장하기도 한다. 이러한 반복성이 성석제 소설에서의 이 호랑이 에피소드의 중요성을 방증하는 것이리라.

다시피 해서 산을 내려오게 된다.

이것이 인간이라고, 성석제의 인간학은 말한다. 우리는 평범하고 지루한 인생을 참을 수 없어하고 우리 자신보다 강렬한 존재가 되고 싶어하지만, 그런 의지 또한 인간적이긴 하지만, 그 의지가 물질화되어 우리를 영웅으로 만들어주지는 않는다. 우리가 인간인 한 평범하고 지루한 인생에서 우리는 완전히 벗어날 수 없다. 초월하려는 것도 인간이고 결국 세속으로 돌아오고야 마는 것도 인간이다. 성석제는 초월의 영역에서 속세로 데굴데굴 굴러떨어지고 있는 저 나그네야말로 인간의 형상이라고 말하고 있는 듯하다. 신성한 숲의 임금이며 심오한 진리를 감추고 있는 호랑이를 본다는 것은 인간 존재의 근원적 형상, 데굴데굴 굴러떨어지는 인간의 형상을 체험하는 계기이다. 다시 이용원의 모습으로 돌아가본다면 끊임없이 실패하면서도 평범한 인생에 만족하지 못하고 '돌아버리겠다'고 중얼거리며 다시 사업을 시작하고 다시 굴러떨어지는 이용원이 이 데굴데굴 인간학의 현대적 모델이다. 이용원은 호랑이를 본 저 나그네의 후손이 아니었던가.

이 데굴데굴 인간학은 슬프게도 우리가 저 고귀하고 숭고한 영역을 완전히 소유할 수 없다는 사실을 받아들이라고 권유한다. 그리고 동시에 고귀하고 숭고한 것들을 이상화하는 비극과 죽음에 육박하는 장엄함으로 우리 평범한 사람들에게 겁을 주는 비극의 경건주의에 대해 웃게 만든다. 그것은 헛된 비극의 높이로부터 그 아래 놓인 인간의 영역으로 내려가는 길을 알려주는 것이기도 하다. 그 길은 '데굴데굴'의 희극으로 닦여 있다. 비극의 수준 이하로 굴러떨어지는 이 '데굴데굴'의 리듬이 우리의 마음 한구석을 훑고 지나갔다면, 그렇게 해서 비극적인 희극의 순간에 슬퍼해야 할지 웃어야 할지 조금 망설여졌다면, 우리들도 호랑이를 본 셈이다. 그렇게 해서 우리는, 호랑이를 봤다.

(2011)

코스믹 포에틱스(cosmic poetics)
─ 조현론

> 하지만 중요한 것은 기괴한 영혼을 만들어내는 것입니다. 콤프라치코스들처럼!
> 얼굴에 사마귀를 심어놓고 소중하게 기르는 사람을 상상해보세요.
> ─아르튀르 랭보

1. 얼룩의 시학으로부터

조현의 소설은 매번 시(詩)에 대해서 말한다. 그의 등단작은 인류 소
멸 이후 사이보그들이 가하는 엘리엇 시론에 대한 연구 및 비평으로 되어
있으며, 네번째 단편 「생의 얼룩을 건너는 법, 혹은 시학」은 제목에 이미
'시학(詩學)'이 노출되어 있거니와 랭보의 시론에 대한 신비주의적 독해
가 이 작품의 주제를 함축한다.[1] 「햄버거」는 영국의 시인 마이클 햄버거

---

[1] 이 글에서 다루는 조현의 작품은 「종이 냅킨에 대한 우아한 철학─냅킨 혹은 T. S. 엘리
엇의 「황무지」 중 'Ⅳ. Death by water'에 대한 한 해석」(2008년 동아일보 신춘문예 당선
작); 「누구에게나 아무것도 아닌 햄버거의 역사」(『현대문학』, 2008년 4월호); 「옛날 옛적 내
가 초능력을 배울 때」(『세계의 문학』, 2008년 가을호); 「생의 얼룩을 건너는 법, 혹은 시학」
(『현대문학』, 2009년 1월호); 「라 팜파, 초록빛 유형지」(『문학동네』, 2009년 겨울호); 「초설
행」(『작가세계』, 2009년 겨울호); 『유니콘』(『자음과모음』, 2009년 여름호~2010년 여름호)
이며 『유니콘』을 제외한 단편들은 이후 『누구에게나 아무것도 아닌 햄버거의 역사』(민음사,
2011)에 묶여 출간되었다. 이하 본문에서 이 작품들은 각각 「냅킨」, 「햄버거」, 「초능력」, 「시
학」, 「라 팜파」, 「초설행」, 『유니콘』으로 약칭 표시하며, 인용할 경우 쪽수만을 표시한다.

와 한국의 시인 김경주에게서 비롯되는 유쾌한 (보기에 따라서는 끔찍하기도 한) 농담이고, 「라 팜파」는 아르헨티나의 '위대한 민족 시인' 라파엘 오블리가도에 대한 심오한 농담이다. 「초설행」에서는 김우겸과 서거정의 시에 대한 단상이 적지 않은 비중을 차지하며,[2] 「초능력」에서는 폴 엘뤼아르와 정현종의 시들이, 『유니콘』에서는 릴케, 파울 첼란, 잉게보르크 바흐만의 시들이 반복해서 불려나오고, 미성숙한 연애 사건이 '사물의 이면 혹은 심연과 조우하기'라는 주제로 나아가는 데는 이야기 자체의 추진력보다 이들 시에 대한 끌림과 해석이 보다 더 결정적인 역할을 맡게 된다. 이런 점에서 조현의 소설은 시학(詩學)이 되기를 욕망한다고도 말할 수 있다. 조현의 소설을 함께 읽는 이 자리에서 조현의 시학에 대해 먼저 말하는 이유가 여기에 있다.

조현의 시학을 조망하는 데에는 「시학」을 살펴보는 것이 편리하다. 제목뿐 아니라 주제나 내용에서도 '시학'을 유별나게 강조한 작품이기 때문이다. 「시학」은 임상심리학 레지던트 앞에서 로르샤흐 테스트를 받고 있는 한 남자의 독백으로 되어 있다. 그의 주장에 따르면 그는 자신이 겪고 있는 심리 질환을 치료하기 위해 병원을 찾은 것이 아니다. 그는 자신 앞에 마주하고 있는 수련의, 한때 함께 랭보를 읽은 적이 있던 여자를 각성

2) 지금까지 거론한 주요 인물 대부분이 실존 인물이라는 점을 확인하는 것도 흥미로운 일이다. 「햄버거」에서 『펭귄 현대시인선집』의 편집자로 되어 있는 이본 마멜은 제임스 미치너의 『소설』에 나오는 가공의 인물에서 영감을 얻은 것이겠지만, 마이클 햄버거는 실제로 『펭귄 현대시인선집』 14권에서 확인할 수 있는 영국의 시인이고, 이 시집을 입수한 김경주는 『나는 이 세상에 없는 계절이다』의 시인을 강하게 환기하며, 「라 팜파」의 라파엘 오블리가도 역시 라틴아메리카 문학사에 큼지막한 이름을 올려놓은 실존 인물이다. 「초설행」의 주인공 격인 김우겸과 조설영은 가공의 인물로 보이지만, 김우겸의 아버지 김맹규가 녹안(錄案)에 이름을 올린 것이나, 사헌부 대사헌 서거정이 김맹규의 징계를 강력히 요구한 것은 역사적 사실이다. 소설가 조현은 시문학에 대한 폭넓은 교양을 갖춘 성실한 자료 수집가일 뿐 아니라, 이 자료들에 필요한 변경을 가하는 전략가이기도 해서, 그가 객관적 사실들을 어떻게 비틀어놓고 소설적 장치들과 어떤 비율로 혼합하는가를 관찰하는 일은 우리에게 흥미로운 지적 유희를 제공한다.

시키기 위해 병원을 찾은 것이다. 각성이란 무엇인가? 남자는 설명한다. 삶의 심연에는 잉크빛 얼룩 혹은 현실에 부착된 비현실의 차원 혹은 그림자가 존재한다. 그것은 일상의 차원에서는 잘 드러나지도 않고 또 받아들이기도 어려운 것이지만 그것을 회피하려는 태도가 오히려 우리의 삶을 위축시키고 초라하게 만든다. 우리 삶의 어떤 문제들은 우리가 그것들을 제대로 알아보지 못하거나 외면하고 싶어하는 데서 온다. 각성이란 잉크빛 얼룩을 알아보고 그것을 직시하며, 우리 삶의 이면에 숨겨진 모든 영역들을 일깨우는 것인 동시에 우주의 비밀을 깨우치는 것이다. 각성은 그렇게 해서 구원과 가까워진다. 남자는 사고로 머리를 다친 뒤, 빛의 얼룩을 목격했을 뿐 아니라 그 체험을 계기로 우주의 모든 사물들과의 '존재의 연결감'을 느낀다. 그렇게 해서 그는 각성하게 된 것이다.

우리는 지금 머리를 다친 환자가 착란 상태에 빠져 횡설수설하는 이야기를 듣고 있는 것일까? 조현은 그렇지 않다고 강변하듯이, 「견자의 편지」로 알려진 랭보의 편지 가운데 일부를 인용한다.

1871년 5월 15일 랭보가 폴 드메니에게 쓴 편지는 생의 얼룩을 통해 존재의 심연에 다가가는 의지의 중요성을 강조하고 있기도 하지. 언젠가 우리가 읽은 대로 말이야.

"저는 말합니다. 견자(見者)여야 한다. 견자가 되어야 한다고. '시인'은 모든 감각기관에 걸친 광대무변하면서도 이치에 맞는 착란에 의해 견자가 됩니다. 사랑, 괴로움, 광기의 모든 형태, 그는 모든 독소를 스스로 찾아 자기 속에 흡수하여 그 정수만을 보려 합니다. 모든 신앙, 모든 초인적 힘의 도움을 필요로 하는 무서운 고문, 그것에 의해 시인은 대환자, 대죄인, 위대한 저주받은 사람—그리고 지고(至高)의 '학자'가 되는 것이다!—미지에 도달했으므로! 이미 다른 무엇보다도 비옥한 그의 영혼을 연마했으므로! 그가 미지에 도달하고 미칠 지경이 되어 본 환각의 지식을 마침내 상상하고 말 때에, 그때 그는 그 환각들을 보기는 본 것이다! 이름을 붙일 수도 없으며 전대미문의 사실에 깜짝 놀란 채 그는 나뒹굴어지기를 : 가공할 다른 노동자들이 대신 올 것이다. 전자가 쓰러진 그 지평에서부터 그들은 일을 시작하는 것이다!"(185쪽)

여기에 이르면 조현의 전략이 일목요연하게 드러난다. 우리는 사랑, 괴로움, 광기의 모든 형태, 그러니까 우리 삶의 심연에 놓여 있는 독소 혹은 얼룩의 정수를 들여다봐야 한다. 그것은 미치광이의 몫이 아니라 이치에 맞는 착란에 의해 견자(見者)가 된 시인들의 몫이며, 동시에 진정한 삶을 되찾기 위해 우리가 도달해야만 하는 경지이기도 하다. 조현은 '견자의 편지'를 다시 쓰면서 독자들에게 이 점을 반복해서 강조하고 있다. 빛의 얼룩을 들여다보라, 그렇게 해서 존재의 본질을 되찾으라. "하여 나는 너와 더불어 이번 생에서 찾을 수 있는 가장 심오한 은유를 맞닥뜨리고 싶어. 생의 얼룩을 건너 존재의 본질에 다다를 수 있는 그런 애절한 은유를 말이야."(187쪽)

조현이 빈번하게 강조하는 용어들을 받아들여, 조현 소설이 우리에게 제안하는 윤리학을 '얼룩의 시학'이라고 이름 붙여볼 수도 있을 텐데, '얼룩의 시학'은 조현의 거의 모든 소설의 밑그림으로 제시되어 있는 것이기도 하다.

2. 콤프라치코스의 시학으로

그러나 조현이 제시하는 이 심오한 '얼룩의 시학'은 랭보의 「견자의 편지」와는 사뭇 다른 쪽으로 흘러가고 말았다는 점도 함께 지적해야겠다. 조현이 랭보의 노선을 충실히 따라야 할 의무가 있기 때문이 아니라, 랭보와 조현 사이의 차이점을 확인하는 것이 '얼룩의 시학'의 실체를 좀더 명확하게 확인할 수 있는 지름길이기 때문일 것이다. 그런 점에서 「시학」

의 남자가 랭보의 시론에 "생의 얼룩을 통해 존재의 심연에 다가가는 의지의 중요성을 강조"(185쪽, 강조는 인용자)하는 주석을 덧붙인 것이 과연 온당한 것인지에 대해서는 좀더 생각해봐야 할 것 같다. 「견자의 편지」 가운데 조현이 인용한 대목의 앞에서 랭보는 이렇게 쓰기도 했다.

고통이 심합니다. 하지만 우리는 강해져야만 하고, 우리는 시인으로 태어나야만 하며, 그리고 나는 내가 시인이라는 것을 압니다. 이것은 전혀 제 잘못이 아니에요. 내가 생각한다, 이렇게 말하는 것은 잘못된 것입니다. 내가 생각되어진다, 이렇게 말해야 합니다. 말장난을 용서하세요.
나는 타자입니다. 자신이 바이올린이라는 점을 깨달은 나무에는 참 안됐습니다. 자신들이 전혀 모르는 것에 대해 발설하는 부주의한 자들은 멸시당합니다.[3]

낭만주의자들? 그들은 노래가 작품이 될 가망이 거의 없다는 것을, 다시 말해서 시인에 의해 불려지고 이해된 생각이 될 수 없다는 것을 명백히 입증합니다.
나라는 것은 타자이기 때문입니다. 놋쇠가 트럼펫으로 깨어난다 해도, 그것은 놋쇠의 잘못이 아닙니다. (……)
만일 늙은 바보들이 자아의 잘못된 의미를 발견하지만 않았더라면 (……)!
(……) 모든 정신에 자연스런 발전이 이뤄진다거나, 많은 자아주의자들이 스스로를 저자라고 부르며 자신들의 지적 성장을 스스로의 공로로 여기는 것은 너무 간단한 일입니다! 그러나 중요한 것은 기괴한 영혼을 만들어내는 것입니다. 마치 콤프라치코스들처럼! 사마귀를 얼굴에 심고 소중하게

---

3) 『Rimbaud - complete works, selected letters』, translated by Wallace fowlie, The University of Chicago Press, 1966, pp.303, 305.

가꾸는 사람을 상상해보세요.[4]

자아의 잘못된 의미로부터 벗어나야만 한다. 내가 생각하는 것이 아니라 나는 생각되어지는 것이다. 시인은 자신들이 모르는 것을 발설해야 하고 그들의 노래는 그들 자신에게 이해될 수 없는 것이다. 놋쇠는 트럼펫의 소리를, 나무는 바이올린의 연주를 모르지만, 그들은 그런 낯선 육체 속에서 깨어난다("나는 타자입니다."). 그것은 시인의 잘못도 아니고 시인의 공로도 아니다. 그것은 마치 운명처럼 주어진다. 견자가 되어 미지의 영역에 도달하는 것, 조현처럼 말해서 생의 얼룩을 통해 존재의 심연에 다다르는 것은, 시인 자신의 의지나 지적 진보처럼 간단한 것들로 이루어져 있지 않다.

중요한 것은 시인의 운명을 받아들이기 위해 기괴한 영혼을 만들어내는 것이다. 마치 콤프라치코스들처럼! 콤프라치코스는 빅토르 위고가 『웃는 남자』에서 창조한 악당들이다. 그들은 다만 웃기 위해 아이들을 사들여 괴물로 만드는 인간들이다. 그들은 아이들의 멀쩡한 얼굴을 짐승의 낯짝으로 바꾸고, 척추를 비틀거나 교묘하게 관절을 탈구시켰으며, 산 채로 아이들의 팔다리를 절단하고 내장을 뽑아냈다. 그렇다고 해서 그들이 난폭한 불량배들이라는 것은 아니다. 콤프라치코스들은 정직하고 성실하게 '왜곡하는 자들'로서 자부심을 가지고 자신들의 직무를 수행했다. "부패한 순진함과 잔인한 섬세함을 동시에 가지고 있"었던 "매우 비잔틴적인 세기"의 일이다.[5] 마치 콤프라치코스들처럼, 시인은 진부한 감각기관에 매우 비잔틴적인 외과 수술을 시행한다. 감각의 체계들을 재배치하고 탈구시키는 작업을 통해 시인은 감각기관을 착란시킨다. 그때 시인은 타

---

4) 같은 책, 305, 307쪽.

5) 빅토르 위고, 『웃는 남자』, 이형식 옮김, 열린책들, 2006, 46쪽.

자로서 깨어나는 것이다. 나무가 바이올린으로 깨어나 교향곡을 연주하고 놋쇠가 트럼펫으로 깨어나 재즈를 연주하듯이. 그렇게 해서 시인은 타자의 감각기관으로 지금까지 누구에게도 알려지지 않았던, 또 이해할 수도 없는 광경을 목도하게 되는 것이다. 그래서 시인은 보는 사람, 견자(見者)가 된다.

이렇게 해서 랭보의 시론은 '콤프라치코스들처럼 감각기관 교란시키기(=기괴한 영혼 만들기)'라는 구체적 실천 항목을 갖춘 이론이 되며, 허황된 신비주의로부터 빠져나온다. 이렇게 놓고 보면 조현의 '얼룩의 시학'은 랭보의 시론으로부터 멀리 벗어나 있는 것처럼 보인다. 조현이 '콤프라치코스의 시학'과 같은 구체적인 방법론 대신에 존재의 심연에 다가가는 '의지'를 강조할 때, 다소 추상적이고 심리적인 영역에 머무는 것처럼 보인다. 냉정하게 말해서 조현의 시학은 어떤 구체성이나 정교함 같은 것을 결여하고 있는 것 같다. 「시학」의 남자는 로르샤흐 카드를 들고 있는 여자를 어떻게 각성시킬 수 있을까? 혹은 생의 얼룩이 무엇인지는 둘째 치더라도 그것을 건너는 방법이란 무엇일까?(은유의 신비로운 작용으로? 그렇다면 그 신비로운 은유의 작용은 어떤 메커니즘으로 되어 있는가?)

「시학」의 남자가 도달한 깨달음이란 것도 어딘가 빈약한 구석이 있다. "하여 나는 정말 신비로운 우주의 비밀을 깨달았어. 모든 생명은 길거나 짧거나 굵거나 가늘거나 질기거나 연약하거나에 관계없이 하나의 '촘촘한 그물망'으로 얽혀 있다는 것을 말이야."(181쪽) 우주가 하나의 '촘촘한 그물망'으로 얽혀 있으리라는 상상은 너무 받아들이기 편한 대중적이고 범신론적인 믿음과 지나치게 닮아 있는 것이 아닌가. 혹은 이 대중적 믿음을 과연 우주의 비밀이라고 불러도 좋은 것일까. 어쩌면 우주의 비밀은 그와 같이 소박한 것일지도 모르지만, 그렇게 의미심장한 '얼룩의 시학'을 통과한 뒤에 그런 소박한 결론이 기다리고 있다니 뭔가 허탈한 느낌이 든다. 또 그런 깨달음은 어떻게 봐도 "이름을 붙일 수도 없으며 전대미문의 사실에 깜짝 놀란 채 (……) 나뒹굴어"질 랭보의 환각과는 멀리 떨어져 있는 것 같다.

'얼룩의 시학'은 '존재의 심연' '존재의 본질' '사물의 그림자' 등의 심오한 개념들과 함께 신비주의의 몽롱한 어둠 아래로 하강해버린 것이 아닐까?

3. 바로 그때 SF가 등장한다

"바로 그때 SF가 등장한다. SF는 변화의 사실, 변화의 불가피성을 인정하는 문학의 한 갈래이다. 애초에 변화를 가정하지 않으면, SF와 같은 것은 존재하지 않는데, 현재와는 크게 다른 사회적, 물리적 배경에서 펼쳐지는 사건을 제외시킨다면 SF라 할 수 없기 때문이다. (……) 중요한 것은 달라지는 것이다. 방향은 알 수 없지만, 어쨌든 달라지는 것이다."[6] 조현의 시학이 신비주의의 몽롱함 쪽으로 후퇴하려 할 때, 조현이 도입하는 SF적 요소들은 그의 작품을 다시 영감 넘치는 소설로 끌어올린다. 받아들이기 편안한 신비주의적 세계에, SF는 낯선 것(달라지는 것)을 심고 소중히 기르기 때문이다.

SF란 무엇인가? 만일 SF가 우리가 훤하게 알고 있다고 착각하는 그 '현실'을 완전히 다른 사회적 물리적 배경 속에 던져넣어 비틀고 조작하며 낯설게 만들어버리는 것이라면, 그래서 그 속에서 무엇인가를 발견하게 하는 효과를 산출하는 것이라면, SF는 '콤프라치코스의 시학' 혹은 '감각기관들의 착란을 통해 미지에 도달하기'와 매우 가까운 것처럼 보인다. 당장 20세기 후반의 우주 비행사들의 체험을 들여다보더라도 그들이 상하, 고저, 종횡이 없는 무한한 공간에서 경험하는 비지구적 감각에서 인지적 충격을 받고 이전과는 현격하게 다른 시각을 갖게 된 사례가 많다는

---

6) 아이작 아시모프, 『SF 특강』, 김선형 옮김, 한뜻, 1996, 109~110쪽.

점을 확인할 수 있다.(다치바나 다카시, 『우주로부터의 귀환』) 어쩌면 연금
술적인 랭보 시론의 지성적이고 과학적인 판본을 SF 안에서 발견할 수도
있을 것이다.

　예컨대 스타니스와프 렘의 『솔라리스』에서 인간들은 지구적 현실에서
벗어나 완전히 낯선 솔라리스라는 행성으로 던져진다. 솔라리스에서 인
간들은 과학적 탐구를 하고 있다고 생각하지만 실제로 그들은 매번 자신
도 모르게 '의인화' 작업을, 다시 말해서 완전히 낯선 것을 익숙한 것으로
가공하는 작업을 수행한다. 그 때문에 그들이 최종적으로 얻는 것은 타자
에 대한 이해와 접촉의 경험이 아니라, 완벽히 낯선 타자에 대해서는 이
해뿐 아니라 접촉 자체가 불가능하다는 절망적 깨달음이다. 솔라리스의
불가해한 바다는 한편으로 타자의 타자성을 장면화하고 다른 한편으로
는 그 타자성 앞에서 어찌할 바를 모르는 '인간적' 인식 체계의 빈약함과
협소함을 드러낸다. SF적 우화라고 할 수 있는 이탈로 칼비노의 『우주 만
화』에서도 우리는 비슷한 실험들을 발견할 수 있다. 칼비노가 주인공 크
프우프크를 온갖 시대와 온갖 공간 속에 던져넣고 있기 때문에, 우리는
멸종하는 생물의 우울한 역사적 감각이나 새로운 별이 탄생하는 시점에
서의 무(無)와 유(有)에 대해 사유할 수 있고, 이 사유하는 다면 거울에 비
추어 우리 자신의 역사적 감각과 없음의 감각을 곱씹어볼 수 있다. 만일
지금까지 알려지지 않은 것을 인식할 수 있는 가능성을 열어 보이는 것이
야말로 소설의 중요한 미덕 가운데 하나라면, 우주적 관점을 도입해 새로
운 인식을 가능하게 하는 SF는 훌륭한 소설 장르임에 틀림없을 것이다.[7]

　조현이 SF의 문법에 충실한 작가는 아니다.[8] 그럼에도 불구하고 우리

---

7) SF를 인지적 낯설게하기로 이해하는 관점은 복도훈, 「SF와 유토피아에 대한 스무 개의
단상」(작가선언 6.9 시민강좌 강의 노트, 2010년 2월) 참조.
8) 『유니콘』 「시학」 「초능력」 「초설행」 등의 작품이 현실과 다른 어떤 우주를 만들어 보인
것이 아니고, 「햄버거」는 가상의 현실을 창조하기는 하지만 과학적 상상력과는 거리가 먼

가 조현의 소설을 이야기할 때마다 매번 SF적 요소들을 함께 떠올리는 데에는 나름의 근거가 있다. 조현의 '얼룩의 시학'이 신비주의의 몽롱함 속에 갇혀 있는 것을 막는 것, 그의 소설을 '소설'이게끔 만드는 결정적인 장치가 SF의 문법, 우리가 알고 있는 '현실'이라는 것을 현실과는 전혀 다른 사회적 물리적 배경 속에 던져넣어 낯설게 만들어버리는 바로 그것과 매우 가깝기 때문이다.

조현의 등단작 「냅킨」에는 두 차례의 소설적 비틀림이 포함되어 있는데 하나는 전면에 내세워져 표면적 주제를 형성하고 다른 하나는 후반부에 살짝 내비쳐지기까지 숨겨져 있는 심층적 주제이다. 이 가운데 후자는 자칫하면 놓치기 쉽지만 말할 것도 없이 이쪽이야말로 참주제이며 독자들에게 강렬한 체험을 선사한다.

우리가 알고 있는 영미문학사를 살짝 비틀어 메리 설리번이라는 인물을 끼워넣고, 그녀로 하여금 엘리엇의 시론을 비판하게 하는 것이 「냅킨」의 표면적 주제의 핵심을 이룬다. 메리 설리번의 요점은 몰개성화의 상태에서 우리가 벗어나야 한다는 것이다. 사람들은 자신의 취향을 과시하기 위해 유행을 쫓고 그러느라 오히려 개성을 포기한다. 그렇게 해서 우리가 몰개성화되는 것, 문화의 보편화가 실현되는 것, 그것은 문화의 타락이다. 그러므로 개성으로부터의 도피를 주장한 엘리엇의 견해는 수정되어야 한다. 우리에게 필요한 것은 우리 자신에게 고유한 개별성을 구제하는 것이다. 국제 T. S. 엘리엇 학회 연례총회 개회사에서 이루어진, 그간의 메리 설리번에 대한 연구사를 정리하며 엘리엇 시론에 비판을 가하는 이 대목들은 물론 우리의 지적 흥미를 돋운다.

다. SF의 문법이 비교적 선명하게 드러나 있는 「냅킨」과 「라 팜파」에서조차도 T. S. 엘리엇에게 영향을 미친 것으로 되어 있는 가상의 인물 메리 설리번의 시학이나 윤회전생에 대한 새로운 해석이 중요한 자리를 차지하고 있을 뿐 여기에 어떤 과학적 상상력이라 할 만한 것들을 찾아보기는 어렵다.

그런데 잠깐. 뭔가 이상하다. 메리 설리번의 엘리엇 비판은 정당하지 않다. 엘리엇이 주장한 것은 결코 개별성의 반대항으로서의 보편성에 대한 옹호가 아니기 때문이다. 엘리엇의 시각은 그런 단순한 주장을 훨씬 앞질러 나간다. 예컨대 이런 식이다. "한 새로운 예술작품이 창작될 때 일어나는 것은 그 이전의 모든 예술작품에도 동시에 일어나는 것이다. 현존하는 고전작품들은 그 작품들 간에 한 이상적인 질서를 형성하고 있으며, 그 고전들 앞에 새로운 (진정 새로운) 예술작품이 소개됨으로써 그 질서는 수정된다. 현존 질서는 신작품이 도래하기 전에는 완전하다. 신기한 것이 계속 일어난 뒤에도 그 질서가 꾸준히 서나가기 위하여서는 현존 모든 질서는 다소라도 변경되어야 한다. 그리하여 전체에 대한 각개 예술작품의 관계와 균형과 가치는 재조정되는데, 이것이 낡은 것과 새것 간의 순응이다."(「전통과 개인의 재능」) 엘리엇이 전통을 강조하는 것은, 현대의 시인 개개인에게 주어진 규범을 강요하는 것이 전혀 아니라, 개별성이 조그맣고 볼품없는 개인의 협소한 범주 안에 갇히지 않고 지금까지 인류가 쌓아온 역사 전체와 대화할 수 있는 가능성을 열어두는 것이다. 엘리엇은 개별성을 억압하지 않고 오히려 그들 각각의 새로움이 지금까지의 예술 전체에 대한 재해석으로까지 연동된다는 점을 부각시킨다. 그렇다면 우리는 엘리엇을 비판하는 메리 설리번의 주장과 함께 「냅킨」의 표면적 주제를 승인하기 어렵게 된다.

게다가 메리 설리번은 이렇게 덧붙인다. "하나의 상징은 하나의 행동으로 연결될 때 우아하게 빛난다. (……) 다야드밤(Dayadhvam, 공감하라), 우리의 문명은 상징보다는 항상 재생하는 행동에 의해 종말을 유예할 수 있다." 물론 '행동'이 필요하다. 인과관계로 엮인 실체들, 견고한 물질적 현실에 직접적으로 개입하는 행동이 필요하다. 그렇다고 해서 행동의 차원이 '상징'의 차원보다 우위에 있는 것도 상징이 꼭 행동으로 이어져야 하는 것도 아니다. 조현식으로 말하자면, 행동의 차원에서 다루어지는 존재의 심연에는 언제나 "빛의 얼룩"이, "애매한 소곤거림"이, "그림자"가 있다. 그리고 그것을 포착할 수 있는 '상징' 혹은 '은유'야말로 우리가 우리 자신과 사물의 본질에 다가갈 수 있는 통로이다. 상징은 행동의 영역 너머에 있으며 어떤 실체적인 것과도 직접적인 대응관계에 있지 않다. 이렇게 놓고 보면 조현 자신조차 메리 설리번의 주장을 승인하기 어렵게 된다.

여기에서 두번째 비틀림, 「냅킨」의 참주제, SF적 요소가 등장한다. 메리 설리번에 대한 진지한 연구는 사실 22세기, 인류 소멸 이후를 살아가는 사이보그들에 의해 이루어졌다. 그들은 매우 엄격한 학자들의 말투를 사용하고 있지만, 시인이라는 존재가 어떤 것인지 잘 이해하지 못하며, DVD의 영상 기록을 보고 '좀비'가 역사적으로 존재한 증거라고 믿는다. 어리숙한 사이보그들은 엘리엇의 「황무지」도 「황무지」가 패러디하고 있는 '성배 전설'도 잘 이해하지 못하며, '메리 설리번'이 (작품 안에서 다시 한번) 실존인물이 아니라는 점을 받아들이지 못한다. (사이보그의 시선에서 정리된 인류 역사에서는 다소 불분명하게 처리되어 있기는 하지만) 메리 설리번은 2020년대 할리우드 영화에 등장하는 가상의 인물이며, 사이보그들이 연구자료로 검토하고 있는 것은 이 영화의 소품임이 분명하다. 「냅킨」에서 인류는 2024년 넵튜늄 중성미자 발전기를 최초로 시험가동하고, 2042년 넵튜늄 신에너지발전소 폭발사고로 종말에 이른다. 인류를 종말에 이르게 한 악의 씨앗이 만들어지고 있는 2020년대의 시대적 분위기, 그 분위기 속의 문화 이해가 2020년대의 영화 속에서 메리 설리번을 만들어낸 것이다. 약간의 비약을 감수한다면, 스스로의 종말을 만들어내는 인류의 시대정신과 시가 뭔지도 모르는 사이보그들이 수긍하는 메리 설리번의 시론이라는 것은 시기와 주제 모든 면에서 매우 가깝다고 말할 수 있다.

그러니까 「냅킨」은 표면적 내용과는 정반대로, 엘리엇에 대한 메리 설리번의 비판을 다시 비판한다. 메리 설리번의 주장에 고개를 갸웃거렸던 독자들은, 이제 시가 없는 세계의 어두움에 대해 또 우리가 잃어가고 있는 시라는 것이 도대체 무엇인가에 대해 되돌아보게 된다. 「냅킨」은 시 없는 시대가 인류종말로 이어지게 되리라는 묵시록으로 다시 읽히게 되는 것이다. 다소 복잡한 이 두 번의 비틀림 구조는, 조현이 22세기 사이보그들의 미래라는 SF적 요소를 도입했기 때문에 성립할 수 있었다.

조현의 두번째 소설 「햄버거」도 이와 비슷한 구조로 되어 있다. 조현은 겉으로는 "시적 상상력과 진보에 대한 점진적인 확신이 적절하게 버무려지면서 세계는 조금씩 사랑스러워지는 법"(121쪽)이라며, 우리가 살고 있는 우주와 매우 비슷한 그러나 조금 다른 어떤 우주를 명랑하게 그리고 있는 것처럼 보인다. 「햄버거」에서 김경주는 시인이 아니라 광고기획사 직원인데 '마이클 햄버거'의 시집을 입수한 날 밤 햄버거 사이에 시집이 끼워져나오는 꿈을 꾼다. 그는 자신의 꿈을 마케팅에 활용해서 맥도날드 햄버거에 증정품으로 시를 나눠주는 아이디어를 내고, 맥도날드사는 김경주의 아이디어에 힘입어 친인간적 기업이라는 이미지를 얻고 매출도 올리게 된다. 이 과정에서 '편집자 이본 마멜-영국 시인 마이클 햄버거-광고기획사 직원 김경주'를 연결해 새로운 우주를 만들어내는 소설가의 솜씨가 빛을 발한다. 이 모든 이야기는 우리가 살고 있는 우주와 매우 비슷한 그러나 조금 다른 어떤 우주의 미래에 쓰이게 될 흥미로운 '미시사 연구'처럼 보이지만, 조금만 주의를 기울이면 이것이 하나의 블랙코미디임이 드러난다. 「햄버거」에서 시는 판촉 수단 가운데 하나로 전락하고 시인들은 세계적 규모의 초국적 기업에 자신들의 시가 '납품'(!)된다는 데에 커다란 기쁨을 갖고 호의적인 반응을 보인다. 게다가 맥도날드사는 이미 햄버거 생산 매뉴얼 표준화를 통해 공장에서 공산품을 찍어내듯 햄버거를 만들어내고 있었고, 이번에는 시창작 작업 매뉴얼을 표준화해서 햄버거를 만들듯 시를 만들게 하며, 평론가를 고용해 시의 품질을 관리하게 한다. 「햄버거」는 누구나 시를 즐기게 된 새로운 우주를 그려 보이는 척하다가 시가 공산품으로 전락한 우주의 암울한 모습을 보여준다. 「햄버거」는 명랑함에서 암울함으로 감정의 롤러코스터를 태워준 뒤 시가 시 아닌 것으로 전락한 세계의 끔찍함에 대해서 그리고 시란 무엇인가에 대해서 생각하게 만든다.

조현이 「냅킨」과 「햄버거」에서 보여준 SF적 낯설게하기는, 텍스트 자체의 의미를 뒤엎어버리는 독특한 효과를 만들어내면서, 동시에 오늘날 우리 삶의 어떤 경향들(단순화하자면 시적인 것을 조금씩 상실하고 있는 경향들)을 은밀하게 경고하며 인식하게 한다.

4. 반(反)서정적 우주 시학(cosmic poetics)을 위하여

조현은 「냅킨」과 「햄버거」를 통해 '시가 빠져나가버린 삶'이라는 가상의 우주를, 조금은 복잡하고 지적인 비틀림 속에서 보여주며, 역설적으로 우리 삶의 어떤 단층을 돌아보게 만들었다. 그리고 이 작품들에서 문제 삼았던 '시적인 것'이 무엇인지에 대해서라면 「시학」 이후의 작품들에서 어느 정도 구체화하기도 했다. '생의 얼룩을 통해 존재의 본질에 다가가기'라는 이 심오한 주제는 아마도 당분간 조현을 놓아주지 않을 것 같다.

그러나 앞에서 살펴본 것처럼 조현의 시학은 아직 신비주의의 몽롱함 속에서 빠져나오지 못한 것처럼 보인다. 그것은 「시학」 이후의 작품들에서, 조현이 자신의 '콤프라치코스의 시학'이라고 할 만한 SF적 장치들을 거의 작동시키지 않은 것과도 관계가 있을 것이다. 현실을 현실과 전혀 다른 조건 속에 던져넣는 사고 실험이 도입되지 않은 곳에서 조현의 시학은 너무 추상적인 곳으로 상승하고 그 때문에 무력해진다.

관점에 따라서는, 『유니콘』 「초능력」 「초설행」에 대단히 엄격하고 비판적인 평가를 내릴 수도 있다. 『유니콘』과 「초능력」에서 그려 보이고자 한 '삶의 어두운 이면'이란 기껏해야 사랑하는 여인과 존경하는 사내의 섹스를 훔쳐보는 소년의 일그러진 마음, 혹은 사랑하는 여자와 섹스하려는 순간에야 그녀가 실은 트랜스젠더라는 사실을 알게 된 충격으로 환원되고 마는 것이 아닐까. 「초설행」의 '눈 그림자는 눈보다 더 희다'는 다만 아름다운 시구로 남아 산문적 구체성의 영역으로 조금도 내려오지 못하고 추상적인 아포리즘이 되어버린 듯하다. 이런 작품들에는 시적 아우라가 짙게 배어 있지만 이 문장들이 만들어내는 섬세한 분위기가 관습화된 삶을 타격하는 날카로운 이미지나 역동적인 의미망을 형성하는 데는 성공하지 못한 것 같다. 이 때문에 『유니콘』 등은 자칫, 위대한 예술가들에 대한 숭배와 경외심에 머무는 것으로 보일 수도 있다.

이렇게 놓고 보면 「냅킨」과 「햄버거」의 성취가 SF적 장치들을 능숙하게 다루면서 인지적 낯설게하기를 의도적으로 만들어낸 것인지 미숙함이 낳은 지나친 복잡함이 의도치 않게 실수로 올바른 길을 갔던 것인지 헷갈릴 지경이다. 조현이 SF적 장치들을 자신의 시학에 보다 더 접근시킬 수 있다면, 그는 조현식의 독특한 '콤프라치코스의 시학'을 완성할 수 있을지도 모른다. 그때 조현은 현실과는 다른 감각, 비지구적인 감각, 우주적 감각으로 우리의 관습화된 감각들의 타성을 깨뜨리고 미지의 영역을 개시하는 환상과 함께 현실을 다른 각도에서 투영하는 거울을 창조할 수 있을 것이다. 우리의 요점은, 조현이 지나치게 낭만적인 '얼룩의 시학'에 'SF의 문법'을 충돌시켜 '우주 시학(cosmic poetics)'으로 나아가야 한다는 것이고, 그럴 가능성을 조현 자신이 보여줬다는 것이다. 아마도 「라 팜파」가 이를 뒷받침하는 가장 적절한 사례가 될 것이다. 이 아름다운 작품을 음미하는 것으로 우리의 논의를 마무리하자.

「라 팜파」에는 예의 그 이중의 비틀림 구조가 잠겨 있다. 첫번째 비틀림은 이런 것이다. 아르헨티나 후기 낭만주의 시인 라파엘 오블리가도에게는 우리가 몰랐던 비밀이 하나 있다. 그 자신도 죽음에 이르러서야 알게 된 사실이지만, 그에게는 한 외계인의 영혼이 덧대어 있었다. 이 외계인은 고도로 발달한 어느 외계 문명의 탐사선 책임자였으며, 아르고 자리에서 발견한 한 행성의 생명체들을 몰살시킨 뒤 그것이 일종의 예술행위라고 주장한 적이 있다. 행성 연방의 최고법정은 인과응보적 자아치료를 위해 그의 영혼이 대규모로 수탈되는 라틴아메리카 대초원의 한 영혼으로 전이되도록 명령했다. 시인 라파엘 오블리가도가 그렇게까지 대초원을 사랑한 데에는 다 그만한 이유가 있었던 것이다! 「라 팜파」는 라파엘 오블리가도의 생의 마지막 순간 진실을 전하며('사실 당신은 당신이 아니오'), 그의 윤회전생을 돕는 소울마스터의 독백으로 되어 있다.

첫번째 비틀림이 보여주는 흥미로운 상상력만으로도 우리는 얼마든지 즐거움을 느낄 수 있지만, 보다 결정적인 것은 첫번째 비틀림에서 자연스럽게 딸려나오는 두번째 비틀림 혹은 어떤 질문, 어떤 성찰이다. 지구인의 영혼에 외계인의 영혼이 덧대어 있는 라파엘 오블리가도는 지구인인 것만도, 외계인인 것만도 아니다. 그는 "정체성이 뒤섞인 새로운 방랑자"(365쪽)로 태어난 것이다. 그런데 라파엘 오블리가도가 단지 한 행성을 파괴한 탐사선의 책임자인 것만도 아니고 또 아르헨티나의 시인인 것만도 아니라면, 이 모든 이야기를 들려주는 화자 소울마스터 역시 단지 소울마스터인 것만은 아니지 않을까? "하여 나는 고향 행성 아카데미에 오랫동안 내려오던 기이한 전설을 생각하였다. 우리들 소울마스터의 삶 역시 어쩌면 어떤 다른 존재의 심령전이일지도 모른다는. 그리하여 우리가 소울마스터의 삶을 끝내는 미래의 어느 날 우리 역시 우리 심령에 덧대어진 더 큰 존재의 정체성을 깨닫게 되리라는 (……)."(369쪽) 그렇다면 이 소설을 읽고 있는 우리가 단지 우리 자신을 뿐이라고 어떻게 증명할 수 있겠는가? 이제 「라 팜파」는 심령전이를 조작할 수 있는 외계인에 대한 재미있는 이야기가 아니라 우리 존재에 대한 물음으로 도약한다. 나는 단지 나 자신일 뿐인가? 나에게는 어떤 영혼이 덧대어 있는가? 우리가 이번 생에서 무엇을 깨달아야 더 큰 존재의 정체성에 이를 수 있는가?

이 협소한 지구적 삶을, 우주적 시선 위에 올려놓으면서 신선한 감각을 주조하고 새로운 의문을 던져보는 것, 이를 (시학에 대한 조현의 욕망을 수용하면서) '우주 시학'이라고 불러도 좋을 것이다. 그리고 이편이 릴케와 파울 첼란의 아우라에 의지하는 쪽보다 훨씬 시적인 것에 근접하고 있다. 이렇게 해서 조현은 등단과 함께 내세운 약속이 무엇이었는지를 확인시켜준 셈이다. "저는 결코 잊지 않겠습니다. 우리는 우주에서 태어나 우주에서 죽는다는 것을요."(2008년 동아일보 신춘문예 당선 소감) 우주적 시선에서의 견자가 되겠다는 것, '우주 시학'의 소설가가 되겠다는 것. 소설가의 약속이 지켜지길 바란다.

(2010)

절대인간의 몰락
— 『위험한 관계』와 〈스캔들〉

1. 내면 전쟁의 기록 VS 18세기 말 조선 풍경의 시각화

주 : 영화 〈스캔들〉(2003)이 개봉했을 당시, 그 인기가 대단했다고 들었습니다. 국내 관객은 물론이고, 해외 관객들에게도 큰 인기를 끌어서 이 영화를 상품으로 내건 관광 패키지까지 만들어졌다고 하더군요.

객 : 대중적인 인기만을 얻었던 것은 아니지요. 〈스캔들〉은 2004년 청룡영화제, 대한민국영화대상, 백상예술대상, 대종상 등 여러 부문에서 수상했고, 상하이 국제영화제에서도 음악상과 감독상을 받았지요. 어쨌든 저도 이 영화를 보지 않을 수 없었습니다. 이재용 감독의 이전 작품 〈정사(情事)〉(1998)를 인상 깊게 본 탓에 약간의 기대도 있었고요.

주: 그렇군요. 어떻습니까, 이 영화. 화려하면서도 단아한 의상이라든가, 한옥의 아름다움, 자꾸만 지연되는 정사 장면의 에로틱함, 이런 것들이 이 영화의 핵심이 아니겠습니까.

객: 물론입니다. 그 이야기를 하려면 역시 〈스캔들〉의 원작소설을 말하

그림1 이재용 감독의 데뷔작 〈정사(情事)〉. 이재용은 이 영화에서 불가능한 사랑에 빠진 남녀의 불안한 행복과 비극적 슬픔을 섬세하게 그려보았다. 이것은 〈스캔들〉이 반복하는 주제이기도 하다. 이미숙은 두 영화 모두에 출연해 한 번은 섬세하고 가녀린 여인을, 한 번은 우아하지만 악독한 여인을 연기했다.

지 않을 수 없군요.

주: 쇼데르로스 드 라클로의 『위험한 관계』를 말씀하시는 것이지요.

객: 아시다시피 『위험한 관계』는 여러 인물들이 서로에게 보낸 편지를 한데 묶어놓은 형식의 서간체 소설입니다. 한 사람의 동일한 화자가 사건을 순차적으로 서술하면서 어떤 결론에 도달하거나 하나의 정돈된 이야기를 완성시키는 것이 아니라, 각 편지의 필자마다 동일한 사건을 서로 다르게 이해하기 때문에, 독자들은 서로 다른 편지의 내용들을 순차적으로 읽고 비교하면서 그 가운데 누가 어떻게 상대방을 기만하고 음모를 꾸미고 있는지 또 거기서 어떤 승리를 거뒀는지 하는 것들을 발견하게 됩니다. 메르테유 후작 부인과 발몽 자작, 세실 볼랑쥬와 당스니 기사 그리고 투르벨 법원장 부인, 이 다섯 사람의 복잡한 연애-전쟁을 편지 혹은 단어들의 포탄으로 치르고 있는 셈이지요. 어떤 의미에서 『위험한 관계』는 전쟁 수행의 기록이자 악당들의 소행에 대한 보고서이며 순진한 희생양들의 피해조사 결과입니다. 과연 포병 대위였던 소설가 라클로가 연애 사업조차 전쟁 수행의 일종으로 바꿔버린 셈이지요.

주: 그러니까 〈스캔들〉의 이재용 감독은 18세기 말 프랑스 귀족 사회에

서 벌어진 연애-전쟁, 편지로 기록된 이 내면의 전투를 어떻게 영상화할 것이냐 하는 문제를 해결해야만 했다는 것이겠지요.

객: 편지라면 내면의 목소리를 쏟아놓은 기록이 아니겠습니까. 대체 이 것을 어떻게 영상화할 수 있을까요. 영화에서 메르테유 후작 부인(조씨 부인, 이미숙 분)의 음모를 편지같이 주절주절 읽어댈 수는 없습니다. 편지의 모든 내용을 그런 식으로 대사나 독백으로 처리해놓으면, 관객들은 지루해서 견딜 수가 없지요. 스크린이 우리에게 기대하게끔 하는 것은 무엇보다 영상이니까요. 영화는 우선 '보는' 것이지요. 읽거나 듣는 것은 부차적인 것이 아니겠습니까.

주: 하지만 발몽이 자랑스럽게 떠벌리는 연애 모험담의 '내용'을 영상화하는 것은 가능하지 않겠습니까. 정숙한 투르벨 부인(정씨 부인, 전도연 분)에게 접근해서 달콤한 말을 전하고 그녀를 끌어안고 하는 사건들, 순진한 세실 양(소옥, 이소연 분)을 꼬드겨 자신의 침실로 제 발로 찾아오게 만들고 임신까지 시킨 그 사건들 말이지요.

객: 물론 가능합니다. 발몽 자작과 메르테유 후작 부인 사이에 오간 편지들을 두 사람이 직접 만나서 대화하는 장면으로 처리하는 것도 가능하지요. 문제는 이 인물들 사이의 연애감정과 음모라는 '내용'이 이 소설의 핵심인가 하는 점입니다. 『위험한 관계』를 읽는 독자들에게는 어떤 사건을 소개하는 편지가 완결되고 나면 다음 편지가 시작되기 전까지 어떤 긴장감과 긴박감이 제공됩니다. 예컨대 정숙한 투르벨 부인이 이해한 사건은 반드시 악마와 같은 바람둥이 발몽에 의해 그 의미가 뒤집히고, 이는 다시 발몽의 경쟁자 메르테유 후작 부인에 의해 또다시 뒤집힙니다("나는 발몽의 지극한 사랑에 빠져들 수밖에 없었습니다." → "결국 정숙한 투르벨

부인도 나의 전략에 넘어오고 말았어!" → "당신은 투르벨 부인을 정복했다고 주장하지만 당신은 자신이 사랑에 빠졌다는 사실을 모르고 있을 뿐이야. 바람둥이 발몽은 몰락한 것이지!"). 그러니까 18세기 후반 프랑스 귀족사회의 퇴폐적 에피소드를 이야기해주는 것만으로는, 다시 말해 그 '내용'만으로는 『위험한 관계』를 충분히 설명할 수 없습니다. 문제는 편지들끼리 서로 사건의 핵심에 도달했다고 주장하면서 여러 해석들이 부딪히게 하는 그 긴박감과 긴장감이지요. 『위험한 관계』의 음모의 '내용'을 영상화하는 것은 물론 가능합니다. 하지만 『위험한 관계』의 서술 '형식'이 가져오는 그 팽팽한 감각들과 호흡들을 어떻게 영상화할 수 있을까요?

주: 『위험한 관계』의 핵심은 동일한 사건을 다르게 말하는 편지들을 이어붙이는 서간집이라는 독특한 서술 '형식'에 있는데, 이를 영상화하는 것은 불가능하므로 서술 형식의 빈자리를 무엇으로 채워넣느냐가 중요한 문제라는 말씀인가요? 〈스캔들〉이 여기에 제시한 돌파구가 18세기 말 조선의 아름다운 풍경들이다?

객: 그렇습니다. 선생께서 지적하셨던, 그 단아한 의상이랄지, 한옥의

그림2~7 오늘날에는 좀처럼 찾아볼 수 없는 이 18세기 조선의 옷차림, 풍습, 오브제, 자연 풍경이야말로 〈스캔들〉이 가장 공들여 표현하는 것들이다.

아름다움 같은 것들을 클로즈업하는 카메라 말이지요. 제가 그렇다고 해서 소설이라는 장르가 영화라는 장르보다 더 우월하다고 말하려는 것은 결코 아닙니다. 서로 다른 영역에서 장기를 발휘한다는 것이지요. 원경으로 처리해 언덕에서 내려다보이는 한양성의 광경이라거나, 조원(배용준 분)과 정씨 부인(전도연 분)이 세련된 한복을 입고 산책하는 한산한 강화의 낙조 풍경이 스크린 위에 재현될 때, 21세기 근대 조선인 관객들에게는 참으로 신선한 느낌이 들지 않겠습니까. 문장으로 묘사된 풍경과는 확실히 다르지요. 엄격한 유교 질서에 따라 수많은 유생들이 일제히 예를 다하는 길제(吉祭)의 재현이나 여름날의 인공 연못에서 벌어지는 조선 귀족들의 뱃놀이 장면은 또 어떻습니까. 영화의 마지막에서 정씨 부인이 꽝꽝 언 산정호수로 혼자 걸어가는 장면은 또 어떻습니까. 그러니까 이렇게도 말할 수 있겠습니다. 이 영화 〈스캔들〉의 주인공은 배용준도 이미숙도 전도연이 아니고, 실상 18세기 말 조선 귀족 사회의 퇴폐적인 우아함이라고요. 이 아름다운 이미지들의 흘러넘침 속에서 누가 누구를 사랑했고, 또 누가

그림8, 9 (사진 순서는 왼쪽에서 오른쪽으로) 〈스캔들〉의 초반과 후반에서 각각 한 번씩 조씨 부인의 방에서 조원과 조씨 부인은 밀담을 나눈다. 두 번 다 두 사람의 대화가 들려오는 가운데, 카메라는 곧장 두 인물을 보여주지 않는다. 조씨 부인이 머물고 있는 한옥의 아름다움을 먼저 보여주어만 한다는 듯 카메라는 건축물의 지붕에서부터 사선으로 움직이다가 열려진 창문 안쪽을 들여다보거나 서랍장과 화병이 있는 마루에서부터 횡으로 움직이다가 닫힌 창살 무늬를 오래 들여다본 뒤 창문 안쪽을 투시한다. 이 화면 속의 주인공은 마치 한옥 그 자체처럼 보인다.

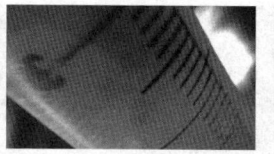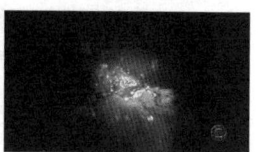

그림10 영화나 TV드라마와 같은 영상 매체에서는, 이처럼 '보여주기'라는 매체의 성격 자체가 전면에 부각되어 영화나 드라마의 '내용'에까지 영향을 미치거나 미묘한 분위기를 결정하기도 한다. TV 드라마 〈C. S. I〉가 대표적인 사례. 위의 그림은 이 드라마의 단골 메뉴인 사체 부검의 극사실적 재현 장면이다 (사진 순서는 왼쪽에서 오른쪽으로). 이 드라마는 언제나 필요 이상으로 사체 부검 장면들을 극사실적으로 재현한다. 카메라는 컴퓨터 그래픽의 도움을 받아 사체 속으로 침투하며 골수를 찌르는 법의학자의 주사기를 클로즈업하고, 주사기 안을 투시해 몰려드는 혈액을 시각화하기도 한다. 이 드라마가 막대한 자본과 기술을 투여하는 부분은, 현실 속에서 볼 수 없는 몸속 이미지의 이러한 극사실적 재현의 순간이다. 어떤 의미에서 〈C. S. I〉는 사건 해결의 과정을 설명하기 위해 이런 장면들을 배치한다기보다, 극사실적 재현의 능력을 과시할 기회를 찾느라 복잡한 범죄의 희생양을 등장시키는 것처럼 보이기도 한다. 이것이 여타의 추리소설과 TV 드라마 〈C. S. I〉의 결정적 차이이기도 하다.

누구를 배신했고 하는 에피소드들은 오히려 부차적이지 않습니까?

주: 한국까지 와서 영어나 일본어 자막도 없는 〈스캔들〉을 보고, 다시 말해서 그 '내용'을 이해할 수 없는 외국인 관객들까지도 이 영화에 감동을 받을 수 있었다면, 아마 그런 요소들 때문이겠군요. 그리고 보니 『위험한 관계』와 〈스캔들〉이 각각 서간집과 화집을 허구의 원본 텍스트로 내세우는 차이가 있다는 점이 눈에 띄는군요. 라클로는 「편집자의 말」을 통해 이렇게 밝혀놓았습니다. 천하의 난봉꾼 발몽이 천하의 요부 메르테유 부인과 함께 음모와 기지의 대결을 벌이다가 마지막에 가서 겉으로는 정숙한 체하는 요부 메르테유 부인의 실상을 폭로하기 위해 그간 자신이 모아두거나 필사한 모든 편지를 공개한다. 편집자가 그 공개된 편지의 묶음에서 실명을 가명으로 바꾸고 전체 이야기를 이해하는 데 불필요한 일부 편지들을 삭제했는데, 그러한 최소한의 변경만이 가해진 편지의 묶음이 소설 『위험한 관계』다, 이런 식이지요. 이재용은 이런 식으로 바꿔놓았습니다. 천하의 한량 조원이 그동안 자신이 벌인 정사(情事)와 연애 모험담

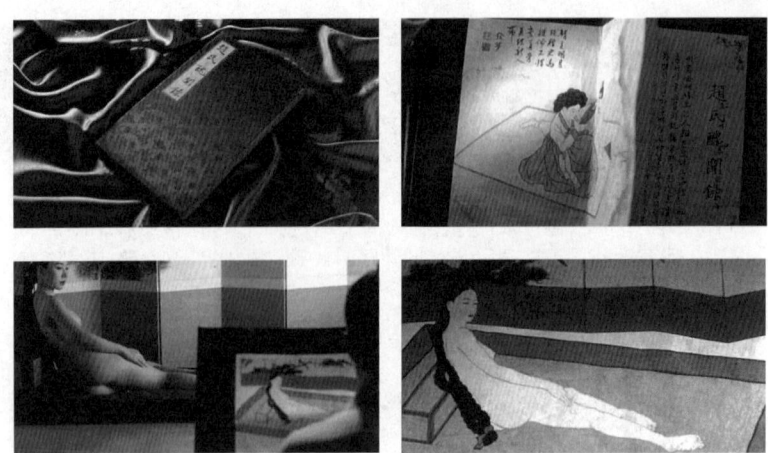

그림11 (사진의 순서는 시계방향) 〈스캔들〉은 화집 『조씨추문록』을 펼치는 것으로 시작된다. 내레이터가 "이 화집에 등장하는 인물들은 대다수 품행이 심히 방탕하고 난잡"하다고 경고하는 사이 화집의 표지부터 한 장 한 장 넘겨지면서 화집 속 그림들이 화면 전체를 메운다. 곧이어 화집 속의 그림으로부터 카메라가 뒤로 물러서면 그림을 그리고 있는 조원의 뒷모습이 비치고 그때부터 본격적인 이야기가 시작된다. 이 도입부는 마치 『조씨추문록』이라는 화집이 원본 텍스트로서 먼저 존재하고 우리가 보고 있는 영화 〈스캔들〉은 이 원본 텍스트를 바탕으로 만들어져 있는 것처럼 보이게 한다. 그러나, 물론 『조씨추문록』은 허구의 텍스트이며, 이 텍스트까지도 〈스캔들〉의 일부이다. 이와 같은 설정은 『위험한 관계』의 「편집자의 말」에서 따온 것인데, 허구의 원본 텍스트가 서간집인가 화집인가 하는 미묘한 차이가 있다.

을 모두 음화(淫畵)로 기록해두었는데, 조원이 죽고 나자 그 음화들을 조원의 몸종 자근노미가 세책점에 팔아넘기고 그 음화들이 화집 『조씨추문록』으로 간행됐다, 이런 식이지요. 그래서 영화의 첫 장면에서 어떤 사건보다도 우선 『조씨추문록』이라는 허구의 화집이 비춰집니다. 조원의 행적을 통해 조씨 부인의 악행을 폭로하는 화집이지요. 확실히 서간집에 비해 화집은 어떤 장면들을 '보여주는' 것이지요. 거기에 수반되는 '이야기'들은 부차적일 수 있습니다. 『위험한 관계』와 〈스캔들〉, 소설과 영화라는 장르의 차이가, 서간집과 화집의 차이 혹은 내면의 기록과 시각적 이미지의 기록이라는 차이로 한번 더 강조되고 있다고 볼 수도 있겠군요.

2. 사랑의 무늬 : 〈위험한 관계〉 vs 〈사랑보다 아름다운 유혹〉 vs 〈스캔들〉

객: 바로 그 점이 〈스캔들〉에는 있지만 〈위험한 관계〉(1988)나 〈사랑보다 아름다운 유혹〉(1999)에는 없는 것이 아닐까요.

주: 포병 대위 라클로 소설의 핵심을 내면 전쟁의 긴장감과 긴박함이라고 했을 때, 이것을 영상화할 수 없게 된 그 빈자리를 영화의 어떤 문법으로 채워넣을 것인가 하는 문제, 〈스캔들〉이 18세기 후반 조선의 아름다운 이미지들로 돌파한 이 난제에 대한 도전이 같은 소설을 원작으로 한 다른 할리우드 영화에는 없다는 말씀이시군요. 그러니까 선생께서는 앞서 제작된 두 편의 영화보다 〈스캔들〉을 더 높이 평가하시는군요.

객: 그럴 수밖에요. 영화 〈위험한 관계〉는 라클로의 소설을 충실히 재현한 품격 있는 작품입니다. 하지만 원작 '소설'을 충실히 재현한 영화라는 것이 '영화'로서 뛰어난 작품인가 하는 점은 다시 한번 생각해봐야 할 것입니다. 우리가 무엇인가를 반복한다는 것은, 반복의 대상이 이전에 도전했지만 미처 도달하지 못한 그 무엇을 이번에는 성취하고야 말겠다는 의지가 포함된 것이 아니었던가요? 영화 〈위험한 관계〉가 다만 원작소설에 대한 충실한 재현이라면, 그것은 훌륭한 리메이크 영화가 반드시 원작에 대해 표해야 할 존경이 결여된 것입니다. 진정한 존경은 원작이 원작 그대로의 자리에 머물러 있도록 놓아두는 것이 아니라, 원작이 품고 있었지만 잘 보이지 않았던 그것을 끄집어내서 강조하고, 겉보기엔 원작을 비틀고 변경을 가한 것처럼 보이는 데 있는 것이니까요.

주: 복잡한 문제를 지적하셨습니다. 먼저 말씀드리고 싶은 것은 모든 반복이 차이를 수반한 반복이어야 할 필요는 없다는 것이에요. 예컨대 아이들이 어떤 재밌는 놀이를 발견했을 때, 아이들은 그 놀이를 '다시 한번'

되풀이해주기를 원합니다. 이때 아이들은 완전히 똑같은 놀이를 요구하지요. 그때 발음된 어떤 말들이나 표정들까지도요. 어른들이 그 놀이의 디테일을 조금이라도 바꾸면 아이들은 "아니지! 이렇게 하는 거야!"라며 완전히 똑같은 되풀이를 요구합니다. 모든 '반복'이 어떤 '차이'를 수반한 반복이어야 하는 것은 아니라는 말입니다. 그렇지만 이런 이야기는 우리의 주제에서 너무 멀리 벗어나는 것이니까 이것을 가지고 길게 논의할 필요는 없을 것 같습니다. 어쨌거나 선생의 논점은 훌륭한 반복, 훌륭한 리메이크는 원작을 똑같이 되풀이하는 것이 아니라 원작 속에 숨겨진 무엇인가를 보여주면서 원작 자체를 변형하는 것이라는 말씀이지요. 모든 반복이 그래야 하는 것은 아니겠지만 어쨌든 충분히 이해할 수 있는 관점입니다. 다만 〈스캔들〉에 앞서 제작된 두 편의 할리우드 영화가 원작소설과 아무런 차이가 없다고 말하기는 좀 무리가 있지 않을까 생각됩니다.

   객: 영화 〈위험한 관계〉는 소설 속에서 편지로 주고받은 내용을 등장인물들이 직접 만나 대화로 주고받는 것으로 처리한 아주 사소한 차이(소설을 영화화하기 위해 어쩔 수 없이 선택해야만 했던 차이)를 제외하면 원작의 '내용'을 충실히 재현하고 있다고 하겠습니다. 18세기 프랑스의 고성(古城)과 귀족들의 의상을 충실히 재현한 점이 〈스캔들〉과 유사해 보일 수도 있겠지만, 이 영화의 카메라는 인물들 자체에 초점을 맞추고 있고 의상이나 장소 등은 영화의 사실성을 충족시키기 위해서 동원됐다는 느낌이 강하게 듭니다. 18세기 프랑스 귀족 사회의 풍경이란 말 그대로 소품이나 배경에 머물러 있다는 말입니다. 〈스캔들〉의 카메라가 의상이나 건축물, 오브제 등을 '내용'과 상관없이 집요하게 찾아내고 거기에 오래 머물며 클로즈업 하는 것과는 확실히 다른 느낌이지요. 귀족적이고 고풍스러운 이미지들을 만들 기회를 날려버린 것입니다.
   〈사랑보다 아름다운 유혹〉에서도 마찬가지입니다. 이 영화는 발몽과 메

그림12 영화 〈위험한 관계〉의 도입부. 봉인된 편지를 뜯어보면 그 안에 흘림체로 'Dangerous Liaisons'라고 쓰여 있다. 원작을 충실히 재현하고자 하는 이 영화는 도입부에서도 『위험한 관계』의 서간체 소설 형식을 최대한 유지하려 한다.

그림13 〈사랑보다 아름다운 유혹〉의 도입부. 세바스찬(발몽)이 56년형 재규어를 몰고 도로를 질주하고 있다. 이 영화에 등장하는 가볍고도 속물적인 20세기 말의 등장인물들에게는 '편지'나 '그림'이 썩 어울리는 소재가 아니었던 것 같다.

르테유 부인의 이야기를 20세기 말 뉴욕으로 옮겨오면서 귀족적 분위기를 완전히 상실해버린 채 철없는 고등학생들의 연애 사건을 만들어놓았지만, 순진한 여자를 두고 난봉꾼과 악녀가 음모의 대결을 벌인다는 이야기의 기본 골격은 그대로 유지하고 있습니다. 그런 점에서 저는 할리우드의 이 두 편의 영화가 의미 있는 차이를 만들어내지 못했다고 본 것입니다.

주: 그런 관점에서 보자면 확실히 세 편의 영화 가운데 〈사랑보다 아름다운 유혹〉이 원작소설을 가장 퇴보시킨 것이 아닌가 생각됩니다. 18세기 귀족 사회에서 경건한 종교적 관념들을 배반하면서까지 사랑에 굴복하는 투르벨 부인이나, 거꾸로 신성모독도 마다하지 않으며 모든 순결한 감정을 비웃던 발몽 자작이 결국 투르벨 부인과 사랑에 빠지고 마는 장면에는 어딘가 비장미까지 느껴집니다. 자신이 애초에 철썩같이 믿던 신념의 높이를 훌쩍 뛰어넘는 감정의 깊이 같은 것이 제시되어 있기 때문입니다. 그런데 20세기 말 뉴욕의 고등학생들 사이에 벌어지는 연애 사건이라면 지켜야 할 신념이나 가치관 같은 것의 무게가 너무도 가벼워지지 않습니까. 하지만 그것이 너무 가벼운 십대 취향의 것이라고 하더라도, 어쨌

든 이 영화가 그렇게까지 세바스찬(발몽)과 트레버(투르벨 부인)의 사랑을 강조해놓은 것만큼은 확실히 원작에 가한 의도적이고도 중요한 변경이 아닐까요. 『위험한 관계』에서 투르벨 부인에 대한 발몽의 감정은 다소 모호하게 처리되어 있고 어느 정도 숨겨져 있으니까요.

객: 선생께서는 이제 우리의 논의를 사랑에 관한 '내용' 쪽으로 끌고 오고 싶으신 게로군요.

주: 그렇습니다. 물론 소설의 영화화에서 '시각화'가 중요하다는 점을 부정할 수는 없습니다. 하지만 영화는 의미 없는 이미지들의 나열이 아닙니다. 영화가 영상을 근본으로 하는 예술이라는 점만큼이나 (특히 상업적 성격의) 영화가 서사를 바탕으로 한다는 점 또한 무시할 수 없습니다. 그러니까 〈스캔들〉을 다른 영화나 원작소설과 비교할 때 서사의 층위에서 가해진 변경에 대해서도 우리는 충분히 이야기할 수 있을 것입니다.

객: 그런 의미에서라면 원작과의 차이를 인정할 수 있습니다. 영화 〈위험한 관계〉가 발몽 자작과 당스니 기사의 결투를 묘사하는 와중에 발몽 자작과 투르벨 부인의 과거 시점의 정사 장면을 삽입하는가 하면 발몽에게서 버림받은 후 수도원에서 괴로워하는 투르벨 부인의 현재 시점을 보여주기도 합니다. 발몽이 결투 중에 사랑하는 투르벨 부인을 떠올리면서, 더불어 사랑하는 사람의 고통을 자신도 느끼며 후회하고 있는 것이라고 노골적으로 보여주는 셈이지요. 그러니까 당스니 기사와 같은 풋내기에게 능숙한 발몽 자작이 패하고 죽음에 이르는 것은 펜싱 실력과 무관하며 순전히 사랑에 중독된 탓입니다. 이런 해석은 라클로의 『위험한 관계』에서 다소 모호한 부분을 전면에 내세워 강조한 탓이지요. 〈스캔들〉은 여기에 조씨 부인(이미숙 분, 메르테유 부인)마저도 실은 조원(배용준 분, 발몽 자

작)을 사랑했기 때문에 조원이 다른 여자와 사랑에 빠진 것에 질투를 느껴 둘 사이를 방해하며 잔인하게 군 것이라고 해석하고 있습니다. 분명히 원작에는 감춰진 것들을 강조한 것이겠습니다. 하지만 이쯤 되면 모든 것이 '진정한 사랑'이라는 주제 아래 수렴되고 용서되는 진부한 '사랑 타령'이 되고 마는 것이 아닐까요. 우리가 이런 '차이'(내면 전쟁 혹은 18세기 말 조선 풍경의 기록으로부터 사랑 타령으로의 퇴각)를 부각시켜야 할 필요가 있을까요.

주: 저 미국식 부르주아 속물들의 정서로 각색된 〈사랑보다 아름다운 유혹〉에는 확실히 그런 진부한 면이 있습니다. 하지만 낭만적인 '사랑 이야기' 모두가 진부한 것인가 하는 점은 좀더 따져봐야 할 것 같습니다. 만약 사랑이라는 것이 다른 모든 조건들을 무기력하게 만들거나 변경하는 강력한 감정이라면 우리는 어떻게 해서 그 감정에 빠져들게 되는 것일까요. 그런 과정들에 대한 설득력 있는 묘사라든가, 사랑에 빠진 사람의 마음의 무늬라든가 하는 디테일들을 얼마나 정교하게 포착할 수 있는가 하는 점들을 살펴보면 우리는 〈스캔들〉에서 진부함보다는 신선함을 발견할 수도 있을 것입니다. 예컨대 정씨 부인(전도연 분, 투르벨 부인)의 환심을 사기 위해 조원이 일부러 사람을 시켜 정씨 부인을 습격한 뒤 자신이 나서서 구해주고 정씨 부인을 집까지 바래다주는 장면에서 조원은 미묘한 감정의 변화를 느낍니다. 이런저런 점잖은 말로 상대를 안심시키면서 동시에 상대방의 미덕을 칭찬하는 것으로 조원은 수작을 걸겠지요. 그런 조원에게 정씨 부인은 이렇게 대답합니다. "제가 행하는 작은 베풂이란 (……) 저 자신의 평온을 이루기 위함이니 저 역시 이기적인 인간에 불과합니다." 이 말에 조원은 조금 놀라는 표정으로 눈을 들어 정씨 부인의 뒷모습을 바라봅니다. 그 순간 서정적이고도 아름다운 음악이 시작됩니다. 천하의 난봉꾼 조원이 그만 사랑에 빠지는 순간이 아닐 수 없습니다. 상

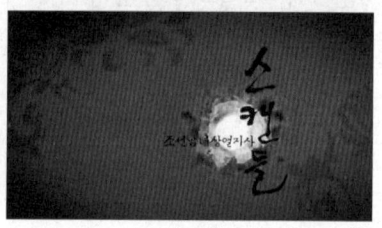

그림14~17 이 붉은 목도리가 정씨 부인의 목을 감싸면서 정씨 부인의 감정을 표시하고 또 영화의 시작과 끝을 사랑이라는 주제로 관통시킨다. 특히 영화의 거의 끝부분에 보이는, 하얗고 단단하게 얼어붙은 산정호수와 그 한가운데 뚫린 얼음 구멍, 그리고 그 위에 떠오른 붉은 목도리는 우리에게 묵직한 슬픔을 안겨준다. 붉은색으로 채워진, 저 깊이를 가늠할 수 없는 어둡고 깊은 구멍이란, 사랑에 관통당한 정씨 부인의 마음의 구멍이 아닐까? 그것은 또한 〈스캔들〉에 등장하는 모든 이들의 마음에 뚫린 구멍이기도 한 것이 아닐까. 이 영화의 오프닝 타이틀에서 세로쓰기된 '스캔들'이란 글자 옆에 꽃처럼 보이기도 하는 저 환하고 뜨거운 구멍과 끝부분의 얼음 구멍이 서로 호응하고 있는 것처럼 보인다.

대의 마음을 뺏기 위해 수작을 걸었다가 자신의 마음을 빼앗기는 장면이지요. 이런 순간들의 미묘한 떨림 같은 것에 우리는 충분히 공감할 수 있고 또 거기에 신선한 감각이 들어서는 것입니다. 혹은 영화 후반부에서 조원이 정씨 부인을 매몰차게 쫓아버릴 때 그녀를 부축하던 하인이 실수로 정씨 부인의 목도리를 밟아 떨어뜨립니다. 거의 정신을 잃어버린 와중인데도 정씨 부인은 그 붉은 목도리를 다시 집어 가지요. 그리고 마지막에 가서 얼어붙은 겨울 호수 아래로 빠져 자살하는 순간에 얼음 구멍 위로 떠오른 것이 그 붉은 목도리입니다. 조금만 주의를 기울인 관객이라면 이 붉은 목도리가 조원이 『열하일기』와 함께 그녀에게 처음으로 선물한 것이라는 점을 기억할 수 있을 것입니다. 이 소품 하나로 빚어지는 귀엽고 애틋하고 슬픈 감정들의 무늬에 우리는 또 독특한 감각을 얻게 되는 것이 아닐까요. 이 모두가 원작소설에는 없는 〈스캔들〉만의 세련된 디테일들입니다. 〈스캔들〉은 사랑 이야기를 점점 부각시켜온 할리우드 영화의 해석 위에 자신만의 또다른 차이를 새겨놓은 것이지요.

객: 말씀을 듣고 보니 〈스캔들〉에는 사랑의 무늬를 그려 보이는 섬세함이 있는 것 같군요. 그렇기는 하지만 이 영화의 주된 정조(情操)가 어떤 쓸쓸함과 깊은 슬픔에 있다고 봐야 하지 않을까요. 달콤한 사랑 이야기와 〈스캔들〉은 거리가 멀어 보입니다.

주: 네. 이 영화의 사랑 이야기가 귀엽고 따뜻한 이미지들만을 늘어놓다가 진정한 사랑을 통해 모든 오해가 풀리고 악인이 반성하고 용서를 받

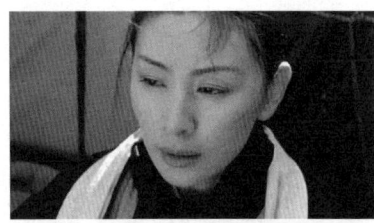

그림18 연경으로 떠나는 배 위의 조씨 부인. 본래 연경은 조원과 정씨 부인이 사랑을 이루기 위해 함께 떠나려 했던 곳이었다. 그러나 이 두 사람은 연경으로 떠나기도 전에 죽음에 이르고, 조원의 화첩을 통해 온갖 음행이 밝혀진 조씨 부인만이 두 사람을 대신한다는 듯 연경으로 도망친다. 그러나 이 마지막 장면이 〈위험한 관계〉나 〈사랑보다 아름다운 유혹〉처럼 악녀에 대한 처벌의 결말에 그치는 것은 아니다. 조씨 부인이 도망길의 와중에서도 소중히 간직한 비단 보자기를 펼치자 거기에는 오래전 조원이 별 뜻 없이 건넨 흰 국화가 놓여 있다. 뒤이어 조씨 부인의 회상 속에서 조원이 정씨 부인에게 수작을 거는 순간에도 조씨 부인은 조원을 애잔하게 바라보고 있었다는 사실이 밝혀진다. 이 장면에서 우리는 조씨 부인의 잔인한 행동들이 불가능한 사랑으로 인해 비틀린 여인의 심경에서 나온 어쩔 수 없는 행동은 아니었는지 생각해보지 않을 수 없다. 회한에 찬 이미숙의 연기가 돋보이는 장면. 꽃잎은 바닷바람에 흩어지고 카메라는 꽃잎을 따라 공허하게 맑은 파란 하늘을 비췄다가 다시 막막한 바다를 바라보고 엔딩 크레디트가 올라온다. 서정적인 배경의 음악과 함께 우리는 조씨 부인과 조원, 정씨 부인의 어떤 서글픔, 어떤 쓸쓸함, 어떤 회한에 동참하게 된다.

는 것으로 끝난다면, 이 영화는 확실히 진부하고도 순진하다는 느낌을 줬을 것입니다. 그런 사랑 타령은 분명 거짓된 위로이며 키치일 뿐이지요. 그렇지만 〈스캔들〉에서 가장 압도적인 장면이라면, 결국 우리를 깊은 슬픔으로 몰아넣는 마지막 장면을 꼽아야겠지요. 그 아름답고 충만했던 순간이 마른 꽃잎처럼 바람에 날려 흩어져버리는 그 막막한 장면 말입니다. 아무리 소중하고 찬란했던 순간들도 결국 이렇게 흩어져버릴 수밖에 없다는 것이 어쩔 수 없는 진실이고 그 진실을 담담히 받아들일 때 우리는 깊은 감동을 얻게 되는 것이지요.

3. '절대인간'을 위한 변명

객: 그런 점에서 우리가 〈스캔들〉의 '사랑 이야기'에 대해서 말하려면 결국 그것이 '절대인간'의 몰락이라는 맥락 속에 배치되어 있다는 점을 주목해야 한다고 말하고 싶습니다.

주: '절대인간'이라면 바타유가 사드를 설명하는 자리에서 내세운 개념이겠군요.

객: 그렇습니다. 사디즘과 가까운 개념이고, 그 반대편에는 민주주의적 관점이 놓여 있습니다. 이렇게 말해보면 어떨까요. 민주주의적 관점은 모든 인간에게 평등한 존엄성이 있다고 가르칩니다. 모든 사람이 같은 크기의 효력을 발휘하는 투표의 원리가 여기서 나오는 것이지요. 하지만 도무지 평등한 존엄성이란 형용 모순입니다. 다 같이 존엄하기란 불가능하고 다만 모두가 평범해질 수는 있겠지요. 모두에게 당첨된 로또란 무엇입니까. 도대체 그 1등 상금이란 얼마나 형편없는 것입니까. 로또의 1등 상금이 대단해지려면 일단 무수한 미당첨자들이 나와야만 합니다. 존엄성이란 절대다수의 평범성과 그 이하를 필요로 합니다. 결국 모두가 평등한

존엄성을 내건 민주주의란 저가치로의 평준화일 뿐입니다.

주: 그것은 너무나 위험한 발상이군요. 하지만 귀족 출신인 사드의 시선에서 보자면 절대왕정으로부터 민주주의로의 이행은 어떤 '몰락'으로 여겨질 수도 있었겠지요.

객: 역사 속으로 사라져가는 그 귀족 계층의 고귀함을 향수하는 것만으로는 아무런 의미가 없습니다. 사드는 타인들을 사물 취급하는 것으로 자기 자신의 고귀함을 다시 성취합니다. 사물보다 사물을 함부로 파괴하는 사드가 더 고귀한 것이지요. 이것이 사드가 자신의 삶과 작품 속에서 실천한 사디즘이며 사디즘을 통해 되찾으려고 했던 것, 그러나 민주주의의 시대 이전에 귀족 사드가 본래 갖추고 있던 것, 그것이 바로 고귀한 절대 인간의 지위입니다.

주: 아이들을 잡아다 강간하고 고문하고 찢어죽이고 똥을 먹인 그 일을 통해서 인간 위에 군림하면서 신이 된 듯한 착각을 향유한다는 것이지요. 사디즘에 대한 이런 이해가 새삼스러울 것은 없겠습니다만, 이것이 어떻게 〈스캔들〉의 핵심이 될 수 있는지는······

객: 영화 초반부에서 조원과 조씨 부인이 가장 경멸하는 것이 '사랑에 빠진 인간들'입니다. 사랑에 빠진다는 것은 누군가의 말처럼 '영원한 패배자가 되는 것'이지요. 사랑하는 대상을 신격화하고 자신의 모든 에너지를 바칠 준비가 되어 있기 때문이지요. 이 자존심도 없고 고분고분하기만 한 감정의 노예들은 패배자이고 쓰레기가 아니겠습니까. 오로지 사랑에 빠지지 않은 자만이 승리자가 될 수 있으며, 이 냉혈한만이 패배자들을 지배하고 사물 취급할 수 있습니다.

그림19~21 좌의정 댁에 모인 귀부인들의 눈을 사로잡은 것은 연경을 통해 들어온 신문물이다. 정씨 부인의 이모이자 좌의정 댁 마님은 "색목인들이 거리를 활보"하고 "별의별 신식물건들이 넘쳐나"는 연경의 분위기를 "천지가 개벽하는 듯"하더라고 전해준다. 마님의 방에는 시간을 분할하는 근대식 '시계'가 놓여 있고, 정씨 부인이 구하고 싶어해 나중에 조원이 붉은 목도리와 함께 선물한 책이 『열하일기』이다. 『열하일기』에는 정통파 성리학과 소중화(小中華) 의식에 대한 강력한 비판과 더불어 신문물과 물질 세계에 대한 동경이 담겨 있어, 조선의 지배질서에 대한 퇴거 요청으로 보이기도 한다.

주: 그런 점에서 영화 전반부의 조원과 조씨 부인의 괴상한 행동들이 절대인간으로 평가될 수 있다는 것이군요. 타인이 자신을 사랑하게 하되 그 자신은 절대로 사랑에 빠지지 않으면서 주인과 노예, 혹은 신과 벌레의 관계를 수립하는 것으로 절대인간의 지위를 누리는 것, 이를테면 부드러운 사디즘이라고 할까요.

객: 그렇습니다. 그리고 이 영화는 곧이어 절대인간의 몰락이 가져오는 쓸쓸함을 보여줍니다. '절대인간'이란 기실 '절대왕정'이라는 현실의 정치 체제를 문학화한 것에 불과하기 때문에, 이 영화에서 서양 문물에 신

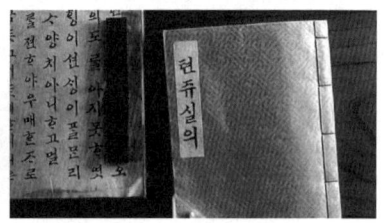

그림22, 23 조선이 천주교를 금지한 이유 가운데 하나는 반상(班常)의 구분을 어지럽힌다는 것. 천주교는 왕을 중심으로 하는 유교적 질서에 대한 도전으로 비쳤던 것 같다. 〈스캔들〉은 조선의 강력한 억제 정책 속에서도 수그러들지 않았던 천주교의 확산을 에피소드로 삽입하면서 은연중에 조선의 유교적 가르침이 허물어져가는 장면들을 보여주고 있다. 『위험한 관계』의 투르벨 부인이 성당을 다니는 것은 단지 투르벨 부인의 정숙함을 보여줄 뿐이지만, 〈스캔들〉의 정씨 부인이 『천주실의』를 읽는 것은 정씨 부인의 종교적 경건함에 성리학적 질서의 퇴락이라는 독특한 분위기를 겹쳐놓는 것이다.

기해하는 부인들이 등장한다거나 『열하일기』가 나온다거나, 천주교 모임 장면이 삽입되었다거나 하는 것들을 가볍게 보아 넘기기 어렵습니다. 성리학적 질서로 건축된 조선의 '절대왕정'이 조금씩 헐거워지고 있음을 강하게 암시하고 있는 장면이 아니겠습니까. 이 절대왕정의 붕괴는 또한 절대인간의 몰락과 일치하는 것이기도 합니다.

주: 선생께서는 다시 카메라가 놓치지 않는 이 영화의 소품들과 영상들을 강조하시는군요.

객: 나는 안개 속에 흐릿하게 보이는 한양성의 모습이 왠지 쓸쓸해 보였습니다. 그것은 뭐랄까요. 콘크리트 건물에서 생활하고 서양식 교육을 받고 기계로 찍은 영화를 보고 있는 우리 근대 조선인들이 다시는 돌아갈 수 없는, 그래서 가물거리는 영상으로 보였기 때문입니다. 한양성이란 유교적 질서를 공간화한 도시가 아니었겠습니까.

주: 그러니까 영화의 후반부에서 조원이 사랑에 빠지고 마는 것, 곧 평범한 인간으로 몰락하고 마는 것은 시대적이며 또한 필연적인 것이겠군요. 그리고 그는 몰락한 절대인간이므로 죽어 마땅한 것이고요.

객: 물론입니다. 조원이 그 따위 무능력한 무사의 칼을 맞을 이치가 없

그림24 언덕 아래로 희미하게 내려다보이는 것이 한양성의 풍경이다.

습니다. 영화 후반부에서 조원은 조원 자신이 아니었던 것이지요. 절대인간이 아닌 인간, 그러니까 노예이고 벌레이며 쓰레기였던 것입니다. 또 조원을 파멸로 몰아갔던 조씨 부인 역시 자제력을 잃고 조원을 사랑하고 말았기 때문에 모든 것은 파국으로 끝나고 마는 것입니다. 소설과 다른 영화들이 악녀 메르테유 부인을 처단하고 인과응보의 교훈과 같은 결말로 끝나는 것에 비해, 〈스캔들〉에서의 조씨 부인은 오히려 마지막에 가서야 가련하고도 아름다운 여인으로 그려지지 않았습니까. 처단해야 할 악녀가 결코 아니지요. 스스로 몰락해간 절대인간이었으니까요.

주: 쓸쓸한 이야기군요. 그러나 이렇게 놓고 보니 조원과 조씨 부인을 제외한 나머지 인물들이 평면적이고 수동적으로 그려졌다는 점은 좀 수월하게 설명되는 것 같습니다. 그들은 조원과 조씨 부인이 가지고 노는 장난감 사물일 뿐 등장인물은 아니었던 셈이지요. 그리고 조원과 조씨 부인이 사랑에 빠져 자신들 또한 장난감 사물의 지위로 몰락했을 때 모든 인물들이 파멸하게 되는 것이고요.

객: ……

주: 그러나 선생께서는 이 영화를 해석하는 하나의 관점을 제시하는 정도가 아니라 정말로 쓸쓸해 보이는군요. 마치 절대인간의 몰락을 슬퍼하는 듯, 절대인간이 암시하는 어떤 고귀한 것들, 신성에 가까운 왕과 귀족들의 권력, 그들의 무한한 낭비를 그리워하고 있는 듯이 말이에요. 선생께서는 민주주의의 적들을 사랑하고 있는 것이 아닙니까?

객: ……

(2011)

숲은 움직이게 되리라
— 은희경의 『태연한 인생』

푸치니의 오페라 〈투란도트〉는 우스꽝스럽다. 비극의 절정을 향해 힘겹게 쌓아올린 모든 숭고한 사건들이 마지막 순간 갑작스럽게 무효화되고, 나쁜 남자와 뻔뻔한 여자가 행복하게 결혼하는 것으로 앞서의 모든 야단법석들이 억지스럽고 느닷없이 정상화되면서 끝나기 때문이다. 이야기는 이렇다. 전쟁에 패한 타타르의 왕자 칼라프가 도망길에 올랐다가 북경에서 기적적으로 아버지를 만난다. 앞 못 보는 티무르 왕도 도망치는 신세이기는 마찬가지여서 그의 옆에는 한 명의 여자 노예만이 남았을 뿐이다. 그런데 도망중인 칼라프가 북경의 공주 투란도트에게 반해 그녀에게 구혼하느라, 왕을 보필하고 나라를 되찾아야 할 자신의 의무를 여자 노예 류에게 떠넘긴다. 투란도트는 남자들에 대한 복수심으로 불타서 수수께끼를 푸는 남자와 결혼하겠다고 선언하고는 도저히 풀 수 없는 문제를 내서 구혼자들을 모조리 죽여왔는데, 칼라프가 아름답지만 잔인한 이 여자에게 도전해 수수께끼를 풀고 결혼을 요구한다. 그러나 투란도트가 약속을 어기고 결혼을 거부하자, 이번엔 승리감에 도취된 칼라프가 수수께끼를 낸다. 아침이 올 때까지 자신의 이름을 알아내면 결혼을 포기하고 목숨까지 내놓겠지만 그렇지 못하면 결혼 약속을 지켜야 한다는 것. 이 때문에 칼라프의 이름을 알고 있는 여자 노예 류가 투란도트에게 잡혀 고문당한다. 류는 어느 봄날 칼라프의 미소에 반한 탓에, 왕위에서 쫓겨난 그의 아버지의 시중을 들어왔고 다른 여자를 찾아가는 그를 위해 그의 의무를 대신 떠맡았으며 이제는 자신의 침묵과 죽음으로써 사랑하는 남자가 다른 여자와 사랑을 이루기를 바란다. 류는 왕자의 이름을 말하지 않고 고문을 견디다 자결한다.

류의 자결을 목격한 철없는 남자 칼라프가 뒤늦게서야 자신이 찾던 사랑이 실은 투란도트가 아니라 류에게 있었음을 확인하고 너무 늦은 후회를 자책했더라면 〈투란도트〉는 우아한 비극으로 완성될 수 있었을까? 혹은 류의 자결을 목격한 잔인한 마녀 투란도트가 인간성을 회복한 뒤 무고한 남자들이 아니라 자신의 악마성에 죽음을 선언했더라면? 그러나 〈투란도트〉는 그런 결말을 갖고 있지 않다. 류의 죽음에도 아랑곳하지 않는 칼라프가 강제로 투란도트에게 키스하자 느닷없이 투란도트는 칼라프를 사랑하게 되고 "당신의 이름은 사랑"이라고 노래하며 기꺼이 결혼을 수락한다. 류의 피가 뿌려진 무대 위에서 마치 류의 죽음은 없었다는 듯이 두 사람은 태연하게도 사랑의 기쁨을 노래한다. 이 장면에서 〈투란도트〉는 우스꽝스러울 뿐 아니라 괴기스럽기까지 하다.

그렇다면 〈투란도트〉는 실패한 오페라인가? 『오페라의 두번째 죽음』에서 슬라보예 지젝은 단지 그런 것만은 아니라고 쓰고 있다. "마지막 장면의 바로 그 명백한 우스꽝스러움은 다른 어떤 것(푸치니가 감히 침해하지는 않았던 어떤 것, 하지만 그가 충분히 정직했기에 그 부재가 분명하게 드러날 수 있었던 어떤 것)이 거기 있어야 했다는 것을 나타낸다." 사랑과 죽음이 아름답게 일치하는 순간에만 자신을 증명할 수 있는 충만한 삶(티무르 왕이 아들의 '죽음'을 걱정할 때, 칼라프는 아버지에게 '그것은 삶'이라고 답한다. 진정한 사랑은 목숨을 거는 것이며 그런 점에서 칼라프가 사랑을 위해 죽음의 수수께끼에 도전하는 것은 필연적이고 '사랑=죽음' 속에서 삶은 아름답게 스스로를 증명한다)으로 솟구쳐오르는, 고결하고 숭고한 후기 낭만주의적 오페라의 세계로부터 푸치니는 출발했다. 그러나 삶에 대한 탐사를 심화할수록 고결하고 숭고한 오페라의 세계를 파열시키는 무엇인가가 인생에 함축되어 있다는 것을 예감하게 된다. 그러한 예감 속에서 푸치니는 비극적 결말을 선택하지 못했고 실패한 결말을 통해서 오페라의 세계의 파산을 선고한 셈이다.

우리 삶에 이미 포함되어 있으나 오페라의 세계가 포착하지 못하는, 그러나 오페라의 세계를 파열시켜버릴 어떤 것에 대해 말할 때 지젝은 투란도트 공주의 창백한 잔인함을 염두에 두고 있는 것 같다. 무수한 남자들의 머리를 여지없이 잘라버린 아름다운 여자, 그 자신이 핏기 없는 잘린 머리인 창백한 달로 상징되는 투란도트의 광포함이 너무도 강렬하기 때문에 사랑과 죽음이 삶 속에서 아름답게 합치하는 비극의 우아함을 비틀어버린다는 것일까.

하지만 무자비한 참수형의 명령권자이면서 신비로운 수수께끼의 주인이자 치명적인 아름다움의 소유자인 투란도트가 비극의 세계로부터 얼마나 멀리 떨어져 있는 것인지에 대해서는 의문이 든다. 투란도트의 악마적인 모습조차도 우리가 겪어야만 하는 "따분할 것도, 아득할 것도, 너절할 것도, 허전할 것도 없"는 인생들에 비하면 어떤 심오함과 우아함을 갖고 있지 않은가. 이것이야말로 비극적인 높이를 만드는 조건이 아닌가. 비극적 세계의 파열에 대해서 〈투란도트〉의 등장인물 가운데 누군가가 그 공로를 인정받아야 한다면 그것은 투란도트 공주가 아니라 여자 노예 류에게 주어져야 할 것 같다. 칼라프가 비극적인 사랑을 향해 자신의 전부를 걸 수 있었던 것은 오로지 류가 칼라프를 대신해 명예롭지만은 않은 삶의 의무들(왕좌에서 쫓겨난 늙은 맹인을 돌보며 도망치는 것)을 떠맡았기 때문이며 그 사랑이 행복한 결혼으로 귀결될 수 있었던 것은 오로지 칼라프에 대한 류의 매혹과 헌신이 마음껏 조롱당했기(류의 핏자국 위에서 행복하게 웃으며 결혼하는 칼라프와 투란도트) 때문이다. 오페라의 세계에서 사랑과 죽음은 하나이며 그것이 삶의 아름다움을 극적으로 드러내지만, 또 그렇기 때문에 거의 죽으러 가는 길에도 칼라프가 삶은 아름다운 것이라고 노래하지만, 칼라프의 삶이 아름답기 위해서는 삶의 아름답지 않은 나머지 부분을 누군가가 대신해서 살아내야만 하는 것이다. 류는 비극적 세계의 토대가 되는, 그러나 비극적 세계에서는 완전히 사라져야만 하는 역설적인 지위를 갖는다.(관객들이 류의 핏자국을 의식하는 한에서 〈투란도트〉의 행복한 결말은 우스꽝스럽다. 류의 죽음 이후 무대 위의 화려한 장치들, 기쁨의 춤과 노래는 류의 핏자국을 깨끗하게 지우려고 애쓰는 것처럼 보인다.) 성공적인 오페라들이 적절하게 감춰놓는 저 '사라지는 매개자'를, 〈투란도트〉는 정직하게도 드러내놓고 말았고 그 때문에 우아한 비극으로 완성될 수 없었던 것이다. 그런데 비극적 우아함으로부터 끌어내려진, 아름답지 못한 삶의 담당자들을 위한, 비극적 장엄함이나 행복한 결말이 없는 오페라라면 그것은 오페라라기보다는 소설적인 것이 아닐까. 그러니까 류는 오페라보다는 소설 쪽에 더 어울리는 인물이 아닐까.

잘 알지도 못하는 오페라에 대해 두서없이 떠올려본 것은 최근에 읽은 은희경의 장편소설 『태연한 인생』(창비, 2012) 때문이다. 약간의 주의를 기울인 독자라면 이 소설을 읽는 내내 류의 아리아가 울리고 있음을 눈치챘을 것이다(요셉이 뜨거운 사랑에 빠졌던 10년 전 어느 여름날 요셉의 연인이 그에게 불러준 것이 류의 아리아였고 우여곡절 끝에 10년 뒤 요셉과 그의 제자 이안 등과 함께 그녀를 기다리는 술집에 흐르는 음악 또한 그것이다. 무엇보다 그녀의 이름은 류. 류의 아버지의 설명에 따르면 〈투란도트〉에서 칼라프가 부른 「울지마라, 류」에서 따온 이름이다). 이 배경음악이 그저 음악적 장식에 머물지 않고 인생과 소설에 관한 『태연한 인생』의 사유들과 공명하고 있어 흥미롭다. 비극의 세계로 상승하려는 〈투란도트〉의 이야기를 류의 아리아가 저 아래로 끌어내리고 있는 것처럼, 마치 류의 서사는 요셉의 예술가적 제스처가 어떤 매혹의 심연을 찾아나서려고 할 때 그것을 방해하는 것처럼 보인다.

요셉은 세계가 어떤 패턴들로 이루어져 있다는 사실을 잘 알고 있다. 자신의 인생을 살아가는 사람은 없고 세계를 구성하는 어떤 패턴들이 개인들을 포섭하고 조종하며 소모할 뿐이다. 예술가는 그러한 패턴들에 저항하고 패턴 너머의 것에 매혹당하면서 고유하고 독특한 개인의 삶을 창조하는 자들이다. 패턴에 저항하는 예술적이고 매혹된 삶만이 유일하게 가능한 진짜 삶이다. 그 밖의 것들은 모두 패턴의 자기 증식일 뿐이다. 그런데 패턴 레지스탕스 소설가 요셉이 소설이 써지지 않아 괴로워하는 "위기의 작가"가 된 것은 어찌된 일인가? 그의 주장과는 달리 실제로는 패턴 레지스탕스의 제스처를 하나의 패션으로 활용하면서 "속된 욕망과 과장과 이기심"을 만족시키려는 퇴락한 바람둥이의 패턴(패턴 레지스탕스 소설가라는 패턴의 이면)을 요셉 자신이 훌륭하게 소화하고 있기 때문은 아닌가.

요셉의 자기기만의 메커니즘은 이런 것이다. '나는 이 세계와 이 세계가 불러일으키는 욕망이 거짓이라는 사실을 잘 알고 있다. "하지만 거짓된 세상에서 거짓 위안을 거부하는 게 무슨 의미가 있을 것인가. 한시적인 평화와 사랑에 몸을 던지는 것은 거짓으로 주어진 운명을 받아들이는 것이지 기만에 도취하는 게 아니다."' 요셉은 '나는 잘 알고 있어. 하지만……'의 구조 속에서 결국 거짓세계를 수용하면서도 자신은 거짓세계에서 사는 다른 사람들과 다르다고 주장한다. 요셉은 어떤 매혹의 순간에 투신하면서 패턴을 벗어나는 듯하지만 실제로는 바람둥이의 패턴에 몸을 맡기고 있으며 그가 매혹이라고 생각한 것들도 패턴에서 나오는 거짓 욕망임이 판명된다. 요셉이 그런 패턴 속에 머물러 있는 한에서 패턴 레지스탕스 소설가는 실제로는 존재하지 않는다. 이렇게 놓고 보면 요셉이 소설을 쓸 수 없는 것은 자연스러운 일처럼 보이기까지 한다.

이 자기기만의 덫에 걸린 "위기의 작가" 요셉의 제스처에 류의 제스처를 포개어놓으면서 인생과 소설에 대한 성찰을 자극하는 장면들이야말로 『태연한 인생』의 결정적인 대목이다. 곧장 결론을 말하기로 하자. 능동적 허무주의가 류에게는 있고 요셉에게는 없다. 요셉은 매혹과 패턴 사이에서 갈팡질팡하면서도 거짓된 세계의 바깥에 무엇인가가 있으리라고 믿고 싶어하고 그것을 갈망한 탓에 오히려 거짓된 세계의 일원으로 남는다. 류는 요셉의 제스처가 세계의 상실에 따른 그리움이라는 것을 잘 알고 있지만, 실상 어떤 세계도 상실된 적이 없다는 것 또한 잘 알고 있다. 류는 우리가 아무것도 상실한 적이 없다는 것, 우리 앞에는 그저 허무가 놓여 있을 뿐이라는 것을 받아들이려 한다. 그리고 그런 한에서 류는 자신의 삶을 살아낼 수 있었다. 우리에게 어떤 위대한 목적과 형이상학적 가치들도 미리 주어져 있지 않다면, 오히려 우리는 무엇에도 얽매이지 않고 우리 자신의 삶을 시작할 수 있지 않을까. 이를테면 "고독끼리의 친근과 오해의 연대 속에"서. 류가 토마스 트란스트뢰메르의 시구를 인용할 수 있었던 것도 이런 맥락에서였을 것이다. "좀처럼 가지 않는 어두운 숲을 물려받았지만 그러나 숲은 움직이게 되리라." 조금 더 이어서 인용해보자. "우리에겐 희망이 없지 않다. (……) 나는 망각의 대학을 졸업하였고, 빨랫줄 위의 셔츠처럼 빈손이다." 바로 그 허무의 망각과 빈손에 희망이 없지 않다. 패턴을 유지하려는 '강박'과 매혹에 대한 헛된 '기대', 이 둘 모두를 놓아버린 망각과 빈손에 희망이 없지 않다. 바로 그것이 좀처럼 가지 않는 어두운 숲이 그저 어둠 속에 얼어붙은 검은 장벽이 아니라 살아 움직이는 리듬이라는 점을 알아차리게 할 것이다. 그 점을 알았기 때문에 "류는 어둠 속에서도 노래할 수 있었"지만 그 점을 몰랐기 때문에 "요셉은 검은 보자기로 덮인 어둠 속에서는 노래할 수가 없었"던 것이 아닐까.

소설은 아마도 요셉의 침묵보다는 류의 노래 쪽에서 써질 것 같다. 매혹에 대한 예술가적 제스처보다는 희망이 없지 않은 허무주의의 제스처 쪽에.

(2012)

프롤로그

우글거리는 밤의 시간들 『문예중앙』 2011년 봄호

1부 밤, 바깥, 이미지

노아의 방주로부터 대홍수를 구출하기 『문예중앙』 2011년 가을호

불면의 밤, 익명의 중얼거림―이장욱의 『고백의 제왕』 이장욱 소설 『고백의 제왕』 (창비, 2010)

죽음과 함께 있는 것은 여기까지―편혜영의 「저녁의 구애」 『제1회 젊은작가상 수상집』 (문학동네, 2010)

어떤 시적인 것은 시간의 바깥에서 온다―이준규의 근작시들 『시와사상』 2011년 여름호

시인은 구멍을 쓴다―김혜순의 『슬픔치약 거울크림』 『시와사상』 2012년 봄호

불안의 향기로 가득한 미로의 화원―조말선의 『재스민 향기는 어두운 두 개의 콧구멍을 지나서 탄생했다』 『시와반시』 2013년 봄호

2부 보이지 않는 춤

거미의 줄, 실(絲), 끈, 현(絃), 길(道)―박판식의 『밤의 피치카토』 『시와반시』 2009년 겨울호

아름다운 그녀는 울지 않아요―김이강의 『당신 집에서 잘 수 있나요?』 김이강 시집 『당신 집에서 잘 수 있나요?』 (문학동네, 2012)

궁극의 리듬을 위한 프렐류드―윤진화의 『우리의 야생 소녀』 윤진화 시집 『우리의 야생 소녀』 (문학동네, 2011)

문학동네 평론집
당신의 얼굴이 되어라
ⓒ 권희철 2013

초판인쇄 2013년 11월 14일
초판발행 2013년 11월 20일

지은이 권희철
펴낸이 강병선
책임편집 강윤정 | 편집 김민정 김필균 김형균 유성원
디자인 김마리 유현아
마케팅 신정민 이연실 정소영 | 온라인마케팅 김희숙 김상만 이원주 한수진
제작 강신은 김동욱 임현식 | 제작처 영신사

펴낸곳 (주)문학동네
출판등록 1993년 10월 22일 제406-2003-000045호
주소 413-120 경기도 파주시 회동길 210
전자우편 editor@munhak.com | 대표전화 031) 955-8888 | 팩스 031) 955-8855
문의전화 031) 955-8890(마케팅) 031) 955-2678(편집)
문학동네카페 http://cafe.naver.com/mhdn

ISBN 978-89-546-2273-8 03810
* 이 책은 2012년도 대산문화재단 대산창작기금을 수혜했습니다.

www.munhak.com